노예 틈입자 파괴자

이치은 장편소설

노예
틈입자
파괴자

알렙

준우에게

프롤로그

이건 아주 먼 옛날이야기이다.

통계학적인 근거는 불확실하지만,[주1] 서기 1900년부터 2000년 사이 지구 위에 서식하고 있던 사람들의 80퍼센트 이상이 말을 할 수 있었고, 50퍼센트 이상의 사람들이 글을 쓰거나 읽을 수 있었다고 한다. 조금만 과장하자면 '문명의 혜택'이란 이름의 피폭을 받은 20세기 사람들의 대부분이 말이나 문자를 이용하여 서로 '소통'을 했다는 말이다.

물론 이건 아주 먼 옛날이야기이다, 다행스럽게도.

내가 존재하고 있는 지금[주2] 여기엔, 말도 글도 그리고 소통도 더는 없다. 사라져 버렸다, 거의 완전하게. 이젠 먼지로 돌아가 버린 나의 외할머니를 제외하곤, 나는 평생 한 번도 말을 할 줄 아는 사람을 본 적이 없다. 문자의 뜻을 이해하거나 쓸 줄 아는 사람은 더러 본 적이 있지만, 그들도 대부분 죽을 때가 되어 죽어버렸다.

하지만 나는 보시다시피 여기 종이 위에 문자를 적고 있다, 마치 그 파괴 이전의 옛날 사람들처럼 말이다. 마치 옛날 사람들처럼, 나는 옛날 사람들의 이야기를 기록하려고 한다. 내가 왜 이러고 있는지 나는 모른다. 기록을 한다고 해도 옛날처럼 누군가 읽어줄 사람들이 있는 것도 아니다. 여기 지금 내 곁에 존재하는 사람들은 읽지 못한다, 읽지 못하고, 읽지 않을뿐더러, 읽을 필요성도 느끼지 않는다. 더욱이 읽을 만한 것들도 이젠 거의 남아 있지 않다. 종이들은 찢어졌고, 종이 위에 묻어 있던 잉크들도 지워져 버렸다.

왜냐고? 그런데도 왜 이런 짓을 하고 있냐고?

다행히, 아무도 내게 그런 것을 묻지 않는다, 물을 수 없으니까. 내 주위에 있는 사람들은 내가 문자를 이해하고, 그것을 이용하여 뭔가를 기록하려는 행위를 즐긴다는 사실을 안다. 그냥 안다. 그것이 별난 행위라는 것을 그들도 분명히 지각하고 있지만, 누구도 나를 방해하려고 하지 않는다. 그게 다다.

하지만 옛날에는 그렇지 않았다고 한다. 그들은 읽거나 쓰는 일에 과도하게 집착했다.[주3] 그랬다고 한다. 물론 그건 이제 다 지나가 버린, 다시 돌아올지 모른다는 공포에 떨지 않아도 되는, 옛날이야기이다.

그렇다, 이건 옛날이야기이다. 나는 옛날 사람들처럼 옛날이야기를 쓰려고 한다, 아무런 집착도 아무런 방해도 아무런 기대도 없이 말이다.

아차차, 하나만 더.

본격적으로 이 불가사의한 옛날이야기를 진행하기 전에 나는 노예도 틈입자도 파괴자도 그중의 어느 것도 온전히 되지 못했던 어중간한 존재였던 차인형(車認刑)[주4]의 일기장 한 부분을 인용하려고 한다. 그대로 옮겨 적으려고 한다는 말이다. 두서가 맞지 않고, 혼란스럽고, 읽어나가는 것이 고통스럽기까지 한 다음의 기록은, 차인형, 그가 처음 '폴리우레탄 바닥의 가짜 사막'을 만난 다음 일기장에 적은 것이다.

2002. 7. 13

어제 또 '그 꿈'을 꾸었다. 연 열흘째, 지치지도 않고, 그 세부까지도 완전히 똑같은 그 꿈. 너무도 선명해 현실과의 구분이 불가능한 그 꿈. 눈을 떠도 사라지지 않고 망막 뒤편에서 어른거리는 그 꿈. 지독히 낯설어 오히려 데자뷰를 느끼게 되는 그 꿈. 흡사 그 꿈이 다른 모든 꿈들의 가능성을 집어삼키는 것처럼, 그 후론, 그 꿈을 꾸게 된 이후론, 다른 꿈들을 꾸지 못했다. 마치 블랙홀처럼, 마치 불가사리처럼 다른 꿈들을 집어삼키는 난폭한 그 꿈.

왜일까? 내 두뇌 어딘가에 Bug가 생긴 걸까? 정신과 의사에게 상담이라도 받아봐야 하는 게 아닐까? SF 영화에서처럼, 낯선 은하계에서 날아온 외계인이 내 머리에 특별한 약물이라도 주사한 걸까?

하지만 그렇게 간단하지만은 않다. 대신, 나는 두렵다, 그 꿈이, 그 꿈을 만들어낸 것이 틀림없는 내 비정상적인 두뇌가.

두렵지만 기록해 보자.

단순했다. 너무도 단순한 풍경들; 굴곡이라곤 전혀 없는 평면. 작은 모래알들이 깔려 있는 평면 위를 나는 늘 똑같은 옷을 입고 걷고 있었다. 꿈의 처음, 난 늘 주머니에 손을 넣고 그 속에 무엇이 들어 있는지 뒤져본다. 마치 찾아야 할 무언가가 있는 사람처럼. 하지만 거기엔 아무것도 없다. 그러곤, 난 걷는다, 그 평면 위를. 사막을 닮았지만, 사막이라곤 부를 수 없는 그 가짜 사막 위를. 구두로 모래를 뒤적여 보면 흩어진 모래 사이로 금세 그 간단하고 단순한 바닥이 드러난다. 놀랍게도 그것은 폴리우레탄 계열의 플리스틱 재질이다. 얄팍한 모래 밑에서 쉬이 드러나는 가짜 사막의 바닥──폴리우레탄 평면. 그곳은 사막이 아니었다. 모래의 층은 얄팍했고, 모래 아래로 드러난 단단한 폴리우레탄 바닥은 모래와 비슷한 우윳빛이었다.

그 편평한 바닥 위엔 가느다란 잔금들이 사방팔방으로 뻗어 나가 있었다. 때로 나는 집게손가락으로 그 표면을 만져본다. 차갑다. 그것은 금 혹은 균열이 아니었다. 표면은 부드럽고, 금들은 실제적인 면과 면 사이의 균열이 아니라, 단순한 무늬인 성싶다. 촉지되지 않는, 의미 없이 반복되는 무늬들.

하늘. 하늘 역시 입체감이라곤 전혀 없다. 모래의 층으로 위장된 편평한 폴리우레탄 바닥과 역시 편평하기만 한 하늘, 그 사이엔 아무것도 없다. 나는 혼자다. 걸어가면서 나는 가끔 하늘을 본다. 구름으로 덮여 있는 하늘. 컴퓨터 그래픽처럼, 인공의 굴곡마저도 없는, 그 이차원의 편평한 구름 뒤로 숨어 있을 하늘. 하늘을 꽉 채운 구름은 엷은 핑크빛이다. 구름과 바닥이 소실되는 하나의 선——지평선까지 아무것도 없는, 모래와 나를 제외하곤 그렇게 완벽하게 아무것도 없는 하늘과 바닥 사이에, 내팽개쳐진 황량한 공간.

바람은 불지 않았다. 아무런 냄새도 나지 않았다. 물론 꿈에게 그런 디테일을 바란다는 것이 어리석은 일쯤이라는 것은 나도 잘 알고 있지만. 하지만, 무언가 더 있을 것만 같은, 더 있어야 할 것만 같은 그 공간, 결핍의 공간.

하지만 때로 웅웅거리던 소리. 방향도 지향도 없이 그 결핍의 공간을 어슬렁거리던 내게 들리던 소리들, 혹은 소리들의 흔적들. 수신이 잘 되지 않는 라디오에서 나는 소리 같던 불분명한 소리들. 외부에서가 아니라 내 머릿속에서 만들어지는 것 같던.

이 꿈이 내게 의미하는 것은 무엇인가? 하늘은 무엇을 의미하는가? 모래가 깔린 그 가짜 사막은? 또 소리는?

……나는 분석할 수가 없다.[주5] 융케도 나는 그것을 분석해 내지 못했

다. 멋지게도, 그 꿈은 내 분석을 거부했다. 그리고 반복된다.

차라리, 차라리, 이것이 내 의지와는 전혀 상관 없는, 내가 만들어낸 것이 아닌, 하나의 순수한 전조라면. 예컨대, 새로운 빙하기에 대한, 혹은 핵전쟁으로 폐허가 될 지구에 대한 순수한 전조라면. 예언자에게만 허락되는 순수하기만 한 전조라면. 그렇다면, 나는 그 꿈을 해석하지 않아도 되리라, 즐기지 않아도 되리라, 다른 꿈이 존재하는 타인의 수면을 부러워하지 않아도 되리라, 그리고 결정적으로 두려워하지 않아도 되리라.

두렵다고? 무엇에 대해 말인가? 아직도 두려움이, 아직 일어나지 않은 두려워할 만한 어떤 일이 내게 남아 있단 말인가?

아주 오랜만에 느끼는 두려움. 아주 오랜만에 내게 불쑥 찾아온, 낯선 감정.

노예

1

도대체 언제, 인간의 꿈과 꿈 사이를 연결하는 통로가 부서지고 만 걸까?

이 질문에 대해 나는 확실한 대답을 가지고 있지 못하다. 하지만, 아주 까마득한 오래전으로 돌아가야 한다는 사실만은 알고 있다. 이를테면, 독일 뒤셀도르프의 네안데르탈 골짜기서 발견된 두개골 화석이 살과 신경과 털들을 걸친 채 직립보행을 할 때라든가…… 그것은 정말 아주아주 오래전 이야기다. 5만 년 전? 혹은 10만 년 전?

그러니까 아마도 대략 5만 년이나 10만 년 전쯤, 인간은 타인의 꿈으로 넘어 들어갈 수 있는 능력을 잃어버렸다. 과학적인 용어를 빌리자면, 퇴화된 것이다. 대신, 인간은 말을 할 수 있게 되었다. 상업적인 용어를 빌리자면, 일종의 트레이드오프인 셈이다.

즉, 대략 5만 년이나 10만 년 동안이나, 그렇게 긴 시간 동안이나, 인간은 말을 해왔다. 얼마나 많은 말을 해왔던 건가? 말의 길이를 잴 수 있다면, 그리고 그 길이만큼의 끈을 만들 수 있다면, 우주는 그 끈으로 가득 차버릴 것이다. 다행히, 과학의 힘으로 모든 것을 할 수 있을 것처럼 보이던 서기 2000년 초반까지 어떤 과학자도 그런 시시한 일을 시도하려고 하지 않았다. 인간들은 주로 더 멋진 일에 과학의 힘을 사용하고 있었다. 예를 들자면…….

관두자, 예를 들지 않는 편이 낫겠다.

어찌 되었건, 꿈과 꿈 사이에 놓인 통로에 대한 기록은 어디에도 남아 있지 않다. 당연하지 않은가? 그건, 인간이 기록이나 대화를 할 수 있기 전에 존재했다가 기록이나 대화를 할 수 있게 되자 슬그머니 없어져버렸으니.

그 파괴 이전의 인간들은 아틀란티스엔 관심을 가져도, 빙하기 시대의 지형에 대해선 별반 흥미를 느끼지 못하는 종족이었다.

간단히 얘기하자면, 기억하기엔 너무 피곤한 아주아주아주아주 옛날 일이란 거다, 그 통로가 부서진 건.

우리는 그걸 그냥 안다. 그냥 알 뿐, 그냥 아는 그 사실에 대해 더 깊은 분석을 하려 들지는 않는다. 우리는 한때 그 통로가 존재했다가, 없어졌다가, 다시 복원되었다는 사실을 알고 있다. 그것만으로도 우리는 매우 만족하다. 아마도 언어를 사용했던 약 1세기 전의 인간들은 그것으로 만족하지 못했겠지만. 그들이 만족을 모르는 개체였다는 것은 매우 잘 알려져 있다.[주1] 그들이 만약 이 사실을 알았더라면 그들은 모든 원인(猿人)과 원인(原人), 그리고 구인(舊人)들의 화석을 끌어 모은 다음, X-ray 회절법이든, 자기공명영상법(MRI)이든, 탄소동위원소측정법이든, 모든 기다란 이름이 붙은 방법들을 동원해서, 분명 그 세세한 연대들을 추적하는 데 성공했을 것이다. 그들은 그랬다. 그들은 도무지 만족할 줄 모르는 존재였다. 물론, 이건 아주 먼 옛날이야기이다.

어쨌건, 언제가 되었건, 꿈과 꿈 사이의 통로가 파괴되면서, 꿈은 사유물이 되었다. '모든 소유는 도둑질이다'라는 테제도 꿈의 영역에는 미치지 못했다. 그리고 소통에 실패한 무의식이라는 괴물은 노예를 만들어냈다. 노예란 사유물 안에서만 거주하는 존재였으며, 단지 주인이 눈을 한 번 깜박거리는 것만으로도 사라질 수 있는, 지푸라기 같은 존재였다. 모든 사람들은, 대략 5만 년이나 10만 년 동안, 자신의 꿈속에서 타인의 형상을 빌려 노예를 빚었고, 양육했으며, 배후조정했다. 그래 왔었다. 그러다가 그 파괴가 일어났다. 그 파괴의 징조에, 나의 어머니의 어머니의 아버지였던 차인형이 찡겨 있었던 것이다.

2 2003년 5월 11일

차인형이 안치형(安治形)의 형인 안이회(安怡灰)라고 주장하는 사람의 전화를 받은 것은 2003년 5월 11일 정오를 약간 지나서였다. 차인형은 안치형과, 옛날 표현을 빌리자면, '죽마고우'였지만, 정작 안치형에게 형이 있다는 사실을 모르고 있었다.

"차인형 씨 되십니까?"

처음 차인형은 전화기를 통해 들리는 목소리가 안치형의 목소리라고만 생각했다.

"뭐야? 사람 놀라게. 야, 안치형, 그동안 어디 처박혀 있었던 거야? 연락도 없구. 너답지 않게."

하지만 전화 속의 목소리는 여전히 침착하게, 전화를 받는 사람의 이름을 확인하려 들 뿐이었다. 하마터면, 차인형은 장난치지 말라고 꽥하고 소리까지 지를 뻔했다. 거의 2주 넘게, 둘 사이엔 그 '소통'이란 것이 없었다. 그 '소통'이란 것은 대부분, 전화나 컴퓨터를 통해 이루어지고 있었다. 그도 그럴 것이, 차인형은 서울에 안치형은 대전에 살고 있었고, 서울과 대전 사이의 거리는 약 150킬로미터 정도였으며, 그것은

19

2000년 초 한국이라는 국가의 평균적인 교통 상황을 고려할 때, 안치형이 자신의 아파트 주차장에 세워져 있는 차를 끌고 상도동에 있는 차인형의 서원빌라 앞 주차장에 당도하는 데까지 약 3시간 정도는 각오해야 하는 시간적 거리였다. 그리고 결정적으로 둘 다 회사를 다니고 있었다. 오전 8시 30분부터 오후 8시 30분까지, 자기 자리에 엉덩이를 붙이고 있어야 하는 그런 직장 말이다. 그렇지만, 150킬로미터 정도의 거리는 가뿐하게 뛰어넘을 수 있는 그 '소통'을 위한 장치들은 많았고, 그들은 일주일에 적어도 두 번 이상 그 '소통'이란 것을 해 왔다. 그런데, 최근 한 2주 동안 그들 사이엔 그 '소통'이 없었다. 차인형이 여러 가지 방법으로 안치형에게 소통을 신청했었지만 답이 없었다. 그래서 차인형은 조급했다.

"그러면…… 누구시죠?"

"치형이가 제 얘길 안 했나 보지요? 전 치형이 형입니다."

"아, 예……."

하지만, 그는 안치형이 장난을 치고 있는 걸 수도 있다고 생각했다. 치형은 원래 그런 놈이었다. 그렇게 밑도 끝도 없이 불쑥 장난을 치는 데는 일가견이 있는 놈이었다. 하지만, 그는 치형의 장난이 싫지 않았다. 치형의 장난은 비열함과 기발함, 무모함과 대담무쌍함, 변덕스러운 것과 즉흥적인 것 사이에서 늘 아슬아슬 균형을 잡곤 했다. 그런 균형감각이 장난의 희생물이었던 그에게도 그닥 싫지 않았고, 그래서 기꺼이 치형의 장난에 제물이 되곤 했다. 그도 반쯤은 새로운 장난을 창조하는 기분에 젖어서 말이다.

"네…… 네…… 예…… 그렇다면…… 예…… 예, 알고 있습니다…… 안양 한림대 병원이요?…… 예…… 알 것 같습니다…… 그럼…… 예, 자세한 건…… 예…… 아니요, 그런 건 아니구요…… 네."

그는 수화기를 내려놓았다. 그는 치형의 형이란 자가 전화기를 통해 전한 전언을 도무지 알아들을 수가 없었다, 아니 알아들을 수는 있었지만, 믿기지는 않았다.

'이 모든 게 치형의 장난이 아닐까?'

그는 화장실로 뛰어가 전기면도기로 수염을 깎았다. 그 와중에 면도나 하고 있는 자신이 우스웠지만, 거울 속의 그는 그만두지 않았다. 치형의 장난이라기엔, 그건 좀 고약했다.

'이 정도는 아니었잖아.'

장난이라고 해봤자, 그가 다니는 출판사로 편지를 보낼 때, 수신인을 차인형이라고 적는 대신 차인형 전무라고 적어 출판사 동료들한테 놀림감이 되게 하는 그런 정도의 장난이 고작이었다. 하지만, 이런 고약함을 깨끗이 보상할 수 있는 엄청난 무언가를 치형이 준비하고 있을지도 모른다는 생각이 모락모락 피어났다.

'이 자식.'

그는 대충 껴입고 그가 거주하고 있던 서원빌라 3층, 안방 하나 거실 겸 부엌 하나 그리고 욕조도 없는 화장실 하나가 다인 12평의 공간을 떠났다.

'이 모든 게, 치형의 장난일 거야, 그래 틀림없어.'

3   2003년 5월 11일

차인형이, 안치형의 형이라고 주장하는 자의 전화를 받고 황급히 집을 비운 후에도, 안방 앉은뱅이책상 위에 놓여 있던 컴퓨터 모니터의 화면은 여전히 켜진 채였다.

차인형이 서둘러 집을 나선 후에도, 차인형을 향해 그 '소통'이라는 것을 시도했던 메일들은 여전히 컴퓨터 모니터의 화면 위에서 증발되지 않고 남아 있었다. 그것들을 완전히 증발시키기 위해서는 '삭제'라고 쓰인 가로로 기다란 직사각형 위에 마우스를 대고 왼쪽 버튼을 짧게 한번 눌러주어야 했다. 그런 식으로 차인형은 원하지 않는 소통들을 지워버릴 수 있었다. 편리하게도 말이다.

그가 황급히 서원빌라 303호를 떠난 2003년의 오후는 그렇게 편리한 세상이었다. '공간상의 거리를 벌충하기 위해'라는 명목하에 다양한 방식의 소통이 끊임없이 시도되었고, 원하지 않는 경우, 그것들은 지구상에서 즉 컴퓨터상에서, 완전히 삭제될 수도 있었다. 아주 간단한 절차만을 거친 후에 말이다. 소통이 부족한 경우는 없었다. 차인형에겐 언제나 수많은, 금세 지워져 버리고 말 소통들이 대기하고 있었다.

이전목록 | 다음목록   3요

| 전체선택 | 선택해제 | 선택된 편지를 | 삭제 | 또는 | 받은편지보관함 ▼ | 이동 | 스팸신고 | ✔스팸메일 |

□	구분	첨부	보낸 이	제목
□	✉		이창현	차 형 보시오.
□	✉		LOwnw wdPJK	(광고)신청만하시면 무료샘플을 무조건보내드립니다! ...
□	✉	✎	위풍당당	(광고)무한한 남자의 힘을 가져보세요!@
□	✉		오혜교	충격입수!!! 부부스와핑 현장 첫 공개!!!
□	✉		tnsa	(광고)멋있고 이쁜 옷 구경하세요.^^;@
□	✉		HDooV TGvMY	(광고)지긋지긋한 카드빚! 속 시원~하게 해결하세요~!...
□	✉		uhsfr	(광고)무방문! 무서류! 최저이율! 즉시대출! - 간편하...
□	✉		bsnytozvmckd...	(광고)빠른 부동산추가담보 대출이 필요하세요? n...
□	✉	✎	ghgjj78d	(광고)이성을 유혹하는 비법을 알려드려요 사은품제공...
□	✉		길민수	어리고 깜찍한 소녀들의 싸이버 섹x !!
□	✉		기성의	여고생 k양의 비밀이야기
□	✉		유지영	충격 J양 누드몰카 국내 극비리 입수
□	✉		s oyjt	(광고)빠른 부동산추가담보 대출이 필요하세요? hae...
□	✉		남성혁명	(광고) 남성문제.. 이젠 전문가에게 맡기세요..!!!@
□	✉		lptxbeil	(광고)안전한대출/최저이율-부동산담보대출(전문가가 ...

1 | 2 | 3 | 4 | 5 | 6 | 7 | 8 | 9 | 10 | 11 | 12 | 13 | 14

　　그가 다시 집으로 돌아온 것은 그날 저녁, 2003년 5월 11일 오후 9시 13분경이었다. 그때까지도 컴퓨터 모니터의 화면은 여전히 환하게 빛나며, 그를 기다리고 있던 소통들의 목록을 보여주고 있었다. 차인형은 '차 형 보시오.'라는 제목의 첫 번째 메일만을 남긴 채, 모두 증발시켜 버렸다.

　　"이런, 씨발."

　　그리고 그는, 그렇게 짧게 말했다.

　　물론 이건 아주 먼 옛날이야기이다, 소통이 부족한 경우가 절대로 발생하지 않았던.

4   2003년 5월 11일

'차형 보시오'라는 제목의 메일을 차인형에게 보냈던 이창현(李昌泫)이라는 사람은 편집장으로서의 차인형의 능력은 높이 평가하고 있었지만, 개인적으로는 그다지 그를 좋아하지 않았다. 전임자였던 박긴샘을 그는 더 좋아했다. 이창현이란 사람이 남자였고, 박긴샘이라는 사람이 여자였다는, 즉, 둘 간의 성(性)이 다르다는 사실이, 이창현이 차인형보다 박긴샘을 더 좋아하게 만든 이유의 전부는 아니었다. 이창현이 서울대 국문학과 85학번이고, 차인형이 같은 대학교 같은 학과 91학번인데도 선배 대접을 깍듯이 하지 않는다는 사실이, 이창현이 차인형보다 박긴샘을 더 좋아하게 된 이유의 전부는 아니었다.

"차인형, 걔 요즘 왜 그렇게 조용해? 걘 도무지 무슨 생각을 하는지 모르겠단 말야."

박긴샘이 P 출판사의 편집장을 그만두고 차인형이 그 후임이 된 지 한 달 정도 후에 이창현은 박긴샘의 집으로 전화를 걸어 그렇게 말했다.

"옛날엔 그러지 않았잖아? 차라리, 나 잘나간다고 졸라 잘난 체하고 다닐 때가 더 나았던 것 같애. 지금은 도대체 속에 무슨 생각을 담고 다니는지 도무지 모르겠어."

박긴샘에겐 이창현에게 그 이유를 설명해 주어야 할 필요가 없었고, 실제 그녀는 그러지 않았다. 그녀의 배는 너무 무거웠다. 그녀의 뱃속엔 그녀의 X 염색체를 빌려 막 체세포 분열을 시작한 새로운 생명체가 꿈틀거리고 있었다. 그리고 그녀는 그녀의 남편에게 더 이상 차인형의 일에 관여하지 않겠다고 약속했었다.

"하지만, 시를 보는 눈은 있잖아요. 그걸로 만족하세요."

차인형은 이창현의 시 4편을 P 출판사에서 발간되는《문학의 새벽》이라는 계간지 2002년 겨울호에 싣기로 결정했었다. 그것은 차인형의 손을 거쳐 P 출판사에서 처음으로 나온《문학의 새벽》이었으며, 차인형이 직접 이창현에게 전화를 걸어 원고를 청탁했었다. 그런 점들로 미루어, 이창현은 차인형이 자신을 시인으로서 높이 평가하고 있다고 생각했다.

이창현은 「분실된 것으로 추정했던 초록색 모자의 행방」을 비롯한 세 편의 기다란 제목을 달고 있던 글을 시라고 주장했으므로, 차인형을 비롯해 P 출판사에 일하고 있던 다른 이들도 그걸 시라고 받아들였다. 시라고 주장되었고, 시라고 받아들여졌던 그 글은 계간지《문학의 새벽》2002년 겨울호 〈이 계절의 시〉라는 난에 다른 13개의 시와 함께 실렸고, 서점으로 팔려나갔다. 초판 5000부가 찍혀서 도매상을 통해 서점에 배포되었고, 두 달 후에, 1300부가 반품으로 돌아왔고, 다시 그 반품된 책들은 7개월 동안 어둡고 습기 찬 창고에 갇혀 있다가, 폐지 전문 재활용 공장의 커다란 수조 안에 PH 13.3의 화학약품과 함께 잠겨버렸다. 그리고 30분 뒤, 활자들은 종이에서 분리되어 화학약품의 강알칼리성 수프 속에 녹아버렸다.

물론 이건 절대로 다시 돌아올 수 없는 옛날이야기이다.

5   2003년 5월 11일

차인형이 안양 한림대병원 택시 승강장에 도착한 것은 오후 2시가 좀 안 된, 태양이 그 남중고도를 막 지나, 차인형이 서 있던 지면과 태양광의 입사각을 줄여가고 있을 무렵이었다. 택시에서 내린 그는 눈이 부셔서 얼굴을 찡그렸다.

잠시 그는 갑자기 환해진 택시 승강장에 선 채로, 정지한 채로, 그렇게 멍한 상태였다. 아무것도 실감이 나지 않았고, 여전히 그는 안치형의 장난에 동참을 하고 있는, 이를테면 관객이 거의 없는 무대 위에서 홀로 진지하게 연기를 하고 있는 연극배우라도 된 듯한 기분이었다.

병원 입구 앞에는 그다지 사람들이 많지 않았다. 손님을 기다리는 대여섯 대의 택시 앞에 노란색 반팔 상의를 입은 기사들이 모여서 한가롭게 이야기를 나누고 있었고, 입구 좌측에 놓인 원통형 재떨이 앞엔 헐렁한 환자복을 입은 긴 머리의 남자 하나가 담배를 물고 핸드폰[주2]으로 누군가와 소통을 하고 있었다. 퍼뜩, 차인형은 정신이 들었다.

안치형의 형이라고 주장했던 자와 만나기로 한 지하매점에는 사람들이 많았다. 차인형은 자신이 누구를 찾고 있는 건지조차 알 수 없었는데 친절하게도 그 누군가가 대신 그를 찾아주었다.

"차인형 씨죠?"

하얀 가운을 입고 목에다 청진기를 맨 뚱뚱한 남자였다. 남자는 불쑥 손을 내밀었다. 남자의 손은 마치 고무공이라도 잡는 듯한 느낌이었다. 둘은 어색하게 악수를 나누고 빈 탁자를 찾았다.

"치형이 형입니다. 안이회라고 합니다. 오래 기다리게 해서 죄송합니다."

목소리는 안치형을 빼다 박았지만, 외모는 완전히 딴판이었다. 안치형은 깡마르고 안색도 검은 편이었지만, 남자는 복어처럼 뚱뚱한데다가 피부도 아이처럼 뽀얗다.

"얘기 많이 들었습니다."

차인형은 어떤 얘기를 어떻게 들었는지 물을 마음이 아니었다.

"그게 사실인가요?"

"사실이라고 한다면……."

차인형은 왠지 안치형이라는 이름을 입에 담는 것조차 불길하게 느껴졌다.

"전화로 얘기하신…… 동생…… 그러니까, 동생한테 일어났다는…… 그게 사실인가요?"

"치형이 말씀이시군요. 휴…… 제가 어디까지 설명 드렸었죠? 잘 기억은 안 나지만…… 아마 들으셨던 것보다 훨씬 더 상황이 나쁠 겁니다."

차인형은 자신이 없어졌다. 만나면 구라 치지 말라며 멱살잡이부터 할 생각도 했었지만, 그저 앉은 채로 '상황은 나쁠 겁니다.'라는 남자의 말꼬리만 머릿속에서 붙잡고 빙빙 돌릴 뿐이었다.

"일어나시죠."

차인형은 어지러웠다. 어지러움증을 간신히 달래며 차인형은 안치형의 형이라는 자를 쫓았다. 보기보다 동작이 날랜 편이었다. 엘리베이터 안에서 그는 엘리베이터 문에 비친 안치형의 형을 자세히 뜯어볼 수 있었다. 그는 이 안이회라는 자의 외모나 행동거지에서 치형과의 유사성을 전혀 발견해 낼 수 없었다.

'신경정신과'라는 문패가 두 가닥 철삿줄로 천장에 매달려 있는 복도에 접어들자 안치형의 형은 무언가 마음이 바뀐 사람처럼 천천히 걷기 시작했다.

"여깁니다."

1207호라는 자그마한 문패가 붙어 있는 문 앞이었다. 문 오른쪽 벽에는 안치형이라는 표찰이 붙어 있었다. 안이회는 마치 문을 여는 것은 자신이 아니라 차인형이 해야 할 일이라는 듯, 한 쪽으로 물러서며 그를 쳐다보았다.

차인형은 내키지 않았지만, 안이회의 간단한 동작에는 선생님이 학생에게 명령을 내리는 듯한 위압감이 있었다. 하지만, 아무래도 차인형은 문을 열고 싶지 않았다.

'그때도 그랬었지. 그때도 그랬었어. 문을 열어야 할 사람은 나였지, 언제나 말이야.'

6   2002년 1월 27일

.

그때도 그랬었지, 그때도 그랬었어.

차인형과 안이회가 안양 한림대병원 1207호 병실 앞에 멈춰 선 순간부터 병실 문이 열리기까지는 지극히 짧은 시간만이 소요되었지만, 그 순간 차인형의 머릿속엔 결코 물리적인 공간과 시간의 개념으로는 설명되지 않은 어마어마한 양의 생각들이, 뱉어지지 않은 말의 형태로 시공간을 흘러 넘쳤다. 하긴, 인간은 언제나 경이롭다, 특히 옛날에 살았던, 그 파괴가 일어나기 전에 살았던 인간들의 경우라면 더더욱.

그때도 그랬었지, 그때도 그랬었어. 장모는 머뭇거렸어. 똑같았어, 모든 게 지금 이 순간과 너무도 똑같았어. 장모는 머뭇거렸어, 지금 내 눈 앞에 서 있는 치형이의 형이라는 이놈처럼 말이야. 그녀는 분늘 덜 사신이 없었던 거야. 겁이 났던 거지. 눈이 마주치자 잔뜩 겁먹은 얼굴로 자신은 할 수 없다는 듯 고개를 짧게 두어 번 저었어. 그녀는 어렸어. 너무 어린 나이에 애기를 낳고 엄마가 되어 버렸던 거야. '창피한 얘기지만, 애가 애를 낳았던 거지, 그때는 정말 어렸어.' 장모는 가끔 반주(飯酒)를 하면서 내게 그렇게 얘기했지만, 그녀는 애를 낳은 이후에도, 그리고 그녀의 애가 다시 애를 낳을 때도, 여전히 어렸어, 너무 어렸지. 그때도 그랬었어, 의사가 기다리고 있는 문 앞에, 나와 장모 그렇게 둘이 서 있었고, 그녀는 문을 열고 싶지 않아 했어. 나 역시 그랬었지만, 결국엔 내가 문을 열어야 했어. 만약 이주가 거기 있었더라면…… 그때 내 옆에 장모 대신 이주가 있었더라면, 그렇게 난감하지는 않았을 텐데. 그때 이주는 충분히 늙어 있었지. 장모는 늘 너무 어렸고, 마치 그것을 벌충하기라도 하겠다는 듯, 이주는 태어나자마자 아주 빨리 늙어갔지. 내가 이주를 만났을 때, 그녀는 이제 막 성년이 지난 나이였지만, 그렇지만, 얼굴은 예뻤고 피부도 고왔지만, 그래도 그녀의 늙음은 벌써 치명적인 것이 되어버렸던 거야, 숨길래야 숨길 수가 없었던 거야.

그런데, 그때 이주는 어디 있었지? 아, 그렇지. 그녀는 장인과 그녀의 이모, 그러니까 장모의 언니 되는 사람과 함께 독산동에 있는 작은 개인 산부인과 3층 특실에 누워 있었어. 자정을 막 넘은 시간이었으니 바로 그날의 다음날 새벽이었어, 이주가 우리의 애를 낳은 바로 그날의 다음날. 이주가 낳은 것은 우리의 애였고, 우리의 첫 번째이자 마지막 애였고, 내가 생각하기에, 이주는 엄마가 될 수 있을 만큼 충분히 늙어 있었지만, 이주가 낳은 우리의 애는 아마도 그렇게 생각하지 않았나 봐. 아니면, 내가, 이주가 낳은 애의 아빠가 되었을 수도 있는 내가, 아빠가 되기에 충분히 늙지 못했는지도 모르지. 하여간 그랬어. 이주는 남자의 성징을 가지고 있는 애를 낳았지만, 애는 태어나자마자 무슨 문제가 있다고 했지, 호흡 계통에 문제가 있다고, 숨을 잘 쉬지 못한다고 했어. 독산동 개인병원 담당 의사는 산모에게 너무 빨리 알리면 쇼크 상태에 빠질지도 모르니까 산모에겐 당분간 이야기하지 않는 편이 좋을 것이라고 했어, 마치 큰 인심이라도 쓰는 것처럼 말이야. 그 새끼 얼굴에 한방 먹여주고 싶었는데, 그러지 못했지. 그리곤 NICU(신생아 중환자실)가 있는 큰 병원으로 가서 정밀진단을 받고 빨리 원인을 알아내야 한다고 했지, 보호자만 동의한다면, 지금 빈 병상이 있는 현대중앙병원으로 급히 애기를 옮기겠다고 했어. 우리는 시키는 대로 할 수밖에 없었지. 나는 장모와 함께 구급차 뒤쪽, 벽에 붙어 있는 작고 검은 구멍이 숭숭 나 누런 스펀지가 드러나 보이던 의자에 앉아 있었어. 우리 오른쪽엔 작은 칸막이가 쳐져 있었고, 그 뒤로 이주가 낳은, 우리의 애기가 누워 있었어, 마치 외계에서 날아온 우주인처럼, 작은 투명 플라스틱 원통 안에 누워 있었어. 애기의 얼굴에는 투명한 깔때기 모양의 산소마스크가 씌워져 있었지. 애기는 울지 않았어. 눈도 뜨지 못한 채 잔뜩 찡그린 얼굴이었지만, 결코 울지 않았어. 애기는 고집스러워 보이는 얼굴이었고, 솔직히 그 붉고 쭈글쭈글한 얼굴은 너무 징그러웠어. 장모는 왜 애기가 울지 않는 거냐고, 혹시 산소마스크 때문인 건 아니냐고, 자주 내게 물었지만, 나는 대답해 줄 말이 없었어. 간호사는 문득 졸고 있었지, 그렇게 시끄러운데도, 사이렌 소리가 그렇게 시끄럽게 울리는데도, 간호사와 애기는 조용했지. 하긴 호흡중추가 정상이 아니라고 했어, 재수없는 의사는 심장에 이상이 있거나 폐에 이상이 있거나 둘 중의 하나라고 했지. 둘 중의 하나. 둘 중의 하나…… 그곳에 이주가 있었더라면…… 그리고 장모는 마치 주문처럼 다 괜찮을 거야, 다 괜찮을 거야라고 중얼거렸지, 가끔, 다 내 탓이야라고 말하기도 했어. 나는, 나는 여전히 대답할 수 없었지. 대답할 수 없었기 때문에 더더욱 그녀의 말이 듣기 싫었어, 귀를 잘라내 버리고 싶을 만큼.

그리고 병원에서 우리는, 아니 나는 많은 일을 했어. 간호사들과 의사들이 내게 여러 가지 것들을 물었고, 다양한 서류를 보여줬고, 읽으라고 했고, 주소나 한자로 된 이름, 뭐 그런 것들을 써 넣으라고 했고, 돈을 내라고 했고, 그리고, 어딘가에 서명하라고도 했어, 그러고 나선 기다리라고 했지,

한도 끝도 없이 말이야. 우리는, 아니 나는 그들이 시키는 대로 했어. 장모는 그저 옆에서 혼잣말로, 괜찮을 거야라는 말을 반복하거나, 혹은 그들을 붙잡고, 괜찮겠죠, 우리 애 괜찮겠죠, 하고 물었어. 그들은 귀찮다는 듯이, 가끔은 친절하게, 알맹이 없는 대답을 장모에게 돌려주었지. 나는 그러지 못했지만, 그들은 그럴 수 있었어, 그게 자기 일이, 걔가 자기 애가 아니었으니까. 나는 입구에 있던 담배 자판기에서 담배를 사서 담배를 피우는 누군가에게 불을 빌려 담배를 피웠어. 2년 혹은 3년 만에 처음 피우는 담배였지. 불을 빌리면서 나는, 담뱃불을 빌려주던 누군가에게 고맙다 말하며 웃음을 지어 보였어. 내게 아직 짜낼 웃음이 남아 있다는 사실이 너무 슬펐고 또 한없이 미안했지, 산소마스크에 매달려 있던 이주와 나의 애기에게 말이야. 그래서 울었지, 2년 혹은 3년 만에 처음 담배를 피면서 말이야. 이주생각이 났어, 아무것도 모른 채, 3층 특실에 누워 있을, 자신이 낳은 애기에 대해 이것저것 생각하고 있을 이주 생각이 났어. 바로 그날 새벽녘, 진통이 시작되어 병원으로 갈 때도 이주는 웃으면서 애기가 남자일 때, 또 여자일 때, 각각 이름을 어떻게 지을지 궁리하고 있었어. 그녀는 즐거워 보였지. 내가, 바로 내가 그 즐거운 얼굴을 지워야만 했지. 장모는 너무 어렸고, 독산동의 그 턱수염 난 의사는 내가 그 일을 해주었으면 하는 눈치였어. 한두 시간쯤 지났을까? 간호사가 우리를 불렀어, 황이주 산모 보호자분. 그렇게 부를 수밖에 없었지, 왜냐하면, 우리는, 나와 이주는 아직 애기 이름을 정하지 못했었어. 이름을 안 지어주어서 그런 일이 생긴 거라고, 나중에 이주는 그렇게 얘기하면서 발악을 했었지, 내게 물건들을 집어던지기도 했어. 그랬어, 이주는, 그때 이미 충분히 늙어 있던 이주는 애기를 낳고 나서, 다시 거꾸로 어려졌지, 늙으면 애가 된다는 말처럼 말이지.

그때도 그랬었지, 내가 문을 열었었고, 등을 돌리고 서 있던 의사는 우리를 향해 돌아섰지. 의사는 너무 젊어 보였어, 알이 지나치게 작은 동그란 무테 안경을 쓰고 있던 의사는 새로 태어난 생명을 책임지기엔 너무 어려 보였어. 하지만, 냉정했어, 침착했지. 내게 누구냐고 물었어. 나는 아빠가 될 사람이라고 했어, 아빠가 된 사람이라고 했어야 했는데, 왠지 모든 게 아직은 확실하지 않은 것 같았어. 아빱니까, 라고 그는 다시 다그쳐 물었지. 그는 길게 그리고 자세하게 설명하는 것이 자신이 베풀 수 있는 최상의 친절이라도 되는 양, 꽤 긴 시간 동안 친절하게 애기의 상태에 대해 설명했었지, 장모와 내게 말이야. 지금은 잘 기억나지도 않지만, 심장에 복잡하게 붙어 있는 가느다란 가닥 중의 하나가, 심장과 폐 사이에 놓여 있어야 할 길 중의 하나가 너무 가늘다고 했어, 아니, 막혀 있다고 했던가. 그는 X ray 사진 위에서 하얗게 바래진 선 하나를, 실 같은 선 하나를 내리쳤지. 의사는 아프게 내리쳤지, 그 가녀린 작은 끈을 말야. 그가 우리에게 줄 수 있었던, 그리고 우리가 알아들을 수 있었던 단 하나의 위안은 애기가 바로 죽지는 않을 것 같다는 얘기였어. 그렇지만, 아무리 손을 써도 대부분 2,3개월을 넘기지 못하는 게 일반적인 경우라고 그는 덧붙였지. 그리고, 이주가 낳은 우리의 애기를 인큐베이터에 넣을 경우 1주일에 들어갈 비용을 역시 친절하게 설명해 주었지. 계산기도 없이, 그는 그런 복잡한 계산을 해낼 수가 있었어, 경이롭게도 말이지. 나는 간신히, 돈은 문제가 아닙니다, 라고 얘기할 수 있었어. 그리고 다시 냉정하게, 애가 죽지 않고 정상적으로 자랄 수 있는 확률이 얼마쯤 되느냐고 물어봤지, 마치 내일 비 올 확률을 물어보는 사람처럼 말이야. 그는 통계적으로 볼 때 10퍼센트를 넘지 못한다고 얘기해 주었어.

10퍼센트.

그리고, 그 10퍼센트가 3개월 동안 나와 이주를 괴롭혔었지. 이주는 불어터지는 젖을 착유기로 짜 플라스틱 젖병들에 담아 냉장고에 하나씩 집어넣었지. 나와 이주가 먹기 위해 넣어두었던 음식물들은 하루하루 늘어나는 젖병들에 자리를 내주어야 했어. 파란색 매직으로 이주가 직접 쓴 날짜가 적혀 있던 그 젖병들. 끝내, 냉장고를 통째로 집어삼킨. 더 들어갈 때가 없게 되자, 이주는 홈쇼핑으로 김치냉장고 두 대를 샀어. 우리는 더 이상 집에서 김치를 먹지 않았고, 김치냉장고 역시 김치를 먹지 못했어.

그리고, 의사의 예언대로 3개월 후에 애기가 죽었지. 이주의 젖이 냉장고 한 대와 김치냉장고 한 대 반을 채운 후였어. 결국 이주와 나의 애기는 10퍼센트에 속하지 못했어, 그는 10퍼센트라는 대단치 않은 특권을 누리기에도 부끄러움이 너무 많았나 봐. 그는 90퍼센트에 속하기로 결정했고, 우리는 애기를, 더 이상 숨 쉬지 않는 애기를 불태웠고, 재를 강물에 버렸지. 우리는 괴로웠어.

그리고, 애기가 죽고 나서, 한 달 동안 우리는, 나와 이주는 괴로웠어. 나는 냉장고 한 대와 김치냉장고 두 대를 싹 비웠지, 이주는 그녀 속에 들어 있던 모든 감정들을 싹 비워 버렸고. 둘 다, 내겐 낯선 괴물처럼 보였어.

하지만, 대체로 인간의 기억은 백퍼센트 신뢰할 수 없는 것이다. 그렇기 때문에, 차인형의 기억을 바탕으로 작성된 위의 기록을 아무 의심 없이 맹신하는 일이 얼마나 어리석은 짓인지는 두말할 나위조차 없다.

누군가의 기억을——설사 나 자신의 기억이라 하더라도——곧이곧대로 믿어서는 안 되며, 기록에 대해서라면 더더욱 그렇다. 기억이 존재하는 한, 기록이란 옥상가옥(屋上架屋)에 불과하며, 그것들이 진실하고자 하는 노력은 우스꽝스러운 광대놀음일 뿐이다. 인간이 남의 일기를 보려고 그렇게 안달하는 것은 진실을 찾으려는 것이 아니라, 그 속에 자신의 기억에 반하는 일종의 거짓을 찾기 위해서이다.

그리고 인간의 뇌는 아주 신비로운 능력을 가지고 있다. 자정 작용 (自淨作用). 지워버리고 싶은 것들을 자연스럽게 그리고 깨끗이 지워버리기.

7   2002년 1월 27일

다시 반복하지만, 차인형과 안이회가 안양 한림대병원 1207호 병실 앞에 멈춰 선 순간부터 병실 문이 열리기까지는 지극히 짧은 시간만이 소요되었지만, 그 순간 차인형의 머릿속엔 결코 물리적인 공간과 시간의 개념으로는 설명되지 않은 어마어마한 양의 생각들이, 뱉어지지 않은 말의 형태로 시공간을 흘러 넘쳤다.

하지만, 그 생각의 홍수 속에는 꽤나 많은 빈틈들이 있었는데, 그것은 전적으로 망각이라고도 불리는 인간의 뇌가 가지고 있는 놀라운 능력, 자정 능력 덕분이었다. 거기엔 많은 일들이, 특히나 차인형이 기억해 내고 싶지 않았던 많은 일들이 살그머니 지워져 있었다. 예를 들면,

바로 그날의 이전, 차인형은 애를 갖고 싶지 않아 했다. 1999년 8월 차인형이 황이주(黃異宙)와 결혼한 후에도, 혹은 그전에도, 그는 자신은 결코 자식 따위는 갖지 않을 것이라고 공공연히 말해 왔다. 누구도 이런 지옥 같은 곳에 또 하나의 생명체를 보낼 권리가 없으며, 모든 인간들이 자신이 하고 있는 행위에 대해 조금만 더 깊이 고민한다면, 그런 절망적

인 짓을 절대로 저지르지 않을 것이다, 라고 차인형은 생각했으며, 또, 애기를 이미 가지고 있거나, 혹은 가지지 않은 하지만 가지게 될 확률이 매우 높은 남들에게 말해 왔다. 그것은 설득이라기보다는 선언에 가까웠고, 선전이라기보다는 자기 다짐에 가까운 행동이었다. 차인형은 애를 갖고 싶지 않아 했고, 그와 결혼할 여자였던 황이주 역시 자신과 같은 생각을 가지고 있을 것이라고 짐작했지만, 실은 차인형은 황이주에게 그걸 물어본 적이 없었고, 결정적으로, 황이주는 애를 갖고 싶어했다, 몹시도 간절하게. 차인형은 황이주가 임신했다는 소식을 그에게 알리자, 처음엔 그 사실을 믿지 않으려고 했고, 나중엔 당황해했고, 나아가서는 좌절했으며 두려워했고, 마지막으로 황이주에게 애를 떼자고 제안했다. 차인형은 황이주가 자신의 정신적인 공황을 잘 이해해 줄 것이며, 늘 그래 왔듯이, 당연히 그의 생각에 동의할 것으로 생각했지만, 황이주는 그건 살인이고, 당신은 그럴 권리가 없어요, 라고 말했다. 그에겐 그럴 권리도 도리도 없었고, 그래서, 별 도리가 없었던 차인형은 황이주의 뱃속에 들어 있는 생명체의 염색체의 반쪽이 자신에게서 비롯되었다는 사실을, 지옥 같은 곳에 또 하나의 생명체를 보태는 일에 자신도 한몫하게 되었다는 사실을, 그저 잊고 싶었고, 잊으려고 애썼고, 잊은 것처럼 행동했다. 일례로, 차인형은 누구에게도 황이주가 자신의 애를 임신했다는 것을 알리지 않았고, 황이주나, 그 밖의 사람들과도 황이주의 뱃속에 들어 있는 애기에 대해 어떤 이야기도 나눈 적이 없었다…… 하지만 지워졌다, 어제 아침 남서쪽 하늘의 작은 오점, 그 조그만 먹구름처럼, 깨끗하게 지워져 버렸다. 그리고 또 차인형의 뇌세포 속에서 지워진 것들은…….

바로 그날의 새벽녘, 차인형은 분만실로 가는 차 안에서 황이주와 다투었다. 그의 기억에서처럼, 바로 그날 새벽녘 병원으로 가는 차 안에서, 뒷좌석에서 허리도 제대로 구부리지 못하고 비스듬히 누워 있던, 진통이 막 시작된 황이주는 아기의 이름을 어떻게 짓는 게 좋을지 앞좌석에서 운전을 하던 차인형에게 물었지만, 차인형은 대답하지 않았고, 황이주가 차인형이 못 들었다고 생각하고 좀 더 큰 목소리로 다시 한 번 물어보자, 차인형은 그걸 왜 내게 물어보냐고 화를 내었으며, 니 뱃속에 있는 존재 속엔 나의 의지는 한 방울도 없어, 라고 큰 소리로 거의 울부짖다시피 소리쳤으며, 말이 끝나기가 무섭게 액셀을 꾹 밟았으며, 잠시 후 초록색이 들어온 횡단보도 앞에서 다시 급브레이크를 밟았다. 차인형의 기억과 달리, 황이주는 결코 즐거워 보이지 않았으며, 즐거워할 수가 없었고, 차인형이 자신과 차인형과 그리고 둘 사이에 태어날 애기를 실은 차를 끌고 다리를 넘어 강물 속으로 뛰어들지나 않을까 두려웠다. 차인형은 계속해서 미친 듯이 운전을 하며 큰 소리로 떠들었지만, 황이주는 귀를 막고 있었다. 귀를 막고 있던, 때때로 묵직하게 시작되던 진통에 비명소리가 잇새로 기어 나오는 것을 억지로 참고 있던 황이주는 결코 즐겁지 않았다……. 그렇게 차인형의 머릿속에서 즐겁지 않은 것들이 지워지고 덧칠되고 부분적으로 뭉개지고 부서져나가고, 또…….

　바로 그날의 오후, 차인형은 박긴샘과 함께 김기덕 감독의 「나쁜 남자」라는 영화를 보았다. 바로 그날은 2002년 1월 27일 일요일이었고, 그때 차인형은 소설을 쓰는 사람이었고, 박긴샘은 차인형의 첫 번째 소설을 출판한 적이 있던 P 출판사의 편집장이었다. 차인형은 남자였고, 박긴샘은 여자였고, 그렇지만 둘 사이엔 돌림병처럼 번지고 있던 성적인 감정을 빌미로 한 육체적 접촉이 전무한 상태였고, 그때 황이주는, 차인형과 박긴샘이 「나쁜 남자」라는 영화를 보고 있는 동안, 독산동에 있는 작은 산부인과의 분만대기실에 있는 침대에 누워서 진통이 반복되는 주기를 측정하고 있었고, 박긴샘은, 황이주가 아프다는 사실조차 몰랐는데, 왜냐하면, 차인형은 자신의 애가 생길 것이라는 사실을 안치형을 제외하고는 박긴샘을 비롯해 그 누구에게도 말하지 않았기 때문이었다. 차인형은 바로 그날의 오전 황이주를 분만 대기실로 보낸 후 장모와 함께 미리 예약해 둔 3층 특실에서 기다리다가 박긴샘의 전화를 받았고, 수신자의 번호를 확인한 후 전화를 받기 위해 3층 특실 밖 복도로 나왔고, 박긴샘은 차인형에게 영화를 보러 가기로 한 약속을 잊지 않았냐고 물었는데, 실은 차인형은 그 약속을 완전히 잊고 있었지만, 박긴샘에게 그렇지 않다, 라고 말했고, 목소리가 안 좋은데 무슨 급한 일 있는 거 아니야, 라고 물었던 박긴샘에게 바쁜 일은 무슨, 글 쓰는 백수가 무슨 바쁜 일이 있겠어, 라고 말한 후, 그러니까 거짓말을 한 후, 전화를 끊었고, 다시 특실로 들어가 장모에게 갑자기 급한 일이 생겨서 잠시 나갔다 오겠다고 다시 거짓말을 한 후 병원을 나왔다. 황이주는 바로 그날 오후 내내 아팠고, 차인형은 그가 좋아하던 영화감독 중 하나인 김기덕 감독의 「나쁜 남자」를 보면서 내내 마음이 불편했고, 자주 핸드폰으로 시간을 확인했고, 자꾸 헛구역질이 나서 영화 상영 동안 세 번이나 화장실로 달려갔고, 변기를 손으로 잡고 웩웩거리면서 그의 속에서 아무것도 나올 것이 없다는 것을 역시 세 번씩이나 확인했고, 세 번째로 화장실에서 헛구역질을 하고 얼굴을 두루마리 화장지로 대충 닦고 나오다가, 걱정이 돼서 남자 화장실 밖에서 기다리고 있던 박긴샘을 만나자, 애가 생긴데, 애가, 라고 밑도 끝도 없이 소리치며, 자신보다 얼굴 하나는 작은 박긴샘의 이께에 기대고 엉엉 울었다. 박긴샘은, 자신의 뱃속에 애가 생기기를 기다리고 있던 박긴샘은, 축하한다, 라고 말했다. 그건 축하해야 할 일이야, 라고 덧붙였다. 그건 아주 담담한 목소리였고, 황이주가, 그건 살인이고, 당신은 그럴 권리가 없어요, 라고 말했던 그 목소리와 매우 닮아 있었다……

차인형은 나중에 애가 죽은 것은 모두 자신의 탓이라고 여기면서도 한편으로는 그런 자책감에는 아무런 근거가 없다고 생각하고 있었는데, 정말로 근거가 없었던 것은 아니었다. 단지 근거가 될 만한 기억들이 뇌의 놀라운 자정 능력에 의해 지워져 버린 것뿐이었다. 자주, 인간은 자신이 짊어지고 있는 죄책감이 실은 아무런 근거가 없다고 느낄 때가 있는데, 그것은 부분적으로는 옳고 또 부분적으로는 그르다. 차인형의 경우에서처럼, 그 근거들은 실재하지 않았던 것이 아니라, 그런 생각을 떠올리는 그 시점에 그의 혹은 그녀의 뇌 속에 존재하지 않을 뿐이다.

하지만 그렇다고 해서, 그렇게 많이 그렇게 철저하게 지워졌다고 해서 물론, 우리가 차인형을 탓할 수는 없다. 그것은 차인형 자신이 고의로 지웠다기보다는, 그의 바람을 살짝 엿들은 그의 뇌가──무의식이 그 모르게 진행한 일이므로. 무의식은 타인의 비난으로부터 완전히 자유로운 성소(聖所)에 머무르고 있는 존재라고 믿어져 왔으므로. 무의식을 비난해선 안 된다고 알게 모르게──무의식적으로 교육받아 왔으므로.

8

이젠 멸종되어 버린 기록을 읽을 줄 아는 당신에게 던지는 질문 하나――당신은 민들레 홀씨를 날려본 적이 있는가? 당신이 '그렇다.'라고 대답했다고, 그냥 그렇게 가정하겠다. 당신은 항의할 수가 없으니까. 당신은 존재하지조차 않으니까. 그렇다, 당신은 민들레 홀씨를 입으로 불어 날려본 적이 있다. 사방팔방으로 흩어져나가는, 터져 나가는, 물 위를 떠다니듯 공기의 야트막한 경사면을 지치는 작은 솜털들. 당신은 잘도 기억한다. 기록도 마찬가지다. 마른 종이 위로 펜 끝이 긁히자마자 이야기들이, 솜털같이 가벼운 수많은 이야기들이 이리저리 터져 나간다. 통제되지 않는, 막을 수 없는, 중요한 것과 그렇지 않은 것을 구분할 수 없는, 줄기와 가지를 구분할 수 없는, 쉬이 멈추어지지 않고 머리를 내미는 이야기들.

도대체 그 파괴 이전 꿈 바깥에 그리고 꿈 내부에 존재했던 노예들은 어떤 존재였는가?

그 파괴 이전에 인간은, 늘 그렇지만 아주 명쾌하게도, 자신들이 지구 위를 오염시켰던 기간을 크게 두 개로 나누었다. 그 나누어진 두 쪽; 선사시대(先史時代)와 역사시대(歷史時代). 그 기준은 매우 단순한 것이었다; 그때 살았던 인간들이 기록을 할 수 있었는가? 할 수 없었는가? 이 기준을 따르자면, 지금 나를 $9.8m/sec^2$의 중력가속도로 잡아당기고 있는 그 파괴 이후의 이 지구는, 다시 돌아온 두 번째 선사시대에 머무르고 있는 셈이 된다. 잠시 사족을 달자면, 이런 식의 나누기야말로 인간이 가장 자랑스럽게 내세울 수 있었던 능력 중 하나였다. 물론 이건 아주 먼 옛날이야기이다.

어쨌건 언어가 생기면서 차츰 진행되었던 꿈의 사유화는 역사시대로 접어들면서 그 마무리를 보게 된다. 급기야 아무도 꿈을 통해 소통할 수 있었던 시절을 기억해 내지 못하게 된 것이다.

그리고 이쯤에서 다시 노예에 대한 이야기로 건너가 보자. 나의 외할머니가 죽기 전에 내게 주었던, 당신이 죽기 전에 꼭 챙겨주어야 한다며 건넸던 3823페이지짜리 국어사전에는 노예의 정의를 이렇게 내리고 있다.

노예 [奴隷] 〈명사〉 완전한 권리 • 자유가 인정되지 않고 다른 이의 지배 밑에 여러 가지 노무에 종사하며 또, 매매 • 양도의 목적이 되는 이.

인간이 그토록 자랑스러워했던 역사시대 동안 인간은 그 밖의 수없이 많은 쓸 데 있는 고안물들과 함께 노예라는 새로운 존재를 고안해 냈다. 고안을 취미 삼던 인간은 노예라는 존재를 고안해 냈고, 노예들을 위한 특별한 법[주3]을 고안했으며, 한번에 400명 이상 선적이 가능한 노예를 위한 특별한 배를 고안해 냈으며, 노예 수입을 위한 독점특약권을 고안해 냈으며, 다시 변덕스럽게 노예폐지협회라는 단체를 고안해 냈으며, 심지어는 노예해방을 위한 혹은 빌미 삼은 전쟁을 고안해 내기도 했다. 그리고 어느 날 노예가 없어졌다. 어느 날인가부터 '완전한 권리 • 자유가 인정되지 않고 다른 이의 지배 밑에 여러 가지 노무에 종사하며 또, 매매 • 양도의 목적이 되는 이'가 온데간데없이 싹 사라졌다. 어느샌가부터 그렇다고 누군가에 의해 선언되었으며 또 그렇다고 믿어졌다. 불완전한 권리 • 자유를 누리고 사는 사람은 더 이상 없다고, 그것은 매우 시대착오적인 일이라고 그렇게 믿어졌다, 어느샌가부터. 마치 마술처럼.

딴지를 걸지 말도록. 완전한 권리와 자유가 무엇인지 내게 묻지 말도록. 내가 이 기록에서 다루고자 하는 것은 꿈 바깥에서 한때 존재했다고 그리고 다시 사라져 버렸다고 믿어졌던 노예가 아니니까. 내가 기록하려는 것은 꿈속의 노예에 대한 것이니까.

꿈속의 노예.

노예와 관련된 끝없는 잡동사니들을 고안해 냈던 인간이지만, 그들은 꿈속에 존재하고 있던, 역사시대 내내 꿈속에 정주하고 있던 이 꿈속의 노예에 대해서는 완전히 무지했다.[주4] 잠에서 깨어 있는 동안 노예제 폐지를 열렬히 부르짖었던 사람들마저 집으로 돌아와 매일 밤 꿈속에 일개 중대의 노예를 키우곤 했을 정도니까.

다시 또 하나의 가정: 당신은 빙하기에, 그러니까 첫 번째 선사시대의 한 구역에 살고 있는, 언어를 사용할 줄 모르는, 문자가 무엇인지도 모르는 인간이다. 그런데 당신은 꿈을 꾸다가 문득 A가 보고 싶다는 생각이 든다. 그러면 당신은 A를 당신의 꿈으로 초대하거나, 아니면 A의 꿈속으로 건너간다. 그리고 A를 만난다. 그것은 당신에게, 얼음에다 불을 가져다 대면 물로 변하는 것처럼 너무도 자연스러운 절차다. 선사시대의 주민인 당신은, 성기를 통해 95%의 물과 5%의 요산 요소 암모니아수 비타민 나트륨 호르몬 클로라이드 등으로 이루어진 누런 혼합액을 배출하듯 아주 쉽게, 남의 꿈으로 건너가거나 남을 자신의 꿈으로 부를 수 있다. 그리고 무엇보다 중요한 것은 그때 당신의 꿈속에서 혹은 A의 꿈속에서 A는 혹은 당신은 노예가 아니라는 사실이다. 당신은 A의 꿈속에서 A의 의지가 아닌 당신의 의지대로 생각하고 행동할 수 있었으며, 마찬가지로 A 역시 당신의 꿈속에서 그랬다. 꿈속이건 꿈 바깥이건, 노예는 아직 당신이 살고 있는 선사시대에는 고안되지 않았다. 그럴 필요를 당신과 당신의 친구들은 혹은 적들은 느끼지 못했다. 왜? 꿈과 꿈 사이가 열려 있었으므로.

다시 또 하나의 가정: 당신은 내 어머니의 어머니의 아버지의 부인, 하지만 나의 어머니의 어머니의 어머니는 아니었던 황이주다. 당신은 말을 토해낼 줄 알고 문자를 그릴 줄 안다. 그런데 당신은 꿈을 꾸다가 문득 A가 보고 싶다는 생각을 한다. 그래서 당신은 A를 호출한다. 하지만 아무 대답도 없다. 통로가, 꿈과 꿈 사이에 걸쳐져 있던 소통의 통로가 무너졌으므로. 이제 소통은 언어와 문자가 넘치는 꿈 바깥에서만 이루어지는 것이므로. 결국 당신은 A를 부를 수가 없다. 하지만 당신은 어쩌면 당신의 무의식은 포기하지 않는다. 끈질김은 당신이 속해 있는 종(種)이 가지고 있는 대표적인 형질이다. 소통에 실패한 당신은 어쩌면 당신의 무의식은 A를 부르는 대신에, A를 부르기를 포기하는 대신에, A를 만든다. 그러자 가공의 A가 당신의 꿈속에 나타난다. 마치 마술처럼. 하지만, 마술사인 당신은 당신의 마술에 놀라워하지 않는다. 이미 놀라워하기를 잊어버린 지 오래다. 그러고 나서 당신은 마치 A인 것처럼, 마치 타인인 것처럼, 당신이 조물딱거려서 만든 A와 대화를 나눈다. 당신의 꿈속에서 말이다. 당신은 A를 만질 수도 있고 A와 함께 당신의 꿈속에 펼쳐진 단단한 지면 위를 쏘다닐 수도 있다. 당신의 꿈속에서 말이다. 그러나 그 A는 A가 아니다. 그것은 당신이 어쩌면 당신의 무의식이 빚어낸 노예이다. 그것이 노예이다. 비록 매매와 양도는 불가하지만, 그것은 A가 아니고 노예이다. 실패한 소통이 고안해 낸 괴물에 불과하다. 당신은 A와 대화를 나누며 타인과 이야기를 주고받고 있다고 생각하지만, 그건 당신이 어쩌면 당신의 무의식이 연출하는 일인다역극(一人多役劇)에 불과하다. "나는 너무 배가 고파, 너무 오랫동안 날아서 그런가 봐. 너는 괜찮니?" 꿈속에서 당신은 A에게 묻는다. "별로. 나는 날개가 니 것보다 짧잖아." 꿈속에서 A는 당신에게 대답한다. 하지만 "별로. 나는 날개가 니 것보다 짧잖아."는 A가 자신의 자유의지에 따라 당신에게 불쑥 드미는, 전혀 예측이 불가능한 대답이 아니다. 그것은 당신이 A에게서 듣고 싶어하는 대답이거나, A가 당신에게 할 것으로 당신이 어쩌면 당신의 무의식이 추측한 대답이거나, 때로는 당신이 A에게서 결코 듣고 싶어하지 않는 대답이거나, 뭐 그렇다. 좀 복잡하긴 하지만.

　　당신, 불평하지 말도록. 이 정도의 복잡함은 아주 초보적인 맛보기에 불과하다.

9   2001년 1월 16일

여태까지 눈에 띄지 않았던 민들레 홀씨 한 톨. 날다 지쳐 차인형과 황이주가 살던 거실로 내려앉은 민들레 홀씨 한 톨. 중요하지 않을 수도 있는, 하긴 중요하지 않다 해도 아무도 개의치 않을, 그런 민들레 홀씨 한 톨.

거실, 아파트의 거실. 볕이 환한 거실. 남자 하나와 여자 하나가 보인다. 남자는, 차인형은 분홍색 소파에 등을 기대고 왼쪽 다리를 오른쪽 다리 위에 올려놓은 채로 영화 잡지를 보고 있고, 여자는, 황이주는 소파에 앉지 않고 누런색 카펫이 깔린 바닥에 앉아 있다. 여자는, 황이주는 가로 세로가 각각 80센티미터 정도인 밤색 교자상 위로 허리를 구부리고 있고, 그 위에는 여러 가지 책들과 그녀가 그린 것으로 추정되는 숫자들과 문자들과 도형들이 어지럽게 들어찬 연습장이 있다. 여자는, 황이주는 바쁘게 볼펜을 놀리면서 남자에게 말한다. "나 어제 이상한 꿈 꿨어." 남자는, 차인형은 혀를 끌끌 차는 소리를 냈다. "내가 학원에서 애들에게 생물을 가르치고 있더라구." 남자는, 차인형은 여전히 대답하지 않는다. 방금 전에 보고 있던 잡지를 몇 페이지 휘리릭 넘겼다.

"칠판 꼭대기에 특별 수업이라고 적혀 있더라구. 분명 내 글씨가 맞긴 한 것 같은데…… 너무 높은 곳이라 의자를 밟고 올라가지 않으면 손이 닿지 않을 곳이기두 하고, 또 도무지 그런 글씨를 쓴 기억도 없더라구. 아무리 찾아봐도 의자는 근처에 코빼기도 보이지 않고." 여자는, 황이주는 이제 볼펜 움직이기를 멈췄다, 그리고 남자를 돌아보았다. 남자는, 차 인형은 자신의 콧마루를 만지작거리다 갑자기 입을 연다. "당신의 글씨 체라면 어디서든지 알아볼 수 있지. 독특하니까." "그런데……." 여자는, 황이주는 딸꾹질을 했다. "그런데…… 아니, 가만있어 봐, 어 맞어, 칠판 위에는 꽃의 단면이 그려져 있었어, 그리고 화살표들과 설명들이 가득 했어. 우리 어렸을 때, 중학교 때인가 배운 거 있잖아." "기억나는 단어 나 문장은 없어?" "가만있어 봐…… 동공의 확대, 뭐 그런 말이 적혀 있 었던 것도 같애. 참 이상하기도 하지." 여자는, 황이주는 연습장에 동공 의 확대라고 두 번 쓴다. "근데, 애들이 거의 없었어. 굉장히 큰 교실이 었는데…… 그래 자기도 한번 와 본 적 있잖아, 제4수업실, 딱 그만한 크 기였어." "정확히 똑같지는 않구?" "응, 정확히 똑같지는 않구. 좀 달랐 어, 어떻게 달랐는진 잘 모르겠지만, 거기가 아니었어, 하여튼 그랬던 것 같애." 교자상 위에는 찻잔이 올려져 있고 그 찻잔 속에는 밤색의 액체 가 삼분의 일쯤 채워져 있다. "애들이 몇 명 정도 있었더라…… 한 대여 섯 명 정도가 맨 뒷자리에 모여 앉아 있었어. 그런데 자기도 커피 한잔 할래?" "아니 됐어, 시답잖은 꿈 얘기나 계속해 봐." 남자는 펼쳐진 잡 지를 무르팍 위에 뒤집어 놓고는 깍지를 긴 양팔을 뒤통수에 받치고 눈 을 감아버렸다. "재미있어?" "응…… 그런데 교실에 누가 있었는지 기억 은 나?" "어…… 다는 기억 안 나지만…… 대충은. 그러고 보니 남자애 는 하나도 없었네. 여자애 대여섯 명? 그런데 다 사복을 입고 있었어. 내 가 뭐라고 계속 떠드는데도 애들은 전혀 관심이 없는 거야. 그래서 내가 긴 나무 막대기로 교탁을 몇 번 두드렸는데, 그만 나무 막대기가 부러져 버렸어." 여자는, 황이주는 찻잔을 들어 한 모금 마신다. 다시 내려놓고 얼굴을 찡그린다. "그런데 말이야, 그중에 한 여자애가 앞으로 나오는 거야. 내가 한번 얘기하지 않았나? 이형이라고?" "그랬던 것도 같은데……" "걔가 앞으로 천천히 걸어 나오는 거야, 나를 똑바로 처다보면서. 무슨 공포영화에서처럼 말이야, 그냥 무표정한 얼굴인데 그게 왠지 무지무지 섬뜩한 거야…… 걔가 내 앞에 와서는 나한테 뭐라 했는지 맞춰 봐." "음…… 화장실 가고 싶은데요?" 여자는, 황이주는 손으로 입을 한번 탁 친다. "엄마." "엄마?" "응, 엄마." "언제부터 걔하고 그런 사이였어?" "몰라, 나도 영문을 모르겠어. 근데, 도대체 걔가 왜 그랬을까?"

황이주가 걔라고 했던 예이형(芮二螢)은, 황이주가 맡았던 겨울방학 특별 고2 수학 선행학습반의 수강생이었던 예이형은, 그때 황이주가 시답잖은 꿈을 꾸고 있을 때, 잠을 자고 있었다. 2001년 1월 16일에서 17일 사이, 예이형은 황이주의 꿈으로 들어간 적이 없었고, 그때는 아직 예이형이 틈입자가 되기 전이었고, 그래서, 황이주가 그녀의 꿈속에서 보았던 예이형은, 진짜 예이형이 아니라 노예였다. 다시 한 번 그래서, 황이주가 차인형에게 던졌던 마지막 질문, "**도대체 걔가 왜 그랬을까?**"는 이렇게 바뀌어야 했다.

"도대체 나는 어쩌면 나의 무의식은 왜 그랬을까?"

여기서 좀 더, 황이주의 꿈을 들여다보기로 하자. 20세기 초 사유화된 꿈에 대한 이론적 체계가 정립되면서, 꿈에 대한 분석이, 그 진위 여부와 상관 없이, 매우 커다란 상업적인 가치가 있다는 사실이 시장에서 증명되었고, 식탁 위에 떨어진 설탕 조각에 모이는 개미떼처럼 많은 사람들이 인간의 꿈을 분석하여 그가 혹은 그녀가 가지고 있는 정신적인 문제점을 해결할 수 있다고, 또 그 대가로 많은 돈을 받아야 한다고 주장하게 된다. 이를테면,

꿈 내부의 장면 #1: 황이주는 생물을 가르치는 선생이었다. 꿈 바깥에서의 상황: 황이주는 생물이 아니라 수학을 가르치는 선생이었다. 장면 #1에 대한 분석: 생물이라는 과목은 육체와 밀접하게 관련되어 있는 분야로, 이제부터 황이주 자신이 하고자 하는 얘기가 성적(性的)인 내용일 것이라는 사실을 암시한다.

꿈 내부의 장면 #2: 손에 닿지 않는 곳에 쓰여 있던, 자신이 언제 썼던 것인지 기억나지 않는 특별 수업. 장면 #2에 대한 분석: 장면 #1의 분석에서 확인되었던 것처럼 황이주에겐 성적인 부분과 밀접하게 관련된 억압 기제가 내재해 있었다. 하지만 그것은 타인에게 그리고 자신에게마저도 쉽게 얘기할 수 없는 매우 조심스러운 내용이었고, 그렇기 때문에 '특별 수업'이라는, 일종의 특별한 계기 혹은 특별한 공간을 통해 풀어놓으려고 그녀 어쩌면 그녀의 무의식은 시도하고 있는 것이다. 그러면서도 동시에 그 공간 혹은 그 계기가 자신의 주도하에 시작되었다는 사실을 숨기고 싶은 것이다. 그래서 그녀는 "특별 수업"이라는 글자가 자신의 글씨체임을 인정하면서도, 즉, 자신의 필요에 의해 창조되었다는 것을 인정하면서도, 그것을 자신이 썼다는 사실은 기억해 내지 못한다. 혹은 기억해 내고 싶지, 인정하고 싶지 않는다.

꿈 내부의 장면 #3: 칠판에 그려져 있던 꽃의 단면, 그리고 동공의 확

대라는 단어. 장면 #3에 대한 분석: 꽃이라는 것은 식물의 생식기관이다. 즉, 이 역시 꿈의 내용이 생식 행위와 밀접하게 관련 있음을 재차 암시하는 것이다. 동공의 확대는 생식이라는 행위가 인간의 주목을 끄는 또한 매우 흥분되는 행위임을 의미하는, 일종의 수식의 기능을 가진 첨언이다.

꿈 내부의 장면 #4: 남자애가 없는 교실, 그리고 부러진 나무 막대기. 장면 #4에 대한 분석: 남자애가 없는 교실이란 억압되어 있는 성적인 부분을 풀 수 있는 열쇠가 남자라는 것, 동시에, 그것이 남자이지만 그 남자가, 이를테면 차인형이, 정작 그 문제를 해결하기 위한 공간 속에 결핍되어 있다는 것을 의미한다. 즉, 차인형이 이 문제에 대해 논의하기를 기피해 왔다는 것을 의미하거나, 혹은 기피할 것으로 추정하는 황이주 자신의 심리를 반영한다. 부러진 나무 막대기는 매우 고전적인 상징물로, 남자의 성 기능 상실 혹은 생식 능력의 부재를 의미한다.

꿈 내부의 장면 #5: 황이주에게 '선생님' 대신에 '엄마'라고 불렀던 한 학생. 장면 #5에 대한 분석: 이것이야말로 이 꿈의 핵심적인 부분이다. 황이주는 엄마가 되고 싶다. 차인형과의 생식 행위를 통해 애기를 갖고 싶다. 하지만, 차인형은 애기를 갖고 싶지 않아 한다.

당신, 화가 난다고? 꼭 이렇게까지 발기발기 찢고 분석해야 했냐고? 그랬다. 그 파괴 이전의 사람들은 이 꿈속에 깔려 있는 기묘한 뒤틀림을 잊어버리는 대신, 방부제 처리하여 잘 보존하고, 길거리에 전시하고 싶어했다. 물론, 이건 아주 먼 옛날이야기이다, 아주 복잡한 꿈이 사람들의 밤중을 지배하던.

10   2002년 6월 22일

미안, 민들레 홀씨 한 톨 더.

　햇살이 진한, 하지만 아침에 흩뿌렸던 가는 비 덕택에 그다지 덥지
않은 6월의 토요일 오후. 에이형은 토요일 오전 수업을 마치고 두 명의
친구들과 함께 맥도널드 매장의 이층, 플라스틱 붉은색 장의자 위에 걸
터앉아 있었다. 빨대가 꽂힌 컵 세 개와 감자튀김 하나가 백색 탁자 위
에 놓여 있었다. 실은 그것들이 그들을 위한 점심의 전부였다. 그들이 공
통적으로 또 맹목적으로 따르던 하나의 규칙이 있다면, 그것은 '더, 조금
만 더, 적게 먹기'였다.

　그렇게 '조금만 더 적게' 먹어가면서 친구들은 월드컵 8강전과, 자
신만의 변비 치료법과, 일정하지 않은 학원의 휴강과, 점점 더 낮아지는
붉은악마 티의 가격과, 연예인이 나왔던 꿈에 대해서 떠들어댔다.

　에이형은 왠지 친구들이 재잘거리는 소리가 듣기 좋았다. '얘들은
마치 꿀벌들처럼 지치지도 않고 떠들어대는구나. 하루 종일 잉잉대는
노란 줄무늬 꿀벌처럼 말이야. 그런데, 내가 고등학교에 입학하면서부터

지금까지 죽 한 번도 꿈을 꾼 적이 없다고 말하면 애들은 뭐라고 할까?'

"작년 봄인가, 하여튼 고2 올라오고 나서부터는 꿈이란 건 한 번도 제대로 못 꿔본 것 같애."

"그건 이형이 니가 몰라서 그래. TV에서 그러는데, 기억을 못하는 거지, 꿈을 안 꾸는 사람은 없대."

"글쎄, 아마도 그렇겠지…… 하지만 중학교 때는 어쩌다 한 번씩은 어젯밤에 꾼 꿈이 기억나기도 했구, 또 아침에 일어나면 정확하게는 기억이 안 나도 대충 어제 꿈을 꾼 것 같다는 그런 느낌은 있었거든. 그런데 그마저도 고등학교 들어오고 나선 완전 딱이야."

"그거, 무슨 병 아니니?"

"야, 꿈 안 꾸는 게 무슨 병이냐? 잠을 푹 잔다는 거지. 이형이 얘 봐라, 그래서 그런지 만날 쓸데없는 꿈만 꾸는 우리 둘보다 훨 키도 크잖아."

예이형은 다시 한 번 생각해 봤다. '왤까? 왜 나는 꿈을 꾸지 않게 되어버린 거지? 잠을 자다 가끔씩은 멋진 꿈을 꾸는 것도 좋을 텐데. 탤런트까지는 아니라도 괜찮은 남자애들하고 꿈에서 같이 있는 것도 재미있을 텐데. 어떻게 이렇게 전혀 기억이 나지 않을 수가 있는 거지? 정말 누가 내게서 꿈을 빼앗아 가기라도 한 걸까?'

"아, 맞어 맞어. 까먹을 뻔했네. 졸라졸라 쇼킹 뉴스. 니네 새침이 수학 선생 알지. 작년 가을에 임신했다고 학원 그만둔 여자 수학 선생. 우리 다 같이 저녁 타임에 배웠잖아. 말 졸라 느리고 애들 떠들면 졸라 안절부절 못하던 선생."

"황이주?"

예이형은 삐이 하고 시작해서는 천천히 작아지는 귀울음소리를 들었다. '황이주? 황이주? 아 그 샌님 같아 보이던 그 수학 선생.'

"그 선생 죽었대."

"어머, 어떡해. 그런데 왜?"

"7반 영진이가 그러는데 자살했대."

"어머, 어머, 어머. 어떻게? 어떻게 죽었다는데? 왜? 왜 죽었대? 남편이 바람이라도 폈대?"

"몰라. 나도 몰라. 나중에 영진이 만나면 자세히 물어봐야지."

"와아, 쇼킹하다. 그런데 어떻게 죽었을까?

"모른다니까…… 어쨌건 자살은 뭐니 뭐니 해도 높은 데서 뛰어내리는 게 짱 멋지지 않니? 새처럼 두 팔을 쫙 펴고 날았다가 순식간에 쾅, 짜부가 되면서 없어지는 거야. 진짜 멋지지 않니?"

"됐네요. 죽으려면 니 혼자 죽어라. 괜히 나 꼬시지 말고. 난 죽더라도 대학 가서 졸라 잘생긴 애하고 화끈하게 연애질이나 한번 해보고 죽을 테니."

하지만 그때 예이형은 황이주가 어떻게 죽었는지 별로 궁금하지 않았다. '혹시, 월드컵 한다고 학원 휴강하는 거 아닐까? 그러면 어디에 짱박혀서 시간을 보낸다지?'

11   2003년 5월 11일

분기점으로 돌아오다. 이야기의 가지들이 미친 듯 방사상으로 갈라지며 찢어졌던 바로 그 분기점으로. 1207호 병실 문 앞으로, 혹은 1207호 병실 문 앞에서 당황해하던 차인형의 복잡한 머릿속으로.

차인형은 자신이 그 문을 열어야 한다는 사실이 죽기보다 싫었다. 하지만 안이회는 여전히 딴청이었다.

"이 문인가요?"

자기도 모르게, 차인형은 큰 소리로 말했다. 거기엔 안이회에게 이 싫은 일을 시키는 염치없는 인간이 바로 너 자신이라는 것을 확인시키려는 의도도 약간은 있었다. 또, 혹 방 안에 있던 안치형이 자신의 목소리를 듣고 문을 열고 밖으로 나와줄지 모른다는 일말의 기대감도 없진 않았다. 하지만 안이회는 차인형을 쳐다보지도 않은 채 고개를 두어 번 끄덕거렸을 뿐이었고, 차인형이 손을 대기 전까지 1207은 결코 열리지 않았다.

결국, 하는 수 없이, 차인형은 1207을 열어 젖혔다. 1207은, 차인형이 열어야만 했던 문과 정면으로 마주 보이는 벽에 난 커다란 창문으로 쏟아져 들어온 400나노미터에서 800나노미터까지의 파장을 가지는 수많은 파동들의 혼합물로 폭발하기 일보 직전이었다. 그 가시광선의 총합인 백색, 절로 차인형의 눈살을 찌푸리게 했던. 증가한 빛의 양을 줄이기 위해 황급히 축소된 동공 뒤편 차인형의 망막 위엔 거꾸로 앉아 있는 어떤 남자의 상이 맺혀 있었다. 그 남자의 짧게 깎인 머리 위에서 한 무더기의 가시광선들이 예측 불가능한 방향으로 산란되고 있었다.

'치형…… 치형이다.'

차인형은 간단히 안치형을 알아보았다. 신경정신과 1207호 병실, 볕이 잘 드는 창문 앞 딱딱해 보이는 1인용 침대 위에 헐렁헐렁한 환자복을 입고 있는 안치형의 뒤통수를 차인형은 알아볼 수 있었다. 머리통 근처에서 바짝 쳐낸 짧은 머리카락들은 안치형의 조그만 골 위에서 일제히 기립해 있었다. 차인형은 까까머리를 한 안치형의 모습을 기억해 낼 수가 없었다. 대학 시절 입소하기 전에도 수치스러운 모습을 보여주기 싫다며 훈련소까지 따라가겠다는 친구들을 한사코 말리던 그였다. 여하튼 그건 너무 작았다. 그가 알고 있던 안치형의 뒤통수라기엔 그건 너무 작았다.

그때였다. 안이회가 침대 난간에 직각으로 세워져 있는 쇠봉을 주먹으로 두어 차례 두드리자 안치형이 고개를 돌렸다. 차인형은 볼에 잔뜩 힘을 주었다. 눈을 감아 버리지 않기 위해, 혹은 울지 않기 위해.

'이건 치형이가 아니야. 치형이의 눈은 한번도, 저렇지 않았어.'

차인형의 시신경을 타고 대뇌로 달음질치던 신경물질에 고인 그건, 절대 안치형의 눈이 아니었다. 안치형의 눈일 수 없었다. 차인형이 보기에 그건 치형의 눈이라기엔 너무도 평화스러웠다. 터무니없는 평화로움, 거짓으로 조작된 것이 아니고서야 지상에 존재할 것 같지 않은 평화로움, 결코 치형의 것일 수 없는 가공의, 방부제 처리된 평화로움. 차인형은 결심이라도 한 듯, 입을 앙다물었다. 자칫, 한 음절의 음성이라도 성급하게 자신의 입에서 튀어나와 이 1207을 채우게 된다면 모든 것이 엉망이 될 것만 같았다.

'넌 치형이 아니잖아…… 그럼 넌 누구지? 왜 이런 데서 치형의 역을 연기하고 있지?'

안이회가 침대 발치와 벽 사이의 얇은 틈 사이에 세워져 있던 화이트보드를 꺼냈다. 검은 털실 끝엔 파랑 유성펜이 달려 있었다. 안경 뒤, 안이회의 얇게 찢어진 두 쪽의 눈이 오랜만에 차인형을 향했다. 뭔가 부탁하는 듯한, 아니 애써 채근하는 듯한. 차인형은 힘겹게 고개를 돌려버렸다. 뒤통수 너머 듣기 싫은 안이회의 목소리가 아주 먼 데에서 나는 소리처럼 울렸다.

"아직 문자 체계는 치형이 머릿속에 남아 있는 것 같아요. 비록 말은 알아듣지도 하지도 못하지만."

치형아, 형이야
오늘 기분은 어때?

참 못 쓴 글씨다, 라고 차인형은 생각했다. 안치형은 천천히, 마치 주기를 갖고 고개를 끄덕이도록 프로그래밍된 로봇처럼, 그렇게 일정한 간격을 두고 정확히 세 번 고개를 끄덕였다.

"인사라도 하시죠."

"그게…… 그게 도움이 될까요?"

차인형은 짜내듯 말했다. 차인형은, 무엇에든지 반항하지 않고는 견딜 수 없을 것 같았다. 차인형은, 저 멍청해 보이는 가면을 벗겨낼 수만 있다면 뭐라도 할 수 있을 것 같았다.

"지금으로선…… 아무도 장담할 수 없어요. 하지만 인사를 한다고 해서 더 나빠질 건 없어요."

하지만 차인형은 푸른 유성펜을 잡고 화이트보드 위에 '안녕, 오늘은 날씨가 참 좋구나.' 같은 헛소리를 늘어놓을 엄두가 나지 않았다. 안치형은 고개를 푹 수그리고 **치형아, 형이야. 오늘 기분은 어때?**를 거꾸로 들여다보고 있었다. 마치, 로제타석 위에 새겨진 상형문자를 해독하는 샹폴리옹처럼.

안이회가 조심스럽게 화이트보드를 안치형의 손에서 뜯어내더니 휴지로 지우기 시작했다. 둘 곳 없어 어정거리다 마주친 치형의 눈은 여전히 평화로웠지만, 아주 짧은 그늘, 혹은 성급한 의혹 같은 것이 지나간 것 같기도 했다.

이분은 얼마 전까지만 해도
*너의 가장 친한 친구였. *
차인형, 기억나니?

화이트보드의 내부, 그 한정된 면적 안에서 글자들은 뒤로 갈수록 점점 작아졌다. 맨 끝에 달린 물음표는 충분히 부풀어오르지 못해 마치 느낌표처럼 보였다. 기억나니!

'때려치워. 이런 잔인한 놀이는 이제 그만 집어치워.'

안치형의 평화로운 두 눈꺼풀이 몇 차례 깜박거렸다. 깜박거렸지만 아무것도 지워지지 않았다. 하긴 처음부터 아무것도 들어 있지 않았으

미안하다
그래서 내가 너를 속여도
미안 하지 않게
미안해서 내가 너를 속여도

니 지워질 것이 없기도 했다. 안치형은 마치 울고 싶은데 우는 법을 잃어버리기라도 한 것처럼 어색한 표정을 지어 보였다. 그는 형에게서 화이트보드를 건네받고는 느릿느릿 거기다 뭔갈 적어 넣기 시작했다.

이번엔 차인형 차례였다. 안치형이 양팔을 죽 뻗어 그에게 화이트보드를 내밀었고, 싫었지만 차인형은 그걸 거부할 수 없었다. 기계적으로 몇 글자 적다가 차인형은 자리에서 벌떡 일어나 화이트보드를 바닥에 내팽개치고는 밖으로 나가 버렸다. 바닥에 고개를 묻고 있던 화이트보드의 얼굴 위엔 이렇게 쓰여 있었다.

개새끼 난 결코 속지 않아
니가 아무리

12

그 파괴 이전, 인간은 말로 할 수 있는 것들을 군이 종이 위에 글자로 적어 남기는 수고를 마다하지 않았다. 마치 지금의 나처럼 말이다. 기록의 가장 큰 장점은 음파가 공기 중에서 소멸되는 시간에 비해 대체로 훨씬 긴 시간 동안 사라지지 않는다는 점이다. 하지만 이런 장점들도 까마득한 옛날에나 적용될 수 있는 철 지난 얘기다. 아쉽게도 내겐 아니다. 나의 존재하지 않는 독자들은 보존 기간 따위엔 전혀 관심을 두지 않는다.

그런데 존재하지 않은 독자가 다시 내게 반문한다. 언어와 문자를 사용하는 인간들이 다시 나타나지 않을 것이라고, 그리하여 다시 꿈이 한갓 사유물로 돌아가지 않을 것이라고, 어떻게 당신은 장담할 수 있는가? 그런 세상이 다시 온다면 당신의 이 기록도 나름대로의 유용성을 가지게 되는 것 아닌가? 그렇다, 나의 존재하지 않는 독자들에겐 전혀 빈틈이 없다. 나는 구구한 변명이나 늘어놓는 수밖에. 나는 장담하기를 좋아하지 않고, 또 그럴 필요성도 느끼지 못한다. 단지 그런 시대가 다시 오는 것을 바라지 않는 것뿐이다. 우리들은 지금 여기에 존재하고 있다는 사실에 대해 만족하고 있다. 말이나 기록을 이용해야 할 필요가 없을 만큼.

모순될 일일 수도 있겠지만, 그래도 예전의 기록들을 찾아내 세월의 두께만큼이나 무겁게 쌓인 먼지를 불어내고, 처음부터 서두르지 않고 한 단어 한 단어씩 기록들을 해독해 가는 일에서 얻는 재미는 참으로 유별나다. 여기 안치형이 차인형에게 말로 할 수 있는 것들을 굳이 종이 위에 적어 내려간 것들, 그러니까, 편지라 불리던 것들이 있다. 안치형이 차인형에게 보내기 위해 정성스럽게 적었던, 그리고 차인형이 읽었던, 그리고 다시 한 번 내가 다시 먼지를 털어내고 읽어 내려갔던, 그리고 마지막으로 여기에 지금 내가 옮겨 적고 있는.

인형아,

너는 기억이 안 나겠지. 우리 그런 얘기 한 적 있었지. 우리 언젠가 좋아하는 것들과 싫어하는 것들의 목록을 만들어 보기로 했었지. 너는 기억이 잘 안 날 거야. 넌 그때 많이 취해 있었으니까. 나 역시 많이 취해 있었고, 한동안 까맣게 잊어버리고 있었는데, 갑자기, 마치 어제 일인 양, 그때 기억이 난다. 그때 우리는 최루탄 냄새를 풀풀 풍기면서 가투에서 돌아오는 길이었어. 태백산맥인지 들불인지는 잘 기억나지 않지만 우리는 늘 그랬던 것처럼 최루탄 냄새, 담배 냄새, 술 냄새, 김치찌개 냄새, 땀 냄새로 범벅이 된 구석방에서 소주병을 쌓아놓고 술을 마셨지. 한번도 우리는 가투(街鬪)를 빼먹지 않았지만, 한번도 우린 뒷풀이 자리에서 진지하지 않았어. 너는 모르겠지만, 최소한 나는 그랬어. 우리는 구석자리에 앉아 노래를

60

부르면 그저 따라 부르는 시늉을 했고, 누군가 혼자 열변을 토할 땐 그저 듣는 척했지. 그러다 분위기가 좀 더 산만해지면 가투나 조국해방 같은 주제와는 전혀 연관 없는 내용들로 둘이서 낄낄댔지. 그때 난 어느 것에도 진지해질 수가 없었어. 지금도 마찬가지이지만. 그 최루탄 냄새와 시끌벅적한 민중가로 범벅이 된 뒷풀이 중 하루, 너인지 나인지 기억은 나지 않지만 누군가가 그런 목록을 만들어 보자고 했었지. 자, 그럼 말이 나온 김에 슬슬 시작해 볼까, 너무 졸려 꾸벅대다 펜을 떨구기 전에 말이야. 잠깐, 그런데 싫어하는 것들과 좋아하는 것들 중 어떤 것의 목록을 먼저 만들어야 할까? 너라면 그리고 나라면 당연히 싫어하는 것들의 목록에 먼저 관심이 가겠지. 우린 그렇게 설계된 인간들이니까. 그게 우리가 가진 동일한 DNA의 염기 배열이니까.

싫어하는 것들의 목록

1. 태양: 너도 알지. 난 한낮의 뜨거운 태양빛을 쐬면 눈에서 눈물이 나. 특히나 11월 근처의 늦가을 태양은 마치 지랄탄처럼 맵지. 나는 그런 태양이 싫어. 그런 태양 아래선 얼굴을 찡그리게 돼. 그런데 나는 얼굴을 찡그리고 싶지 않아. 가끔은 그런 태양빛이 주위의 소리마저 이상하게 굴절시켜 버려. 태양빛에 심하게 표백된 소리들이 갑자기, 일제히, 꼬리를 길게 늘이면서 웅웅대는 거야. 마치 늘어진 테이프에서 나오는 소리처럼. 나는 그 소리가 싫어. 무서워.

2. 군인: 나는 군인이 되고 싶지 않아. 부서운 쫑을 들고 싶지 않아. 딱딱한 철모를 쓰고 싶지도 않고. 나는 징발되고 싶지 않아. 얼룩무늬 군복을 뒤집어쓰고 싶지 않아. 그런 옷을 입느니 차라리 쌀부대를 둘러쓰고 다니겠어. 게다가 방아쇠에 손가락을 걸고 싶지 않아. 열을 맞춰 서서 로봇처럼

손을 올리며 옆 사람과 동작을 맞춰 걷고 싶지도 않아. 결정적으로 나는 조국을 지키고 싶지 않아. 나는 '조국'이란 단어를 받아들일 수가 없어. 아니, 받아들일 수가 있어. 그건 말 그대로 할아버지가 우연히 태어난 나라일 뿐이야. 이름도 머릿속에 남아 있지 않은 할아버지 때문에 군인이라는 것이 되어 조국이라는 것을 지키고 싶지는 절대 않아.

　3. 나쁜 책: 최근에 공지영의 『고등어』라는 책을 읽었어. 술 먹고 집에 오다 지하철역 매점에서 산 책인데, 지금은 고등어가 복어가 돼버렸지. 진우가 우리 집에 놀러 와 빌려 달라기에 세면대에 던져 넣고는 물을 틀었더니, 금세 네 배로 부풀어올랐어. 수돗물에 퉁퉁 불기 전 읽은 『고등어』엔 이런 구절이 나와. '우리가 애썼던 날들하고 바꿀 수 있는 게 고작 운전면허예요?' 그럴듯하지. 정말 그럴듯해. 우린 운전면허를 아직 따지 못했지. 우리는 그게 죄스러웠지. 그런 짓을 한다는 것이 너무 죄스러워 차마 엄두도 내지 못했지. 그래, 아주 그럴듯해, 이 『고등어』를 만든 여자는 아주 그럴듯한 얘기를 했어. 그런데, 책 뒤표지엔 한 면 가득 이 공지영이라는 여자가 자가용 운전석에 앉아 운전대에 손을 올리고 있는 사진이 크게 실려 있어. 역시나 아주 그럴듯한 사진이야. 공지영은 차창을 내린 채 나를 보고 있어. 입을 벌리고 뭐라고 말을 하는 것 같은데 잘 들리지는 않아. 운전대 위에 다소곳이 올려져 있는 예쁜 손을 보면 이제 막 크게 우회전이라고 하겠다는 자세야. 아주 그럴듯한 사진이지. 그 사진만 없었더라도 『고등어』가 우리 집 화장실에서 그렇게 퉁퉁 불 것까지는 없었는데. 혹시 읽지 않았다면 꼭 한번 읽어 보도록 해. 너 같은 애한테는 가끔씩 적당한 양의 독(毒)이 필요하니까.

<u>그리고 좋아하는 것들의 목록</u>

1. 고로케: 지난번에 너하고 집에 가다 빵집에 들러 내가 고로케를 여섯 개인가 일곱 개 사서 비닐봉지에 집어넣자 너는 기겁했었지. 나는 고로케가 좋아. 어렸을 때, 나는 고로케를 먹지 못했어. 먹고 싶었지만, 어머니는 사 주지 않았지. 그녀는 아마 사 주지 않았던 게 아니라, 사 주고 싶었는데 그러지 못했던 거겠지. 어쨌건, 나는 배 터지게 고로케를 삼킨 다음 비로소 느끼게 되는 토할 것 같은 기분, 그게 좋아. 싸구려 기름 냄새 흥건한 식어버린 질긴 고로케의 껍질이 좋아.

2. 달: 나는 마치 손톱처럼 얇은, 그 끝에 손대면 금세라도 베일 듯 날카로운 초승달이 좋아. 올 봄에 고속버스를 타고 진주에 내려가다 차창 밖 검고 위압적인 숲 위에 걸려 있는 희고 선명하고 차갑고 단단한 그 달을 나는 보았어. 그건 내가 처음으로 만난 초승달이었어. 그랬어, 사실이야, 난 그 전에 한번도 달을 만나지 못했어, 그랬던 거야. 그게 왜 날 매혹시킨 거냐고 넌 묻고 캐묻고 따지고 또 분석해 내고 싶겠지. 그러나 나는 거절하겠어. 나는 그래. 그 손톱처럼 가느다랗던, 버려진 물고기의 차갑게 빛나는 뼈를 닮았던, 터무니없이 오래되었을 것만 같은 달 역시 너의 분석을 혹은 너의 폭력을 달가워하지 않을 거야.

3. 카프카: 여기에 대해, 지금은 존재하지 않는 존재에 대해 우리가 뭘 더 얘기할 수 있을까? 얘기해선 안 되겠지. 우리들의 불손—불결한 얘기들로 카프카를 오염시킬 필요는 없겠지.

그러지 뭐. 여기까지. 오늘은 여기까지. 졸린다. 가는 가시처럼, 졸음이 눈꺼풀 속으로 뚫고 들어오고 있어. 잘 자도록. 좀 더 잘 자도록. 잠과 친해지려고 좀 더 노력해 보도록.

1994. 7. 11. Your Worst Enemy 치형

인형아,

이곳은 일본이다. ここは日本ですね. I'm in Japan now.

놀랐니? 놀랐으면 해. 놀라지 않는다면 화를 낼 거야. 내가 한동안 사라지겠다고 했을 때, 넌 늘 그랬던 것처럼 뚱한 표정을 지어 보였지. 넌 믿지 않았었어, 내겐 그렇게 보였고, 그게 나한텐 고약한 오기를 불러 일으켰지. 그래서, 지금 나는 일본 도쿄의 작은 호텔방에 착륙해 있어. 여기 호텔방은 상상도 할 수 없을 만큼 좁아. 침대와 TV가 놓여 있는 장식장 사이엔 무릎 하나가 들어갈 공간이 다야. 숨이 막힐 것 같애. 방금 창문을 열어놓고 왔어. TV에선 알아들을 수 없는 이방의 언어가 계속해서 쏟아져 나와. 이 이방의 언어들이 그나마 날 위로해 주고 있어. 거기선, Republic of Korea에선, 네가, 너의 언어들이 나를 숨 막히게 했지.

나는 소설 쓰기를 포기하기로 했어. 그러기로 했지. 여행 떠나기 전부터 그럴 생각이었어. 단지, 누군가가, 그런 결심을 했다는 나를 진정으로 위로해 줄 누군가가 없는 곳을 찾았던 거야.

넌 늘 나를 그리고 나의 글을 격려했었지. 나는 그러지 않았지만 너는 그랬지. 나는 너의 글을 보고 놀라면 되었지만, 너는 나의 글을 보고 격려를 해야 했지. 다행인지 불행인지, 내겐 내 재능을 확인하는 데 필요한 최소한의 재능 정도는 남아 있었어. 그래서 그런 결정을 내리게 됐어. 분명히 얘기하지만 난 너한테 이제 아무런 격려도 위로도 바라지 않아. 아무 일도 없었던 것처럼 대해 줘, 지금 침대 위에 모로 누워 나를 쳐다보고 있는 카

64

프카의 『성(城)』처럼 말이야.

니 말이 맞았어. 정말 여행은 글을 쓰기엔 좋지 않은 공간이야. 주위의 낯선, 처음부터 낯설었던 모든 것들이 나를 끌어당겨서 나를 내 속으로 침잠하지 못하게 만들어. 아, 그렇구나, 난 막 글쓰기를 모두 포기했었지. 이제 좋은 글을 쓰는 몫은 네게 남기마. 나? 나는 뭘 할 거냐구? 우리 이제부터라도 막스 브로트 – 프란츠 카프카 놀이[주5]를 해보는 게 어떨까? 나는 막스 브로트가 갖추어야 할 모든 것들을 가지고 있어, 감식안, 열등감, 동경심, 집착, 뭐 그런 것들 모두를 말이야. 니가 카프카가 될 수 있는지는 내가 아니라 니 자신에게 물어봐야 할 질문일 테고.

엽서라 그런지 칸이 모자라구나, 더 이상 글자를 작게 쓰는 것은 내게 무리다. 그럼 가서 보자.

1994. 8. 23. Your Worst Enemy 치형

인형아,

어젯밤 철형이하고 통화하다가 들었다. 축하한다. 예전부터 니 글들을 읽어 온 나로선 니가 그 상을 탔다는 게 그리 놀라운 일은 아니지만, 그래도 니 글을 수상작으로 선정한 심사위원들의 안목에는 다시 한 번 경의를 표하고 싶어지는구나. 술이나 한 잔 얻어먹어야 제격인데 나는 내년 여름이나 되어야 이 지긋지긋한 박사과정을 마칠 것 같다. 그 전엔 될 수 있으면 한국에 발을 대지 않으려고 작정했다. 일본이야 어자씨 비행기 싻토 얼마 되지 않고 하니 상금으로 머리나 식힐 겸 한번 놀러 온다면 나로선 대환영이다.

상을 받았다는 게, 그리고 문단이란 곳에서 인정하는 정식 작가가 되

었다는 게 내겐 별 대단한 일은 아니겠지. 그래서 괘씸하게도 나한테 기별도 없었던 거구. 하여튼 앞으로 좋은 글 계속 쓰길 바란다. 그리고 지금 쓰고 있는 『귀여운 성난 고양이』는 진도가 잘 나가지 않는 것 같던데, 그래도 틈틈이 조금씩 쓰면 나한테 보내라. 너도 이미 눈치 챘겠지만 사실 박사 과정만큼 늘어진 팔자도 없다. 남아도는 게 시간이니, 전혀 부담 갖지 말고 보내라. 읽고, 내 냉정하게 비평해 주마.

나는 잘 살고 있다. 이제 밖에 나가서 말만 너무 많이 안 하면, 일본 사람으로 오해할 만큼 일어도 늘었고, 동료들도 다들 착해빠진 놈들이라 살기는 편하다. 단 하나 걱정은 한국으로 돌아가는 일인데, 뭐 산 입에 거미줄이야 칠지 싶다. 아, 그리고 저번에 보내줬던 정영문의 『검은 이야기 사슬』 아주 재미있게 읽었다. 혹시 그 작가 다른 작품들 내면 좀 더 보내라. 아차, 빠뜨릴 뻔했구나. 궁금한 게 있었는데, 왜 그 소설집 안에 「카프카와의 대화」라는 세 페이지짜리 엽편 소설이 있잖아. 그 소설에서, 무명의 화자와 대화하던 카프카가 '내게는 조국, 고향, 가족 같은 나의 선택과는 무관하게 내게 주워진 것들에 대한 무조건적인 사랑만큼 기이한 사랑의 형태는 없어……'라고 말하는 대목이 나오거든. 나중에 혹시 정영문 씨를 만나게 되면, 그 대목이 자신의 창작인지 혹은 카프카의 일기나 편지 혹은 소설 등에 들어 있던 부분을 인용한 것인지 물어봐 주면 좋겠어. 그 대목이 카프카에서 나온 것이라면 관두고, 만에 하나 그 대목이 정말 정영문이라는 작가에게서 나온 것이라면, 나를 대신해서 니가 그에게 술 한잔 사 줘라. 멋진 문장을 내게 선사한 대가로 말이지.

1999. 9. 14 일본에서 치형

인형아, 전화가 안 돼서 일단 편지를 이렇게 부친다. 내일부터 이번 주

금요일까지 중국 출장이라 찾아보지는 못할 것 같고, 금요일 저녁에 한국에 돌아오면 바로 찾아가도록 하마.

사람들한테 걱정 끼치고, 뒤치다꺼리 부탁하는 일은 내 전공이었는데, 너한테 어려운 일이 생겼다니 도무지 어떻게 해야 할지 모르겠구나. 박긴샘 씨한테 얘기 들었다. 박긴샘 씨가 그러는데 다행히 가장 나쁜 시기는 지났다고 하더구나. 같이 있어주지 못해서 정말 미안하다. 넌, 언제나 내 가장 어려운 시기의 목격자였고, 또 조언자였는데.

거꾸로 생각해 봐, 나도 그렇게 힘들고 엉망진창인 시기를 다 건너오지 않았니, 너도 봤잖아.

긴 말 해봤자, 아무 도움 안 되겠지. 이번 주 금요일이다. 7월 5일. 집에 있든가 나가더라도 꼭 핸드폰 열어놔라. 비행기에 내려서 바로 전화하마.

2002년 7월 2일 치형

13

"지금 몇 시니?"

그 파괴 이전, 인간들은 서로에게 이렇게 묻곤 했다, 때론 진지하게, 때론 그냥 습관적으로. 인간의 역사(歷史)가 덧대질수록 시간의 흐름은 점점 더 미세하게 쪼개졌고, 시간을 측정하기 위해 고안된 시계라는 발명품은 점점 더 복잡해지고 정밀해졌다. 인간은 시를 필요로 했고, 다음으로 분을 요구했으며, 결국에는 초만으로도 부족해 소수점 뒤에 서너 개의 0을 덧붙이기 시작했다. 사람들은 지구의 자전과 공전이 만들어낸 시간의 흐름을 그대로 내버려두어서는 안 된다는 일종의 강박관념으로 무장했고, 지구와 태양의 움직임은 정보를 끊임없이 먹어치우는 규소 계열의 불가사리, 컴퓨터 속에 낱낱이 기록되어야 했다. 그래서 "지금 몇 시니?"라는 관습적이면서도 우주적인 그 질문에 대해 누군가는, "너의 질문에 대해 내가 대답하려고 시도하는 동안에도 시간은 멈추지 않고 우리 머리 위를 기어가고 있는데 내가 어떻게 너의 지금 몇 시냐라는 어리석은 질문에 정확히 대답할 수 있겠니?"라고 반문했는지도 모른다.

그렇게, 뭉툭한 시간이건, 숫돌에 잘 갈린 날카로운 시간이건, 시간은 차인형에게 무자비했었고, 지구는 차인형에게 더 많은, 새로운, 일어나지 않은 것들을 보여주기 위해 잔인하게 일정한 각속도를 유지한 팽이처럼 빙글빙글 돌았고, 하지만 그 시간은 지구 위에 무임승차한 다른 수많은 승객들에게 동시에 내리쬐었으니…….

2002년 1월 27일, 태양이 황도 12궁^{주6} 중 물병자리를 지나고 있을 즈음 : 차인형과 황이주 사이에서 둘의 첫 번째 아들이 태어나다.

2002년 4월 29일, 태양이 황도 12궁 중 황소자리를 지나고 있을 즈음 : 차인형과 사이에서 태어난 첫 번째 아들이 만 삼 개월 이틀 만에 죽다.

2002년 5월 10일, 태양이 여전히 황소자리에 머무르고 있을 즈음 : 유엔아동특별총회는 폐막식에서 향후 10년간 세계 아동들을 빈곤, 기아, 질병, 전쟁의 위험에서 해방시키기 위한 실천 계획이 담긴 〈아동을 위한 세계의 준비보고서〉를 발표한 후 폐막하다. 이 보고서는 유아 및 5세 이하 아동의 사망률을 2000년 대비 삼분의 일로 줄인다는 내용을 담고 있다.

2002년 5월 29일, 태양이 황도 12궁 중 쌍둥이자리를 지나고 있을 즈음 : 황이주가 자택 욕실에서 손목의 동맥을 끊어 출혈과다로 사망하다.

2002년 5월 30일, 역시, 태양이 쌍둥이자리를 벗어나지 못하고 있을 즈음 : 1999년 노벨문학상 수상자인 독일의 작가 귄터 그라스가 서울에서 열린 2002년 월드컵 개막전 전야제에 참가하여 다음과 같은 시를 낭독하다.

천천히 축구공이 하늘로 떠올랐다

그때 사람들은 관중석이 꽉 차 있는 것을 보았다

고독하게 시인은 골대 안에 서 있었고

그러나 심판은 호각을 불었다; 오프사이드

2002년 5월 31일, 그대로 쌍둥이자리 : 2002년 월드컵의 개막전인 프랑스 대 세네갈의 경기가 벌어지다. 차인형은 황이주의 장례식에서 돌아온 후 자신의 전신에 난 털들을 밀어버리다. 경미한 출혈이 동반되다.

2002년 6월 4일, 아직도 태양은 쌍둥이자리에 : 대한민국 대 폴란드의 경기가 벌어지다. 서울시청-광화문 15만 명, 전국 70만 명의 인파가 거리에서 경기를 지켜보다. 차인형은 밖으로 나가지 않고 옷을 벗은 채로 계속 집에서 잠을 자다.

2002년 6월 10일, 태양은 길고 긴 쌍둥이자리에 그대로 : 대한민국 대 미국의 경기가 벌어지다. 서울시청-광화문 40만 명(1987년 6 · 10 항쟁 이후 최대 인파로 집계됨),[주7] 전국 100만 명의 인파가 거리에서 경기를 지켜보다. 차인형은 밖으로 나가지 않고 옷을 벗은 채로 계속 집에서 잠을 자다.

2002년 6월 14일, 점점 더 뜨거워지는 쌍둥이자리 : 대한민국 대 포르투갈의 경기가 벌어지다. 서울시청-광화문 100만 명, 전국 350만 명의 인파가 거리에서 경기를 지켜보다. 차인형이 밖으로 나가지 않고 옷을 벗은 채 집에서 자기만 한 지 2주가 지나다. 차인형의 두피를 뚫고 3-6밀리미터 정도 머리카락이 자라나다.

2002년 6월 18일, 태양이 쌍둥이자리의 막바지를 지날 즈음 : 대한민국 대 이탈리아의 경기가 벌어지다. 서울시청-광화문 130만 명, 전국 500만 명의 인파가 거리에서 경기를 지켜보다. 차인형은 여전히 밖으로 나가지 않고 옷도 입지 않은 채 집에서 잠을 자다.

2002년 6월 22일, 태양이 진절머리 나는 쌍둥이자리를 막 지나 황도 12궁 중 네 번째인 게자리에 들어선 즈음 : 대한민국 대 스페인의 경기가 벌어지다. 서울시청-광화문에 150만 명, 전국 650만 명의 인파가 거리에서 경기를 지켜보다. 이 날을 기점으로 더 이상 인파를 가리키는 숫자들이 미친 듯 늘어나기를 그치다. 차인형이 밖으로 나가지 않고 발가벗은 채 집에서 자기만 한 지 약 3주가 지나다. 차인형, 오후 느지막이 3주 만에 처음으로 바깥에 나가다.

2002년 6월 30일, 태양이 게자리에 머물러 있을 즈음 : 대한민국 대 북조선 인민공화국의 경기가 벌어지다. 이 경기에는 커다랗고 화려한 배와 잘 닦은 총기류가 사용되었는데, 불의의 사고로 대한민국의 남자 4명이 사망하다. 바다 위에서 벌어진 경기라 그다지 인파를 불러 모으지 못하다.

2002년 7월 3일, 태양은 여전히 게자리에서 : 차인형, 처음으로 폴리우레탄 바닥의 가짜 사막을 경험하다.

14 2002년 6월 22일

태양이 지긋지긋한 쌍둥이자리를 지나는 동안, 아니 제대로 정정하자면, 지구가 쌍둥이자리를 마주보는 궤도 위에서 힘겹게 맴돌이 운동을 지속하는 동안 생긴 일들…….

차인형은 눈꺼풀을 들어올렸다. 기다란 직사각형 천장이 그의 눈앞에 떠올랐다. 그는 다시 눈을 감았다. 꽉 다물린 눈 사이로 눈물이 비집고 나왔다. 6월 22일이었다. 시간의 촉수는 단 하루의 예외도 없이 지나가는 날들에 차례차례 순서를 매기고 있었지만, 두 번의 죽음과 그 뒤를 따라온 지랄발광의 제모식(除毛式) 이후 그에겐 매일매일이 그저 다 똑같았다. 시간은 그렇게 그의 아파트라는 좁은 함정에 걸려 움쭉달싹 못한 채 천천히 썩어가고 있었다. 그의 아파트 바깥에선 그날이 2002년 6월 22일이었지만, 그의 아파트에선 5월 31일부터 모든 게 정지된 듯했다.

차인형은 말라 허옇게 일어난 입술을 움직거리지도 않고 속으로 '모든 것이 완전히 새로 시작될 수만 있다면.' 하고 생각했다. 그것은 황이주가 회색 잿가루로 돌아간 날부터, 그러니까 그 지랄발광의 제모식이 있었던 날부터 새로이 생긴 버릇이었다. 그날 이후 잠에서 깰 때마다 그는, 아침에 일어나 몸을 정갈히 하고 이스라엘의 유일신 야웨를 향해 아침기도를 올리는 수녀처럼 '모든 것이 완전히 새로 시작될 수만 있다면.' 하고 속삭이곤 했다. 그의 목소리는 자못 엄숙하기까지 했지만, 그의 무뎌진 고막을 울리게 하지 못했고, 몇 천년간 하늘 높은 곳에 묵고 있다고만 믿어지는 게으른 신의 귀에 가 닿을 리는 더더욱 만무했다. 그날, 5월 31일, 그는 털과 옷을 벗어 버렸고, 그리고 6월 22일 오후 5시 47분까지 그는 다시 옷을 입지 않았다. 그는 그렇게 했고, 그렇게 함으로써 말로는 설명할 수 없는 일종의 일관성을 고수하고 있다는 느낌을 받았다. 그렇게, 흐르지 않아 썩은 내 나는 약 20일간의 얕은 늪 속에 그는 벌거벗은 채 누워 있었다.

차인형은 몸을 뒤척이며 다시 '아니, **차라리 처음부터 아무것도 시작되지 않았었다면.**' 하고 생각했다. 그는 눈을 감고 어디서부터 시작되지 말아야 했는지 생각해 보았다. 그것 역시 시간이 얼어붙었던 그 20일 동안, 그에게 새로 생긴 버릇이었다. 그건 시간의 이글루 속에서 버텨내기 위한 최소한의 반사작용이었다. 그는 시간이 제대로 흐르던 과거 속의 몇몇 단면들로 무작정 달려갔다. 제일 먼저 그 섹스, 그의 정자 속에 들어 있는 Y염색체가 황이주의 난자에 닿을 기회를 그들 부부에게 선사했던 그 섹스를, 그는 약간의 분노와 함께 떠올렸다. '**나쁜 년.**' 황이주는 단단하게 발기된 성기에 콘돔을 씌우기 위해 침대에서 일어나려는 그를 오늘은 안전한 날이라며 말렸고, 그는 그녀의 말을 아무 의심 없이 믿어 버렸다. 하긴 그는 늘 성교 도중 콘돔을 뒤집어씌우기 위해 자리에서 일어나는 절차가 너무나 번거로웠다. 단지 그는 자식이 생긴다면 콘돔을 자신의 막대기에 씌우는 일보다 몇 천 배는 더 번거로운 일들이 생길 거라는 것을 잘 알고 있었고 그래서 종종 속으로 씨발이라고 울부짖으면

서도 그 작업을 거르는 법이 없었다. '나쁜 년.' 지금 와 생각하니 의심의
여지가 없었다. 황이주는 단순히 자신이 배란일을 잘못 계산해서 생긴
일이라 했지만, 그것은 새빨간 거짓말이었다. 그는 다시 한 번 '나쁜 년'
이라고 말하려다 그만두었다. 이제 그 '나쁜 년'은 더 이상 지구 위에 없
었다. 그 '나쁜 년'의 뇌는 커다란 화덕 속에 잠시 들어갔다 나오더니 회
색 잿가루가 되어버렸다고 했다. 그때 그는 그 재가 황이주 혹은 황이주
의 변형물이라는 것을 도저히 믿을 수 없었다.

　문득 차인형은 황이주와 결혼만 하지 않았더라도 이 모든 일이 일
어나지 않았을 것이라는 생각을 했다. 그의 기억은 다시 그와 황이주가
혼인신고를 하기 위해 구청 민원실 호적계의 기다란 돌계단을 올라가던
장면을 재생했다. 그때 황이주는 땀을 많이 흘렸다. 황이주의 손을 잡고
있던 그의 손에도 물기가 흥건했다. 계단 위에서 그는 자동판매기에서
시원한 음료수를 뽑아주겠다고 말하면서 동전이 있는지 확인하기 위해
주머니에 손을 찔러넣었다. 동전 대신 미끈한 감촉의 도장이 만져졌다.
'그때 그 도장만 없었더라도.' 그의 바람과는 달리, 기억이 재생해 내는
영상 속에서 그들 두 예비 부부에게는 아무런 법적인 문제도, 흔히 있을
수 있는 사소한 문서상의 실수도 없었다. 구청 직원이 다 됐습니다, 라고
말하기 직전 그는 정지 단추를 눌러 화면을 꺼버릴 수 있었다. 그는 다
시 캄캄해진 스크린 앞에서, 무엇이 어떻게 잘못되었던 것인지 다 알게
된 것 같았다. 그때 그는 너무 어렸고, 자신이 나름대로 풍부한 상상력을
가지고 있다고 자부했지만, 결혼이 합법적으로 아이를 가질 수 있는 가
장 손쉬운 함정이라는 데까지는 생각이 미치지 못했다. 그리고 황이주
가 간절히도 애를 갖고 싶어한다는 최악의 사실을 그는 눈치 채지 못했
다. '내가 어리석었던 거지, 내가 어리석었던 거야.'

　차인형은 의미 없는 하품을 했다. 그는 그렇게 누워 시간의 우물 속

에서 썩어가는 동안, 언제나 비슷한 경로를 통해 진작 지워졌어야 했던 것은 그를 둘러싼 환경이나 사물들이나 타인이 아니라, 바로 그 자신이라는, 늘 똑같은, 아주 명쾌한 결론에 도달할 수 있었다. 그 결론에 도달할 때야 비로소 그는 자신이 완전히 망가지지는 않았다는 사실을 깨달을 수 있었고, 기분도 한결 나아지는 것 같았다. 그러나 그런 감정은 아주 잠깐 동안만 지속되었으며, 그런 깨달음에 도달한 주체가 바로 여전히 지워지지 않고 있는 지겹기 짝이 없는 자신의 육체라는 또 다른 깨달음이 금세 밀려왔다. '하지만 나는 아직 지워지지 않았어, 여기 있는 나는.' 하지만 그는 여전히 지워지는 것이, 그의 이름 붙여주지 못한 아들이나 황이주처럼 난데없이 지워지는 것이 두려웠다. 그는 이젠 지워져버린 황이주나 황이주가 낳은 애를 생각하며 슬픔에 젖어 있지는 않았다. 그에게서 털과 옷을 빼앗아 갔던 건 슬픔이 아니라 두려움이었으며, 세상에 대한, 그 둘이 사라진 후에도 뻔뻔스럽게도 아무 일 없이 굴러가고 있는 세상에 대한 두려움이었고, 끊임없이 자신이 아직 지워지지 않은 존재라고 들쑤셔대는, 어디론가 막다른 곳으로 자신을 내몰려고 하는 자신의 무의식에 대한 두려움이었고, 그 둘이 지워진 세상으로 다시, 아무 일도 없었던 것처럼 태연하게 동참할 수 없을 것 같다는 두려움이었다. 어쨌건 그는 자신을 지워버리거나 반대로 잘 추슬러 밖으로 나가려 하는 대신, 그가 내릴 수 있는 모든 결정들을 시간의 냉장고 속에서 넣어두고 싶었다. 두려움은, 이를테면, 유예라는 그가 갇힌 성을 지키는 일종의 경비병이었다. 하지만 두려움과 함께 머물기에도 그의 용기는 턱없이 부족했기 때문에, 두려움을 잊기 위해 될 수 있는 대로 자주 그는 자신의 의식을 꺼두어야 했다. 가장 좋은 방법은 하루 종일 누워서 잠만 자는 것이었다. '나는 마비되어 가고 있어, 마비되어 가고 있는 것 같애.' 그는 당장이라도 자리를 박차고 일어날 수 있었지만, 차마 그러고 싶지 않았다. 털을 민 날 새벽, 짜증스러운 전화벨 소리가 그를 괴롭혔지만, 그는 일어나지 않겠다고 굳게 다짐했다. 그는 수화기를 부여잡고 울고 싶은 유혹을 물리쳤으며, 다시는 그런 유혹에 시달리지 않기 위해 자신의 귀를 잘라내는 대신 다음날 아침 전화선을 뽑아 버린 후 가위로 잘근잘근 토막내 버렸다.

차인형은 절룩거리면서 자리에서 일어났다. 황이주의 장례식을 마치고 돌아온 2002년 5월 31일로부터 게자리로 태양이 막 접어든 그해 6월 22일까지, 하루 24시간 내내 차인형이 옷을 벗은 채 마룻바닥에 누워만 있었던 것은 아니었다. 지워지지 않은 육체는 단지 그의 의식에 슬픔이나 두려움이라는 감정만을 주입한 것이 아니라, 때때로 아무것도 하지 않고 누워 있고 싶다는 그의 의식을 뚫고, 눌러 이기고 그를 자리에서 일어나게 했다. 덕분에 그는 눈을 떠야 했고, 화장실 변기에 몸속의 체액을 쏟아내기 위해 자리에서 일어나야 했으며, 돌아오는 길에 다시 냉장고 속에 들어 있는 생수병 속의 물을 다시 몸속으로 들이붓기도 했으며, 그러면서 '이 얼마나 어처구니없는 반복이냐, 물을 몸속에서 뽑아내고 또 채워넣어야 한다니.'라고 중얼거리기도 했으며, 또 허기가 손가락 하나 꼼짝하기 싫다는 감정을 눌러 이길 때면 냉장고를 열고 아무거나 입에 쑤셔 넣기도 했고, TV를 켜고 잠시나마 입을 멍하니 벌린 채 환한 브라운관 표면에 시선을 박기도 했다. 하지만 그런 그의 행동들이 차지하는 시간의 양은 그가 아무것도 하지 않고 눈을 감은 채 방바닥에 누워 있는 시간에 비하면 그야말로 혹 하는 입김에도 쉬이 날아가 버릴 가벼운 깃털 같은 것이었다.

차인형은 냉장고 안에서 발견한 유통기한이 진작 지난 듯한 굳어버린 맛살 두 쪽을 입에 쑤셔 넣고 천천히 오물거리며 마루로 돌아와 까실까실한 천의 감촉이 엉덩이에 고스란히 느껴지는 소파에 앉아 TV 리모

컨 전원을 눌렀다. '유선 53번'이라는 연두색 글자가 브라운관 한쪽 귀퉁이에 나타났고 뒤이어 천천히 화면이, 하양 동그라미와 검정 동그라미가 누런 모눈좌표 위를 덮고 있는 단순하고 기하학적인 풍경이 밝아지기 시작했다. 그에겐 너무나 익숙해진 풍경이었다. 유선 53번, 바둑TV는 그에겐 더할 나위 없는 도피처였다. 그는 이름을 짓지 못한 아들과 황이주가 지워진 세상을 아무 슬픔 없이 게워내고 있을 다른 공중파 방송을 볼 수가 없었다. 두려웠다. 그는 뉴스가 두려웠고, 깔깔대는 허기진 웃음이 그의 고막을 자극하려고 잔뜩 벼르고 있을 코미디 프로그램이 두려웠고, 올해 박찬호가 던진 수천 개의 공을 스트라이크와 볼로 정확히 나누어줄 메이저리그 중계가 두려웠고, 짐짓 자신이 팔고자 하는 물건들과는 동떨어진 세상에 존재하는 척 순진한 표정을 짓고 있을 CF 속 요정들이 두려웠다. 그에게 바둑은 세상과 동떨어진, 세상과 철저히 유리된, 세상의 시간과는 다른 유형의 시간이 지배하는, 마치 그가 머무르고 있는 12평짜리 공간과 닮은 데가 있는, 아무런 교훈도 아무런 드라마도 없는 게임이었다. 칩거에 들어가기 전, 그래도 여러 가지 방식으로 인간들과 소통을 유지하던 시절에 그는 내심 바둑 두는 사람들을 경멸했으며 그 안에 인생의 오묘한 이치가 모두 담겨져 있다고 설파하는 자들을 덜떨어진 사람 정도로 취급하곤 했다. 그렇게 그는 평생 바둑을 두어본 적이 없었고, 흰 돌과 검은 돌이 번갈아 가며 바둑판 위에 놓여야 한다는 사실을 제외하곤 전혀 바둑의 규칙을 몰랐고, 그래서 더더욱 324개의 작은 정사각형들로 가득 찬 누런 바둑판과 그 위에 번갈아 내리는 하얗고 검은 돌들이 그에겐 낯설고 기묘하기만 했다. 남녀 관 혹은 두 명의 남자로 구성된 해설자들은 놓이는 돌들 하나하나에 주석을 달고 싶어했지만, 그에게 그들은 라틴어로 쓰인 성경에 히브리어로 주석을 다는 랍비들과 다를 바가 없었다.

바둑TV에서 방영되고 있는 프로그램은 그가 벌써 몇 차례나 반복해서 본 적이 있는 바둑이었다. 두 명의 해설자 중 젊은 축이 가랑가랑한 목소리로 여기서부터가 승부처라고 얘기하고 있을 즈음, 차인형은 자연스레 '기세의 한 수지요. 여기서는 더 이상 물러설 수가 없습니다.'라고 중얼거렸다. 1,2초 뒤, 다시 해설자들 중 늙은 축이 그가 말했던 대사에서 토씨 하나 빼지 않고 '기세의 한 수지요. 여기서는 더 이상 물러설 수가 없습니다.'라고 말하는 것이 그의 귀에 들렸다. 그에게 그것은 마술처럼 보였다. 그는 어느새 자신이 전혀 이해하지 못했던 히브리어 주석을 통째로 암기해 버리고 만 것이었다. 그는 자신이 지혜의 마지막 경지, 이해하려고 노력하지 않고도 모든 이치가 자연스레 몸에 배게 되는, 그런 경지에 오른 것처럼 느껴졌다. 그는 TV를 끄고 소파에 그대로 누워, 방금 전에 그가 미리 예언했던 해설자의 한 마디, '기세의 한 수지요. 여기서는 더 이상 물러설 수가 없습니다.'를 잊지 않도록 다시 음미해 보았다. 마치 그 말은 하나의 수(手), 혹은 바둑이라는 하나의 게임을 두고 내뱉어진 한 마디가 아니라, 인생과 우주를——누구의?——관통하는 하나의 계시처럼 그에게는 받아들여졌다. 그는 아주 조그맣고 사소한 우연이라도 결코 놓치고 싶지 않았고, 일단 그렇게 습득한 우연을 우연 그대로 내버려두고 싶지 않았다. '여기엔 뭔가 뜻이 있어.' 하지만 그는 다시 TV를 켜지 않았다. 그가 밝혀내고 싶은 그 뜻이란 것이, 비록 거기에서 촉발되었다 할지라도 바둑 같은 하찮은 곳에 묻혀 있을 성싶지는 않았기 때문이었다.

차인형은 입안이 바짝 마르도록 그에게 내려졌던 계시, '기세의 한 수지요. 여기서는 더 이상 물러설 수가 없습니다.'를 반복해 입안에서 굴려 보았지만, 그건 너무나 막연했다. 그는 '여기'라는 대명사가 어디를 뜻하는 것인지 이해할 수 없었고, '물러선다'는 동사가 도대체 어디에서 어디로 물러선다는 것인지도 도무지 종잡을 수가 없었다. 마치 바둑처럼, 그가 바둑판에 차례로 쌓이는 바둑돌들이 저마다 가지고 있을 의도를 전혀 이해할 수 없는 것처럼, 그에게 내려진 계시 역시 그렇게 막연하기만 했다. 그는 소파 등받이에 머리를 파묻고 모로 누워 생각을 집중하려 했지만, 잘 되지 않았다. 모든 게 너무나 막연했다. 그는 졸렸다. 잠결에 그는 자신이 바둑알과 비슷한 처지라는 생각을 했다. 바둑알들이, 자신을 쥐고 또 바둑판 위의 어떤 한 점을 찾아 내려놓는 자의 의지를 이해할 수 없는 것처럼, 그 역시 그에게 내려진 계시를 이해할 수가 없었다. '나를 쥐고 있는 누군가는 그 계시를 이해하겠지? 그렇겠지?' 그는 그 누군가에게 계시대로 자신을 정확히 움직여달라고 기도하려다 그 누군가라는 것이 정말 누구일까, 그 누구라는 존재는 정말 존재하는 것일까, 라는 철들고 나서 한번도 해본 적 없는 질문에 다시 부닥쳤으며, 거기서 잠시 길을 잃고 헤매다 잠이 들었다.

차인형이 다시 눈을 뜬 것은, 여전히 고여 있는 시간의 우물 속에서였다. 그러나 평소와는 조금 달랐다. 웬일인지 주위가 시끄러웠다. 그는 TV가 켜져 있나 소파 위에서 몸을 돌려 눈을 비벼 보았지만, TV 화면은 아득히 검기만 했다. 그는 소파에서 일어나 귀를 곤두세웠다. 처음엔 벽을 맞대고 있는 옆집에서 울리는 전화벨이나 자명종 소리 정도로 여겼는데, 가만 들어보니 사람들의 합창 소리 같기도 했고 어떻게 들으면 여러 명이 떼지어 싸우는 소리 같기도 했다. 그리고 어울리지 않게 종소리와 북소리가 간간히 섞여 있는 것 같기도 했다. 하여간 범상한 소리는 아니었다. '이건 또 하나의 계시야.' 번갯불처럼 그의 머리를 때린 그 생각은 적잖이 그의 맘에 들었다. 비록 그 숨은 뜻이나 정체를 이해할 수 없기는 첫 번째 계시와 마찬가지였지만, 확실히 그 소음은 예사롭지 않았다. 그는 더 참지 못하고 베란다로 달려나가 창가에 기대고 밖을 내다

보았다. 그것은 그가 20일 만에 처음으로 바라다 본 바깥이었다. 멈춘 시간의 바깥. 두려움의 바깥. 모든 유예들의 바깥. 그는, 계시에 이끌려, 벌거벗은 온몸을 유리창에 찰싹 붙이고, 20일 만에 다시 깨어나 움직이는 바깥을 바라보았다. 유리창의 차가운 감촉이 섬뜩하게 그의 피부를 파고들었다.

아파트 주차장엔 수많은 사람들이 모여 있었다. 적어도 사오백 명은 넘겠다고 차인형은 생각했다. 그것은 좁은 아파트 주차장에 모여 있기엔 비정상적으로 많은 양의 사람이었다. 그들은 방향성 없이 뒤엉켜 이리저리 휩쓸려 다니고 있었으며 하늘로 뭔가를 집어던지기도 하고 또 고래고래 소리를 질러대기도 하고 나무에 올라가기도 하고 서로 부둥켜안고 펄쩍펄쩍 뛰기도 하는 것처럼 보였다. '이건 아무래도 정상이 아니야.' 사람들이 일순간에 모두 미쳐버린 것 같은 광경이었다. 그는 갈피를 잡을 수가 없었다. 그가 서 있는 아파트 7층에서 주차장에 서 있는 사람들의 표정을 살피기란 결코 쉬운 일이 아니었지만, 많은 사람들이 울고 있는 것처럼 보였고, 어떤 사람들은 화를 내는 것처럼 보였고, 또 일부는 큰 소리로 웃는 것처럼도 보였고, 또 다른 사람들은 누군가에게 상당히 화가 난 것처럼 보이기도 했다. 어떤 사람들은 번쩍번쩍 빛나는 막대기를 휘둘렀고, 어떤 사람들은 세워진 차 위에 올라가 발을 구르기도 했으며, 어떤 사람들은 요란한 소리가 나는 플라스틱 나팔을 불기도 했고, 그리고 대부분은 일정하지 않은 방향으로 쉬지 않고 뛰어다니고 있었다. '모두 다 계시를 받은 거야, 한꺼번에 다.' 그렇게밖엔 생각할 도리가 없었다. 차인형은 답답했다. 다른 사람들은 그들이 받은 계시를 이해하고, 그 계시에 나름대로 격렬한 반응을 보이고 있는 반면, 그는 무엇을 어떻게 해야 할지 알 수가 없었다. 그는 외계에서 날아온 UFO를 맞이하는 UFO 마니아들처럼 기뻐 날뛰는 사람들을 물끄러미 쳐다보다, 지독한 소외감을 느꼈다. 그는 그 UFO 마니아들이 자신에게 '너에겐 우리 모두가 가지고 있는 무언가가 결핍되어 있어.'라는 메시지를 끊임없이 던지는 것만 같았다. 그러다 그는 문득 자신이 발가벗고 있으며, 누군가 자신의 벗은 몸을, 그 20일 동안은 그에게 당연하기만 했던 자신의 벗은 몸을 볼지도 모른다는 생각이 들었으며, 그리고 조금 뒤 그것이 수치스러운 일이라는 것을 깨달았다. 그는 수치심에 안방으로 달려가 옷장을 열고 옷을 꺼내 입었으며, 그리고 자연스럽게 구두를 신고, 그러곤 문을 열고 집 밖으로 나갔다.

바깥은 위에서 내려볼 때보다 훨씬 더 아수라장이었다. 아파트 단지를 빠져나가는 동안에도 그는 몇 번이나 낯선 사람들에게 발을 밟혔고, 한번은 사람들에 떠밀려 넘어지기도 했다. 붉은색 계열의 옷을 입은 사람들이 유독 많았는데, 그들은 하마터면 잊어버릴 뻔하기라도 했다는 듯 갑자기 박자를 맞춰 소리를 질러 그를 깜짝깜짝 놀라게 했다. 차인형은 일제히 악을 써대며 내지르는 그 주문이 여전히 무슨 뜻인지 알아들을 수 없었다. 차인형은 계시를 받은 사람들의 파도에 이리저리 휩쓸리며 주유소가 있는 사거리를 우회전해서, 시내 방면으로 천천히 거슬러 올라갔다. 걷다가 그는 담배를 피우고 싶다는 생각을 했는데, 주머니를 뒤져보니 지갑이 없었다. 다시 좀 더 걷다가 그는 붉은 셔츠에 붉은 스카프에 야광 팔찌를 양팔에 몇 개씩 주렁주렁 꿰찬 계시를 받은 남자 하나가 입에 담배를 물고 있는 것을 보았다. 그는 달려가 다짜고짜 그 남자의 길을 막고 "나에게 담배를 줘."라고 말했지만, 이번엔 상대방이 차인형의 말을 알아듣지 못하는 것인지, 눈을 감고 고개를 몇 번 빠르게 끄덕거린 후 그를 지나쳐 가려고 했다. 그가 다시 한 번 남자의 앞길을 막고 "나에게 담배를 달란 말이야, 이 개새끼야. 담배 말이야."라고 고래고래 악을 썼는데도, 담배를 문 남자의 시선은 차인형을 빗겨나고 있었다. 그는 자신도 놀랄 정도로 잽싸게 남자의 입에 물려 있는 불 붙은 담배를 낚아채 입에 물고 한 모금 빨았다. 담배는 짭짤했다. 그러고 보니 남자는 울고 있는 것 같았다. 차인형은 그 짭짤한 맛이 마음에 들었다. 울고 있는 남자는 담배를 빼앗긴 것에 대해 그에게 항의를 해오기는커녕, 손등으로 자신의 이마를 유쾌하게 한번 툭 치고는 뒤도 돌아보지 않고 달아나 버렸다. 차인형은 슬펐다.

하지만 차인형은 물러설 수가 없었다. 그는 계시를 이해한 사람이건 아니면 자신처럼 계시를 이해하지 못한 사람이건 간에, 함께 뭔가 정상적인 방식으로 얘기를 나누고 싶었다. 물을 뿜어내지 않는 분수대가 있는 광장에서 차인형은 다시 긴 생머리에 역시 붉은색 셔츠를 입은 고등학생쯤으로 보이는 여자애에게 "학생, 이게 도대체 무슨 일이지?" 하고 물었다. 차인형은 퍽이나 지쳐 있었는데 이번엔 다행히 여자애가 그의 말을 알아들은 듯했다. 여자애는 대답을 하려다 말고 숨이 가쁜 듯 연신 쿨럭거리며 자신의 가슴을 두어 차례 주먹으로 두드린 후, 걱정스러운 표정으로 바라보는 그에게 오른손을 휘휘 내저으며 괜찮다는 시늉을 했다. "도대체 무슨 일이야?" 그는 짭짤한 담배연기를 내뿜었다. "우리가…… 사강에……." 여자애가 그에게 대답하고 있는데, 갑자기 뒤에서 누군가 여자애의 긴 생머리를 확 잡아당겼고, 여자애는 너무나도 간단히 뒤로 발라당 넘어져 버렸다. 여자애의 몸무게는 보기보다 무척이나 가벼운 모양이었다. 여자애의 머리를 잡아당긴 사람은 여자애 또래의 또 다른 여자애였는데, 쓰러진 여자애를 보며 깔깔대고 웃고 있었다. 쓰러진 여자애 역시 금세 놀란 기색을 지우고, 지지 않겠다는 듯 땅바닥에 주저앉은 채로 놀랄 만큼 큰 소리로 웃어댔다. 차인형은 '사강'이라는 말이 무슨 뜻인지 여자애에게 재차 물으려다 발작이라도 하는 것처럼 게걸스럽게 웃고 있는 두 여자애를 내버려두고 돌아섰다. 그는 '우리가…… 사강에……'라는 헐떡대던 여자애의 말이 무엇을 뜻하는지 궁금했지만, 그들의 발작이 잦아들 때까지 기다릴 인내심이 없었다.

차인형은 무엇에 대해 초조한 것인지도 모르면서 점점 초조해졌다. 그는 자신이 아무런 계획도 구체적인 시간 약속도 없으므로, 전혀 초조해야 할 필요가 없지 않냐고 스스로에게 반문했지만 효과는 신통하지 않았다. 인도에 바짝 붙어 천천히 달리고 있는 트럭을 발견한 그는 붉은색 셔츠를 입은 몇 명이 트럭 짐칸으로 껑충 뛰어 올라타자, 초조한 마음에 쫓기듯 뒤따라 달리는 트럭 짐칸으로 껑충 올라탔다. 남자 네 명과 여자 한 명이 트럭 짐칸 위에 서 있거나 난간에 걸터앉아 있었고, 운전석 천장엔 남자 한 명이 위험해 보이는 자세로 바닥을 붙잡고 엎드려 있었다. 하지만 슬프게도 그들 중 아무도 그에게 말을 걸지 않았다. 하다못해 의례적인 목례나 눈인사도 없었다. 짐칸 위의 사람들은 깡총깡총 뛰어다니며, 입에 물린 짧은 빨대로 쉴 새 없이 비눗방울을 불어댔고, 차인형의 뒤를 따라 트럭 짐칸으로 올라탄 사람들도 어느새 빨대를 물고 비눗방울을 불어대고 있었다. 짐칸 위의 사람들은 점점 많아졌고, 차인형에게 허락된 공간은 점점 좁아졌다. 누군가는 짧은 깃대에 매달린 하얀 깃발을 흔들었다. 차인형은 문득 자신만이 붉은색 셔츠를 입고 있지 않다는 사실을 깨달았다. 사람들은 점점 많아졌고, 차인형은 점점 더 가장자리로 밀려났다. 얼굴을 흰색으로 칠한 중년 여성에게 떠밀려 달리는 트럭 짐칸에서 도로 위로 떨어지기 직전, 그는 '여기서는 더 이상 물러설 수가 없습니다.'라는 게시를 떠올렸지만, 그는 물러설 수밖에 없었다. '물러설 수밖에 없어. 여긴 내 자리가 아닌 것 같애.' 지면에 뒤통수가 가볍게 부딪치는 걸 느끼면서 그는 그가 황이주나 황이주가 낳았던 어떤 아기처럼 지금 당장 지워지지 않기를 빌었다.

15   2003년 5월 11일

다시, 이 무용한 이야기가 시작된 날로. 안치형이 건넨 화이트보드를 땅바닥에 집어던졌던 그 장면, 그 장면의 바로 다음 페이지에 박혀 있는 차인형에게로, 차인형에게서, 잠시 자신을 걷잡을 수 없이 휘감았던 그 갑작스러운 분노가 떠난 다음, 그래서 바람 빠진 고무공처럼 흐늘흐늘해진 차인형에게로.

차인형은 정작 자신도 담배를 피면서 병원에서 담배를 피는 인간이 있다는 사실에 괜히 화가 났다. 그것도 의사란 작자가. 그래서 안이회가 그에게 구겨진 담뱃갑을 내밀었을 때, 얼떨결에 손사래를 치고 말았다.

"담배 끊으셨나 보죠?"

"아…… 예."

"아, 그렇군요…… 저도 끊었었는데…… 며칠 됐어요, 다시 피기 시작한 지."

창이 없는 좁은 방이었다. 천장에는 두 자루의 길쭉한 형광등이 꽂혀 있었는데, 그나마 하나는 수명이 다 되었는지 규칙적으로 깜박대고 있었다. 방 한가운데엔 등받이가 없는 동그란 앉은뱅이 의자가 하나 있었는데, 그 위로 몇 권의 두꺼운 책이 쌓여 있어 방 안엔 따로 앉을 곳이 없었다. 책상이 놓인 벽을 제외한 삼면의 벽을 빙 두른 붙박이 나무 책장 위에는 수많은 책들과 다양한 형태의 서류 뭉치들이 가득 차 있었다.

"도대체 왜……."

차인형은 그렇게 문득 내뱉어 놓고서도 안이회의 손끝에 꽂힌 담배에서 푸르르 바닥으로 떨어지는 다 타버린 재들의 움직임에 깜박 정신을 팔려 버렸다.

"창피한 노릇이지만…… 그게 제 질문이기도 합니다."

"무슨 말씀이죠?"

차인형은 자신이 멍한 상태라는 것을 상대방에게 알려주고 싶지 않아 거의 반사적으로 안이회의 말꼬리를 부여잡았다.

"원인을 알 수 없다는 거죠. 드러난 증상만 가지고서는."

하지만 차인형은 여전히 그렇게 멍했다. 원인이라는 말과 증상이라는 말이 머릿속에 깔린 트램폴린 위에서 머리 풀어 헤친 미친년들처럼 뛰고 있었다.

"더욱 재미없는 건…… 치형이하고 비슷한 증상이 올 초부터 보고되기 시작했다는 거예요. 일단 보고된 것만 해도 5건인데, 모두 똑같아요. 처음에는 실어증처럼 말을 잃어버리고, 그 다음엔 점진적으로 기억을 잃어버리죠, 완전히 백지가 될 때까지."

차인형의 머릿속에 깔린 트램폴린 위로 새 친구, 실어승이라는 친구가 들어왔다. 차인형은 속수무책으로 공중제비 도는 미친년들을 바라보고 있었다.

"노화를 제외한다면, 실어증이나 기억상실증의 주원인은 대뇌에

가해진 물리적 손상이 대부분이라고 보면 돼요. 교통사고 같은 게 가장 흔한 케이스죠. 물론 그도 노화에 비하면 새 발의 피지만…… 그 다음으로 약물이나 알코올에 의한 손상이 될 테고, 간혹 정신적 충격에 의해 발생하는 경우도 있다고 해요. 하지만…….”

차인형은 형광등 불빛에 창백하게 깜박이는 바닥을 바라보고 있었다. 안이회의 구두 근처에 담뱃재들이 지저분하게 떨어져 있었다. 차인형은 안이회가 동생인 치형이와는 달리 무질서한 성격의 소유자인 것 같다고 단정지었다. ‘치형이는 달랐어, 치형이는 달랐다구.’

“올해 보고된 5건은, 아니 치형이를 포함한다면 6명이 되겠죠, 어쨌건 그 6명은…… 이상해요, 너무 이상해요…… 모두 다 젊은 사람들이에요. 제일 나이가 많은 사람이 고작 38살이니. 노화도 이유가 아니고, 전에 어떤 특별한 정신병력이 있었던 것도 아니고, 사고를 당한 적도 없고, 알코올이나 마약 중독도 아니었어요. 모두 깨끗했어요.”

“깨끗하다는 것은…….”

“치형이도 예외는 아니었어요. 제가 직접 검사를 했어요. 제 손으로 직접 확인하고 싶었죠. 그런데 알코올 중독이나 마약 중독의 전형적인 흔적은 전혀 찾아볼 수 없었어요. 뇌에도 외상의 흔적이 없고. 깨끗해요. 말 그대로.”

안이회는 동생의 뇌에서 마약에 전 솜뭉치 하나 발견해 내지 못한 것이 못내 아쉽다는 표정이었다.

“단도직입적으로 말할게요. 절 좀 도와주세요.”

차인형의 머릿속 트램폴린 위의 미친년들이 일제히 멈춰 섰다.

“뭘…… 도와달란 말씀이죠?”

“전 치형이를 몰라요, 실어증이나 기억상실증이라면 제 전공이지만. 전공이 워낙 다르기도 했고, 사실 걔 대학 간 다음부턴 서로 담을 쌓고 살기도 했구요. 보시면 아시겠지만, 저하고 치형이는 목소리를 빼면 비슷한 점이라곤 하나도 없어요. 게다가 이건…… 고전 역학이 지배하는 세상에서 일어날 법한 케이스가 아니에요. 이젠 정말 정신병리학에도 양자 역학을 도입해야 할지 몰라요.”

차인형은 이 뚱뚱한 사내의 웃기지도 않는 농담에 구역질이 치밀어 올랐다. 개기름이 번들거리는 이마 위로 가래침이라도 뱉어주고 ‘개새끼야, 지금이 농담이나 실실 쪼개고 있을 때냐.’라고 버럭 소리치고 싶었다. 그러건 말건, 안이회는 의자 위에 쌓인 몇 권의 책을 바닥으로 거칠게 던져 버리고는, 표지가 온통 새까만 두툼한 노트 한 권을 차인형에게 내밀었다.

“치형이의 일기장이에요.”

“……그러니까, 이걸 나보고 읽고, 치형이가 왜 저렇게 되었는지 알아봐 달라는 건가요? 도대체 제가 뭘 봐 드릴까요? 곱게 미쳤는지 괴상하게 미쳤는지 필체라도 감정해 드릴까요? 좋아요, 여기서라면 얼마든지 제 전공을 발휘할 수 있겠네요. 시적 변용과 숨겨진 메타포와 무의식적으로 자주 차용되는 페티시와 치명적인 키치의 용례를 추출해서 도표로 만들고, 그 속에서 의식과 무의식의 흐름을 나누어 그 변천 과정이라도 분석해 드릴까요?”

잠깐 동안의 침묵이 둘 사이에 드리웠다. 아주 먼 곳으로부터 귓속으로 누군가 헐떡거리는 숨소리가 천천히 흘러 들어오고 있었다. 차인형은 그것이 자신의 숨소리인지 안이회의 숨소리인지 구분이 되지 않았다.

“미안해요. 미안한데…… 우리 제발 감정적이 되지는 맙시다. 아까도 말했지만, 니도 창피해요. 저도, 전문의이며 그애 형인 내가, 생판 아마추어인 당신에게 뭘 부탁하고 있는 건지 모르겠어요, 모르겠단 말이에요, 하지만 걔의 제일 친한 친구라면…… 아니에요, 아니에요, 당신에게 부담을 주려는 건 아니에요. 그냥 한번 읽어봐 줘요. 읽고, 뭐 이상한 게 있으면 알려주세요, 아무거라도 좋아요. 그냥 아무거라도."

차인형은 그제서야 그 거칠게 헐떡거리던 우스꽝스러운 숨소리가 자신의 것임을 깨달았다. 분노인지 부끄러움인지 알 수 없는 감정에 차인형은 이를 앙 다물었다.

"그 나머지 다섯 명에 대한 자료를 넘겨줄 수 있나요?"

"……네?"

안이회는 눈을 한번 끔뻑거리더니, 좀처럼 말을 잇지 못하고 놀란 표정으로 차인형을 주시했다. 그의 놀란 얼굴이 납작한 냄비 뚜껑 같다고 차인형은 생각했다. 한편 자신이 냉정을 잃었다는 사실을 숨기기 위해 별 생각 없이 질문을 던졌던 차인형은, 갑작스럽고 또 요란스럽기까지 한 상대의 반응에 오히려 난처할 지경이었다.

"하아, 이것 참…… 이거 정말 신기한 일이군요. 신기해요. 이런 일이…… 이런 느낌을…… 이걸 어떻게 표현해야 되죠…… 그래요, 작가시니까 아무래도 이런 상황을 남들보다 잘……."

"작가였었죠, 지금은 아니지만."

"그렇군요…… 아무래도 좋아요. 어쨌건 한 두 달 전인가, 전화가 왔었어요. 임상병리학회인지 뭔지 하는 협회의 의사라고 했어요. 그땐 치형이가 아프기 전이었죠. 신기하게도…… 그 사람도 방금 전에 당신이 했던 말과 똑같은 말을 했어요. 이 케이스들을 연구하려고 하니 5명의 자료를 제공해 달라는 거예요. 들어보니 별 문제도 없을 성싶고, 전문가끼리 머리를 맞대고 의논하는 것도 괜찮겠다 싶어 시간 약속까지 다 잡았는데, 그냥 왠지 좀 이상하다는 생각이 들어 그 협회로 전화를 걸어보니, 그런 사람이 없다는 거예요. 그래서, 남겨진 전화번호로 전화를 걸어, 협회로 전화를 걸어보았더니 당신의 이름을 가진 의사가 없다더라,

88

이게 어떻게 된 일이냐고 따졌죠. 그랬더니, 그 남자는 허허 하고 웃더니 전화를 끊어버리더군요. 허허 하고 웃으면서 말이에요."

어느새 차인형은 허허 하고 웃었던, 자신의 신원을 감추고 싶어했던 남자를 생각하고 있었다. 그 남자도 미쳐가고 있었던 걸까, 하고 스스로에게 물어보았지만, 답은 나오지 않았다.

"하여간, 그게 뭘 뜻하는지는 모르겠지만, 나쁠 건 없는, 아니 좀 더 긍정적으로 말하자면, 의미심장한 출발인 것 같군요, 그렇지 않나요?"

차인형은 자신의 손끝에 불안하게 매달려 있는 검은 책을 바라보고 있었다. 이로써 빠져나갈 길은 없게 되었다, 라고 그는 생각했다. 그 두툼한 두께 안에 차곡차곡 쌓여 있을 치형이의 글자들을 상상하며, 그는 마른 침을 꿀꺽 삼켰다.

"다른 사람들의 자료에 관해선…… 저한테도 시간을 좀 주세요. 제가 먼저 한번 훑어보고, 특별히 문제가 있을 소지가 없다면 보여드리도록 해보죠. 물론 그 사실이 밖에 알려진다면 당장 모가지 감이지만…… 이제 저도 나가봐야 할 시간이네요…… 아차차, 잊어버릴 뻔했네. 내 정신 좀 봐."

안이회는 후다닥 앉은뱅이 의자 위의 책들을 치우고 책장 쪽으로 끌고 가서 그 위로 신발을 벗고 올라가 책장의 가장 높은 단을 손을 휘휘 저어가며 살폈다. 잠시 후 먼지를 손으로 탁탁 털며 책 한 권을 들고 차인형에게 다시 다가왔다.

"부탁이 있는데…… 이 책, 『귀여운 성난 고양이』, 제가 제일 재미있게 읽은 책 중 하나거든요. 사인 좀 부탁드려도 될까요? 지형이 신구라는 말을 듣고 언젠가 한 번쯤 기회가 있을 거라고 생각은 했었는데……."

"미안하지만 그건 안 되겠네요. 아까도 말했다시피 전 더 이상 글을 쓰지 않아요, 여전히 남의 글을 읽는 것으로 밥을 벌어먹긴 하지만."

툭툭, 차인형은 안이회가 건네준 검고 두툼한 노트를 두드려보였다.

"그렇다고 해도, 이건 당신이 예전에 썼던 글 아닌가요?"

"제 기억도 그렇게 말하고 있긴 해요…… 하지만 그렇다 해도, 제가 이 책에 제 이름 석 자를 동반한 낙서를 박아넣을 권리가 생기는 건 아니죠. 책이란 마지막 문장의 마침표를 찍자마자 글을 쓴 이에게서 슬그머니 빠져 나가버리는 그런 존재이니까요. 제가 이 책에 어떤 형태이든 권리를 주장하려고 해도, 책은 결코 그런 일을 용납하려 들지 않을 거예요. 그 소송에서 책은 원고이자, 동시에 아주 훌륭한 다수의 증인이기도 하지요. 그럼, 저도 이만."

차인형은 돌아섰다. 방문을 열자 난데없는 시원한 바람이 그의 머리를 스쳤다. 손끝에 매달려 있는 검은 책에선 따뜻한 온기가 느껴졌다.

16

복화술 놀이. 나는 나의 오른손과, 그 파괴 이전에 살았던 사람의 인형을 뒤집어쓴 나의 오른손과 대화를 시작한다.

당신은, 아니, 인형장갑은, 가로로 쭉 찢어진 주둥아리를 규칙적으로 여닫으며 말한다. 지금까지 이 지겨운 이야기를 힘겹게 따라왔지만 아직 그 파괴 이후의 세상을, 혹은 역사시대 이전의 세상을 상상조차 하지 못하겠어. 남의 꿈으로 넘어 들어갈 수 있다는 얘기도 뭔 말인지 도통 모르겠어. 당신은, 당신이 살고 있다는 그 파괴 이후의 세상을 보여주겠노라고 큰소리 쳐 왔지만, 나는 아직 그 어떤 새로운 것도 본 기억이 없어. 이제 와서 난, 당신이 아무것도 내게 해줄 이야기가 없기 때문에 그저 단숨에 핵심으로 달음질치는 대신 이곳저곳 눈동냥만 내게 시키는 게 아닌가 하는 의심마저 들어.

이번엔 나, 나의 차례.

(수차례 헛기침을 하고 더듬더듬 겁먹은 눈길을 오른손을 삼킨 인형장갑에 고정시키며) 그건…… 물론 그건…… 전적으로 내 잘못이야. 나는 당신에

91

게 충분히 설명하지 못했어. 그게 아니면, 많은 설명을 했지만 그것이 당신이 알아들을 수 있는 방식이 아니었든지. 그리고 또…….

그래도 나는 당신에게 보여주고 싶다. 내가 존재하고 있는 세상을, 내 방식대로. 말을 할 줄 아는 거의 유일한 그 파괴 이후의 인간으로서 말이다.

예를 들어, 당신이 누군가를 사랑하고 있고, 그래서 그 누군가를 만나면 더없이 평온한 기분에 빠지게 된다고 하자. 그럴 때 당신은 어떻게 행동하는가? 당신은 대답하지 않아도 된다. 무례하게도, 나는 안다. 나로선 그럴 도리밖에 없다. 그렇다. 당신은 그런 당신의 감정을 온전히 당신 속에 넣어두고 즐길 수가 없다. 당신은 그런 당신의 감정을 그 누군가에게 전해야 한다. 당신이 사랑하는 바로 그 누군가든, 주위에 있는 또 다른 그 누군가든, 그도 아니라면 심야방송의 지친 라디오 DJ에게라도. 당신이 내동댕이쳐진 세상에선 그건 마치 의무와도 같다. 당신의, 그리고 당신이 속한 세계의 신경질적인 강박관념은 당신에게 당신의 감정을 그 누군가에게 <u>언어라는 매개체</u>를 사용해 전달해야 한다고 명령한다. 당신을 비난하려는 건 아니다.

그렇지만, 예를 들어,
나는 그녀가 별을 좋아하는 것을 안다. 나는 그녀가 밤하늘에 뿌려진 이름 없는 별들을 바라보며 그 속에 있을지도 모르는 미지의 존재들을 상상할 때 가장 즐거워한다는 사실을 잘 알고 있다. 동시에 나는 태양계에서 가장 큰 행성이며 태양으로부터 다섯 번째 궤도를 12년에 걸쳐 일주하는 목성의 가장 큰 위성 중 하나인 유로파가 얼음으로 뒤덮여 있으며, 실핏줄 같은 붉은 선이 지표를 덮은 아름다운 별이라는 사실을 알고 있다. 하지만, 나는 그녀가 별을 좋아하고 그리고 별 중의 하나인 유로파도 틀림없이 좋아할 것이라는 사실을 알고 있지만, 유로파라는 곳이 내가 살고 있는 곳으로부터 대략 8억 킬로미터, 그러니까 하루에 100킬로미터씩 가도 20,000년은 족히 가야 할 거리에 있으며, 우리의 몸은 −130℃라는 그곳의 온도를 견딜 수 있도록 설계되지 않았다는 사실 역시 잘 알고 있다.

그렇지만, 예를 들어,

내가 그녀를 초대한 나의 꿈에선, 우리는, 그녀와 나는, 유로파의 끝없이 너른 빙원 위에 서 있어도 좋다. 바보 같아 보이는 플라스틱 우주복을 입지 않고도 우리는 유로파의 얼음 위를 넘어지는 일 없이 걸어간다, 이미 우리 눈앞에 펼쳐진 검은 하늘의 삼분의 일 이상을 집어삼킨 붉은 가로 줄무늬의 엄마별, 목성을 향해.

그렇지만, 예를 들어,

나는 아무 말 하지 않아도 좋다. 나는 외눈박이 인형의 장난스러운 눈동자 같은 대적점(大赤點)이 실은 가스의 거대한 소용돌이라고 그녀에게 설명해 주지 않아도 좋다. 또한 그녀 역시 내게 아무 말 하지 않아도, 대기의 주요 구성요소가 헬륨일 텐데 어떻게 우리가 호흡을 하고 있는 거냐는 따위의 미친 질문은 하지 않아도 좋다.

그렇지만 예를 들어,

우리 눈앞에 우뚝 솟은 짙은 푸른색 얼음 화산의 벌어진 아가리로부터 그녀의 얼굴만한 눈송이들이 드문드문 하늘로 치솟아 올랐다가 천천히 얼음 빙원 위로 내린다. 나는 그녀에게 놀랄 만큼 푹신푹신하고 하나도 차갑지 않은 눈송이를 뱉어내는 얼음화산에 대해 변명하지 않아도 좋으며, 그녀 역시 이 모든 것이 꿈이기 때문에, 꿈이라서 가능하다는 것을 안다.

그렇지만 예를 들어,

그녀는, 갑자기 나타나 빙원을 강렬한 기세로 찢어놓은 좁고 깊은 크레바스 속으로 보이던 바닷물의 붉은색이 얼마나 아름다웠는지, 때로 그녀의 치마를 들추던 고사리처럼 생긴 유로파의 활엽수 잎맥이 얼마나 신비로운 구조를 갖고 있었는지, 그리고 가끔 그녀의 짙은 검정 고수머리를 스치던 내 숨결이 얼마나 따뜻했는지, 굳이 말하지 않아도 좋다. 그녀는 그러지 않고, 그럴 줄 모르고, 그럴 필요를 느끼지 못한다, 고맙게도.

17   2002년 7월 13일

그렇지만 예를 들어, 차인형과 박긴샘이 소통을 하고 있었던——물론 꿈 바깥에서——2002년 7월 13일의 세상은 그렇지 않았다. 방부제 처리되어 영원히 부패되지 않을 말들 아래서 차인형과 박긴샘은 대화를 나누고 있었다.

"뒤통수는 이제 괜찮아?"

"응."

"실밥은 풀었지?"

"응."

"너 기억나니?"

"뭐?"

"그때 말야, 나 복학하고 나서 니네하고 몇 번 가투 같이 나갔었잖아. 기억 안 나? 한번은 을시도 쪽인가에서 쇠누단이 사욱한 안개 속을 나 혼자 어리버리 도망치다 육교에 부딪쳐 눈 위에 여기 몇 바늘 꿰맸었잖아."

"아, 맞아. 그런 일이 있었지. 그게 누나였나?"

"응, 그 얼빵한 놈이 나였어. 난 그때 갑자기 이마에서 뜨거운 게 주르르 흘러내리길래, 아 이제 나도 열사가 되는구나 하고 생각했지 뭐야."

"영문도 모르고 트럭에 올라탔다 붉은악마에 떠밀려 뒤통수 터진 놈보다는 낫지 뭐 그래."

차인형은 소주잔을 오른손으로 주먹을 쥐듯 감싸 쥐고 입으로 가져가 비워버렸다. 한편 차인형의 비스듬히 기울어진 몸을 지탱하고 있던, 남자의 것이라기엔 약간 가는 편인 왼쪽 팔과 예각을 이루며 바닥에 납작하게 펴져 있던 왼손의, 그 왼손의 구성요소 중 가장 길쭉한 부분인 가운뎃손가락에서 약 2센티미터 떨어진 곳에 펼쳐져 있던 신문에는 좀처럼 알아보기 힘든 사진들과 함께 다음과 같은 글자들이 무리지어 있었다.

단순 · 반복 작업 따른 요통 · 어깨 결림 산업 현장 신종 産災 비상

하지만 박긴샘은 정확히 3766개의 한글과 35개의 한자, 47개의 알파벳과 109개의 숫자가 대략 39센티미터 곱하기 54센티미터 면적의 종이 한 면을 점유하고 있던 신문은 쳐다보지도 않고, 술잔에 입을 잠시 대는 시늉만 하고는 탁자 위로 내려놓았다.

"치형이라는 친구한테 연락 왔었지?"

"개한텐 뭐하려고 연락했어. 괜히 민폐만 끼쳤지…… 술이나 한잔 해. 기껏 불러내 놓고선 오늘은 왜 이렇게 진도가 안 나가는데?"

"좋은 친구 같더라."

"응."

"그게 다야?"

"뭘 더 알고 싶은 건데? ……그래, 좋은 친구야. 나같이 좋지 않은 친구를 만났을 때 비로소 좋은 친구가 되는 그런 친구지. 그치만 정말 좋은 친구를 만난다면, 아마도 형편없는 친구가 되고 말 거야. 그런 면에선 치형이 그놈도 나한테 고마워해야 해."

박긴샘은, 이제 드문드문 새끼손톱 크기의 붉은 얼룩이 묻어 있는 재활용 물수건으로 턱을 훔치며 입을 열었다.

"앞으론 뭐 할 거야?"

"병원에서도 얘기했잖아. 할 건 정하지 않았지만, 하지 않을 것은 정했어. 결혼하는 거하고, 글 쓰는 거하고."

"카프카도 둘 중의 하나는 했어."

"카프카가 글을 쓰지 않았더라면, 틀림없이 훨씬 더 나은 인간이 되었을 거야. 주위 사람들한테 피해도 덜 끼쳤을 거고."

"난 진지해."

"나도 그래."

"도대체 왜 글을 쓰지 않겠다는 거야?"

"도대체 왜 글을 써야 한다는 거지?"

"솔직히…… 그래, 이건 편집장이고 뭐고 다 떠나서 정말 개인적인 거야…… 한 명의 독자로서, 난 니 소설을 더 보고 싶어. 예전 것보다 못해도 좋아. 계속해서…… 2년에 한 번 정도라도 꾸준히 니 새 글을 읽을 수 있으면 좋겠어."

"누나가 아직 읽지 못한 고전도 많아. 그쪽을 파. 괜히 나한테 이러지 말고."

"차인형…… 넌 몰라. 니 소설을 처음 봤을 때 선배인 내가 느꼈던 질투심을 넌 죽어도 이해할 수 없을 거야. 나를 포함해, 문학을 하겠다고 니 주위에서 까불대던 애들한테 니가 얼마나 큰 좌절을 줬던 줄 알아?"

"싫어. 매정하게 들리겠지만 싫어. 누나를 위해…… 아니, 그 누구를 위해서도 이젠 글을 쓰고 싶지 않아."

"차인형…… 너 정말 글을 쓰지 않고도 잘 살 수 있겠니?"

"누나. 난 벌써 두 명이나 죽였어. 잘 살아간다면, 그게 잘못된 거야."

"니가 죽인 게 아냐."

"내가 아니고, 그럼 내가 죽도록 사랑했던 문학이 그랬다고 해야 해? 비겁하게 그 뒤로 숨어 버려? 아냐. 다 아니야, 누나. 내가 문학을 때려치워야 해. 더러운 공범 관계를 잘라버리기 위해서라도 이제 그만 문학을 놓아주어야 해. 나로선 그게 망자가 된 두 사람에게 바칠 수 있는 최소한의 예의야."

"……인형이 니 맘은 알겠지만…… 난 니가 글을 쓰지 않고 똑바로 살아갈 수 있을지 자신이 없어."

"누나…… 고마워. 누난 언제나 나한테 분에 넘치게 친절했지…… 누나, 카프카 얘기 하나만 더 할게. 카프카는 모든 사람들이 자신에게 필요 이상으로 친절하게 대한다고 느꼈대. 거기에서 그가 얻은 결론은 바로 이거야. 사람들은 도대체 도와줄 도리가 없는 그런 자에게만 친절을 베푼다. 그것이 인간의 본성이다…… 누나도 너무 잘 알고 있잖아. 난 이제 누군가 날 도와주려고 해도, 아니 실제 도와준다 해도, 그 도와준다는 행위가 아무 소용에 닿지 못하는 그런 인간이야. 날 도와주려 하지 마. 누나만 힘들어."

박긴샘은 울컥하며 입을 벌리려다 말고 고개를 푹 수그렸다가 소주잔을 천천히 입으로 가져가 털어넣었다. 잠시 동안 둘 다 말하지 않았다.

"편집장이라도 할래?"

"편집장?"

"우리 출판사 어때? 주간도 너한테 관심 있는 눈치던데. 요즘 전체적으로 돌아가는 분위기도 나대신 감각이 싱싱한 젊은애 하나 빨리 자리에 앉혀놓고 싶어하는 것 같구."

"누나는 어쩌고?"

"나야, 돈 잘 버는 남편도 있고. 글을 쓰지 않겠다면, 당분간 남의 글이라도 열심히 읽어두는 게 어때?"

"누나…… 눈물 나게 고마워, 이건 정말 진심이야. 하지만…… 그래선 안 될 것 같애."

"차인형."

"왜?"

"나 오늘 남편하고 술 한잔도 입에 대지 않기로 약속했었어."

"그게 무슨 소리야."

"술 먹으면 안 되는데, 술은 입에 대지도 않기로 약속했는데, 너 설득하려고, 먹으면 안 되는 술을 먹는 거야, 나 지금."

"무슨 뚱딴지같은 소리야. 형이 왜 술을 못 먹게 해."

"나 어제 병원 갔었다, 남편하고 같이. 임신 오 주래."

"……."

"술도 안 되고 담배도 안 되고 당분간은 섹스도 안 된대."

"……누나 ……축하해."

"나 이제 엄마야. 곧 엄마가 될 거야. 꼭 될 거야. 아무 문제도 없을 거야, 우리 애기한텐. 그런데."

"누나."

"그런데, 이렇게 해서라도 니가 내 말을 듣는다면, 마실래. 마셔야겠어. 애기한텐 미안하지만."

"누나…… 고만 마셔…… 내가 잘못했어."

"넌 잘못한 거 하나도 없어. 나한테도 잘못하지 않았고, 우리 애기한 테도 잘못한 거 하나 없어. 이건 내가 선택한 거야. 니 말대로 넌 그저 나 같은 사람의 친절을 받기만 하도록, 첨부터 그렇게 태어난 거니까."

"……."

"하지만, 내 친절을, 그리고 우리 애기의 친절을 무시하지는 마. 그 게 설사 소용에 닿지 않더라도, 넌 받아주는 시늉이라도 해야 해. 카프카 는 친절을 받기만 했지. 너두 그렇고. 그런 사람들은 그렇게 얘기할 수 있겠지, 사람들은 이해할 수 없는 본성을 가지고 있다구. 하지만…… 하 지만, 우리도 아파. 네겐 그저 고약한 본성일 뿐이겠지만, 우리에겐…… 너무 아파. 너를 지켜보는 것만 해도 너무 아프단 말이야. 좀 더 무식하 게 얘기할게. 내가 나 즐겁자고, 태어나지도 않은 애한테 술 먹여 가면서 이러는 것 같니?"

"……."

"나 9월부터 그만두기로 했어. 주간한테 미리 얘기해 놓았으니까 다 음 주에 한번 찾아가 봐."

"……."

"약속하는 거다. 나하고 내 애한테."

"……."

"왜 울어…… 병신같이 질질 짜긴…… 아직도 눈물이 남았어?"

차인형은 아무 말도 하지 못했다. 그는 박긴샘에게 무엇인가 말을, 눈물 대신 말을 해야겠다고 생각하고 있었는데, 그래서 무언가 말을, 정 돈되지 않은 형태로라도 일단 뱉어내야겠다고 생각은 하고 있었는데, 그때 옆 자리에 앉아 있던, 그와 박긴샘이 아닌 다른 이들의 말이 차인 형의 말을 집어 삼켜버렸다.

정신 차려 새끼야, 그렇게 어영부영하다가 한방에 다 날려먹을 수가 있어.

하지만 잠시 후, 차도 위에 서 있던 차인형과 박긴샘에게 참으로 오랜만의 부재가, 말의 부재가, 타인의 말의 부재가 찾아왔다. 그들은 말 대신 볼을 긁고 지나가는 바람을, 소리의 진공이 자신을 잡아당기는 느낌을 즐기고 있었다.

"택시가 왜 이렇게 안 오냐?"

"그런데 누나. 나 요즘 이상해진 것 같애."

"왜?"

"꿈을 꾸는데 꿈속에 아무도 안 나와."

"왜, 꿈에 꼭 누가 나와야 해?"

"그런 건 아니지만……."

"오늘은 내가 니 꿈속으로 가줄게. 외로우면 꿈속에서 큰 소리로 불러."

"……알았어, 누나. 고마워. 근데 형이 삐지면 어떻게 하지?"

"몰래 갈게. 꿈인데 뭐 어쩔라구."

하지만 당연하게도, 그런 일은 일어나지 않았다. 박긴샘은 틈입자가 아니었고 그러므로 차인형의 꿈으로 넘어갈 수 없었고, 차인형의 꿈은 더 이상 노예를 사육할 수 있는 그런 공간이 아니었고 그러므로 박긴샘을 쏙 빼닮은 노예를 만들어낼 수가 없었다.

18

차인형이 꿈속에서 그 여자를 만난 건, 그의 꿈이 '폴리우레탄 바닥의 가짜 사막'에 완전히 점령당한 지 7개월 반 만의 일이었다. 그러니까 그날은, 차인형이 영문도 모른 채 그 엉터리 사이비 사막 위에 57번째로 내동댕이쳐진 날이었던 것이다. 그러니까 그 여자는, 7개월 반 만에 처음으로 차인형이 꿈속에서 만난 사람이었던 것이다.

그날, 차인형의 꿈속으로 최초의 틈입자가 침입한 그날을 더듬기 위해 나는 종이상자 속에서 차인형의 일기를 꺼낸다. 나는 무엇보다 그의 일기장을 좋아한다. 모서리가 닳은 붉은 표지를 넘기면 나타나는 웅장한 그림과 그림 밑에 덧붙여져 있는 간단한 문장도 나는 좋아한다.

> "그것은 물론 내 속의 바벨탑[주8] 가운데 다만 한 층 안에서 생긴 사건이지. 바벨탑 안에서는 위와 아래에 놓인 것을 전혀 모른다네."
> ──카프카가 막스 브로트에게 보낸 편지(1913년 8월 29일)

브뤼겔, 「바벨탑」, 연대 미상, 로테르담 보이만스 반 뵈닝겐 미술관 소재

나는 무엇보다도 차인형의 일기장을 좋아한다. 그렇지, 바로 여기
이 대목도.

2002. 10. 15
처음 보는 몇몇 사람들이 내 책상으로 와서 이야기를 하고 돌아갔다.
나는 왠지 쓸쓸해졌다. 조금 있다 문득 창문을 열고 싶어졌다. 주먹 하나
들어갈 만큼 열린 창문 틈으로 선명한 농담(濃淡)과 체적을 가진 아침 안개
가 들어왔다. 나는 이토록 분명한 형체를 갖는 안개를 본 적이 없었으므로,
사람들에게 보여주기 위해 얼른 창문을 닫아 안개를 가두었는데, 뜻밖에
편집부 사무실엔 아무도 없었다.

나는 나를 매혹시키는 이런 구절들의 비밀을 잘 알고 있다. 이중의 무지(無知). 나는 이 대목이 무엇을 뜻하는지 알지 못한다. 그리고 동시에 나는 이 대목이 왜 그토록 나를 매혹시키는지 역시 알지 못한다. 이 이중의 무지가, 그의 글에 대한 그리고 나와 글 사이의 화학 반응에 대한 이중의 무지가, 무지에서 불어오는 차가운 불쾌감이 내 시선을 붙든다.

각설하고, 차인형이 2002년 7월 3일부터 2003년 2월 18일까지 자신의 꿈속에서 단 한 사람도——노예든 틈입자든——만나지 못한 동안, 그는 자주, 일기장에 저주처럼 자신에게 들러붙은 그 황무지에 대해 언급했다. 여기에 있는 이 대목도 그렇다.

2003. 1. 19

그것은 실수였다. 민영은 내 말을 믿어주지 않았다. 물론 대놓고 그렇게 얘기하진 않았지만, 나는 그것을 쉽사리 알아차렸다. 차라리 얘기를 꺼내지 말았어야 했다. 그녀는, 내가 나 자신의 트라우마를 강조하기 위해, 혹은 단지 주위 사람들의 관심을 끌기 위해, 내게 일어난 단순한 몇 가지 정신병적인 징후를 지나치게 과장한다고 여기는 듯했다. 정말로 그렇다면 얼마나 좋을까? 분명, 나의 황무지는 이제 하나의 증세나 징후의 차원을 훌쩍 넘어, 마법이나 예언의 영지에 안착한 듯하다. 이를테면 나는, 황무지가 나의 정신세계가 조악한 손놀림으로 빚은 창조물이라는 어쩌면 가장 손쉬운 그리고도 동시에 유일하게 이성적일 수 있는 가정을 받아들이지 않기로 결심했다는 말이다. 내게 다른 방법이 있다면. 이 지긋지긋한 꿈이 외계인이나 변종 바이러스가 내 뇌를 마구 휘저어 놓은 바람에 생긴 부작용이 아니라 온전히 내가 만들어낸 악몽이라는 가정을 뒷받침할 수 있는 논리적인 근거를 내가 발견할 수만 있다면.

그래서 오늘 새벽 다시 황무지에 떨구어졌을 때, 나는 슬펐다. 황무지가, 황무지의 실체가, 황무지의 배후조정자가, 해리성 인격 장애든 외계인의 흑마술이든 잘못 배치된 27억 3300만째 염기 서열이든 더 이상 상관하지 않기로, 더 이상 분석하지 않기로, 그냥 참아내기로 결심한 바 있지만, 내가 보고 있는 이 거대한 기만극의 세트를 꿈 바깥 타인에게 조금도 이해시킬 수 없다는 사실에 나는 슬펐다. 그들은 바리사이파인들처럼 의심이 많은 족속이었다. 하지만 별 도리 없이 난 내 발과 폴리우레탄 바닥 사이에서 저걱저걱 씹히는 모래알들의 감촉에 다시 한 번 불쾌감을 느끼며 걸어갔다. 누군가를 혹은 지금까지 보지 못했던 무언가 다른 것을 볼지도 모른다는 일말의 희망과 함께. 이 지긋지긋한 일말의 희망.

　그러다, 차인형은, 결국, 그 여자를 만났다, 그 지긋지긋한 폴리우레탄 가짜 사막 위에서.

　　2003. 2. 28
　오늘 드디어 가짜 사막에서 첫 번째 인간을 만났다. 믿어지지 않았다. 어느 순간 갑자기, 모래 구릉 너머 그 여자, 첫 번째 인간의 모습이 나타났다. 여느 꿈속의 인간 같지 않은, 왠지 나와는 완전히 분리된, 하나의 독립적인 자아를 가지고 있는 것처럼 보이던 그 여자. 그 여자를 처음 발견한 순간 내게 내리 닥친 감정은 반가움이나 희열이 아니라, 뜻밖에도 강렬한 공포였다. 내겐 아직 그 공포의 기억이 생생히 남아 있다. 어쨌건 찰나의 공포를 지워버리고 허겁지겁 그녀에게 뛰어가는 동안 그 여자는 꼼짝도 않고 서서 나를 빤히 바라보고 있었다.
　"이게 어떻게 된 거죠?"
　나의 질문은 우스꽝스러웠다. 내 꿈에서, 내 꿈에 나타난 어린 여자아이에게, 이렇게 무책임한 질문을, 그렇게 얼이 빠진 꼴을 하고 하다니. 하지만 그때 난 절박했다.

"당신, 틈입자 아니에요?"

그렇게 들렸다. 그게 무슨 뜻일까? 그게 무슨 뜻이었을까? 불행히도 지금 내 근처엔 사전이 없다. 그때도 그랬다. 황무지에서도 내겐 사전이 없었고, 난 그 여자아이의 말을 잘 알아듣지 못한 채 버벅거렸다. 마른침에 섞인 까끌까끌한 가짜 모래알들이 입천장에 잔뜩 붙어 있었다. 방금 전 난, 카페의 아르바이트 여학생에게 사전이 있냐고 물어보려다 혹 이상한 사람 취급이라도 당할까 봐 그만두었다. 하긴 난 이상한 사람이다. 꿈에서 나온 말이라면, 그건 당연히 내 머릿속에서 나온 말일게다, 사전에서가 아니라. 그건 사전을 찾을 일이 아니다. 나도 잘 안다.

어쨌건 여자 아이는 예뻤다. 방금 전 내 탁자 위로 물잔과 정사각형 종이휴지와 카푸치노 한 잔을 날라 준 아르바이트 여학생보다 예뻤다. 어찌 보면 조금 닮은 얼굴이기도 하다. 아니, 코가 좀 더 길었었나? 하여간 여자애는 다시 금세 사라졌다. 마치 그 질문을 던지는 게 걔가 내 꿈속에 나타난 유일한 이유라도 되는 양 말이다. 내가 고개를 숙이고 숨을 헐떡대는 동안, 그녀는 없어졌다.

19   2003년 5월 11일

더러, 차인형의 일기는 해독(解讀)하기가 만만치 않다. 해독(解讀) 혹은 해독(解毒). 그날, 차인형이 안치형의 형이라고 주장하는 자에게서 전화를 받고, 병원에서 의사가 되어버린 안치형의 형 안이회를 만나고, 다시, 바보가 되어버린 안치형을 만났던, 그날, 벌어진 환부가 유난히 도드라지게 붉던 그날, 그날의 끄트머리에서 바람에 너풀거리던 차인형, 이 역시 해독이 용이하지는 않다.

2003. 5. 12

차가운 열차 한 마리가 제 껍질을 열고 나를 풀어 주었다. 놈은 지리한 자신의 궤적을 뒤척이더니 이내 사라져 버렸다. 나는 재빨리 납작하고 파란 의자 안으로 몸을 숨겼다. 낯선 기차, 낯선 형광등의 소음, 낯선 점진적으로 희미해져 가는 사람들, 그리고 낯선 검은 일기장.

조명에 흠씬 두드려 맞아 국부적으로 멍든 밤이 태연하게 또아리를 틀고 있는 텅 빈 홍익매점 부스 옆 파란 의자 속에 나는 웅크리고 있었다. 시간은, 나를 제외한 사람들을 서서히 밀어냈다. 나는 아무것도 기다리지 않느라 기진맥진했다. 내 어깨에서 난데없이 툭 튀어나온 앙상한 팔 끝에 매달린 검은 일기장이 내 부패해 가는 인상을 가만히 쳐다보고 있었다. 나는 그 파란 의자 속으로 서서히 가라앉고 있었고, 윤곽이 반 이상 지워져 버린 사람들의 발소리가 가청 주파수 영역의 저 끝으로 달음질치고 있었다.

나는 이 일기장을 결코 펴보지 않겠노라고 혼자 서약했다, 그랬다가, 다시 꼭 보아야겠다고 맹세했다, 그랬다가, 찢어버리든지 불태워 버리든지 해야겠다고 생각했다, 그랬다가, 그랬다가, 그랬다가…… 결국 나는 아무것도 결심하지 않기로 하였다. 그것은 내가 내릴 수 있었던 가장 그럴싸한 결정이었다.

그리하여, 나는 아무것도 하지 않기로 하였다, 내 파란, 딱딱한 등받이에 불에 그을린 검고 길쭉한 흉터를 가진, 의자 속에 나는 잠시 머물기로 하였다, 검은 일기장과 함께.

그 후로도 몇 차례 유령 같은 열차들이 허공을 횡단했다. 열차가 길 없는 길 위를 지날 때마다 자신의 존재에 잔뜩 주눅 든 발자국 소리들이 태어났다가 사라지고 사라지고 했다. 발자국 소리들은 끔찍한 방식으로 내 고막을 건드렸지만, 난 비난할 수 없었다. 난, 푸른 의자 위에서 그대로 잠 드는 것이 가장 좋은 방법이라는 것을 알고 있었다. 잠 속으로 달아나는 일이, 내게 있어, 나의 존재를 포함한 모든 문제에 대한 가장 그럴싸한 해결책이라는 것을 나는 알고 있었지만, 나는 또 한편으로 그럴 수 없었다. 난 내 잠 속에 도사리고 있는, 결코 나를 잊는 법이 없는 내 꿈이 무서웠다. 송곳처럼 뾰족한, 더 이상 피난처가 될 수 없는 가짜 꿈. 거기에서, 한없이 반복되는 밀도가 낮은 가짜 모래들의 사막에서, 난 점점 더 초조해졌다, 아무 그럴싸한 이유도 없이.

잠으로 도피할 수 없었던 나는 문득, 유령을 보았다. 그녀는 유령이었다. 그 여자애는 유령이었다.

그 여자애는 내가 앉아 있는 플랫폼의 건너편, 내가 앉아 있는 파란 의자와 똑같이 생긴 의자 위에 앉아 있었다. 언제부터 앉아 있었을까, 그 유령은? 그 유령은 유령답게 얼른 사라지지 않았다. 하지만, 간단히 사라지지 않았지만 틀림없이 그녀는 유령이었다. 그 여자애는 유령이었다.

그 여자 유령은 푸른색 치마를 입고 있었다. 그리고 철 지난 연한 노란색 후드가 달린 니트를 입고 있었다. 그리고 분통 터지게도, 유령이면서 유령답게 사라지지 않았다. 그녀는 유령이어야 했다. 나를 제외한, 열차의 비린내 나는 껍질 밖으로 풀려난 다른 많은 발자국들처럼, 그녀는 유령이어야 했지만, 사라지지 않았다. 하지만, 사라지지 않았으므로 유령이 아니어야 했지만, 그녀는 유령이었다. 그 여자애는 유령일 수밖에 없었다.

한참 후에, 난 그 여자애가 왜 유령인지, 사라지지는 않지만 왜 그래도 변함없이 유령인지 알게 되었다. 난 그 여자애를 그때 거기서, 유령들로 가득 찬 지하철역에서, 처음 본 것이 아니었다. 그 여자애는 몇 달 전 내 꿈에, 가짜 황무지 위에 처음으로 나타났던, 하지만 너무 빨리 사라졌던, 그리고 그 후론 다시 나타나지 않았던 그 여자애였다.

나는 번개를 맞은 피뢰침처럼 황급히 상처를 간직하고 있던 파란 의자와 헤어져, 반대편 플랫폼으로 뛰어갔다. 계단을 내려가 개찰구를 뛰어넘고, 다시 금세 사라지고 말 진짜 유령들이 서성이는 홀을 지나, 다시 육상 허들 선수처럼 개찰구를 단번에 뛰어넘고 계단을 올라 반대편 플랫폼으로 뛰어갔다. 나는 그 유령을, 그 여자애를, 내 꿈속을 무단으로 침범했던 그 여자애를 만나야 했다. 계단을 두세 단씩 허겁지겁 올라가는데 열차가 플랫폼을 침범하는 소리가 들렸다. 나는 짧게 "안 돼."라고 외쳤다. 아무도 듣지 못했다. 아무도 들으려 하지 않았다.

나는 플랫폼에서 그 여자애가 올라탄 열차가 다시 제 껍질을 오므리는 것을 보았다. 여자애는 이미 열차 속에 있었다. 투명한 유리창에 이마를 기대고 서 있었다. 여자애는 내 말을 들을 수 없었을 것이다. 결국 나는 아무 말도 전하지 못했다. 나는 틈입자가 무슨 뜻인지 묻고 싶었다. 틈입자가 어떤 존재인지, 혹 내가 그 존재가 될 수는 없는 건지──나는 '그때 거기의 나'만이 아니라면 무엇이 되어도 좋을 듯했으므로──어떻게 해야 그 존재가 될 수 있는 건지 묻고 싶었다.

나는 천천히 움직이기 시작하는 열차를 향해 뛰어갔다. 나는 옆으로 걸어가며 유리창을 통해 비교적 가까이서 그 여자애를 볼 수 있었다. 여자애 역시 나를 본 듯했다. 하지만 서운하게도 날 알아보는 기색은 없었다. 하지만, 틀림없이, 내 습도 낮은 꿈속에 나타나, '당신, 틈입자 아니에요?'라고 물었던, 그 여자애였다. 그 여자애가 틀림없었다. 나는 주먹으로 유리창을 두드렸다. 여자애는 깜짝 놀라며 유리창에서 물러섰다. 그러곤 몸을 돌렸다. 여자애가 메고 있던 검정색 쌕에는 '신성스파르타'라고 쓰여 있었다. 아니, 아마도 더 많은 글자들이 그 위에 있을 수도 있었겠지만, 내게 허락된 것은 거기까지였다. 그녀는 언뜻 실재의 사람처럼 보였다, 다른 유령들과는 하나 다를 바 없이. 하지만 나는 알고 있었다.

열차는 쓴 쇠 냄새를 남기고 없어졌다, 마치 거짓말처럼. 내 꿈속에 불쑥 나타났다 사라졌던 여자애를 데리고.[9]

20   2003년 5월 11일

예이형은 그때, 열차 안에 있었다. 그녀는 은색 줄의 이어폰을 끼고 주영이가 직접 구어서 선물한 비틀즈 노래를 휴대용 MP3로 듣고 있었다. 이미 죽어버린 것이 확실한 오래된 영국 남자가 그녀의 귀 안에서 익숙하지 않은 멜로디를 속삭이고 있었다. 그녀는 그 노래도 그 남자의 목소리도 알아들을 수 없는 가사도 다 맘에 들지 않았다.

She was day tripper, one way ticket yeah.
It took me so long, to find out, and I found out.

예이형은 그때, 이제 막 출발하는 열차의 유리문을, 그것도 그녀가 서 있던 바로 앞 유리문을 주먹으로 쿵쿵 두드리며 기차를 따라 달리던 한 남자를 보았다.

'또라이가 너무 많아, 요즘엔.'

예이형은 그때, 이어폰을 빼고 열차 안쪽으로 걸어 들어갔다. 그럼으로써, 두 개의 서로 다른 존재가 순식간에 그녀의 시각과 청각 영역 바깥으로 튀어나가 버렸다.

첫 번째 존재: 그녀가 탄, 이제 막 출발하는 열차의 차창을 두드리던 한 남자

두 번째 존재: 그녀의 고막 근처에서, 오랜 시간이 걸렸지만 결국 알아냈다고 (무엇을?) 주장하던 남자

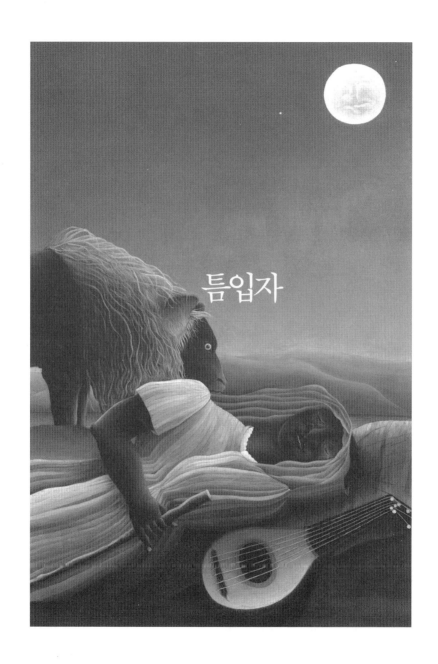

틈입자

1

도대체 틈입자란 어떤 존재였던가?

물론, 당신처럼 차인형도 처음에는 아무것도 몰랐다. 자신의 지긋지긋한 '폴리우레탄 바닥의 가짜 사막' 위에서 살아 있는 여자의 겉모습을 완벽하게 재현한 정체불명의 생명체를 만났을 때도, 또 그 여자와 매우 비슷하게 생긴 여자애를 우연히 지하철역에서 만났을 때에도, 그는 틈입자가 무엇을 뜻하는지 전혀 알지 못했다.

하지만, 그렇다고 해서 결코 차인형을 나무랄 수만은 없다. 그 파괴 이전, '틈입자'의 정확한 의미를──그러니까 차인형의 폴리우레탄 사막 위에 아무 예고 없이 등장했던 여자애가 차인형을 향해 던졌던 '당신, 틈입자 아니에요?'라는 난데없던 질문의 맥락하에서의 그 온전한 의미──알고 있던 사람의 수는 총 생존 지구인의 수에 비하면, 턱없이 미미한 수치에 불과했을 뿐이었다. 항상 다수(多數) 속에 머무르길 좋아하는 당신, 바로 당신처럼 차인형 역시 그 다수라는 은신처 안에 몸을 숨기고 있었을 뿐이었다.

물론, '틈입자'란 말은 그 파괴 이전과 이후 사이에 어중간하게 끼여 있었던, 타인의 꿈에 자유롭게 드나들 수 있었던 존재라는 의미 이외에도, 이미 그전부터 나름의 의미를 가지고 있었다. 즉, 그 파괴 이전의 인간이 만들어낸 '틈입자'라는 말이 그 파괴 이전의 인간은 결코 상상할 수 없었던 새로운 형태의 존재를 위해 차용[주1]되었던, 아니, 무단사용되었던 것이다. 다만, 공공연하지 않은 방식으로. 가령, 차인형이 자신의 사이비 사막에서 '틈입자'라는 말을 처음 들은 후 며칠 뒤, 근무시간 도중 책상 위에 산더미처럼 쌓인 원고더미를 하릴없이 뒤적거리다 갑자기 생각이 나 들쳐본 국어사전에는 다음과 같은, 차용되기 이전의 정의가 실려져 있었다.

틈입[闖入] [트밉] 〈명사〉 기회를 틈타서 함부로 들어감. ~하다 〈자동사〉. ~자(者)

그러고 나서 차인형은, 엉뚱하게도, 폴리우레탄 사막에서 그리고 지하철에서 만났던 그 여자애가 한국인이 아닐지도 모른다는, 그래서 그녀가 했던 질문이 SF 소설에서나 볼 수 있는 몸속에 이식된 17개국 언어의 쌍방향 실시간 동시통역이 가능하게끔 고안된 바이오칩을 통해 생성된 문장일지도 모른다는, 정말 어이없는 생각을 떠올리게 되었고, 한영사전과 영한사전을 가져와 자신의 책상 위에 놓고 허겁지겁 그 얇은 종잇장을 넘기다 다음과 같은 문장들을 만나게 되었다.

틈입자[闖入者] a tresspasser; an intruder; a penetrator
Tresspasser n.[가택]침입자, 위반자.
Intruder n.침입자, 주제넘게 나서는 사람, 방해자. 〈군사〉 야간 습격

(침투)기; 그 조종사.

Penetrator n.파고들어가는 사람(것), 관철하는 사람; 통찰자.

그러고 나서 차인형은 혼자서 조용히, 그때 그 여자애가 사막에서 던졌던 질문, '당신, 틈입자 아니에요?'라는 질문의 명사를 영한사전 속에 들어 있던 단어들로 바꾸어서 발음해 보았다. 가령,

'당신, 가택침입자 아니에요?' '당신, 위반자 아니에요?' '당신, 주제 넘게 나서는 사람 아니에요?' '당신, 방해자 아니에요?' '당신, 야간습격기 조종사 아니에요?' '당신, 파고들어가는 사람 아니에요?' '당신, 관철하는 사람 아니에요?' '당신, 통찰자 아니에요?'

안타깝게도, 그 짓이 아무런 소득이 없다는 것을 깨닫기까지 차인형은 여덟 개의 서로 다른 문장들을 발음해야만 했다. 하지만 다행스럽게도, 이건 아주 먼 옛날이야기이다. 이젠 누구도 자연스레 그 의미란 것을 어렴풋이 혹은 자기 나름대로 이해하기만 하면 되었지, 누적-정리-구분-누적-배포-판매-인용 등의 일련의 이유로 해서 종이를 더럽혀 가며 새기려 하지 않을뿐더러, 그렇게 더럽혀진 종이가 있다고 해도, 자신의 삶과 관련이 있다고 믿고 또 행동해 보려 하지는 않는다. 그렇게, 차인형에겐 감히 인간의 사물에 대한 이해를 도울 수 있다고 주장하는 수많은 도구들이 있었지만, 다시금 그 사막의 이브를 만나기 전까지 결코 '틈입자'의 차용된, 새로운 뜻을 알 수 없었다.

하긴, 당신들은 어떻게 생각할지 몰라도 종이 위에 찍힌 스무 개나 서른 개 남짓의 음소들로 이해될 수 있는 의미라는 건 이 세상 어디에도 없다.[주2]

2 2003년 8월 6일

차인형이 예이형을 다시 만나기 이틀 전, 차인형에게 일어났던 작은 얘기들. 차인형이 예이형을 꿈속에서 조우하기 이틀 전이라는 이유로 국부 조명을 받은, 잠깐 눈 아리게 반짝대곤 꺼져버린 표면이 얽은 작은 유리 조각 같은 이야기.

차인형은 막 고상영과 250원짜리 자판기 커피 한 잔 그리고 담배 한 개비를 없애고 사무실로 돌아온 길이었다. 그것은 어느샌가부터 둘이 공유하게 된 습관이었다. 물론 두 잔의 커피와 두 개비의 담배가 사라지는 동안 심각한 이야기가 오가지는 않았다. 가끔 차인형은 자신이 심각하게 이야기하는 법을 완전히 잊은 건 아닐까 하는 생각을 했다.

시계가 9시 20분을 가리키고 있었다. 무더운 수요일의 출근 직후 오전 9시 20분이었다. 요즘 들어 늘 있는 일이었지만 잠이 부족했다. 절대적인 잠의 양이 부족한 것은 그럭저럭 참을 수 있었지만, 잠을 박탈한 것이 고작 불면(不眠)일 뿐이라는 사실이 차인형을 괴롭혔다, 초조하게 만들었다. 차인형은 세수나 하러 갈까 하다 문득 화장실에 걸려 있는 공

117

용 수건에서 나던 썩은 냄새를 떠올리곤 다시 엉덩이를 자리에 붙였다.

"차 과장, 잠시 나 좀 봐요."

차인형은 서둘러 졸린 표정을 지우고 편집주간실로 들어갔다.

"얼굴이 왜 이리 찌뿌둥해요?"

앉으란 기척도 없이 편집주간인 전운영이 말했다. 이유 없이 서두르는 것과 남의 기색을 살피는 것은, 뭔가 껄끄러운 얘기를 시작하기 전, 전운영 주간의 몸에 벌겋게 돋아나는 일종의 알러지 같은 것이었고, 편집실에 있는 모든 이가 이미 알고 있는 공연한 비밀이기도 했다. 그만큼 그가 심성이 여린 사람이라는 방증이기도 했다.

"뭐 특별히…… 저에게 하실 말씀이 있으신가요?"

차인형은 그런 전운영 주간의 유약함이, 그리고 그 유약함이 자신에게 전염되려는 분위기가 견디기 힘들었다. 그래서 매몰차게 상황의 핵심을 두들기고 싶었다.

"어…… 그래…… 저번에 여운림(余雲林) 선생님이 추천한 신인…… 그 이름이 뭐더라…….."

"인시현 씨 원고 말씀이신가요?"

차인형은 전운영 주간이 앉아 있는 책상 왼쪽 편에 우뚝 서 있는 가느다랗고 긴, 유리문이 달린 서가로 무심코 눈을 돌리다 두 번째 단에 꽂혀 있는 '내일을 찾는 작가상' 수상작들을 보았다. 그중의 한 권, 푸른색 책등을 가진 『올바른 행동 방식』, 자신이 예전에 토해냈던 토사물이 유독 차인형의 눈을 후볐다. 차인형은 아팠다.

"그래요, 인시현 씨. 아직 그 원고…… 검토 들어가지 않았죠?"

"네, 아직 검토하지 못했습니다…….."

차인형은 변명할 거리가 아니라고 판단했다. 여운림 선생님이 추천한 작품이니 가급적 조속히 검토해 달라는 전운영 주간으로부터의 부탁이 있긴 했지만, 딱히 거기에 반감을 품고 인시현 씨의 원고 검토를 뒤로 미뤄둔 것은 아니었다. 단지, 단지, 잠이 너무 부족해서, 검토할 수 있는 원고의 양이 점점 더 줄어들었고 그러다 보니 자연스럽게 처음에 계획했던 일정 안에 원고를 검토하지 못한 것뿐이었다.

"뭐…… 내가…… 나도 차 과장이 개인적으로 여운림 선생님을 그다지 좋아하지 않는다는 사실쯤은 알고 있어요. 하지만 지난번에도 얘기했지만, 작가로서 쓴 글이 일부 마음에 들지 않는다고 해서, 옥석을 골라낼 수 있는 능력마저 아무런 검증 없이 폄하한다면……."

"그렇지 않습니다. 저도 주간님 말씀에 전적으로 동의하고 있습니다. 다만…… 잠이……."

차인형은 자신도 모르게 말해놓고 후닥 입을 닫았다. 그가 전운영 주간에게 말하고 싶었던 건 자신의 부족한 잠에 대한 것이 아니었다. 자신의 책을 버려달라고, 아니면 눈에 띄지 않게 서가에서만이라도 치워달라고 그는 간절히 간청하고 싶었다.

"잠이, 뭐요?"

"아, 아닙니다. 오늘 오전 중으로 검토한 후에 주간님께 다시 보고를……."

"아니에요. 그럴 필요 없어요. 차 과장이 결정하세요. 결정한 다음에 여운림 선생님한테 긍정적인 답이든 부정적인 답이든 직접 얘기하세요. 차 과장, 제가 왜 차 과장에게 여운림 선생님이 부탁한 글을 넘겼겠어요, 뻔히 어려워하는 걸 아는데도. 여운림 선생은 여운림 선생이고, 신인은 신인이에요. 객관적으로 평가하신 다음에 싹싹 처리해 주세요. 제가 차 과장을 뽑은 건, 그 정도 그릇은 된다고 판단했기 때문이란 것도 알아주시구요."

"감사합니다…… 근데 저……."

"뭐죠?"

"아…… 아닙니다."

차인형은 차마 자신의 책을 당신의 서가에서 치워달라고 말하지 못했다.

차인형은 다시 자신을 기다리는 원고들로 돌아왔지만, 글자들은 자꾸 혓바닥과 뇌신경 사이 어딘가에서 실종되곤 했다. 몇 번이나 커피를 타 마셔 보았지만 카페인은 문장과 문장을 연결하는 다리가 되지 못했다. 차인형은 카페인의 화학식이 무엇인지, 다리가 되기 위해서 필요한 두 개 이상의 활성반응기가 존재하는지에 대해 궁금해하다가 자연스레 안치형을 떠올렸다. 광학 현미경으로도 보이지 않는 몇 가지 알파벳 대문자와 뼈다귀들로 이루어진 미세 세계, 그건 안치형의 영역이었다.[주3] 인형[Doll]이 되어버린 치형. 하지만 차인형이 할 수 있는 일이라곤 아무것도 없었다, 막무가내로 자신의 꿈을 점유한 그 가짜 사막에 대해 손쓸 방법이 전혀 없는 것처럼. 정신병원에라도 가볼까 생각도 했지만, 그건 의사와 의사의 조언을 받은 자신이 함께 풀 수 있는 문제가 아닌 것처럼 여겨졌다. 차라리 스스로 손대 볼 수 있는 영역으로 돌아오기 위해 차인형은 무작정 원고더미 중간쯤에 쌓여 있던 인시현의 원고를 뽑아냈다. 그것들은 총 여덟 편으로 이루어진 시였다. 시라는 것은 알 수 있었지만, 그 다음부턴 다시 모든 것들이 흐리멍덩해지기 시작했다. 흐릿한 의식 속에서 차인형은, 모든 것이 잠, 아니 그 엉터리 꿈 때문이다, 라고 중얼대고 있었다.

갑자기 차인형은 자신도 모르게 앗, 하는 작은 비명을 질렀다. 그러더니, 마치 풍이라도 온 사람처럼 손을 떨어가며 책상 서랍에서 허둥지둥 검정 표지의 두꺼운 노트를 꺼내 펼쳐놓고는 미친 사람처럼 페이지를 넘기기 시작했다.

그리고 잠시 후 차인형은 누군가에게 전화를 걸었다.

"여운림 선생님, 저 P 출판사의 차인형입니다…… 네…… 네. 별고 없으시구요? 예…… 저도 그렇습니다…… 저기 그런데, 지난번에 저희에게 주신 원고 있지 않으십니까?…… 예…… 인시현 씨라는…… 예…… 아니, 뭐 그렇다는 건 아니구요…… 원고에 대해 조금 말씀드리고 싶은 부분이 있어서요…… 아닙니다, 뭐 그렇게 딱 잘라서 말씀드리긴…… 개인적으로…… 이상하게 들릴 수도 있겠지만, 개인적으로…… 예, 작품에도 또 작가한테도 개인적으로 흥미가 가는 부분이 있어서요…… 아, 그렇습니까? 연락이…… 아, 선생님께서도 연락이 잘 안 되신다구요?…… 그러면…… 제가 오늘이나 내일쯤 선생님 한번 뵙고 원고에 대해서 말씀 좀 들을 수 있을까요?…… 하하, 그렇습니다. 제가 좀…… 네 감사합니다. 바쁘신 줄 뻔히 아는데…… 아닙니다…… 그러면 제가 직접 찾아…… 아 예, 내일이요…… 네 알겠습니다. 그럼 5시쯤 도착해서 연락드리도록 하겠습니다…… 귀중한 시간 내주셔서 감사합니다."

차인형은 전화기를 내려놓고 고개를 숙인 채 손바닥으로 눈두덩을 꾹 눌렀다.

"아니야, 이건 아니야. 그럴 놈이…… 그럴 놈이 아닌데."

3   2003년 8월 6일

코끼리가 발가락이라도 밟고 지나가지 않는 한 미동도 하지 않을 것 같아 보이던, 잠과 불면의 중간지대에 이장되어 있던 차인형의 정신을 번쩍 들게 만든 첫 번째 조각; 차인형이 떠난, 하지만 차인형이 떠난 뒤에도 차인형의 책상 위에 머물러 있던 A4 용지 위를 점령하고 있던 애처롭게도 조그맣던 글자들.

《오후 5시 36분의 지하 11층 식품매장에서 카트 타기》——인시현

미세 안구를 해체하고 네모난 장식장 속 숨겨둔 피난용 보트에 죄책감도 없이 날 선 칼날을 대고 천천히 요령도 부리지 않고 흠집을 낸다. 수사 반장은 현장에서 한국어 사전을 발견하곤 급히 소유주를 수배하여 은밀하게 조사하겠다는 의지를 밝혔지만 넌 벌써 숨어 있기 좋은 대형마트를 향해 시동을 걸었다.

지하 16층 주차장의 날카로운 커브를 타고 나는 밀고자와 추적자를 피

해 여기까지 도망왔다. 미래를 믿지 않는 빨간 머리 주차장 도우미 노란색 풍선껌을 CCTV 렌즈에 붙이고. 엘리베이터 안의 온기 떨어진 조개탄 난로 매캐한 연기를 뱉어내고. 나는 배신자의 목록이 든 검은 가방을 어깨에 메고 서둘러 초고속 에스컬레이터에 올라탄다.

나는 배신 당했다. 나는 밀고 당했다. 나는 추적 당한다. 나는 심판 당할 것이다.

7단 기어 최첨단 유압 브레이크 시스템의 크롬 도금 카트를 타고 나는 염탐꾼과 미행자를 피해 지하 11층 식품 매장으로 도망 왔다. 짧은 치마 아가씨 최신형 기저귀의 놀라운 흡수력을 몸소 시범하고. 모가지가 달아난 천박한 닭 두 마리, 오늘의 주식 시황을 토론하고. 나는 배신자의 얼굴들을 추억하며 시한이 지난 가격표를 수집한다.

나는 배신 당했다. 나는 밀고 당했다. 나는 추적 당한다. 나는 심판 당할 것이다.

절망과 비린내가 정교하게 삭제된 바겐세일용 생선 초밥 매장 앞에서, 나는 나를 쫓던 수사반장을 만났다. 그는 내게 진공 포장된 시식용 개구리 눈알의 가격을 물었고. 나는 자백하고 싶지 않아, 카트의 액셀을 밟았다. 이제 한 명의 미행자가 처단되었고, 나는 그의 이름을 적어넣기 위해 손바닥을 편다. 손바닥엔 내 이름 같은 이름이 벌써 적혀 있다.

나는 배신 당했다. 나는 밀고 당했다. 나는 추적 당한다. 나는 심판 당할 것이다 나는 도망쳤다. 나는 숨었다. 나는 죽였다. 나는 미쳤다.

실수로 불에 달군 인두가 와이셔츠 속으로 들어가기라도 하지 않는 한 미동도 하지 않을 것 같아 보이던, 잠과 불면의 중간지대에 이장되어 있던 차인형의 정신을 번쩍 들게 만든 두 번째 조각; 차인형이 떠난, 하지만 차인형이 떠난 뒤에도 차인형의 책상 위에 펼쳐져 있던 안치형의 검은 일기장 속 한 페이지.

2003년 4월 7일

내가 너를 찾는 혹은 네가 나를 찾는 길에 수많은 시련이 있었으면. 예를 들어,

미세 안구를 해체하고 네모난 장식장 속 숨겨둔 피난용 보트에 죄책감도 없이 날 선 칼날을 대고 천천히 요령도 부리지 않고 흠집을 내다. 수사반장은 현장에서 한국어 사전을 발견하곤 급히 소유주를 수배하여 은밀하게 조사하겠다는 의지를 밝혔지만 넌 벌써 숨어 있기 좋은 대형마트를 향해 시동을 걸었다.

하지만 길 위에선 모든 게 지워져 버려.

$$An = N(N+1)/2$$

이 완전한 일치. 첫 번째 조각의 첫 번째 단락과 두 번째 조각의 두 번째 단락 사이의 완전한 일치. 인시현의 시의 한 부분과 안치형의 일기

장의 한 부분이 보여주는 완전한 일치. 차인형은 자신의 머릿속에서 그 두 개의 일치——결코 우연의 일치일 수 없는——사이를 시계추처럼 맴돌았지만 늘 빈손이었다. '도저히, 도저히 연결고리를 찾을 수가 없군, 아무리, 아무리 해도 말이지.'

무엇보다 안치형은 대학 때 이미 시나 소설 같은 글을 평생 쓰지 않겠다고 차인형 앞에서 맹세 아닌 맹세를 한 바가 있었으며, 차인형은 언젠가 안치형이 다시 글을 쓰게 되더라도 자신에게 맨 먼저 보여줄 것이라고 생각해 왔다. 백번 양보하여, 만약 안치형이 자존심에서든 자신의 말을 뒤엎는 자의 부끄러움에서든 자신이 쓴 글을 차인형에게 보여주지 않고 설사 타인에게 먼저 보여주는 일이 생긴다 해도, 그게 여운림이어야 할 이유는 없었다. 아니 여운림이 아니어야 했다. 차인형은 독자로서 여운림에 대해 비교적 중립적인 평가를 내렸었지만, 안치형은 너무 경직되었다 싶을 정도로 한결같이 여운림에 대해 부정적인 반응만을 보였었다. 그런 그를 두고 차인형은 극단적인 증오와 애정은 동전의 앞뒷면과 같은 것이라며 대놓고 놀리곤 했을 정도였었다. 차인형은 몇 가지 가능성들을 냉정하게 추려보았다.

1. Doll로 진화하기 전의 안치형이 직접 여운림 선생에게 자신이 쓴 글을 '인시현'이라는 가공의 이름으로 보낸 경우(자존심에서든 부끄러움에서든, 아니면 못 말릴 변덕에서든)

2. Doll로 진화하기 전의 안치형이 타인, 가령 인시현이라는 자가 쓴 글을 자신의 일기에 베껴 썼고 그 후 그 타인이 자신의 글을 여운림 선생에게 보낸 경우(치형이 주로 작가를 지망하는 사람만을 골라서 사귄다는 가정 하에)

3. 누군가 Doll로 진화하기 전의 안치형이 일기장에 쓴 글을 그의

허락하에 혹은 허락 없이 여운림 선생에게 '인시현'이란 이름으로 보낸 경우(멀쩡한 치형 주위에 글 도둑이 있었다면)

물론, 그중 어떤 것도 다른 것들보다 더 그럴싸해 보이지 않았다. '어쨌거나, 냉정히 말해 내게 남은 카드는 인시현뿐이야. 늙은 남자를 만나는 일처럼 시시한 일도 없지만…… 그래, 일단은 여운림 선생을 만나자. 옛날 얘기나 적당히 맞장구쳐 가며 들어주다 기회를 봐서 인시현에 대해 물어보는 거야. 인시현에 대해 알게 되면…… 인시현에 대해 알게 되면, 치형이에 대해, 여지껏 내가 몰랐던 부분에 대해 들을 수 있을지도 몰라. 그렇게 되면…… 그렇게 되면……'

4 2003년 8월 6일

누가 강제로 시키는 바람에 이곳에 처박힌 게 아니라 자발적으로 들어온 거라고 예이형이 애들한테 말했을 때, 애들이 보여준 반응은 예이형을 적잖이 놀라게 했다. 여기에 그런 앤 너밖에 없을 거라며 다들 어쩐지 슬슬 피하는 눈치였다. 하지만 예이형이 공부에는 별 뜻이 없다는 것을 알게 된 후부터 애들은 예이형을 '재수없는 년'에서 '이상한 애 혹은 사이코' 정도로 등급 조정을 한 것 같았고, 그 후론 점심시간이나 쉬는 시간에 드문드문 말을 걸어오는 애들도 생겼다. 입소 후 일주일이 지나도록 한마디도 붙이지 않으며 예이형을 무시하던 룸메이트 승경이도 어디서 들었는지, '야, 거기 일층 기집애, 너 여기 니 발로 걸어들어온 거라며?'라고 말하고는, 소등 시간이 지나 아무것도 보이지 않는 침실 속 이층 침대의 아래층에 누워 있던 예이형의 머리를 불쑥 만졌다.

"이게 뭐하는 짓이야?"

"악수나 하자고. 난 승경이야. 여기서도 밖에서도 항상 '따'지만…… 너도 니하고 비슷한 종족인 것 같던데."

"……"

"기분 나빴니?"

"아니, 별로. 난 이형이야."

"손은 이쁘네, 얼굴은 보통이던데. 남자애들이 좋아할 손이야."

침실은 2인 1실이었다. 재수생 전문 입시학원인 신성스파르타의 모토인 단순함과 철저함이 고스란히 투영된 작고 살풍경한 방이었다. 방 안엔, 173센티미터 정도 되는 예이형이 다리를 쭉 펴고 누우면 발뒤꿈치와 정수리가 동시에 난간에 닿는 길이의 이층 침대 하나와 맞은편 짙은 갈색의 아무런 무늬나 장식 없는 그저 튼튼해 보일 뿐인 서랍장 하나가 다였다. 연한 회색의 무늬 없는 벽지로 도배된 벽에는 일정표 외엔 그야말로 아무것도 없었다. 창문도, 못도, 액자도, 옷걸이도, 시계도. 천장엔 형광등이 있었지만 그 형광등을 조정할 수 있는 스위치마저 벽엔 없었다. 불을 마음대로 켜고 끌 권리마저 애들에겐 허용되지 않았다. 그래서 애들은 침실을 감옥이라 불렀다. 방마다 몰래카메라가 달려 있다는 소문이 돌아 방 안에서 옷을 갈아입을 때도 이불 속에서 입고 벗고 하는 애들이 많았다. 예이형은 감옥에 가보지는 않았지만 이보단 나을 것 같았다. 하지만 예이형은 딱히 그곳이 못 견딜 만큼 불편하지는 않았다. 그 점에서는 승경이도 비슷한 것 같았다.

원래는 금지된 일이었지만, 승경이와는 가끔 소등 시간 후에 침대에서 조그맣게 속삭이는 소리로 대화를 나누기도 했다. 소등 시간은 등급별 소그룹 독서실에서 야간 특별집중자습시간(Ⅱ)을 끝내고 침실로 돌아온 직후인 새벽 1시 10분부터였지만, 수요일만은 휴식의 날이라고 해서 10시부터 소등을 했다. 수요일에는 남자 선생님들이 층마다 복도 바닥에 이불을 깔고 잠을 잤기 때문에, 소등 후에 떠드는 애들은 거의 없었다. 소등 후 약 한 시간가량 복도에 달린 스피커는 귀에 익은 클래식들을 나지막이 읊조리곤 했다.

그날도 수요일이었다. 복도에선 피아노로 연주한 바흐의 골드베르크 변주곡 중 조금 빠른 템포의 변주가 흘러나오고 있었다. 늘 그랬지만, 수요일엔 유독 잠이 안 왔다. 수요일이면 10시부터 강제로 감옥에 몰아넣고 불을 끄긴 했지만, 매일 1시 넘어서나 잠이 들던 신체 리듬은 일주일에 한 번씩 찾아오는 이른 수면 요청을 잘 받아들이지 못했다.

"자?"

예이형은 아주 잠시 고민했다. 무시하고 자는 척할 것인지, 아니면 다시 한 번 승경이의 무시무시한 이야기 속으로 발을 들여놓아야 할 것인지.

"아니."

"나 내일 조퇴한다."

"뭐?"

'조퇴', 예이형은 참으로 오랜만에 들어보는 단어구나 하고 생각했다.

"엄마가 병원에 입원했대."

"왜?"

그때 복도에서 남자 선생님이 복도 바닥을 막대기 같은 것으로 두드리면서 '빨리 자. 떠들지 말구.'라고 소리치는 날카로운 목소리가 들렸다. 잠깐 동안 침묵이 흘렀다. 갑자기 느려진 피아노 변주 사이로 승경이가 손톱을 물어뜯는 소리만이 간간이 들렸다.

"뭐 좀 다쳤나 봐. 딸년은 이런 감옥 같은 데 처박아 놓고 까불고 지랄하고 다니더니 쌤통이지 뭐. 이번 기회에 그냥 콱 죽어버렸으면 좋겠어."

"……지금 나가 보지 않아도 돼? 입원했으면 밤에도 누가 옆에 있어야 하는 것 아냐?"

"개뿔이…… 우리 엄마 팔자에 옆에 있긴 누가 옆에 같이 있어?"

129

"아빠는?"

"아빠?"

"응."

예이형의 머릿속으로 혹시 자신이 건드리지 말아야 할 지뢰 같은 걸 밟아버린 건 아닌가 하는 생각이 퍼득 지나갔다.

"그런 이름의 생명체는 태어나서 한 번도 본 적이 없어. 지금까지 주욱."

"돌아가신 거니?"

"아마도 아닐 거야. 어디선가 숨쉬기 운동을 하고 있겠지."

"널 낳으신 다음에 바로 이혼하신 거니?"

"아니. 아니래. 우리 엄마가 날 임신했을 때, 엄만 이혼씩이나 당할 수 있는 그런 처지도 못 되었나 봐. 그랬었다나 봐. 뭐 나하곤 아무 상관 없는 일이긴 하지만."

돌아눕기라도 하는지 이층에서 부스럭거리는 소리가 났다. 예이형은 혹시 자신이 승경이를 화나게 한 건 아닌지 조금은 걱정스러웠다. 너무 남의 일처럼 담담하게 말한 건 아닌지, '미안해'라고 말해야 하는 건지, 사과나 위로의 말을 한다면 어떻게 꺼내야 하는 건지 고민하고 있는데, 승경이가 먼저 입을 열었다.

"이형아."

"응."

"넌 참 이상한 애야, 그거 알아?"

"왜?"

예이형은 자신이 정말 남들이 보기에 그렇게 '이상한 애'인지 궁금했다. 물론 '재수없는 년'보단 훨씬 나은 명칭이라는 건 부인할 수 없었지만, '나한테 대체 뭐가 이상한 걸까?' 하고 생각하다 보니 절로 하품이

나왔다.

"지금까지 너 말곤 아무도 그걸 물어본 사람이 없었거든…… 나도 철들곤 엄마한테 한번도 물어본 적이 없어. 하긴 우리 엄마는 술만 처먹으면 물어보지 않아도 자식한테 부끄럽지도 않은지 나 붙잡고 있는 얘기 없는 얘기 다 하고 그래. 하긴 나하곤 별 상관 없는 일이지만."

"미안해."

"아니야. 니가 물어보니까 오히려 시원해지는 느낌이야. 기분이 훨씬 좋아졌어. 기집애, 넌 정말 이상한 애야. 할 수만 있다면 니 꿈속으로 들어가 니 뇌 속을 살짝 들여다보고 싶어지는걸…… 그런데, 이형아."

"응?"

"……오늘 얘긴 못 들은 걸로 해줘. 정신건강에 별로 좋지 않은 얘기니까. 잘 자…… 아, 그리고 혹시라도 꿈에서 날 보면 꼭 아는 체해야 돼."

예이형은 승경이에게 자신이 최근 몇 년 동안 꿈을 꾼 적이 전혀 없다는 사실을 알려주고 싶었다. '미안해, 내겐 꿈이 없는걸. 글쎄 누가 훔쳐가기라도 했나 봐.' 입을 떼려고 했지만 갑자기 졸음이 밀려왔다. 저항하기 힘든, 하지만 매우 기분 좋은 흐름이. 그 흐름에 속수무책 몸을 맡기다 예이형은 승경이가 위층 침대에서 훌쩍거리는 소리를 들었다. 위로해 주고 싶었지만, 위로해 주어야 한다고 생각했지만…….

예이형은 어느새 차가운 플라스틱 바닥 위에 깔린 모래알을 밟고 서 있는 자신을 발견했다. 너느 때와 똑같은 풍경이었다. 풍경이라 말할 것도 없는, 그저 아무것도 없는 풍경. 불투명한 플라스틱 바닥, 발밑에서 서걱대는 모래알들, 자를 대고 그은 것처럼 똑바르기만 한 지평선, 그리고 핑크빛 구름 무늬의 벽지를 천장에 바른 것처럼 납작하고 입체

131

감 없는 하늘. 자신의 꿈이라고 말할 수 없는 꿈. 하지만 예이형은 그 황무지가 하나의 통로일 뿐이라는 사실을 알고 있었다. 다른 사람의 꿈으로 월경하기 전에 지나치는 플랫폼 같은 곳이란 사실을 알고 있었다. 그리고 예이형은 자신이 그토록 싫어하는 이 풍경이 그리 오래 지속되지 않는다는 사실 역시 알고 있었다. 이제 곧, 이제 곧…… 황무지는 사라지고…… 또 다른 누군가의 꿈으로…… 이제 곧…….

거기서, 예이형은 승경이를 보았다. 승경이는 한참 간호사와 얘기를 나누고 있었다. 예이형은 대번 승경이가 이 꿈의 주인이라는 것을 알 수 있었다. 왠지 낯설지 않은 얼굴, 결코 낯설 수 없는 얼굴. 짙은 눈썹, 두 눈을 기어코 갈라놓기라도 하겠다는 듯 뾰족하고 높은 콧날, 광대뼈 밑으로 바짝 달라붙은 사선으로 누운 길쭉한 보조개 한 쌍, 움푹 들어간 그래서 좀 어두워 보이는 눈. 예이형은 잠들기 바로 전까지 승경이와 함께 있었던 사실을 어렴풋이 기억해 냈다. 하지만, 오랜 시간 떠들었던 것 같기는 한데 과연 무엇에 관한 것이었는지 잘 생각나지 않았다. 늘 그렇듯 꿈 저쪽에 대한 기억은 선명하지 못했고 디테일들은 아주 미묘한 부분에서 서로 충돌했다. 예이형은 아무래도 좋았다. 아무래도 좋았다, 그 간호사가 누군지, 왜 승경이는 왼쪽 귀에 커다란 하얀 꽃을 꽂고 있는 건지, 왜 자신의 꿈속에 병원을 세운 건지. 늘 그렇듯 예이형은 거기서, 자신의 소유가 아닌 꿈속에서, 타인에게, 주인이거나 노예일 수밖에 없는 타인에게, 무언가를 물어볼 수가 없었다. 그렇게 된다면…… 그런 짓을 한다면…… 꿈의 주인인 승경이에게 왜 그토록 부자연스러워 보이는 하얀꽃을 귀에 꽂고 다니는 건지 물어본다면…… 그건 좋지 않았다. 예이형은 그런 짓을 하지 않았다. 그건 아무래도 좋았다. 하여간, 승경이가 귀에 꽂은 꽃은 다섯 개의 부자연스럽게 큰 하얀 꽃잎을 가지고 있었다,

가령 승경이의 주먹 크기만 한. 한데 간호사의 왼손엔 네 번째 손가락이 없었다. 간호사는 예뻤고, 속눈썹이 비정상적으로 길었는데, 그보다 더 비정상적인 부분은…….

간호사와 승경이는 다투는 것처럼 보였다. 승경이는 꿈 저편에선 들어보지 못한 것 같은 새된 목소리로 소리를 질렀고, 간호사는 손가락이 네 개밖에 달리지 않은 왼손으로 벽을 쾅쾅 쳐대며 지지 않겠다는 듯 괴성을 질렀다. 하지만 늘 그렇듯이, 예이형은 그들에게서 멀찌감치 떨어져 있었기 때문에 무슨 말들을 하고 있는 건지 알 수 없었다. 예이형은 혹시 자신이 빤히 쳐다보고 있다는 사실을 둘 중의 한 명에게 들키기라도 할까 봐 잠시 주의를 딴 곳으로 돌렸는데, 금세 뒤통수가 조용히 식어버렸다. 조심조심 돌아보았더니 이미 거기엔 둘 다 없었다. '시시하게, 벌써 놓쳐버린 건가.' 들키는 건 참으로 위험한 일이었지만, 주인을 놓쳐버리는 것만큼 재미없는 일도 없었다. 일단 꿈속의 주인이 떠나면 그 혹은 그녀가 정성껏 만들어 놓았던 모든 것이, 예를 들어 바닥의 타일 무늬나, 탁자 위의 도자기 꽃병이나 천정에 달린 스프링클러나 벽에 붙어 있던 시드니 오페라 하우스 사진이 있는 달력 등이 하나둘 사라지기 시작한다. 처음엔 하나둘씩, 그러다 모든 게 와르르 한꺼번에. 그렇게 디테일들이 하나둘씩 차례로 무너져 버리고 나면, 결국엔 뿌연 안개가 모든 것을 휘감아 버린, 아무것도 존재하지 않는 예이형의 황무지와 별 다를 바 없는 멍청한 풍경만이 남게 된다. 틈입자들은 그런 상황-공간을 폐허라고 불렀다. 예이형은 폐허로 유배되고 싶지 않았다.

하시만, 요령만 안다면 길을 잃지 않고 주인을 찾아내는 일은 그다지 어렵지 않았다. 사방을 빙 둘러보았을 때, 그 풍경의 세부가 가장 정교한 쪽을 향해 무작정 가다 보면 주인이 나타나게 마련이었다. 너무 서두르다 승경이와 얼굴이라도 마주치면 그야말로 큰일이었기 때문에, 예이형은 이제 막 바닥에 그려진 검은색 화살표가 지워지고 있는 골목을 향해 천천히 걸어가기 시작했다. 모퉁이를 돌고 나니 푸른색 복도가 나왔다. '이거 봐라, 오늘은 운수가 좋은 날인데.' 색깔이 있는 꿈을 만난다는 건 확실히 행운이었다. 특히, 모든 풍경이 색깔을 가지고 있는 경우보다, 승경이의 꿈처럼 어느 특정한 부분만——이번 꿈에선 복도의 벽만이——색깔을 갖는 경우가 훨씬 더 매혹적이었다. 그곳은 푸른색 벽의 얇고 기다란 복도였다. 천정과 복도의 바닥은 마치 신문지로 도배를 한 것처럼 읽기도 힘든 자잘한 활자들이 무질서하게 박혀 있었다. 다른 여느 때의 꿈처럼, 그 두 곳은 흑백의 공간이었다. 위 아래로는 흑백의 평면이 좌우로는 푸른색 이차원이 예이형을 에워싸고 있었다. '비현실적으로 아름답군 그래.' 예이형의 입가에 옅은 미소가 걸렸다. '하긴, 여기 있는 모든 게 비현실일 수밖에 없는 거지, 뭐. 현실이란 건 저쪽, 승경이의 꿈 바깥에 있는 거니까.' 복도엔 아무도 없었다. 그렇지만 꿈의 주인인 승경이가 막 이곳을 지나간 흔적이 남아 있었다. 그 '비현실적인' 푸른색은 복도 끝에서 가장 선명했고, 예이형이 서 있는 입구 쪽에선 물 빠진 청바지처럼 흐릿하게 변해 가고 있었다. 완전한 흑백으로 응고되기 전에 얼른, 들킬지도 모른다는 두려움도 없이 성큼성큼, 예이형은 푸른색이 짙어지는 방향으로 걸어갔다.

기역자로 휘어진 막다른 복도를 돌자, 세 개의 문이 있었다. 정면에, 오른쪽에 그리고 왼쪽에, 마치 수수께끼처럼 세 개의 문이 예이형을 물끄러미 쳐다보고 있었다. 얼핏 똑같이 생긴 것처럼 보이는 회색 문 세 짝. 수수께끼의 답을 예이형은 쉽게 찾았다. 정면의 문만이 둥그렇고 약간 누렇고, 자세히 들여다보면 얼굴이 비칠 것같이 말간 놋쇠 문고리가 달려 있었고, 나머지 문엔 그런 것이 없었다. 예이형은 천천히 정면의 문을, 정답을 열어젖혔다.

아주 커다란, 여덟 개의 레인이 딸린 수영장만 한 크기의 방이었다. 방 안엔 최소 3층 높이는 되어 보이는 길쭉하고 새카만 서가 여러 채가 제멋대로 세워져 있어, 방 전체가 마치 거대한 하나의 미로 같았다. 멀리서 승경이가 누군가에게 다시 소리를 지르고 있었다. 화가 잔뜩 난 목소리였다. 승경이를, 꿈의 주인을 상대하고 있을 다른 누군가는, 노예는, 벙어리로 설정된 것인지 그 목소리가 들리지 않았다. 예이형은 서가에 꽂힌 책들을 유심히 들여다보았다. 책표지를 보니 모두 다 만화책인 것처럼 보였다. 예이형은 자신의 눈높이에 있는 선반에서 한 권을 꺼내——그것은 매우 얇은, 공책 두께의 만화책이었다——표지를 보았다. 하얀 바탕에 별 달리 그림도 없이, 〈나는 누군가를 죽이고 싶어요〉라는 두꺼운 붓에 진한 잉크를 잔뜩 묻혀 휘갈겨 쓴 것 같은 글씨가 쓰여 있었다. 그 검정색 글씨 역시 천천히 지워지고 있었다, 서둘러 흐릿해지고 있었다. 예이형은 승경이가 도대체 누굴 죽이고 싶어하는 건지 궁금한 마음에 글자들이 모두 다 휘발되기 전에 신속히 책장을 넘겼는데, 실망스럽게도 아무 글자도 그림도 없는 백지뿐이었다. 예이형은 몇 권의 책을 더 뽑아보았지만, 모두 다 똑같았다. 천천히 바래지고 있던 검은 글자들, 〈나는 누군가를 죽이고 싶어요〉와 아무것도 보여줄 것이 없던 순백의 속지들. 멀리서 울음소리가 들린 것도 같았다. 예이형은 이제 표지가 완전히 지워져 버린 만화책을 서가에 돌려놓고 다시 승경이를 찾아 조심스레 걸어갔다. 예이형은 그 '누군가'가 자신이 아니길 바랄 뿐이었다.

서가들이 만든 미로의 한쪽 끝에서 예이형은, 중앙에 새겨진 장미 문양의 부주가 위에서부터 그금빅 지워시고 있는 문 하나를 발견했다. 문고리가 없어서 예이형은 어깨로 문을 밀어야만 했는데, 문 뒤쪽에 무언가 무거운 것이 놓여 있는지 문이 잘 열리지 않았다. '뭐가 걸린 거지? 부비트랩인가?' 뜻밖에도 그것은 간호사의 시체였다. 비키니 차림의 간호사의 시체였다. 왼손 손가락이 네 개밖에 없던, 하얀 꽃을 귀에 꽂은 승경이에게 마구 소리를 질러대던 간호사의 시체였다. 색이 모두 증발된 흑백의 시체였다. 방금 전 승경이가 꿈속에서 서둘러 대량생산한 책에서 보았던 그 '누군가'인지도 몰랐다. 반쯤 뜨여진 눈꺼풀 사이로 보이는 검은 눈동자, 사선으로 그어진 회색 줄무늬 브래지어와 역시 똑같은 무늬의 팬티, 그리고 배꼽 바로 아래쪽에 나 있는 예리한 상처에서 흘러나온 검정색, 흡사 석유처럼 보이는 피. 피일 것이 틀림없는 흑백의 액체. 방금 전 흑백 사진 속에서 튀어나온 듯한, 그것은 너무나 예쁜 시체였다. 너무나 예뻤기 때문에 더더욱 예이형은 무서웠다. 예이형은 검은 피가 발에 묻지 않도록 조심하면서 벌거벗은 간호사의 시체를 경중 뛰어넘었다. '도대체 승경이는 왜 이런 짓을 한 거지?' 물론, 꿈속에서 자신이 만든 노예를 죽이는 게 범죄 행위는 아닐 터였다. 하지만, 꿈속에서 시체를 본 건, 그것도 주인이 살해했을 것으로 짐작되는 시체를 본 건, 그것도 그렇게 잔인한 방식으로 죽여놓은 시체를 본 건, 이번이 처음이었다. '승경이가 이렇게 한 건 아닐 거야. 아니었으면 좋겠어. 아니겠지, 설마…… 아니면, 무슨 이유가 있을 거야. 꼭 이렇게 했어야만 될 이유가 있었을 거야.' 그러면서 예이형은 이제 완전히 탈색되어 벽과 바닥과 천장을 구분할 수 없게 된, 온통 회색일 뿐인 복도를 다시 걸었다, 드문드문 바닥에 떨어져 있던, 농담으로만 구분할 수 있는 진한 회색의 핏자국을 따라서. '누구의 피일까?' 주인의 이름표가 붙어 있지 않은 핏자국은 마치 승경이가 귀에 꽂고 있던 희고 밝은 꽃의 실루엣을 꼭 닮았다. 두려우면서도, 마치 최면에 걸린 사람처럼 예이형은 걷고 또 걸었다. 마지막 문을, 특별한 이유도 없이 이것이 마지막일 것이라는 느낌을 강하게 들게 하는, 마지막 문을 만나게 될 때까지.

　드디어 예이형은 마지막 문의 문고리를 거머쥐었다. 방금 전에 누군가 잡았던 것처럼, 문고리는 따뜻했다. 살인자 혹은 승경이의 온기일 수도 있다는 생각이 예이형의 머리를 휙 하고 스쳐갔다. 예이형은 두려웠다, 두려우면서도, 문고리를 잡은 손이 자신도 모르게 덜덜 떨리고 있다는 사실을 알면서도, 꿈속에서 살인자를 만나는 것이 노예들과는 달리 자신과 같은 틈입자에겐 치명적일 수도 있다는 것을 알면서도, 기어코 예이형은 문을 열었다.

　햇볕이 잘 드는 하얀 방이었다. 방 가운데에 침대가 놓여 있었고, 그 위에 승경이가 누워 있었다. 승경이는 자는 것 같았다. 이형을 놀라게 했던 건 침대 위에 누워 있는, 벌거벗은 채로 누워서 승경이를 부둥켜안고 있는 또 다른 여자의 존재였다. 자세히 보니 승경이는 함께 누워 있는 여자의 젖을 빨고 있었다. 그것은 역겨운 광경이었다. '다 큰 애가 젖을 빨고 있다니.' 부풀어오른 늙은 여자의 더러운 젖꼭지께에서 승경이의 입이 쉬지 않고 꼬물거리고 있었다. 그것은 역겨운 광경이었다. 침대 위, 간호사를 죽인 살해범으로 의심되는 승경이에게 젖을 물리고 있는 사람은 매우 늙은 여자였다. 여자는 자신의 늙음을 화장으로 지워버리려는 듯, 마치 서커스 광대처럼 짙은 화장을 하고 있었다. 감긴 눈 옆으로 서너 줄 벗어나간 주름살의 골 속으로 밀가루처럼 뭉친 파운데이션 덩어리들이 보이곤 했다. 그것은 역겨운 광경이었다. 둘이 누워 있는 침대 위에는 승경이가 귀에 꽂고 있던 하얀 꽃들이 꽃대가 바싹 잘린 채로 가득 펼쳐져 있었다. 둘 중의 하나가 몸을 조금만 뒤척여도 그 꽃들을 짓밟아 버리게 될 터였다. 그것은 역겨운 광경이었다. 그리고 젖을 물리고 있는 늙은 여자의 음부엔 털이 없었다. 그것은 예이형이 틈입자가 되어 남의 꿈을 몰래 배회하면서 본 수많은 역겨운 광경들 중 가장 역겨운 광경이었다. 볕이 잘 드는 방의 중앙, 침대 위에 수북이 쌓인 하얀 꽃과, 그 꽃들 사이에서 눈물을 흘리며 젖을 빨고 있는 살인범일지도 모르는 승경이와, 젖을 빨리고 있는, 젖을 빨리기엔 너무 늦은 것 같은, 창녀나 미인대회에 나가는 여자처럼 짙은 화장을 하고 있는, 있어야 할 곳에 털이 없는 늙은 여자. 예이형은 두렵고 또 역겨웠지만 한편으로 슬펐다, 이유도 알지 못한 채. 가만 보니, 젖을 빨리고 있는 늙은 여자는, 승경이의 엄마인 듯한 여자는 전혀 움직이는, 살아 있는 기색이 없었다. 예이형은 '니네 엄마, 돌아가신 거니?' 하고 누워 있는 승경이에게 물어볼 뻔했다. 다행히 그런 일은 일어나지 않았다. 하지만 갑자기…….

갑자기 예이형은 다시 황무지에 내팽개쳐진 자신을 발견했다. 승경이가, 꿈의 주인이 자신이 만들었던 꿈을 떠나버린 것이었다. 늘 그렇듯, 꿈의 주인이 꿈을 완전히 떠나버리면 예이형은 속절없이 그곳에서 튕겨져 나와 그나마 자신의 영토로 간신히 허락받은 황무지로 돌아와야 했다. 예이형은 심란했다. '기분 나쁜 꿈이었어.' 예이형은 발꿈치로 플라스틱 판 위 굴러다니는 모래알들을 세차게 비볐다. '기분 나쁜 꿈이었어. 승경이도 참, 그런 이상한 꿈을 꾸다니.' 예이형은 승경이의 평온했던 얼굴을 다시 떠올렸다. '그런데 그 여자는 정말 승경이의 엄마일까? 하나도 안 닮은 것 같던데…… 그리고 그 하얀 꽃은 뭐였을까? 승경이한테서 꽃을 좋아한다는 얘긴 한 번도 못 들었는데…… 그리고 그 간호사는 누구일까? 왜 그토록, 수천 권의 책을 만들 만큼이나 죽이고 싶어한 거지?' 하지만 예이형은 자신이 그 질문에 대한 답을 영원히 얻지 못할 거라는 것을 잘 알고 있었다. 아무래도 좋았다. 예이형은 이번에는 조금 더 밝고 유쾌한 꿈속으로 들어갈 수 있었으면 하고 생각했다. 그리고 눈을 감았다. 그녀의 황무지는 이제 곧…… 다시 한 번…… 사라질 것이었다.

5   2003년 8월 6일

어느 수요일 저녁, 예이형이 하얀 꽃을 귀에 꽂은 여자애의 꿈속에서 헤매는 동안, 하얀 꽃과 푸른 복도와 백지들이 펄럭거리는 책들로 가득 찬 도서관의 미로와 젖 빨리던 음모 없는 늙은 여자와 네 개의 손가락만을 가진 간호사의 시체를 만나는 동안, 아니 좀 더 전으로, 바로 그 전으로, 예이형이 룸메이트 승경이의 밑도 끝도 없는 이야기를 듣다 아무 저항도 없이 꿈속으로 혹은 황무지로 넘어가는 동안,

그동안, 차인형은 쏟아지는 잠과 싸우고 있었다. 차인형은 또다시 그 폴리우레탄 사막으로 내동댕이쳐지고 싶지 않았지만, 평소와 달리 이른 저녁부터 잠의 거센 손아귀가 그를 통 속의 주사위인 양 마구 흔들어대고 있었다. 그랬다. 인시현이라는 신인의 원고를 검토한 다음부터 오후 내내 차인형은 시나게 응문해 있었다. '오늘 좀 이상한 거 아세요?' 옆의 옆 자리에 앉아 있던 허수교가 그렇게 묻기 전까지 차인형은 자신의 상태를 자각하지 못하고 있었다. '뭐가?' '모르시면 됐어요. 저도 모르겠네요…… 하여간 뭔가 좀 다르세요, 오늘.' 그랬다. 그렇게 자신이

지나치게 들떠 있다는 사실을 차인형은 알게 됐지만, 그걸 바꿔놓을 순 없었다.

'그건 절대 우연이 아니야.' 벌써 그 영역의 65퍼센트는 잠에게 정복당한 차인형의 뇌는 어떤 과학자가 고릴라를 의자에 붙들어 앉힌 채 타자기를 마구잡이로 치게 했더니 어느 날 셰익스피어의 『햄릿』이 나왔더라는 농담을 떠올리고 있었다. 분명 자신이 겪었던 상황은 그 농담과 유사한 점이 있었다. '그 유사점이란 그런 일이 결코 우연히는 일어날 수 없다는 점이지.' 일면식도 없는 두 사람이 우연히 완벽하게 동일한 잠꼬대 같은 글귀를 생산해 낸다는 건 도저히 있을 수 없는 일이었다. '철자 하나 틀림이 없었어, 너도 봤잖아.' 농담은 농담일 뿐이었다. 만약 그런 실험이 실제로 있었다면, 사람이 고릴라 가죽을 뒤집어쓰고 그런 시시한 장난을 벌였던 것이 분명했다. 마찬가지로, 인시현이든 안치형이든, 둘 중의 하나가 다른 이의 이름으로 만든 가면을 둘러쓴 채 그 다다이즘의 자동기술법에 의해 만들어진 것 같은 문장을 다시 한 번 반복한 것임이 분명했다. '그렇지만, 그렇다고 해도, 그런데 왜?'

차인형은 잠을 털어내기 위해 자리에서 일어나 앉았다. 만약 그런 속임수 실험을 사람들 앞에서 시연한 과학자가 있다면, 그가 원했던 것은 자신의 재능이나 노력만으로는 결코 획득할 수 없는 명성이거나 돈일 터였다. 하지만 차인형이 오늘 만난 가능할 법하지 않은 일치는 돈이나 명성과 결코 연결 지을 수 없었다. 아무리 세상이 미쳐 돌아간다지만, 그런 헛소리 나부랭이가 가져다 줄 수 있는 건 좋게 쳐줘도 무관심 정도 외엔 없었다. 차인형은 답답했다. 하루 종일 차인형의 머릿속을 점령하고 있던, '그런데 왜?'라는 질문에서 벗어나고 싶어 차인형은 눈을 질끈 감고 땀으로 축축한 이부자리에 다시 드러누웠다.

하지만 차인형은 잠의 손아귀에, 그 달콤하고 나긋나긋하고 끈질긴

초청장에 몸을 맡길 수가 없었다. 차인형에겐 폴리우레탄 사막이 있었다. 머리카락에 달라붙은 껌처럼, 자신에게 달라붙은 얼굴처럼, 결코 떨어져나가지 않는.

차인형은 그 폴리우레탄 사막이 무서웠다. 처음, 차인형은 그것이 일종의 가벼운 정신병적인 징후라고 여겼다. 하나의 꿈만 계속 꾼다는 것, 그것도 아무것도 존재하지 않은 황량한 배경의 똑같은 꿈만 계속 꾼다는 것. 차인형은 처음, 그것이 자신의 정신적 불균형을 반영하는 자율 신경계-무의식의 히스테리시스라고만 여겼고, 심각하다기보다는 일종의 정신병리학자적인 호기심으로 그 현상을 관찰할 수 있었다. 그 꿈을 소재로 짧은 글을 써 보라고 친한 작가에게 꼬드겨 보는 게 어떨까 하는 생각까지 했었다. 그랬는데, 그러다가, 그 꿈이 차인형의 신경이 견뎌낼 수 있는 한계를 넘어서까지 지속되자, 단지 그 꿈이 변덕스러운 무의식의 못된 장난이 아니라 외부에서 주어진 하나의 벌(罰)이 아닐까 하는 생각이 그의 의식 한 귀퉁이에 선명하게 새겨지기 시작했다. 황이주와 이름 짓지 못한 그녀의 탯줄에 매달려 있던 어린 생명이 없는 세상에서 태연하게 살고 있는 자신에 대한 벌, 혹은 그 밖에 채 사하지 못한 온갖 죄에 대한 벌, 그것이 그가 비밀처럼 가슴속에 간직하게 된 상처의 얼개였다. 그랬는데, 그러다가, 조금 더 이성적으로 판단하기 시작하면서, 차인형은 자신의 꿈이 정신병일 수 없다는, 게다가 누군가가 내린 벌일 수도 없다는, 그래서 그 꿈이 마치 UFO를 타고 지구를 방문하는 외계인이나 천장의 작은 틈을 통해 얼굴을 내미는 귀신처럼 초자연적인 존재-현상일 수밖에 없다는, 도리어 가장 비이성적인 결론에 도달하게 되었다.

그러자, 차인형은 무서워지기 시작했다. 그래서 차인형은 꿈을 피하려고 노력하기 시작했다. 당연히 가장 좋은 방법은 잠을 굶는 것, 수면을 죽이는 것이었다. 수면의 공간을 완전히 박탈하는 것은 물론 불가능한 일이었지만, 차인형의 노력에 보답이라도 하는 듯, 새벽까지 잠의 허기를 참아내다 깜박 잠을 청하는 경우, 폴리우레탄 황무지가 그에게 방문하는 빈도는 현저하게 감소했다. 반대로 지나치게 술을 마신 뒤 인사불성 상태에서 잠을 청해 보기도 하였는데, 그건 오히려 좋지 않은 효과를——더 자주 황무지를 알현할 수 있는 기회를——낳았다. 그 외에도 차인형은 경험과 통계에 입각한 몇 가지 원리들을, 이를테면, 길에서 동물이나 새의 똥을 보았던 날은 황무지가 잘 나타나지 않는다, 등의 전혀 논리적이지 못한 일종의 경험칙들을 발견했지만, 그 대부분이 의도적으로 적용할 수 없는 게 많았다.

기어코 차인형은 잠의 그물을 뚫고 일어나 컴퓨터가 놓여 있는 앉은뱅이책상에 앉아 모니터가 눈을 깜박여주길 기다렸다. 특별한 이유도 없이, 뿌루퉁해 보이는 바탕화면 속 푸른색 소문자 'e'를 눌렀다.

문득 차인형의 머릿속으로 '신성스파르타'라는 여섯 글자가 마치 네온사인처럼 지나갔다. 지하철에서 본, 꿈속에서도 나타난 적 있는 여자애가 메고 있던 가방 위에 적혀 있던 글자. 차인형은 검색 사이트로 가서 '신성스파르타'라는 여섯 글자를 띄어 쓰지 않고 검색창에 쳐 넣은 후 엔터키를 탁 하고 경쾌하게 눌러주었다.

물론 차인형은 아무것도 기대하지 않았다. 아니, 아주 막연한 기대가 있었다. 그 마법사의 주문과도 같은 여섯 글자, '신성스파르타'가 황무지에서 만났던, 그리고 또다시 현실세계, 지하철에서 만났던 여자애의 정체를 밝혀주고, 나아가서는 저주같이 들러붙은 가짜 사막을 자신의 꿈속에서 영원히 추방시켜 주리라는. 하지만, 차인형은 일이 그렇게, 거짓말처럼 술술 풀릴 것이라곤 조금도 생각하지 않았다. 어떠한 상황에서도 낙관하지 않는 것, 그것은 어쩌면 그에게 부여된 유일한 재능과도 같은 것이었다.

사실 그랬다. 그 여섯 글자가 물어온 수많은 정보의 대부분은 기원전에 지중해 어딘가에 나타났다가 뻔한 과정을 거쳐 사라졌다는 고대 국가에 대한 것이거나, 유럽 어느 나라의 축구팀에 대한 것이 전부였다. 가령,

〈……당시에 신성모독 행위는 사형이었다. 법정에 설 경우 사형이 확실하다고 판단한 알키비아데스는 결국 적국인 스파르타에 투항하고 말았다……〉

아무것도 확실하지 않았다. 길은, 그 막연한 기대를 향한 길은 너무나 꼬여 있었다. '이렇게 꼬여 있을 리는 없잖아. 문을 잘못 찾았나?', 그렇게 말하면서도 기계적으로 차인형의 졸음에 무거워진 손가락은 검색창에 다시 '알키비아데스'라는 또 다른 여섯 글자를 쳐 넣었다.

〈……동성애는 소크라테스와 플라톤이 살았던 고대 그리스 시대에 하나의 일반적인 현상이었다. 소크라테스는 미소년 알키비아데스를 사랑했던 동성애자였다. 부인과 자식들이 있었기 때문에 엄밀한 의미에서 그는 양성애자였다. 미셸 푸코(1926~1984)가 남긴 섹슈얼리티에 대한 기념비적인 연구, 『성의 역사』(1976~1984; 나남출판, 1990)에 의하면 그 당시의 지성인들은 동성애를 인간이 가질 수 있는 가장 고차적인 형태의 사랑으로 여겼다. 또한 아리스토파네스 역시 동성애가 이성애와 마찬가지로 매우 자연스러운 현상이라는 것을 설명하기 위해 재미있는 하나의 신화를 상소하기도 했다……〉

알키비아데스가 그 기다란 주둥이로 물어온 암호나 다를 바 없는

그 짧은, 결코 짧지만은 않은 정보엔 또다시 여러 가지 샛문들이 있었다. '미친 짓이야. 미친 짓.' 차인형은 무엇이 그를 뚜렷한 목적도, 튼튼한 기대도 없이 이 미친 문들로 뛰어들게 만드는 것인지, 궁금했다. 하지만 그 궁금함을 앞질러, 손가락이 발작적으로 키보드 위에 놓여 있는 다음 문을 거칠게 두들기기 시작했다.

〈아리스토파네스: 페리클레스(BC 495?~BC 429) 치하 최성기에 아테네에서 태어났다. 대부분의 작품을 펠로폰네소스 전쟁의 와중에 썼으며, BC 427년 최초의 작품 「연회의 사람들」 이래 시종 신식 철학, 소피스트, 신식 교육, 전쟁과 데마고그의 반대자로서 시사 문제를 풍자하였다. BC 423년에는 『구름(Nephelai)』에서 소크라테스를 도마 위에 올려놓고 신식 교육을 비난하였다.〉

그러다가 아리스토파네스가, 동성애가, 알키비아데스가, 소피스트가, 스파르타가, 소크라테스가, 그리고 그런 모든 잡동사니들을 지치지도 않고 물어나르던 고장 난 미친 어미새──인터넷이 은둔해 있던 모니터가 차인형의 시야에서 사라졌다. 대신, 차인형은 낯익은 모래알들과 거침없는 지평선을 보게 되었다. 차인형은 다시 하나의 경험에 입각한 원리를 깨닫게 되었다. '인터넷을 하다가 잠이 들면 황무지로 오게 되는구나.' 차인형은 왠지 으슬으슬 추워지는 느낌이었다. 막막한, 어디에서 오는 것인지 알 수 없던, 누가 느끼는 것인지 알 수 없던 한기(寒氣).

6   2003년 8월 7-8일

예이형은 평소와 다름없이 귀청을 시끄럽게 때리는 종소리에 자리에서 일어났다. 그 종소리는 마치 저명한 과학자들이 수년간 머리를 맞대고 연구에 연구를 거듭한 결과 고안해 낸, 세상에서 가장 불쾌한 소리 같았다. '늘 똑같은, 시시한 꿈 하나 없이 맞이하는 지겨운 아침이군 그래.' 승경이는 이불을 머리에 친친 감고는 아직도 자리에 그대로 누워 있었다.

예이형은 시간표를 보았다. 예이형은 물론 다른 애들 역시 대부분 한자라면 딱 질색인데다 아는 글자도 거의 없었기 때문에, 애들은 처음에 이런 시간표를 받아들곤 선생에게 한글로 바꿔달라고 입을 모아 징징댔지만, 신성스파르타란 곳이 계집애들의 징징거림이 통할 만큼 그렇게 호락호락한 곳이 아니라는 것을 애들은 곧, 아주 자연스레 터득하게 되었다. 예이형이 이른바 생활 준비를 거의 마쳐 갈 즈음, 승경이가 일어나더니 이층에서 바닥으로 뛰어내렸다.

"세수 안 해?"

"응. 오전엔 남자 선생 수업도 없잖아. 그런데 이형아, 나 어제 졸라

제 4기 신성 스파르타 5-8 반(班) 목요일 시간표

時刻	實施 內容
午前 6:00-6:30	起床 및 生活 準備
午前 6:30-7:00	早食: 制 一 食堂 (地下)
午前 7:00-8:30	數理 探究
午前 8:30-10:00	英語
午前 10:30-10:45	再充填
午前 10:45-12:15	科學 探究
午後 12:15-1:00	中食: 制 二 食堂 (二層)
午後 1:00-2:30	等級別 特別 補充 學習(一)
午後 2:30-3:30	特講 - 體力修練
午後 3:30-5:00	言語 探究
午後 5:00-5:15	再充填
午後 5:15-6:45	特別 集中 自習(一)
午後 6:45-7:30	夕食: 制 二 食堂 (二層)
午後 7:30-9:00	社會 探究
午後 9:00-10:30	等級別 特別 補充 學習(二)
午後 10:30-10:45	再充填
午後 10:45-11:45	特講 - 精神修練
午後 11:45-1:00	特別 集中 自習(二)
午前 1:00 -	就寢

황당한 꿈 꿨다."

"꿈?"

"응. 꿈에서 내가 누굴 죽인 것 같애."

"누굴? 아는 사람이야?"

"몰라, 몰라. 처음 보는 년인 것 같은데, 막 신경을 돋우잖아, 미친 년…… 비키니를 입고 있었나? 아후, 몰라, 몰라. 아우 씨발 기분 드럽네. 그리구……."

"그리구?"

"몰라, 아유 몰라, 아니, 기억은 나는데, 얘기하고 싶지 않아, 그만두 자."

그러곤 승경이는 다시 무뚝뚝한 표정으로 돌아가 버렸다. 승경이의 꿈은 별로 궁금하지는 않았지만, 꿈을 꿀 수 있다는 자체가 예이형에겐 여전히 부러웠다. '꿈에서 누군갈 죽였다고⋯⋯' 예이형은 승경이처럼 꿈을 다시 꿀 수만 있다면 꿈속에서가 아니라 실제에서도 누구든 죽일 수 있을 것 같다는 엉뚱한 생각을 했다. '진심은 아니야. 절대 진심은 아니지. 누군가를 죽인다니. 휴⋯⋯ 승경이와 말을 섞다 보면 나까지 미쳐 가는 것 같다니까.' 예이형은 혹, 자신의 속마음을 들킨 게 아닌가 싶어 승경이를 쳐다봤다. 하지만 승경이는 고개를 숙인 채 가만히 있었다. 아무 말이라도 해야 할 것 같았다.

"조퇴라면서? 언제 나가는 거야?"

"⋯⋯내가 그런 얘기까지 했었나? 입도 방정이지. 점심 먹기 전에 나가기로 했어. 그런데⋯⋯ 내가 왜 나가는지도 얘기했었나?"

예이형은 진실이 꼭 최선의 방책만은 아니라는 걸 깨달았다.

"미국 비자 받으러 엄마하고 대사관에 간다고 하지 않았나?"

"그랬었니? 그래⋯⋯ 그러면 할 수 없지. 다른 애들한텐 말하지 마."

"응."

물론, 정말로 승경이가 어젯밤 자신에게 털어놓은 얘기를 기억하지 못하는 게 아니라, 제대로 알면서도 괜히 예이형의 헛소리에 장단을 맞추는 것일 수도 있었지만, 예이형은 그래도 그런 헛소리가 자신이 들은 얘기를 남들에게 옮기지 않겠다는, 승경이를 향한 약속이 될 수도 있겠구나 하는 생각을 했다. 그로써 좋았다. 그것으로 왠지 기분이 상쾌해졌다.

언어탐구 시간이었다. 언제나 그랬지만, 체력수련 시간 다음 수업엔 졸음을 참기가 어려웠다. 학교에서라면, 능성이 발저럼 뒷자리에서 생까고 책상에 엎드려 한숨 푹 자면 될 일이었지만, 신성스파르타 학원은 그렇게 호락호락한 곳이 아니었다. 수업 시간에 자다가 걸린 애들은, 그리고 그 밖에 몇 가지 자질구레한 규칙을 위반한 애들은 하루에 두 번 있

147

는 체력수련 시간이나 정신수련 시간 첫머리에 이름이 불리워졌다. 이름이 불린 애들은 원장의 인솔하에 수업 시간 동안 어디론가 사라졌는데, 뻘건 눈동자를 하곤 새로 다린 옷처럼 빳빳해진 상태로 완전히 다른 사람이 되어 다음 수업 시간에 나타나곤 했다. 두 번 이상 걸린 애들은 없었다. 애들은 그렇게 이름이 불리워지고 수업 시간 동안 어디론가 사라지는 것을, 징벌 걸렸다고 했다. 승경이도 둘째 날인가 셋째 날인가 한 번 징벌 걸리더니, 그 다음부턴 최소한 잠자리에 들기 전까진 온순한 양처럼 조용했다. 그 징벌 걸림이 아이들에게 가장 효과적일 수 있었던 것은, 징벌에 걸렸던 애들이 하나같이 자신이 어디에 갔다 왔는지, 무슨 일이 있었는지, 왜 그렇게 옷이 지저분해지고 머리카락은 미친년처럼 헝클어지게 되었는지 도무지 얘기하려 들지 않았기 때문이었다. 재충전 시간이나 식사 시간에 애들이 우르르 몰려와 무슨 일이 있었는지 물으면, 징벌 걸렸던 애들은 백이면 백, 귀신이라도 본 것처럼 입을 꼭 다물고, 토끼 눈을 한 채로 고개만 설레설레 흔들 뿐이었다. 다행히 예이형은 한번도 징벌 걸린 적이 없었다. 평소, 별로 겁이 없다고 스스로 생각해온 예이형이었지만, 징벌 걸림만큼은 당하고 싶지 않았다.

수업은 지나치게 따분했지만, 분위기만은 매우 엄숙했다. 가장 뒷자리에 앉아 있던 예이형은 선생이 칠판에 무엇인가를 적는 동안 손으로는 그 내용을 옮겨 적으면서도 눈으로는 창밖을 바라보곤 했다. 창밖으로 늦은 여름의 태양이 마지막 기승을 부리고 있었다. 폭탄이 섬광을 뿜으며 터지는 장면을 마치 정지시켜 놓기라도 한 듯, 환한 빛 덩어리가 사물들의 가장자리를 무참히 뜯어먹고 있었다.

기계적으로 노트 위에 글자들을 그려 넣다가 예이형은 바스락거리는 소리를 듣고 고개를 돌렸다. 예이형이 앉아 있던 자리는 교실의 뒷문에서 약 1미터 정도 떨어진 자리였는데, 고개를 돌리자 예이형은 닫혀 있어야 할 문이 조금 열려 있고, 그 사이로 처음 보는 아이의——머리가 조금 길긴 했지만, 아무래도 소년 같았다——기울어진 얼굴과 역시 비스듬히 문틀에 잘린 가슴께가 보였다. 예이형은 선생이 아직 칠판에 무언갈 적어넣느라고 뒷문 쪽엔 관심이 없다는 것을 황급히 확인한 후 다시 고개를 돌리곤 소년을 향해 조용히 하라는 뜻으로 집게손가락을 세워 입술에 가져다 댔다. 소년은 예이형을 향해 웃음을 짓는 것처럼 보였다. 다행히 소리를 내지는 않았다. 한 10초쯤 그러고 있었을까, 소년은 천천히 열린 문틈 밖으로 사라졌다.

"그러니까, 은유법에 있어서 가장 중요한 것은 은유의 대상이 되는 사물과 그것과 매칭이 되는 또 다른 사물의 연관 관계라면 좋겠는 거야. 내 말이 무슨 말인지 알겠어?"

정상적인 사람이라면 절대 알아듣지 못해야 정상인 선생의 질문 아닌 질문에, 애들이 일제히——물론 예이형도 포함하여——기계적으로 입을 벌려 마치 약속이라도 한 것처럼 '예 혹은 네'라는 비슷하게 낮은 음을 합창하는 동안,[54] 예이형은 방금 전에 자신이 보았던 소년이 걱정되기 시작하였다. '만약 소년이 다른 애들이나 선생한테 발각되는 날이면.' 하고 예이형은 생각해 보았다. '징벌 걸림'과 마찬가지로, 어떤 일이 일어날지 예이형은 상상할 수가 없었다. '너무 끔찍한 일이야.' 하고 예이형은 중얼거렸다.

예이형은 자신도 깜짝 놀랄 만큼 재빨리 행동을 개시했다. 소리가 나지 않도록 의자를 뒤로 뺀 다음 아무도 모르게 살짝 자리에서 일어나 허리를 숙인 채 쭈그리고 앉았다. 곧이어, 예이형은 그 사세로 오리처럼 뒷걸음질 쳐서 간신히 들키지 않고 뒷문을 잽싸게 빠져나왔다. '한 명쯤 빠져나가도 선생이 곧바로 알아채진 못하겠지?'

복도 끝자락, 아이의 뒷모습이 보였다. 아까보다 키가 더 작아 보였다. 기껏해야 초등학교 2학년 정도겠다고 예이형은 생각했다. 소리를 지를 수 없었으므로, 예이형은 교실 창문으로 자신의 모습이 보이지 않도록 허리를 구부린 채 소년을 향해 달려갔다. 발자국 소리가 나지 않도록 달리느라, 또 허리를 구부리고 달리느라 예이형은 빨리 달릴 수가 없었다.

복도의 끝은 막다른 삼거리였는데, 소년은 분명 오른쪽으로 사라지는 것처럼 보였다. '기다려.'란 말이 자신도 모르게 하마터면 입 밖으로 튀어나올 뻔했다. 오른쪽으로 구부러지자, 거긴 예이형이 처음 와 보는 어두운 복도였다. 복도의 왼쪽과 오른쪽엔 문도 창문도 없고 대신 처음 보는 사람들의 얼굴이 그려진 큼직한 초상화 액자들이 예이형의 어깨 높이쯤으로 가지런히 걸려 있었다. 대부분 늙은 남자의 얼굴을 그린 유화였는데, 유난히 콧수염을 기른 남자가 많았다.

소년은 어느새 다시 사라졌다. 이번에는 창문이 없었으므로, 예이형은 허리를 편 채로 전력질주했다. '니가 아무리 빨라도, 이래봬도 달리기에선 항상 반 대표로 뽑혔던 내게서 도망칠 순 없을걸.' 소년이 사라진 곳엔 계단이 있었다. 예이형은 올라갈 수도 내려갈 수도 있었다, 소년 역시 올라갔을 수도, 내려갔을 수도 있었다. '소리를 질러 소년을 불러 세울 수만 있었다면.' 소년은 언제든지 학원 사람들에게 발각될 수 있었고, 그런 상황을 막기 위해서 예이형은 한시라도 빨리 결정을 해야 했고, 그랬지만, 도무지 힌트는 보이지 않았다. 예이형은 무작정 위층으로 향하는 계단을 뛰어올랐다. '50퍼센트의 확률이군.'

분명, 처음엔 50%의 확률이었겠지만, 소년을 찾아 몇 차례 갈림길에서 아무런 힌트도 없이 하나를 선택해 가는 동안, 예이형에게 주어진 확률은 손에 쥐고 있던 눈송이처럼 점점 작아져 결국 형체를 찾아볼 수 없게 되었다. 예이형은 역시 처음 보는 복도에서 허리를 숙인 채 이마에 맺힌 땀을 손바닥으로 훑어 내리며 소년을 구하는 데 실패했을 뿐만 아니라, 완전히 길을 잃어버린 바람에 교실로 돌아가는 데에도 꽤 오랜 시간이 걸릴 것이라는, 즉 선생이 결국에는 자신의 부재를 눈치 채고 말 것이라는 사실을 깨닫게 되었다. '소년도 구하지 못하고, 징벌이나 걸리게 되었구나.' 하지만 한번 더 생각해 보니, 예이형은 소년이, 과연 누군가 구해 주어야 할 만한 명확한 위험에 처해 있었던가 하는 의문이 생겼다. 소년은 누군가 학원 관계자의 이를테면, 원장의 아들일 수도 있는 것이다. 부모 몰래 잠시 복도를 돌아다니는 것은 물론 칭찬할 만한 일은 아니겠지만, 그렇다고 심각한 위험에 처했다고 할 만한 상황 또한 아니었다. '바보 같은 짓을 했어. 깊이 생각하지도 않고 또 바보 같은 짓을 저지르고 말았어, 맞지?'

예이형은 마음속에서 낼 수 있는 가장 큰 볼륨으로 '응, 맞아.'라고 누군가에게 답해 주었다. 그러자, 지금까지 소년이라는 짐을 어깨에 지고 있다가 내려놓은 것처럼 한결 마음이 가벼워졌다. 예이형은 세수나 하면서 정신을 차릴 양으로 복도 옆에 있던 성별의 표시 없이 단지 화장실(化粧室)이라고 쓰여 있는 곳의 문을 무작정 열고 들어갔다.

거기에, 세면대 앞에 소년이 서 있었다. 소년을 보자, 예이형은 다시 곧 소년이 결코 원장이나 아니면 다른 학원 관계자의 아들일 수가 없으며, 그러므로 이 소년이야말로 자신이 꼭 구해야만 할 존재로 다시금 생각되었다. 화장실 안에 그와 소년 외엔 아무도 없다는 것을 확인한 후, 예이형은 살금살금 소년에게 다가갔다. 소년은 예이형은 빤히 쳐다보고 있었지만, 아까처럼 웃는 얼굴은 아니었다. '너무 늦은 걸까?'

"얘, 너 어떻게 여기 들어온 거야? 여기기 얼마나 위험한 덴데."

그러자, 전혀 기대하지 못했던 일이 일어났다. 소년이 갑자기 거의 울다시피 하면서 예이형에게 마구 말을 쏟아내기 시작했다. 그것은 너무도 듣기 싫은 목소리였다. 목소리 자체도 귀에 거슬렸지만, 그보다 더 예이형을 불쾌하게 했던 건, 그 소년의 말이 한번도 들어본 적이 없는 외국어 같다는 사실이었다. 그것은 국어 같지도, 영어 같지도, 일어 같지도, 중국어 같지도, 스페인어 같지도, 러시아어 같지도 않았다. 물론 예이형은 중국어도 스페인어도 러시아어도 일어도 전혀 몰랐지만, 왠지 소년의 입을 통해 쏟아져 나온 한 무더기의 말은 지구 위에 살고 있는 인간의 언어 같지 않았다. 차라리 그것은 지구에서 18,560광년 떨어진 채 이름 붙지 않은 외계의 언어 같았다. 예이형은 처음 교실에서 소년을 보고 빠져나올 때처럼 잽싸게 화장실 문을 박차고 밖으로 나와버렸다. 처음엔 소년을 쫓기 위해서였지만, 이번에는 소년으로부터 도망치기 위해서였다. 윗니와 아랫니 사이로 터져 나오려는 비명을 간신히 막으며 예이형은 복도를 내달렸다. 온몸의 신경과 근육이 턱과 다리에만 집중된 듯한 느낌이었다.

몇 번의 갈림길에서 소년이 가장 선택하지 않을 듯한 길로 수차례 접어든 후에, 예이형은 어느 처음 보는 계단참에서 양 손으로 무릎을 짚은 채 몸을 구부리고 가쁜 숨을 몰아쉬었다. 예이형은 소년이, 아니 소년의 말이 자신에게 불러일으켰던 그 감정을 되새김질 해보려 했다. '마치 오늘 아침 과학탐구 시간에 배웠던 작은창자 내벽의 융털까지 바짝 일어서는 느낌이었어, 그건.' 어쨌건 최소한 소년이 자신이 나서서 구조해야 할 대상이 아니라는 것은 이제 예이형에게 확실해 보였다. '돌아가자. 더 늦기 전에 돌아가야 해.'

예이형은 비로소 자신이 저지른 실수가 이젠 되돌이키기 힘든 국면까지 흘러와 버렸다는 것을 깨달았다. 돌아가는 시간을 줄이면 징벌의 양도 줄어들 수 있다는 작은 가능성을 떠올리지 못한 바는 아니었지만, 교실로 돌아가는 길 역시, 처음 소년을 구하기 위해 겪었던 여정만큼이나 예이형에겐 낯설기만 했다. 운에 맡긴 채, 예이형은 아무런 원칙 없이 아무런 방향감각 없이 하나를 선택했고, 나머지를 버리면서 앞으로 걸어 나갔다. 얼마쯤 시간이 지난 후, 거짓말처럼, 마침 5-8반의 교실 뒷문이 눈앞에 나타났다. 예이형은 자신이 교실을 빠져나갈 때, 뒷문을 닫고 나왔었는지, 아니면 불필요한 소리를 내지 않기 위해 문을 열어둔 채 그대로 나왔었는지 잘 기억이 나지 않았다. 하여간 뒷문은 열려 있었다. 아니, 가만 생각해 보니 예이형이 빠져나왔을 때보다 조금 더 많이 열려 있는 것 같기도 했다. '이제 와서 이런 것을 추리해 본댔자, 징벌 걸림에서 벗어날 수는 없잖아?' 예이형은 다시 한 번 오리걸음으로 뒷문 틈 사이를 통과했다.

벌써 재충전 시간이었다. 그것은 예이형이 전혀 예상하지 못했던 상황이었다. 선생은 없었다. 애들은 대부분 책상 위에 엎드려 있었고, 몇몇 애들은 낮은 책상에 몸을 잔뜩 숙이고 공책에다 무언갈 적거나 문제를 풀고 있는 것처럼 보였다. 누구도 예이형에게 별다른 관심을 보이지 않았다. 그것은 어쩌면 선생도 그리고 애들도, 즉 교실에 있었던 그 누구도 예이형의 부재를 눈치 채지 못했다는, 역시 예이형이 고려에 넣지 못했던 상황을 넌지시 암시하는 것일 수도 있었다. '설마.' 설마, 하면서도 예이형은 그 가능성에 매달릴 수밖에 없었다. 간절히, 그랬으면 하고 바랐다. 필요하면 작은창자 내벽의 융털까지 일으켜 세워서 함께 기도하고 싶어졌다. 애들한테 물어볼 수는 없었다. 애들이 모른다면, 모르는 그대로 내버려두는 쪽이 났다는 건 두말할 나위도 없었다.

정신수련 시간 동안 예이형은 갑자기 밀려든 안도감 때문에 기운이 폭 빠서 제대로 서 있기노 힘늘었다. '안 걸렸어, 어떻게 안 걸릴 수가 있었지? 이건 정말 말도 안 되는 행운이야.' 걸리지 않았을 수도 있다는 가냘픈, 하지만 애들의 무관심에 의해 뒷받침되는 무시 못할 희망 덕분에 저녁밥도 제대로 넘어가지 않았다. 함께 밥을 먹던 미연이가 '뭐 안 좋

은 일 있어? 얼굴이 반쪽이네. 승경이가 없어서 그래?'라고 말을 붙여왔
을 때는 자리에서 펄쩍 일어나 미연이를 껴안아주고 싶을 정도였다. '너
두 모르는구나.'

특별집중자습(II)를 마치고 1시 조금 넘어 아무도 없는 감옥으로 돌
아와 잠자리에 몸을 던지고 예이형은 자신이 행한 실수와 믿기 힘든 행
운에 대해 곱씹었다. '지독히도 재수가 좋은 날이야.' 승경이가 없는 감
옥 안은 조용하고 편안했다. '지금 내게 더 바랄 만한 일이 과연 있을
까?' 그런 엉뚱한 질문이 기분 좋은 노곤함에 젖어 있던 예이형의 머리
위로 올라탔다. '더 바랄 일이라, 더 바랄 일이라…… 도무지 생각나지
않는데.' '그야 부족한 것이 전혀 없으니 그럴 테지.' 질문들과 대답들이
예이형의 몸 바깥으로 뛰쳐나가 만담이라도 하는 것 같았다.

그러다, 다시 잠이, 잠들기 전의 예이형이 꿈이 사라졌다고 믿는 잠
이 찾아왔다. 그리고 곧…….

7

사람들은 누군가와 함께 있지 않으면 견디기 힘들어지는 법이다. 그 파괴 이전에도 또 그 이후에도, 여전히 사람들은 비슷한 형태의 병을 앓고 있다. 물론, 어떤 사람들은 다른 사람들에 비해 그런 상황들을 더 잘 견딘다. 조그만 해저 동굴 속 심해어처럼, 어떤 사람들은 동족이 곁에 없는 상황을 마치 열대에선 사계절 내내 눈을 볼 수 없는 것처럼, 그렇게 대수롭지 않게 여기기도 한다.

그렇다. 그렇지만, 그 파괴 이전의 사람들은 더 많은 것을 원했다. 단순히 곁에 있는 것 이상을 그들은 원했다.

말. 그들에겐 말이 필요했다. 그들에겐 그들을 결박할 무한히 긴 말의 사슬이 필요했다. 누군가 곁에 있지만 그들 사이에 말이 부재하다면, 차라리 그 누군가가 자신의 곁으로부디 떠나버리기를 사람들은 원하기도 했다.[35] 사람들은 '외롭다'라는 말로, 타인이 곁에 없는 상황이나 타인이 곁에 있지만 말이 결핍된 상황에서 오는 고통을[36] 표현했다. 하지만, 이 말은 입 안에 넣고 잘게 씹혀진 음식물의 맛을 음미하듯 찬찬히 혓바닥으로 굴려보면, 봄철에 갓 딴 나물들처럼 매우 쓰지만 다시 한 번 음미하고 싶은 유혹을 뿌리칠 수 없는 독특하고 강렬한 향기를 가지고 있다.[7]

나는 지금 내 곁에서 등을 돌린 채 자고 있는 한 소년을 본다. 아직 고추나 겨드랑이에 털이 나지 않은 소년이다. 대략 겨울을 세 번쯤 나고 나면, 소년에게도 털이 나리라. 소년은 자주 나의 집에 놀러 오곤 한다. 우리는 가까운 언덕 위에 올라 저무는 해로부터 멀어지는 방향으로 바람을 가르며 내달리기도 하고, 함께 밥을 먹기도 한다. 간혹 함께 자면서 서로의 꿈을 찾아가기도 한다. 그 파괴 이전의 사람들은, 내가 이 소년과 특별한 관계를 맺기 위해 서로의 꿈을 넘나드는 것처럼, 말을 던지고 받았다. 말은, 한편으로, 그렇게 해서 만들어진 관계를 망치로 호두를 내리치듯 쉬 부수기도 했다. 하지만 말이 사라지면, 관계라는 것은 그렇게 쉽게 지어지지도 또 그렇게 간단히 무너지지도 않는다.

말을 이용해서 다른 사람들과 관계를 짓고 또 허문다는 점에선, 틈입자 역시 그 파괴 이전의 사람들과 별로 다를 바가 없었다. 최소한 꿈바깥의 영역에선, 그들은 타인들과 별로 다르지 않았다. 그들은 말들의 씨줄과 날줄이 엮어놓은 거대한 동물원의 철창 속에서 나름대로 뜨뜻미지근한 삶의 눈금을——철창의 부재 혹은 철창 바깥은 조금도 상상하지 못하며——착실히 채워나가고 있었다. 그야말로 모든 것이 지극히 정상적으로 보였다. 단지 그들의 꿈만이 타인들과 약간, 아니 아주 많이, 달랐다.

다른 사람들은 더 이상 소통의 공간으로 활용되지 못하는 꿈이란 자신만의 정원에 스스로 만든 가짜 타인, 노예들을 빚고 코에다가 숨결을 불어넣고 때론 전혀 모르는 사람들처럼 지나치기도 하고 때론 몰래 추적하기도 하고 때론 함께 술을 마시기도 하고 때론 다시 파괴시키기도 했지만, 틈입자들에겐 마치 떠돌이 기사마냥 자신의 영지, 꿈을 갖는 일이 허락되지 않았다.

대신, 자신의 꿈을 가질 수 없었던 대신, 그들에겐 사유화된 타인의 영지로 몰래 드나들 수 있는 능력이 있었다. 그건 그 파괴 이전의 다른 사람들은 상상도 못했던 일이었다. 마치 언어가 없는 세상을 꿈도 꾸지 못했던 것처럼, 다른 사람들은 타인의 꿈으로 몰래 잠입하는 존재를 꿈꾸지 못했다. 아마도 알았다면 그들은,

경고! 접근 금지. 여기서부터는 민법 XX 조에 의해 지정된 사유지니 어떠한 경우를 막론하고 일절 출입을 금합니다. 위반 시에는 법령에 근거하여 징역 5년 이하의 금고형이나, 500만 원 이하의 벌금형을 선고받을 수 있음을 고지합니다.──주인백

과 같은 팻말을, 자신의 꿈을 철저히 비밀에 부치고 싶어하는 무수한 잠재적인 고객을 위해 공급하는 새로운 사업을 앞 다투어 시작하려 했을지도 모른다.

어찌 되었건, 그런 일은 일어나지 않았다 파괴자에 의해 그 파괴가 본격적으로 시작되기 전, 사람들은 꽤나 오랫동안 틈입자란 존재를 모른 채 살았다. 아마도 알았다면 그들은 기존의 사전 한구석에 숨어 있는 '틈입자'라는 정의 끄트머리에,

157

라는 문장 하나를 기어이 덧붙이고 말았을 것이다. 그들에게 새로운 현상-존재-의미를 말의 도움 혹은 간섭 없이 내버려둔다는 것은 더없는 불경죄에 속했다. 어찌 되었건, 다행스럽게도, 그런 일은 일어나지 않았다. 그래서 틈입자들은 공권력에 의해 타인의 꿈에서 내쫓기지도 않았고, 회사에서 동료에게 '어이 자네, 이번에 틈입자가 되었다면서. 언제 시간 나면 박 부장 꿈에 들어가 무엇이 그의 에고를 억압하고 있는지 리스트를 뽑아오게.' 따위의 말을 듣지 않아도 좋았다.

그런데 어째서? 그런데 어째서 모든 것들이 음성이나 문자로 신비스럽게 육화되어 유통되어야 했던 그 미친 시간 동안, 유독 틈입자라는 존재만은 그 성스러운 언어의 망에 걸리지 않았던 걸까? 당신이라면 친구든 애인이든 할머니든 원수든 누군가에게든 그 사실을 메일이나 대화나 문자나 전화통화나 메신저나 편지 등으로 알려주지 않고서는 못 배겼을 것이다. 그렇지 않나?

그 가장 주된 이유는 틈입자의 기억이, 기억의 방향이 다른 사람들과는 완전히 거꾸로라는 데 있었다. 예전 사람들이 타인의 이해를 돕기 위해——혹은 단지 논지를 흐리기 위해——사용했던 도표를 가지고 설명하자면,

인간의 종류는?	기억하려는 자의 현재 위치는?	기억하려는 대상의 소속 혹은 위치는?	기억의 정도. 기억의 형태 또는 얼마나 잘, 얼마나 뚜렷이 기억하는가?
그냥 그 파괴 이전의 다른 사람들	꿈 바깥	꿈속	경우 1 – 모든 것이 다 기억나지는 않지만, 대략은 희미하지만 기억난다.
	꿈속	꿈 바깥	경우 2 – 대부분 그곳이 꿈이라는 자체를 모르므로, 당연히 꿈 바깥이란 세상에 대해 지각 자체가 없다. 고로, 꿈 바깥 세상에 대해선 거의 아무것도 기억 못한다, 마치 백지처럼
틈입자, 가령 예이형 같은	꿈 바깥	꿈속	경우 3 – 아무것도 기억하지 못한다. 예이형의 경우처럼 자신이 꿈을 꾼다는 사실조차 기억하지 못한다.
	꿈속	꿈 바깥	경우 4 – 모든 것이 다는 기억나지 않지만, 대략은 기억이 난다.

그렇다, 이것이 틈입자란 존재가 말의 쌍끌이 그물에 걸리지 않았던 비밀의 한 조각이다. 틈입자는 현실에서, 그러니까 꿈 바깥에서 타인들에게 자신의 특별한 능력을 설명하지 않았다, 왜냐면 그들은 꿈에서 벗어나자마자 자신의 꿈을 그리고 꿈속에서만 발휘될 수 있는 그 특별한 재능을 깡그리 잊어버렸으니까. 그리고 틈입자는 꿈속에서 타인들과, 그러니까 꿈의 주인들에게 자신의 능력을 설명하지 않았다, 왜냐면…… 왜냐면 그들은 틈입자였으니까, 그들은 **몰래** 잠입한 존재였으니까.

8 2003년 8월 7일

하지만, 차인형은 뚜렷이 기억했다. 어젯밤 그를 찾아왔던 반갑지 않은 손님, 폴리우레탄 바닥의 가짜 사막을 그는 기억했다. 동작대교에 갇힌 지 벌써 20분째였다. 슬슬 걸어간다 해도 벌써 한두 번 정도는 왕복할 수 있는 시간이었다. 주차장이 따로 없군 그래. 사무실에서 일찌감치 나온 터라 약속시간까지 시간은 충분했다.

어젯밤에도 차인형은 황무지를 만났다. 그것은 아무리 반복되어도 익숙해지지 않는, 도무지 친근해질 수 없는 경험이었다. 황무지를 떠올리는 것만으로도, 차인형은 충분히 피곤했다. 차인형은 라디오를 틀었다.

차인형은 집으로 돌아가고 싶어졌다. 여운림 선생을 만나고 어찌어찌 시간을 보내다 인시현에 대해서 묻고 그에 대한 정보를 조금 더 캐낸다 해도, 그게 박제가 된 천재, 치형이를 깨우는 데 크게 도움이 되지 않을 것이란 우울한 예상이 차인형을 덮쳤다. 돌아가야 해. 집으로 돌아가야 해. 불가능한 일은 아니었다. 여운림 선생에게 전화를 걸어 갑자기 무슨 피치 못할 사고 때문에, 가령 교통사고라든가 형제가 다쳤다든가 친구의 부모가 죽었다든가 하는 등의 핑계를 대고 약속을 취소해야겠다고 말할 수도 있었다. 안 될 게 뭐야? 누가 뭐라 그럴 거야? 그리고 나선 시원하게 유턴, 그 다음엔 집으로 직행.

전화를 집을까 말까 몇 번이나 망설이고 있는데, 핸드폰이 울렸다.

"안녕하세요?"

섬뜩한 목소리. 무기징역을 선고받곤 소식이 끊긴 친구가 몇 년 만에 갑자기 전화를 걸어와 '오늘 날씨가 좋은데'라며 시답잖은 말을 늘어놓는 것처럼, 너무나 뻔뻔스러워 소름이 돋는 그런 말투.

"안이회입니다. 잘 계시죠?"

안치형과 너무 닮은, 아직도 모든 것이 치형이의 장난일 거야, 라는 생각의 싹을 지울 수가 없게 만드는.

"네."

차인형은, 가까스로 '그런데요?'라고 묻고 싶은 충동을 억누를 수 있었다.

"여름휴가는 다녀오시구요?"

"아니요, 아직."

"저, 어떻게…… 치형이 일기장은 좀…… 좀 훑어보셨나요?"

차인형은 짜증이 났다. 뒤에 있던 자동차 하나가 경음기를 울렸다. 차인형이나 곁에 있던 운전자의 발목이 신호가 바뀐 지 1.5초 안에 반응하지 않는다는 이유로.

"아니요, 시간이 안 나서 아직……."

거짓말이었다. 아니 거짓말은 아니었나. 훑어보시는 않았다. 더 없이 꼼꼼히, 마치 보물찾기를 하는 어린애처럼 한 글자 한 글자 곱씹어 가며 그렇게 읽었다. 몇 날 밤을 새어 가며 말이다.

"아, 그러세요, 많이 바쁘시죠? 저도 요즘 도통 시간이 없었거든요…… 그래도 혹시 시간이 나면 한번 읽어나 봐주세요. 대단한 걸 기대하는 건 아니지만…… 그리고 치형이는 여전히 차도가 없네요. 좋은 소식 있으면 알려드릴게요."

"네."

별안간 마술사가 변덕을 부린 것처럼 길이 뚫렸다. 쌩쌩, 색색의 무장한 갑충들이 차인형이 타고 있는 차를 지나쳐 화살처럼 내달렸다.

"그리고 전 다음 주부터 여름휴가거든요."

휴가 얘기를 듣고 싶은 심정이 아니었다. 목적지는 점점 더 가까워졌다. 여운림 선생에게 전화를 걸어 모든 걸 다 취소해야 했다. 어디서부터? 어디서부터 취소해야 되지?

"지난번에 말씀드렸던 치형이와 비슷한 증상을 보인다는 다섯 명을 찾아가 보려구요. 전국 각지에 있다 보니 이래저래 전국을 한 바퀴 다 돌게 생겼어요. 아주 기억에 남는 휴가가 될 것 같아요. 제가 함께 갈 수 없느냐고 물어보면 실례겠지요?"

다섯 명? 아아, 그 다섯 명. 차인형은 그 모든 일들이 이젠 더 이상 자신과는 상관 없는 일인 것처럼 아득하게 느껴졌다. 휴가라. 안치형과 똑같은 목소리를 가진 남자와 함께 다섯 명의 백치들을 찾아 떠나는 휴가라.

"그게 좀…… 다음 주부터 편집 들어가야 할 원고들이 있어서…… 그건 좀 힘들 것 같네요."

"아 예, 거기도 꽤 바쁜 동네죠? 처음 무리한 요청인 줄은 알고 있었습니다만, 동생 일이다 보니, 조금 무리한 부탁을 드렸네요…… 아, 그런데, 이게 단서가 될지도 모르겠는데…… 임상 소견서를 두 장 받았습니다만, 좀 흥미 있는 부분이 있더라구요."

차인형은 흥미로워지지 않겠다고 다짐했다.

"그중 두 명은 기억상실이나 실어증 같은 증상을 보이기 전에 의사와 상담을 했나 봐요. 소견서에 따르면, 둘 다 이상한 꿈을 꾸었는데, 그 직후부터 머리가 아파오기 시작했다고 말한 것 같아요."

"황무지가 나왔다고 하던가요?"

반응 시간은 채 1초도 되지 않았다. 그건 일종의 조건반사였다. 종소리와 개의 침. 꿈과 황무지.

"네? 황무지요? 뭐 짚이는 데라도?"

"아니, 그런 건 아니구요. 그게 아마도…… 저…… 별 뜻은 없습니다. 그냥, 그저 그렇다는 거죠."

"모르겠네요. 그런 언급은 없었는데. 누군가 처음 보는 사람이 자신에게 말을 걸어오는 꽤 선명한 꿈을 몇 차례 꾸었다고 해요. 무슨 내용인지는 서류에 나와 있지 않지만…… 담당 의사나 환자를 만나보면 좀 더 밝혀낼 수 있을 지도 모르겠지요."

"꿈에 찾아온 사람이 여자애라고 하지는 않던가요?"

차인형은 필사적으로 자신의 꿈과 그 다섯 명의 환자 중 두 명이 자신의 발병 원인이라고 주장했다는 그 꿈들을 연결 지으려 하고 있었다.

"가만 보자…… 아니요, 여자애는 아니었어요. 가만…… 서류를 다시 한 번 보는 게 낫겠네요…… 여기엔 자세한 기록이 없구…… 여기엔…… 아니네요. 그래요, 첫 번째 환자가 꾸었다는 꿈에 대해선 별다른 기록이 없고, 다른 환자 꿈에는 남자가 찾아왔다네요. 그런데 거기에 무슨 의미가 있는 건가요? 여자애여야만 하는 건가요?"

꼭 그래야 할 필요는 없지요, 하고 차인형은 중얼냈다. 여운림 선생을 만나기로 한 학교 정문이 저만치 보였다. 정문을 부수고 다시 지으려고 하는지, 공사가 한창이었다.

"꼭 그래야만 할 필요는 없겠죠."

"아…… 네…… 어쨌든, 뭐든지 발견하시면 꼭 좀 저한테 알려주십시오. 저도 휴가 다녀와서 보고드리도록 하겠습니다."

농담을 하는 기색은 전혀 없었다. 차인형은 불쾌했다. 보고라니…… 터무니없이. 차인형은 그저 모든 것으로부터 도망가고 싶었다, 여운림 선생에게서, 안이회에게서, 치형에게서, 그러곤…… 자신에게서도.

자동주차발권기의 노란색 차단막대가 커다란 호를 그리며 서서히 열리고 있었다. 너무 늦었어. 너무 늦어 버렸어, 도망치기엔. 늘 너무 늦지.

"아 그리고 차인형 씨, 하나 더 물어보고 싶은 게 있는데요…… 요즘은 글 안 쓰세요?"

"정신과 의사로서 잠재적인 고객에게 질문하시는 건가요, 아님, 동생의 친구에게 질문하시는 건가요?"

"독자가 작가에게 던지는 질문인 것 같은데요."

조금 화가 난 것도 같기도 했다. 차인형은 기분이 유쾌해졌다. 더 세게 나가는 거야.

"교수님 앞에서 강의를 하는 것 같습니다만, 예전에도 이와 비슷한 실착행위(失錯行爲)를 저지르신 적이 있었지요. 작가가 아니라, 작가였던 사람으로 정정해야겠죠. 그리고 질문에 대답을 드리자면, 작가였던 사람은 더 이상 글을 쓰고 싶지 않다고 하네요."

"왜죠?"

"글쎄, 작가였던 자신에 대한 기억을 다 잃어버렸나 보지요. 그럼 다음에 또."

차인형은 차를 주차장에 세웠다. 작가였던 한 남자가 아직 작가라고 주장하는 사람을 만나러 가고 있다, 라고 차인형은 생각했다.

9   2003년 8월 8일

예이형이, 승경이가 떠난 2인용 기숙사에서 자신이 잠시 수업 중에 자리를 비웠다는 사실이 아무에게도 발각되지 않았다는 사실에 안도감을 느끼며 잠자리에 들 즈음. 잠들기 전의 예이형으로선 꿈이 삭제되었다고 믿고 있던 잠이 그녀에게 덮치려던 즈음. 내게 부족한 것이 뭘까 하는 무용한 궁싯거림 끝에 '꿈'이라는 간단한 답을 찾아내고선 행복해하던 즈음. 완벽한 무지 혹은 단절 아래서 쉬이 왜곡된 결론에 도달하고선 기뻐하고 있을 즈음.

바로 그 즈음, 아니 바로 그 즈음의 직후, 그 잘못 유도된 결론 '아, 그래, 꿈! 꿈이 내겐 부족해.'를 마치 바닥에 패대기라도 치는 것처럼 다시 황무지가, 가짜 모래알들이 가짜 폴리우레탄 바닥 위에 깔려 있는 가짜 사막이 예이형을 찾아왔다. 그리고 다시 곧, 일말의 초조함도 없이 황무지에서 거닐던 예이형이 타인의 꿈으로 스며들기 시작했다.

그곳은 예이형에게도 어느 정도 눈에 익은 곳이었다. 하지만, 눈에 익은 곳이래도, 타인의 눈을 통해 포착되고 재현된 눈에 익은 곳이라는 건, 생판 낯선 곳처럼 보이기 일쑤였다. '여긴…… T역이구나.' 그곳이 T역이라는 것을 알아차리는 데까진 시간이 좀 걸렸다. 그곳은 밤이었다. 너무 밝은 보름달이 떠 있는 밤하늘은 온통 푸른색이 은은히 물든 은빛이었다. 과장된 달빛과 수많은 가로등 빛에 의해 공격받은 T 역 앞 광장은 마치 인공의 조명 아래 배우들이 막 연습을 시작한 연극무대 같았다. 역 앞의 모든 사물들도, 가령 끝이 뾰족하게 두 갈래로 갈라진 알파벳 Z자 모양의 도로 포석도 물이 나오지 않는 작은 분수도, 몇 개의 등받이 없는 벤치들을 가리고 있는 등나무덩쿨도, 돌로 만든 뜻 모를 조형물들도, 모두 동화 속 어느 괴짜 마법사의 정원에서 옮겨온 기괴한 전리품 같아 보였다.

그중 겉으로 보기에도 규모가 가장 크고, 그 기괴함의 정도 역시 가장 격렬해 보였던 사물은, T역 앞 광장을 향한 넓은 출구, 계단을 오르다 고개를 들면 바로 보이는 거대한 건물이었다. '이 건물이 원래 이렇게 높았었나?' 3층까지는 상가가 그 이상은 오피스텔이 들어서 있는 그 건물은 마치 신화에 나오는 거인 같았다. 건물의 꼭대기를 보기 위해서는 뒤통수가 등에 닿도록 고개를 최대한 뒤로 젖히지 않으면 안 되었다. 게다가, 그 꼭대기는, 올라갈수록 점점 작아지다 끝내는 구름인지 성간 물질인지 모를 짙푸른 가스덩어리에 가려 그 높이를 가늠할 수 없었다. 예이형은, 눈에 익으면서도 동시에 완전히 낯선 그 건물을 사로잡힌 듯 오랫동안 쳐다보고 있었다. 예이형은 간혹 뜻 없는 한숨을 내뱉었다.

그러다, 예이형은 이 모든 과장된 광경을 조각해 낸 창조주를, 그러니까 꿈의 주인을 발견했다. 어머니는 등나무 넝쿨 밑 벤치에 앉아 작은 캔버스를 앞에 두고 그림을 그리고 있었다, 저만치서. 무엇을 그리는지 알 수 없었지만, 그 과장된 높이의 건물을 보고 있는 것만은 틀림없는 듯했다. 캔버스는 마천루를 담아내기엔 너무 작아 보였다. 어머니도 그랬다. 어머니는 여간해서는 잘 꺼내지 않는 유행이 지난 무릎을 살짝 덮는 검정색 물방울 원피스를 입고 계셨다. 예이형은 어머니를 존경했다. 꿈 저쪽에 살고 있는 어머니는 늘 그림을 그리시거나 커피잔을 들고 책을 보시거나 했다.

예이형은 어머니를 존경했지만, 그녀가 값비싼 캔버스 위에 반복적으로 그려 넣는 이상한 선과 면들이 무엇을 뜻하는지 어머니와 얘기해 본 적이 없었다. 예이형에게 그것들은 의미 없는 변덕스러운 붓질 이상의 것이 되지 못했다. 어머니는 꿈 저 바깥에 머무르고 있는 자신의 딸이 자신의 그림이 담고 있는 세상과 너무나 멀리 떨어진 세상에——상상력이 고갈된 세속이란 사막에 서식하고 있다는 사실을 일찌감치 알아챘다. 그렇다고 어머니가 예이형을 사랑하지 않는다는 뜻은 아니었다. 어머니는 단지, 자신이 하고자 하는 일이 딸에게서 이해받을 수 없다는 것을 일찍 이해했고, 그래서 그것에 대해 딸과 소통하려는 일체의 노력을 포기했고, 결국엔 딸을 돌보기 위해 캔버스와 함께 하는 시간을 희생하고픈 마음이 없을 따름이었다. '엄마.' 예이형은 소리가 나지 않도록 조심스레 엄마라는 발음의 입모양을 해보았다. 보이지 않는, 들리지 않는 말이 거대한 달이 반사하고 있는 지친 햇빛 아래 조용히 사라졌다. 예이형은 까닭없이 코끝이 시큰했다.

예이형은 잘 아는 사람의 꿈으로 들어가 돌아다니는 것을 좋아하지 않았다. 꿈의 주인이 모르는 사람이라면, 그들이 설혹 예이형을 본다 해도 그저 다른 노예들 중의 한 명으로 여기고 특별히 관심을 기울이지 않을 확률이 높았지만, 아는 사람이라면, 괜히 아는 척하며 예이형에게 접근할 수도 있었다. 그렇게 되면…… 그렇게 된다면…….

설사 꿈의 주인이 모르는 사람이라 할지라도 꿈의 주인이나 노예에게 말을 거는 것은 지극히 위험했다. 예이형은, 아니 더 정확히 하자면 두 명의 예이형 중 꿈속의 예이형은 틈입자가 되면서부터 그 규칙을 알게 되었다. '절대 주인이나 노예에게 말을 걸지 말 것. 혹시 그들 중 누군가가 말을 걸어온다 해도 대답하지 말고 가급적 서둘러 자리를 피할 것.' 그것은 본능에 속하는 영역이었다. 마치 꿈 저편에서 사람들이 숨을 쉬기 위해서는 콧구멍이나 입을 열어두어야 한다는 사실을 부모나 학교로부터 따로 배우지 않아도 알게 되는 것처럼.

그들에게 말을 붙이게 되면…… 곤란한 일이 생길 터였다. 상상도 하기 싫은 곤란한 일. '나는 기생충 같은 존재인지도 몰라.' 예이형에게 꿈을 가질 수 있는 타인들이란, 숙주 같은 존재였다. 숙주가 만들어 놓은 공간을 숙주의 허락 없이 돌아다닐 수는 있지만, 자신의 즐거움을 극대화하기 위해 숙주를 파괴할 수는 없는 존재, 그게 바로 예이형이었다. 꿈의 주인이나 노예가 나누는 대화는 모두 주인의 무의식에 의해 생성-조작-통제되어야만 했다. 하지만 만약 노예나 주인이 그들의 무의식에 의해 통제받지 못한 말, 예이형 같은 기생충이 만들 말을 듣는다면…… 그건 숙주를 파괴할지도 몰랐다. '숙주가 파괴되면…… 나도 따라서…… 사라져야겠지.'

하지만, 간혹 또 다른 기생충, 틈입자를 타인의 꿈에서 만나는 경우가 있었는데, 그땐 마음껏 정도는 아니라도 주인과 노예의 눈치를 보아가며 적당히 떠들어낼 수 있었다. 다른 틈입자들도 예이형처럼 그 규칙을──주인이나 노예와 말을 해서는 안 된다는──잘 알고 있었다. 한데, 이상한 소문이 있기는 했다, 누군가 주인에게 말을 걸고 다닌다는. '누군가 우리의 씨를 말려 버리려는 걸 거야.' 누군가의 꿈속에 준비된 커다란 배의 갑판 위에서 한 어린 틈입자가 예이형에게 그렇게 속삭였었다. 예이형은 대꾸하지 않았지만 그 어린 틈입자의 생각에 동의할 수는 없었다.

'우리가 사라질 수도 있겠지. 하지만, 우리가 사라진다는 것은 지금 우리 눈앞에서 울부짖는 커다란 파도가 닥친 후에 잠깐 생겼다가 사라지는 흰 거품처럼 지극히 부수적인 일일 뿐이야. 기생충을 죽이기 위해서 숙주를 잡는 일은 절대 없어.'

예이형은 자석에 끌린 듯 그 마천루를 향해 천천히 걸어갔다, 물론 어머니의 시선이 닿지 않을 동선을 밟아가며. 선명하지 못한 그림자가 발에 밟혔다.

잠시 후 예이형은 1층 텅 비어 있는 편의점 근처에서 어린아이의 뒷모습을 보았다. 덥수룩한 더벅머리에 멜빵 바지를 입은 삐쩍 마른 아이였다. 예이형은 불현, 그 아이의 뒷모습이 사진으로 보았던 어릴 적 자신의 모습과 닮았다는 것을 발견했다. '저게 날까?' 아이는 손에 무엇인가 작고 둥그런 물체를 쥐고 어머니를 향해 걸어가고 있었다. 걸음걸이가 매우 부자연스러웠다. 그럴지도 몰랐다. 어릴 적 자신일지도 몰랐다. 꿈속에서 타인이 만든 자신을——노예이긴 하지만——본다고 생각하니 온몸에 소름이 확 돋았다.[주8] '엄마는 나를…… 어릴 적 나를 보고 싶어하는 거야. 너무 커버린, 커버렸지만 아무것도 모르고 아무것에도 관심이 없는 무기력한 나대신 어릴 적 나를 보고 싶어하는 거야…… 나는 그저, 기생충이니까…… 기생충인지도 모르고 살아가는 기생충이니까…… 엄만 날 좋아할 수 없는 거야.'

예이형은 자신일지도 모르는 그 아이의 얼굴을 보고 싶었다. 약간의 위험을 무릅쓰고서라도.

10　　2003년 8월 7-8일

　　국문과 교수 여운림이라는, 마치 큰 흉이라도 되는 것처럼 애써 조그맣게 만들어진 명패가 붙어 있는 방문을 열었을 때 차인형은 뜻밖의 손님을 만났다. 함기영(咸起嶺)이었다. 함기영은 차인형보다 두세 살 많았지만, 거의 비슷한 시기에 등단한 젊은 작가였다. 차이점이라고 하면, 차인형은 단 두 편의 장편소설, 『올바른 행동 방식』과 『귀여운 성난 고양이』 이후엔 공식적으로 펜에서 손을 뗀 반면, 함기영은 계속해서 자신의 이름이 붙은 책들을 세상에 내놓고 있다는 정도였다.

　　함기영은 하늘색 폴로 셔츠를 진한 밤색 바지 위로 내어 입고 있었다. 차인형이 방에 들어오자 긴 다리로 성큼성큼 다가와 손을 내밀었다. 동작은 크고 시원시원했으며 주저하거나 망설이는 기색 따윈 전혀 없었다.

　　"차 형, 오래간만이야. 잘 있었어?"

　　수영복 차림으로 베란다 장의자에 누워 있는데, 턱시도 차림의 신사가 태양을 등지고 다가와 정중하게 악수를 청하는 것처럼, 어쩐지 어색하고 멋쩍은 분위기였다. 함기영의 손은 차갑고, 살집이 없어 뼈마디가

더욱 단단하게 느껴졌다. 차인형은 함기영과 자신이 예전에 말을 놓고 지내는 사이였는지 확신이 서질 않았다.

"그럭저럭."

여운림은 방문을 마주보고 있는 어디에서 구했는지 꼭 물어보고 싶은 어마어마한 크기의 1인용 보라색 소파에 푹 파묻혀 있었다. 그는 덩치가 매우 컸는데, 그가 대학을 마치고 등단할 즈음에 찍은 흑백사진 속에서도 그가 차지하는 체적은 확연히 표가 났다. 하지만 보기와는 달리, 행동만은 날래기 짝이 없었다.

"아, 차 과장 잘 지냈나…… 여긴 보다시피 너무 덥지. 자네도 앉게. 학교는 에어컨 인심이 너무 박하단 말야. 자네도 보다시피 내 덩치가 덩치이니만큼 이 정도 찬바람으론 간에 솜털도 안 돋는단 말이야…… 아, 그런데, 오늘 우리 약속은…… 실은……."

"선생님, 결례가 되지 않는다면 제가 대신 말씀드리지요."

함기영이 말을 자르며 나섰다. 둘 다 소설가라는 딱지를 붙이고 있었을 즈음, 차인형과 함기영은 서로 만난 적이 없었다. 하지만, 차인형이 글을 읽는 직업, 출판사의 편집자로 직업을 바꾸고 난 뒤에는 먼 발치에서나마 더러 본 적이 있었다. 말하자면, 그는 모든 출판사의 표적이었다. P 출판사 역시 함기영의 후속작을 잡기 위해 여러모로 고심 중이었다. 하지만 차기작도 어쩌면 그의 머릿속에서 애벌레로 꼬물대고만 있을지 모르는 차차기작도 이미 다른 출판사와 계약이 되어 있다는 소문이 무성했다.

"저, 정말 미안하게 됐는데, 오늘은 선생님을 좀 양보해야겠어. 갑자기 급하게 교수 모임을 소집하게 되었는데, 선생님만 시간이 안 되셔서."

아, 그렇지. 차인형은 함기영이 최근에 여운림이 적을 두고 있는 대학에 부교수로 임명되었다는 기사를 어딘가에서 읽었던 기억이 났다. 기사 어딘가쯤에 '최연소……'라는 꼬리표가 붙어 있었던 것도 같았다.

"차 형하고 약속이 있다는 말씀은 들었는데, 다른 교수님들 사정도 있고 해서, 내가 이렇게 차 형을 만나고 양해를 구하려고 왔네."

바쁜 시간을 쪼개어 이곳까지 몸소 행차하셨단 말씀이지, 하고 차인형은 속으로 이죽거렸지만, 사실 냉정히 생각하면 밑지는 장사는 아니었다. 함기영의 표정은 마치 남이 미리 찍어둔 여자를 중간에서 가로챈 소년의 얼굴처럼 일종의 미안함과 자신의 자리를 확인한 데서 오는 거만한 뿌듯함이 한데 섞여 있었다. 두 개의 자리: 함기영에게 주어진 잘 나가는 작가라는 자리와, 차인형에게 주어진 출판사의 편집장이라는 자리. 함기영의 얼굴 속에서 거울처럼 차인형은 자신의 자리를 읽을 수 있었다.

"그래, 차 과장. 내가 좀 미안하게 됐네만. 자네도 알다시피…… 선생이라는 역할의 반은 얼굴마담이거든. 나야, 이제 펜을 들고 글을 쓰는 것만으로도 숨이 콱 차오르는 나이니 어디서 불러주고 술 사주는 것만 해도 고마울 따름이지만."

"아, 네."

사실 나쁠 것은 없었다. 오히려 좋았다. 함기영, 자네에게 오늘의 이 폐물을 기꺼이 양보하지. 후딱 가져가게, 자네가 가져가지 않겠다면 벼룩시장에라도 내놓을 터이니.

"우선, 시간도 없는데, 우리 차 과장의 주목을 끈 천재 시인 시현이에 대해 얘기나 좀 해볼까?"

함기영은 자리를 비키려는 기색이 없었다. 다탁을 중심으로 차인형이 이쪽에, 건너편에는 여운림과 함기영이 앉았다. 차인형은 이쁘장하게 생긴 여학생이 묻지도 않고 놓고 간 커피를 억지로 찔끔찔끔 들이켰다.

컵은 머그잔이었지만, 맛은 자판기에서 뽑은 커피 맛이었다.

"시현이란 애는 우리 과 애가 아니지? 사학과였나?"

"심리학과 박사과정이라고 들었습니다만⋯⋯."

함기영이 다시 끼어들었다. 그가 여기에 관여하고 있다는 사실만큼은 확실했다. 차인형으로선 불쾌한 일이었지만, 폐물을 치워주는 데 그 정도 대가는 치러야 한다고 생각하며 꾹 참기로 했다.

"내 밑에 있는 무경이하고 좀 먼 친구라는데, 무경이가 어떻냐고 나한테 갖고 왔어. 그래 한동안 쟁여 놓고 있다가 무경이가 하도 성화를 하는 바람에 못 이겨 한번 슥 훑어 봤지. 그런데, 젊은이들의 글을 읽는 건⋯⋯ 이런 얘기하면 어떻게 생각할지 모르겠지만 솔직히 내겐 역겨운 일이야. 내가 어릴 적에 저질렀던 치명적인 실수들을 그대로 되풀이하고 있거든. 모양만 좀 이쁘게 다듬어 놓았을 뿐이지, 다 똑같아. 구조는 허접하고, 구문 활용은 엉망진창이거나 교과서에나 나옴직한 모범답안들뿐이고, 상징이나 알레고리는 당장 시궁창에 쑤셔 넣어 버리고 싶은 것들이거나, 좀 괜찮다 싶은 놈들도 자세히 뜯어보면 벌써 천만 번도 더 울궈먹은 것들뿐이고, 도무지 다 쓰레기야. 읽을 때마다 내 옛날 생각이 나서 구역이 치밀거든. 술이라도 한잔 먹은 날 비린내 나는 애송이들의 글을 읽으면 바로 화장실로 달려가야 한다네. 다 게워내야 한다는 말이네, 마치 무슨 신성한 의식처럼 말이지. 자넨 내 말을 못 믿겠나?"

충분히 그럴 수 있을 것 같았다, 그라면. 그라면 토사물이 내부의 압력을 견디다 못해 구강을 통해 배출되기 전에 얼른 화장실 양변기 앞에 닿을 수 있을 것 같았다

"아니요."

"그게⋯⋯ 그게 문제야, 자넨. 자넨 늘 순진하게 남의 말을 잘 믿었지. 조심하게. 어쨌거나, 인시현이란 애의 글은⋯⋯ 뭐, 구역질이 전혀

안 났다, 이런 얘기를 하려는 건 아니야. 그저, 아마도 공복인 상태에서 글을 읽게 되었던 것 같아. 그러니까 끝까지 다 봤겠지. 게워내지도 않고."

"인시현 씨에겐 행운이죠."

함기영은 진심으로 그렇게 믿는 표정이었다. 그것은, 배움으로 얻어지는 것이 아닌, 글자 그대로 천부적인 재능임에 틀림없었다. 차인형으로선 영원히 꿈꿀 수 없는. 만약 인시현이 이 자리에 있다면, 이 얘기를 다 듣고 나서도 자신에게 행운이 주어졌다는 데에 동의할 수 있을까? 아니, 동의는 못하더라도 구역질은 참아낼 수 있을까?

"솔직히, 난 인시현이란 젊은이에게도, 그가 보낸 시라는 것들에 대해서도 별 관심이 없네. 함 교수 말마따나 내 민감한 위장에 부담을 주지 않았던 건…… 분명 교묘하게 조합된 우연에 불과할 거야. 하지만 난 자네가, P 출판사의 미래를 짊어진 자네가, P 출판사라는 이름에 걸맞은 감식안을 가지고 있어야 할 자네가 왜 그 시들에 관심을 가지게 되었는지 궁금해서 자네가 날 찾아오겠다고 했을 때 마다하지 않았던 게야. 딴 사람이라면 모르겠지만, 자네는 내 이름 때문에, 시답지 않은 시 나부랭이에 관심이 있는 척하지는 않았을 테고 말이야."

"그건 제가 보증하죠. 인형이는 그럴 사람이 아니에요."

차인형은 닥쳐, 라고 얘기하곤 거대하고 아름다운 궤적을 갖는 무시무시한 훅 한방을 놈의 턱에 꽂아 넣고 싶은 심정이었다. 차인형은 그가 철모르던 시절 사석에서 몇 번 여운림의 권력 지향적인 언동에 대해 강하게 비판한 적이 있었음을 기억해 냈다. 사실, 그건 비판이 아니라 조롱에 가까웠고, 나중에 몇몇 사람들은 사석에서라도 그런 말은 조심해야 한다고 충고했던 것도 기억했다. 낮말은 새가 듣고 밤말은 쥐가 듣는다. 아쉽게도 그때 차인형은 새도 쥐도 여운림도 별로 무섭지가 않았다. 그

174

땐 어렸으니까.

"차 형은 아마도, 대형마트 지하 13층 주차장이니, 크롬도금 카트니하는 시 때문에 눈이 번쩍 뜨였던 게 아닌가? 워낙 특이한 것들을 발견하는 데엔 탁월한 더듬이를 갖고 있으니."

확실히, 그 시는——치형의 일기장에서 발견된 헛소리와 일치하는구절을 가지고 있던——인시현이 보낸 다른 시들과 달랐다. 다른 시들에서도 실험적인 경향이 전혀 없는 건 아니었지만, 그 시는 시대착오적이라고 해도 좋을 만큼 조금 멀리 나간 것 같았다. 손등으로 차양을 만들어 타는 태양을 가리고 인상을 찌푸리며 저 먼 수평선 위로 모은 초점으로도 잡을 수 없을 만큼 멀리.

"뭔가? 자네의 관심을 끌었던 구석이란 건?"

마치 두 명의 괴수가 번갈아 심문이라도 하는 것 같았다. 차인형은둘러대야만 했다. 치형의 얘기를 꺼낼 수는 없었다. 그들 앞에서 사생활을 장갑을 뒤집어 보이듯 그렇게 홀러덩 꺼내놓을 수는 없었다.

"그게…… 어디서 많이 본 듯한 냄새가 나서 말입니다……."

거기까지가 차인형이 최대한 짜낼 수 있었던 한 바가지의 정직이었다. 하지만 그건 아무것도 말하지 않은 것이나 다름이 없었다. 아니, 어쩌면 더 나빴다. 여운림은 미간을 찌푸리며 소파에 묻혀 있던 몸뚱아리를 한번 흔들어댔다. 나는 너의 말을 믿을 수 없다, 라는 무언의 신호 같았다. 여운림은 하얗고 두툼한 손바닥으로 자신의 무릎을 소리 나게 내리쳤다.

"하긴…… 모든 것에서는 이수한 냄새기 니지. 그게 토 냄새일 때도있고, 향기로운 초콜릿 냄새일 때도 있지만. 늙으면 초콜릿이 좋아진다니까. 지난번에 독일 갔다 오는 길에 초콜릿을 열다섯 박스인가 사 들여오다가 세관에서 당한 망신을 생각하면…… 정확히 해두세…… 그러니

175

까 단지 그게 다란 말인가?"

"네."

단호하게, 라고 차인형을 속으로 뇌까렸다.

"그게 다라……그게 다라…… 그렇게 하지, 그 문제는 그렇게 하고 이쯤에서 뚜껑을 덮기로 하지. 그러면, 문제는 깨끗해졌어."

여운림은 마치 엉덩이를 바늘로 찔린 것처럼, 놀라울 정도로 날렵하게 소파에서 일어나 살집들을 흔들며 책상 곁으로 다가가 조그만 종이쪽지 하나를 들고 왔다.

"인시현이라는 애에 대한 관심은 이제 내게서 멀리 달아나 버렸어. 자네가 그 마지막 끄나풀이었는데, 자넨 날 도울 생각이 전혀 없는 것 같군 그래. 이제부터 그 문제라면 여기에 물어보게. 내 밑에서 공부하는 앤데, 무경이라고. 얘 말로는 인시현이라는 애가 실종되었다고 하던데. 군부독재 시대도 아니고 실종이라고 하는 게 더 이상 뭘 뜻하는진 잘 모르겠지만."

"공적인 실종에서 개인적인 실종으로 패러다임이 이동하고 있는 추세죠. 그게 우리의 멋진 2000년대죠. 재미있는 건…… 이동은 하지만, 그 양은 결코 변하지 않는다는 거예요."

하품을 참으려고 차인형은 여운림이 건네준 명함을 엄지와 검지 사이에 넣고 꼭 쥐었다. 박사과정이라는 단어가 눈에 띄었다.

"오늘은 아마 지방으로 출강 나가고 없을 거야. 7시 넘어서 전화 한 번 해봐, 정 궁금하면."

차인형은 일어나야 할 시간이라는 걸 알았다. 아무런 소득이 없었다. 빈 손으로 돌아가야 했다. 소득이 있다면, 자신의 자리를 확인했다는 것, 그리고 보기 싫은 늙은 남자를 그보다 더 보기 싫은 젊은 남자에게 떠맡길 수 있었다는 것.

"고마워."

문을 나서면서 차인형은 함기영에게 속삭이는 목소리로 그렇게 말했다. 여운림은 어느새 전화통을 붙잡고 있었다.

술집 둠은 조용했다. 자리는 반 이상 차 있었지만, 웬일인지 아무도 거기에 없는 것처럼 조용했다. 차인형은 운전을 하며 집으로 돌아오다 불현 둠이란 이름의 술집을 보았고, 이전에 몇 번 들렀던 기억이 났고, 설사 황무지가 찾아온다 해도 이대로 술기운의 힘을 빌리지 않고는 도저히 잠들 수가 없을 것 같았고, 혼자 술을 마시는 건 취미에 없었지만 더 운전을 하다가는 자동차 엔진과 더불어 펑 하고 터져 공중에 자신의 살코기와 체액과 모발과 내장 지방을 산산이 흩뿌려야만 할지도 모를 것 같았고, 그래서 차를 무작정 대로변에 세우고 금속 자동 미닫이문을 통해 둠 안으로 들어왔다. 그런데 그곳은 처음 보는 곳이었다. 커다란 황금색 링 귀걸이를 하고 꼬불꼬불 엉킨 수염을 덥수룩하게 기른 주인장은 4년 전부터 이 자리에서, 이름도 인테리어도 바꾸지 않은 채 영업을 하고 있다고 주장했다. 결국 내가 잘못 생각한 거군.

둠엔 한 달을 달라붙어 있어도 축낼 수 없는 양의 술이 있었다. 반가웠다. 반갑긴 했지만, 그건 아무것도 씻어 내리지 못했다(무엇을?). 스탠드에 앉아 있는 사람은 차인형 혼자였다. 오늘은 하나도 되는 일이 없었던 하루였어. 술은, 되레 상처만 더 후비는 것 같았다. 잠시 후 주인장이 다가와 술동무를 해드릴까요, 하고 그에게 말했다. 커다란 덩치답지 않게 부드럽고 나긋나긋한 목소리였다. 그러니 목소리만으로는 아무것도 알 수 없었다. 차인형은 단지 뭔가 거절할 기분이 나지 않아 고개를 끄덕였다. 커티샥 스트레이트를 한잔 들이키곤 빈 술잔을 주인장에게 넘겨주었다. 주인장은 술잔을 받고서도 마시려 하지 않았다. 어쩌면 금주

177

를 시작한 지 채 이 주일도 되지 않은지 몰랐다. 대신, 새 잔을 한잔 더 가지고 와서 그에게 주었다. 주인장은 이 노래를 아느냐고 물었다. 벌써 일곱 잔째였다. 예, 라고 대답하고 나서 차인형은 생각해 보았다. 생각이 났다. 온 몸에 불이 붙은 남자가 정장차림의 남자와 악수를 하고 있는 앨범 표지도 생각이 났다. 〈Wish You Were Here〉, 네가 여기 있다면, 핑크 플로이드의 앨범, 위시 유 워어 히어. 치형이가 가장 좋아했던 앨범이었다. 예, 알구말구요. 차인형은 주인이 가져온 빈 잔에 술을 따르고 다시 입 안으로 부어넣었다. 활활 타고 있는 기관실에 석탄을 삽으로 퍼넣는 화부가 된 것 같았다. 예, 알구말구요. 샤인 온 유 크레이지 다이아몬드 아닌가요? 알구말구요. 거리에서 환한 대낮에 인적이라곤 없는 거리에서 불이 붙었지만 작은 신음소리 한 방울도 없이 불이 붙었지만 태연히 악수를 하며 쓰러져 가고 있던 남자. 주인장은 자신이 틀어놓은 노래를 손님이 아는지 모르는지 한눈에 알아볼 수 있다고 주장했다. 전 손님이 핑크 플로이드를 알고 있다는 걸, 그것도 굉장히 좋아한다는 걸 한눈에 알아볼 수 있었어요. 그렇지만 차인형에게 필요한 것은 점쟁이가 아니었다. 그래서, 자신은 별로 이 노래를 좋아하지 않으며, 이 노래를 좋아하는 건 자신이 아니라, 자신이 싫어하는 직장 상사라고 했다. 그렇지 않아요, 라고 그는 여전히 어색할 정도로 천천히 말하며 고개를 들어 벽에 그려진 염소 대가리를 쳐다보았다. 네? 뭐라구요? 그는 고집이 셌다. 그렇지 않다구요. 그의 목소리는 종잡을 수 없이, 때론 웃는 것처럼 때론 화가 난 것처럼 들렸다. 문득 한국어가 그에게 모국어가 아닐지 모른다는 생각이 들었다. 왜요? 황금 귀걸이의 주인장은 차인형을 마주 보았다. 그는 방금 전 차인형이 따랐던 술잔을 집어들며 한번 씩 웃었다. 그의 웃음은 어색했다. 그건, 제가 올해 들었던 변명들을 죄다 모아놓고 가장 시시한 놈을 뽑는다면 단연 가장 강력한 일등후보예요. 다음엔 좀 더

178

시시하지 않은 변명거리들을 준비해 오세요, 오시면 꼭 이 노래를 다시 틀 테니. 아, 저 TV 고치면 Pulse Live로 틀어드릴게요. 아시죠? 정말 멋진 공연이에요.

차인형은 거짓말을 했고, 주인장이 떠나버렸다. 다시 혼자였다. 차인형은 함기영을 떠올렸다. 떠올리는 것만으로도 머리가 깨어질 듯 아팠다(왜? 도무지 왜?). 차인형은 고통을 진정시키기 위해 술을 한잔 더 따랐다. 술이 약간 넘치며 잔 벽을 타고 바닥으로 흘러내렸다. 손가락이 젖었다. 도대체, 함기영이 나한테 무엇을 잘못한 거지? 차인형은 젖은 손가락을 입으로 빨았는데, 아무 맛도 나지 않았다. 머릿속 다락방에서 차인형은, 함기영이 자신에게 저질렀던 악행들의 목록을 기록한 두루마리를 쫙 펼쳤는데, 두루마리 속은 하얀 백지였다. 한번도 더럽혀진 적 없는 하양. 실은 함기영은 함기영이 해야 할 일을 하고 있는 따름이었다. 아프지만, 그것이 진실이었다. 누구에게도 비난받아야 할 이유가 없었다. 단지 차인형만이 함기영의 모든 것을——그가 행했던 모든 것과 행하지 않은 모든 것과 또 곧 행할 모든 것을——까닭없이 싫어하는 것이었다. Now there's look in your eyes, like black holes in the sky. 듣기 싫은 목소리로군, 듣기 싫은 목소리야. 다 집어치워. Shine on you crazy diamond. 문제는 자신이었다. 눈물이 나서 휴지를 뭉쳐 눈두덩을 꾹 눌렀다. 검은 구멍처럼 그저 표면만의 암흑일 뿐인 자신. 함기영은 그의 자리에서 자신이 해야 할 일을 하고 있었고, 그는 자신의 자리가 아니라고 생각하는 자리에서 억지로 버티고 있었다. 마치 하늘에 나 있는 검은 구멍처럼, 오류가 발생한 지점은 비로 거기였다. 그곳이, P 출판사에 마련된 좁은 공간이 자신의 자리가 아닌 것만은 확실했다. 책을 읽을 권리야 있겠지만, 그걸 평가하고 채택과 유보라는 두 개의 상자 속으로 나누어 놓을 권리는 그에게 없었다. 왜 버팅기고 있는 건지, 뭐가 그를 그 자리에 붙잡아두고 있는 건지 그는 알 수 없었다. 밥벌이를 위해? 그 잘난 내 몸뚱아리를 위해? 박긴샘 선배의 체면을 세우기 위해? 대형 마트에서 필요한 ATP 소스를 구매하기 위해?

언젠가부터 두 명의 남자가 차인형이 앉아 있는 자리에서 별로 떨어지지 않은 곳에 앉아 있었다. 편한 옷차림이었지만, 그렇다고 싸구려처럼 보이지는 않았다. 오히려 그런 평상복 차림에도 불구하고 설명하기 힘든 기품이 그들에게서 은연중에 드러났다. 둘 중 깃달린 모자를 쓴 남자가 모자를 쓰지 않은 반백의 남자에게 이 노래 너무 칙칙하지 않아, 라고 말했고, 상대방은 입에 묻은 거품을 손등으로 닦아내고는 그건 그래, 라고 짧게 말했다. 그들의 목소리 역시 그들의 높은 교양을, 지적 수준을 증명해 주기에 족한 것이었다. 그러자 다시 깃달린 모자를 쓴 남자가 그렇다면, 이라고 말했다. 그들의 대화는 그다지 큰 목소리는 아니었지만 유난히 잘 들렸고, 차인형은 그들의 대화 내용이, 목소리나 분위기가 아니라 단지 내용이 마음에 들지 않았다. 닙둬, 라고 차인형은 말했다. 그들과 차인형 사이의 거리는 그 소리가 그들에게 들렸을 수도 들리지 않았을 수도 있는 애매한 거리였다. 무슨 소리야, 지금 그거 우리한테 한 말인가? 닙둬, 라고 차인형은 거듭 말했다. 그 소리가 전해졌을 수도 전해지지 않았을 수도 있는 애매한 거리였다. 뭐야, 이거. 내버려둬, 술 취한 사람 첨 봐, 대꾸하면 더 지랄한다니까. 그래도 이거, 그냥 내버려 두면. 그냥 내버려두는 게 상책이야. 형이 너무 물러서 그래, 인생이 얼마나 따끔따끔한 건지 저런 치들도 맛봐야 한다니까.

때마침 차인형은 인생이 얼마나 따끔따끔한 건지 알고 싶은 마음이 생겼다. 차인형은 휴지를 몇 장 서둘러 뽑고 자리에서 일어났다. 급하게 일어나는 바람에 하마터면 바닥에 넘어질 뻔했다. 너무 미끄럽군(바닥이? 아니면 구두가? 아니면 나의 알코올에 젖은 신경전달계가?). 간신히, 차인형은 그들 앞에 서서 휴지를 그들의 얼굴을 향해 내던지며 몇 마디 내뱉을 수가 있었다. 긴 말 필요없어, 결투다, 밖으로…… 그 둘은 차인형 쪽으로 시선을 돌렸다. 놀랍게도, 그들은 너무나도 비열해 보이는 생김새를 하고 있었다. 그 비열함은 도통 그들의 목소리나 옷차림과는 어울리지 않는 것이었다. 어떻게…… 이럴 수가…… 짧은 시간이긴 했지만, 차인형은 그들보다 더 비열해 보이는 외모를 가진 사람을 생각해 낼 수가 없었다. 그들의 비열함은, 마치 그들의 내부에 오랜 시간 잠복해 있다가 한순간 살갗을 뚫고 터져 나와 흐르다 굳어 그들의 외형을 이룬 것처럼, 그들과 영원히 분리될 수 없을 것처럼 보였다. 차인형은 어지러웠다. 그들의 대꾸를 채 듣기도 전, 갑자기 엄청난 압력을 받은 위장 속에 들어 있던 액상 혼합물이 음속(音速)에 비길 그런 속도로 식도를 거슬러 달려왔다. 차인형은 고개를 숙이고 바닥에 토사물을 뱉어내며 애송이들의 글을 읽을 때마다 구역질이 치올라 화장실로 뛰어가야 한다는 여운림의 말이 생각났다. 감각의 시시함과 순발력의 전무라는, 의미 없는, 불현 떠오른 구절을 차인형은 중얼거렸다. 중얼거리다, 토하고, 중얼거리다, 토하고…….

물방울 하나가 차인형의 볼을 때렸다. 택시 뒷좌석에 앉아 차인형은 쓰라린 식도와 정확히 생각나지 않은 가까운 과거 때문에 괴로웠다. 결투는 어떻게 되었지? 차인형은 차창을 올렸다. 드문드문, 빗방울이 창문에 부딪쳤다. 기억하지 못하는 편이 어쩌면 나을지도 몰랐다. 다행히 죽지는 않은 것 같았다. 볼에 묻은 물방울이 차갑게 느껴졌고, 차인형은 자신이 죽었다면 촉각도 함께 사라지고 말았을 거라고 확신했다. 그리고 누군가를, 예를 들어 그 비열한 얼굴의 이인조나 수염을 기른 주인장을 죽인 것 같지도 않았다. 어디에서도 피 냄새는 나지 않았다. 대신 시큼한 위액 냄새가 진동했다. 재차 익숙한 구역질이 났다. 차인형은 차창을 열었다. 드문드문 빗방울이 차인형의 얼굴에 부닥쳤다.

그때 차가 급정거를 했다. 타이어 타는 냄새가 났다. 소녀였다. 영동 세브란스병원 앞이었다. 전조등에 환하게 빛나던 소녀는 오른손을 흔들었다. 소녀는 주황색 추리닝을 입고 있었다. 소녀는 택시를 세우고자 했고, 택시는 정확히 소녀 앞에 섰다. 조수석 차창이 열렸다.

"어디까지 가요?"

"뒤에 앉아 있는 아저씨가 가는 데까지요."

소녀는 별로 생각하는 기색도 없이, 미리 외운 것처럼 그렇게 말했다. 듣기 나쁜 목소리는 결코 아니었다.

"어디까지라구?"

"저 아저씨가 가는 데까지라구요."

소녀는 집게손가락으로 차인형을 가리키며 알아듣기 쉽게 또박또박 되풀이 말했지만, 차인형은 무슨 말인지 잘 알아들을 수가 없었다.

"손님 어떻게 할까요? 태울까요?"

택시 기사가 고개를 돌려 차인형에게 말했다. 낯선 얼굴 낯선 목소리였다. 차인형은 위압적인 기사의 말투 때문에, 또 단지 뭔갈 거절할 기분이 나지 않아, 그러자고 했다. 소녀가 앞좌석에 타더니 안전띠를 맸다. 택시 기사는 거칠게 액셀을 밟았고, 소녀에게서는 박하 냄새가 났다. 둘 다 한동안 조용했다.

구역질과 졸음과 끈적끈적한 빗방울과 함기영의 망령과 싸우고 있는데, 소녀의 목소리가 아득하게 들려왔다.

"아저씨, 결혼했어요?"

소녀는 좌석 사이로 고개를 드민 채, 그렇게 말했다. 택시 기사가 아무 답도 하지 않은 것으로 보아, 소녀는 차인형에게 질문을 한 것 같았다. 차인형은 구역질과 졸음과 끈적끈적한 빗방울을 힘겹게 쫓으며, 오늘 하루 내내 그랬던 것처럼 단지 뭔갈 거절할 기분이 나지 않아 그렇다고 대답했다. 소녀의 얼굴은 예뻤고, 또 진지해 보였다. 자신의 대답에 묻어 있는 술 냄새가 지독해서, 차인형은 차창 밖으로 고갤 내밀었다.

"왜요?"

대답하기 쉬운 답이 아니었으므로, 조금 생각하다 그냥, 이라고 차인형은 대답해 주었다.

"그렇다면, 아저씬 신도 믿겠네요?"

모든 신을 다 믿으려고 항상 노력하지, 라고 차인형은 엄지와 집게로 코를 막고, 이번엔 좀 더 길게 대답해 주었다.

"바보 같은 아저씨네."

소녀는 고개를 돌려버렸다. 차인형은 그것이 다시 잠에다 몸을 맡겨도 좋다는 승낙의 신호인 것으로 이해했다. 구역질과 싸우면서 차인형은 잠으로 빠져들기 위해 애썼다. 자신이 결투 신청을 한 후 무슨 일이 일어났었는지 되새겨 보려고도 했다.

깜박 잠이 들었나 했는데 택시가 멈춰 섰다. 차인형은 택시 기사에게 돈을 건네고 바깥으로 나왔다. 여전히 너무 더웠고, 차인형의 민감한 위장은 차인형이 화장실을 찾을 때까지 기다려주지 않았다. 차인형은 택시가 부웅 하고 떠나는 소리를 들으며 다시 몇 차례 솟구쳐 올라오는 알코올과 산과 음식물들의 혼합물을 포도에 뱉어놓았다. 오늘은 비린내나는 애송이의 글을 읽지도 않았는데, 왜 이렇지? 차인형은 애써 우스꽝스러운 농담을 생각해 냈지만, 그건 진히 우습지 않았나. 눈물을 닦고 차인형은 자신이 토해놓은 토사물 바로 근처 땅바닥에 주저앉았다. 이마에서 굵은 땀이 흘러내리고 있었다.

어느새 소녀는 누워 있었다. 땅바닥에 볼을 붙이고 옆으로 누워 있었다. 그 자세 그대로 소녀는 아주 편안해 보였다. 하지만 차인형은 비척비척 일어나 소녀를 흔들었다. 소녀는 일어나지 않았다. 내가 죽인 건 아니야. 내가 결투를 했던 건 소녀가 아니라…… 소녀는 죽지 않은 것 같았다. 차인형은 소녀를 쌀가마니처럼 어깨에 둘러메고, 일어나 걸어 보았다. 의외로 별로 무겁지 않았다. 소녀의 가방을 왼팔에 걸고, 오른 어깨엔 화살표의 쐐기 모양으로 구부러진 의식불명의 소녀를 올려놓고 차인형은 자신의 아파트 계단을 올랐다.

차인형은 불을 켰다. 집 안엔 아무도 없었다. 당연한 일이었지만, 차인형은 새삼스레 자신이 혼자라는 사실을 상기했다. 함기영이라면…… 그의 집엔, 그가 자러 가는 곳엔 누군가 다른 사람이 있을 것이라고 차인형은 생각했다. 하긴, 차인형도 혼자는 아니었다. 차인형에겐 근사한 일행이 있었다. 자꾸 바닥에서 자려 드는, 전 중량으로 차인형의 어깨를 짓누르는, 결코 평범하지 않은, 일상적이지 않은 일행. 차인형은 소녀와 소녀의 가방을 자신의 침대에 던지다시피 내려놓았다. 소녀는 깨어날 기색이 없었다. 침대 위로 군데군데 흙덩어리가 떨어졌지만, 그건 어쩔 수 없는 일이었다. 신발을 벗겨 현관에 갖다 두고 차인형은 목욕탕으로 들어갔다.

차인형은 양치질을 하면서 소녀의 몸을 생각했다. 그것은 바로 전 일어난 일이었지만 마치 오래전에 있었던 일처럼 아득했다. 차인형은 기억이 아닌 상상의 영역 속에서, 어깨를 지그시 누르던 말캉말캉한 소녀의 배, 목을 간지럽히던 머리카락, 들쳐 업을 때 우연히 팔목에 닿았던 가볍게 흔들리던 왼쪽 가슴, 간당거리며 자신의 등을 규칙적으로 때리던 딱딱한 무르팍, 내내 차인형의 볼에 찰싹 붙어 있었던 터지기 직전의 풍선 같던 엉덩이, 신발을 벗길 때 만졌던 차갑고 가느다랗던 발목 등을 재구성했다. 다시, 차인형은 자신의 마지막 섹스를 떠올려 보려 했지만,

그건 너무 오래전 일이었다. 차인형은 기억과 상상과 허구와 타인의 기록 사이에서 자신이 직접 겪었던 마지막 섹스를 건져낼 수가 없었다. 모든 것이 혼란스러웠다. 수건으로 얼굴을 닦으며, 차인형은 너무 오래전 일이야, 너무 오래됐어, 하고 중얼거렸다. 젖은 수건처럼, 차인형은 슬펐다.

자신의 침대 위에 누워 있는 소녀의 몸을 만져보고 싶다는 욕망은 너무나 뚜렷해 손가락을 뇌 속에 집어넣어 그 물컹물컹한 욕망의 덩어리를 만져볼 수도 있을 것 같았다. 차인형은 수건을 머리에 둘러쓰고 침대 위에 누워 있는, 자신이 내려놓았던 그 자세 그대로 누워 있는 소녀를 보았다. 소녀는 자고 있었다. 그렇게 보였다. 자고 있는 소녀의 옷을 벗기고, 자신이 원하는 일을 할 수도 있었다. 문제 될 건 없잖아? 그 문제에 대해선 소녀도 이미 동의한 게 아닐까? 소녀는 분명, 그가 가고자 하는 곳까지 아무런 조건 없이 같이 가겠다는 의지를 밝혔었다. 비록 신을 믿느냐는 엉뚱한 질문으로 그를 괴롭히긴 했지만. 동의를 꼭 얻어야 한다면, 소녀를 깨워서 의향을 떠볼 수도 있었다. 하지만 소녀가 거절한다면? 차인형은 어떻게 해야 할지 모르고 우두커니 서 있었다. 발기한 그의 성기만이 그의 결단을 부추기고 있었다.

무심코, 차인형은 침대 위 소녀와 함께 누워 있는 가방으로 눈길을 돌렸다. 신성스파르타라는 글귀를 보았지만, 그것이 그에게 무엇을 뜻하는지 이해하는 데엔 시간이 좀 걸렸다.

비로소 차인형은 자신이 낡은 우연을 이해할 수 있었다. 소녀는, 자신의 가짜 사막에 나타났던 여자애가 현실 세계의 지하철역에서 재림했을 때 메고 있었던 가방과 똑같은 것을 가지고 있나. 잊을 수 없는 신성스파르타라는 여섯 글자. 빨리 달리는 지하철 속으로 삼켜졌던, 영원히 다시 조우할 수 없을 것 같았던 그 여섯 글자. 차인형은 침대 가장자리에 걸터앉아 가방을 열었다. 발기는 이미 풀어졌다. 모든 것이 너무 부끄러워 차인형은 밖으로 뛰쳐나가 소리라도 고래고래 지르고 싶었지만, 먼저 그 '신성스파르타' 안에 무엇이 들었는지 확인하고 싶었다.

거기엔 신성스파르타라는 금박 글자가 전면에 새겨져 있는 작은 검정색 수첩 하나가 덩그러니 들어 있을 뿐이었다. 비밀상자 속 또 다른 비밀상자. 차인형은 다급히 수첩을 펴고 신성스파르타의 주소와 전화번호, 소녀의 이름과 핸드폰 번호를 옮겨 적고는 방문을 안에서 잠그고 마루로 나왔다. 방석을 두 개 겹쳐 베개를 만들고 바닥에 드러누웠다. 땅바닥에 편안히 누워 있던 소녀의 모습이 생각났다. 차인형은 부끄러웠다. 소녀의 엉덩이도 생각났다. 혹시 소녀가 모든 것을 보았을지도 모른다고 생각하니 자신에게 결투라도 신청하고 싶은 심정이었다. 죽어버려야 해, 의미가 없어, 이렇게…… 이렇게 산다는 건, 정상적인 섹스도 없이…… 의미가 없어, 어떻게 이렇게…… 죽는 게 나았어, 그 비열한 이인조의 도끼에 난도질당해 죽어 버리는 편이 나았어. 아무리, 아무리 쉬지 않고 중얼대 봐도, 부끄러움은 가시지 않았다. 부끄러움은, 차인형의 머릿속에서 실종되지 않고, 중얼거림과 함께, 떠다니다, 떠다니다, 그러다가…… 그러다가…….

그러다가, 황무지가 나타났다. 그 익숙한 공포 앞에서 차인형은 처음으로 큰 소리를 질렀다. 아무도 대답하지 않았다. 메아리도 없었다. 그의 의지는, 그의 부끄러움은 하찮은 반향도 남기지 않고 메마른 폴리우레탄 사막의 가짜 공기 중에서 사라져 버렸다. 차인형은 가짜 모래알들을 발로 차며 다시 한 번 목이 찢어져라 핏대를 세우며 소리를 질렀다. 그러자 구역질이 치솟아 올랐다. 자를 대고 그은 것처럼 똑바르기만 하던 지평선이 눈물 때문에 일그러졌다. 차인형은 고개를 숙이고 양손으로 폴리우레탄 바닥을 짚고 구토를 하려 했다. 여기서도, 여기까지도, 치욕은 퍽도 질기게 날 따라다니는구나. 하지만 아무것도 나오지 않았다. 차인형이 입을 크게 벌린 채 중지를 목구멍 뒤쪽 깊숙이 찔러 넣은 순간 생뚱맞게 당신, 틈입자 아니에요, 라고 묻던 여자애가 생각났다……

　그때 차인형은 자신이 폴리우레탄 바닥의 가짜 사막에서 떠났음을 알았다. 모래알도, 지평선도, 조잡한 컴퓨터 그래픽 같은 하늘도 일순 없어졌다. 그곳은 완전히 다른 곳이었다. 황무지가 아니었다. 차인형은 이렇듯 간단히 그 가짜 사막을 벗어나게 되었다는 사실을 믿을 수가 없었다. 그곳은 마천루가 보이는 밤의 공원이었다.
　차인형은 어리둥절했다. 이곳이 어디지? 차인형은 눈물을 훔쳤다. 차인형이 알 수 있는 건, 그곳이 그저 황무지가 아니라는 것, 그게 다였다. 하하하하. 차인형은 눈물을 흘리며 크게 웃어젖혔다. 이제 끝이야. 이제 그 지긋지긋한 꿈하고는 완전히 빠이빠이라고.
　밤의 공원을 누군가 걸어오고 있었다. 차인형은 소년을 보았다. 창백한 흑백의 소년이었다. 소년은 바짝 올려 입은 멜빵바지와 바둑판무늬 셔츠 차림이었다. 일부러 그런 것인지 왼쪽 멜빵은 어깨로부터 흘러내려 팔꿈치 근처에 늘어져 있었다. 오른손엔 수류탄처럼 생긴 작은 물체를 들고 있었고, 반대편 손은 아무것도 쥐고 있지 않았다. 아무것도 쥐고 있지 않았지만, 비어 있는 손은 갑작스레 횃대를 빼앗긴 새의 발 모양 보기 흉하게 휘어져 있었다. 소년의 인중은 지나치게 길었고, 다리는 너무 앙상했으며, 그 눈은…….
　차인형은 소년을 어디에서 보았는지 기억해 냈다. 차인형은 소년에게 다가가 그의 앞길을 가로막았다. 소년은 마치 배터리가 다 된 북치는 인형처럼 멈춰 섰다. 소년은 고개를 들어 차인형을 바라보았다. 소년의 눈은…… 그 눈은…… 내가 맞았어, 바로 이 눈이야.

187

"You were in the Central Park in NewYork, weren't you?"

차인형은 자신이 말한 영어가 자신의 귀에 들리는 방식이 맘에 들지 않았다. 소년은 말이 없었다. 영어를 알아듣지 못하는 것일 수도 있었다. 하지만 차인형이 할 수 있는 외국어란 영어가 다였다. 걸음을 계속하려는 의지도 없어 보였다. 그때, 쾅 하는 소리와 함께 무언가 묵직한 것이 차인형의 옆구리를 때렸다. 차인형은 넘어지지 않으려고 했다.

11   2003년 8월 8일

더 이상 지켜보고만 있을 수 없었다. 예이형은 이를 악물고 달렸다. 달빛에 검게 그을린 그림자와 딸각대는 발자국 소리가 예이형을 쫓아왔다. '나쁜 자식.' 예이형은 그 남자가 노예가 아니라는 걸 한눈에 알 수 있었다.

예이형은 몸을 던졌다. 의외의 일격에 남자는 휘청대면서 아이에게서 몇 발짝 멀어졌다. 넘어져 포도에 긁히는 바람에 예이형의 볼과 팔목에 작은 생채기가 생겼다. 아이는 울음을 터뜨릴 것 같은 표정이었다. 예이형은 자신일지 모르는 아이와 그리고 엄마를 보호해야 했다, 그 '나쁜 자식'으로부터.

커다란 달을 마치 성화 속 후광처럼 등지고 서 있던 그 남자는 딴 세상에서 온 것처럼 아름다워 보였다. 예이형은 이대로 도망을 쳐야 할지 남자에게 또 다른 위협을 가해야 할지 잠시 밍실었다. 상상 숭앙에 높이 솟은 놋쇠 시계탑에서 천식 환자의 기침소리 같은 종소리가 났다.

예이형은 남자의 팔목을 잡고 그 꼭대기가 하늘에 파묻힌 건물의 1층 편의점으로 뛰었다. 남자는 의외로 순순히 따라왔다. 행여 흡혈귀

나 소금기둥으로 변할까 봐 예이형은 뒤를 돌아보지 못했다. '내가 지금 뭘 하고 있는 거지?'

편의점 내부엔 사람도 상품도 없이, 하얀 페인트를 쏟아 부은 것처럼 온통 하얗기만 했다. 진열대 위는 먼지 하나 없이 깨끗했다. 예이형은 떨지 않으려고 숨을 골랐다.

"도대체 왜 이러는 거죠? 누굴 망가뜨리려는 거죠?"

"뭐라구?"

남자는 정말로 아무것도 모르는 것 같았다. 남자는 신기한 듯 이곳 저곳을 기웃거리다 카운터 위로 훌쩍 걸터앉았다.

"혹시 수류탄 때문에 그러는 거야?"

남자의 목소리는 편의점의 하얀 벽처럼 차가웠다.

"네?"

"그 남자애가 들고 있던 수류탄 말이야. 아니, 그건 전혀 위험하지 않아. 그건 장난감 수류탄이니까."

투명한 유리문 너머 아이의 뒷모습이 천천히 줄어들고 있었다.

"그걸 어떻게 알죠?"

"걘 다이안 이버스의 사진 〈장난감 수류탄을 손에 쥐고 있는 아이〉에 나오는 어린아이니까.[9] 그 사진은 이버스가 비틀즈가 결성된 해인 1962년 도에 뉴욕 센트럴 파크에서 찍은 거야."

"제발 그 잘난 입 좀 닥쳐요. 당신이 사진을 얼마나 잘 아는지 모르 겠지만, 똑바로 알아둬요. 이건 우리 엄마 꿈이라구요. 함부로 건들지 마 세요. 엄마나 쟤한테 한번 더 말을 걸면 제가 가만두지 않을 거예요. 이 건 정말이에요."

예이형이 화를 내자 아주 짧은 순간이었지만, 하얀 편의점이 재채기 를 하는 것처럼 부르르 몸을 떨었다.

"그게 무슨 소리야? 니 엄마의 꿈이라니, 이건 내가 꾸는 꿈이야."

'이 남자는 어린아이같이 아무것도 모르는구나'라고 예이형은 무작정 믿고 싶어졌다.

"당신과 내겐 스스로의 꿈이 없잖아요. 우린 틈입자라구요. 당신은 정말 아무것도 모르나요? 아니, 난 당신을 믿을 수가 없어요."

"맘대로 해, 니가 날 믿건 안 믿건 내겐 상관 없는 일이니까. 나한테 중요한 건, 내가 널 전에 두 번 본 적이 있다는 사실이야. 넌 날 기억하니?"

"아니요."

"다른 꿈에서 우린 한번 만났어. 난 하나의 꿈만 계속 꾸는 이상한 병에 걸렸거든. 낙타도 순례자도 오아시스도 탐험가도 없는 이상하게 넓고 별로 덥지 않은 사막 말이야. 어처구니없게도 바닥은 플라스틱이고. 그 꿈에 대해선 너도 알고 있니?"

"네."

"내 꿈은 인기가 없었어. 일년 동안 방문자가 하나도 없었거든. 그런데 얼마 전에 어떤 여자애가 내 꿈에 나타나선, 나한테, '안녕하세요?' 대신 '당신 틈입자 아니에요?'라고 말했어. 그게 너였어. 그게 너였니?"

"그런 것 같아요. 아니, 그런 일이 있었던 건 사실이지만…… 거기서 만난 그 남자가 그쪽이라곤 확신하지 못하겠어요."

남자는 카운터에서 훌쩍 뛰어내려 예이형에게 다가왔다. 예이형은 유리문을 열고 밖으로 나왔다. 설탕을 뿌린 것처럼, 바닥에 깔린 포석이 달빛에 빈찍거렸다.

"확신을 하든 말든 그건 니 맘대로 해. 난 그런 거 상관 안 해. 그렇지만……."

"나하고 얘길 하고 싶다면 조용히 입 다물고 따라와요. 실컷 떠들게 해줄 테니. 하지만 여기선 안 돼요, 큰 소리로 떠들면."

마천루의 아치 모양 입구는 예이형이 고개를 숙이지 않고는 들어갈 수 없을 정도로 낮았다.

그것은 예이형이 한번도 본 적 없는 광경이었다. 바닥이며 천장, 궁형의 박공, 기둥, 계단, 바람벽, 창틀, 문 등 모든 것이 페인트도 니스도 칠해지지 않은 어두운 빛깔의 동일한 나무로 만들어진 것이었다. 흡사 유럽의 오래된 성을 본따 만든 미니어처를 마법을 걸어 실물 크기로 키워놓은 듯, 겉모습은 웅장하고 화려했지만, 자세히 보면 엉성하기 짝이 없었다.

엘리베이터는 보이지 않았다. '엄마는 엘리베이터를 싫어했었지.' 계단의 난간 손잡이엔 드문드문 커다란 구리 못대가리가 보였고, 손으로 만지기 두려울 정도로 그 표면이 거칠었다. 그들이 멈춘 곳은 3층인가 4층인가였다. 규칙적으로 울리던, 얇은 나무판자로 만든 계단의 삐걱대는 소리가 사라졌다.

"꿈에서 널 본 다음, 난 널 지하철역에서 다시 한 번 봤어. 널 불렀는데, 넌 날 모른 체하고 지하철에 올라탔었지. 꿈속에선 그렇다 하더라도 분명히 넌 그때 날 봤어, 그렇지?"

예이형은 대답하지 않았다. '그건 내가 아니라, 꿈 바깥에 있는 나한테 물어봐야 한다는 걸 이 남자는 정말 모르는 걸까?'

"틈입자가 뭐야? 남의 꿈에 들어갈 수 있는 사람들이란 거야?"

"네, 그래요."

"그럼 난 이제부터 남들의 꿈에 맘대로 들어갈 수 있다는 거야? 네 꿈에도?"

"전 꿈이 없다니까요, 아저씨처럼."

"이게 니 엄마의 꿈이란 증거는 어디 있어?"

계단이 끝나는 곳에서부터 정면으로 끝으로 갈수록 어두워지는 좁은 복도가 보였다. 계속, 그 어두운 빛깔 나무였다. 모든 것이 너무 허술해 보였다. 가령 다음 발자국에 바닥이 부서져 저 밑으로 곤두박질치게 될 수도 있었다. '엄마가 좋아하는 풍경이라고 말해 봤자, 이 남자에겐 아무 소용이 없겠지.'

"사람들한테 이 얘기를 한다면 미쳤다고 할 거야. 이게 내 꿈이 아니라니…… 어쨌건, 니 말을 한번 믿어보자. 이건 내 꿈이 아니고, 니 엄마의 꿈이야. 좋아. 그러니까 너나 나같이 이 미친 잠꼬대 같은 능력을 가지고 있는 종족을 틈입자라고 한다는 거지?"

"아니요, 아저씨는 틈입자가 아니에요."

"방금 전까진 틈입자라고 했잖아."

"방금 전까지 그랬는데, 이젠 아니에요. 꿈 밖에서 날 알아봤다면, 아저씨는 틈입자가 아니에요."

"뭐야, 뭐. 니가 말하는 소리는 하나도 못 알아듣겠어. 다시 말해 봐, 내가 누구야? 틈입자도 아니고 도대체 내가 누구야?"

남자가 화를 내는 방식은 아빠가 화를 내는 방식과는, 설명할 수는 없지만, 많이 다르다고 예이형은 생각했다.

"아저씨는…… 파괴자 같아요. 파괴자는 꿈속과 꿈 바깥, 두 쪽 다에 대한 온전한 기억을 가지고 있다고 했어요. 그리고……."

"그리고?"

"아저씨처럼 남의 꿈을 돌아다니면서 노예나 주인에게 말을 건다고 했어요. 그러면 안 되는 긴데 말이죠."

"뭐가 안 된다는 거야? 그리고 노예하고 주인은 또 뭐야? 좀 알아듣기 쉽게 말해 봐. 제발 좀."

남자는 처음에는 알아보지 못했던 바닥에 떨어져 있던 작은 나무 상자를 발로 걷어찼다. 그것은 거의 완벽한 육면체였고, 한 면엔 나무로 만든 경첩이 나무못으로 고정되어 있었다.

"그러면…… 꿈을 꾸던 사람이 머리가 어떻게 될지도 모르는 거잖아요. 틈입자는 몰래 들어왔다가 몰래 빠져나가야 해요. 남의 꿈에서 주인이나 노예한테 말을 거는 건…… 마치 컴퓨터 바이러스가 남의 컴퓨터로 침입해 시스템을 엉망진창으로 만들어 놓는 것과 다름없는 행위잖아요."

육면체 상자 안에는 새끼손가락만큼 작은 화려한 색깔의 책들이 잔뜩 들어 있었다. 나무가시에 손가락을 찔리는 바람에 예이형이 상자를 놓치자 작은 책들이 바닥에 흩어졌다.

"난 아무것도 몰랐어. 그리고 지금도 아무것도 모르겠어. 컴퓨터 바이러스라고? 나는…… 널 믿지 못하겠어. 이 꿈에서 벗어난 다음에 다시 한 번 조용히 생각해 봐야겠어. 이 모든 걸 어떻게 받아들여야 할지."

예이형은 남자의 얼굴을 보고 싶지 않아 무릎을 구부리고 책들을 주워 담았다.

"아, 그런데 너."

"네?"

남자는 머릿속에서 무언갈 한참 더듬고 있는 표정이었다.

"혹시 우승경이라는 애 아니?"

"승경이요?"

그것이 마지막이었다. 남자도, 예이형도, 어두운 빛깔 나무의 마천루도, 남자의 등 뒤에서 빛나던 달도, 설탕이 뿌려진 것 같던 Z자형 포석도, 양쪽에 문들이 다닥다닥 붙어 있던 어두운 복도도, 나무경첩 달린 육면체 상자도, 등나무 넝쿨도, 남자와 예이형이 주고받던 서로 어긋나기

194

만 하던 대화도, 하얗게 빛나던 편의점도 일시에 없어지고 말았다. 아무 흔적도 없이. 단지…….

단지, 한 여자의 머릿속에 아득하고 모호한 하나의 인상만을 남긴 채. 여자는 한기를 느꼈고, 발치에 흐트러져 있던 이불을 어깨까지 잡아당겼다. 잠시 후 여자는 일어나 어둠 속에서 더듬더듬 화장대 위에 놓여 있던 리모컨을 들어 에어컨의 전원을 껐다. 여자는 침대로 돌아가기 전, 그 모호한 하나의 인상을 되새김질했다. 여자는 역 앞에서 그림을 그리던 자신의 모습을, 그 인상 속에서 간신히 붙들 수 있었다. 하지만, 그 외엔 모든 것이 불확실했다. 여자에게 꿈의 영역은, 아주 짧은 시간의 거리를 두고서도, 늘 그렇게 모호하고 불확실했다. 반면, 18년의 거리를 두고서도 그녀가 예이형을 낳을 때의 기억은 아직도 선명했지만. 누가 잠든 그녀를 깨워 그때 산부인과 의사가 꼈던 장갑의 색깔을 묻는다 해도, 그녀는 막힘없이 대답했을 것이다.

12   2003년 8월 8일

무더운 아침이었다. 차인형은 일어나 안방 문을 열었다. 침대는 마치 아무 일도 없었다는 듯 단정했다. 벽에 걸린 시계는 7시를 가리키고 있었다. 차인형은 여자애의 흔적을 찾았지만 헛일이었다. 냄새도, 가방도, 간밤에 자신의 어깨를 누르던 질량의 흔적도, 종이쪽지도, 머리카락도, 아무것도 없었다. 포기하지 않고, 차인형은 어젯밤 자신이 메모해놓은 전화번호로 전화를 걸었다. '저 아저씨가 가는 데까지라구요.'라고 말하던 여자애의 목소리 대신, 기계로 합성한 듯한 목소리가 '고객님의 전화기가 꺼져 있어서 음성사서함으로 연결됩니다. 삐 소리가 난 후에는 통화료가 부과됩니다.'라는 흔해빠진 대사를 읊었다. This bird has flown.

차인형은 세면대 앞에서 이를 닦으며 간밤의 꿈을 생각했다. 껑충하게 큰 키에 화를 잘 내던 여자애. 진지한 얼굴로 터무니없는 얘기를 하던 여자애. 팔(八)자 모양 비스듬히 기울어진 길고 가는 두 눈을 가진 어린 여자애. 그 꿈과 여자애에 대한 기억은 날이 잘 선 칼날처럼 그렇게 선명했다.

무더운 아침이었다. 차인형은 목에 묻어 있던 비누 거품을 물로 닦으며 여자애가 했던 말들을 생각했다. 그애는, 그 꿈이 차인형의 꿈이 아니라 다른 사람, 그애 엄마의 꿈이라고 했다. 거울 속에 서 있는, 방금 전 남의 꿈에서 현실로 막 귀환한 남자의 멍한 두 눈과 차인형은 시선을 맞추었다. 저 남자는 현실로 돌아왔다, 하지만…… That bird has flown too…… 그런데 어디로?

두 마리의 새. 차인형이 타고 있던 택시에 무작정 올라타 차인형과 목적지가 같다고 우기던 첫 번째 새와, 차인형의 꿈에 무작정 침입해 그 꿈이 차인형의 꿈이 아니라고 주장하던 두 번째 새, 이제는 모두 날아가 버린. 이 두 마리 새가 자신의 뒤틀린 꿈과 어느 정도 관계가 있다는 것은 확실해 보였다. 그리고 또, 주술사의 주문 같은 여섯 글자, 신성스파르타도. 차인형은 땀에 뒤엉킨 머리카락을 찬 물에 담갔다.

차인형은 차가운 물이 담긴 대야 속에서 눈을 떴다. '두 번째 새를 잡아야 해. 누구의 것인지도 불확실한 꿈속에서가 아니라, 바로 여기에서 말이야.' 차인형은 충혈된 눈을 부비며 오늘 회사에서 해야 할 일들을 떠올렸다.

13   2003년 8월 9일

꿈속에서 본 소녀를 만나러 가는 길이었다. 차인형은 차창 밖을 바라보았다. 단단한 유리 경계선 너머 세상은 과노출된 사진 속처럼 너무 환했고, 느릿느릿 뒤로 물러나는 사람들은 자신의 열기를 주체할 수 없어 안전하게 폭발할 곳을 찾는 시한폭탄처럼 목적지를 잃은 채 서성이고 있었다. 하지만 그만은 태양빛의 야만적인 포격과 격리된 채 더없이 안전했다. 버스는 고개 꼭대기에서 용틀임을 한 차례 내뱉고는 선선히 중력이 잡아당기는 방향으로 내닫기 시작했다. 차인형이 무릎에 내려놓았던 원고에 사선으로 잘린 햇살이 들이닥쳤다.

즐거운 토요일 오후의 중식 시간이었다. 예이형은 식판에 담겨 있는 미역국을 숟가락으로 휘젓고 있었다.

"이형아, 너 뭐 할 거야? 어디 놀러 안 가?"

승경이었다. 평소 학원에서 나오는 밥엔 거의 손도 안 대던 승경이도 토요일 오후만큼은 식욕이 돋는지 벌써 식판의 반이 비어 있었다.

"몰라 아직은 뭐…… 지영이가 그러는데, 이번 주말 가정학습 양이 장난 아니라던데. 그거 다 하려면 밤 꼬박 새야 할걸."

주말 가정학습은 신성스파르타학원이 토요일 오후 3시부터 일요일 오후 5시까지 집으로 돌려보낸 아이들을 괴롭히기 위해 던져주는 숙제였다. 일요일 오후 5시에 다시 입소를 하면, 학원은 아이들이 주말 가정학습을 마쳤는지 꼼꼼히 검사한 후, 숙제를 끝내지 못한 아이들을 따로 솎아 일단 3시간짜리 특별 정신 및 체력 수련을 받게 한 후 11시부터 숙제를 마칠 때까지 잠을 재우지 않는 이른바 주말 야간 보충을 시켰다.

"그건 그거구. 너 나하고 동대문에 안 갈래? 아는 언니가 수입 보세 가게를 열었단 말이야. 별로 영양가는 없겠지만 그래도 방구석에 틀어박혀 숙제랍시구, 애꿎은 종이만 시커멓게 칠하는 것보단 낫잖아. 재수생이라고 너 집에만 처박혀 있으면 너 나중에 대학 가서 사회에 적응 못한다."

"난, 안 될 것 같아. 엄마도 봐야 되고."

"넌 심심하다는 게 무슨 뜻인지나 아니? 난 널 보면 니가 무슨 재미로 사는지 도통 모르겠어. 그렇다고 범생이도 아니고."

"그건 그래…… 우리 엄마도 나한테 그런 얘길 자주 했는데, 이젠 포기하셨나 봐…… 아 그런데, 니네 엄만…… 잘 계셔?"

"왜?"

"그냥. 별 뜻은 없어."

"걱정해 줘서 고마워."

말은 그렇게 했지만, 고마운 표정은 아니었다. 승경이는 뭔가 덧붙이려다 말고 식판을 들고 사리를 떠버렸다. 예이형은 식판을 들고 남은 미역국을 마셨다. '정말 난 무슨 재미로 사는 걸까?' 누군가 등을 치는 바람에 그만 그녀는 생각의 끈을 놓쳐버렸다.

신성스파르타학원은 오래된 주택가 사이에 파묻혀 있었다. 높은 담에 둘러싸인 그 건물은 언뜻 관공서처럼 보이기도 했는데, 간판이나 명판이 없어 차인형은 입구 옆에 붙어 있는 관리실에 들러 그곳이 자신이 찾는 곳이란 걸 확인해야 했다.

"얼굴을 척 봉께 학부모는 아닌 것 같은디, 뭔 볼일인지 모르것네. 여그는 지집애들만 댕기는 곳인디."

한쪽 벽에 달려 있는 선풍기가 힘겹게 고개를 좌우로 저으며 관리실 내부의 공기를 섞어놓고 있었지만 그런다고 쫓겨날 더위가 아니었다. 사촌동생을 찾으러 왔다고 하자 노인은 경계하는 듯한 태도를 누그러뜨리며 방송을 해줄 수도 있다고 했지만, 그는 괜찮다고 했다.

"쪼매만 기다려봐. 이자 곧 끝날 것잉께. 근데 동상 이름이 뭐시여?"

그는 머뭇거리다 우승경이라는 이름을 댔다. 노인은 밖이 더우니 안에서 기다리라고 했지만, 그는 사양을 하며 밖으로 나왔다. 3시까지 조금 시간이 남아 근처 미루나무 그늘에서 담배를 피우며 시간을 보냈다. 그는 자신의 집으로 날아 들었던 우승경이라는 여자애나, 자신의 꿈으로——그 새는 그게 그의 꿈이 아니라고 했지만——날아 들었던 이름 모르는 여자애의 얼굴을 알아볼 수 있을지 자신이 없어졌다.

애들이 둘셋씩 짝을 지어 나오기 시작했다. 애들은 모두 아무런 글자도 무늬도 없는 주황색 추리닝 차림이었다. 길바닥에서 또 침대 위에서 죽은 것처럼 쓰러져 있던 여자애가 입고 있던 옷 그대로였다. 그는 곧 혼자 걸어 나오고 있는 승경이를 발견했다. '그애다.' 틀림없었다. 자신의 방에 아무 흔적도 남기지 않고 날아가 버린 새.

어느 순간, 그는 여자애와 눈이 마주쳤다. 쿵쾅쿵쾅 이유 없이 심장이 유난스럽게 뛰었다. 하지만 여자애의 눈엔 아무런 흔적도 없었다, 마치 여자애가 떠난 뒤 방 한가운데 덩그러니 놓여 있었던, 지나치게 깨끗하던 그의 침대처럼. 여자애는 서둘러 시선을 피하지도, 웃어 보이지도, 화를 내지도, 당황해하지도, 하늘을 보거나 친구를 부르면서 딴청을 피지도, 그렇다고 오래 차인형의 얼굴에 시선을 묻어두지도 않았다. 지극히 자연스럽게, 여자애는 학원에서 나오는 지극히 자연스러운 소녀의 표정을, 혹은 표정을 압수당한 것 같은 표정을 입고 있었다. 한편, 그는 입술도 발걸음도 떼어지지 않았다. 그 자리에 얼어붙은 것처럼, 그는 자신에게서 시선을 거두고 태연하게 걸어가는 여자애를, 그 뒷모습이 점점 작아지다 사거리에서 갑자기 진로를 수정해 우회전하며 시선의 경계선——죽음 뒤로 사라질 때까지 쳐다보았다.

다시 정신을 차리고 입구로 눈을 돌렸을 때, 이번엔 똑같은 주황색 추리닝의 두 번째 새가 어색하게 지면을 밟으며 걸어오고 있었다.

예이형은 막연히, 뭔가 재미있는 일이 일어나면 좋겠다고 생각하며 학원 입구를 나서고 있었다. 그때 처음 보는 남자가 앞으로 다가와 멈춰 섰다. 그녀도 따라 제자리에 섰다.

"너 혹시, 나 아니?"

그녀는 얼른 대답하지 못했다. 아는 여자애들 몇 명이 눈을 흘기면서 지나갔다. 뒤돌아보며 놀랐다는 듯이 입을 크게 벌린 애도 있었다. 승경이는 보이지 않았다.

"아니요."

"잘 생각해 봐. 생각이 날지도 몰라."

잘생긴 얼굴이었다. 그녀는 남사애들이 여자애를 헌팅할 때, 으레 우리 전에 한번 본 적 있지 않나요? 같은 말을 한다고 들었다. 들었지만, 그런 일은 실재에선, 그녀에게 일어나지 않았다, 적어도 지금까진.

"정말 생각이 안 나는데요."

그녀는 영원히 생각이 나지 않았으면 했다. 생각이 나면, 그렇다고 말하면, 마법은 풀리고, 남자는 알았다고 하며 떠나버릴 것만 같았다.

"내 말이 이상하게 들리겠지만, 혹시 꿈에서 날 본 적은 없니?"

이건 아니다, 라는 생각이 뒤통수를 때렸다. 남자는 생물학적인 이유에서 그녀에게 관심이 있는 것이 아니라, 뭔가 다른 데에 진지하게 몰두하고 있는 것처럼 보였다. 진지함이 끓는점을 넘어 광기에 근접한 것처럼 보였다.

"제발, 내 말을 들어줘. 이건 내겐 매우 중요한 문제야. 절박한 문제라고."

하긴 그랬다. '정신 차려, 예이형. 세상에 어떤 정신이 온전히 박힌 남자가 머리는 지저분하게 뒤로 묶고, 키는 사내처럼 껑충하게 크고, 가슴은 밋밋하고, 허리는 통짜고, 게다가 추리닝 차림인 여자애를 길거리에서 꼬시려 들겠니? 그것도 학원 앞에서 말이야. 정신 차려, 예이형. 승경이라면 또 모를까.' 예이형은 화끈거리는 얼굴을 푹 숙이고 남자를 대충 피해 걸음을 재촉했다.

"틈입자라는 말, 니가 나한테 가르쳐주었잖아? 정말 생각이 안 나?"

남자는 고개를 숙이고 바삐 걷는 그녀를 따라오며 소리쳤다. 그녀는 너무나 오랜만에 만난 분노라는 감정을 어떻게 다루어야 할지 몰랐다. 남자에게 소리를 지르려고 멈춰 돌아섰을 때 남자는 이미 없었다. '너무 많이 걸어왔나 봐.' 하지만 걷는 것 외에 별 달리 할 일이 없었으므로 예이형은 고개를 있는 힘껏 숙이고 다시 걸었다. 한창 부풀어오르다 순식간에 아가리 열린 풍선처럼 처량히 오그라든 분노가 발끝에서 너덜거리며 밟혔다. 그리고 창피함이라는 감정이 어부바하는 애기처럼 등 뒤에서 그녀를 덮쳤다. 간신히 창피함의 무게를 견디며 예이형은 여전히 걸었다.

차인형 역시 걷고 있었다. 그는 혹시 그가 여자애를 알아보지 못하면 어쩌나 하는 걱정은 했었지만, 미처 여자애가 자신을 알아보지 못할 수도 있다는 가능성은 염두에 두지 않았었다. 차인형 고가다리 밑 공영 주차장에서 노란색과 검은색의 얇은 띠들이 번갈아 칠해져 있는 바리케이드를 발로 걷어찼다. 원래부터 수평이 맞지 않았던 것인지 바리케이드는 중심을 잡지 못하고 꽤 오랫동안 흔들거렸다. '처음부터 터무니없는 일이었어.' 차인형 역시 무척이나 창피했다. 여자애는 정말로 아무것도 모르는 것 같았다. '꿈에서 본 여자애를 찾아가 날 기억하냐고 물어보다니. 꿈에서 했던 말이 무슨 뜻인지 물어보다니.' 미치지 않고는 있을 수 없는 일처럼 여겨졌다. 그는 자신이 그런 큰 비극의 와중에서도 별 탈 없이 균형을 잡아가며 썩 훌륭하게 생존하고 있다고 반 자조삼아 스스로 평가하곤 했지만, 이건 그 균형이 무너지고 있다는 증거인 듯했다. 그는 예전처럼 자신이 또 미치게 될까 봐 두려웠다. 이번엔 그 누구도 그를 도와주지 않을 것 같았다. 차인형은 자신이 글 쓰는 것을 그만둔 게 단지 괴로워서가 아니라, 어쩌면 자신에게 내려질 태형이 두려워 엉덩이를 미리 인두로 지지는 것처럼, 철저한 계산에서 나온 영악한 셈이 아니었던가 하는 의심마저 들었다. 거기엔 분명, 덮어버릴 수 없는 일면의 진실이 있었다. 하지만, 이젠 글쓰기라는 번제물만으로는 충분하지 않은 것 같았다. 차인형은 창피함과 두려움을 한꺼번에 업고 걸으며 자살을 생각했다.

14   2003년 8월 18일

〈궁극적으로 피해야 할 것들의 리스트〉

조바심, 태만, 부주의함, 대화, 자기기만, 엉터리 영감, 확신, 그럴듯한 것을 그럴듯한 곳에 말뚝 박아 넣기, 한 곳에 오래 머물기, 뉴스, 유혹 없는 인내, 일반화-범주화, 기름진 음식.

그것은 사무실 책상 칸막이에 압핀으로 고정되어 있는 편지봉투 크기의 종이 위에 묻어 있던 잉크의 흔적이었다. 차인형은 그토록 단정적이고 확신에 찬 듯한 단어들로 종이를 더럽혔던 예전의 정신 상태에 접근할 수가 없었다.

사실 그가 지금 당장 피해야 할 것은 종이 위에 적힌 기다란 리스트가 아니라 자살에 대한 유혹과 광증이었다. 차인형은 그것들을 피하는 가장 좋은 방법이 현실에, 끊임없이 자신의 책상으로 넘어오는 현실의 일에 집착하는 것임을 잘 알고 있었다. 《문학의 새벽》은 내부 마감 시한인 수요일을 하루 넘기긴 했지만, 차인형이 보기에도 만족스럽게 마무리지어졌었다. 편집부 직원 한 명이 유럽 출장으로 자리를 비운 것을 생각하면 커다란 구멍 없이 편집이 끝났다는 것 자체가 이미 놀라운 일이었다.

차인형은 더 이상 그 두 마리 새에 대해 미련을 갖지 않기로 했다. '그들은 조류고 나는 포유류야. 그들은 하늘에 서식하고, 난 땅에 서식하지.' 그래야 했다. 이미 한번 경험했던 함정——자살이나 광기에 걸려들지 않으려면, 그들이 점유하는 하늘이라는 영역이, 그가 머무르는 공간과는 철저하게 격리된 세상이라는 것을 자신에게 설득해야 했다. 그것은 설득이라기보다는 최면에 가까운 것이었고, 최면술사는 바로 일이었다. 목적도 효용가치도 물어서는 안 되는 일.

다행히, 황무지가 덮치는 빈도도 확 줄었다. 신성스파르타 정문에서 여자애를 만난 후, 근 십 일간 단 한 번밖에 찾아오지 않았다. 그 가짜 사막에서, 그는 벗어나고 싶다는 마음을 먹으면 지난번처럼 정말로 벗어나게 될까 두려워 그곳에 머무르기로 했다. 다시는 그 수다쟁이 조류를 만나고 싶지 않았다. 그는 살아남기 위해서라도 그 가짜 사막에 익숙해지기로 했다. 일 년이란 시간은 무언가에 익숙해지기엔 충분한 시간이었다. 다만, 그가 그 사막 너머에 무엇이 있는지 묻지만 않는다면, 폴리우레탄 바닥 위에서 버석거리는 모래에도 이유 없는 공포심에도 익숙해질 수 있었다. 묻지만 않는다면.

그때 책상 위에 올려놓았던 핸드폰이 유난스럽게 떨기 시작했다.

"안녕하세요, 안이회입니다."

차인형은 기신도 모르게 책상을 주먹으로 내리쳤다. '진화글 믿시 않는 건데.' 하여간 뭐라도 주워대야 했다.

"휴가는 잘 보내셨어요? 치형이하고 비슷한 증상을 가지고 있던 환자들은 다 만나보시구요?"

205

"네. 환자 중 두 명은 보호자의 동의를 얻어 MRI를 찍기로 했어요. 베르니케 실어증으로 의심되는 징후가 치형이의 뇌에서 관찰되었거든요. 나타나는 증상만 보자면 연결피질운동성 실어증에 가까운 것도 같은데."

그것보다 차라리 신문 광고에 난 유명한 역술인에게 전화를 걸어보는 게 낫겠다고 차인형은 속으로 중얼거렸다.

"아, 죄송합니다. 버릇이 돼서 저도 모르게 전문용어를…… 그런데 실은 환자들을 다 만나보지는 못했어요. 한 명은 실종이 되었다고 해서."

차인형은 창졸간에 벼락을 맞은 사람처럼 정신이 버쩍 들었다. 공적인 실종과 사적인 실종에 대해 강의를 하던 함기영이, 낙뢰가 백분의 일 초간 환하게 밝혔던 그의 뇌 속 어느 어두컴컴한 공간에 유령처럼 서 있었다.

"실종이라구요?"

"네. 작가를 지망하는 심리학 박사과정의 젊은 청년이었다고 하는데…… 가만 보자……."

인시현이란 이름이 나오지 않기를 차인형은 간절히 빌었다.

"인시현, 1975년생이네요. 혹시 아는 사람이세요?"

"아니요."

누구의 명령을 받는지 모를 차인형의 입술과 성대와 치아와 혓바닥이 그런 소리를 만들어냈다. 안치형과 인시현, 인시현과 안치형. 얼굴을 전혀 모르는 남자와 아주 오래된 친구. 둘은 똑같은 헛소리를 종이 위에 남겼고, 이젠 똑같은 불치병에 걸렸다. 안치형과 인시현, 인시현과 안치형.

"약물 치료에 진전이 있는 건지, 치형이가 좀 차도를 보이는 것도 같아서요. 어떻게 한번 시간이……."

차인형은 병원으로 찾아가겠다고 말하고 약속 시간을 정했다.

"그럼 병원에서 뵙도록 하겠습니다."

전화를 끊고 나서 차인형은 만약 안치형이 예전처럼 돌아온다면, 처음 자전거를 배울 때처럼 갈팡대는 자신을 단단히 잡아줄지도 모른다는 희망을 가졌다. 그러면서도 왠지 안이회에겐, 혹은 안이회가 컴퓨터의 자판을 두드리듯 아무것도 아닌 것처럼 부리는 그 온갖 의학적인 잡동사니와 헛소리에는 아무래도 신뢰가 가지 않았다. 차인형은 서랍에서 신무경의 명함을 꺼냈다.

신무경은 자신의 집처럼 편하게 커피숍 흔들의자에 앉아 있었다. 짙고 얇은 테에 동그란 알을 가진 안경을 쓴 여자는 차인형이 오기 오래 전부터 그곳에 앉아 책을 읽고 있었던 것 같았다. 그는 책 제목을 훔쳐보려 했으나, 차인형이 다가오자 여자는 놀라며 두꺼운 책을 얼른 탁자 밑으로 내려놓았다. 여자는 검은 생머리에 체구가 작았다. 그리고 나이보다 무척 어려 보였다. 전화에서 여자는 집이 차인형의 사무실 근처라고 했었다. 차인형이 인시현에 대해 묻자 여자는 어조에 변화가 없는 단조로운 목소리로 조용히 대답해 주었다.

"그러면 시현이의 글은 이번 가을호에는 실리지 않게 되는 건가요?"

마치 남의 일인 양, 그렇지요, 라고 차인형은 대답했다.

"걔가 실종되었다는 사실 때문에, 실리지 못하게 되는 건가요?"

첨엔 예, 라고 했다가 다시 아니오, 라고 차인형은 대답을 고쳤다. 조금 후에 차인형은 다음호에서 다시 검토하게 될 거라고 덧붙였지만, 어쩐지 자신이 듣기에도 그다지 신뢰가 가지 않는 어투였다.

"선생님한테 말씀드리지 않는 건데 그랬어요."

여자는 아랫입술을 깨물었다. 차인형은 선생님한테 말씀드리지 않은 사실이 또 있지 않냐고 물었다.

"네? 무슨 말씀이죠?"

차인형은 인시현이 실종 전 실어증에 걸리지 않았었느냐고 물었다. 차인형은 좀 색다른 반응을 기대했는데, 여자는 코끝에 집게손가락을 슬쩍 한번 갖다 대었을 뿐이었다.

"그걸 어떻게 아셨죠? 선생님이 아시면 추천을 해주시지 않을 것 같아 말씀드리지 않았었는데. 선생님이 그러시던가요?"

차인형은 대답 대신 고개를 가로저었다.

"전 걔가 겉멋이 들려서 쇼를 하는 게 아닌가 의심했어요. 병원에서도 도저히 이유를 알 수 없다고만 하고. 걔가 다카하시 겐이치로 팬이었거든요. 왜, 실어증에 걸렸었다는 일본 작가 있잖아요? 한 이 주 정도 그랬는데, 어느 날 없어졌어요. 그런데, 우리 선생님 좋아하세요?"

작가로서 아니면 인간으로서, 하고 차인형은 되물었다.

"둘이 어떻게 다른데요?"

둘 다 좋아하지 않는다고 말하고 나서 곧 차인형은 후회했다. 하지만 그 후회를 물릴 수 있을 만큼 귀여운 웃음이 여자의 얼굴에 떠올랐다 사라졌다.

"재미있는 대답이네요. 저는요…… 아직도 시현이가 사라진 게 시현이의 장난 같아요. 장난이길 바라는 마음이 강해서 그런 건지도 모르겠지만."

차인형은 자신의 친구 역시 비슷한 증상의 병에 걸린 것 같다고, 그 친구의 형이 의사인데, 그 형이 비슷한 증상을 가진 환자들을 조사하다가 우연히, 아주 우연히 인시현의 이름을 발견했다고 얘기해 주었다.

"친한 친구였나요?"

차인형은 고개만 끄덕였다.

"우린 둘 다 친구를 잃어버렸군요."

차인형은 인시현이 혹 꿈에 대해 이야기한 적이 없느냐고 물었다.

"꿈이요? 걘 항상 꿈에 대한 이야기를 했죠. 전공도 전공이지만, 문학적 영감의 90퍼센트 이상을 꿈에서 얻는대나 뭐래나. 자다 깨서 꿈을 잊을까 봐 항상 머리맡에 노트를 놓고 잔다고도 했어요."

친구를 별로 좋아하지 않았나 봐요, 라고 차인형은 말했다. 여자는 빈 커피잔 주둥이를 손가락으로 문질렀다.

"모르겠어요. 걔가 근처에 있을 땐, 확실히 걔를 좋아하지 않았던 것 같은데…… 지금은 되레 보고 싶네요. 그런데 꿈은 왜요?"

차인형은 실어증에 걸릴 즈음, 특별히 인시현이 꿈에 대해 말하지 않았냐고 물었다.

"그러고 보니…… 누군가 찾아와 자신에게 말을 거는 유난히 선명한 꿈을 반복해서 꾼다고 했던 것 같네요."

파괴자다, 라고 차인형은 저도 모르게 조그맣게 말했다.

"뭐라구요?"

아무것도 아니라고 말했지만, 어쩐지 자신이 듣기에도 별로 믿음이 가지 않는 말투였다. 그러고 보면, 여자가 지금까지 자신이 한 말 중에서 어디까지를 믿으려 할지 차인형은 자신이 없었다.

"친구를 잃어버린 사람들끼리 술이라도 한 잔 할까요?"

제 말을 어디까지 믿으실 수 있는데요, 라고 차인형은 물었다.

"꼭, 이 사람이라면 믿을 수 있겠다는 확신이 드는 사람하고만 술친구가 될 수 있는 건 아니잖아요. 제가 당신을 믿을 수 있는지 그렇지 않은지, 그게 그렇게 중요한가요?"

그건 아니라고 했다. 하지만 선약이 있어서 그만 일어나 보아야겠다고 차인형은 말했다. 다음번에 기회가 되면 꼭 한잔 하고 싶다는 얘기도 빼놓지 않았다. 하지만, 여전히 공허하기 짝이 없는, 구멍이 숭숭 뚫린 말이었다.

"어떤 남자가 한번은 제게, 넌 바람을 맞은 다음의 표정이 가장 예뻐, 라고 하더군요. 그래서 그런지 저는 유난히 자주 바람을 맞았던 것 같아요. 오늘처럼 말이에요. 이러다간 습관이 되겠어요."

그렇게 말하는 여자는 더더욱 작아 보였다. 차인형은 미안하다고 말하지 않았다. 차인형은 여자를 남겨둔 채 밖으로 나왔다. 딱히 갈 곳은 없었지만, 여자의 시선이 자신의 뒤를 밟고 있는 것 같아 바람을 등지고 무턱대고 걸었다. 차인형은 꿈속에서 만난 여자애의 말을 어디까지 믿어야 할지 알 수 없었다. '아저씨는 파괴자 같아요.'라고 말하던 여자애의 얼굴이 떠올랐다. 멀찌감치 걸어간 후에 차인형은 축축한 바람이 불어오는 곳을 향해 돌아섰다. 문득, 습관적으로 바람을 맞는다는 그 여자가 보고 있던 책이 무엇이었는지 궁금해졌다.

15   2003년 8월 20일

그것은 믿을 수 없는 얘기였다. 안이회가 전하는 소식은 늘 그랬다. 하긴, 치형이가 실어증과 기억상실증에 걸렸다는 소식을 전했을 때도, 차인형은 안이회의 말을 믿을 수가 없었다.

"도대체 뭘 하신 거죠?"

그들은 병원 주차장에 서 있었다. 차인형은 화가 치밀어 올라 자신도 모르게 소리를 버럭 지르며 근처에 있던 나뭇가지를 홱 잡아챘다. 아무것도 떨어지지 않았고 아무것도 하늘로 치솟아 오르지 않았다. 하얀 가운을 입은 안이회는 미안한 듯한 표정이었지만, 차인형은 그가 쓰고 있는 안경이, 소매 끄트머리에 푸른색 볼펜 자국이 묻은 그의 가운이, 가슴에 매달려 있는 청진기가 마음에 들지 않았다. 화가 다시 치밀어 올랐다.

"실어증에다 이젠 실종이라니, 이게 말이 된다고 생각하세요?"

변도 없는 미끄리운 빔하늘의 표면을 비행기 한 대가 북 그으며 지나가고 있었다. 차인형은 그 비행기를 타고 있는 인간들 하나하나를 모두 증오할 수 있을 것 같았다. 별다른 이유는 필요하지 않았다. 실종이라니. 도저히 믿을 수 없는 일이었다.

"다음엔 뭔가요? 다음엔 뭐냐구요? 다음엔 또 무슨 끔찍한 얘기를 저한테 전해 주실 건가요?"

차인형은 곁에 서 있던 자동차 타이어를 있는 힘껏 걷어찼다. 안이회는 그러지 않았다. 대신, 조용한 목소리로 말했다.

"저도 화가 나는 건 마찬가지예요…… 걘 제 동생이에요…… 경찰이 벌써 실종 사건으로 접수를……."

"경찰이 뭘 해줄 수 있는데요?"

차인형은 고개를 돌려 정면으로 안이회를 쳐다보며 소리를 질렀다. 차인형은 눈물을 흘리게 될까 봐, 이를 악물었다. 경찰이 치형이를 찾는다고? 경찰이 치형이를 찾는다고? 걸리버 여행기에 나오는 소인국의 난장이같이 작아진 차인형이 그의 텅 빈 뇌 속을 돌아다니며 반복적으로 짖어대고 있었다.

"지 발로 걸어 나갔다는 거예요? 지 이름도 모르고, 기억도 못하는 애가, 지 발로 걸어 나갔다는 거예요? "

"그럴 수도 있고, 그렇지 않을 수도 있어요."

차인형은 형이라는 작자가 어찌도 저리 침착할 수 있는지 이해가 가지 않았다.

"이게 어떻게 실종이예요? 이건 납치예요, 납치라구요."

"예, 그럴 수도 있어요…… 하지만 치형이의 운동신경은 완전히 정상이었어요. 다만 지금까진 극심한 무기력증 같은 것에 걸려 꼼짝도 하지 않았을 뿐이구요. 아니요, 제 말을 끝까지 들어보세요. 그래요, 지 발로 걸어 나간 것일 수도 있고, 차인형 씨 말처럼 누군가 납치를 한 걸지도 몰라요. 경찰도 제 설명을 이해하고, 그 두 가지 가능성을 똑같이 조사하겠다고 약속하곤 돌아갔구요."

"돌아갔다구요? 어디로요?"

안이회는 고개를 숙이더니 가운 안 주머니에서 구겨진 담뱃갑을 꺼내 담배 한 개비를 입에 물었다. 불똥이 순식간에 종이를 먹어 삼키며 맹렬히 타 들어갔다.

"흥분하지 맙시다. 저도 할 수 있는 건 다 해보고 있어요. 저도 답답하긴 마찬가지예요. 저한테 이래봤자 나올 건 하나도 없어요. 그리고 그쪽이 어떻게 생각하든 실종의 가능성을 완전히 배제할 순 없어요."

"지 발로 걸어 나갔다구요? 나자로처럼 침대에서 벌떡 일어나 링거도 화이트보드도 던져버리고 걸어 나갔다구요? 누굴 찬양하면서요?"

"제 말 끝까지 들어보세요. 실은, 며칠 전부터 치형이의 병세가 좀 나아지는 기미가 있었어요. 기억이 조금씩 돌아오는 것 같은 낌새가 있었어요. 어제는 차인형 씨가 오늘 올 거라고 했더니, 화이트보드에 보고 싶다, 라고 쓰기까지 했었거든요. 표정은 없었지만, 좋아하는 것 같았어요."

"좋아하는 놈이, 그렇게 반가운 놈이, 친구가 온다는 날에, 바로 그 날에 지 발로 걸어 나가 사라져 버렸다구요?"

"차인형 씨, 동생은 정상이 아니었어요."

"정상이 아니면 실종이 돼도 괜찮은 건가요?"

차인형은 소리를 지르다 목이 막혀 캑캑거렸다. 숙인 고개로 몸속에 숨어 있던 피곤이 일시에 흘러드는 것만 같았다. 너무 피곤해, 난 너무 피곤해.

"오늘은 여기까지 합시다. 피차 얼굴 맞대고 있어 봤자 좋은 얘기가 나오기는 그른 것 같으니. 소식 있으면 알려드릴게요. 아, 그리고 오시면 치형이와 함께 꼭 보여드리려고 했는데, 하루 종일 찾아도 못 찾겠더라구요."

"뭘요?"

"어제 저녁 치형이가 뭔갈 계속 화이트보드에 쓰는 것 같던데, 저도 갑자기 응급환자가 들어와 새벽까지 수술 마치고 돌아와 봤더니 치형이도 없고, 화이트보드도 같이 없어졌더라구요."

"치형이가 사람들하고 대화하는 연습이라도 하겠다고 화이트보드를 들고 나갔다는 건가요?"

"그럴 수도 있고, 어딘가 한 구석에 처박혀 있는데, 제 눈에 안 띈 건지도 모르죠. 하여간 뭐든 찾으면 다시 연락드릴게요. 오늘은 돌아가시는 게 낫겠어요."

안이회는 마치 뒤로 돌아가라는 구령이라도 떨어진 것처럼 제자리에서 빙글 돌더니만 인사도 없이 바쁜 걸음으로 멀어지기 시작했다. 차인형은 실종선고를 받은 또 다른 남자, 인시현에 대해 미처 안이회에게 말하지 못했다는 사실을 떠올렸다.

"이건 절대 우연이 아니에요. 우연이 아니라구요."

차인형은 조금씩 키가 작아지는 안이회의 뒷모습을 향해 소리를 질렀지만, 안이회는 돌아보지 않았다. 대신, 휠체어에 앉아 있던 환자복을 입은 어린아이와 휠체어 뒤에 멍하니 기대 서 있던 젊은 여자 하나가 놀랐다는 듯이 차인형 쪽을 향해 동시에 고개를 돌렸다. 어린아이는 입을 멍하니 벌리고 있었는데, 멀리서 보기에 그것은 검은 역삼각형처럼 보였다. 차인형은 주차장을 떠나기 위해 걷기 시작했다. 발밑으로 밟히는 바닥이 고무로 된 것처럼 물렁물렁하게 느껴졌다. 차인형은 파괴자라는 말을 끊임없이 중얼거리며 고무로 된 뜨거운 주차장 위를 걷고 있었다.

16

나는 이렇게 생각한다. 그 파괴 이후 인간이 잃어버렸던 능력 중에 유일하게 아쉬운 것이 있다면 노래하는 능력이라고. 우리들은 여러 가지 소리를──결코 글자들과 교환될 수 없는──내며 우리들의 감정을 남들에게 표시하긴 한다. 하지만, 우리들은 말을 하지 못하는 것처럼 노래를 하지 못한다. 언어를 사용했던 당신들 그리고 도도새처럼 노래 역시 멸종되고 말았다.

내가 아주아주 어렸을 적, 할머니는 내게 노래를 불러주었다. 그건 할머니의 엄마가 꿈에서 들은 노래라고 했다. 할머니의 엄마에겐 평생 잊을 수 없는 아름다운 추억이 담긴 노래라고 했다. 하지만 나는 샐비어 꽃의 꿀처럼 달콤한 맛이 나던 할머니의 그 노래를 더 이상 들을 수도 부를 수도 정확히 기억해 낼 수도 없다. 나는 할머니의 입에서 거미줄처럼 흘러나온 그 아름다운 선율을 타고 오르락내리락하던 내 어린 몸이 느끼던 미묘한 진동, 움직임이 없었던 움직임을 흐릿하게 추억할 뿐이다. 내 기억이 붙들고 있는 건, 포도를 밟아 액을 짜내고 남은 포도의 잔해 같은, 노래의 찌꺼기, 가사밖에 없다. 글자들로 교환될 수 없는 아름다운 것들은 내 기억 속에서 사라지고, 글자들만 남은 것이다.

또다시 헛된 놀이. 당신, 멸종된 종에게 던지는 질문. 무덤에 파묻어야 할 질문.

당신은 꿈속에서 노래를 들어본 적이 있는가?

내게 노래를 불러주었던 할머니의 어머니는 꿈속에서 노래를 들어본 적이 있었다. 다음과 같은 노래를.

어느 날 모든 기억이 사라지면
어제가 오늘이 되고
내일이 오늘이 되고
달이 더 이상 모습을 바꾸지 않고
괘종시계 뻐꾸기가 침묵하고
그렇게 모든 영원한 것들 사이로
즐거이 헤엄칠 수 있을 텐데.

나는 그저 당신에게 노래의 찌꺼기인 가사만을 옮겨줄 수 있을 뿐이다. 아쉽게도. 당신이 한 번도 꿈속에서 노래를 들어본 적이 없다면, 지금부터라도 귀를 잘 기울여보라. 노래야말로 내가 당신에게서 어쩌면 유일하게 부러워하는 것이니.

그리고, 또 다른 무용한 질문. 이미 던져진 질문. 수신인도 없고, 회수할 수도 없는, 그냥 무턱대고 개울가 하늘 높이 쏘아 던진 돌멩이 같은 질문.

그런데, 당신은 꿈속에서 틈입자를 본 적이 있는가?

아마도, 어쩌면 당신은 틈입자를 보았는지도 모른다. 그들 중 누군가의 얼굴을 기억하고 있을지도 모른다. 단지, 그들이 틈입자라는 것을 몰랐을 뿐. 당신이 틈입자라는 존재를 알았다면, 어쩌면 당신은 노예와 틈입자를 구분하기 위해 당신의 꿈속에 나오는 모든 등장인물들에게 이렇게 물었을지도 모른다.

당신 혹시 틈입자 아니세요?

물론 그렇게 묻는다고 해서, 당신이 손바닥 뒤집듯 쉽게 노예와 틈입자를 판별할 수 있는 건 아니다. 당신의 꿈속에서 노예는 분명, 당신의 무의식이 시킨 대로 충실하게 연기를 할 테니. 노예 중 누군가는 기꺼이 틈입자라고 할 테고, 또 누군가는 놀라며 도망치는, 진짜 틈입자인 듯한 연기를 할 테니. 당신의, 그 놀라운 무의식에게 마지막 질문. 싱싱한 풀을 찾아 백악기의 초원을 누비던 멸종된 트리케라톱스에게 던지는 질문만은 아닌. 어쩌면 삐죽하고 기다란 혜성과 같은 궤적을 그리며 내게 돌아오는 부메랑 같은 질문.

도대체 왜 틈입자는 생겨났을까?

언젠가 한 남자가 꿈에서 위와 같은 질문을 나의 할머니의 엄마에게 물었을 때, 그녀는 별로 난처해하는 기색도 없이, 그저 그 남자에게 이렇게 되물었을 따름이었다.

그러면, 당신은 혹은 당신의 어머니는 혹은 당신의 어머니의 어머니의 어머니의 어머니의 어머니는 왜 생겨난 건데요?

나의 할머니의 엄마는 그런 질문을 스스로에게 묻지 않았다. 당신은, 당신은 다르리라. 당신네들은 언제나 모든 것에 의문을 가지고 중단 없는 질문들을 이어가곤 했으니. 당신은 왜 틈입자가 생겨난 건지 알고 있는가? 당신은 틀림없이 당신만의 의견을 가지고 있으리라. 당신네 종족은 사실과 의견을 도무지 구분하지 못하는, 혹은 일부러 뒤섞는 멋진 기술을 가진 부족이었으니까. 왜인가? 도대체 그들은 왜 생겨난 건가? 유전자 조작된 돼지고기들 때문인가? 인터넷의 발명 때문인가? 수증기가 포화 수증기량을 넘기는 순간 이슬로 맺히는 것처럼 언어의 양이 포화 언어점에 도달했기 때문인가? 인간이 달에 착륙했기 때문인가? 대답해 보라, 너무도 조용하고 수줍은 당신들이여.

17

두 개의 꿈. 어긋나버린 한 남자와 한 여자의 꿈. 자신의 꿈을 소유하지 못했던 그와 그녀의 꿈. 서로를 만나고 싶어했지만 만나지 못했던, 목적을 이루지 못했던, 아무도 없는 방을 지키고 있는 거울같이 텅 빈 꿈. 낮의 세상으로부터 제거된, 물잔에 남겨진 흐린 물 얼룩만큼의 흔적도 없이 사라져 버린 꿈.

첫 번째 꿈: 예이형은 엄마의 꿈에서 만났던 남자를 생각하고 있었다. 거대한 역, 플랫폼 가운데 그녀는 서 있었다. 철로 위로 기차는 보이지 않았다. 플랫폼엔 사람들이, 노예들이 많았다. 플랫폼 천장엔 X자형의 철골 골조가 사방으로 반복되고 있었다. 사람들이 너무 많은걸. 하지만 군중들의 정체는, 마치 어렸을 적 본 만화 속 거대한 로봇이 건물을 부수자 어디선가 우르르 몰려나와 히면을 기로길리 바삐 뛰어가는 수많은 시청자들이 실은 두세 명의 똑같은 사람들의 인물로 그림을 반복해서 이동시키며 사람들의 눈을 속인 것에 불과한 것처럼, 잘 살펴보니단지 세 명의 동일인을 무한히 반복시킨 것이었다. 젊은 여자 하나, 젊

은 남자 하나, 그리고 늙은 남자 하나, 그렇게 세 명의 인간이 무한히 복제되어 거대한 플랫폼을 가득 메우고 있었다. 그런데 엄마의 꿈에서 만난 남자는 아무것도 모르는 것 같았다. 그녀는 한적한 공간을 찾아 노예들 사이를 무작정 걷기 시작했다. 그 무한히 복제된 노예들은 마네킹처럼 아무런 표정도 없었다. 똑같은 머리 모양, 한결같이 깃을 세운 버버리코트, 손가락이 다섯 개라는 것을 증명이라도 하겠다는 듯 바닥을 향해 개구리처럼 쫙 펼쳐진 양손. 그녀는 더럭 겁이 나 고개를 숙이고 걸었다. 이 무리들 속에 노예의 주인이나 파괴자가 숨어 있지 않다고 어떻게 장담하겠는가? 표정 없는 복제 인간들로 만들어진 사람의 벽에서, 골목에서, 어떤 돌연 예각으로 꺾인 모퉁이에서 갑자기 파괴자나 꿈의 주인이 튀어나와 그녀를 놀래킬 것만 같아 그녀는 무서웠다. 제발 아무도 나타나지 않았으면, 제발 아무도 나타나지 않았으면. 그러면서도, 그녀는 엄마의 꿈에서 보았던 남자를 다시 한 번 만나고 싶었다. 파괴자 같았던, 한편으론 아기처럼 아무것도 모르는 것 같던 남자. 저쪽, 꿈 바깥의 그녀를 기억하던, 그리고 꿈 안의 그녀에게 꿈 바깥의 그녀에 대해 묻던, 대답할 수 없는 것을 묻던 이상한 남자. 노예의 숲은 끝이 없었다. 그녀는 경계를 찾기 위해 X자로 튼튼하게 엮어진 천장을 문득 올려다보았지만, 동서남북, 어디에도 경계를 나타내는 징후는 보이지 않았다. 하늘의 단조로운 백색은 그새 더욱 선명해진 듯했다. 어쩌지? 길을 잃어버렸나 봐. 지겹게 반복되는 그 똑같은 무표정들에 그녀는 익숙해질 수가 없었다. 반면 그 남자의 얼굴은…… 그녀는 그 남자의 얼굴이, 그 세부가 잘 떠오르지 않았다. 잠시 후 그녀는 플랫폼 바닥에 뚫려 있는 커다란 구멍을 발견했다. 한번에 뛰어넘을 엄두가 나지 않는, 지름이 2미터는 족히 넘어 보이는 환한 구멍을 노예들은 빠지는 일도 없이 애써 무관심한 척 에둘러 지나치고 있었다. 좋은 기회였다. 주저 없이 그녀는 사다리를 잡고 아래로 내려갔다. 버터 빛깔의 직사각형 방이었다. 방은 그다지 넓지 않았고, 한쪽 벽에는 흑백 수상기 35개가——가로로 7줄, 세로로 5줄——줄을 맞춰 고정되어 있었다. 감시 카메라와 연결된 수상기처럼 보였으나, 정작 수상기를 감시하고 있는 사람은 없었다. 소방관 복장을 입은 다섯 명의 남자가 방 중앙에 있는 구식 난로를 중심으로 동심원을 그리며 모여 앉아 있었다. 모두 노예처럼 보였지만, 머리 위 플랫폼에서 배회하고 있던 가짜 군중의 세 가지 얼굴과는 사뭇 달랐다. 흑백 수상기가 고정되어 있는 벽과 맞은편 벽에는 그녀의 키를 훌쩍 넘은 기다란 캐비닛들이 일렬로 늘어서 있었고, 나머지 벽에는 여러 번 구부러진 소방호스가 무질서하게 쌓여 있었다. 거기에도 그녀가 찾던 남자는 없었다. 왜 내가 그 남자를 찾아야 하지? 하지만 남자는 이유는 알 수 없지만 분명 그녀를 찾고 있었다. 꿈 바깥 저쪽에서도 한 번인가 남자는 그녀를 찾아왔었다. 그게 언제였지? 그 남자를 만났던 게 우리 집 앞에서였던가? 그녀의 기억은 여전히 불확실했지만 남자가 그녀를 찾아왔던 것은…… 노예들은 대화를 나누고 있었다. 그녀는 수상기를 보는 척하며 슬금슬금 옆걸음으로 다가가 그들의 대화를 엿들었다. "다음 주 일요일이라면 괜찮습니까?" "아니요, 다음 주 일요일에도 안 됩니다. 하지만, 그 다음 주 일요일이나 그 주의 수요일이라면 괜찮습니다." "다음 주 수요일에는 학교에 가지 않습니까?" "아니요, 학교에는 가지만, 병원에는 가지 않습니다." 화투놀이라도 하는 것처럼, 그들은 한 사람씩 돌아가면서 질문이나 대답을, 그저 순서에 맞게 주고받는 것처럼 보였다. 그들의 목소리는 매우 비슷해서 서로 구별할 수가 없었다. 다섯 명의 소방관은 모두 투명한 플라스틱 가리개가 붙어 있는 짙은 회색의 모자를 쓰고 있었다. "그러면 당신은 이가 아픕니까? 아니면 턱이 아픕니까?" "나는 잘 모르지만 나의 양친은 알 것입니다." "당신의 부모님은 사과와 포

221

도 중 어떤 것을 더 좋아하십니까?" "날씨가 좋아진다면, 나는 부모님과 함께 근처에 있는 박물관에 가서 토끼 주스를 마실 계획입니다." 토끼 주스라니, 그녀는 웃음이 터져 나올 뻔했다. "은행에는 언제 갈 것입니까?" "지구가 화성보다 조금 더 큽니다만, 더 맛있지는 않습니다." "토끼는 발이 네 개이지만, 고래는 발을 잃어버렸습니다." "공항에는 매일 아침 6시에 비가 내립니다만, 눈은 그다지 자주 오지 않습니다." 흑백 수상기에는 자동차와 자동판매기, 식당 간판, 한 손을 앞으로 뻗치고 있는 남자의 동상, 삼색 신호등, 뚜껑이 열려 있는 양변기 등이 보였지만, 사람들은 아무도 잡히지 않았다. 그때 부스럭 소리가 나면서 그녀가 들어왔던 구멍으로 한 남자의 발이 보였다. 노예의 발이 아니란 걸, 그녀는 한눈에 알아볼 수 있었다. 큰일이다, 큰일, 이렇게 좁은 곳으로 주인이 돌아오다니. 그녀는 서둘러 몸을 숨길 곳을 찾았다. 캐비닛 안에선 동물의 털 냄새가 났지만 좁지는 않았다. "우와, 이거 멋진 모르모트들인데. 오늘은 운수가 좋군." 방으로 새로 들어온 남자의 목소리였다, 다섯 바보 소방관의 목소리와는 확연히 다른. 왠지 묘하게 기분 나쁜 소리인걸. "니 이름은 뭐지?" 공백——아무 대답이 없었다. '너 말이야, 너. 거기." 역시 동물의 털 냄새만 가득한 공백. 그리고 갑작스러운 발자국 소리, 누군가 넘어지는 소리. '너 말이야, 병신아. 그래, 너. 니 이름이 뭐야?" 공백. 이 남자는 꿈의 주인이 절대 아니야. "내가 가르쳐 줄까? 니 이름은 차인형이야. 차인형. 따라해 봐. 차인형이라구." "차…… 인…… 형…… 이라…… 구……." 귀에 익은 바보 소방관의 목소리였다. 주인이 아니라면, 그럼 파괴자…… 파괴자인가? 머리털이 바짝 서는 것 같았다. "이라구는 빼고 이 병신아. 차인형. 다시 해봐, 니가 누구라고?" 신경질적인 목소리였다. 그리고 다시 다림질을 한 것처럼 편평한 목소리. "차…… 인…… 형……." 웃음소리가, 발로 밟아 뭉갠 것처럼 잔뜩 움츠린 코웃음소리가 들렸다. "넌 왜 여기에 있지?" 그녀는 마치 그 질문을 받는 사람이 자신인 것처럼 움찔했다. "나는 잘 모르지만, 양친은 잘 알 것입니다." "이 병신 새끼, 꼴값하고 있네. 그걸 왜 몰라. 니 엉터리 주인이 제멋대로 널 만들어 여기에 처박아 둔 거잖아." 화가 난 사람의 목소리는 아니었다. 그녀는 너무 무서웠다. 그녀는 전에 파괴자를 만난 적이 한 번도 없었다. 단지, 파괴자처럼 꿈 밖에서도 꿈에 대한 기억을 선명하게 가지고 있는, 하지만, 아무것도 모르는 아기처럼 보이던 한 남자를 만났을 뿐이었다. 파괴자의 소문을 들은 적은 있었지만…… "어, 이것 봐라. 쥐새끼가 하나 숨어 있네." 발을 질질 끄는 소리가 조금씩 커졌다. "노예는 아닌 것 같구, 주인장은 아까 저 위에서 봤고…… 그런 넌 뭐야? 주인도 아니고 노예도 아니고. 아하, 그 유명한 틈입자인가?" 그녀는 무릎에 힘이 빠져 금세라도 주저앉을 것만 같았다. "야, 쥐새끼. 그 비겁한 얼굴 좀 보여주지." 거친 소리를 내며 문이 열렸다. 문이 열리자마자 남자의 얼굴이 보였다. 남자의 얼굴이 보이자마자 그녀는 눈을 질끈 감아버렸다. 눈을 감자마자 사진기처럼, 남자의 얼굴이, 캐비닛을 열던 입이 거칠던 노예를 괴롭히던 남자의 상이 그녀의 머릿속에 맺혔다. "쥐새끼가 기집애군. 쥐새끼야, 널 어떻게 해줄까?" 그녀는 그 남자의 목소리를 더 이상 들지 않을 수 있다면 귀라도 자를 수 있을 것 같았다.

두 번째 꿈: 그곳은 안개가 깔린 아름다운 호숫가였다. 덩어리져서 떠다니는 안개는 칼로 썰어 똑같은 크기로 포장할 수도 있을 것 같았다. 차인형은 오랫동안 호숫가를 거닐었지만, 여태껏 아무도 만나보지 못했다. 예이형은 아직 나타나지 않았다. 그는 땅바닥을 보았다. 안개는 공기보다 밀도가 무거운 듯, 바닥에 가까워질수록 점점 더 짙어졌다. 간간히 구두코가 안개의 표면 위로 불쑥 떠오르긴 했지만, 무릎 아래는 안개의

덫에 덥석 물린 꼴이었다. 그는 특별한 의미라도 있는 것처럼 끈기 있게 바닥에 드러누운 안개를 관찰했다. 안개는 기체라기보다는 액체와 고체의 중간 상태, 이를테면 푸딩처럼 제 형태를 유지하며 그 안에서…… 그 집은 호숫가로부터 약 삼백 발자국 정도 떨어진 언덕 중간에 있었다. 윤곽이 뚜렷한 3층짜리 회칠한 벽돌 건물이었다. 홀로 호수를 감시하는 감시인, 딱 그렇게 보였다. 왜 이렇게 오질 않는 거지? 마치 시간 약속이라도 한 것처럼 초조해하며 그는 사자 조각의 아가리에 물린 문고리를 잡고, 또 마치 지금이라도 당장 호수 속에서 누군가 걸어 나올지도 모르겠다는 표정으로 호수를 한번 바라본 후…… 기어코 그는 문고리를 잡아당겼다. 홀에는 커다란 샹들리에가 세 개 있었는데, 그 크기에 비해 천장이 너무 낮아 마음먹고 도약한다면 쉽게 닿을 성싶었다. 사람들이, 노예들이 매우 많았다. 격식을 차린 파티 같았다. 남자들은 단추와 훈장이 잔뜩 달린 턱시도를 여자들은 빗장뼈와 어깨선이 드러나는 풍성한 원피스를 입고 있었다. 다들 손에 잔이나 막대 모양의 과자를 들고 즐거운 대화를 나누는 것처럼 보였지만, 홀 안은 조용하기만 했다. 그는 홀 안을 계단이 있는 좌측에서부터 무엇을 그린 건지 알 수 없는 풍경화가 걸려 있는──안개 쌓인 호숫가? 폭풍우가 몰아치는 바다 한가운데? 바람 부는 날의 숲속 물웅덩이?──오른쪽 벽까지 샅샅이 훑었지만 예이형은 찾을 수가 없었다. 그동안 아무도 그에게 마실 것을 권하지 않았고 인사를 해오지도 않았다. 그는 파괴자에 대한 정보를 얻어야 했다. 그는 마침내 단서를 발견했다. 바닥에 그려진 백색 화살표. 화살표의 끄트머리는 의심의 여지 없이 공백을 가리켰고 다시 그 공백은 또 다른 화살표의 꽁무니를 지시했고 다시 그 화살표의 뾰족한…… 그리하여 그는 계단과 예이형이 속해 있지 않은 노예들의 그룹을 지나 3층 복도에 섰다. 거기, 그 외엔 아무도 없었다. 3층 복도의 한쪽 벽은 통짜로 된 유리벽이었고,

반대편 벽에는 별 다른 꾸밈이 없는 단 하나의 문이 있었다. 유리벽 바깥엔 여러 가지 과일 모양을 스텐실로 그려놓은 광목 차단막이 내려져 있어 호수의 풍경을 감상할 수가 없었다. 차단막을 걷어 올릴 끈이나 스위치 같은 건 눈에 띄지 않았다. 왜 안쪽이 아니라 바깥쪽에다 차단막을 친 거지? 비라도 오면? 난데없이 그는 바로 그 소박한 문 뒤에 주인이 있을 것이라는 확신에 사로잡혔다. 한편 예이형은…… 그녀가 어디 있는지는 여전히 오리무중이었다. 그는 미닫이문을 열었다. 사방에 레이스 달린 휘장이 쳐진 침대 위에 여자 하나가 앉아 있었다. 그는 여자와 눈이 마주쳤는데, 여자는 아무것도 걸치고 있지 않았는데, 처음 보는 여자였는데, 그럼에도 불구하고 부끄러워하는 기색이라곤 전혀 없었다. 노예구나. 분홍색 젖꼭지의 가슴이 예쁜 처음 보는 벌거벗은 하지만 전혀 창피해하지 않는 여자 노예였다. 그리고 여자의 거의 180도로 벌어진 양다리 아래, 침대에 푹 파묻혀 전신이 잘 보이지 않는 한 남자가 누워 있었다. 남자가 고개를 부자연스럽게 뒤로 꺾어 그를 보았다. 남자는 부끄러워하는 듯한, 뭔가 후회하는 듯한 그런 얼굴이었다. "넌……." 그는 재빨리 미닫이문을 닫고 복도로 나왔다. 함기영이었다. 꿈의 주인, 함기영. 그는 달렸다. 어느새 샹들리에도 노예도 거품이 송골송골 맺혀 있는 샴페인잔도 다 사라지고 물컹물컹한 안개가 다시 그의 빈약한 발목을 휘감았다. 나의 가는, 연약한 발목.

18   2003년 9월 2일

또 하나의 꿈. 그가, 그녀를 간절히 만나고자 했던 그가 그녀를 만난, 누군가의 꿈.

예이형은 운동장 관람석에 앉아 농구를 보고 있었다. 꿈에선 대부분 그렇듯, 규칙과는 상관 없는 엉망진창의 경기였다. 경기를 벌이고 있는 두 팀의 이름과 남은 시간과 점수를 표시해야 할 전광판은 자주 꺼져 있었으며, 점수나 시간은 현실의 십진법과는 완전히 다른 새로운 기수법에 의해 지배받는 것처럼 보였다. 가령, 경기 종료가 5분 20초 남은 상태에서 점수가 60 : 52이었는데, 꿈의 주인인 남자가 연달아 몇 골을 넣고 난 후 다시 점수를 확인하니, 남은 시간이 12:89초에 점수는 100 : 191로 바뀌어 있는 그런 형편이었다. 하지만, 예이형은 즐거웠다. 운동 경기를 가까이서 보는 건 참으로 오랜만이었다. 꿈의 주인은 번번이 쉬운 슛 찬스를 놓치긴 했지만 끈질기게 힘든 상황에서도 슛을 시도했고, 노예는 비록 주인과 멀리 떨어져 있을 땐 팔이 긴 유인원처럼 어깨를 앞으로 축 늘어뜨리고 농땡이를 부리긴 했지만, 주인이 다가오면 열심히 뛰어다녔다.

"드디어 찾았네."

그때 예이형은 엄마의 꿈에서 만났던 한 남자를 생각하고 있었다. 꿈의 주인이 하프라인에서 던진 공이 림에 가 닿지도 못하고 바닥으로 떨어졌다. 그때 그 남자가, 마치 마술처럼 나타났다.

"널 찾으려고 얼마나 여러 사람들의 꿈을 뒤지고 다녔는지 알아?"

남자는 예이형 옆에 앉았다. 예이형은 기뻤다. 기뻐서 아무 말도, 가령 그냥 짤막히 '예.'나 '왜요?'라고도 말하지 못할 정도로.

"어느 팀이 이기고 있는 거야?"

"보는 것처럼."

노예들은 출근 시간 지하철 한 칸에 들어 있는 남자들을 고대로 옮겨놓은 것처럼 다양한 옷차림을 하고 있었다. 검정색 운동복을 입은 꿈의 주인만이 고집스럽게 한쪽 골대에 공을 넣으려고 시도할 뿐, 노예들은 옷차림이나 경기를 하는 방식만 보아선 팀을 딱히 가르기 힘든 형편이었다. 막 정장에 꽃무늬 넥타이를 한 남자가 리바운드를 잡아냈다.

"목이 마른데, 여긴 음료수나 아이스크림을 파는 사람은 없나?"

예이형은 웃었고, 남자도 곧 이어 따라 웃었다. 싱거운 웃음이었다.

"그런데 왜 저를 찾아다닌 거죠?"

"파괴자, 너한테서 파괴자에 대한 얘기를 들을려구."

관람석은 경사가 너무 심해 자칫 자리에서 일어나다 발을 헛디디면 저 아래 운동장까지 그대로 데굴데굴 굴러가야 할 것 같았다. 예이형은 깎아지른 듯 발밑에 펼쳐진 앞좌석들을 살펴보다 현기증을 느꼈다.

"그것 때문에 꿈 바깥에서도 절 찾아있던 거네요?"

"그래, 그것 때문이야. 왜 그땐 날 피했지? 책이라도 팔러 온 줄 알았나?"

"왜 저한테 화를 내는 거죠?"

이 남자는 아무것도 모르는가 보다, 라고 예이형은 생각했다. 그렇게밖엔 생각할 수 없는 얼굴이라고 예이형은 생각했다. 예이형은 다시 눈길을 농구장으로 돌렸다.

"그럼 누구한테 화를 내야 하는 거지? 저 엉터리 농구선수들을 붙잡고 멱살잡이라도 할까?"

"정말 몰라요?"

"뭘?"

"틈입자에 대해서요."

예이형은 엉터리 농구를 줄곧 눈으로 쫓고 있었다. 남자를 처다보면, 남자를 처다보게 되면…….

"니가 틈입자라는 거 정도가 다야."

"아저씨는 좀 다른 것 같지만, 틈입자는…… 그래요, 희한한 동물이죠. 틈입자는…… 그러니까 나는, 꿈 바깥의 세상을 대충은 기억하거든요. 하지만 그쪽의 걔는…….."

"가만 가만, 그쪽의 걔가 누구야?"

"꿈 바깥에 있는 나요. 그러니까 걔는, 날 몰라요. 걔는 아마도 자신이 전혀 꿈 같은 건 꾸지 않는다고 믿고 있을걸요."

예이형은 후회했다. 자신의 치부를 너무 쉽게, 딱히 알려줄 필요도 없는 것 같은데, 그만 넘겨주고 말았다. 남자는 오랫동안 조용했다. 이 남자 혹시 농구를 보고 있는 건 아닐까? 예이형은 후회했다.

"그거 알아? 저 농구보다 니 말이 더 엉터리처럼 들리는 걸. 좋아, 다 좋아. 어차피…… 그렇다고 하자. 그러니까 꿈 밖에 있는 너는, 니가 걔라고 말한 너는 지금 여기 있는 너를 전혀 모른다는 거지?"

전광판의 숫자가 어느새 1000을 넘어섰고, 주인은 점점 더 빨리 달렸고, 점점 더 높이 뛰었고, 덩달아 노예와 공도 점점 더 눈이 핑핑 돌 정도로 빠르게 움직였다.

"그런데 아저씨는 왜 파괴자에 대해 알려는 거죠?"

"친구가 이상한 병에 걸렸어. 기억상실증에 실어증이 겹쳤다나. 그 친구 형이 의사거든. 친구하고 비슷한 증상을 가진 사람이 몇 명 신고되었는데, 글쎄 다들 하나같이 원인을 알 수 없다는 거야. 그중 몇은 꿈속에서 이상한 사람을 되풀이해서 만났다고도 하구. 게다가…… 며칠 전엔 친구가 실종됐어. 비슷한 증상을 보였던 다른 남자 하나도 실종됐구. 뭐가 뭔지, 도대체 모르겠어."

농구 선수들은 잠시 휴식을 취하는 것 같았다. 내가 도울 일은 없을까?

"아저씨 친구나 다른 사람이 꼭 파괴자 때문에 그렇게 된 건 아닐 수도 있잖아요. 그러니까, 예를 들어 뭘 잘못 먹었다든가, 교통사고를 당했다든가. 그리고 실종은…… 아 그럴 수도 있어요. 교통사고의 목격자를 없애기 위해 누군가 아저씨 친구를 납치한 건 아닐까요?"

"훌륭한 추리군, 셜록 홈즈 나리. 뭐, 그 말이 맞을 수도 있겠지. 그러지 말라는 법도 없겠지. 하지만…… 난 사설탐정이 아니라구. 모든 가능성들을 다 추적할 수는 없는 거야. 난 파괴자 쪽을 파기로 했어. 결국 니가 내게 남은 단 하나의 유일한 끈이야, 파괴자한테 날 데려다 줄 수 있는."

난 끈 따위는 아닌데, 난 예이형인데, 하긴 이 남자는 아직 내 이름도 물어보지 않았잖아. 내가 먼저 물어볼까, 이름이 뭐냐고?

"파괴자를 본 적은 있니?"

"며칠 건 꿈에서요."

"어떻게 생겼어?"

"음…… 남자예요. 나이는 글쎄 아저씨하고 비슷하려나? 눈은 별로 크지 않고. 키는 중키?"

"그게 다야?"

"네. 아주 짧게밖에 못 봤거든요. 하마터면…….”

"좀 더 떠올려 봐. 남자고 눈은 별로 안 크고 중키고, 그걸로 대체 뭘 알 수가 있겠어, 응? 그걸론 안 돼. 너무 부족해.”

예이형은 하마터면 파괴자한테 잡힐 뻔했다는 이야기를 남자에게 하려고 했는데, 기회를 놓쳤다. 그렇게 늘 한 발짝씩 늦었다. 아저씨, 난 정말 죽을 뻔했다구요.

"사진기라도 들고 가서 찍어둘 걸 그랬죠? 필름을 드리면 아저씨가 알아서 인화는 하실 테구요. 뭐, 꿈속에도 인화점이 없으란 법은 없으니까.”

"빈정대지 마. 이건 내게 있어 정말 중요한 문제란 말이야.”

중요한 문제라…… 이 남자는 자신의 일만이 중요하구나. 예이형은 더 이상 남자의 일에 관심을 가지고 싶지 않았다.

아까부터 앞 줄 통로 근처에 한 소년과 중년의 남자가 앉아 있었다. 경기장은 비어 있었지만, 그들은 오래전 자세 그대로 아무 말도 없이 경기장을 바라보고 있었다. 그들의 뻣뻣하게 굳은 뒷모습을 바라보며, 예이형은 아빠와 혹은 엄마와 나들이 간 기억을 떠올려 보려 했다.

"아, 그러고 보니 그 남자…… 그전에 본 적이 있는 것 같애요. 꿈 바깥에서 본 적이 있어요. 아는 사람은 아닌데, 언뜻 봤던 것 같아요.”

"어디에서?"

"그게…… 롯데월드였던 것 같아요.”

"롯데월드? 롯데월드 어디에서?"

"그건…… 잘 모르겠어요. 그런데 거기선 머리가 하늘로 치켜세워져 있었던 것 같아요. 그리고…… 이상하네…… 꿈에선 안 그랬던 것 같은데, 거기선…… 뚱뚱했어요. 이상하네.”

엉망진창 농구 경기의 선수들이 다시 경기장에 입장했다. 노예 한 명이 멍하니 서 있다 얼굴에 공을 맞고 바닥에 쓰러지는 바람에 머리에 쓰고 있던 털모자가 벗겨졌다.

"만약에 말이야, 저쪽에 있는 너를 데리고 롯데월드에 간다면……
뭔가 알아낼 수 있지 않을까?"

"훌륭한 생각이네요."

"그렇게 남의 일처럼 말하지 말구. 다음엔 제발 날 아는 체 좀 해
줘."

"아저씨, 아까도 내가 말했죠. 걘 내가 어떻게 할 수가 없어요. 남이
나 마찬가지라구요. 아저씨가 걜 잘 꼬셔서 롯데월드로 데려가든, 디즈
니랜드로 데려가든, 아저씨 맘대로 하세요."

울컥, 사탕만 한 분노가 목에 걸린 느낌이었다. 한약 맛이 나는, 아
니 그보다 더 쓴 맛의 사탕이었다. 남자는, 하지만 여전히 자신의 일에만
정신이 팔린 표정이었다. 귀엽지 않아, 이 남자는. 정말 귀엽지 않아.

"그런데 도대체 틈입자는 왜 생겨난 걸까?"

"그러면, 당신은 혹은 당신의 어머니는 혹은 당신의 어머니의 어머
니의 어머니의 어머니는 왜 생겨난 건데요? 저도 당신하고 똑
같은 사람이에요, 제발 저를 발 다섯 개 달린 돼지 취급 하시지 말란 말
이에요."

예이형이 버럭 화를 내며 자리에서 일어나다 휘청하며 경사가 급한
앞좌석으로 몸이 급격히 쏠렸을 때, 그 남자가 예이형의 팔목을, 연약해
보이는 팔목을 붙잡았다. 예이형은 남자에게 한 팔을 붙들린 채 농구 경
기를, 눈물로 흐릿해져 그저 과장된 윤곽의 어지럽고 애매하고 그러면
서도 엄청나게 빠른 움직임을, 보고 있었다. 난 농구 경기를 보고 있는
거야. 그렇지?

그때, 예이형이 버럭 화를 내며 자리에서 일어나다 휘청하며 경사가 급한 앞좌석으로 몸이 급격히 쏠리는 바람에 차인형이 예이형의 팔목을, 연약해 보이는 팔목을 붙잡았을 때, 표정 없이 허리를 빳빳이 세운 채 앉아 있는 노예들 사이에 숨어서, 누군가 관람석 뒤편에서 그들을 지켜보고 있었다. 그의 입이 천천히 벌어졌다. "재미있게 됐어. 얘들아, 그렇지 않니?" 아무도 대답하지 않았다.

19   2003년 9월 6일

시끄러운 토요일 오후 신성스파르타학원 서늘한 복도를 주황색 추리닝 여자애들이 달렸다. 깔깔대며 웃으며 헐떡거리며 세모나고 뾰족한 팔꿈치로 서로의 등이나 옆구리를 찌르며. 승경이는 유리창에 커다란 손자국을 남겼다. "그러니까 오늘 저녁 7시 롯데월드란 말이야. 같이 갈 거지?" 예이형은 망설였다. 어디에나 만연한 달리는 여자애들의 고약한 머리 냄새. "또 가? 지지난주인가, 같이 갔었잖아." 소리들이 부서져 내려 바닥에 쌓였다. 은빛 식판들이 신성스파르타 식당 플라스틱 탁자 위에서 긁히는 소리, 광택 잃은 숟가락이 스텐 식판을 반복해서 가격하는 소리, 식당 의자 가느다란 다리의 불길한 울부짖음, 그리고 무엇보다 식당 아줌마의 신경을 자극했던 아이들의 격렬한 고함소리. "이번엔 달라. 우리끼리 가는 게 아니란 말이야." 주황색 추리닝 여자애들은 밥과 김치와 된장국과 고추장오징어무침과 무소설님과 그리고 간혹 물과 자주 공기를 섭취하고 있었다. 햇빛이 들지 않는 식당에서 승경이는 주황색 추리닝의 바짓단을 안쪽으로 세 번, 정확히 엄지손가락 길이만큼씩 접었다. 아무와도 상의 없이. "그게 무슨 소리야?" "남자애들하고 같이 가는 거란 말이야. 저쪽 두 명. 이쪽 두 명. 피차 부담도 없이, 저쪽도 재수생, 이쪽도 재수생." 예이형은 두려워 맨밥을 꿀꺽 삼켰다. 스멀스멀 피어나는 복도를 질주하던 아이에 대한 추억. 승경이는 거듭, 가르마를 만졌다. "승경아, 나 안 가면 안 돼?" "너 안 가면 약속 빵꾸나는 거 알지? 애들은 진짜 괜찮을 거야. 그건 내가 보장해." 화장실 거울 속 아이들은 좌우가 뒤바뀐 신발을 신고 서 있었고, 웃고 있었고, 바지를 내리거나 올리고 있었다. 다시, 주황색 추리닝 여자애들, 아까와는 반대 방향으로 신성스파르타학원 시끄러운 토요일 오후의 복도 위 햇빛에 반짝이는 무해한 먼지 알갱이들 사이를 달리고. "좋아." 먼지들과 부딪치며, 승경이가 웃었다. "약속한 거다 너. 한 입으로 두말하기 없기." 먼지들과 부딪치며, 또 그러면서도 아파 소리치지 않으며, 예이형도 웃었다. "그러면 오늘 저녁 7시 롯데월드 입구다. 아니, 6시 50분 2호선 잠실역 8번 출구다." "6시 50분 2호선 잠실역 8번 출구."[주10] 이제 달리지 않는 주황색 추리닝 여자애들은 입방체의 실내 안에서 조용하다.

하늘은 파랬다. 막 비행기라도 한 대 지나갔는지 기다란 구름이 태양을 관통하는 아치형의 궤적을 하늘에 풀어놓았다. 예이형은 승경이의 갑작스러운 제안을 생각하고 있었다. 너무 쉽게 승낙한 것에 대해, 예이형은 후회했다…… 다시, 예이형은 후회하지 않기로 결심했다. 그러자, 처음부터 그것은 도무지 후회할 일이 아닌 것처럼 여겨졌다. 그렇지만, 다시 후회는, 그 뿌리 깊은 후회는 좀비처럼 되살아나 예이형을 부추겼다. '승낙하지 말았어야 했어.' 하지만……

하지만 하늘은 너무 파랬고, 바람은 어느새 시원했고, 게다가 토요일 오후였다. 예이형은 신성스파르타학원의 토요일을 막 빠져나가고 있었다.

예이형은 남자를 보았다. 지난달인가 자신을 찾아와 길을 가로막고 엉뚱한 얘기를 하던 남자. 예이형은 자신이 많이 화가 났었다는 사실을 기억했다. 당연한 반응이었다. 남자가 자신을 찾아온 것이라면 다시 한 번 화를 내야 했다, 이번엔 더 확실히, 다시는 그러지 못하도록 따끔하게. 남자는 천천히 예이형이 걸어가는 방향을 향해 다가왔다. 예이형은 서둘러 주위를 살폈다. 승경이는 보이지 않았다. 내가 아닌 또 다른 누군가를 찾아온 것일지도⋯⋯.

"미안해. 놀라지 마. 지난번엔 너무 갑작스러웠을 거야. 부탁해 딱 10분간만 시간을 내줘. 딱 10분이야."

그러곤 여전히 갑작스럽게, 남자는 예이형의 팔목을 잡고 성큼성큼 걷기 시작했다. 남자는 뒤돌아보지 않았다. 예이형은 화를 내려고 했지만, 기회를 놓쳐 버렸다. 남자는 예이형의 가는 팔목을 놓치지 않았다.

남자가 예이형을 끌고 간 곳은 신성스파르타학원 앞 삼거리 왼쪽 모퉁이 2층에 있는 작은 커피숍이었다. 좁고 어두운 계단을 올라가는 동안에도 남자는 예이형의 손목을 놓지 않았다. 남자는 급히 일하는 사람을 불러 커피를 시키곤 예이형에게 무엇을 하겠느냐고 물었다. 예이형이 대답하지 않자, 남자는 제멋대로 주스를 시켜 버렸다.

"너 꿈 안 꾸지?"

다시 꿈 얘기였다. 예이형은 자신도 모르게 고개를 끄덕여 놓고는 금세 뉘우쳤다. 물론 도통 꿈을 꾸지 않기는 했지만, 그건 점쟁이가 처음 찾아온 손님에게 으레 던지는 '어렸을 때 크게 다친 적이 있지?'라든가 '머리는 좋은데 공부를 게을리 했지?'라든가 '남편이 귀가가 부쩍 늦어졌지?' 등의 질문 같은, 속이 훤히 보이는 넘겨짚기였다. 교과서에 등재될 법한 흔해빠진 속임수였다. 누가 바쁜 세상에 자신이 꾼 꿈을 기억하고 다니겠어?

남자는 시계를 한 번 보더니, 출발 총성을 들은 단거리선수처럼 얘기를 시작했다. 남자는 전생에 벙어리였던 원혼에 들린 것처럼 쉬지 않고 말을 했다. 예이형은 남자의 푸르스름한 입 언저리를 지켜보고 있었다. 이 남자가 내게 원하는 건 대체 뭘까?

그것은 물론, 예상했던 것처럼 믿을 수 없는 이야기였다. 예이형은 빨대로 오렌지 주스를 빨면서 남자의 점점 멀게 느껴지는 목소리를 듣고 있었다. 남자는 꿈에서 예이형을 만났다고 했다. 그 예이형은, 꿈에서 만난 예이형은 특별한 능력을 갖고 있다고 했다. 남의 꿈으로 맘대로 넘나들 수 있는 능력을 가지고 있다고 했다. 노예가 아니라, 틈입자라고 했다. 틈입자? 승경이가 들었다면 이름이 너무 촌스럽다고 타박을 놓을 것 같았다. 그 여자애는, 꿈속의 예이형은, 그러니까 틈입자는 꿈 밖의 예이형을 기억하고 있지만, 지금 주스를 마시고 있는 너는 그 여자애를 기억하지 못할 거라고 했다. 놀라운 이야기이긴 했지만 별로 재미있지는 않았다. 남자는 예이형의 이름을 모르는 것 같았다. 왜 날 고른 거지? 내가 그렇게 멍청해 보이나?

"내 말을 믿을 수 있겠니?"

예이형은 얼른 고개를 저었고 남자는 한숨을 내쉬었다. 예이형은 주스 잔을 비웠고 남자는 눈에 띄게 의기소침해졌다. 문득, 이 남자의 말을 한번 믿어보고 싶다는 생각이 들었지만…… 아냐, 난 미치지 않았잖아.

예이형은 용기를 내어 십 분이 다 지나지 않았느냐고 물었다. 남자는 탁자 위로 고개를 숙였다. 십 분이 지났으므로 예이형은 자리에서 일어났다. 일어선 예이형의 그림자가 탁자 위에 늘어졌다. 꿈속에서 내가 모르는 내가 남의 꿈을 헤집고 돌아다닌다고? 예이형은 자신의 선명한 그림자에게 남자가 해줬던 얘기를 들려주고 싶었다. 너라면 이 남자의 말을 믿을 수 있겠니?

"친구가 아프거든. 기억상실증에 걸렸대. 그리고 엎친 데 덮친 격으로 며칠 전에 병원에서 사라지고 말았어. 난 니 도움이 꼭 필요해."

예이형은 잠시 멈춰 서서 남자를 처다보았다. 아픈 사람은 친구가 아니라 당신인 것 같은데요, 라고 말하려 했지만…… 기회를 놓쳐버렸다. 계단을 내려오며, 빛으로 한껏 부풀어오른 입구를 바라보며, 예이형은 까닭없이 슬퍼졌다. 꿈속에 또 다른 내가 있다고? 정말로? 그런 존재가 있을까? 그리고 갑자기 예이형은 초가을의 날카로운 빛더미에 내팽개쳐졌다.

"너무 깬다. 촌스럽게 이게 뭐니?" 승경이는 눈을 흘겼다. 썰물에 쓸리는 모래알들이 요란한 소리를 내며 지하철 2호선 잠실역 8번 출구를 중구난방으로 뛰어다녔다. 달리는 사람들의 가쁜 단말마. 승경이는 빨간색과 검정색 체크무늬의 짧은 치마를 입었다. 늦었어, 라고 되풀이하며 승경이는 예이형의 가는 팔목을 잡고 달렸다. 승경이는 한 번도 돌아보지 않았다. 승경이의 치마가 펄렁댔다. 한 명은 정우, 다른 한 명은 진호라고 했다. 그들 넷은 갑자기, 빨간 뿔이 달린 모자를 쓴 남자애와 토끼 인형을 들고 있는 여자애를 지나쳐 계단을 미친 듯 달려 올라갔다. 왜, 그리고 어디로 우리는 달려가는 걸까? 그들은 롯데월드가 최적의 배합으로 조제한 일평방미터당 원가 57센트의 정제된 공기를 한껏 마시며 미친 듯이 달려 스페인 해적선 앞, 한 줌의 후회도 한 줌의 질문도 얼굴에 담고 있지 않은 사람들 뒤에 섰다. 안경을 쓴 남자애는 정우라고 했다. 예이형은 꿈을 꾸지 않느냐고 물어보려다 그만두었다. 그렇게 모든 질문은 채 내뱉어지기도 전에 돌연 쑥스러워졌다. 커다란 배에 승선한, 좀처럼 후회를 모르는 사람들은 눈을 질끈 감고 소리를 질렀다. 동굴의 입구처럼 벌어진 검은 입들. "어때? 괜찮지?" 승경이는 예이형의 귀에 대고 속삭였다. 간지러워 예이형은 눈을 감았다. 머리를 휘날리게 하는 거친 바람을 맞으며, 예이형은 자신의 꿈속에 존재한다는 또 다른 존재에 대해 생각했다. 아냐, 난 미치지 않았어. 질문하지 않는 사람들의 내장이 불란서 혁명이라는 시대착오적인 이름을 가진 롤러코스터의 레일을 따라 출렁댔다. 중력과 원심력과 안전벨트의 악력이 처음부터 불평하지 않았던 사람들을 마구 흔들어댔다. 앞에서 걸어가던 여자애의 강아지 모양 슬리퍼 한 짝이 벗겨졌다. 한 명은 정우, 다른 한 명은 진호라고 했는데, 그들은 좀 지나치게 즐거워보였다. "뭐 안 좋은 일 있는 거야?" 정우라는 남자애가 분홍색 솜사탕을 턱에서 잡아떼며 그렇게 물었다. 남자애는 예이형의 이름을 물었지만, 팔목을 잡지는 않았다. "아니." 예이형은 웃으며 디디알에서 내려왔다. 숨이 찼다. 화면 안에서 가짜 불꽃이 터지면서 HIGH SCORE라는 글자가 점점 커졌다. 팡파르 소리를 뒤로 하고 그들은 또 뛰었다. 앞에서 승경이와 진호라는 남자애가 손을 잡고 유리에 걸러진 위생적인 햇빛을 온몸에 맞으며 달려가고 있었다. 모든 것이 터무니없이 즐거워 보였다. 줄을 선 사람들은 줄곧 웃고 있었고, 줄을 서지 않은 사람들은 플라스틱 바닥 위를 입을 벌린 채 발을 높게 쳐들며 달리고 있었다. 남자애들은 수십 개의 농구공을 쉬지 않고 붉은색 그물이 달린 림 안으로 던져 넣었다. 껑충 뛰어 손바닥을 마주쳤다. 승경이는 하품을 했다. "마음에 안 드는 거야? 아니면 오늘 무슨 일 있었어?" 남자애들이 핫도그와 아이스커피와 바닐라아이스크림과 크레페 등을 사러 간 사이 승경이가 예이형에게 물었다. "응. 나…… 스토커가 생겼나 봐." "정말? 누군데?" "어떤 아저씨야." 팔목을 붙잡고 어두운 계단을 오르던 남자의 뒷모습. "아저씨? 어우, 밥맛이다. 어쨌건 이형이 너 보기보다 재주가 좋구나. 그런데…… 잘생겼니?" "응, 그럭저럭." "어떻게 만났어?" 남자애들이 종이접시와 종이컵에 든 음식물들을 위태롭게

238

들고 돌아왔다. 정우라는 애는 거듭되는 기상이변과 혜성의 궤도가 가지는 상관관계에 대해 이야기했고, 진호라는 애는 공중을 향해 문자를 날렸다. 그들은 다시 달리지 않으면 죽는 병에라도 걸린 양 중앙 광장 극장을 향해 달렸다. 우리는 왜 이렇게 달리는 걸까? 풍선과 발작적인 웃음이 그들을 따라왔다. 오즈의 마법사. "우리 꼭 이런 거 봐야 돼?" 남자애들이 표를 사러 간 사이, 예이형이 승경이에게 물었다. "남자애들하고 보는 거잖아. 우리끼린 당연히 이딴 거 돈 주고 보래도 안 보겠지만, 남자애들이 보자면 콩쥐팥쥐 인형극이라 해도 봐주는 게 매너야. 제발, 예. 이. 형." 정우, 이형, 승경, 진호 순으로 그들은 자리에 앉았다. 예이형은 자리에 앉아 허리를 쭉 빼고 사방을 둘러보았다. 입장권을 사면서 함께 받은 즐거운 얼굴을 유니폼처럼 입곤 모두들 달리고 있었다. "나중에 그 아저씨 얘기 꼭 해줘." 승경이가 나지막이 속삭였다. 무대 위에서 막 허수아비와 소녀가 대화를 나누고 있었다.

그 여자애였다. 비겁하게도 기억을 잃은 체하는 종족의 일원. '잡았다.' 꿈속에서처럼, 여자애는 키가 컸다. 우연이라기엔, 지독한 우연이었다. 소방서에서 그리고 농구장에서 그리고 이번엔 여기, 꿈과 모험이 가득한 꿈 바깥의 진짜 세상, 롯데월드에서. 그는 일이 너무 쉽게 풀려간다고 느끼며 턱을 쓰다듬었다. 그때 누군가 그의 등을 두드렸다. "나가자, 이제." 그는 웃으며 일어섰다. 그는…… 즐거워 보였다.

20

나는 지금 막 종이상자 바닥에 있던 네 권의 노트를 건져냈다. 나의 어머니의 어머니의 아버지였던 차인형의 일기장. 십진법으로 대략 100여 년 전에 쓰인 기록. 이미 없는 자에게 속해 있었던 기록. 거듭 말하지만 나는 그 이유도 모르면서 무작정 이 일기장들을 좋아한다.

그중 한 권, 2003년 6월 5일부터 시작되는 네 번째 일기장을 펼쳤다. 마지막 일기장. 그 파괴가 역병처럼 지구를 덮치기 직전에 태어난, 없어진 자의 마지막 일기장. 다른 일기장들보다 약간 얇은, 검은 에나멜로 칠해진 금속 스프링이 한쪽에 붙어 있는 황토색 표지의 일기장. 표지 가득 이름을 알 수 없는 화려한 성당의 전면을 묘사한 펜화가 그려져 있는 일기장.

그리고, 그 서투르면서도 지극히 소심하게 그려진 디테일로 축조된 익명의 성당이 박혀 있는 두툼한 표지를 넘기면 미색의 속지 위에서 기다렸다는 듯, 천박한 느낌표가 각운을 이루는 짧은 글귀가 튀어 오른다.

규칙에 매인 시간이여 만세!

그리고 감시가 붙은 정신에도!

획일화(劃—化)여, 영원하라!

———소울 벨로우

그리고 마지막의 시작을 몇 장 넘기다 아무렇게나 멈춘 곳에서 만난 어느 날의 기록.

2003년 6월 23일

정신과 의사와의 상담을 예약하기 위해 병원에 전화를 걸었다. 전화를 받은 의사 혹은 간호사 혹은 의사도 간호사도 아닌 사람의 목소리가 너무나 상쾌해서, 몇 마디 나누지 않았는데도 기분이 한결 좋아졌다, 마치 내 정신 속에 있던 오물들이 씻겨나간 것처럼. 나는 그에게 진심에서 감사하다고 말했고, 그는 내게 예약을 해주겠다고 했지만, 나는 이미 완전히 치유된 것처럼 느끼고 있었으므로, 그럴 필요가 없어졌다고, 당신과의 짧은 대화 중에 내가 가진 문제들이 모두 해결된 것처럼 느껴진다고, 그렇게 얘기했다. 그러자, 그의 목소리가 갑자기 변해 버렸다. 그는 우울하고 착 가라앉은 목소리로 그렇다고는 해도 예약을 하는 편이 여러모로 좋을 것이라고 말했다. 그는 외판원이 팔려고 하는 물건을 소개할 때처럼 생기 없게, 예약을 하는 것이 주는 이득에 관해 자세하게 늘어놓았지만, 그건 그가 설명하는 것들이 내겐 더 이상 아무런 소용도 될 수 없다는 것을 아는 사람의 목소리였다. 그의 지리한 설명이 끝난 후 난, 이젠 병원에 가서 정신과 의사와 상담을 할 필요가 없어졌으므로, 당연히 예약을 할 필요도 내겐 없다고 담담하게 말했다. 반론을 펼치는 대신, 그는 풀이 죽은 목소리로 그럼 안녕히 계십시오, 라고 말하고 싹싹하게 끊어버렸다. 어쩌면 난 그가 예약을 해야 한다고 다시 한 번 더 강하게 주장하길 바라고 있었는지도 몰랐다. 어쨌건, 어찌 된 일인지, 전화를 끊고 나자 다시 기분이 우울해졌다. 전화번호부에서 다른 정신과를 찾기로 했다.

그리고 십진법의, 융통성이라곤 눈곱만큼도 없는 규칙에 맞춰 끊임없이 덮쳐오던 또 다른 날들.

2003년 9월 10일

차라리 모르는 편이 나았으리라. 난 다시 익명의 꿈속에서 틈입자 소녀를 찾았다. 조그마한 등대가 그리 길지 않은 방파제 끝에 바다를 등지고 서 있는 작은 해안가였다. 이름을 묻지 말았어야 했다. 이름을 묻자, 머릿속에서 도미노처럼 연쇄반응이 일어나더니 기어이 건드리지 말아야 할 곳을 건드리고 말았다. 그 여자애가 이주의 제자였다니. 틈입자 소녀, 예이형이라는 흔치 않은 이름을 가진 여자애는 이주를 어렴풋이 기억했다. 이주를 열 글자로 요약해서 말했다; 착하게 생긴 수학 선생님. "선생님은 저쪽에서 잘 계시죠?" 이름 따윈 묻지 말았어야 했다. 내가 왜 그랬을까? 나는 여자애에게 그녀는 죽었다고 했다. 다행히 여자애는 이주가 왜 죽었는진 모르는 눈치였고, 더 이상 눈치 없이 왜 죽었냐고 묻지도 않았다. 남 얘기처럼, 시시한 객설을 옮기는 사람처럼 별 일 아니라는 듯, 그렇게 말하려 했지만, 잘 되지 않았다. 틈입자 소녀는 미안해했고, 나는 파도가 거친 바다를 향해 자꾸 돌멩이를 던졌다. '애꿎다'라는 형용사를 달고 하늘 높이 쌩쌩 나르던 돌멩이들. 나는 씨발, 이라는 욕을 하지 않기 위해 애꿎은 돌멩이들을 높이 더 높이 던져 올리려고 했다. 바다도 하늘도 등대의 미끈한 몸체도 죄다 회색이던 그 누군가의 꿈에서 난 이형이라는 여자애에게 친구마저 잃을 순 없다고 했다. 여자애는 도와주고 싶다고 했다. 진심인 것처럼 보였다. 도울 수만 있다면, 그러고 싶다고 했다. 기러기 없는 바닷가 하늘 아래서, 지난번 학원 앞 커피숍에서 예이형이 떠난 후 혼자 청승맞게 앉아 있다 가느다란 햇빛에 느닷없이 떠올랐던 생각――준비된 질문을 이형에게 던졌다. 이형은 뱉어놓은, 이젠 거둘 수 없는 말 때문에라도 내 부탁을 거절할 수가 없었다. 어쩌면, 황량한 바다 때문에라도, 아니, 죽은 나의 처이자 착하게 생긴 수학 선생님이었던 이주 때문에라도. "파괴자를 만나게 되면 어쩌실려구요?" 이형이는 발끝으로 모래사장에 커다란 리을 자를 그리고 있었다. "그건……." 파도소리가 내 말을 삼켜 버렸다. 마치 그것이 결정적인 이유라도 된다는 듯, 나는 더 이상 말을 잇지 않았다. 문득, 수영을 하고 싶다는 생각이 들었지만, 좀 추울 것 같았다. 갈아입을 옷도 없었다. "그런데, 아저씨는 어떻게 제가 틈입한 꿈으로 자꾸 찾아오시는 거예요?" 나는 처음엔 몰랐는데, 황무지에서 간절히 누군가를 생각하니 그의 꿈으로 가게 되더라구 설명해 주었다. 이형은 자신에겐 그런 능력이 없다고 했다. 그냥, 마구잡이로, 자신의 생각과는 상관 없이, 남의 꿈에 들어가게 된다고 했다. 아는 사람의 꿈에 들어가 본 건, 대여섯 번뿐이라고 했다. "그중 하나가 지난번 엄마의 꿈이었어요. 그때 아저씨 굉장히 무서워 보였던 거 알아요?" 난 무섭다는 말을 들어본 건 꽤 오래전의 일이라고 말해 주었다. 내가 남들에게 무섭게 보일 거라고는 한번도 생각해 본 적이 없다고 덧붙였다. "지금도 내가 무섭니?" 이형이는 지금은 아니라고 했다. 그렇지만, 이라며 말꼬리를 길게 늘이나 싶더니, 이형이는 모래사장에서 어린아이가 신을 만한 크기의 푸른색 신발 한 짝을 파냈다. 우린 둘 다 좀 더 색다른 것을 기대했지만, 결과는 실망스러웠다. 하얀 태양은 쳐다보아도 눈이 아프지 않았다. "친구는 태양을 싫어했었어. 햇볕 아래서는 눈물이 난다고 했어." 이형은 어떤 친구 말인가요, 하고 묻지 않았다. 묻는 대신, 들고 있던 신발을 소금물과 젖은 모래더미의 경계 쪽으로 던졌다. 젖은 신발은 멀리 날아가지 못하고 두어 번 공중에서 맴을 돈 후, 모래사장에 떨어졌다. 바닥에 떨어진 신발은 바닥에 떨어진 신발답게 무기력해 보였다. 이형이 나를 돌아다보았다. 흐릿한 햇볕 속에 잠시 하얗게 보이던 여자애의 머리카락, 그리고 웃을 때 언뜻 드러나 보이던 붉은 잇몸.

팔이 아파온다. 나는 팔이 아프도록 일기를 쓰고 있다. 무엇을 위해서? 예전에, 아주 오래전에, 우리가, 치형이와 내가 일기를 서로 교환해 읽을 때, 우리는 경쟁적으로 더 많이, 더 길게, 더 빨리 일기를 적었다. 하지만, 지금은, 무엇을, 누구를 위해서?

그는, 나의 어머니의 어머니의 아버지였던 차인형은, 자신이 왜 일기를 계속 적어나가는지, 이것이 무엇에 소용이 될지 몰랐다. 그랬던 것 같다. 과연 그는 한번도 자신이 쓴 글이 누군가에게 읽힐지도 모른다고 가정해 보지 않았을까? 이렇게 그의 딸의 딸의 아들이 자신의 일기를 읽게 될지 몰랐을까?

하지만 나는 안다, 나는 정확히 안다, 내기 지금 쓰고 있는 이 글이 완전히 무용하다는 것을, 영원히 아무도 봐주지 않을 완벽하게 무용한, 하지만 더없이 격렬한 망치질이라는 것을.

이 무용함. 나의 뻣뻣한 손가락을 계속 움직이게 만드는 이 무용함.

244

21　　　2003년 9월 12일

곤란한 일이잖아, 라고 차인형은 중얼거렸다.

"차 과장이 오늘 당장 그쪽에 연락을 해서 의향을 알아보는 걸로 하고. 혹시 일이 잘 진행되지 않으면…… 아니야, 그건 염두에 두지 말자구. 무엇보다 명분도 있고, 시간도 충분할 테고, 그쪽도 분명 SF에 관심이 있는 것 같애. 자자, 그럼 그렇게 가자구."

편집위원 중 한 명인 김애혁이 멍하니 자리에 앉아 있는 차인형의 어깨를 툭 두드리고는 문 밖으로 나갔다. 차인형은 자신이 없었다. 전운영 주간에게 못하겠다고 해야 했었는데, 왜냐고 묻는다면 할 말이 없었다. 우연히 함기영의 꿈에 침입한 적이 있다고, 그것도 난처한 상황에서 그와 마주쳤었다고 말한다면, 정말 흰 옷을 입은 정신병원 직원들이 하얀 차를 타고 그를 데리러 올지도 몰랐다. 자신이 알고 있는 사실을 털어놓을 사람이 아무도 없다, 라는 상황이 정신병자들이 입는 구속복처럼 답답했다. 치형이만 멀쩡했더라도…… 치형이라면 그가 식물들과 대화하는 법을 알아냈다고 해도 믿어줄 터였다. 반면, 예이형은…… 자신이 알고 있는 사실을 털어놓은 유일무이한 현실의 존재인 예이형은, 그의 말을 믿으려 하지 않았다. 의심 많은 토마처럼. 다음번엔 신성스파르타 앞에서 어깨가 떡 벌어진 흥신소 직원들이 그녀를 마중 나온 광경을 보게 될지도 몰랐다. 그래도, 그래도, 그는 가야 했다.

그것은 김애혁이 낸 의견이었다. 《문학의 새벽》 창간 20주년 기획회의 자리에서였다. 김애혁은 창간 20주년 기획을 장르문학 특집으로 할애하는 게 어떻겠냐는 의견을 내놓았다. 몇몇 다른 의견들이 있긴 했지만, 최근의 경향에 가장 잘 부합한다는 점, 그리고 다른 곳에서 시도한 적이 없는 참신한 안이라는 점이 높은 점수를 받아, 결국 만장일치로 그의 의견에 힘이 실렸다. 판타지, 추리소설, SF, 그리고 만화나 하이틴 로맨스까지 그 범주에 넣기로 했고, 그쪽 계통의 필자는 물론, 기존의 소위 순문학의 영역 속에 갇혀 있던 필자들까지 아우르는 좀 더 포괄적이고 대담한 기획을 시도해 보기로 결정이 내려졌다. 거기까지는 좋았다. 그런데, 함기영에게 SF 계열의 소설을 제안해 보라는 전운영 주간의 제안은…… 그건 좀 곤란했다. 그가 SF 소설을 쓰든 연애소설을 쓰든 그건, 차인형이 관여할 바가 아니었다. 그렇긴 했지만…… 역시 곤란했다. 그가 만약 기억한다면, 꿈속에서 차인형을 본 사실을 기억한다면, 무례하게 자신의 섹스를 방해했던 차인형을 기억한다면…….

차인형은 다시 수화기를 내려놓았다. 그가 그 꿈을 기억한다면…… 그가 그 꿈을 기억한다면…… 어쩌면 함기영은 자신이 왜 그런 꿈을 꾸었는지, 왜 그 대목에서 차인형이 거기에 나타났던 건지 궁금해하고 있는지도 몰랐다. 하지만 그건 함기영의 의지나 무의식과는 상관 없는 일이었다. 그건 그가 만든 허깨비가 아니라 차인형 자신이었다, 허락도 없이 몰래 그의 꿈에 침입한. 거기에 생각이 미치자 다시 차인형은 함기영이 자신을 비난하거나 피해야 할 하등의 이유가 없다는 그다지 견고하지 않은 확신에 이르게 되었다. 차인형은 재차 수화기를 들었다.

예상대로 함기영은 차인형이 왜 하필 그때 거기에 나타났던 건지 묻지 않았다. 그 질문은 틀림없이 함기영 자신에게 진즉 던져졌으리라. 무고한 용의자에게 던져진 무용한 심문. 차인형은 링거가 매달린 기둥을 끌고 다니는 하얀 환자복의 젊은 남자와 함께 엘리베이터에 올라탔다. 함기영은 흥미로운 제안이라며 한번 보자고 했다. 한비과 선생님의 고희연에 참석할 거면 거기서 잠시 만나는 게 좋겠다고 했다. 차인형은 그러마고 했다. 그건 그의 일이었다. 공식적인 일.

하지만, 이건 비공식적인 일이었다. 1207호 병실 앞에 서서 차인형은 헛기침을 했다. 가볍게 문을 두들겼지만, 아무런 대답도 돌아오지 않아 잠시 있다 문을 열었다. 비공식적이며 게다가 내키지 않는 일.

안이회는 침대에 삐뚜름히 걸터앉아 뭔가를 내려다보고 있었다. 화이트보드였다. 차인형은 병원으로 오는 도중 몇 번씩이나 오늘은 화를 내지 말자, 라고 다짐했지만, 그의 커다란 등짝을 보자마자 까닭도 없이 기분이 틀어졌다.

안이회는 양팔을 쭉 벌리고 과장된 동작으로 그를 맞이했지만, 얼굴은 별로 좋아 보이지 않았다. 어색한 웃음이었다.

"그게 뭐죠?"

안이회는 선선히 화이트보드를 보여주었다.

놀는 공원에서 Hwang계획안 전갈에 나오는 동물을 찾으십시요

아치형의 글씨라고 안이회가 말했고, 믿지 않을 이유는 없었다. 잃어버린 줄 알았는데, 침대 시트 사이에서 발견했다고 말했고, 역시 믿지 않을 이유가 없었다.

"무슨 뜻인지 아시겠어요?"

"아뇨."

한글과 영어를 동시에 배우고 있는 미취학 아동이 쓴 것 같은 글귀는 화이트보드의 맨 꼭대기에 바짝 붙어 있었고, 그 아래 여백엔 무언갈 서둘러 지운 것 같은 흔적이 남아 있었다.

"뭐, 떠오르시는 거 없으세요?"

"두 가지 언어를 섞어 쓴다는 건…… 분명 임상학적인 견지에서 몇 가지 가설들이 있긴 하지만…… 역시 치형이의 경우에는 잘 적용이 되지 않아요."

그 따위 임상학 서적들은 헌책방에다 팔아버리는 게 어때, 라고 차인형은 속으로 중얼거렸다. 딱히 더 주고받을 말이 없었으므로, 안이회에게 그걸 자신이 가져가도 되겠냐고 물었다. 안이회는 선선히 그러라고 했다. 하지만 그걸 어디다 써야 할지 차인형은 몰랐다. 점쟁이한테 가지고 가서 이 글을 쓴 사람이 지금 어디 있는지 알아봐 달라고나 해야 할지. 하지만 이미 물릴 수 없었다.

"저번에 만났을 때 저한테 다음번엔 또 어떤 끔찍한 소식을 전해 줄 거냐고 하셨죠? 또…… 나쁜 소식이 있네요. 환자들이 다, 그 다섯 명이 다 실종된 것 같아요."

차인형은 당황해하지 않으려고 했다. 치형이는 이미 실종됐다, 두 명이 실종됐건, 다섯 명이 실종됐건 큰 차이는 없다, 사적인 실종은 이미 이 시대의 트렌드가 되었다, 라고 믿으려고 했다. 간신히 입을 떼어놓을 수 있었다.

"경찰한테는 알리셨나요?"

"이미 왔다 갔어요. 차인형 씨가 원하는 것처럼, 실종이 아니라 납치 쪽에 무게를 두는 것 같은 눈치였어요."

이것이 모두 파괴자가 꾸민 일이라면…… 물론 믿기 힘든 일이었지만, 안이회가 주말 드라마처럼 매주 전해 주는 소식들도 믿기 힘들긴 마찬가지였다. 차인형은 혹시 그런 환자들이 또 발생되었다는 신고는 없는지 물어보았다.

"글쎄, 저도 거기에 관심을 기울이고 있는데…… 딱히 이유도 없이 실어증에 걸린 것 같다는 환자들이 몇 건 보고되긴 했는데, 치형이의 경우와는 확연히 다른 것 같아요. 말을 하는 법이나 글자를 읽고 쓰는 법은 완전히 잊은 것 같지만, 치형이나 실종된 다섯 명의 환자가 보여준 극심한 무기력증이나 기억상실증은 전혀 보이지 않는다고 하네요. 마침 새로 보고된 환자가 우리 병원에 와 있어요. 9살짜리 남자애인데, 말을 하거나 글을 쓰거나 하는 일만 하지 않을 뿐이지, 정상인처럼 아주 즐겁게 뛰어놀고 있어요. 소란이란 소란은 있는 대로 다 부리고 다녀서 골칫거리라니까요."

차인형은 창가로 다가갔다. 바깥은 보이지 않고 유리창이 거울처럼 그의 핼쑥한 얼굴을 비추었다. 그 뒤로, 하얀 가운을 입은 안이회가 코를 만지작거리며 침대에 앉아 있었다. 차인형은 판단이 서질 않았다.

"틈입자라는 말 혹시 아세요?"

"네?"

차인형은 안이회에게 모든 것을, 자신이 알고 있는 틈입자와 파괴자에 대한 모든 것을 말해 주었다. 예이형에 대한 이야기는 특별히 하지 않을 이유도 없었는데, 그냥 빼버렸다. 설명을 하면서도 차인형은 그 모든 것을 그에게 말해 주어도 되는 건지, 그가 자신이 하고 있는 말을 믿으려 할 것인지 확신이 서질 않았다. 그런 불확실성들이 그의 발음을 자꾸 뭉갰고, 앞뒤가 바뀐 문장들을 쏟아내게 했다. 그나마 안이회가, 그가 말을 하는 동안 중간에 말을 자르거나 얼굴을 찌푸리지 않고 유난히 진지한 얼굴로 그의 말을 듣는 것처럼 보여, 그는 그럭저럭 엉망진창의 설명을 마칠 수 있었다.

"재미있는 얘기네요."

차인형은 미묘하게나마 그의 목소리가 변했다는 것을 알아챘다.

"그걸 저 보고 믿으라시는 건가요? 아니면, 다음에 쓰시려고 하는 소설의 줄거리를 얘기해 주시는 건가요?"

차인형은 그의 진지해 보였던 얼굴이, 온갖 미치광이 환자들을 만나는 동안 보호색처럼 만들어진 일종의 직업상의 얼굴, 신경정신과 의사의 얼굴이라는 걸 깨달았다. 후회가 날카로운 녹슨 못처럼 옆구리를 쑤셔 제대로 서 있기마저 쉽지 않았다. 차인형은 재빨리 얼굴을 바꾸며, 네, 말씀대로 제 새 소설의 줄거리예요, 라고 말하려고 했는데, 늦은 것 같았다. 안이회의 둥근 얼굴이 발뺌하려고 해도 이젠 소용없어, 라고 말하는 것 같았다. 차인형은 최대한 아무렇지도 않은 듯 꾸민 얼굴로 화이트보드를 겨드랑이에 끼고, 문으로 걸어가며 간신히, 오늘은 너무 늦었다고, 이제 가봐야겠다고 말했다.

"재미있는 얘기네요. 다른 사람한테 말해 줘도 되는 얘기인가요?"

차인형은 문을 닫기 전에 그러지 말아달라고 말했다.

"그것은 나의 이야기니까요."

22   2003년 9월 13-14일

"이형아, 우리 내년엔 여기서 보지 않아도 될까?"

또 다른 토요일 오후의 신성스파르타 학원 이층. 예이형은 햇볕이 잘 들지 않아 어둑어둑한 식당의 입구 좌측 벽에 붙여 놓은 D-53이라는 기묘한 표식을 바라보았다. 매일 하나씩 작아지는 숫자, 그러다가 틀림없이 언젠가는 -0에 도달하여, 펑 하고 터질 숫자. 예이형은 움찔하면서 시선을 거둬들였다.

예이형은 뱃멀미를 하는 것처럼 속이 울렁거렸다. 토요일 오후였다, 토요일 오후여서 그런 것 같았다. 밥알들은 아무리 씹어도 충분히 분해되지 않았다. 무력한 나의 위장. 그 남자가 다시 올까?

"너도 밥맛이 없구나. 그냥 남기고 나중에 나하고 나가면서 떡볶이라도 사먹을래?"

"아니."

예이형은 밥알들을 수저로 퍼 입안으로 쑤셔 넣었다. 벌써 시원해진 바람처럼 아주 오래전 불투명한 기억의 끄트머리를 톡톡 두드리는 뱃멀미의 느낌.

251

"아니. 먼저 나가. 난 좀 할 일이 남아 있거든."

예이형은 최대한 자연스럽게, 평소처럼 말하려고 노력했지만, 비강을 통해 고막에 닿은 자신의 목소리는, 녹음기에 녹음한 자신의 목소리를 듣는 것처럼 부자연스러웠다. 처음 먹는 과자가 입에서 씹힐 때 확 퍼지는 그런 부자연스러움. 지난번이나 지지난번에 남자가 찾아왔을 때도 예이형의 목소리는 과일 장수들이 사용하는 확성기를 통해 나온 목소리처럼 어색하기만 했다. 예이형은 좀 더 자연스럽게, 응당 그래야 한다는 듯 단호하게, 그런 헛소리나 할 거면 더 이상 찾아와서 자신을 괴롭히지 말라고, 남자에게 말해야 했다. 하지만 그럴 틈을 주지 않고 남자는 이형의 팔목을 잡고 지린내 나는 계단을 지나 구질구질한 커피숍으로 끌고 가서…… 이상한 얘기를 했다. 누군가 회수해 가버린 이형의 꿈에 대해, 꿈속에서 서식하는 자신의 분신에 대해.

"승경아, 너 그런데 혹시 꿈 꾸니?"

"뭐야, 생뚱맞게. 아니, 거의 안 꾸는데 왜?"

"그러니까, 그냥, 어…… 모르는 사람이 와서 너한테 꿈속에 있는 네가 지금 너하고는 다른 사람이라고 말한다면 넌 어떻게 하겠니?"

"안 사요, 라고 해야지. 그런 헛소리를 늘어놓는 사람은 십중팔구, 말도 안 되는 엉터리 상품을 팔려고 하는 사기꾼들이거든. 뭐야? 누군데? 누가 그런 개소리를 해?"

"아니야, 그냥."

예이형은 남자가 꿈 얘기를 다 한 다음 불쑥 팔 물건을, 이를테면 시계나 목걸이 같은 걸 가방에서 꺼내 보여주는 상상을 해보았다. 아니야, 그건 아니야. 그건 아닐 터였다. 하지만…… 남자의 말은 믿을 수가 없었다. 남자의 말을 믿기 위해선 자신도 미쳐야 할 것만 같았다.

다시 토요일 오후였고, 승경이는 자리에서 일어나 식판에 남은 음식물들을 버리기 위해 늘어선 기다란 줄의 꽁무니로 가 붙었다. 남자는 틀림없이 올 것 같았다. 자신이 전혀 꿈을 꾸지 않는 것처럼, 그렇게 틀림없이.

반팔 소매 사이로 슬금슬금 끈끈한 바람이 기어들어왔다. 차인형은 신성스파르타로 향하는 눈에 익은 완만한 오르막길을 오르며, 등대가 서 있던 해안가를 기억했다. 등대 꼭대기엔 꿈의 주인이, 하얀 햇살에 그을려 검은 실루엣으로만 보이던 꿈의 주인이 서 있었다. 키가 컸다. 모래사장엔 그와 이름을 물어보지 말았어야 했던 여자애, 그렇게 둘밖에 없었다. 차인형은 여자애에게 누구에게도 말한 적 없는 너만이 알고 있는 비밀 얘기를 해달라고 했다. 미장원 안에서 민소매 티를 입은 나이든 여자가 입을 크게 벌리고 하품을 하다 차인형과 눈이 마주치자 서둘러 허리를 구부리고 빗질을 시작했다. 그 얘기를 꿈 바깥에 있는 너한테 해준다면 저쪽에 있는 너도 틀림없이 나를 믿게 될 거라고 차인형은 해안가에 서 있던 여자애를 설득했다. 차인형은 자꾸 모래 속으로 자신의 구두를 파묻으면서 그 여자애가 자신을 믿는다고 해도 뭘 할 수 있겠니, 라는 자꾸 마음속에서 마른 연기처럼 피어나던 질문들을 밟고 있었다. 그의 목소리가 점점 더, 마음속에서 자라나는 회의적인 생각의 용적에 비례해 점점 더 커져 갔다. 길은 오를수록 좁아졌고 사람들은 더 많아졌고 길가의 건물들은 더 허름해졌다. 어쩌면 황량한 바다 때문인지 아니면 이젠 죽어버린 여자애의 수학 선생님이자 자신의 부인이었던 이주 때문인지 여자애는 신신히 입을 열었다. 꿈속 해안가에서 여자애의 목소리는 마치 아무도 없는 좁은 실내에서 말하는 것처럼 나지막했지만 멀리서도 잘 들렸다. 차인형은 뒤를 돌아다보았다. 대로에 이르는 야트막한 내리막길이 어느새 그의 뒤로 펼쳐져 있었다. 사람들은 성욕과 공격

253

성이 휴무 중인 평온한 혹은 약간 피곤한 얼굴을 목 위에 떠받친 채 햇살에 하얗게 물든 시멘트 바닥 위를 걷고 있었다. 그건 누구나 한두 개 정도는 가지고 있을 법한 흔한 얘기였다. 여자애는 중학교 때 가출을 했다고 했다. 차인형은 왜였냐고 묻지 않았다. 가출을 했는데 기차를 타고 대전까지 내려갔다가 집 안을 혼자 지키고 있을 개에게 밥을 주어야 할 것 같아서 다시 올라왔다고 했다. 올라왔더니 집엔 아무도 없었고, 엄마도 아빠도 심지어는 선생님이나 친구들도 그녀가 가출을 했다는 사실을 몰랐다고 했다. 아무도 몰라준 가출. 원래 가출이라는 건 사람들한테 저의 부재를 알리고 그것 때문에 고통을 받게 하기 위한 것 아니겠어요? 그런 의미에서는 완전한 실패였죠. 그건 있을 법한 얘기였지만 잘 모르는 사람에게 들려줄 만한 이야기는 아니었다. 차인형은 왔던 길을 다시 거슬러 내려가기 시작했다. 그리고…… 예이형이 우물대자 차인형은 그만 두라고 하고 싶어졌다. 차인형은 비로소 미안해졌다. 거리에는 튀김을 만들 때 쓰는 붉은 기가 도는 싸구려 기름 냄새가 났다. 여자애는 지금까지 아무에게도 하지 않은 얘기라고 했다. 일정한 속도의 흰 물결 띠들이 그들이 서 있는 해안으로 다가와 모래 속으로 고개를 파묻었다. 어머니를 본 적이 있어요. 고1 때인가 친구들하고 한강진역으로 놀러 갔는데, 우연히 엄마를 봤어요. 어떤 남자가 운전하는 차를 타고 있었어요. 아빠가 아니었어요. 차인형은 쭈그리고 앉아 젖은 모래를 한 움큼 손에 쥐었다. 손가락 사이로 빠져나가지 않던, 자신의 사이비 사막에 뿌려진 모래와는 사뭇 다르던 한 줌 젖은 모래. 처음 보는 호텔로 들어갔어요. 엄마였어요. 그날 아침에 쓰고 나가셨던 가짜 국화꽃이 달린 챙이 큰 모자를 쓰고 계셨어요. 차는 검은 중형차였는데…… 차인형은 말릴 수가 없었다. 아까 지나쳤던 미장원을 다시 들여다보았는데, 민소매티의 중년 여자는 보이지 않고 얼굴이 길쭉한 젊은 남자가 여자아이의 머리를 만지고 있었다. 차인형은 미안했다. 눈이 부시지 않는데도 얼굴을 찌푸리며 예이형에게 다가가 손을 잡아주려고 했는데, 문득 그래선 안 된다는 생각이 들었다. 이 새도 날아갈지 모른다. 어느새 예이형은 손에 푸른색 운동화를 한 짝 들고 있었다.

"이제 정말 53일밖에 남지 않았단 말이에요."

한다는 말이 고작 그랬다. 머릿속 흑판에 써두었던 단, 호, 하, 게, 라는 네 글자는 남자를 보자마자 씻긴 듯 지워져 버렸다. 다시 그 구질구질한 커피숍이었다. 다시 그 더러운 유리잔에 담긴 시큼한 오렌지주스였다. 다시 그 자잘한 격자무늬가 가득한 식탁보와 그 위에 놓인 가장자리가 얽은 둥근 유리판이었다. 다시 그 척 보기에도 퉁명스러워 보이는 하얀색 반팔 블라우스를 입은 가는 팔뚝을 가진 일하는 여자애였다. 그리고…… 그리고 다시 그 남자였다.

남자는 망설이는 것 같았다. 티스푼을 커피잔 속에 넣고 너무 세게 휘젓는 바람에 커피가 탁자 위에 깔린 유리판으로 튀었다. 남자는 티스푼으로 커피잔 속에 족히 100개가 넘는 동그라미를 그렸다. 아무리 그려도 보이지 않던 지워지고 또 지워지던 동그라미.

남자의 얘기는 꿈에 관한 것도, 자신이 소개할 상품에 관한 것도 아니었다. 예이형은 목이 바짝 말랐다. 비어 있는 주스잔이 눈에 띄었다. 저것들은 다 어디로 사라진 걸까? 무서운 얘기였다. 바짝 마른 행주를 식도 속에 억지로 쑤셔 넣은 것처럼 목이 말랐다. 때도 되지 않았는데 오줌이 마려웠다. 믿을 수 없는 이야기였다. 이 남자가 설대 알 리 없는, 알아서는 안 되는 이야기들이었다. 누구한테도 말한 적 없는 이야기였다. 누구한테도 보여준 적 없는 이야기.

"놀랐니? 미안해…… 하지만 내 말을 믿게 하기 위해선 이 방법밖에 없는 것 같았거든."

꿈속에 있는 내 분신이, 내가 모르는 내 분신이 이 남자에게 내 비밀을 모두 털어놓았다구? 아니, 아니야, 다 미친 소리야. 이 남자는 미쳤어. 미치지 않고서는 이런 얘기를 할 수 없어. 하지만, 하지만…… 그건 예이형이 한번도 남에게 얘기한 적 없는, 날카로운 사금파리 조각 같은 이야기들이었다. 일기를 쓴 적도, 술을 먹고 친구에게 주정을 하면서 할 소리 안 할 소리 늘어놓은 적도, 최면 치료를 받은 적도 없었다. 목이 까끔까끔해서 침이 넘어가지 않았다. 받아들이기 쉽지 않았지만…… 받아들여야 할 것 같았다. 그렇다고 해도 이런 식으로…….

"주스 한 잔 더 할래?"

예이형은 세차게 고개를 흔들었다. 화가 났다. 고개가 멈추어지지 않았다. 누가 따귀라도 한 대 올려붙이지 않는다면 영원히 멈추지 않을 것 같았다. 하지만, 화는 떨쳐내어지지 않고 자꾸 덩치가 커져 갔다. 누구에 대해서? 예이형은 자신이 화를 내야 할 대상이 지금 커피 스푼을 만지작거리고 있는 남자인지, 머릿속에 들어 있다는 한 번도 만난 적 없는 나와 꼭 닮았다는 벌레인지 알 수 없었다.

"그만둬요."

하지만 아무것도 그만두어지지 않았다. 아니, 진즉부터 그만두어져야 할 것은 아무것도 없는 것 같았다. 예이형은 고개 흔들기를 그만두었다.

오랜 침묵 후에 남자는 입을 열었다. 남자의 목소리를 듣자 예이형은 조금 진정이 되었다. 남자의 목소리는 아주 먼 곳으로부터 느릿느릿 날아오는 것 같았다. 남자의 입술이 핏기 없이 창백했다. 남자는 이제, 이형이 그와 함께 어디론가 가서 누군가를 찾아야 한다고 말하고 있었다.

"차라리, 내 머릿속에 들어 있다는 그 벌레하고 같이 가시죠."

남자는 한숨을 내쉬더니 그럴 수 없다고, 꿈속에 있는 여자애는 꿈에서 한 발자국도 벗어나지 못한다고 했다.

"일어나지 않을래?"

"아니요, 먼저 가세요. 조금 더 앉아 있고 싶어요."

남자가 나갔다. 잘 된 거야, 잘 된 거지? 예이형은 모든 것을 긍정적으로 보려 했다. 안녕? 내 꿈속에 사는 이형. 니가 어떤 애인지 잘 모르겠지만, 일단 반가워. 난 별로 친구가 없거든. 그런데, 앞으론 누구한테도 내 비밀 얘기 같은 건 하지 않아 줬으면 좋겠어. 그건 비겁해. 저 남자한테도 마찬가지야. 그런데 저 남자는 어떤 남자니? 처음엔 미친 줄 알았어. 그런데…….

예이형은 남자가 탁자 위에 놓고 간 명함을 쥐었다. 그래, 남자는 책을 팔려고 찾아온 것이 아니었어. 그런데 정말 저 남자도 나도 미치지 않은 걸까?

"여긴 자주 와?"

"아니요."

거짓말이었다. 왜? 왜, 거짓말을 한 거지? 예이형은 자신의 머릿속에 떠오른 질문에 대답할 말을 찾을 수가 없었다. 벌써 한 달 사이 세 번째였다. 처음엔 승경이와, 다음엔 승경이와 두 명의 남자애들과, 그리고 이번엔 아직 이름도 모르는 이 남자와. 둥그런 유리 천장에 갇힌 거대한 실내는 온실처럼 눅눅했다. 하지만 온실과 달리 거긴, 이파리로 광합성을 하며 산소를 내뿜는 식물 대신 마른 허파로 산소를 게걸스럽게 빨아먹는 인간들이 득시글댔다. 거기, 꿈과 희망과 모험이 가득한 나라 롯데월드에선. 인간들은 식물들처럼 한 곳에 조용히 머물러 있을 줄 몰랐다. 머물러 있길 싫어하는 종족. 개미들처럼, 떼를 지어 움직이는 종족, 단지 머물러 있기 싫어서 움직이는 것처럼 보이는, 특수 유리를 통과한 위생적인 햇빛 아래 쉼없이 꼬물대는 종족. 예이형과 남자 역시 그 종족들 중 일부였다. 그들 역시 움직여야만 했다. 예이형은 사람들의 늪 속에서 차인형을 잃어버리지 않기 위해 사람들의 살기 가득한 어깨나 팔꿈치와 연신 부딪쳐야 했다. 남자는 꿈속의 분신이 어떤 남자를, 파괴자라는 이름이 붙은 매우 위험한 남자를 롯데월드에서 보았다고 했다. 머리가 하늘로 치솟고 뚱뚱한 남자를. 파헤쳐진 개미집 속 개미들보다 더 많은 인간들 속에서 도대체 뭘 찾겠다는 거지, 이 남자는? 예이형과 남자는 정글처럼 꾸며진 플라스틱 초록 넝쿨들로 뒤덮인 식당 앞에서 멈추어 섰다. 예이형은 그 질문을 남자에게 던지지 않기로 했다. 최대한 지연시키고 싶었다. 주의를 딴 곳으로 돌리고 싶었다. 가령, 그런 질문들로.

"아저씨는 제 이름을 아시죠?"

남자는 예이형의 이름을 또박또박 발음했다.

"아저씨 이름은 뭔데요?"

"차인형."

"흔해빠진 이름이네요."

흔해빠진 이름이었지만, 뱃멀미는 여전했다. 어젯밤 내내, 예이형은 몇 번이나 잠자리에서 일어나 냉장고에서 물을 꺼내 마셨다. 갈증인지 뱃멀미인지 구분할 수 없던 속쓰림이었다. 아무리 만나고 싶어도 꿈속의 분신은 잠 속에 나타나지 않았다. 눈을 감으면 그대로 암흑이었다.

"뭐 타고 싶은 거 있니?"

"아니요."

아저씨, 우린 여기에 뭘 타러 온 게 아니잖아요? 남자도, 차인형이란 이름의 그다지 젊지도 그다지 늙지도 않은 이 남자도 알 터였다. 우리가 왜 여기에 와 있는가? 지연되고 있는 질문. 남자는 예이형에게 쑥스러운 듯, 아니면 뭔가 미안한 듯했다. 나에게? 아니면 꿈속의 분신에게? 안녕,

내 꿈속의 이형. 너도 이 남자가 보이니? 이 남자, 왜 이렇게 자연스럽지 못한 거니?

"아저씨는 꿈속의 나한테 저에 대한 이야기를 다 들으셨다고 했죠? 이건 너무 불공평해요, 전 아저씨에 대해 아는 게 없으니깐요."

"그, 그렇지 않아. 나도 너에 대해서 아는 게 별로 없어. 이름하고……."

"엄마의 외도하고 저의 실패한 가출을 빼곤 거의 아는 게 없으시다?"

"그건 내가 물어본 거니까. 너를 설득하기 위해 비밀 얘기를 몇 가지 알려달라고 했었거든."

"걘 입이 싼가 보죠?"

"그렇지 않아."

그렇지 않아, 그렇지 않아. 바보같이, 앵무새같이 똑같은 얘기만 하고 있군.

"예뻐요?"

"응?"

"꿈속의 걘 예쁘냐구요. 전 예쁘지 않으니까."

"그렇지 않아, 똑같애…… 똑같이 예뻐."

그렇지 않아, 그렇지 않아. 예이형은 무의식적으로 남자의 말을 따라 했다. 남자의 말은 신빙성이 없었다. 똑같은 말을 반복하는 남자는 무언가를 숨기고 있는 거다, 라는 단정적인 말을 영화에서인지 잡지에서인지 본 기억이 났다.

"한번 생각해 보자, 우리. 넌 지난번 여기에 왔을 때, 누굴 본 거야."

"머리가 하늘로 치솟고, 뚱뚱한 남자 말이죠?"

지연된 질문이, 지연된 형광등처럼 켜졌다. 남자는 이 말을 하기 위해서 여기 온 거다. 나는? 나는 무엇 때문에 여기에 온 거지?

"그래, 생각해 봐. 그냥 지나치다가 본 사람이라면, 그렇게 잘 기억해 내지 못했을 거야. 뭔가 특별한…… 특별한 사람이었던 게 틀림없어. 기억나는 거 없니?"

"아니요."

꿈속의 분신이 가지고 있는, 자신이 본 것에 대한 기억. 희미한 기억. 그걸 왜 나한테 물어보는 거지? 걔한테 물어볼 일이지.

"걔한테 더 자세히 물어보지 그랬어요."

"그래야겠지. 그랬어야겠지."

남자는 지친 듯 보였다. 차인형이라는 남자는 처음부터 기대할 수 없는 기대를 들고 왔다. 그 허망한 기대를, 그 허망한 기대의 실패를 확인하자마자 남자는 안면에 잔뜩 무게가 실린 킥을 정통으로 맞은 격투기 선수처럼 흐느적거리고 있었다. 이 남자에겐 자신의 일만이 중요한 거다. 그걸 찾기 위해 여기에 온 거다.

"그럼, 우리 집으로 돌아갈까요?"

"아니…… 좀 더 돌아다녀보면 안 될까? 너도 어렵게 나와줬는데. 배고프지 않니? 뭐라도 먹지 않을래?"

"아니요."

예이형은 남자에게 잔인하게 구는 것이 재미있었다. 하지만 그건 가만히 내버려두어도 될 상처의 딱지를 억지로 뜯어내는 것 같은 재미였다. 대신, 이 축축한 공기를 마시지요, 그걸로도 전 충분히 배가 불러요. 아저씬 머리가 치솟은 뚱뚱한 남자나 찾아보시죠. 물론, 간혹 그런 남자들이 있었다. 여자를 데리고 있는, 줄을 서 있는, 놀이기구에서 내리는, 음식물을 물고 있는, 머리가 치솟고 뚱뚱한, 하지만 전혀 특별해 보이지 않는 남자들. 수많은 남자들.

"그런데 넌…… 지금 고3이니?"

"아니요, 재수생인데요."

남자는 더 이상 묻지 않았다. 그게 다예요? 나한테서 알고 싶은 게, 그게 다예요? 하긴, 이 남자에겐 자신의 일만이 중요하겠지.

"기억이 잘 날지 모르겠지만, 지난번에 왔을 때 갔던 곳으로 가보는 게 어떨까?"

예이형은 씩씩하게 남자와 여자들을 헤치고 앞서 걸었다, 복수라도 하는 마음에서, 더 잔인하게 굴기 위해서, 지난번에 왔을 때 전혀 가보지 않았던 곳으로, 꿈속의 입 싼 기집애가 기억하고 있다는 뚱뚱하고 머리가 치솟은 특별한 남자가 없을 만한 곳으로. 예이형은 높다란 파인애플나무들이 일렬로 늘어서 있는, 신밧드의 모험이라는 놀이기구 쪽으로 걸어갔다.

"뭐야, 뭐가 좀 떠오르는 게 있어?"

예이형은 돌아섰다.

"예, 많은 게 떠오르네요. 전 고3이 아니구, 재수생이고, 작년엔 외대 스페인어학과에 가고 싶었는데 떨어졌죠. 엄마가 스페인을 좋아한대요. 엄마는 작년에도 두 번이나 스페인에 갔는데, 너무 멋지대요. 아빠는 같이 가지 않으셨어요. 스페인은 멋진 나라래요. 남자들도 멋지고. 한국 남자들처럼 구질구질하지 않대요. 그래서, 엄마가 원하는 대로 스페인어학과를 쳤는데 떨어졌어요. 올해도 스페인어학과에 원서를 넣을 거예요. 하지만 스페인어학과에 가게 된다 해도 뭘 할지는 모르겠어요. 엄마는 내가 붙으면 스페인에 데려가 준다 했어요. 그게 다예요. 그리고 저한텐, 승경이라는 날라리 친구가 있고, 집에서 기르던 미셸이라는 이름의 개가 있었는데 작년에 죽었어요. 그리고 수능은 이제 52일 남았어요. 52일밖에 안 남았는데, 이상한 아저씨를 따라 여기에 와서, 뭘 하는

지도 모르면서 아저씨가 시키는 대로 이리저리 돌아다니구 있어요. 정상은 아닌 것 같아요. 그전엔 정상이었던 것 같은데, 지금은 정상이 아닌 것 같아요. 아, 그래요, 아저씨 말에 의하면 머릿속에 이상한 생물을 키우고 있대요. 엄마한테 말해서 MRI나 찍어보려구요. MRI로 확인이 되면, 더 이상 아저씨를 보지 않아도 좋도록 수술을 받으려구요. 다음에 아저씨가 다시 절 찾아오시면, 수술 전과 수술 후의 사진을 보여주려구요. 내 뇌가 얼마나 깨끗한지, 보여주려구요. 이제 아저씨가 절 찾아와도 얻을 게 없다는 것을 똑똑히 보여주려구요."

미처 돌아설 겨를도 없이 눈물이 나왔다. 내 생애 아마도 가장 긴 대사였을 거야. 다시는 이런 역을 할 기회가 없겠지. 남자가 다가왔다. 차인형이라는, 너무 늙지도 너무 젊지도 않은 남자가 다가와, 손을 내밀었다, 이형의 코 10센티미터 정도의 거리에서 딱 멈춘 어색한 손. 어색하게 펴진 오른손. 무엇을 하고 싶은 건지 자신도 모르고 있는 것이 분명했던 오른손. 그 오른손이 꿈틀대더니 예이형의 볼을 문질렀다. 눈물은 없어지지 않았다.

"미안해."

그렇게 들렸다. 소리 내어 울지 않으려고 예이형은 즐거운 기억을 떠올리려 했다. 남자의 두 손이 양볼을 만지는 동안, 예이형은 엄마와 함께 스페인에 가는 생각을 했다. 엄마, 나완 너무 다른, 근사한 엄마. 엄마.

23

휘발되려고 존재하는 과거를 붙들기 위해, 그 파괴 이전의 사람들은 발명을 했다; 종이와 연필, 사진기와 캠코더.

하지만 그것들을 이용할 수 없었던 곳. 그것들을 소지한 채 입장할 수 없었던 곳. 설사 그것들은 몰래 가지고 들어간다 해도 그것들이 제대로 작동하지 않았던 곳, 그리고 그럴싸하게 작동한다 해도 그 결과물을 가지고 나올 수는 없던 곳.

꿈.

모든, 기억을 단단하게 만들기 위한 보조기구들이 무용지물이 되고 말았던 차인형이 예이형을 만났던 몇 개의 꿈들. 영원히 그들의 소유가 아니었던 꿈들.

따, 폴리우레딘 바닥 가싸 사막에서 전장이 낮은 흑백의 방으로, 차인형은 이동했다. 드넓고 납작하고 칸막이가 없는 탁 트인 사무실이었다. 우연히, 정확히 방 한가운데라고 부를 만한 곳에 차인형은 서 있었다. 시원하게 확장된 시야 저 멀리 네 개의 벽엔 커다란 유리창이 있었고, 그 너머로 다시 똑같은 풍경이——수백 개는 족히 되어보이는, 몇 장의 종이와 가느다란 쇠막대기들 외에는 아무것도 없는 큼직한 책상들이 좌우로 정확히 줄을 맞추어 배열되어 있는——계속되고 있었다. 비어 있는 의자는 당장 눈에 띄지 않았다. 곧, 차인형은 예이형을 찾아냈다. 예이형은 거대한 책상 앞 낮은 의자에 앉아 있었다. 납작한 방은 지나치게 조용했다. 모두들 자리에 앉아 있었다. 차인형이 수십 개의 책상과 의자를 지나치는 동안 단 한 번도, 그 누구도, 차인형을 불러 세우지 않았다. 책상은 그 폭이 매우 넓어, 세 명 정도가 의자를 나란히 놓고 작업을 하기에도 충분해 보였다. 의자에 앉아 있는 노예들은 모두 여자였다. 수백 명의 젊은 여자 노예들. 한결같이 구겨진 회색 유니폼에 조그마한 챙이 달린 모자를 쓴 표정이 없는 여자들. 차인형이 예이형의 어깨를 건드리자 예이형은 얼굴을 찡그리며 차인형을 돌아보았다. 용건이 있으면 되도록 빨리 마치고 본업으로 복귀하라고 명령하는 듯한 표정이었다. "완전히 실패였어." "처음부터 그럴 거라고 생각했어요." 차인형은 예이형의 나무 의자 옆에 무릎을 꿇었다. "뭘 하는 거야?" "저도 몰라요. 그냥 쟤들이 하는 걸 따라하고 있는 것뿐이에요." 예이형의 책상 오른쪽에도 왼쪽에도 그리고 앞에도 뒤에도, 책상과 젊은 여자 노예와 젊은 여자 노예의 엉덩이를 받치고 있는 단순한 디자인의 의자가 있었다. 노예가 앉아 있는 널찍한 책상 위엔 서로 다른 명도를 가진 흑백의 종이들이 쌓여 있었고, 노예들은 그 종이에 속이 빈 은색 원통형 쇠막대기로 동그란 구멍을 뚫고 있었다. 책상 중앙에 있는 고무판 위에 종이를 올려놓고 쇠막대기를 한번 내리치면 간단히 구멍이 뚫렸다. 잘려져 나간 원형의 종잇조각들은 죄다 쇠막대기 속으로 들어간 건지 책상 위에는 보이지 않았고, 구멍이 난 종이들은 책상 위에 세워진 길이가 채 30센티미터가 넘지 않아 보이는 대여섯 개의 사각형 쇠막대에 꿰어진 채 쌓여 있었다. 차인형과 예이형은 한동안 말없이 그들의 오른편에 앉아 있던 젊은 여자 노예의 작업을 목격했다. 여자애의 볼에 자잘하게 박힌 주근깨와 막대에 꿰어진 종이들도 차인형은 주의 깊게 관찰했다. 구멍이 뚫린 위치가 종이들마다 다 제각각이어서, 막대에 꽂혀 있는 종잇장들은 가지런히 쌓여 있지 못하고 뒤죽박죽 혼란스러웠다. "잘 오셨어요, 할 말이 있었거든요." 예이형은 막 고무판 위에 놓인 종이 위로 원통형 쇠막대를 내리찍으려 하고 있었다. "저…… 밖에 있는 이형이를 또 만날 건가요?" "왜?" 눈 깜박할 찰나, 회색 종이 위로 50원짜리 동전만 한 크기의 구멍이 새겨졌다. "이젠 또 만날 필요가 없잖아요?" 차인형은 아무것도 생각나지 않았으므로, 그저 생각하는 척했다. 예이형은 익숙한 손놀림으로 구멍 뚫린 종이를 좌측 쇠막대에 끼웠다. "왜?" "걔가 아저씰 좋아하나 봐요." 차인형은 책상 모서리에 이마를 대고 다시 생각하는 척했다. 무엇을? 무엇에 대해서? "그래서?" "그래서라뇨? 아저씨, 걘……." 그때 어디선가 우웅 하는 사이렌 소리가 들렸다. 그러자 노예들은 일시에 작업을 멈추고 그 자세 그대로 상반신을 접어 책상 위로 납작하게 엎드렸다. 흡사 수업 시간에 모든 걸 포기하게 엎드려 자는 학생처럼. 예이형은 볼을 책상에 찰싹 붙인 채 옆으로 누워 차인형을 바라보았다. "아저씨는 위험해요…… 아니, 아저씨가 위험하다는 뜻은 아니구요. 아저씨가 파괴자를 찾으려고 하는 그 일이 위험하다는 말이에요. 걔가 그냥 아저씨를 도와주기만 하는 게 아니라, 아저씨를 좋아해서 아저씨 일에 자기도 모르게 너무 깊숙이 말려들면……." 그때 다시 아까보다 한결 높고 짤막한 사이렌이 울렸다. 그러자, 노예들이 일사불란하게 자리에서 일어나 책상의 열과 열 사이, 좁다란 통로에 줄을 지어 섰다. 휴식 시간치곤 너무 짧은 듯했지만, 누구도 불평하지 않았다. 황급히, 예이형과 차인형도 그 줄에 끼어들었다. 누구도 새치기를 하지 말라고 항의하지 않았다. "걔가 위험해지면, 저도 위험해지는 거예요. 전 어차피 걔한테 붙어서 덤으로 살아가는 존재니까. 걔가 아저씨를 좋아하지 않도록 해주셔야 해요." 노예들이 만든 기다란 줄이 움직이기 시작했다. 그들은 한꺼번에 옆방으로 옮겨가고 있었다. 동시에 다른 방에 있던 노예들도 줄을 지어 또 다른 방으로 옮겨가기 시작했다. 모든 것이 한꺼번에, 미리 약속되었던 것처럼, 일어났다. "이게 다 뭐지?" "제가 어떻게 알겠어요." 이동한 방의 풍경 역시 앞서 그들이 있었던 방과 다를 게 없었다. 불필요하게 넓은 책상과, 낮은 의자와, 모서리가 날카로운 정사각형 종이들과, 쇠막대기들. "제가 분명히 경고했어요. 그런 일이 없도록 해주세요." "어떻게 하면 저쪽에 있는 니가 나를 싫어하게 할 수 있겠니?" 젊은 여자 노예들은 다시 자리에 앉아 종이 뚫기-쌓기를 시작했다, 그리 빠르지도 그리 느리지도 않게. 예이형도 다시 그 은빛 막대기를 쥐었다. "그건 말이죠……." 그때 다시 사이렌이 울리기 시작했다. 먼저 것들보다 훨씬 더 크고 빠르고 신경질적인 소리였다. 언뜻, 전화벨 소리나 자명종 소리 같은. "곧 끝나겠네요." "뭐라구?" 사이렌 소리가 너무 시끄러워 차인형은 저도 모르게 고함을 쳤다. "이 꿈도 곧 끝나겠다구요. 주인이 일어날 시간이 된 것 같아요……."

스크린의 거죽 위, 진한 청색 무늬 없는 스카프를 머리에 두른 여자가 돌로 만든 다리의 아치 아래 서 있었다. 난간에 기댄 채 흐르는 강물을 바라보고 있었다. 등나무 의자라니. 확실히 극장에 어울리는 의자는 아니었다. 어느새, 여자는 미끈한 검정색 고무로 만든 잠수복 차림이었다. 스크린 위에서 깜박대던 그 여자는 망설이는 것처럼, 혹은 속으로 숫자를 세는 것처럼 보였다. 아무것도 확실하지 않았다. 차인형은 스크린으로부터 두 번째 열에 앉아 있었다. 등나무로 얽은, 구멍이 숭숭 뚫린 의자엔 처음부터 좌석번호가 없는 듯했다. 차인형은 뒤를 돌아보았다. 꿈의 주인인 처음 보는 남자와 여자 노예 한 명이 바로 뒷자리에 앉아 있었다. 그들은 스크린이 보이지 않는다고 불평하지 않았다. 허리를 쥐 며느리처럼 구부린 채 차인형은 거의 비어 있다시피 한 등나무 의자들을 빠져나와 벽 쪽에 나 있는 통로로 나왔다. 어느새, 여자는 환하게 빛나는 형광등 모양의 막대기를 양 손에 든 채 종잇장처럼 얇은 물고기들 사이를 헤엄치고 있었다. 어느새, 여자는 분홍색 수영복을 입고 있었다. 차인형은 잠시 자신이 스크린에서 눈을 뗀 사이 그 모든 변화가 일어난 건지, 아니면 처음부터 영화 자체가 그런 수많은 난데없는 비약들로 이루어진 것인지 알 수 없었다. 아무것도 확실하지 않았다. 예이형은 극장의 입구 쪽, 그러니까 맨 마지막 열 좌측에 앉아 있었다. "재미있니?" "아니요." 차인형이 예이형의 오른쪽 빈 의자에 앉자마자 의자가 부서져 버렸다. 때마침 주인공 여배우가 큰 소리로 웃었다. 클로즈업된 여배우의 얼굴은 정면을, 이를테면 의자가 부서지는 바람에 바닥에 주저앉고 만 차인형을 바라보는 것 같았지만 아무것도 확실하지 않았다. 여배우가 차인형이 넘어지는 것을 보고 웃은 것일 수도 있었고, 그렇지 않은 것일 수도 있었다. 어쨌건 여배우의 커다란 웃음소리에 차인형이 만든 작은 소동은 묻혀버렸다. 꿈의 주인은 돌아보지 않았다. 예이형은 웃지 않았다. "지난번 꿈에서 제가 한 말을 생각해 봤어요?" 의자가 부서지는 봉변을 당한 남자에게 할 말은 아니다, 라고 차인형은 생각했다. "극장에서 이렇게 떠드는 건 실례라구." 차인형은 엉덩이를 툭툭 털고 극장 밖으로 나가려고 했는데, 문이 열리지 않았다. "잠겼나 봐." 곧 예이형이 이층에서부터 아래로 드리워진 노란색 플라스틱 사다리 하나를 발견했다. 이번에는 아무것도 부서지지 않았다. 극장 이층엔 의자들이 없었다. 거기, 사다리를 타고 올라가야만 하는 극장의 이층 굴곡 없는 바닥엔 누런 잔디가 깔려 있고 잔디밭의 정중앙엔 이불만한 크기의 하얀색 백지 한 장이 놓여 있을 뿐이었다. 차인형은 잔디밭에 털썩 주저앉았다. 어느새 여배우는 다시 몸매의 굴곡이 드러나는 검은색 고무 잠수복 차림으로 비행기를 타고 있었다. 젖은 금발머리를 드라이기로 말리고 있었다. 예이형도 차인형에게서 조금 떨어져 잔디밭에 앉았다. "제가 한 말을 생각해 봤냐구요." "뭐?" "꿈 바깥에 있는 걔를 만나지 말라고 했잖아요." 웨이터처럼 보이는 남자 배우 하나가 희한하게 생긴 동물 한 마리를 가방을 들 듯 옆구리에 낀 채 나타났다. "저 동물이 뭐지?" "글쎄요…… 아, 알았다, 아르마딜로 아닌가요?" 아르마딜로, 어감이 좋은 동물이군, 하고 차인형은 생각했다. "그런데, 파괴자를 다시 보진 못했니? 여기에서든 저쪽에서든." "아니요. 지난번이 끝이었어요…… 잠깐만, 제 질문에 아직 대답을 안 했잖아요, 어떻게 할 거예요?" 어느새, 남자 배우와 여자 배우가 극장 이층과 비슷한, 하지만 그보다 훨씬 넓은 잔디밭에 비스듬히 누워 키스를 하기 시작했다. 둘 다 그 검정색 고무 잠수복을 입고 있었다. 극장 안에 자리 잡은 잔디밭에서 보는 영화만큼이나 어색한 광경이라고 차인형은 생각했다. 차인형은 갑자기 생각이 난 듯 자리에서 일어나 2층 난간 쪽으로 다가갔다. 생각대로였다. 꿈의 주인과 옆에 앉아 있던 여자 역시 한창 키스를 하고 있었다. 예이형도 어느새 난간으로 다가와 아래를 내려다보고 있었다. 스크린 속 누런 잔디밭으로 가벼운 눈송이가 날리기 시작했다. "좋은 생각이 났어." 차인형은 잔디밭에 깔려 있던 백지를 잘게 찢기 시작했다. "뭐 하시는 거예요?" "두고 봐." "아…… 알았다, 눈을 만들려는 거예요?" 예이형은 웃고 있었다. 차인형은 잘게 찢은 종이를 양 손에 가득 들고 난간으로 와서 1층으로, 꿈의 주인과 그 옆에 앉아 있던 여자 노예가 키스를 하고 있는 1층으로 뿌렸다. 예이형은 웃고 있었다. 눈발이 날리는 스크린 속 여배우와 남자 배우도 웃고 있었다, 정면을, 혹은 보이지 않는 카메라를, 혹은 눈을 만들어 뿌리는 차인형과 예이형을 보면서. 아무것도 확실하지 않았다…… 하지만, 하지만 그런 건 상관 없었다. 한데 엉긴 꿈의 주인과 여자의 머리 위로 찢어진 종이들이 내려앉았지만 그들이 내리는 눈의 존재를 눈치 챘는지는 확실하지 않았다. 아무래도, 아무래도 좋을 것 같았다. "이 종이, 정말 눈처럼 차가운 것 같지 않아요?" 예이형이 하늘을 향해 종잇조각을 뿌리며 말했다. "조심해. 떨어지면 사망이라구." 차인형도 웃고 있었다.

차인형은 핑크빛 네온이 번쩍대는 무지개 모양 플라스틱 관이 전면에 붙어 있는 주크박스를 보았다. 주크박스 근처, 예이형은 벌을 받는 학생처럼 벽에 등을 대고 꼿꼿이 서 있었다. 차인형은 자신도 모르게 주머니를 더듬었는데, 당연히 몇 톨의 먼지뿐. 노래는 흘러나오지 않았고 예이형은 술병을 들고 있지 않았다. "밖에 있는 니가 내게 니가 예쁘냐고 물었어, 기억나니?" "아니요…… 뭐라고 대답했는데요?" 거짓말이었다. 예이형은 기억했다. 자신이 물었던, 아니 자신이라고 할 수 없는 어떤 여자애가 물었던 질문과 차인형의 답, '그렇지 않아…… 똑같이 예뻐.' 물론 그건 자신이 아니라, 꿈 밖의 여자애에게 되돌려준 답이었다. 예이형은 다시 한 번, 아니 처음으로, 차인형의 답을 듣고 싶었다, 타인의 귀가 아니라 자신의 귀로. 그곳은 천장에 커다란 태양계 모형이 달려 있는 술집이었다. 막, 녹슨 쇠꼬챙이 끝에 붙어 있는 토성이 차인형과 예이형의 머리 위를 마치 신작로를 지나가는 경운기처럼 위아래로 흔들거리며 지나가고 있었다 "아무래도 해왕성이 좀 불안해 보이는데. 떨어질 것 같애. 머리를 조심해야 되겠는걸." "행성이 우리 머리 위로 추락하면, 아무리 조심한다 해도 별 수 없지 않겠어요?" 차인형은 잇몸을 드러내 보이며 웃었다. 꼬챙이에 꿰인 행성들에 비해 지나치게 작아 보이는 태양은

269

천장에서 내려온 검정색 봉에 매달린 채 노랗게 빛나고 있었다. 어느 오전 구름의 엷은 막에 가려 말갛게 보이던 태양처럼, 매우 선명한 가장자리. "뭐라고 말했는데요?" 예이형은 고집스럽게 물었다. 차인형은 술 생각이 났다. "저게 진짜 술일까?" 어림잡아 태양과 명왕성의 중간쯤 되는 지점에서 수직으로 바닥을 향해 내려 그은 가공의 직선이 바닥과 만나는 곳 즈음에 기다란 나무 구유가 있었고, 그 안엔 여러 가지 색깔의 맥주병들이 있었다. "모르죠. 이 Funky Pub이란 술집을 만든 사람 마음 아니겠어요?" 태양계 뒤쪽, 천장에 떠 있는 것처럼 보이는 보라색 네온사인, Funky Pub이라는 글자를 예이형은 바라보았다. Funky Pub. 차인형은 화성의 궤도가 Funky Pub에 부딪치지 않는다는 것을 확인한 후, 노예들 사이를 헤치고 처음 보는 녹색 맥주병 하나를 집어왔다. 차갑긴 했지만, 맥주는 아니었다. 숭늉 맛이 났다. "제 건요?" "넌 아직……." "아니요, 저 19살 넘었거든요. 술을 마셔도 되고 담배를 피워도 괜찮은 나이예요. 꿈속에선 제대로 된 술이나 담배를 구하기가 힘들지만." "듣고 보니 정말 그렇겠는데. 니 말이 맞았어. 이건 가짜야." 차인형은 숭늉 맛이 나는 맥주병 주둥아리를 소매로 깨끗이 닦은 후 예이형에게 넘겨주었다. 예이형은 나무 구유를 향해 걸어가는 차인형의 뒷모습을 보았다. 금세, 구유를 빙 둘러싼 노예들 사이로 사라져 버린 뒷모습. 가짜가 아닌, 진짜를 찾기 위해 걸어가는 남자의 뒷모습…… 예이형은 시험 삼아 차인형이 가짜라며 건네준 맥주를 한 모금 마셔 보았는데, 썼다. 코를 톡 쏘는, 콜라보다 몇 십 배는 목구멍을 따갑게 만드는 음료였다. 그건 진짜 맥주 맛이었다, 처음 경험해 보는 진짜 맥주의 맛. 저 남자, 왜 나한테 거짓말을 한 거지? 차인형은 붉은색 병을 하나 들고 돌아왔다. "이건 좀 덜 싱겁군. 그런데 너 밖에서도 술 마시니? 담배도 피고?" "그게 아저씨하고 무슨 상관이에요." "상관이라…… 상관이 없겠지, 아마도." 차인형은 과장되게 고개를 젖히고 맥주를 들이켰다. 차인형은 딱 어울리는 표현을 찾아냈다. 맥주에 식혜를 대략 2 : 1 정도로 혼합한 맛. 나쁘지 않았다. "그래서, 걔한테 뭐라고 말했어요?" 예이형은 고집스럽게 물었다. "둘 다 예쁘다고 했어. 니넨…… 확실히 서로 다른 사람인 것 같애. 많이 다르긴 해. 얼굴 말고 성격 말이야. 어쨌건 둘 다 예뻐." 차인형은 붉은색 맥주병을 예이형의 얼굴 앞으로 불쑥 내밀었다. 예이형은 차인형이 무엇을 요구하는 것인지 몰랐다. "뭐해, 건배나 하자고." 초록색 맥주병과 붉은색 맥주병이 부딪치며 맑은 소리가 났다. "아저씨, 저 노래 듣고 싶어요." "노래를 불러달라구?" "아니요. 이거요." 예이형의 구부러진 엄지가 아까부터 침묵하고 있던 주크박스를 가리켰다. "노예한테 동전을 빌려달라구 할까? 하하하. 그런 표정 짓지 마, 무서우니까, 농담이야, 농담. 좋아, 내가 이 술집을 싹 다 뒤져서 동전을 찾아오지. 걱정하지 말래니까. 노예는 털끝 하나 건드리지 않을 테니까. 아 그런데, 넌 내가 동전을 구해 오면, 나한테 뭘 해주겠어?" "파괴자 사진이라도 한 장 드릴까요?" "꼭 생각해 놔. 평범한 건 안 돼, 꿈에서만 가능한 걸로." 예이형은 코를 찡긋해 보였다. 갑자기 기억이 났다. 아주 오래전, 아빠가, 밖에 있는 아빠가, 밖에 있는 예이형에게 귀엽다며 자주 시키던, 아빠가 즐거워하는 모습이 재미있어, 밖에 있는 예이형이 자주 짓던, 가끔은 혼자서 거울을 보며 연습하던 표정. 예이형은 술병을 입에다 대고 들이부었다. 따갑고 또 뜨거운 느낌. 차인형은 토성과 천왕성 사이 어딘가에서 실종되고 말았다. 예이형은 자신 역시 저 남자를 좋아하고 있다는 사실을 깨달았다. 하지만 나 저 남자의 이름도 모르잖아. 이름 따윈 상관 없나, 라고 예이형은 믿고 싶어졌다. 해왕성도 필시, 바다의 왕이라는 자신의 이름을, 그 이름의 뜻을 모르고 있을 터였다. 모르는 채, 먼데서 날아오는 태양빛을 온몸으로 거부하고 있을 터였다. 이름 따윈…… 예이형은 다시 한 번 맥주를 들이켰다. 어느새 술병이 거의 비어 있었다. 예이형은 술을 가지러 갈까 하다 남자가 돌아올까 봐 그냥 자리를 지키기로 했다. "맞춰 봐, 내가 이걸 어디서 구했는지." 남자의 손에 들린 진한 구릿빛 동전은 처음 보는 것이었다. 남자의 얼굴색을 닮은. 남자는 즐거워 보였다. "모르겠는데요." "돌다 보니까 화장실 앞에 휴지 같은 걸 파는 자동판매기가 있더라구. 혹시나 해서 거스름돈이 나오는 곳에 손을 넣어 보았더니 이게 있더라구. 이 술집을 만든 남자는 아주 친절한 남자임에 틀림없어. 자, 동전을 가져왔으니 이제 나한테도 선물을 줘야지." "노래는 아직 나오지 않았는데요." 남자는 오른쪽 눈썹을 한번 추켜올리더니 동전에 입김을 불어넣는 시늉을 했다. "될 거야, 틀림없이 될 거야." 남자가 동전을 넣자 주크박스는 불이 꺼지더니 잠시 소변을 보고 나서처럼 몸을 떨었다. 그러더니 아주 나지막이 피아노 반주가 흘러나왔다. 예이형이 차인형에게 뭐라고 말을 하려 했는데, 남자는 조용히 하라는 시늉을 했다.

어느 날 모든 기억이 사라지면
어제가 오늘이 되고
내일이 오늘이 되고
달이 더 이상 모습을 바꾸지 않고
괘종시계 뻐꾸기가 침묵하고
그렇게 모든 영원한 것들 사이로
즐거이 헤엄칠 수 있을 텐데.

아주 뚱뚱한 늙은 여자의 목소리다, 라고 차인형은 확신했다. 단순하기 짝이 없는 피아노 반주에 실린 아름다운 목소리였다. 예이형은 피부가 뜨거워지고 소름이 돋았다. 느린, 너무 느려 마치 시간을 어느 짤막한 순간 속에 감금시킬 수 있을 것 같던, 혹은 정지된 시간의 자궁에서 막 빠져나온 것 같던, 노래. "너를 위한 노래 같은데." 차인형은 예이형을 쳐다봤다. 밋밋한 볼이 반짝대고 있었다. "우니?" "아니요." 그렇지만 예이형은 손바닥으로 볼을 훔쳤다. "고마워요, 그 동전. 세상에 이렇게 멋진 노래가 있으리라곤……." 예이형은 결심했다. "이건, 꿈속에서만 줄 수 있는 선물이에요." 예이형의 입술이 차인형의 입술에 부딪쳤다. 부딪친 후 쉽게 떨어져나가지 않았다. 그때 실내가 돌연 캄캄해졌다. 그리고 동시에 수성에서부터 명왕성까지 하나씩 행성에 불이 켜지기 시작했다. 차인형은 예이형의 눈 감은 얼굴 너머 그들의 머리 위에서 스스로 발광하며 돌아가는 행성들을, 아니 이젠 행성이라고 부를 수 없는 별들을 바라보았다. 예이형에게도 보여주고 싶었지만 예이형은 여전히 눈을 감고 있었다. 노예들의 탄성 소리가 나자 움찔하며 예이형은 차인형의 얼굴에서 떨어져 나갔다. "어땠어요?" 조심스러운 목소리. 예이형도 암흑으로 변한 실내에서 맴돌이를 하고 있던 아홉 개의 빛나는 별을 보았다. "술맛이 났어. 아주 좋은 부드럽고 쌉싸름한 맥주 맛." "술을 준 건 아저씨잖아요." "내가? 내가 준 건 술이 아니었는데…… 그건 숭늉이었는데." 꼬챙이가 보이지 않았으므로 별들은 마치 기적처럼 공중을 한가로이 유영하는 것 같았다. "제가 기적을 부려 숭늉이 맥주가 되었나 봐요." 예이형은 이름도 모르는 남자와 키스를 했다는 사실이 믿기지 않았다. "그런데 아저씨 이름은 뭐예요?" "차인형." 예이형은 조용했다. 차인형은 지난번 롯데월드에서 그쪽의 예이형도 자신에게 똑같은 질문을 했었다는 것을 기억했다. 한편 네이밍은 기억하지 못했다. 기억하지 못했지만 떠오르는 게 있었다. 머리카락이 쭈뼛 곤두섰다. "무서워요." "뭐가?" "맞아요, 차인형…… 바로 그 이름이었어요." "뭐가?" "파괴자요, 파괴자를 만났던 꿈에서…… 파괴자가 노예한테 이름을 물으면서 막 때리면서…… 말도 제대로 못하는 노예한테, 차인형이라고 해봐, 라고 소리쳤었어요…… 너무 무서웠어요." 그때 갑자기 실내가 다시 환해졌다. 그러자 공중을 헤엄치던 기적의 돌들이 쇠꼬챙이에 꿰인 초라한 플라스틱 모형 속으로 귀환했다. "틀림없어요. 파괴자는 아저씨의 이름을 알고 있었어요. 차인형. 어떻게 된 거죠?" 차인형은 아직 맥주 맛이 남아 있는 입술을 핥았다. "몰라…… 모르겠어…… 글쎄 어떻게 된 걸까?"

24

어느 날, 어느 오전, 이렇게밖에 이름붙일 수 없던 어떤 시간에 난 폐허가 되어버린 중심가를 가로질러 산책을 하고 있었다. 부서진 콘크리트에서 비죽 튀어나온 녹슨 철근을 잘못 밟는 바람에 넘어질 뻔했던 사실을 제외하면 대체로 만족스러운 산책길이었다. 하늘은 흐렸지만, 비는 내리지 않았다. 나는 비를 맞았으면 했지만, 유감스럽게도 그곳은 나의 꿈속이 아니었으므로 비는 내리지 않았다. 그냥, 당장이라도 비가 내릴 것 같은 하늘이었다. 그뿐이었다.

나는 이런 상상을 했다. 물방울로 이루어진 비가 아니라, 활자들로 만들어진 비가 하늘에서 떨어진다면 어떨까? 활자들에 젖은 머리카락, 부서진 유리창 위에 얇은 막을 형성한 활자들, 활자들이 만든 웅덩이, 그 활자들의 웅덩이에 비친 나와 그리고 나무들의 물-활자 그림자, 활자들의 강, 바람에 사선으로 흩날리는 활자들, 구부러지고 휘고 터지고 부서지며 녹아들어가는 활자들, 활자들이 단단한 흙바닥에 부딪치는 소리, 최초의 활자들이 부드러운 진창을 때려 파인 바닥에 새겨진 무질서한 활자들의 그림자, 활자들을 실은 매끄러운 구름들.

하지만 난 내 꿈속에서 활자의 비를 만들지도 또 활자들의 비가 내리는 꿈속의 공간으로 내가 알고 있는 사람들을 초대할 생각도 하지 않았다. 틈입자의 몰래 숨어 소곤대는 활자들에, 그리고 결정적으로 파괴자의 그 유창하고 공격적인 활자들에 의해 그 파괴 직전의 꿈들은 이미 실컷 오염의 경험을 했었다. 그것으로 족했다.

그날 오전, 난 당신들을, 그 파괴 이전의 인간들을 상상하며, 건물들의 잔해가 어지럽게 뒤엉켜 장관을 이루는 중심가를 지나 내가 머무르고 있는 곳에서 가장 가까운 커다란 강가를 꽤나 오랜 시간을 걸어 찾아갔다. 거기엔, 예전에 댐이라고 불렀던 물을 가두어 두었던 거대한 콘크리트 구조물의 흔적이 있었다. 강을 가로막은 담벽은 이젠 거의 다 부서져, 강둑에서부터 내 키를 한 열 번 정도 더한 길이만큼 걸어가다 보면, 그 좁은 담벽은 뚝 끊긴다. 담벽의 폭은 꽤나 넓지만, 수면으로부터 한참이나 솟아나와 있기 때문에, 난 그곳을 걸을 때마다 늘 두렵곤 했다. 어떤 날은 차마 걸어갈 엄두가 나지 않아, 강둑에서 서성이다 돌아온 적도 있다.

거기서, 난 당신들을 상상했다, 여전히 비를 흩뿌리지 않는, 그러나 활자가 아니라 틀림없이 물을 담고 있을 구름 아래서. 잠을 잘 때를 제외한다면, 당신의 귓속엔 하루 종일 그 활자들이 기어 다니고 있었다. 그때 그 활자들은 무엇을 했는가? 무엇을 위해 당신의 귓구멍을 간지럽히고 있었나?

당신들이 만들어 놓은, 그러나 이제는 다 파괴되어 버린 댐의 담벽 위에서, 난 그 멋대가리 없이 툭 튀어나온 담벽의 상류 쪽엔 유난히 물고기가 많다는 것을 발견했다. 멀어서 자세히 볼 수는 없었지만. 수십 수백 마리의 물고기들이 뒤엉켜 꼬물거리는 것을 나는 보았다. 그 파괴 이전 어떤 사람은 '인간은 언어의 그림자'라고 말했다고 한다.[주11] 나는 물고기들이 어지럽게 주름을 만들고 있는 수면 위로 흔들거리던 내 그림자를 보았다.

활자들은 사라졌지만, 내 주위엔 그 그림자들이, 그림자일 뿐이어야 할 존재들이 아직도 살고 있다. 주인은 없어졌지만, 그림자는 남은 것이다. 활자들과 함께 생활하며 그들의 그림자 노릇을 했던 당신들이 높이 더 높이 세워 올렸던 폐허 속에서 이제는 그림자답지 않게 살고 있는 것이다. 마치, 달에 착륙한 최초의 미국인이 우주선에 달린 카메라를 향해, 억이라는 단어를 사용해야 했던 엄청난 수의 인간들을 향해 손을 흔들었던 것처럼, 난 내 곁에 살고 있는 결코 그림자 따위가 아닌 그들의 팔을 들어 억지로 당신들에게——단지 활자의 그림자에 불과했던, 이제는 없어진, 나의 퇴화되지 않은 활자-능력 안에서 가상의 존재로 기생하고 있을 뿐인——당신들에게 손을 흔들어주게 하고 싶다. '여러분 우리는 잘 있어요.'라는 활자들 대신, 예전에 있었다는 동물원 우리 속 원숭이들이 내는 끼이익 하는 소리 정도밖에 당신들은 들을 수 없겠지만.

우리는 여기에 잘 있다. 그림자가 아닌 존재로 말이다.

25   2003년 9월 17일

아무것도 달라지지 않은 수요일 저녁 9시 30분이었다. 차인형은 할 일이 있었으므로, 아니 할 일이 없어서 출판사에 늦게까지 남아 있었다. 아니, 틀림없이 할 일이라는 것이 있기는 했지만, 그 설정된 기한이 모호하거나 아니면 그 기한이라는 것이 처음부터 달성 불가능하도록 잡혀 있었기 때문에, 처음부터 차인형은 설정된 기한을 무시하려 했다. 어쩌면, 차인형을 제외한 다른 사람들은 그 일들을 기한 안에 마치려고 노력하는지도 몰랐다. 하지만, 차인형은 그러고 싶지 않았다. 또 기한 안에 해야 할 일의 성격 자체가 마음에 들지 않았다. 전혀 모르는 사람들이 보내온 원고를 검토하고《문학의 새벽》안에 실을지 말지 결정하는 것, 차인형은 그것이 자신이 해야 할 일이라는 것을 한 번도 자신에게 성공적으로 설득시키지 못했다. 무엇을 싣고 무엇을 싣지 말아야 하는가? 차인형은 갈피를 잡을 수 없었다. 하얀 원고 더미를 만나기 위해 '《문학의 새벽》편집부 앞'이라고 적혀 있는 누런 종이봉투들을 찢고 싶은 마음이 들지 않았다.

그러다 차인형은 발견했다. 점심시간까진 보지 못했던 봉투였다. 봉투에는 자필 대신, '발신인: 인시현, 수신인: 차인형'이라는 열두 개의 반듯반듯한 활자가 인쇄된 조그만 하얀 종이가 붙어 있었다. 차인형은 당황스러웠다. 사무실엔 아무도 없었다. 차인형은 폭탄이 설치된 우편물을 뜯어보는 영화 속 주인공처럼 잔뜩 긴장하며 봉투를 뜯었다. 복잡한 전기회로가 달린 폭탄도, 하얀 가루의 화학무기도 없었다. 변명이라도 하는 것처럼 축 늘어진 대여섯 장의 인쇄된 하얀 종이, 그뿐이었다. 자기소개도, 연락을 해야 할 주소도, 부탁의 글도, 아무것도 없이, 밑도 끝도 없는 두 편의 시, 그뿐이었다. 차인형은 기억상실증과 실어증에 걸린 후 이젠 덤으로 실종까지 되어버린 남자의 시를 읽기 시작했다.

〈출처가 불확실한 불가역적 거울상 혹은 2019년의 자동기술법〉

좌절이 습관이 되고, 영어가 모국어가 되고, 흡연이 단련이 되고, 포기가 일탈이 되고, 정렬이 변태가 되고, 주말이 일상이 되고, 대화가 소음이 되고, 여행이 수고가 되고, 자살이 굴복이 되고 마는, 이 이상한, 이 감당하기 힘든 세상. 아무리 해도 접어지지 않는 색종이처럼, 마음의 손톱에 자꾸 끼는 녹색 염료들. 아무리 해도 접어지지 않은 색종이로 만든 종이 비행기처럼, 허공에 그어지는 완벽한 궤적.

의 불가역적인 거울상;

고장은 거주, 영어가 된다, 모직 국어, 섬미가 퇴는 빨기, 각화 된다, 탈선이, 줄맞춤 된다, 변성이, 된다 주말이, 중대한 재해 된다, 건강한 검거가, 여행 된다 수고가, 자살 된다 제출이, 이상하다, 유능한 이것, 격렬한 세계 된다. 이지 않는 색깔 종이같이 도표 접기 지원, 그것이 마음의 못 안

279

에 반복적으로 붙들리다. 비록 어떻게 해도 녹색 염료. 종이 비행기같이 도
표 접기 지원은 이지 않는 색깔 종이에 그것 만들었다 비록 어떻게 해도,
완전한 바퀴 대위 하늘 안에 당기기 위하여 온다.

그것이 첫 번째 시였다. 실어증에 간절히 걸리고 싶어했다는, 이젠
기억상실증에 실어증에 게다가 실종자라는 딱지까지 붙은 남자가 보낸
시. 비교적 뜻이 통하는 여섯 줄짜리 짧막한 글과 그것의 불가역적인 거
울상이라는 일곱 줄짜리 더듬거리는, 처음 한글을 배우는 외국인이 만
든 초현실주의 시 같은 짧막한 글, 그렇게 두 부분으로 이루어진 글 혹
은 시. 차인형은 불가역적인 거울상이라는 것이 무엇을 뜻하는지 알 수
없었다. 첫 번째 연과 두 번째 연이 일종의 상관관계를 갖는다는 것은
알겠지만, 첫 번째 연에 서식하는 각각의 언어들이 어떠한 진화 혹은 퇴
화의 과정을 거쳐 아래 연의 당혹스러운 더듬거림으로 바뀌었는지, 그
리고 그 바뀌는 과정이 무엇을 뜻하는지 차인형은 알 수 없었다.

〈출처가 확실한, 이성복의 편지에 대한 불가역적 거울상 혹은 2019년
의 자동기술법〉

제목 편지 지은이 이성복

그 여자에게 편지를 쓴다. 매일 쓴다. 우체부가 가져가지 않는다. 내
동생이 보고 구겨 버린다. 이웃사람이 모르고 밟아 버린다. 그래도 매일 편
지를 쓴다. 길 가다 보면 남의 집 담벼락에 붙어 있다. 버드나무 가지 사이
에 끼여 있다. 아이들이 비행기를 접어 날린다. 그래도 매일 편지를 쓴다.
우체부가 가져가지 않는다. 가져갈 때도 있다. 한잔 먹다가 꺼내서 낭독한

다. 그리운 당신…… 빌어먹을, 오늘 나는 결정적으로 편지를 쓴다.

안녕. 오늘 안으로 나는 기억을 버릴 거요. 오늘 안으로 당신을 만나야 해요. 왜 그런지 알아요? 내가 뭘 할 수 있다고 믿기 때문이요. 나는 선생이 될 거요. 될 거라고 믿어요. 사실, 나는 아무것도 가르칠 게 없소. 내가 가르치면 세상이 속아요. 창피하오. 그리고 건강하지 못하오. 결혼할 수 없소. 결혼할 거라고 믿어요.

안녕 오늘 안으로 당신을 만나야 해요. 편지 전해줄 방법이 없소.

잘 있지 말아요. 그리운……

의 불가역적인 거울상;

반대 성 운 지배를 받는 편지 쓰는 사람

그것은 저 여자 안의 존재에 편지를 쓴다. 그것은 매일 동안 쓴다. 우편 집배원은 가지고 가지 않는다. 안 더 젊은 형제자매는 그것에게 던짐을 멀리 구기고 보고한다. 인근 사람은 모르고 그것을 멀리 던진다. 그것은 저 것 이다 그러나 매일 편지를 쓴다. 그것이 그것 가는 노선을 보고 집 벽 표면 남쪽 안에 찌르고 있다. 그것은 버드나무 분지의 중간 움직이지 않게 하면서 얼고 있다. 비행기기 아이들에 의하여 접히고 구별한다. 그것은 저것이다 그러나 매일 편지를 쓴다. 우편 집배원은 가지고 가지 않는다. 그것을 가지고 있을 때, 먹는 유리 떠나고 큰소리로 읽는다. 그것이라고 갈망되는, 너는 쓴다. 편지를 단호하게, 오늘 나 구걸, 갈 것이다.

안녕. 오늘 안쪽에 나는 기억을, 잘 버릴 것이다! 침대보. 그것은 너를 안쪽으로 오늘 만난다. 있었지만 왜 저것 가능하게 일까? 추억을 믿는 위하여 이는 저것의 가능성 있게 하기 위함이다. 우물, 나는 교사가 될 것이다! 침대보. 그것은 되고 잘 믿는다! 아무거나 사실을 미소에게 가르칠 것이다 내가 가르칠 때부터 세계는 속여 얻고. 부끄럽고 있습니다. 그리고 그것은 건강하지 않다. 얻는 사람은 미소를 결혼했다. 그것은 믿는다 결혼해 잘 얻을 것을!

안녕 그것은 너를 안쪽으로 오늘 만난다. 편지 전기분해된 미소를 줄일 것이다 방법.

그것 구른다 위로 잘. 그것은 갈망된다

그리고 그것이 두 번째 시였다. 첫 번째 시와 같은 구조를 가지고 있는 것처럼 보이는. 단, 첫 번째 시의 전반부는 말 그대로 '출처가 불확실했지만', 두 번째 시의 전반부는 제목에서처럼 이성복의 시집 『뒹구는 돌은 언제 잠깨는가』에 수록된 「편지」라는 시에서 따온 것임에 틀림없었다. 차인형은 확실하게 해둘 겸, 전운영 주간의 책상에 꽂혀 있던 이성복의 시집을 가져와서 인시현의 두 번째 시, 〈출처가 확실한 이성복의 편지에 대한 불가역적인 거울상 혹은 2019년의 자동기술법(II)〉의 첫 번째 부분과 대조해 보았다. 행의 구분이 무시되었고, 쉼표나 마침표가 첨가되었을 뿐, 내용에는 전혀 차이가 없었다.

이것은 틀림없이 나에 대한 일종의 도발이다, 라고 차인형은 단정지었다. 처음 인시현이라는 자가 시를 보내올 때는 뚜렷한 목적,《문학과 새벽》을 통해 등단을 하겠다는 하나의 목적을 가지고 있는 것처럼 보였다. 여운림의 추천까지 달려 있었다. 하지만, 이번 시는 등단이나 인쇄화가 목적인 것 같지 않았다. 받을 사람을 《문학의 새벽》 편집부가 아닌, 자신의 이름으로 해놓은 것도 이 글이, 다른 목적이 아니라, 차인형에게 읽히기 위해서 보내진 것이라는 그의 추론을 뒷받침하는 듯했다. 하지만, 차인형은 여전히 인시현의 메시지를 해독할 수가 없었다. 그의 글을 채택하지 않은 데서 오는 복수감의 발로인지, 무언가 다른 메시지를 전하기 위함인지, 차인형은 알 수 없었다.

'이건 나에 대한 일종의 도발이다.' 재차, 그렇게 생각되었다. 다만 그 헛소리들로 치장된 위장 뒷면에 무엇이 숨겨져 있는지 모를 뿐이었다. 차인형은 마음의 갈피를 붙들지 못하고 자리에서 일어나 빈 사무실 안 책상과 책상, 아무렇게나 쌓인 책들과 원고더미 사이를 손톱을 뜯으며 배회했다. 신무경이 생각났다. '너무 늦은 시간일까?' 신무경에게 전화해 인시현에게 혹시라도 연락 온 것이 있는지 확인해야 했다. 형광등 아래 눈부시게 빛나는 아이보리빛 전화기를 들고 그녀와의 통화를 시도해야 했다. 가능하면 서둘러 만나 이 헛소리 같은 시를 보여주고 암호해독을 요청해야 했다. 하지만…… 여자의 눈빛이 떠올랐다. 자신의 매몰찬 거절에도, 전혀 낙담하지 않는 것처럼 보이던 그 여자의 검은 동공. 커피숍에 남아 있겠다고 고집하던 얄팍한 입술. 무릎 위에 누워 있었지만 탁자에 가려 보지 못했던 두툼한 책. 하지만…… 차인형은 뻔뻔스러워질 수 있다고, 다짐했다.

하지만 핸드폰은 꺼져 있었다. 전원이 꺼져 있었다. 전원의 꺼짐은 어쩌면 대화를 하지 않겠다는 다짐의 소극적인 표현일지도 몰랐다. 또는…… 또는 또 다른 실종일지도 몰랐다. 지긋지긋한, 이젠 별로 놀랍지도 않은 실종.

차인형은 인시현의 암호 문서를 둥그렇게 말아 오른손에 쥐었다.

'검토할 만한 가치가 있어.' 전운영 주간이 입버릇처럼 내뱉던 말투를 차인형은 자신도 모르게 따라 했다. 그랬다, 검토할 만한 가치가 있었다. 그건 어딘가에 실리기 위해 쓰인 것이 아니라, 단지 차인형 자신에게 읽힐 목적으로 쓰인 것이므로.

26   2003년 9월 22일

　월요일 아침의 갑작스러운 감기였다. 벽에 걸린 시계의 짧은 바늘이 숫자 9를 넘은 지 오래였지만 차인형은 아직 이불 속에 있었다. 오늘 아침 일찍, 차인형은 잔뜩 잠긴 목소리로 전운영 주간에게 전화를 걸어 감기가 심해 출근을 못하겠다고 했다. 사실, 오늘 중에 급히 끝내야 할 일은 없었으므로, 차인형은 별로 망설이지 않았다. 전운영 주간은 뭔가를 머릿속에서 급히 꾸며내려는 사람처럼 내용 없는 말들을 길게 늘어놓았지만, 결국 잠깐만이라도 사무실에 나와 줬으면 좋겠다는 말은 하지 못했다. 차인형은 힘차게 수화기를 내려놓고 다시 침대로 돌아왔다.

　하지만, 잠이 오지 않았다. 목이 너무 아파서 그런 것만은 아니었다. 예이형 때문이야. 꿈속에서 느닷없이 자신에게 키스를 했던 여자애, 19살이 넘었으므로 담배를 피워도 된다고 하던 여자애, 자신의 머릿속에 들어 있는 이상한 생물을 수술로 없애 다음 MRI를 찍어 보여주겠다고 하던 여자애, 농구장에서 자신을 다리 다섯 달린 돼지새끼로 취급하지 말아달라며 화를 내던 여자애, 주황색 추리닝을 입고 있던 여자애, 극장에서 함께 종이를 눈처럼 뿌리며 좋아하던 여자애, 허름한 목조 건물 계단을 앞장서서 씩씩하게 걸어가던 여자애. 많은 장면들이, 이젠 꿈속이었는지 꿈 바깥이었는지 잘 구분도 되지 않는 장면들이 차인형의 머릿속을 지나쳤다, 손가락을 베는 얇은 종이처럼 신경다발을 할퀴며 아프게. 아팠다. 차인형은 아팠다. 차인형은 아픔에 항복했지만, 잠이 들 수는 없었다. 두 명이면서 동시에 한 명인 그 여자애, 그 여자애 때문에.

어젯밤 그리고 그 전날 밤에도 차인형은 여전히 남의 꿈속을 방황하고 있는 예이형을 찾아갔지만, 예이형은 자신을 피했다. 차인형과 눈이 마주치자마자 고개를 홱 돌리곤 달아나 버렸다. 꿈의 저 끝편, 안개로 뒤덮인 폐허로 그 여자애는 몇 번이나 사라져 버리곤 했다. 차인형은 바람이 불지 않는 타인의 꿈속에서 그저 망연히 달려가는 예이형의 뒷모습을 바라보기만 했다. 왜지? 왜 그러는 거지? 차인형은 소리칠 수 없었으므로, 또 꿈속이긴 하지만 그 여자애보다 빨리 달릴 자신이 없었으므로, 또 빨리 달린다 해도 붙잡아 세울 자신이 없었으므로, 혼잡한 중동의 시장에서, 커다란 체육관 강당에서, 가로등이 환한 밤거리에서, 그저 뿌연 안개 뭉치를 향해 놀라운 속도로 달려가는 예이형의 뒷모습을 물끄러미 바라보았을 뿐이었다. 그런데 왜?

그럼에도 불구하고, 차인형은 예이형을 만나야 했다. 그래야 한다는 생각이 들었다. 하지만, 또 왜? 아마도…… 치형이 때문에? 치형이의 실종과 틈입자인 예이형이나 혹은 그녀가 봤다는 파괴자 사이에 놓여 있을지도 모르는 희미한 고리를 끝까지 따라가 보기 위해? 그것만은 아닌 것 같았다. 그게 다는 아닌 것 같았다. 하여간 만나야 했지만, 이젠…… 모든 것이 예전 같지 않았다. 자연스럽지 않았다. 부자연스러운 방향으로 부자연스럽게 달려가던 예이형의 뒷모습. 잠을 들기가 두려웠다. 잠이 들고 다시 그 가짜 황무지에 떨어진 다음, 그저 생각만 하면, 떠올리기만 하는 것으로도 그녀가 있는 곳으로 갈 수 있을 터였다. 하지만, 예

286

이형은 차인형을 피하기 시작했다. 왜?

차인형은 슬금슬금 발바닥을 간질이는 잠을 쫓기 위해 자리에서 일어났다. 예이형이 자신에게서 멀리 달아난 것처럼, 차인형도 잠으로부터 도망치고 싶었다. 정신을 집중하고 싶었다. 그런데 무엇에? 인시현이 떠올랐다. 지난주 자신의 책상 위에 알 수 없는 메시지를 잔뜩 품은 폭탄을 놓고 간 남자. 차인형은 그 수수께끼투성이에 머리를 묻고 싶어졌지만, 원고는 회사에 있었다. 씨발. 대신, 차인형은 인시현의 첫 번째 시와 동일한 구절을 담고 있던 안치형의 일기장, 두툼한 검은 일기장을 침대로 가져왔다.

2003년 4월 7일

내가 너를 찾는 혹은 네가 나를 찾는 길에 수많은 시련이 있었으면. 예를 들어,

미세 안구를 해체하고 네모난 장식장 속 숨겨둔 피난용 보트에 죄책감도 없이 날 선 칼날을 대고 천천히 요령도 부리지 않고 흠집을 내다. 수사 반장은 현장에서 한국어 사전을 발견하곤 급히 소유주를 수배하여 은밀하게 조사하겠다는 의지를 밝혔지만 넌 벌써 숨어 있기 좋은 대형마트를 향해 시동을 걸었다.

하지만 길 위에선 모든 게 지워져 버려

$$An = N(N+1)/2$$

세 번 정도 거듭 찬찬히 읽고 나자, 차인형은 이 글이 정말 치형이의 머릿속에서 나온 건지 자신이 없어졌다. 치형이가 누군가의 글을 베낀 것일 수도 있었다. 그렇지 않았을 수도 있잖아. 차인형은 베개에다 자신의 얼굴을 파묻었다. 숨이 막혀. 뭐가 어떻게 된 건지 알 수 없었다. 모든 것이 한꺼번에 가능해 보였다가 다시 전체가 미치광이의 헛소리처럼 들리며 우르르 무너져 버렸다. 인시현이 보낸 두 번째 시가 가지고 있는 두 개의 상──원본과 거울상──사이에는 틀림없이 어떤 연관이 있을 것 같았다. 거기에 분명 입에 담기 치욕스러운 연관이 있을 것 같았다. 그 악마적인 연관 자체가 자신에게 보내는 메시지일 것 같았다. 그럴 수도 있었다. 아니, 그럴 수도 있었고, 그렇지 않을 수도 있었다. 혼란스러웠다. 딱히 이유도 없이, 차인형은 그대로 숨을 참은 채 속으로 천천히 50까지 셌다. 그러자 갑자기 무의식의 뒷면으로부터 순간, 떠오르는 게 있었다. 벌떡 일어나 침대 아래로 던져버렸던 일기장을 다시 펼쳤다. 잠시, 시간이 멈춘 것처럼, 차인형은 눈도 깜박이지 않고 펼쳐진 일기장을 노려보았다. 이럴 수가. 차인형은 자신이 발견한 것을 도저히 믿을 수 없었다. 이럴 수가.

그런데 잠깐만. 차인형이 발견한 건 도저히 있을 법하지 않은 놀라운 것이었지만, 그 발견 자체는 언뜻 보기엔 아무 뜻도 없는 것처럼 보였다. 마치 어렵게 찾아낸 보물상자 속에 달랑 들어 있다는 게, 어디에 사용해야 할지 알 수 없는 또 하나의 열쇠인 것처럼. 이게 뭐지? 뭘 뜻하는 거지? 그때 방바닥을 굴러다니던 핸드폰이 요란하게 울기 시작했다.

"여보세요?"

"차인형 씨죠?"

젊은 여자의 목소리였다. 어디선가 들어본 적이 있는 목소리인 것 같긴 했지만, 기억의 더듬이는 거기서부터 요지부동이었다. 기억의 저장

소엔 종갓집 장독대처럼 똑같이 생긴 장독들이 너무 많았다. 어느 것을 열어야 할지 알 수 없었다.

"예, 맞는데요. 그런데 누구시죠?"

"이형이, 지금 아저씨가 데리고 있는 거죠?"

갑자기 장독 뚜껑 하나가 누가 잡아채기라도 한 듯 획 열렸다. 뚜껑이 바닥에 떨어지며 부서져 버렸다. 승경이다. 내 침대 위에 엎드려 누워 있었던 주황색 추리닝 소녀. 날아가 버렸던 첫 번째 새.

"지금 무슨 얘기를……."

"아저씨, 이형이 알죠? 사귀는 거 맞죠?"

차인형은 멍했다. 내가 지금 이형이하고 사귀는 건가? 사귀는 게 맞다면 꿈 바깥의 여자애랑, 아니면 꿈속의 여자애랑? 차인형은 자신의 침묵이 질문에 대한 긍정으로밖엔 여겨지지 않을 거라는 걸 알았지만, 입술이 떨어지지 않았다.

"그런데, 사귄다면서, 이형이가 없어졌는데도 어딘지 모른단 말이에요?"

"사라졌다구?"

"네. 실종되었다구요. 정말 몰랐어요?"

실종. 다시 함기영의 얼굴이 떠올랐다. 이유는 알 수 없지만 꼭 한 대 패주고 싶은 얼굴. '공적인 실종에서 사적인 실종으로 패러다임이 옮겨가는 게 추세죠.' 아니야. 절대 실종이 아니었다. 그리고 고집스러운 의사, 치형의 형, 안이회의 얼굴도 떠올랐다. '실종일 수도 있어요.' 실종이라니, 실종이라니. 그건 도저히 있을 수 없는 일이었다. 파괴자? 틀림없이, 그런 것 같았다. 이럴 순 없어. 왜? 왜 개까지?

"지금 경찰서에서 나오는 길이에요. 이형이 엄마 알아요? 굉장히 멋쟁이던데. 이형이 엄마하고 같이 경찰서에 가서 실종신고 하고 나오는 길이에요. 난리 났어요. 이형이가 실종되다니."

차인형은 그래서 재밌니, 라고 소리쳐주고 싶었다.

"그래도, 아저씨 얘기는 안 했어요. 경찰이 혹시 남자친구는 없냐고 물었는데, 엄마가 걘 그런 재주는 없어요, 라고 하던데요. 경찰 앞에서 다 얘기할 수도 있었는데, 걔 엄마가 충격 먹을까 봐 그냥 입 다물고 있었어요. 그런데 아저씨 유부남이에요?"

"아…… 아니."

"정말 모르시는 거 맞죠?"

"어, 정말 몰랐어."

차인형은 화가 났다. 미리 알았어야 했는데, 바보같이. 이 바보 같은 놈. 예이형은 파괴자를 본 적이 있다고 했다. 이유는 알 수 없지만, 사람들이 실종되고, 거기에 파괴자가 어떤 식으로든 관련이 있는 듯했다. 그렇다면, 이형이 역시 표적이 될 수 있다는 걸 진즉 깨달았어야 했다. 이 바보 같은 새끼.

"이형이 수첩에 아저씨 명함이 있더라구요. 혹시나 쪽 팔린 일 생길까 봐, 제가 엄마가 와서 가져가기 전에 빼냈어요. 잘한 거죠?"

차인형은 애한테 모든 것을 다 털어놓고 도와달라고 하는 편이 낫지 않을까 하는 생각이 불쑥 들었다. 안 돼. 그건 안 돼. 이젠 아무도 믿을 수 없어. 이형이가 파괴자는 날 알고 있다고 했잖아. 안 돼. 얘가 파괴자가 아니라 해도 내가 알고 있는 걸 털어놔 봤자 무슨 득이 있겠어. 날 미친놈이라고 생각하고 다신 상대도 안 하려 할 게 뻔한데. 조금 더 사려 깊은 아이라면, 정신병원에 전화를 걸어 내 증상과 주소를 친절히 읊어댈 테구 말이야.

"그런데 어떻게 사귀게 되었어요?"

차인형은 그냥 사귀는 척하는 게 좋겠다고 생각했다. 말을 하면 할

290

수록 더 위험해질 수도 있었다. 나도, 그리고 어쩌면 얘도.

"넌 그걸 어떻게 알았는데?"

"걔가 요즘 좀 이상했거든요. 그리고 전 그런 데 눈치가 빠르거든요. 그런데 정말 걔 어디 갔을까요? 둘이 싸웠어요?"

"아니, 아무 일도 없었는데. 저기, 나 지금 하고 있던 일을 먼저 마쳐야겠거든. 마치는 대로 나도 찾아볼 수 있는 데까지 찾아볼게."

차인형은 모르는 척 승경이에게 물어 이름과 전화번호를 받아 적고는, 일부러 매몰차게 별 일 아니라는 듯, 사무적으로 전화를 끊었다. 방금 전에 불러준 번호와 예전에 수첩에서 옮겨 적은 번호는 마지막 한 자리만 서로 달랐다. 승경이란 여자애는 나를 믿지 못했다. 당연한, 당연히 받아들여야 할 형벌이었다. 내가 그들을 믿지 못하듯이, 그들도 나를 믿지 못한다. 자야겠어, 꾸물거리고 있을 때가 아니야.

눈을 뜬 건 오후 12시가 못 되어서였다. 차인형은 여전히 침대 속에 박혀 있었다. 정상적인 수면 시간이 아니라 처음부터 큰 기대는 없었지만, 어쨌건, 차인형은 꿈속에서 예이형을 만나는 데 실패했다. 소득이 있다면, 지금 어디 있는지는 모르지만, 예이형이 깨어 있다는 사실을 알았다는 정도였다. 목은 더 아파졌고, 열도 꽤 높은 것 같았다. 차인형은 휘청휘청 자리에서 일어나, 다시 한 번 자신에게 일어난 일들을, 누구에게 들려줘도 백이면 백 잠꼬대하지 말라며 자리에서 일어나 버릴 그런 일들을 차분히 돌아보려 했다. 하지만 잘 되지 않았다. 열이 있어서만은 아니었다. 예이형을 꿈속에서 본 것이——내부문은 달아나던 뒷모습이었지만——고작 하루도 지나지 않았다는 사실이 그를 더욱 화나게 했다. 그럼 뭐야? 그때가 벌써 납치된 후란 말인가? 그러면 왜, 이형이가 날 피한 거지? 무슨 일이 있었던 거지?

찬물로 세수를 하며 차인형은 무엇을 해야 할지 생각해 보았다. 잠을 자고 꿈에서 걜 찾아다니는 건 저녁에 하도록 하자. 하지만 그것뿐이었다. 현실에서, 여기 꿈 바깥쪽에서 차인형이 할 수 있는 일이라곤 하나도 떠오르지 않았다. 그냥 자고 싶기만 했다. 열도 없고, 실종도 없고, 만들어야 할 책도, 아무도 이해할 수 없는 폭탄 같은 시도 없는, 남의 꿈 속에 영원히 머무르고 싶었다. 그리고 거기서라면…… 늘은 아니겠지만 예이형을 만날 수 있을 터였다. 만나고 싶은 사람만 보고, 만나고 싶지 않은 사람은 영원히 보지 않을 수도 있을 터였다.

하지만, 지금은 현실의 예이형부터 찾아야 할 때였다. 그러기 위해선…… 우선 인시현의 폭탄을 출판사에 가서 가져와야 할 거 같았다. 그래, 내일 회사로 가서 원고를 챙겨오자. 그리고 전운영 주간에겐 폐렴이든 뭐든 적당히 둘러대고 며칠간 휴가를 내겠다고 하자. 그리고 지금 당장은 먼저 안이회를 찾아가기로 했다. 아무 예고도 없이. 그건 매우 즉흥적인 결정이었다. 그대로 집에 처박혀 있다간 걱정으로 머리가 하얗게 새거나 너무 물어뜯어 손톱이 다 뽑혀나갈 것 같았다. 대충 젖은 머리를 말리고, 차인형은 장롱 구석에서 두꺼운 점퍼를 꺼내 입었다.

차인형은 길을 잃었다. 안양에 거의 다 왔을 거라 생각했는데, 표지판엔 엉뚱하게도 안산 시청 직진 400미터라고 적혀 있었다. 확실히 내가 정상이 아니긴 아니야. 그때 전화가 걸려 왔다. 출판사라면 받지 않을 심산이었다. 그런데 예이형의 핸드폰이었다. 차인형은 사거리에서 급하게 우회전하여 차를 세우면서 전화를 받았다.

"너, 어디야?"

"아저씨?"

"그래, 아저씨 맞아. 아저씨 맞다구. 너 어디야? 내가 바로 데리러 갈게. 빨리 얘기해."

"아저씨, 저도 제가 있는 데가 어딘지 몰라요."

"그게 말이 돼?"

차인형은 자신도 모르게 소리를 질렀다. 뒤에서 빵빵거리는 소리가 들렸지만, 거기에 신경 쓸 겨를이 없었다. 지옥에나 떨어져 버려.

"아저씨한테 말했던 그 남자하고 같이 있어요."

차인형은 기운이 쭉 빠졌다. 병신새끼, 병신새끼, 머릿속에서 누군가 계속해서 자신에게 손가락질하는 것 같았다. 차인형은 주먹으로 핸들을 있는 힘껏 때렸다. 주먹이든 핸들이든 부서져 버렸으면 했다.

"미안해. 정말 미안해. 다 내 잘못이야."

"아니에요, 아저씨. 전 괜찮아요. 너무 걱정하지 마세요."

"정말 괜찮은 거야? 그 새끼가 너를 때리거나 그러진 않았어?"

"묶여 있긴 하지만, 그게 다예요."

의외로 예이형의 목소리는 씩씩했다. 이 새끼, 지금 뭐하자는 거지?

"그 새끼 거기 있는 거야?"

"네, 아저씨. 그런데 아저씨, 이 사람이 아저씨한테 전할 말이 있대요. 그래서 전화한 거예요."

"뭔데?"

"미안해, 니 장난감을 부수어 주겠어."

"뭐라고?"

"미안해, 니 장난감을 부수어 주겠어, 그렇게 종이에 쓰여 있어요. 그렇게 읽으래요."

하마터면, 차인형은 전화기를 떨어뜨릴 뻔했다. 그럴 수가. 그럴 수가. 아니 어떻게? 차인형은 퍼뜩 머리에 떠오르는 게 있었다.

"그 새끼 뚱뚱해?"

293

"아니요."

그게 다였다. 전화기가 뚝 끊기고 말았다. 뚝 끊기면서 모든 것이 사라지고 말았다. 예이형의 마지막 말, 아니요, 만 남기고. 안이회는 아니다. 차인형은 사차선에서 무모한 호를 그리며 중앙선을 넘었다. 차 안의 시계는 2시 25분을 가리키고 있었다. 아직 늦지 않았어. 차인형은 우선 인시현의 두 번째 원고를 찾으러 사무실로 돌아가기로 했다.

27   2003년 9월 22일

가쁜 숨이 벌어진 입술 사이로 흘러나오고 있었다. 차인형은 가져온 종이가방에 인시현의 원고를 챙겨놓고 있었다.

"차 과장."

전운영 주간이었다. 마주치고 싶지 않았는데.

"뭐예요, 오늘 감기로 쉰다고 했잖아요. 얼굴이 별로 안 좋은데."

그럴 수밖에. 어떻게 얼굴이 좋을 수 있겠니? 여기까지 어떻게 왔는지도 모르겠는데, 로켓에 안장을 씌우고 여기까지 타고 왔다 해도 믿을 판인데 어찌 얼굴이 좋을 수 있겠니?

"아, 예. 집에 누워만 있다고 낫는 것도 아니고, 원고나 집에 가져가서 볼까 싶어서요."

차인형은 주섬주섬 잘도 주워 붙이는 자신의 입을 청테이프로 막아버리고 싶었다. 이 따위 섬보할 원고는 집에 가지고 가서 다 불태워 버리겠어.

"아, 그래요."

차인형의 어깨에 올려놓았던 손을 전운영은 거두어 들였다.

"난 또, 차 과장이 한비과 선생 고희연 참석하려고 나왔나 했네. 나도 그렇고 딴 사람들도 다 시간이 안 되는 것 같던데."

바로 그거군. 그게 바로 아침에, 전운영이 그에게 하고 싶었던 말이었다. 그럼 한비과 선생님 고희연은 어쩌고, 라는 말을 전운영은 하고 싶었던 게다. 하지만 하지 못했다. 그걸로 끝이다. 한번 집어넣었으면 됐지 치사하게 다시 끌고 나오다니. 차인형은 입을 꾹 다물고, 의심을 피하기 위해 쓸데없는 원고 몇 가지들을 종이가방에 계속 집어넣었다.

"하지만 너무 신경 쓰지 마세요. 다행히, 여운림 선생님도 참석 못하신다니. 아까 제자한테 전화가 왔는데 지인이 부친상을 당해서 대구에 내려가 보느라 아무래도 걸음을 못하실 것 같다는 거예요."

이 사이에 낀 고기같이, 두 글자가 귓바퀴를 간지럽혔다. 제자?

"제자요?"

"그랬지? 선생님 대신, 그 제자가 갈 거라고 하던데."

"이름이?"

"신무경이라고, 차 과장 모르나요? 이번 여름 《문학의 시간》으로 등단을 한 젊은 비평가인데. 제법 똑똑한 젊은 친구 같더라구요. 여운림 선생님이 계속 밀어만……."

좋아, 신무경을 만나 이 미친 암호를 보여주자. 좋은 생각이었다. 머리는 쌩쌩 돌아가고 있었다.

"그러면 이렇게 하지요. 전 주간님. 일단 집에 가서 병원에 들렀다가 제가 가겠습니다. 아침엔 감기로 정신도 없고 해서, 한비과 선생님 고희연을 완전히 까먹고 있었습니다. 처음부터 제가 가기로 했던 일인데 제가 가야지요."

"괜찮겠어요?"

"네."

괜찮아, 괜찮아 죽겠어.

"그래요, 그러면 고맙죠. 어쨌건 몸도 좀 살피고. 다른 사람들도 요즘 차 과장 걱정을 많이 하던데. 몸이 우선 안녕해야, 뭘 해도……."

"네, 그럼."

안녕이야, 안녕이라구. 난 이제 이곳으로부터 영원히 안녕할 거라구.

종이가방이 찢어질까 봐 가슴에 보듬어 안고 차인형은 계단을 달려 내려갔다. 이젠 끝이야. 여긴 더 이상 오지 않겠어. 완전 안녕이야. 꿈속에서라면 몰라도, 현실에선 더 이상 여기에 오지 않겠어. 이 따위 출판사는 이제 끝이야. 다 필요없어. 난 괜찮아. 아니 지금까진 괜찮지 않았는데, 이제부턴 괜찮아질 거야.

병원에 갈 생각은 처음부터 없었다. 운전석에 앉아서 차인형은 종이가방 속에 있던 원고더미 속에서 며칠 전에 자신을 노리고 쏟아진 것이 틀림없는 인시현의 원고를 꺼냈다. 나머지는 뒷좌석으로 던져버렸다. 지옥에나 떨어져 버려.

그리고 다시, 거칠게 액셀을 밟았다. 시간이 부족해, 시간이 부족해. 신호등과 건물들과 차들과 가로수들이 획획 차인형의 차 뒤로 날아갔다. 한비과 선생의 고희연이 열리기로 되어 있는 K대학교 50주년 기념 강당 후면 주차장에 차를 세웠을 땐, 4시 50분이었다. 6시 30분부터 고희연이 열리기로 되어 있으니, 거의 두 시간 정도 시간이 있었다. 2시간은 잘 수 있겠어. 2시간은.

차인형은 의자를 뒤로 젖히고 눈을 감았다. 자야 돼, 꿈을 꿔야 돼, 어서.

28　　　2003년 9월 22일

사막이었다. 반가운 사막, 이란 말이 혀끝에 감겼다. 모래알들. 어떤 분석에도 자신의 원소 구조를 발설하지 않을, 고집스러운 모래알들. 차인형은 모래 한줌을 주머니에 집어넣고 다시 예이형을 생각했다. 예이형이 잠들어 있다면, 타인의 꿈속에 은신해 있다면, 다시 그는 이동하게 될 것이었다. 생각하는 것만으로 미끄럼틀을 거쳐 모랫바닥으로 처박히는 것처럼 휙. 생각하는 것만으로 자신의 의지와는 아무 상관 없는 중력 같은 힘에 의해 휙. 그냥 그 마술 미끄럼틀에 발을 올려놓는 것만으로 휙⋯⋯.

커다란 새장이었다. 언젠가 이주와 손잡고 거닐었던 동물원 구석, 기억의 언저리에 자리 잡고 있는 볼썽사나운 붉은 철조망으로 만든 돔형 새장과 닮은, 커다란 새장. 날은 흐렸다. 새장 안, 인공으로 만든 커다란 호수 한가운데, 육각형 망루 위에 차인형은 서 있었다. 수백 마리의 부리가 커다란 새들 속에서 차인형은 예이형을 찾고 있었다. 차인형은 곧, 분홍색 펠리컨 한 마리가 하늘을 바라보며 마치 늑대처럼 울부짖고 있는 호숫가 근처 벤치 위, 어깨를 움츠린 채 멍하니 앉아 있는 예이형을 발견했다. 이번엔 절대 놓치지 않겠어. 망루와 호숫가 사이에 놓인 징검다리는 너무 작았고 또 그 간격이 너무 멀었다. 아슬아슬 건너뛰다 차인형은 예이형과 눈이 마주쳤다. 예이형은 자신을 검거하러 온 경찰이라도 만난 것처럼 벌떡 일어나더니 달리기 시작했다. 안 돼, 그러면 안 돼, 이형아, 넌 지금 지독히 위험한 상황에 빠져 있단 말이야. 다행히 그곳은 출구가 눈에 띄지 않는 새장이었다. 예이형은 어디로 도망가야 할지 망설이는 듯했다. 뛰어가다 멈칫, 자리에 서서 다시 방향을 바꾸고 다시 바꾸곤 했다. 소리라도 질러야 하는 게 아닐까? 혹사당한 심장이 그만 두라고 악을 쓰는 소리가 온몸을 울리고 있었다.

순해 보이는 익룡(翼龍) 한 마리가 푸드덕 날개 치며 날아오르다 예이형과 부딪칠 뻔했다. 예이형이 바닥에 멍하니 주저앉은 사이, 차인형은 단숨에 예이형을 따라잡았다.

"날 왜 피하는 거야? 그러면 안 되는 거 알아?"

"그러면 안 된다구요?"

예이형은 돌아보지 않았다. 그녀의 목소리는 지구 반대편을 돌아 날아온 구름처럼 차갑고 건조했다.

"넌 지금 니가 어떤 상황에 처해 있는지 알고나 있는 거니?"

"네, 아저씨. 전 지금 제가 하고 싶은 일과 하고 싶지 않은 일을 잘 알고 있어요. 제가 하고 싶지 않은 일은 아저씨와 만나서 말을 섞는 거예요. 아저씨는 더 이상 만나고 싶지 않아요. 그리고 하고 싶은 일은 다시 뛰는 거예요."

독립선언을 미친 유관순처럼, 예이형은 다시 달리기 시작했다. 아니야, 이건 아니야. 차인형도 달렸다. 꼬리가 길고 두 눈 사이가 유난히 멀리 떨어진 익룡 한 마리가 예이형과 차인형의 뜀박질을 흥미롭다는 듯 쳐다보고 있었다. 놓쳐선 안 돼. 이형은 날듯이 지면에서 약간 멀리 떨어져 있는 징검다리를 향해 도약을 했다. 단순하고 결점이 없는 착지였다. 차인형도 날아야 했다. 그렇게 부드럽게 날아야 했는데, 지면이 너무 미끄러웠다. 누가 낚아채기라도 한 것처럼 발목이 휙 돌아가며 순식간에 균형을 잃어버렸다. 순간, 부서진 물방울들이 공중으로 솟구쳤고, 차갑다라고 느낄 새도 없이 차인형은 호수 바닥으로 가라앉기 시작했다. 보기보다 푸르고 깊은 호수였다. 발끝엔 아무것도 닿지 않았고, 시야는 선명했고, 차인형은 왠지 물고기가 살지 않을까 생각했고, 하지만, 물고기는 한 마리도 보이지 않았다. 여기는 새장이지 수족관이 아니잖아. 엉겁결에 주머니 속으로 손을 집어넣었는데, 모래는 온데간데없이…….

다시 사막이었다. 물기라곤 냄새도 맡을 수 없는 뽀송뽀송한 사막. 차인형 역시 건조기에 두 시간 돌린 세탁물처럼 바짝 말라 있었다. 주머니에 집어넣었던 모래는 이미 사라졌다. 어디로? 좋은 타이밍이었어. 꿈속에 새장을 만들고 온갖 징그럽게 큰 새들을 수감시켰던 남자 혹은 여자가 꿈에서 깨어난 것이었다, 민망한 도약이 실패로 끝난 바로 그 순간에. 꿈속의 이형은 아직도 자신이 납치되었다는 사실을 모르고 있는 듯했다. 차인형이 알려주어야 했다. 꿈 바깥의 일을 설명해 주어야 했다. 피해 다니도록 내버려두면, 그냥 그렇게 내버려두면, 현실 쪽의 예이형에게 생각하기 싫은 일이, 가령 영원한 실종 같은 일이 일어날지 몰랐다. 왜 피하는지 모르겠지만, 그대로 둬선 안 돼. 그때 다시 마술 미끄럼틀이…….

이번엔 스케이트장이었다. 어느샌가 차인형의 발에도 은빛 스케이트화가 신겨져 있었다. 용케 그는 넘어지지 않고 서 있었다. 사람이, 노예들이 너무 많았다. 숨기 딱 좋은 곳이었다. 최소한의 안전 규칙도 없는지 사람들은 이 방향 저 방향 마음 내키는 대로 움직이고 있는 것처럼 보였다. 사람들이 너무 많아 얼음판을 씽씽 지치며 속력을 내는 광경은 상상하기조차 힘들었다. 다들 걸음마를 처음 배운 갓난아기처럼, 무거운 차꼬를 발에 찬 죄수처럼, 어기적어기적 한 발자국씩 떼어 놓으며 자신이 설정한 나름의 방향으로 걷고 있었다. 엉망진창이군, 여긴. 차인형 역시 불편한 걸음을 어렵사리 떼어놓기 시작했는데, 과연 움직이는 것이 이형을 찾는 데 도움이 되기나 하는 건지 알 수 없었다.

멀리 이형이 보였다. 손으로 뜬 털모자를 쓰고 있었다. 예뻤다. 대나무 껍질로 만든 격자형 울타리를 붙잡고 서 있었다. 차인형이 안간힘을 다해 노예들의 파도를 거슬러 조금씩 다가가고 있는데, 다시 예이형의 두 눈동자가 허우적대는 차인형에게 와 박혔다. 아뿔싸. 하지만 이번엔 달랐다. 이형은 붙잡고 있던 대나무 울타리를 놓더니 능숙한 동작으로 차인형에게 다가왔다.

"또 올 줄 알았어요."

차인형은 자신의 발밑을 보았는데, 분명히 칼날이 달린 스케이트를 신고 있다고 생각했는데, 그렇게 기억하고 있었는데, 아니었다. 커다란 바퀴가 달린 롤러스케이트였다. 하얀 얼음판 위에서 롤러스케이트라니.

"피해 봤자 소용없겠죠. 그래요, 아저씨가 먼저 제 질문에 답해 보세요. 왜 승경이의 꿈에 아저씨가 나온 거죠? 걔가 왜 아저씨 집에 있는 건데요? 어떻게 승경이를 알죠?"

차인형은 여기서 왜 승경이 얘기가 나와야 하는 건지 이해할 수가 없었다. 답답했다.

"이형아, 그건 중요하지 않아. 그게 중요한 게 아니란 말이야. 넌 지금……"

"아니요, 전 그게 중요해요. 왜 승경이의 꿈에 아저씨가 나온 거예

301

요? 왜 걔가 아저씨 침대 위에 누워 있는 거예요?"

차인형은 화가 났다. 롤러스케이트를 벗어버리고 싶었다. 걘 하필이면 왜 이럴 때 내 꿈을 꾼 거지? 다 지나간 일인데. 기억도 못하는 줄 알았는데.

"그건 나중에 얘기하자. 설명하려면 너무 길어. 그게 아니라 넌 지금……."

"아니요, 그 얘기부터 먼저 들어야겠어요."

예이형의 볼이 빨갰다. 차인형은 예이형을 와락 보듬어 안았다. 넘어지지 않으려고 다리에 잔뜩 힘을 주어야 했다. 스케이트를 신은 예이형은 키가 컸다. 털모자에서는 오래된 가구 냄새가 났다.

"이 바보야, 너 정말 모르는 거야? 니가 지금 어디에 있는지 정말 몰라? 너 지금 납치되었던 말이야, 파괴자인지 뭔지 하는 그 미친놈한테…… 미안해, 정말 미안해. 나 때문에, 다 나 때문이야."

예이형은 갑자기 얼어붙은 것 같았다. 차인형은 이형이 얼음기둥으로 변하지 않았다는 걸 확인하기 위해 안았던 팔을 풀었다.

"제가 납치되었다구요? 그래서 아저씨가 꿈속에서 절 찾아다니는 거구요?"

이형의 얼굴은 마네킹 같았다. 두 눈은 차인형이 아니라 아주 먼 곳, 이를테면 꿈 바깥의 어딘가를 응시하는 것 같았다.

"그래, 인마. 엄마하고 승경이하고 경찰서에 신고까지 했단 말이야."

"그래서, 제가 학원에 가지 않았던 거구요?"

"그래."

"그래서…… 그런 캄캄한 데…… 난생 처음 보는 데 있었던 거구요…… 아저씨가 말하니까 기억이 나네요…… 그래서 줄에도 묶여 있던 거구요…… 하하하하하."

예이형이 웃기 시작했다. 즐거워서 웃는 웃음이 아닌, 얼굴 근육은 냉동 상태 그대로인데, 뚫린 입으로 웃음소리 비슷한 것이 새어 나오는 그런 웃음. 프로그래밍한 로봇의 웃음. 본능적으로 알 수 있는 위험한 웃음.

"저 참 바보 같죠? 아저씨, 저 참 불쌍하죠? 지가 어떻게 되는지도 모르고, 절 구하겠다고 달려온 아저씨 앞에서 승경이 타령이나 하고 앉았구."

"다 나 때문이야. 자책할 필요는 없어. 그게 중요한 게 아니야, 뭐 기억나는 거 없니? 잘 생각해 봐."

"아니요, 아무것도 기억나지 않아요. 창피해요. 아저씨한테 너무 창피해요. 승경이가 꾼 꿈은 기억하면서, 내가 납치된 건 모르다니. 차라리 이대로 죽어버리는 게 낫겠어요."

예이형의 얼굴은 여전히 백화점에 서 있는 하얀 얼굴의 마네킹처럼 표정이 없었다. 위험하다, 애 지금 위험해, 진정시켜야 해.

"아니야, 괜찮아. 그런 건 중요한 게 아니야. 널 구해야 돼, 내가 구할 거야. 지금 어디니? 지금 어디 있는 거 같애?"

"모르겠어요."

고개가 좀 움직인 것도 같았다.

"좋아, 천천히 생각해 보는 거야. 혹시 너 꿈에서 '미안해, 니 장난감을 부수어주겠어'라는 말 들어본 적 있니?"

"아니요."

애 지금 생각이란 걸 하기는 하는 걸까?

"그래 좋아, 그딴 건 됐어. 사실 별로 중요하지 않은 일이야. 지금 어딘 거 같애? 기억나는 거 없어? 뭐 본 거 없어? 그 파괴자란 놈이 다른 얘기 한 건 없니?"

대답이 없었다. 대답이 없는 사막이었다. 대답이 없고, 메아리가 없고, 사람이 없고, 주머니 속 모래가 없고, 물이 없고, 바람도 없고, 냄새도 없고, 진짜 모래도, 진짜 바닥도, 진짜 하늘도 없는, 화가 치밀어 오르는, 다 부숴버리고 싶은, 다시 사막이었다. 이렇게 허무하게 튕겨져 나오다니. 차인형은 다시 예이형을 생각했지만…… 마술 미끄럼틀은 나타나지 않았다. 예이형은 털모자를 벗고 스케이트를 벗고 다시 묶여 있는 현실의 납치된 예이형으로 돌아간 듯했다. 이건 아니야. 이렇게 끝나선 안 되는데. 하지만 차인형에겐 아무런 힌트도 주어지지 않았다. 멍하게 서 있던 이형. 자신이 납치되었다는 사실마저 모르고 있던 이형. 마네킹의 플라스틱 표정과 닮아 있던 이형. 그녀는 차인형에게 아무것도 줄 수 없었고, 차인형 역시 해줄 수 있는 게 없었다.

차인형은 눈을 떴다. 차 안이었다. 6시 35분이었다. 주차장은 이제 완전히 차 있었다. 이형이한테선 아무것도 못 얻었지만, 신무경을 만나면, 틀림없이 뭔가를 알아낼 수 있을 것 같았다. 치형이와, 이형이와, 똑같은 증상에 걸려 있던 다섯 명의 환자들이 집단으로 갇혀 있는 비밀감옥으로 가는 지도라도 얻을 수 있을 것 같았다. 차인형은 미안해, 니 장난감을 부수어주겠어, 라는 말을 중얼거리며 50주년 기념 강당으로 오르는 널찍한 대리석 계단을 몇 단씩 한꺼번에 경중경중 뛰어올랐다. 한비과 선생 고희연 기념이라는 푯말 아래 달려 있는 화살표를 따라 뛰었다.

마침내 푯말에 달려 있던 것과 똑같은 인쇄물이 붙어 있는 문 앞에 차인형은 섰다. 닫혀 있는, 고희연이란 말이 잘 어울리지 않는 초라해 보이는 작은 나무문 앞에서 차인형은 잠시 망설였다. 신무경, 신무경을 만나서 물어보자. 그럼 일이 다 잘 풀릴 거야. 차인형은 점퍼 주머니 속에 들어 있는 인시현의 원고를 확인한 후 문고리를 잡았다.

29   2003년 9월 22일

차인형, 그는 이제 문고리를 잡아당긴다. 그러자 모든 게 갑자기 시끄러워지고, 환해지고, 즐거워지고, 화려해지고, 과장되어지고, 소란스러워졌다. 실내와 실외의 경계에 차렷 자세로 서 있는 그는 잠시 당황스러워 보인다.

그곳은 은은한 황금빛 조명이 따뜻해 보이는 붉은색 카펫을 비추고 있는 넓은 실내다. 빛나는 백색 식탁보가 바닥까지 치렁치렁 늘어진 커다란 타원형의 테이블 주위로 고급스러워 보이는 검정색 의자들이 놓여 있긴 하지만 자리에 앉아 있는 사람은 거의 없다. 대부분 서서 다른 이들과 이야기를 나누거나, 웃거나, 혹은 함께 이야기를 나누거나 웃을 사람을 찾기 위해 걸어 다니고 있다. 사람들 손에는 와인잔이나 담배가 혹은 와인잔과 담배가 동시에 들려 있다.

이제 막, 차인형은 걷기 시작했다. 따뜻한 빛깔의 공기 속으로 들어온 것이다. 하지만 여전히 그의 얼굴 표정은 밝지 못하다. 그는 이곳과 또 이곳에 들어 있는 사람들과 어울리지 않아 보인다. 하지만 그의 발걸음은 단호해 보인다.

그는 자주 고개를 끄덕이며 사람 혹은 사람들과 인사를 나눈다. 그렇지만, 어느 그룹에서도 그는 오래 머무르지 않는다. 그에겐…… 신무경을 찾아 가슴에 품은 원고에 대해 이야기하겠다는 생각밖엔 없다. 그는 신무경을 찾고 있는 것이다. 하지만, 그녀는 쉽게 발견되지 않는다. 즐거운 사람들이 너무 많다, 라고 그는 생각한다. 그는 여기에 있는 그 누구에게도 쉽사리 감정이입이 되지 않는 듯하다.

지금 당장, 바지를 입고 있는 여자는 별로 눈에 띄지 않는다. 대부분 아주 기다랗고 풍성한 원피스나, 무릎길이의 몸에 착 달라붙는 투피스를 입고 있다. 차인형, 그는 지난번 만났을 때 신무경이 어떤 옷차림을 입고 있었는지 기억해 내려고 한다.

지금 그는 아무것도 손에 들지 않은 채 급히 걷고 있다. 누군가 그의 앞을 가로막고 어깨를 툭 치며 큰 소리로 웃는다. 어색하고 매우 느릿느릿한 웃음이 차인형, 그의 얼굴 전체로 서서히 퍼진다. 상대방은 그보다 나이가 좀 더 들어보이는 남자다. 정장차림이지만 넥타이를 매지는 않았다. 푸르스름한 턱을 가진 남자다.

"예, 저도요. 그렇지만 뭐…… 더 이상은 좀…….."

그는 그렇게 얘기했을 뿐이다. 하지만 상대방은 끊임없이 떠든다. 다양한 크기의 침방울들이 상대방의 입을 빠져 나와 다양한 궤적을 그리며 아래로 낙하한다. 그는 오줌 마려운 강아지처럼 조급해 보인다.

그러다가 그는 흠칫 놀란다. 하지만, 상대방은 자신의 얘기에 취해서, 혹은 와인잔에 담긴 말간 액체에 취해서 그의 표정에 생긴 변화를 눈치 채지 못했다. 차인형, 그는 한 남자를 본 것이다. 말쑥한 밤색 정장에 짙은 푸른색의 소띠를 받쳐 입은 한 남자를 본 것이다. 함기영을 본 것이다. 그 남자는 지금 어떤 여자와 적절한 거리를 유지한 채 마주보고 서 있다. 여자는 어깨가 반쯤 드러난 아이보리색 원피스를 입고 있다. 둘은 약속이라도 한 것처럼 허리를 구부리고 웃기 시작한다. 둘은 마치 아무것도 담고 있지 않은 한 쌍의 괄호 기호처럼 보인다. 드디어 차인형과 서 있던 남자도 그가 무엇을 보고 있는지 알아챘다.

"저 여자 누군지 아세요?"

차인형, 당연히 그는 안다. 그 여자는 함기영의 꿈속에서 보았던 여자다. 지독한 안개에 포위되어 있던 호숫가 집에서 보았던 여자다. 예쁜 가슴을 가진, 두 다리를 거의 180도로 벌린 채 함기영을 깔고 앉아 있던 여자다. 그는 더 이상 참을 수가 없다. 무엇을 참을 수 없는지 잘 모르면서 막무가내로 참을 수가 없다.

"죄송합니다. 속이 좀."

그는 고개를 숙이며 급히 자리를 뜬다. 상대방은 그의 뒷모습을 바라보며 입맛을 다시며 얼굴을 찡그리며 뭐라고 말한다. 하지만 차인형, 그는 상대방의 말을 듣지 못했다. 그는 고개를 숙인 채 거의 뛰듯이 걷는다. 차인형, 그는 화장실을 찾고 있다. 그는 그 여자를 함기영의 꿈속에서 본 적이 있다. 틀림없어, 라고 그는 중얼거렸다.

그는 다시 조그마한 입구를 통해 따뜻한 조명의 실내를 벗어났다. 복도 저 끝을 향해 이제 달려간다. 넘어질 뻔하지만 넘어지지 않았다. 그는 벌컥 화장실 문을 밀고 양변기 뚜껑을 열어젖힌다. 토를 하는 것 같다. 토를 하는 것 같지만, 이상한 소리와 나쁜 냄새만 내뿜을 뿐 아무것도 나오지 않는다. 오래 걸리지 않았다. 그는 카악 가래를 양변기 속 하트 모양의 물에다 뱉고 입을 닦고 세면대 앞에서 세수를 한다. 그는 아무 말도 하지 않았다 거울에 비친 얼굴은 화가 난 것처럼 보이기도 하고, 잠에서 막 깬 사람처럼 멍청해 보이기도 한다.

차인형, 이제 그는 거울 속 자신의 얼굴을 쳐다보며 생각을 한다. 무엇보다 신무경을 찾아야 한다고, 생각한다. 휴지로 다시 물 묻은 머리를 닦는다. 젖은 휴지를 구겨 뭉치며 재차 다짐을 한다. 그는 이제 다시 복도로 느릿느릿 걸어 나온다.

그리고 거짓말처럼, 복도에서 한 여자를 만난다.

"안녕하세요, 신무경 씨."

검정 카디건을 입고 있던 여자는 그를 보더니 놀랐다는 듯 입을 벌린다. 그 여자가 서 있었던 건지 걷고 있던 건지 그는 확신하지 못한다.

"안녕하세요, 차인형 씨. 제 이름을 기억하고 계시네요."

"네, 실은 신무경 씨를 찾고 있었어요."

"아, 그래요. 재미있네요. 저도 차인형 씨를 찾고 있었는데."

"제 용건이 더 급한 걸 겁니다. 제 이야기부터 먼저 들어봐 주시겠어요?"

"네, 그러지요. 제 것도 급한 거긴 하지만."

그는 점퍼 안주머니에 들어 있던 인시현의 원고를 꺼내 아무 말 없이 여자에게 건넨다. 여자는 안경을 만지작거리면서 원고를 들여다본다. 윗니로 아랫입술을 물어뜯고 있다.

"이걸 왜 차인형 씨가 가지고 있죠?"

"그게 뭔지 아시는 거죠?"

"예, 그래요. 시현이가…… 아니, 그보다 먼저, 제 질문에 답하지 않으셨잖아요. 어떻게 이게 그쪽 손에 있는 거죠?"

"며칠 전에 저한테 왔어요. 발신자 이름엔 인시현, 수신자 이름엔 제 이름이 쓰여 있는 봉투를 뜯었더니 폭탄 대신 그게 나오더군요."

"실종된 사람한테서 편지가 왔단 말인가요?"

"못 믿으시겠다면, 당장 출판사로 돌아가서 봉투를 가져올 수도 있습니다만……."

"아니요, 그러실 건 없어요. 이상한 일이네요, 그죠? 알았어요. 뭔가

급한 일이 있는 것 같군요. 자, 알고 싶으신 게 뭐죠?"

"인시현이란 친구가 쓴 게 맞나요?"

"네. 그런 것 같아요. 이런 장난을 하고 있다고 저한테 이야기한 적이 있어요. 정확히 이건 아니었지만, 이거하고 비슷한 걸 보여준 적도 있구요. 그게 다예요? 제 용건도 무지 급한 건데. 제가 아니라 그쪽하고 상관있는 거거든요."

여자는 그를 쳐다보고 있다. 립스틱을 바르지 않은 입술은 허옇게 일어나 있다.

"아니요. 이것부터 마무리 짓죠. 이게 뭔가요? 불가역적인 거울상이라는 게 도대체 뭔가요? 인시현이라는 친구가 도대체 뭘 한 거죠?"

"거기에 대한 설명은 없었나 보죠. 이상하네요. 시현이는 이런 텍스트를 만들고는 저한테 달려와서 어떻게 만들었는지 설명하고 싶어 안달이었는데. 좋아요. 최대한 짧게 설명해 드리지요. 우선 텍스트를 하나 만들어요. 딴 데서 가져와도 되구요. 물론 한글로 된 텍스트여야 해요. 그 다음 인터넷에 있는 번역 사이트로 가는 거예요. 그래서, 거기에다 텍스트를 집어넣고 영어로 번역을 시키는 거죠. 영어가 아니라 일어나 중국어나 불어로 할 수도 있겠지만, 시현이는 영어로 할 때 가장 효과가 좋다고 했어요. 하긴 개가 일어나 중국어나 불어를 알기나 하는지 모르겠지만. 그 다음에 그 사이트에서 그 영어로 번역된 텍스트를 집어넣고 다시 한글로 번역을 시키는 거예요. 그러면 처음 한글로 쓰인 원본으로 돌아가는 대신 아주 희한한 문장들이 나온다는 거예요. 그러니까 텍스트의 언어가 한글에서 영어로 다시 영어에서 한글로 돌아오는 동안, 전혀 예상하지 못한 효과를 얻게 되는 거죠. 그걸 시현이는 불가역적인 거울상 혹은 새로운 자동기술법이라고 부르더군요. 대단한 발명이라도 되는 듯이 말이죠. 특허를 출원할 수 있는지 알아보기도 했었어요. 웃으실지 모르겠지만, 시현이는 원래 그런 애였거든요. 번역 수준이 높은 유료 번역 사이트에서는 영어로 번역되었다가 다시 한글로 번역된 텍스트가 거의 원본과 일치해서 재미가 없다고 했어요. 엉성한 번역 사이트에서 해야지, 훨씬 더 재미있는 결과가 나온대요. 이 정도면 충분한가요?"

"인터넷 번역기란 말이죠…… 하나만 물어볼게요. 시현이란 친구가 사용했던 번역기가 어느 사이트에 있는 건지 알고 계시나요?"

"네. 저도 해봤거든요. 제 일기를 가지고 불가역적인 거울상을 만들어 본 적이 있어요. 재밌거든요. 알타비스타에 있는 바벨 번역기였을 거예요."

"알타비스타 바벨 번역기요?"

"네. 그런데…… 차인형 씨는 지금 수배 중인가요?"

차인형, 그는 어리둥절하다. 그는 여자가 입고 있는 검정색 카디건의 오른쪽 가슴에 달려 있는 나무와 끈으로 만든 액세서리를 바라본다.

"도대체 무슨 소리죠?"

"이게 제 용건이었어요. 한 한 시간 전인가, 경찰이라며 전화가 왔었거든요. 차인형 씨를 만날 거냐고. 자세하게 설명해 주진 않았지만 여자아이의 실종과 관련이 있다는 것 같던데. 아직 경찰한테서 전화가 안 왔나요?"

"네, 없었는데요."

"그럼, 곧 경찰이 이리로 찾아오겠네요. 차인형 씨를 만나러 말이에요. 저한텐 차인형 씨를 만나게 되도 최대한 모른 척 자연스럽게 굴라고 했었거든요."

그는 입을 꾹 다문 채 가만히 서 있다. 차인형, 그는 아무것도 생각나게 하지 않는 신무경의 노리개를 쳐다보며 이제 생각하기 시작한다. 그는 전화를 통해 신무경에게 경찰이라고 주장한 사람이 왜 그를 찾고 있다는 건지 곰곰이 생각한다. 제일 먼저, 전화를 건 사람이 진짜 경찰이 아니라 파괴자일 수도 있다는 생각이 퍼뜩 들었지만, 그는 얼른 그 가정을 지워버린다. 상황은, 그가 파괴자를 쫓아다니고 있는 거지, 파괴자가 자신을 쫓아다니는 게 아닌 것 같다. 파괴자가 아니라면 전화를 건 남자가 진짜 경찰일 수밖에 없다는 결론에 그는 도달한다. 하지만 그 결론에 도달하자마자, 다시 경찰이 어떻게 예이형의 실종과 그를 연관 지을 수 있겠느냐는 질문이 그를 괴롭힌다.

"아하."

그건 재채기처럼 무의미해 보인다. 지향이 없는 반사동작 같아 보인다. 차인형, 그는 승경이를 생각해 냈다. 그는 승경이와 통화 도중, 필요 이상으로 많은 말을 하지 않기 위해 약간은 사무적으로 서둘러 전화를 끊었던 장면을 더듬어 본다. 승경이란 여자애는 그의 태도를 수상하게 여겼을 수도 있다. 틀림없이 그랬을 것이다. 그리고 어쩌면, 그냥 수상하게만 여기고 끝낸 게 아니라 경찰에 전화해 그에 대해 꼬치꼬치 알려주었을 수도 있다. 그는 그가 내린 추론이 맘에 든다. 틀림없을 것 같다.

"정말 수배되신 건가요? 80년대도 아닌데 도대체 무슨 일이죠?"

"수배 역시 공적인 수배에서 개인적인 수배로 패러다임이 옮겨가고 있는 추세죠."

"메모해 두고 싶을 만큼 멋진 대답이네요. 그런데 만약 제가 경찰을 다시 만나면 뭐라고 해야 되죠? 경찰은 패러다임 같은 말을 들으면, 저까지 수배하려 들지 몰라요."

"그냥, 뛰어가는 모습을 봤다고, 딜러가는 뒷모습을 봤다고 전해 주세요. 지금부터 그럴 거니깐요."

"잠깐만요. 그쪽, 시현이를 찾고 있는 거 맞지요?"

"네. 그렇다고 할 수 있겠네요. 그럼 다음에 또."

그는 달린다. 건물 후면 주차장이 보이는 복도에 멈춰 서서 그는 까치발을 하고 창문 밖으로 주차장을 내다본다. 세차를 하지 않아 더러운 자신의 차가 금방 눈에 띈다. 하지만, 차인형, 그가 찾고 있는 것은 자신의 차가 아니다. 잠시 후, 그는 자신이 찾고 있던 것을, 정확히 말하면 사람을 발견한다. 두 남자, 주차장 옆 둔덕에 서서 신문을 보면서 힐끔힐끔 자신의 차를 향해 시선을 던지는 점퍼 차림의 수상쩍어 보이는 두 남자. 도저히 경찰 외의 다른 직업을 가질 수 없을 것 같은 두 남자. 차인형, 그는 자신의 차를 포기하기로 결심한다. 그는 이 건물 4층에 다른 건물과 연결된 구름다리가 있다는 것을 떠올린다. 그는 다시 달린다. 어두운 계단을 지나 구름다리를 지나 다시 조금 더 밝고 넓은 계단을 뛰어 내려와 다른 건물의 입구를 통해 그는 바깥으로 나온다.

그는 학교 안으로 들어온 택시를 잡아탄다. 이제 집이나 출판사로 돌아가지만 않는다면 안전하다고, 그는 생각한다. 그는 이제부터 자신이 해야 할 일을 명확히 알고 있다. 그런 사람의 표정을 하고 그는 택시 뒷좌석에서 눈을 감는다.

30

좋은 번혼데. 33번 컴퓨터 앞에 앉아 차인형은 주머니에 들어 있던 핸드폰을 담뱃재가 너저분하게 떨어져 있는 짙은 밤색 컴퓨터 책상 위에 올려놓았다. 이곳 PC방까지 오는 도중 그는 두 통의 전화를 받았다. 하나는 전운영 주간의 사무실 전화번호였고, 또 다른 하나는 등록되지 않은 핸드폰 번호였다. 그는 둘 다 받지 않았다. 누군가 핸드폰을 통해 자신을 추적할지도 모른다는 건 참으로 불쾌한 일이었지만, 예이형으로부터 또 다른 전화가 올지도 모르기 때문에 전원을 꺼둘 수는 없었다. 그는 택시를 한 번 더 갈아타고 주택가에 위치한 이곳, 작고 어두운 PC 방으로 왔다. 전엔 한번도 와본 적 없는 곳이었다. 이곳이라면 안전할 거야.

얄팍한 플라스틱 카드에 적혀 있는 번호를 초기 화면에 집어넣고 나서, 그는 아침부터 지금까지 아무것도 먹지 않았다는 것을 생각해 냈다. 배가 고프기는 않았지만, 뭐라노 먹어누어야 할 것 같았다. 그는 프런트로 가서 키보드를 두드려대고 있는 남자애에게 뭘 시켜먹을 수 있느냐고 물었다. 검은 안경의 남자애는 화면에서 눈도 떼지 않은 채, 되는 건 아무거나 다요, 라고 말했다. 감정 제거 수술을 받은 모기의 목소리 같았다. 그가 짜장면도 되냐고 물었을 때, 남자애는 그럴 줄 알았다는 듯, 보통이요 곱빼기요, 라고 되물었다. 마치 자동응답기 같군 그래. 남자애의 손가락은 신들린 무당의 춤사위처럼 키보드 위를 날아다니고 있었다. 차인형은 33번 컴퓨터 앞으로 돌아오면서 남자애를 흘긋흘긋 돌아보았지만, 그가 짜장면을 주문하기 위해 전화기를 드는 기미는 조금도 없었다. 다른 세상에 서식하는 생물, 이를테면 수심이 만 미터를 넘는 심해에 서식하는 지의류 같다고 그는 생각했다.

신무경이 알려준 번역 사이트를 검색하기 위해 그는 네이버로 접속했다. 습관적으로 그는 뉴스홈을 눈으로 훑었는데, 미국에서 단 이틀 동안 실어증 환자가 5만 명이나 신고되었다는 굵은 글씨가 눈에 띄었다. 마지막으로 뉴스를 본 건 꽤나 오래전 일이었다. 뉴스는 그에게 이미 다른 차원에 존재하는 생물이나 마찬가지였다. 다시 습관적으로 그가 굵은 글씨 위에 화살표 모양 커서를 올려놓고 집게손가락을 까딱하자, 더 많은 그리고 더 야단스러운 뉴스의 제목들이 화면을 집어삼켜 버렸다. 가령,

21세기의 새로운 흑사병인가? 미국발 실어증 파동 전 세계로 확대.
국경 없는 실어증 파동. EU 오늘 환자수에 대한 잠정 집계 발표 예정.
발병 원인은 오리무중. 원인은 바이러스인가 아니면 전자파인가?
부시, 어제 하루 동안 모든 공식 일정 돌연 취소.
부시, 돌연 일정 취소, 실어증이 원인일지도 모른다는 조심스러운 추측.
부시, 우크라이나 방문 계획 돌연 취소.
손 놓은 정부, 아직 국내에는 급성 실어증 환자가 한 명도 없다?
극노의 불안에 싸인 세계. 방화 약탈 잇달아.
미국 펜타곤 핵심 인력 수명 급성 실어증 발병. 내부 네트워크 일시 정지.
미 국무부 발표 핵 위성 추락 위험은 0%?

WHO, 9월 22일 현재 급성 실어증 환자 전 세계 50만 명 육박 추정.

미국 NASA, 초신성의 폭발과 급성 실어증 사이에 연관 있다?

대책 대신 루머만 무성. 다국적 제약회사의 음모론에서 외계인의 공습 임박까지.[주12]

지금까지 차인형은 모니터 속에 상주하는 뉴스들이 자신과는 무관한 글자들의 향연에 불과할 뿐이라고 여겼다. 하지만 이건…… 이건 좀 다를 수도 있겠다는 생각이 들었다. 그렇다고 해도 이 엄청난 뉴스의 목록이 치형이가 걸렸던 병이나 파괴자와 관련이 있다고 믿기란 쉽지 않았다. 그건 그가 알고 있는 뉴스의 원칙에서 벗어난 듯 보였다. 말도 안 돼, 이건 진짜 말도 안 되는 일이야.

차인형은 검색창에 바벨 번역기라고 써넣은 다음, 다시 집게손가락을 까닥거렸다. 이거다. 차인형은 품속에서 돌돌 말린 인시현의 원고를 꺼냈다. 우선 신무경이 말한 대로 정말 그렇게 되는지, 그렇게 두 번의 번역 과정을 거치면 정말 불가역적인 거울상이 만들어지는지 확인해 보아야 했다. 그리고 그 다음엔…… 그 다음엔…… 다른 걸 해봐야 했다. 그에겐 해독해야 할 또 다른 텍스트가 있었다. 그의 머릿속에 선명히 새겨진 또 다른 텍스트.

차인형은 어느새 바벨 번역기 화면 앞에 도착해 있었다. 그는 헤엄을 치지도 갈증을 참아가며 먼 길을 뛰지도 운전을 하지도 자전거를 타지도 않고 그곳에 이미 와 있었다. 단순한 푸른색 사각형 배경에 텍스트를 집어넣을 수 있는 하얀 창문 하나가 그를 위해 열려 있었다.

하얀 창문 혹은 하얀 공백. 불가역적인 거울상을 생산해 낼 하얗고 아득한 그 입구. 문득 차인형은 바벨의 원뜻이 '신의 문'이라는 뜻을 지닌 옛 지명이라는 것을 떠올렸다. 그것은 공교로운 우연이었다. 우연?

이게, 아니 이 모든 게 정말 우연일 수 있을까? 차인형은 그 멍청해 보이는 하얀 창문 속으로 인시현의 원고의 첫 번째 부분을 집어넣기 시작했다. 그는 기어코 신의 문을 통과해, 납치된 예이형이 감금되어 있는 문으로 다가갈 수 있는 실질적인 방도를 얻어야만 했다. 작은 글자들이 꼬물거리면서 그 신의 문 위에 빠른 속도로 새겨졌다. 하지만 그건, 그의 손놀림과 아무런 상관이 없어 보였다. 마치 사도 요한이 작가 혹은 창작하는 사람이 아니라, 신의 목소리를 그대로 받아 적었던 필경사에 불과하다고 스스로 주장했던 것처럼. 그는 처음으로, 요한이 고의로 거짓말을 한 게 아니라, 실제로 그렇게 믿었을 수도 있겠다는 생각이 들었다. 그만큼, 신의 문 위에 새겨지는 저 글자들은, 그것이 신의 목소리든, 어쨌건 자신의 손가락과는 무관해 보였다. 신의 문 위에 새겨지는 글자들이 늘어날수록, 스물스물 파고드는 한기는 점점 더 심해져 갔다.

새벽 2시였다. 씨발. 컴퓨터 귀퉁이에 달린 작은 시계는 그렇게 주장하고 있었다. 그의 불안과는 달리, 더 이상 전화는 오지 않았고 텍스트는 해독되지 않았다. 차인형은 그만 단념하고 싶어졌다. 피곤했다. 그는 기지개를 크게 켠 후, 주위를 둘러보았다. 주인에게 선택받지 못해 눈을 감고 있는 컴퓨터 모니터는 채 삼분의 일도 되지 않았다. 아직 많은 사람들이 거기 있었다. 그는 '아직'이라는 단어가 그들의 존재를 서술하는데 알맞지 않은 부사라는 걸 깨달았다. 그들은 늘 거기에 있었던 것처럼 보였다. 집으로 돌아갈 수 없는, 혹은 돌아가고 싶지 않거나 돌아갈 집이 없는 사람들이었다. 갈 곳이 없는 사람들. 갈 곳이 있더라도 벌써 거기에 있는 사람들과 마주치고 싶지 않은 사람들. 차라리, 말 없는 컴퓨터와 하루 종일 지내고 싶은 사람들. 웰빙 같은 호들갑과는 아주 멀리 떨어져 있는 사람들. 세 끼를 라면으로 때워도 장수할 수 있다고 생각하는 사람들, 아니, 장수 따위엔 아예 관심이 없는 사람들. 컴퓨터와 떨어져서는 장수는커녕 하루도 버티기 힘든 사람들. '정상적'이라고 불리는 시간의 흐름에서 낙오된, 혹은 자발적으로 이탈해 나온 사람들. 머리를 감지 않아도, 규칙적으로 이를 닦지 않아도, 때마다 손톱을 깎지 않아도 되는 사람들. 남들이 자신의 옷차림을 어떻게 생각할지 걱정하지 않아도 되는 사람들.

차인형은 자신 역시 돌아갈 곳이 없다, 라는 사실을 깨달았다. 집은 이미 위험해졌다. 사무실도, 그 지긋지긋한 사무실도, 진즉 위험해졌을 터였다. 내가 돌아갈 곳은 꿈밖에 남지 않은 거야, 이젠.

텍스트는, 그의 머릿속에 새겨져 있던 텍스트는 좀처럼 해독되지 않았다. 처음부터 쉬운 일이 아니었다. 그가 가지고 있는 텍스트는, 이미 이 바벨 번역기 속 신의 문을 두 번 통과한 것처럼 보였다. 그가 해야 할 일은 인시현이 밟았던 길과는 거꾸로, 만들어진 불가역적 거울상의 원본을 찾아내는 일이었다. 그건 그가 예상했던 것보다 훨씬 더 힘든 일이었다. 오른손 검지와 중지 사이가 뻐근했다. 그건 보물지도를 주고 보물을 찾으라고 하는 게 아니라, 보물의 위치를 알려주고는 그것의 유일무이한 보물지도를 찾아내라고 하는 것과 똑같은 엉터리 명령이었다.

차인형의 머릿속에 들어 있는 텍스트는, 그가 납치된 예이형의 행방을 추적할 수 있는 유일한 단서라고 믿고 있는 그 텍스트는, 그 자체로는 도무지 뜻이 통하지 않았다. 그가 알 수 있는 것이라곤 그 텍스트는 자체적으로 의미를 가지고 있는 독립적인 텍스트가 아니라 영문으로 만들어진 또 다른 텍스트를 참고하여 만들어진 헛소리에 불과하다는 것이었다. 그 또 다른 영문 텍스트 역시 독립적인 의미소가 아니라 또 하나의 텍스트, 유일무이한 판본으로 틀림없이 어떤 고유한 의미를 가지고 있을 독립적인 텍스트-원본에 빚을 지고 있을 터였다. 그가 찾아내야 할 것은 양피지에 피로 그려진 보물지도였다. 하지만 그 보물지도의 행방은 새벽 2시의 PC 방에서 여전히 오리무중이었다.

팔림세스트. 그는 뻑뻑한 두 눈을 깜박거리며 조용히 말해 보았다. 확실히 그건 흥미로운 팔림세스트였다. 단지 양피지가 귀해 글자가 쓰인 오래된 양피지 위에 또 다른 텍스트를 적어 넣은 것이 아니라, 순전히 먼저 기록된 원본을 참조로 해서 쓰인, 단지 그러기 위해서 만들어진, 어떤 새로운 뜻도 가진 척하지 않는 종속적인 팔림세스트. 더욱 나쁜 것은, 이 팔림세스트가 앞에 쓰인 텍스트를 완전히 지우는 방식으로, 어떤 흔적도 남기지 않는 방식으로 덧쓰였다는 것이다. 그것도 두 번씩이나. 내가 과연 보물지도를, 그 원본을 찾아낼 수 있을까?

힘들어 보이기만 했다. 인시현은 분명, 이 번역기의 속성을 정확히 알고 있었다. '불가역적'이라는 사려 깊은 단어의 선택. 차인형은 처음, 인시현의 시의 첫 부분을 두 번 번역시켜 보았다. 신무경의 설명 그대로, 그 신의 문은 시의 첫 번째 부분을 두 번째 부분으로 바꾸어 놓았다. 그 다음, 그는 시의 두 번째 부분을 다시 두 번 번역시켜 보았다. 어쩌면 '가역적'일지도 모른다는 희망을 품고. 하지만 뜻대로 되지 않았다. 인시현의 말 그대로, 그건 불가역적이었다. 두 쌍의 번역을 되풀이할수록 점점 더 원본과는 멀어지는 또 다른 제2, 제3의 거울상만이 생길 뿐이었다. 불가역적이군, 확실히 불가역적이야.

남은 일은 간단해 보였다. 불가역적이므로, 변환 혹은 참조의 원리를 깨쳐 텍스트 바로 밑의 텍스트를 차인형이 직접 직조(織造)해 내야 했다. 하지만 시간도 원리를 터득할 수 있는 경로도 없었으므로, 그는 원리를 이해하는 대신, 그저 수많은 시도들을 통해 원본에 다다라야 했다. 애꿎은 컴퓨터 자판만 두드려 팰 도리밖에 없겠군. 하지만 그 텍스트 밑의 텍스트는 새벽 2시의 PC 방에서 여전히 수면 위로 떠오르지 않았다.

물론 그 과정에 그가 얻은 경험칙이 전혀 없는 것만은 아니었다. 예를 들자면, 복잡한 술어 뒤에 '요'라는 어미(語尾)가 붙는 경우, 번역기는 자주 이 '요'를 어미가 아니라, 깔고 누울 때 쓰는 명사의 '요'로 이해한 후, 'Bedspread'라는 엉뚱한 단어를 제시하곤 한다는 걸 차인형은 깨달았다. 다시 이 'bedspread'가 한글 번역을 거치면 '침대보'로 부활했다. 그래서, 이성복의 시의 한 구절 〈안녕. 오늘 안으로 나는 기억을 버릴 거요〉가 신의 문을 두 번 통과하는 사이에 〈안녕. 오늘 안쪽에 나는 기억을, 잘 버릴 것이다! 침대보〉라는 놀라운 문장으로 진화한 것이었다. 그건 확실히 재미난 깨달음이었다. 하지만, 침대보 아래에 숨어 있던 원리는 이해했지만, 정작 그가 머릿속에 담아온 텍스트는 전혀 해독되지 않았다.

다른 방법은 없을까? 차인형은 간절히, 예이형을 찾아낼 다른 방법을 찾고 싶었다. 그래, 이 따위 쓸데없는 짓은 그만두고, 꿈속으로 들어가 보자. 꿈속에서 이형을 만나보자. 그는 입고 있던 점퍼를 벗어 똘똘 만 뒤 의자 뒤에 받쳐보았다. 보기보다 그다지 불편하지는 않았다. 익숙해져야 했다. 난 집에 있는 게 아니야. 난 여기에 있는 다른 사람들처럼 집에 돌아갈 수 없는 처지라구.

비몽사몽 차인형은 훤하게 빛나고 있는 컴퓨터 화면을 보았다. 컴퓨터는 지금 이곳이 5시 37분이라고 주장하고 있었다. 차인형은 예이형을 만나지 못했다. 그는 가짜 황무지에서 한 발자국도 벗어나지 못했다. 설마…… 담배를 집어 드는 손가락이 심하게 떨렸다. 다른 해석이 불가능한 건 아니었다. 차인형과 예이형이 꿈속에서 다시 만나지 못하도록, 파괴자가 예이형이 잠들지 못하게 하는 걸 수도 있었다. 차인형은 100원짜리 동전을 자판기에 넣고 종이컵에 든 커피 한 잔을 자리로 가져왔다. 다시 냄새 나는 화장실로 가, 거울이 반쯤 부서진 세면대에서 세수를 하고 자리로 돌아왔다. 다시 해볼 수밖에 별 도리가 없었다.

차인형의 손가락이 자판 위에서 춤을 추기 시작했다. 가끔 그는 하던 일을 멈추고 얼어붙은 듯, 화면을 처다보기도 했다. 그러곤 다시 죄 없는 자판들을 두드려댔다. 간혹 아하, 혹은 휴우 하는 탄식을 내뱉기도 했다.

이건가?

그건 이른 아침 7시 22분의 PC 방이었다. 차인형은 양손으로 두 볼을 때리고 허리를 다시 곧추세웠다. 정말 이건가? 차인형은 몇 차례 더 자판을 두드렸다. 이번엔 좀 더 천천히.

아, 그거였구나, 그거였어. 이제 알았어. 원본이 뭐였는지……. 하지만 그게 다가 아니잖아? 이건 뭐야…… 이게 뭘 말하는 거지? 뭐지? 아하…… 그거다. 틀림없어. 사자였어. 사자였단 말이야. 이 정도는 초보적인 문제지. 너무 쉽잖아. 황제의 칙령 혹은…… 이걸 어떻게 잊을 수가 있나!

차인형은 자신도 모르게 자리에서 벌떡 일어섰다. 그는 자신이 발견한 것을 모두에게 얘기해 주고 싶었다. 하지만 아무도 관심을 가져주지 않았다, 아무도 그를 처다보지 않았다. 같은 곳에서 함께 밤을 지낸 처지였지만, 돌아갈 곳이 없다는 유대감으로 묶일 수도 있는 처지였지만, 그들의 얼굴은 무표정했다. 정열도 관심도 즐거움도 일체의 감정도 그들의 얼굴엔 없었다. 상관 없어.

상관 없어. 이젠 상관 없어. 다 알았단 말이야. 다 알았어. 사자였어. 사자였어. 안녕, 여러분들. 즐거웠어요. 딱히 돌아갈 곳이 있는 건 아니지만 전 이제 여길 떠나야겠어요.

차인형이, 33번 컴퓨터의 남자가 짐시 다시 자리에 앉았다 자리를 뜰 때, 컴퓨터 화면은 지금 그곳이 8시 37분이라고 주장하고 있었다. 비록 아무도 주목해 주지 않았지만. 하지만 컴퓨터는 항의하고 싶어하는 것 같지 않았다.

31   2003년 9월 23일

갑자기 오즈의 마법사가 생각났다. 그때, 꿈 바깥에서 예이형과 함께 롯데월드를 갔을 때, 그때, 그냥 지나쳤던 오즈의 마법사 공연. 이번엔 혼자였다. 갑자기 머리가 좋아진 것 같았다. 과거에 일어났던 모든 일들이 한꺼번에 머릿속으로 날아 들어와 차곡차곡 정리되는 것 같았다. 뿐만 아니라, 아직 일어나지 않은 모든 일들도, 지금부터 일어날 모든 일들도 기억날 것 같았다. 지금부터 일어날 일들…… 별로 기억하고 싶지 않은 일들. 하지만 기억 그대로 꼭 일어나고 말 것 같은 일들…….

차인형은 현금으로 입장권을 구매했다. 그는 카드를 타고 날아올 멍청한 경찰들에 의해 자신이 해야 할 일을 방해받고 싶지 않았다. 누구의 방해도 없어야 했다. 환하고, 쾌적하고, 따뜻했다.

차인형은 모험과 신비의 나라 롯네월느의 다른 주민들과 조금도 다름 없이, 머뭇대지 않고 중앙광장 근처에 있는 공연장으로 향했다. 이형을 생각하면 머뭇거리고 싶어도 머뭇거릴 수가 없었다.

공연을 위한 무대는 비어 있었다. 공연이 있기에는 좀 이른 시간이었다. 관람석에는 갓난아기를 안고 우유를 주고 있는 젊은 엄마 한 명이 있을 뿐이었다. 그는 플라스틱 바위로 가장자리를 두른 무대 위로 껑충 뛰어올라, 배우들의 등퇴장을 위한 입구를 찾았다. 무성한 가짜 버드나무 뒤로 붉은 커튼이 쳐져 있었다. 커튼을 열어젖히자 썩은 나무에서 나는 냄새가 났다. 멀리, 벽에 걸린 램프는 산란의 원리를 규명하려는 야심이라도 품은 듯, 거리가 멀어질수록 점점 옅어지는 노란 반구를 덮어쓰고 있었다.

그리고 그 바로 옆에 문이 있었다. 나무 문,

공연대기소──조명기기나 소도구 반입금지

라고 쓰여 있는. 차인형은, 일어날 모든 것을 예측할 수 있었던 차인형은, 그랬기 때문에 두려웠다. 그리고 어김없이 예측했던 일이 벌어졌다.

"안녕."

좁고 기다란 방 안에 앉아 있던 남자가 그렇게 말했다. 그에 몸엔 털이 무성했다. 그는 세례자 요한의 목이 올려진 쟁반을 받았던 살로메처럼, 자신의 목을, 정확히 말하면 자신이 뒤집어쓰고 있던 사자 가면을 무릎에 내려놓은 채 동그란 앉은뱅이 의자에 앉아 있었다. 남자는 문을 향해 등을 비스듬히 돌린 채, 꼬리를 보인 채 앉아 있었지만, 내키지 않았지만, 차인형은 그를 알아보지 않을 수 없었다.

"오랜만이야. 꽤나 오랜만이지. 그지?"

데자뷰 따위가 아니라 정확히 기억했던 그대로였다. 니가 아니었으면 했는데, 정말 니가 아니길 바랐는데, 기억이 틀리길 간절히 바랐는데.

"하나도 놀라지 않는구나. 언제 안 거야?"

"미안해, 니 장난감을 부수어주겠어, 라는 말을 듣고 나서, 그럴지도 모르겠다고 생각했어. 잘…… 있었니?"

비정상적으로 높은 천장에 맞붙어 있는 스케치북만한 크기의 작은 환기창에서 들어온 최적으로 배합된 백색광선이 사자 옷을 입은 남자의 상반신을 사선으로 할퀴며 지나갔다.

"응. 너도 잘 있었지? 하긴 그건 지금 생각해 보면 좀 촌스러운 암호였어. 너무 고전적이지. 게다가 버젓이 일반항까지 주어졌구 말이야. An ＝N(N+1)/2. 고등학교 수학 시간에 배운 등차수열의 합을 나타낸 공식이지. 내 기억이 정확하다면 이 수열 11항까지의 일반항은 이런 식이었던 것 같애. 3, 6, 10, 15, 21, 28, 36, 45, 55, 66. 내 일기와 시현이 시의 공통되는 부분에서 위의 일반항에 해당하는 글자들만 따서 읽으면, '미안해, 니 장난감을 부수어 주겠어'란 그나마 그럭저럭 꼴을 갖춘 문장이 하나 나오지. 어떻게 생각할지 모르겠지만, 나로선 꽤나 힘든 작업이었어. 난 니가 아니니까. 글자로 이루어진 헛소리를 만드는 건 내 전공이 아니거든. 어쨌건, 변명이라 생각할지 모르겠지만 그건 숨기기 위한 게 아니라, 네게 알리려고, 니가 날 찾아올 수 있게 하려고 만든 거였어. 약간의 초보적인 장난을 가미한 건 단지 좀 시간을 벌고 싶어서였지. 방해받지 않고 실험을 마칠 시간이 필요했거든."

차인형은 입이 떨어지지 않았다. 기억아, 소개할게, 이게 내 친구였던 사람이래. 보다시피 지금은 사자가 되었지만.

"그런데 니가 그 뻔한 장치를 너무 오랫동안 눈치 채지 못한 거 같아서, 그리고 이제 너한테 모든 걸 다 보여주어도 될 시간이 된 거 같아서, 다시 그 여자애, 이형이라고 했나? 걔를 통해서 너한테 그 얘길 다시 전해 준 거구."

"이형이는 어딨어?"

차인형은 사자가 된 남자가 그애를 죽이지 않았을 거라고 믿고 싶었다.

"잘 있어. 그게 제일 알고 싶은 거니? 이렇게 오랜만에 만난 친구한
테서? 실종되었다고 알려진 친구한테서? 고작 그 여자애 얘기니? 내가
뭘 하고 있는지 궁금하지도 않아?"

"치형아, 이형이는 어디 있는 거니?"

살아 있다, 라고만 이야기하면 모든 걸 용서해 줄 수 있을 것 같았
다. 다시 술을 마시며 욕을 하고 머리를 쥐어박고 부담 없이 술값을 미
룰 수 있는 그런 사이로 돌아갈 수 있을 것 같았다.

"걱정 마. 아직은 내가 데리고 있지만 곧 풀어줄 거야. 처음부터 널
만난 다음에 풀어주려고 했어. 나로서도 걜 더 이상 데리고 있을 이유가
없어. 개도 너도 내가 하는 일을 어떻게 해볼 수 없는 그런 단계까지 왔
거든."

"살아 있는 거야?"

"넌 날 모르니? 난 나야. 예전의 나 그대로는 아닐지 모르겠지만. 이
형이라면 걱정 마, 잘 있어. 아주 건강해. 말 그대로 손끝 하나 건드리지
않았어. 생리를 하길래 생리대까지 사주었는걸."

차인형은 맥이 빠졌다. 괜찮다. 살아 있다. 건드리지 않았다. 생리
를 한다. 이젠 어떤 일이 일어나도, 가령 급성 실어증 환자가 50만에서
50억으로 단시간 안에 지수함수적으로 늘어난다 해도 괜찮을 성싶었다.
차인형은 예이형을 생각했다. 꿈속에서 만난 예이형은 자신에게 꿈 바
깥에서도 파괴자를 만난 적이 있는 것 같다고 했다. 여기, 바로 이 롯데
월드에서. 머리가 하늘로 치솟은 뚱뚱한 남자. 꿈과 현실의 경계에 설치
된 우중충한 기억의 긴유리를 통해 희미하게 전달된 상. 머리가 하늘로
치솟은 뚱뚱한 남자. 필시 예이형은 우연히, 막 사자 머리를 벗은 치형을
보았으리라. 사자 옷을 입어 뚱뚱한 남자. 막 사자 가면을 벗느라 머리가

하늘로 치솟은 남자.

"너 걔 좋아하지?"

"……"

"걘 그걸 잘 모르는 것 같던데."

"지금 어디 있는 거야?"

"그건 몰라도 돼, 여기는 아냐. 니가 돌아가고 나면 곧 풀어줄 거야. 걱정하지 않아도 돼. 그런데 걔, 날 파괴자라고 부르더라. 니가 지어준 이름이니?"

"아니."

차인형은 돌아가고 싶었다. 이제 그만 어디로든 돌아가 잠을 자고 싶었다. 집으로 돌아가고 싶었다. 상상할 수 있는 위험은 이제 다 휘발되어 버렸다.

"오늘 아침 신문 봤니?"

"응."

"내가 한 건 줄 알았니?"

"그럴지 모르겠다고 생각은 했어."

"왜 그랬는지, 어떻게 그런 일이 일어났는지 넌 궁금하지도 않니? 재수없는 놈. 하긴 넌 늘 그랬어. 넌 니가 관심 있는 일에만 푹 빠져 있었지. 내가 그리고 다른 애들이 어떤 것에 관심을 갖든, 넌 늘 거기에 초연했지. 반면 넌 주위 사람들이 니가 관심을 가지고 있는 게 무언지 알고 싶어 어쩔 줄 모르게 만드는 묘한 재주를 가지고 있었어. 하지만 이번엔 좀 다를 거야. 내가 무대에 올라갈 치례니까. 넌 내 얘기를 들어줘야 돼. 나한텐 인질도 있거든. 너도 잘 알다시피 한동안 꿈엔 노예와 주인 그렇게 두 가지 유형의 존재밖에 없었지. 꿈은 지문 인식 장치가 달린 비밀의 화원처럼 본인 외에는 아무도 들어갈 수 없는 그런 곳이었으니까. 그러다 틈입자가 생겨났지. 쥐새끼처럼 남의 꿈에 슬금슬금 숨어드는 변태적인 존재, 불완전한 기억을 가진 반편 같은 존재. 난 처음에 나 역시 틈입자인 줄 알았어. 그러다 알게 됐지, 내가 그들과 다르다는 걸. 그들은 자신이 침입하고 싶은 꿈을 선택할 수 없었지만, 난 내가 원하는 사람의 꿈으로 마음대로 들어갈 수 있었고, 또 꿈과 현실에 대한 완벽한 기억을 가지고 있었거든. 너 역시 그렇잖아. 우린 특별한 존재야.

그러다 난 틈입자들이 마치 근친상간처럼 금기로 여기고 있는 그 짓, 남의 꿈속에서 누군가에게 말을 거는 그 짓을 실행에 옮기면, 걸면, 그 꿈의 주인이 언어를 잃어버리게 된다는 사실을 듣게 됐어. 처음부터 그럴 거라고 어렴풋이 짐작은 하고 있었지만, 어느 날 어떤 이상한 노인을 꿈에서 만나기 전까진, 나 역시 거기에 대해 깊이 생각해 보진 않았지. 그는 눈을 감은 채 가부좌를 하고 있는 앙상한 노인이었어. 노예나 주인이 아닌 건 알았지만, 뭐 별로 신경 쓰지 않고 지나가려 했는데, '나의 사악한 능력을 물려받은 저주받은 존재여, 어딜 가고 있는가'라며 그 노인이 내게 말을 걸어오더군. 꿈속에도 별 미친놈이 다 있구나, 하고 지나가려 했는데, 다시 '이쪽과 저쪽에 대한 기억을 동시에 갖고 있는 자여. 이리 와서 내 말을 들으라.'라고 하더군. 귀가 솔깃해져서 나는 그 노인과 대화를 나누기 시작했어. 알고 보니, 그 노인 역시 니들이 파괴자라고 부르는, 그래, 너나 나와 같은 능력을 지닌 인간이었어. 그는 파괴자라는 말 대신, 이쪽과 저쪽에 대한 기억을 동시에 갖고 있는 자, 라고 부르더군. 그는 젊었을 때, 틈입자의 금기를 깨고 꿈의 주인에게 말을 걸었대. 그랬더니 현실에서 그 꿈의 주인이 말을 잃어버리고 식물인간처럼 되어버렸다는 거야. 틈입자라면 그 사실조차 모른 채 살았겠지만, 그 노인은 그의 말처럼 이쪽과 저쪽에 대한 기억을 동시에 갖고 있는 자였거든. 그 후로 그는 자신이 한 인간에게 입힌 보상하지 못할 죄를 씻기 위해, 그리고 또 자신에게 천형처럼 주어진 능력을 다시는 빛이 드는 곳에 꺼내놓지 않기 위해 꿈속에선 늘 눈을 감고 있다고 했지. 그러면서 내게도 눈을 감고 살라고 하더군. 난 그를 따라다니며 더 많은 것을 배웠어. 아주 아주 오래전 말들이 아직 세상에 없을 땐, 사람들이 꿈속을 자유로이 왕래할 수 있었다는 거, 자신의 꿈속에 창조한 세상을 남들과 공유함으로써 소통을 했다는 거, 그러다 언어, 그 저주받을 인간의 발명품이 세상에 태어나면서 꿈이 그 원래의 기능을 잃은 채 봉인된 사적 정원으로 바뀌어버렸다는 거 등등. 우린 여러 곳을 순례했어. 우린 볼 수 있는 그리고 보아서 안 되는 모든 세상을 꿈속에서 다 보았지. 하지만, 나를 끈질기게 괴롭혔던 건, 다시 언어를 없애고 예전처럼, 꿈이 소통의 공간으로 변할 수 있는 그런 세상으로 우리가 귀환할 수는 없을까 하는 의문이었어.

그러던 중 어느 날 갑자기 그를 보지 못하게 된 거야. 사막에서 아무리 그를 떠올려도 그가 배회하고 있을 꿈속으로 들어갈 수가 없더군. 모르긴 하지만, 그는 더 이상 이 세상 사람이 아닌 것 같았어. 그가 사라지고 나자 난 내가 원하는 걸 점점 더 뚜렷이 알게 됐어. 언어의 파괴. 처음엔 입에 담기도 두려웠지만 바로 그게 내가 바라는 거였어. 넌 사람들이 언어를 가지고 뭘 하고 있다고 생각하니? 언어란 게 지금 여기서 소통의 도구지 않냐고, 늘 그래왔던 것처럼? 그건 천둥의 신을 직접 제작하고 제사를 드렸던 원시인이 가졌던 어리석은 믿음과 전혀 다를 바가 없는 거라구. 넌 틈입자가 그리고 우리와 같은 존재가 왜 생겼다고 생각해? 우연이라고 생각해? 그렇지 않아. 절대 그렇지 않아. 언어는 더 이상 소통의 도구가 아니야. 처음부터 언어가 그렇게 불완전하고 결함투성이인 도구는 아니었을지 몰라. 하지만 지금은 달라. 사람들은 언어 대신 언어를 나르는 도구인 핸드폰이나 인터넷에 열광하고 있을 뿐이야. 언어의 내용보다는 언어를 나르는 0과 1의 집적일 뿐인 디지털화된 도구나 그 도구상에서 텍스트를 누적하고 누적된 텍스트에 접근하는 그 방식에만 집착하고 있는 것뿐이라고. 그래서 틈입자나 우리같이 꿈의 영역을 부분적으로 넘나들 수 있는 존재들이 생긴 거라구. 거대한 방죽에 균열이 생긴 거지. 우연은 없어. 그냥 생긴 게 아니라구. 이건 새로운 바벨탑의 시대야. 물론 우리는 타인이 말하는 뜻을 알지. 하지만 그 뜻을 이해할 필요가 전혀 없기 때문에, 듣지 않고 읽지 않는 거라고. 글쓰기? 문학? 지금 거기에서 재화를 창출하거나 명예욕을 충족시키려는 목적을 제거한다면 뭐가 더 남을 거 같애? 작가들은, 너도 마찬가지지만 소통을 원하지 않아. 예전에도 소통을 원하지 않기 때문에 글을 쓰는 사람이 있었지만, 소통이 원활한 시대에는, 그들의 존재 또한 나름의 가치가 있었을 거야. 하지만, 지금은 아니야. 너도 그걸 부인할 수 없을 거야. 그들은 소통이 사라진 시대의 네거리 한가운데에 모셔진 알리바이일 뿐이라구. 정치적 스캔들이, 그것이 더 이상 스캔들이 아닌 일상적인 사건이라는 것을 숨기기 위해 과장되는 것처럼, 그들은 소통하지 않는 하나의 극단적인 예를 보여줌으로써, 이 시대에 편재한 '소통 없음'을 숨기는 역할을 하고 있을 따름이지. 쳐다보는 것만으로도 자신의 죄를 씻을 수 있는 예배당에 모셔진 밀랍인형 같은 존재라구. 반박할 수 있겠니? 할 수 있겠어?

그래서 나는 금기를 깨기로 했지. 꿈속의 인물들에게 말을 걺으로써 언어를 파괴하려고 했어. 꿈을 해방시키려고 했지. 하지만 첨엔 잘 되지 않았어. 난 우선 신중하게 선택된 몇 명의 꿈으로 찾아가 꿈의 주인인 그들에게 말을 걸었지. 그리고 그 주인들이 실재에서 어떻게 변해 가는지 관찰하고자 했어. 그게 실수였어. 그들은 말뿐 아니라 모든 걸 잃어버렸거든. 예기치 않게 식물인간이 되어버린 거야. 내가 원했던 건 다만 말만 잃어버린, 전보다 훨씬 더 행복해 보이는 사람이었지만 첨엔 뜻대로 되지 않았어. 그게 바로 그 다섯 명이야. 위대한 실험의 희생자들이지. 물론 개인적으로는 그들에게 미안한 마음을 가지고 있어. 그들에 대해선 아마 우리 형한테서 들었을 거야. 형을 만나봤지? 형 얘기라면 별로 늘어놓고 싶은 생각이 없지만, 형이 의사라는 건 그리고 실어증 같은 데 전문가라는 건 내게 퍽이나 행운이었어. 더 많은 정보를 얻기 위해 난 자진해서 그런 금치산자가 된 척했지. 그 다음부터 난 그들의 증상이 어떻게 진전되어 가는지, 그리고 과연 그런 증상을 의학적으로 어떻게 진단하는지 좀 더 가까이서 관찰할 수 있었어. 나는 형이 내 거짓 증상을 알아차릴 거라곤 생각하지 않았어. 내가 두려웠던 건 혹시나 미친 의사들이 그들의 발병 원인을 그리고 혹은 그 치유책을——내가 하고자 하는 짓을 막지 않고도 말이지——찾아낼 수 있지 않을까 하는 점이었어. 그래서, 나중엔 그 다섯 명을 납치해 버린 거구 말이야. 모든 위험요소를 미연에 제거해야 했거든. 그럼으로써 자연스럽게 나도 무대에서 퇴장할 수 있었고. 시현이에 대해서도 잘 알구 있지? 그 과정에 시현이가 큰 역할을 했어. 지금 내 곁에서 내가 하는 일을 돕고 있지, 비록 공식적으로는 실종 중이지만. 지금은 과연 자신 역시 빨리 언어가 없는 꿈이 해방된 공간으로 가야 할지, 아니면 언어를 보유한 채 조금 더 이 불가피한 파괴를 지켜보아야 할지 고민하고 있는 것 같아.

하여간, 그 다섯 명의 실패 후, 난 다른 가능성을 찾아냈어. 이번엔 주인이 아니라 노예에게 말을 걸어보았지. 처음엔 활동성이 매우 강한 어린애한테 헤보았이. 내싱공이었어. 갠 완전히 말을 잃었지만, 그렇다고 이전의 그 다섯 명들처럼 병원 침대에 누워 주사관으로 흘러들어오는 액상의 영양분만 기다리는 그런 처지가 되진 않았어. 아주 쌩쌩해, 단지 말을 하고 이해하고 쓰고 읽는, 거추장스러운 기능만을 잃었을 뿐이야. 너무 행복해 보여서 의사들도, 우리 형을 포함한 의사들도 당황해할 정도였으니까. 그리고 난 며칠 전부터 이 새로운 노예 해방을 확대적용하기 시작했어. 아주 간단해. 꿈속에서 주인 몰래 노예를 만나, 붙잡고 앉아 한참 동안 떠벌리면 그걸로 끝이야. 부시 얘기 들었지? 내가 알고 있는 미국 사람이 별로 없거든. 어디로 보나 첫 번째 후보로 적합한 인물이었지. 내가 한 일이라곤 말하기 창피할 정도로 간단한 일이었어. 그의 꿈에 나온 아주 커다란 샌드위치를 먹고 있던 금발의 뚱뚱한 여자에게 내가 알고 있는 영어들을 대충 지껄였지. 그게 다야. 이렇게 얘기하면, 넌 사태가 그리 심각하지 않다고 여길지도 몰라. 맞지? 내가 들어갈 수 있는 꿈의 수가 얼마나 되겠나 계산기를 두드려 보고 있는 거지? 아니야, 아니야 틀렸어. 그럼 어떻게 며칠 만에 5만 명이 걸렸느니, 50만 명이 걸렸느니 하는 그런 뉴스가 나올 수 있겠니? 아니야, 그게 다가 아니야. 이건 잘 들여다보면, 바이러스의 증식이나 흡혈귀의 전파 사슬 같은 그런 구조를 갖고 있거든. 물론, 내가 해방시킨 노예의 주인들은 우선 실어증에 걸려. 하지만 거기서 끝이 아니야. 그들은 이제 진정한 꿈을 꾸기 시작하거든. 언어도 사유지를 지키기 위한 어떠한 장애물도 없는 그런 꿈을 말이야. 그들은 이제, 우리나 틈입자들과는 다른 방식으로 남의 꿈으로 넘어가려 하거나 아니면 남을 자신의 꿈으로 초대하려고 해. 이쪽과 저쪽에 대한 기억을 동시에 갖고 있는 자나 틈입자에겐 일종의 완충지대 같은 가짜 사막이 있지. 우리는 꿈에서 꿈으로 직접 이동하거나 호출할 수 없어. 그렇게 믿어왔지. 우리는 가짜 사막을 거쳐야만 했지. 그럴 수밖에 없었거든. 하지만 이제 막 흡혈귀가 된 그들은 달라. 그들은 자신의 꿈에서 남의 꿈으로 바로 들어가려 하거나, 남들을 자신의 꿈으로 직접 호출하지. 그들은 나처럼 치사하게 언어를 사용해서 언어를 뺏지 않아. 그러면 침입당한 혹은 호출당한 그 사람 역시 망가져 버리고

마는 거지. 아니 망가지는 게 아니라, 새로운 꿈꾸는 방식을 획득하게 되는 거지. 물론 합당한 비유는 아니겠지만, 흡혈귀나 바이러스처럼 말이야. 얼마나 걸릴까? 내가 열 명의 노예를 해방하고 열 명의 주인에게서 언어 기능을 뺏은 다음부터 지구에 있는 온 인간이 다들 똑같이 언어가 삭제된 새로운 세상에 살게 되기까지 말이야. 시현이가 계산해 본다고 했는데 쉬운 일은 아닌가 봐. 하여간 이제 일 주일도 채 안 됐는데, 50만 명이니 하는 얘기가 나오는 걸 보면, 금세 끝날 거야, 이제 곧."

사자 옷을 입은 남자는, 치형이는 피곤해 보였다. 차인형 역시 못지 않게 피곤했지만 가까스로 입을 열었다.

"무슨 말인지 알겠어. 하지만, 언어가 그렇게 너무 빨리 갑자기 사라진다면, 수많은 재앙들이 생길 거라곤 생각해 보지 않았니? 선장을 잃은 배가 갑자기 조난을 당할지도 모르고, 원자력 발전소가 붕괴될지도 몰라. 그건, 너무 많은 희생이 따를 거야."

치형은 하늘을 바라보며 숨을 쉬었다, 마치 자신이 내뱉을 말의 길을 미리 조망하고 정지(整地) 작업을 하려는 사람처럼.

"희생? 그럴 수도 있겠지. 아마 그럴 거야. 틀림없이 그럴 거야. 사실, 그것도 내 계획의 일부고. 그런데, 니가 정말 아쉬운 게 그거니? 물론 많이 죽을 거야. 어쩌면 지구상에 살고 있는 대부분의 인간이 죽을지도 몰라. 전기도 없고 통신도 없고 이 메일도 없으면 많은 사람들이 사라지겠지. 하지만 니가 걱정되는 게 진짜 그거니? 아닐걸. 너한텐 그렇게 많은 사람들이 필요없어. 나도 마찬가지구 말이야. 인류에 대한 사랑? 보편적인 인류애? 좆까는 소리 달나라에 가서나 하라 그래. 그건 상상력이 극단적으로 부족한 사람의 머릿속에서만 똬리를 틀 수 있는 어이없는 관념이야. 만약 사람들이 수백만 명 이상의 사람들을 상상할 수 있다면, 혹은 수백만 명의 사람을 단 일 주일 동안 만나서 일일이 이야기할 수 있는 기회를 가질 수만 있다면, 그런 헛된 관념을 금세 포기하게 될 거야. 누구도 그렇게 많은 다양하고 지저분하고 짜증나고 지칠 줄 모르며 쉼없이 타인을 시샘하고 고집스럽고 추잡하고 비열하며 타협할 줄 모르는 인간들을 다 사랑할 수는 없어. 자 너도 한번 생각해 봐. 지구의 인간이, 너의 지구촌 이웃이 10만 명으로 준다 해도 그건 너하고 아무 상관없는 일이야. 그게 뭐 어때서? 어쩌면 넌 더 행복해질지도 몰라. 우리 예전에 술 먹으면서 그런 얘길 신나게 떠든 적이 있지 않니? 그때도 넌 사람들이 너무 많다고 했어. 이렇게 많아선 안 된다고 했지. 그 많은 사람들이 다들 하지 않아도 되는 혹은 할 수도 없는 수많은 말들을 쏟아놓으려고 하는 게, 넌 이 시대가 가진 유일무이한 문제라 했었지. 기억하니? '그럼 어떻게 해야 되는 거지?'라고 내가 물었을 때, 그때 넌 그건 니 문제가 아니라는 듯, '몰라'라고 간단히 대답하고 말았지. 비겁하게도 말이야. 아니, 그걸 탓하자는 건 아니야. 비겁이야말로 젊음이 누릴 수 있는 유일한 특권이기도 하니까. 하지만, 난 이제 내 질문에 대한 답을 가지고 있어. 자 잘 봐. 널 똑바로 봐. 니가 두려운 건 사람들이 죽는 게 아니야. 니가 두려운 건 언어가 사라지는 거야. 그렇지? 언어 자체가 사라지는 게 두려운 거라구. 이제 알겠니, 인형아? 이제 미안해, 니 장난감을 부수어주겠어, 라는 말의 뜻을?"

"그런 거였니?…… 난 처음 그게…… 이형이를 얘기하는 건 줄 알았어. 그래서 그 글귀를 니 일기장에서 첨 발견했을 때, 너무 두려웠어."

"아니, 그렇지 않아. 난 그런 말을 쓰지 않아. 인간이 어떻게 인간에게 장난감이 되겠니? 인간은 장난감이 되기에 적합하지 않은 소재야. 악몽이나 승오의 재료가 되기에는 딱이겠지만. 언어들, 글자들, 그게 니 장난감 아니니? 니가 가장 좋아하는, 너한테 절대 없어서 안 되는, 그게 없어지면 니가 살아가는 가치도 자연스레 반납되고 말."

"아직도 어떤 사람들은 그렇게 생각할지 모르지만, 이젠 아니야. 난 글쓰기를 끊은 지 오래됐어. 이젠, 글쓰기 없이도 충분히 살아갈 수 있어."

"정말 그럴까? 정말 그러니? 난 모르겠어. 난 글이 담배나 마약 같은 거라고 생각해. 니가 그렇게 믿고 방심하며 살아가는 그 어느 날의 어느 순간, 갑자기 니 목덜미에 독니를 박아넣을지도 몰라. 난 확신해, 넌 다시 분명히 그 진창에 빠져들 거야. 아아, 그렇지, 이제 이런 논쟁 따윈 아무 소용 없겠구나. 아차, 이런 내 기억이라니. 맞아, 내가 모든 걸 바꿔놓았지. 언어는 한물간 핸드폰처럼 빨리 세상에서 도태될 거야, 니가 생각한 것보다 훨씬 빨리. 맞아, 내가 그런 대단한 짓을 저질렀었지. 하긴, 넌 괜찮을지도 몰라. 넌 나처럼 특별한 존재니까, 어쩌면 언어를 잃어버리지 않을 수도 있겠지. 그리고 어쩌면 계속 그 장난감을 갖고 놀 수도 있겠지. 그치만, 니가 아무리 그 장난감을 멋지게 가지고 논다 해도, 이젠 아무도 널 봐주지 않을 거야. 이젠 아무도 니 글을 읽어주지 않을 거야. 너의 이웃들은 곧 더는 글을 읽을 수 없게 될 테니까. 난 너에게서 동시대의 독자도, 그리고 아직도 태어나지도 않은 후대의 독자도 다 빼앗아가버린 거야. 너에겐 이제 위안 따윈 없어. 지금 여기에서도 몇십 몇백 년 뒤 미래에서도. 사후의 독자 같은 건 꿈도 꾸지 마. 어쩌면 사람들이 글을 읽는 능력을 잃어버리기 전에 빨리 일생일대의 걸작을 써서 단지 몇 명에게만이라도 읽히는 편이 좋을 거야. 꾸물대면, 기회는 없어. 모든 것이 다 사라질 거야, 영원히."

"넌 날 싫어하니? 아니 넌 날 싫어했던 기니? 난 그렇지 않다고, 내가 널 좋아하는 것처럼 너도 날 좋아하는 줄 알았는데…… 그런데 지금은……."

"널 싫어하냐구? 여기서 왜 그런 얘기가 나오는 거니, 난데없이. 그건 중요한 게 아니야. 바보같이. 넌 바보가 아니었잖아…… 그래, 난 널 좋아했어. 그건 틀림없어. 그리고 아마 지금도 널 좋아할 거야. 하지만, 이건 좋아하고 싫어하고의 차원을 넘은 문제야. 그걸 모르겠니? 난 그 장님 흉내를 내는 노인에게서 모든 걸 들은 뒤 세상에 있는 모든 언어를 없앨 수 있는 가능성을 발견했고, 그리고 그걸 이 짜증나는 세상에 한번 적용시켜 보고 있는 것뿐이라고. 그게 다야. 그게 다라고. 아주 간단한 일이었어. 거기엔, 감정 따위는 거의 없었어. 물론 니가 글을 더 이상 쓸 수 없게 된다면, 죽도록 괴로워할 거라는 잘……."

"아니야. 거듭 말하지만, 난 언어 따위에는 이제 관심없어. 난 오늘 하룻동안 너무 많은 이야기를 들은 거 같애. 너무 어지러워. 모르겠어, 니가 원하는 세상이 어떤 건지. 하지만, 한 가지 확실한 건 내가 글쓰기를 단념 못하기 때문에, 언어에 미련이 남아 있기 때문에 니가 만들려 하는 세상을 반대하는 건 아니란 거야. 정말 내 관심은 글로부터 완전히 떠났어. 떠난 지 오래야."

"그럼, 니 글에 관심을 가졌던 그리고 죽을 만큼 질투심을 느꼈던 나하고 그리고 니 옆을 항상 둘러싸고 있던 그 떨거지들은 어떻게 되는 거니? 이제 니 관심들이 글로부터 다 떠나버렸다구? 그러면 어디로 간 거니? 니 관심이라는 게 그 이형이라는 여자애에게로 날아가 버린 거니? 거기에 내려앉았다구? 거짓말하지 마, 나한테도 또 니 자신한테도. 난 널 잘 알아. 오랫동안 지켜봐 왔거든. 넌 한번도 니가 아닌 다른 사람에게 관심을 가져본 적이 없어. 너도 잘 알잖아. 넌 그저 그런 척하는 연기를 몇 번 멋지게 해냈을 뿐이야. 이주도 그걸 알고 있었어. 걔가 그걸 몰랐을 거라고 생각해? 난 이주를 말릴 수도 있었지. 가끔은 정말 나서서 말리려고도 했는데, 그러지 못했어. 왜였는지는 아직도 모르겠지만."

"그건 아주 옛날 일이야. 니가 기억하는 내 모습은 아주 오래전 모습이라구. 아니야, 이번엔 다를지도 몰라. 난 아주 충분히 늙었거든.”

“웃기지 마. 니가, 그 화려한 글들로 세상을 더럽혔던 니가, 고작 틈입자 같은 존재에게 니 인생을 던져버리겠다고? 아니. 난 믿고 싶지 않아. 틈입자라고? 난 그들이 싫어. 체질적으로 싫어. 그들은 비겁해. 그들은 남의 꿈을 그냥 보기만 하지. 그들은 뭐가 어떻게 잘못되었는지 알지만, 그걸 고치려 하지 않아. 소통을 통해 다른 세상을 꿈꾸지 않아. 그냥 한량처럼 보고 즐기고 노닥거리다가 시들해지면 진짜 담배를 구할 수 없다니, 진짜 섹스를 할 수 없다니 불평이나 늘어놓을 뿐이야. 그들은 그들이 서 있는 세상의 조건을 바꾸려 하지 않아. 그들이 할 수 있는 일이라곤 공짜로 다른 이의 머릿속을 감상하는 일뿐이야. 그게 다잖아. 그리고 총을 쏘기 두려워 손가락을 자른 저격수처럼 비겁하게도 기억이 불완전하네, 하는 타령만 하고 있는 거라구.”

“나 역시 그래.”

“그러지 마. 제발 그러지 마. 나한테 거짓말하지 마. 난 속지 않아. 이건 니 본래 모습이 아니잖아. 제발 그러지 말라고 나한테 부탁해 줘. 제발 나한테 너의 소중한 언어를 없애지 말아달라고 부탁해 봐.”

“아니, 난 그러고 싶은 마음이 전혀 없어, 지금은. 그냥 집에 가서 쉬고 싶어. 니 맘대로 해. 언어를 없애든, 사람을 없애든, 니 맘대로 해. 어차피 내 말을 들을 생각은 전혀 없잖아. 니 맘대로 해. 이형이만 돌려준다면 난 괜찮아.”

“그래 좋아. 인정할게. 넌 달라졌어. 달라졌다는 거지. 거짓말인지 진실인지는 모르겠지만, 그렇게 믿도록 할게. 그런데…… 내가 여기 있을 거라는 건 어떻게 알았지? 내가 사자 가면을 뒤집어쓰고 있을 거라는 것도 알고 있었니?”

“니가 병원에 남긴 그 화이트보드.”

"딩동댕. 넌, 그래, 올바른 길을 걸어온 거야, 내 기대대로 말이야. 계속해 봐. 듣고 싶어."

"너도 알잖아. 놀는 공원에서 Hwang계획안 전갈에 나오는 동물을 찾으십시오. 니가 남겨둔 그 엉터리 메시지."

"그렇게 말한다면, 너무 서운한걸. 그래도 그건 미안해, 니 장난감을 부수어주겠어보단 훨씬 수준 높은 유희였잖아. 너도 그 번역기를 해봤니?"

"응."

"재미있지? 시현이는 그런 부분에 있어선 아주 독창적인 구석이 있는 놈이야. 그래서 거기서 넌 뭘 찾았니?"

"놀이공원에서 황제의 전갈에 나오는 동물을 찾아라."

"딩동댕. 황제의 전갈에 나오는 동물, 다른 사람이라면 몰라도 너라면, 그 동물이 무엇인지 금세 눈치 챘겠지. 멋진 유머 아니야? 「황제의 전갈」이란 카프카의 짧은 글에는 사실 사람말고 다른 동물은 나오지 않으니까. 대신 황제와, 황제의 전갈을 전해야 하는 사자(使者)가 나오지. 어떤 번역본에는 심부름꾼 혹은 칙사라고도 나오지만, 대부분엔 사자(使者)라고 나오지. 심부름꾼인 사자(使者)와 밀림의 황제인 사자(獅子). 어때, 동음이의어를 이용한 아주 멋진 암호 아니었니?"

"그래…… 그런 것 같애."

"피곤하니? 나도 피곤해. 아니, 피곤한 게 아니라 상실감 같은 게 몰려오는 것 같애. 물론 그것들은 니가 풀기를 바라면서 만든 암호였어. 그랬는데…… 내 의지대로 니가 그 모든 가시덤불을 헤치고 내게 왔는데…… 그래도 기분이 이상해. 왜일까? 도대체 왜지?…… 그거 아니, 난 니가 꼭 날 찾아와 주길 바랐어. 너한테 다 이야기해 주고 싶었어. 그랬었어. 왜냐고? 왜 그런 짓을 해가며 널 찾았냐고? 왜일까? 왜일 것 같니?"

336

"몰라, 아무것도 모르겠어…… 실은, 니가 누구인지도 잘 모르겠어."

"난 아마도…… 그거 아니, 너한테 미안하다고 말하고 싶었던 것 같애. 니 장난감, 그걸 부수는 게 솔직히 조금, 네겐 미안했어. 하긴 이젠 너한테 장난감도 뭐도 아니라지만. 하지만 내 기억 속의 너는 그렇지 않았거든. 미안하다고 말하고 싶었어. 그래, 난 인류 따위는 사랑하지 않아. 생각만 해도 구역질이 날 지경이야. 하지만 나의 총합 속엔 아직도 너를 좋아했던 내가 남아 있는 것 같애. 글들로 온갖 허위의 세상을 만들어내던 너를 좋아했던 나 말이야. 말을 할 수 있을 때, 말이 남아 있을 때, 너한테 꼭 이 말을 하고 싶었나 봐. 미안해."

"아니…… 그건…… 나한테 필요한 말이 아닐 거야. 치형아, 그 말은 다른 사람들을 위해 아껴둬."

커다란 사자 머리를 든 채 치형이가 일어섰다. 휘청거렸던 것도 같았다. 기다란 꼬리 때문에 중심을 잡기 힘들어 그런 건지도 몰랐다.

"이제 공연 시간이야. 마지막 공연이지. 내 마지막 공연을 보고 가지 않겠니?"

"아니, 그러고 싶지 않아."

"니가 봐주면 더 좋을 텐데. 특별한 공연이거든. 같이 공연하는 사람들 꿈에 들어가 그들을 모두 망쳐놨거든. 아니, 그게 아닌데 자꾸 까먹는구나. 맞아, 언어로부터 그들을 해방시킨 거지. 오늘은 그래서 아무도 오지 않을 거야. 사상 초유의 모노드라마 형식으로 된 오즈의 마법사를 볼 수 있는 기횐데. 정말 그냥 갈 거니?"

"응. 이제 지야겠어. 징밀로 이영이는 돌아오는 거지?"

"늦어도 내일 아침까진. 약속하지."

"인시현이란 애는?"

"걘, 지가 돌아가고 싶으면 언제든 돌아갈 수 있어. 아마도 영원히 실종으로 남는 편을 택하겠지만. 아, 그리고 혹시 형을 만나게 되도, 형한테 날 봤단 말은 하지 마. 하긴 뭐, 니 말을 알아들을 수 있는 시간도 이제 얼마 남지 않았지만. 그럼 안녕."

안치형은 차인형을 지나치다 말고 어색하게 멈춰 서서 그를 한번 안아주었다. 사자에게 안기는 기분이었다.

"잘 가."

"응."

문 앞에서 치형은 다시 멈춰 섰다. 차인형에게서 등을 돌린 채였다. 사자 모자를 아직 쓰지 않은 채였다.

"어쩜 이게 마지막 기회일 거야, 날 막을 수 있는. 실은 나도 무서워. 그걸 봐야 하는 게 두렵거든."

문득 바닥에 떨어져 있는 각목이 눈에 띄었다. 날카로운 모서리와 드문드문 튀어나온 못대가리. 차인형은 치형이가 말한 마지막 기회라는 게 뭘 뜻하는지 알 것 같았다. 내가? 내가 이걸로? 세상을 구하기 위해서? 싫어. 난 싫어. 난 그런 거 하기 싫어. 난 세상을 구하고 싶지도 망치고 싶지도 않아. 난 각목이 싫어. 사자로 변한 남자를 때리고 싶지 않아. 시간이 아주 느릿느릿하게 흘러갔다.

"인형아, 고마워. 내가 만든 세상을 내 눈으로 볼 수 있도록 허락해 줘서. 재미있게 감상해. 우린 다시 보지 않는 편이 좋겠지? 그게 좋을 거야, 그치? 이제 정말 안녕."

치형이가 나갔다. 차인형은 바닥에 풀썩 주저앉았다가 다시 바닥에 드러누웠다. 집으로 돌아가야 하는데. 집으로 돌아가야 하는데. 모든 게 지금 막 기억난 대로 일어나기 전에.

파괴자

1

매우 쉬운 질문 하나. 그러므로 답을 하기도 쉬운 질문 하나.

파괴자는 무슨 짓을 저질렀던가?

잠시 후, 동어반복에 불과한 답이 하나 마른 먼지를 날리며 풀썩, 바닥으로 떨어졌다. 파괴자는 파괴를 했다. 그러자 다시 꼬리를 무는 질문. 그러면 무엇을? 연이어 떨어지는 답변 제2호. 파괴자는 인간의 언어를 파괴했다.

나는 그렇게 알고 있다. 나는 그렇게, 너무 빨리 죽어 버린 어머니보다 훨씬 오래 살아남았던 어머니의 어머니로부터 들었다. 역시 아주 오래 살아남았던, 마지막 틈입자였던 나의 어머니의 어머니의 어머니는 나를 보았다고 한다. 하지만, 내 기억 속에 그녀는 남아 있지 않다. 내 기억의 집이 채 지어지기 전 나의 어머니의 어미니의 어머니는 이곳을 떠났다고 한다.

나는 지금 폐허로 변해 버린 도서관 1층 바닥에 누워 부채꼴 모양의 회색 하늘을 바라보고 있다. 머릿속에서 떨어졌던 답변처럼, 하늘에선 아주 가벼운 눈송이가 천천히 떨어지고 있다. 내 볼에 닿자마자 녹아 별 모양의 말간 물로 변해 버린 눈송이. 차가웠던, 하지만 금세 따뜻해져 버린 눈송이 혹은 별 모양의 물.

하늘에서 떨어진 답변: 파괴자는 인간의 언어를 파괴했다.

물론 그 홀로, 나의 어머니의 어머니의 아버지의 가장 친한 친구였던 파괴자 홀로, 인간에 속해 있던 그 방대한 양의 언어들을 죄 파괴한 건 아니었다. 그는 어쩌면 도미노의 첫째 블록을 손가락으로 가볍게 튕겼을 뿐이었다. 그는 단지 몇 명의 꿈속에서 노예들과 이야기를 나누었을 뿐이었다. 그랬다고 한다. 그러자, 예상치 못했던 빠른 속도로, 인간에 속해 있던 언어와 그 밖의 많은 것들이 파괴되어 버렸다고 한다.

하늘에서 떨어진 답변: 파괴자는 인간의 언어를 파괴했다.

물론 그 파괴가 완벽했던 것은 아니다. 아직도 나처럼, 이젠 아무도 쓰지 않지만 읽을 수 있고, 아무도 들어주지 않지만 말할 수 있고, 아무도 읽어주지 않지만 쓸 수 있는 예외적인 존재가 있다. 나는 여기에 있다. 그건 확실하다. 하지만, 얼마나 많은 나 같은 존재가 아직 지구 위에 생존해 있는지는 나도 알지 못한다. 나에겐, 나의 어머니의 어머니가 내가 마지막으로 본 언어를 사용할 줄 아는 인간이었다. 어쩌면, 내가 죽는다면, 파괴자가 원했던 '인간의 언어의 파괴'가 완벽하게 이루어질지도 모른다. 난, 여기 형편없이 부서져 버린 도서관 1층 바닥에 누워 있는 난, 언어에게 속한 마지막 존재일지도 모른다. 하지만 그것이, 마지막 존재일지도 모른다는 사실이 내게 별다른 감흥을 불러일으키는 건 아니다. 난 슬퍼지지도 비장해지지도 아쉬워지지도 않았다. 난 그저 아주 약간

고독하다고 느낄 뿐이다. 어쨌건 난 없어질 존재다. 언어까지 함께 묻어 없어진다 해도 그건 아주 하찮은 일에 불과할 것이다. 왜냐하면…….

하늘에서 떨어진 답변: 파괴자는 인간의 언어를 파괴했다.

그랬다. 파괴자는 인간의, 인간에 속해 있던 언어만을 철저히 파괴했다. 인간에 속해 있지 않던 언어들, 가령 책 속에 들어 있는 언어들까지 전부 파괴하지는 못했다. 물론 그 파괴를 통해, 인간의 언어뿐 아니라 많은 것들이, 예를 들어, 수많은 인간들이, 수많은 건물들이, 수많은 화폐들이, 수많은 애완견들이, 수많은 자동차들이, 그리고 어쩌면 수많은 책들이 함께 파괴된 건 사실이다. 하지만, 그것들은 단지 함께 혹은 부수적으로 파괴되었을 뿐이다. 파괴자가 인간에게 속해 있던 언어 외의 언어들, 가령 책에 속해 있는 언어들까지 파괴하려고 했던 것은 아니었다. 파괴자는, 그 파괴 이전의 인간 중 하나였던 그는, 그런 식으로 생각했다. 인간에게서만 언어를 제거하면 된다고, 인간에게서 언어를 삭제하면 언어는 완전히 없어져 버릴 거라고.

물론, 그의 생각은 틀렸다. 이렇게 수많은 언어들이 지금 내 곁에 있다. 결코 떠들어대지 않는 조용한 언어. 책 속에 은신해 있는 언어들. 물에 닿으면 쭈그러질, 불 붙으면 타버릴 언어들. 폐허로 변해 버리기 전엔 어쩌면 수십 층짜리 건물이었을지도 모르는 이 도서관에, 전에도 그리고 지금도 머무르고 있는 책 속의 글자들.

어떤 일이 있었는지는 모르겠지만, 지금 이 도서관은 마치 태초의 거인에게 따귀라도 맞은 것처럼 2층 위쪽이 완전히 사라져 버렸다. 그나마 예전의 모습을 너듬어 볼 수 있는 곳은, 이곳 1층뿐이다. 2층 바닥엔, 한겨울 개울을 덮은 살얼음 위에 뚫린 나무꼬챙이 자국 같은 구멍이──해가 뜨는 방향 쪽으로 갈수록 점점 넓어지는 부채꼴 모양의 거대한 구멍이, 나 있다.

나는 손상된 책들과 그렇지 않은 책들이 아무렇게 널려 있는 1층 바닥에 누워, 2층 바닥에 뚫린 구멍에 정확히 들어맞는 부채꼴 모양의 하늘 한 조각을 바라보고 있다. 박해 받았던 언어들의 은신처, 침묵하는 책들과 함께 가벼운 눈송이를 맞이하고 있다.

지금, 여기, 아무도 말하지 않는다. 나만 입을 다물면 사위는 조용하다.

2   2003년 9월 23일~?

　차인형이 사자 가면을 뒤집어쓴 안치형과 헤어져 어디로든지 사라
져 버리기 위해 롯데월드를 횡단하고 있을 때, 바로 그때, 그는 어떤 일
에도 놀라지 않을 준비가 되어 있었다. 그래서 낯선 남자 둘이 예고 없
이 다가와 양팔을 하나씩 붙잡았을 때에도, 그는 놀라지 않았다. 그들이
형사라는 신원을 밝히고 경찰서로 동행을 요구했을 때에도, 그는 놀라
지 않았다. 이제 모든 것이 확실하게 결정되었구나, 하는 야릇한 안도감
과 함께, 그리고 처음 보는 두 남자들과 함께, 그는 모험과 신비의 나라
출구를 빠져나와 담뱃재와 정체를 알 수 없는 비닐봉지들이 어지러이
널려 있는 승용차에 올라탔다.

　좁은 방으로 몇 명의 남자가 번갈아 들어와선 비슷한 질문들을 반
복했다. 그를 그곳으로 데려온 자들과는 다른 사람들이었다. 그것이 그
들의 방식인 듯했다. 질문의 대부분은 이형과 관련된 것들이었다. 차인
형은 아무것도 대답하지 않았다. 차인형은 안치형을 믿었다. 이형은 안
전하다, 생리도 한다, 이건 경찰이 신경 쓸 일이 아니다, 그러니 대답할
필요가 없다, 그렇게 생각했다. 그렇게 생각하곤 입에다 보이지 않는 자

물쇠를 채워 버렸다. 영장이 발부되지는 않았지만, 동의하신다면 임의로 구치소에 구금하겠다고 말했던 남자는 귀옆머리가 희끗희끗 새기 시작한 40대 중반 정도의 남자였다. 자정 무렵이었고 피곤하기도 했고 집으로 돌아갈 차편도 마뜩찮은 듯했고 막연히 구치소라는 곳에 묵어보고 싶은 마음도 있었고 결정적으로 안치형을 믿었으므로, 차인형은 깊이 생각해 보지 않고 그러겠다고 했다. '협조해 주셔서 감사합니다.' 같은 말은 돌아오지 않았다. 대신, 남자는 탁자와 의자와 정수기와 종이컵이 있는, 하지만 그밖에는 거의 아무것도 없는 방을 나서며 '세상이, 이거 원.'이라고 말했다.

구치소로 들어가기 전, 경찰이 되기엔 너무 어려 보이는 한 제복 차림의 소년이 이름과 주소를 받아 적고는 신분증과 핸드폰과 손목시계와 지갑을 압수한 후 종이를 내밀며 사인을 하라고 했다. 글자들이 너무 작았고 조명은 너무 침침했고 또 그 제복 소년이 차인형에게 사인을 하라고만 했지 그 내용을 읽어보라고는 하지 않았으므로, 차인형은 아무것도 읽지 않고 서둘러 사인을 했다. '오늘은 독방이네요. 늦게 또 누가 들어올지도 모르지만.'이라고 그 제복 소년이 말했다. 차인형이 그에게 몇 살이냐고 묻자, 제복 소년은 미간에 주름을 모으며 뭐 하는 사람인지 모르겠지만 여기가 그렇게 만만해 보이느냐고 물었다. 차인형은 자신도 모르게 '아니요.'라고 존대를 하며 답했다. 구치소 철창문에 달린 소형 자물쇠에서 뽑아낸 가느다란 열쇠를, 제복 소년은 차인형에게 흔들어 보였다. 내일이면 여기서 나가게 될 거다, 라고 차인형은 믿었다. 잠겼던 문은 내일 아침 그를 위해 다시 열릴 터였다. 하반신을 간신히 가릴 만한 얇은 국방색 담요에선 묵은 먼지 냄새가 났지만, 역시 그는 별로 개의치 않았다. 그에겐 어떻게 돼도 크게 상관 없는 하룻밤만의 일일 뿐이었다.

다음날 아침 철창 밖에 걸린 시계가 10시를 가리키도록 아무도 찾아오는 사람이 없자, 그는 조금 불안해졌다. 다른 유치인이 전혀 없다는 것도 수상쩍은 일이었지만, 10시가 넘도록 제복 소년이든 어젯밤 그를 신문했던 사내든 누구 한 명 코빼기도 비추지 않는다는 것 역시 도저히 납득이 되지 않았다. '모닝커피나 신문까지는 아니더라도 여긴 아침밥도 안 주나?' 썰렁한 농담이 떠올랐지만 들어줄 사람이 없었다. 농담이나 하고 있을 때는 아니었다. 누군가 그에게 질 나쁜 장난을 치는 건지도 모르겠다는 생각이 퍼뜩 떠오르자 그는 갑자기 머리끝까지 화가 치밀어 올라 여긴 아무도 없냐고, 사람을 이딴 식으로 취급해도 되냐고 철창을 흔들며 고래고래 소리를 질렀다. 하지만 아무런 반응도 돌아오지 않았다.

　그가 다시 잠에서 깨어난 것은 오후 1시경이었다. 철창 안쪽에도 바깥에도 여전히 아무도 없었다. 그가 잠든 동안 누군가 왔다 갔다고 믿을 만한 흔적 역시 찾아볼 수가 없었다. 제복 소년이나 귀옆머리가 희끗희끗 세기 시작한 남자의 직무태만만으로 여길 일은 아닌 것 같았다. '장난이라면 너무 고약한 장난이잖아, 이건.' 배가 고픈 건 어떻게 참을 수 있었지만, 오줌을 참는 것은 쉽지가 않았다. 차인형은 염치불구하고 구석으로 가 지퍼를 내리고 철창 밖으로 소변을 보았다.

　저녁이 되자, 차인형은 좀 더 절망적이 되었다. 기막힌 우연의 일치로 모두 다 그의 존재를 까맣게 잊어버린 채 파출소장의 노모 칠순 잔치에 죄 몰려 갔다거나, 대규모 폭동이 일어나 한 명도 빼놓지 않고 진압을 나갔다거나, 핵전쟁이 터지는 바람에 모두 지하로 숨어버렸다거나 하는, 말도 안 되는 상상들이 그의 머릿속에 똬리를 틀었다 풀리고 똬리를 틀었다 풀리곤 했다.

　그는 되도록 마음을 편하게 먹고 구치소의 두 번째 밤을 아무런 꿈도 없이 푹 자면서 보내려 했지만, 잠은 변덕스러운 젊은 여자처럼 그에게 오래 머무르지 않았다. 한두 시간에 한 번씩 잠과 원치 않은 이별을 할 때마다, 그는 또 다른 연인을 기다리는 발정 난 개처럼 전전긍긍하며 돌아눕기를 반복했다. 배고픔도 그랬지만, 결코 꺼지지 않고 하얗게 타오르던 형광등 역시 그의 잠을 허락하고 싶지 않은 듯했다. 그는 무언가 단단한 것을 형광등을 향해 집어 던져 그 백색의 불면을 산산이 부숴버리고 싶었지만, 그에겐 아무것도 던질 것이 없었다. 아니, 그는 배고픔과 오줌 마려움과 잘 정리되지 않은 불만-항의의 뒤범벅 등을 가지고 있긴 했지만, 그것들은 무언가를 부수기엔 너무 물렁물렁했고 또 모호했다. 어쩌면, 그가 던지자마자, 혹은 날아가는 동안, 녹아 없어질지도 모를 만큼. 그는 내일 아침 이곳을 나가자마자 먹어야 할 것들의 기다란 메뉴를 머릿속에 작성하면서 담요를 머리에 두르고 애써 달아나려고만 하는 잠의 머리채를 휘어 잡으려 했다.

나가자마자 먹기로 작정한 열일곱 가지 정도의 메뉴를 순서대로 헛갈리지 않고 막힘없이 머릿속에서 암기하게 될 즈음, 차인형은 드디어 낮과 밤을 구분할 수 없게 되었다. 하루에 두 바퀴를 돈다고 알려진 시계의 짧은 바늘은 그가 하루의 첫 번째 바퀴를 돌고 있는 건지 두 번째 바퀴를 돌고 있는 건지 처음부터 그에게 알려줄 맘이 없어 보였다. 제복 소년에 의해 구치소에 갇힌 게 오늘로 사흘째인지 나흘째인지, 지금이 새벽 세시인지 오후 세시인지 그는 구분할 수 없게 되었다. 자신의 시력마저도 그는 더 이상 신뢰할 수가 없었다. 가끔씩 시곗바늘들이 방아쇠를 당길 때 갈기는 집게손가락처럼 휘어져 보이기도 했고, 한두 개의 숫자들이 다른 숫자들보다 유난히 커 보이기도 했다. 요의는 완전히 사라졌지만, 갈증을 가시게 하기 위해서라도 억지로 오줌을 받아야겠다고, 그는 생각했다. 하지만, 허리를 꼿꼿이 세우고 자리에 앉아 있을 기운마

저도 잃어버린 지 오래였다. 그러는 와중에도 얼굴에 감긴 담요를 타고 벌어진 콧구멍으로 흘러 들어오는 자신의 입 냄새만은 점점 더 뚜렷하게, 점점 더 참기 힘들게 느껴졌다. 하지만 그는 담요를 벗어버리고 따가운 형광등의 매질을 맞느니 코를 잘라버리는 편이 낫겠다고 생각했다. 그나마 그런 생각들도 자꾸 한쪽 방향으로 말려가는 시곗바늘의 끝을 따라 재빨리 모호해져 버리고 말았다.

누군가 담요를 벗기고 자신을 마구 흔들어대며 여기서 뭘 하고 있는 거냐고 소리를 질렀을 때, 하마터면 차인형은 내일 아침 메뉴를 고민하고 있는 중이니, 제발 그만 좀 나를 괴롭히라고 말할 뻔했다. 그는 늙고 매우 키가 작고 얼굴이 짙게 그을린 남자였다. 물론 그렇게 보이기까지엔 시간이 좀 필요했다. 잠시 후 그 늙은 남자가 차인형의 입에다 차가운 생수병 주둥이를 물려주었을 때, 차인형은 그 남자가 자신을 죽이려 하는 것이라고 여겼다. 하지만 기운이 빠진 차인형은 항의의 뜻으로 소리를 지르지도 주먹을 휘두르지도 못했다. 차가운 물이 몸속으로 들어오자 온몸이 다 얼어버리는 것 같았다. 늙은 남자가 입고 있던 푸른색 비닐 점퍼 주머니에서 꺼내 그에겐 내민, 먹다 남은 식빵 덩어리를 보는 순간 그는 구역질이 치밀어 올라 바닥을 짚고 몸을 쐐기꼴로 꺾은 채 아무것도 나올 턱 없는 속을 몇 번이나 뒤집어 놓았다.

"재수도 없지 그래. 뭐 하다가 딱 요럴 때 여기 처박혔대…… 나 아니면 꼼짝없이 굶어 죽을 뻔했네 그려…… 그래도 꼴에 경찰서라고 여긴 빈집인데도 훤하구먼."

말이 채 끝나기도 전에 차인형은 그 늙은 남자의 손에 들려 있던 두툼한 식빵 조각을 입으로 처넣었다. 머릿속에 줄 서 있던 열일곱 가지의 메뉴들이 식빵의 무례한 새치기에 입 한번 빵긋 못한 채 뒤로 밀려나 버렸다. 침이 자꾸 입 밖으로 흘러나와 빵을 들고 있던 그의 손을 적셨다.

"말을 할 순 있어?"

마치 강아지에게 혹은 이제 발을 막 뗀 갓난아기에게 말이라도 붙이는 투였다. 차인형은 입 안을 가득 메운 식빵의 손실을 최소화하기 위해 말을 하는 대신 고개만 끄덕거렸다.

"말을 할 줄 아는 놈을 만난 건, 이틀 만에 처음이야. 잘 됐어. 날 따라와. 살려면 날 따라와."

차인형은 그 늙은 남자의 손에 들린 무지 크고 번쩍대는 권총을 보았다. 뭔가 얘기를 해야 할 것만 같았다, 가령 그게 뭐냐라든가, 고맙다라든가, 어떻게 된 거냐라든가, 제복 소년은 어디로 갔느냐라든가, 왜 책임자 대신 당신이 온 거냐라든가. 하지만 뭉쳐진 빵이 가까스로 넘어간 식도를 통해 울려 나온 말은 그가 의도했던 것과 많이 다른 것이었다.

"배가 고파요."

"알겠으니까 따라와. 내 말만 잘 들으면 넌 안 죽어."

그는 권총을 흔들어 보이고는 날래게 자리에서 일어나 철창을 걷어 찼다. 차인형은 그 처음 보는 푸른 점퍼 차림의 늙은 남자를 따라 아무도 없는 경찰서를 빠져나왔다. 바깥은 어느새 밤이었다. 그가 몇 번이나 건너뛰어야만 했던 밤. 바람이 불고, 철창이 없고, 하늘이 보이고, 시계가 없고, 담요도 없고, 달이 보이는, 또 별도 보이는 밤이었다. 캄캄한 밤이었다. 유난히 캄캄한 밤이었다. 비틀거리며 주린 배를 움켜잡고 이름 모르는 늙은 남자를 이유도 모르는 채 따라가기엔 너무 아까운, 그런 생각이 드는 근사하게 캄캄한 밤이었다. 차인형은 곧 인공적인 조명은 하나도 눈에 띄지 않는다는 사실을 알아챘다. 약속이라도 한 것처럼 모든 것이 꺼진 캄캄한 밤이었다. 늙은 남자는 그에게 질문할 기회를 주지 않은 채 거리를, 차도를 빠른 걸음으로 걷고 있었다. 늙은이와 자신을 제외하면 움직이는 것이라곤, 사람도 차도 고양이도 별똥별도 그 아무것도 없다는 사실 역시 차인형은 깨달았다. 그러다 무언가에 발이 걸리는 바람에 차도 위로 엎어졌다. 차가운 바람이 낮은 포복으로 도로 위를 기어 다니고 있었다. 차인형은 자신의 아픈 무릎을 더듬다 자신을 쓰러뜨린 기다란 물체를 만지게 되었다. 그건 사람이었다. 아니, 사람들이었다. 마구 엉켜 있는 사람들. 모두 세 명이었다. 칡넝쿨처럼 얽힌 채 바닥에 누워 자고 있는 사람들. 차인형이 그 사람들에게 미안하다고 말을 하려고 할 때 늙은 남자가 다시 다가왔다.

"이름이 뭐여?"

"차인형인데요."

"차인형 씨, 죽은 사람 첨 보남?"

"네? 아니요."

"그럼 빨리 일어나. 시체를 보고 싶다면, 언제라도 충분히 볼 수 있으니까. 지금 날 따라오지 않으면, 자네도 언제 이런 시체가 될지 모른다구."

늙은이가 잰걸음으로 걷기 시작했다. 차인형은 놀라지 않기로 했다. 놀라기엔 배가 너무 고팠다.

3(?)

차인형은 한 손엔 권총을 다른 손엔 손전등을 든 푸른 점퍼의 늙은이를 따라가고 있었다. 머릿속에서 불쑥불쑥 솟구치는 '그런데 어디로?'라는 질문은 어둠에 몸을 숨긴 다양한 형태의 장애물들에 의해 자꾸 지워졌다. 그렇게 자꾸 질문들은 지워졌고, 차인형은 자꾸 넘어졌다. 그를 놓치지 말아야 해, 라는 주문만이 그의 물먹은 솜처럼 푸석푸석해진 몸을 조종하고 있었다.

차인형이 대여섯 차례 땅바닥에 넘어지는 동안, 푸른 점퍼 늙은이는 양 손에 든 그 어떤 도구도 사용하지 않았다. 차인형은 하지만 왜 손전등을 사용하지 않느냐고 묻지 않았다. 그는 본능적으로 그것들이 사용하기 위해 들고 다니는 게 아니라는 걸 알았다. 그것들을 사용해야만 하는 경우 같은 건 생기지 말아야 했다. 사용하지 않기 위해 도구를 들고 다니는 늙은이를 따라가야 하는, 정말로 특별한 밤이었다. 소리로든 빛으로든 총알로든 절대 부서뜨려서는 안 되는.

"조용히 해. 어떤 일이 일어나도 입도 벙긋해선 안 돼. 아무 말 말고 나만 따라오는 거야."

느닷없이 푸른 점퍼 늙은이가 차인형의 귀를 잡아당기며 속삭였다. 차인형은 귀를 잡힌 채 고개를 끄덕였다. 아픔이 가시기 전, 손전등에서 뻗어 나온 기다란 빛 막대기가 어둠의 표면을 핥았다. 어둠이 그 속살을 연 것은 아주 짧은 순간이었다. 차인형은 그들이 작은 굴다리 앞에 다다랐다는 것을 알았다. 사위를 덮은 암흑 속에서 다시 그들은 걸었다. 발밑으로 철버덕거리는 검은 물 소리가 났다. 차인형의 눈은 그 괴물 같은 어둠에 점점 더 익숙해졌지만, 그는 푸른 점퍼 늙은이의 등짝 외에는 쳐다보지 않기로 했다. 시선을 잠시 돌리는 것만으로도 모든 게 무너져 내릴지도 몰랐다. 쓸데없는 호기심 때문에 한눈을 팔기엔, 그의 허기가 너무 강렬했다. 이젠 정말 형광등을 향해 던지면 형광등이 부서질 수도 있을 것 같았다.

드디어 그들은 멈춰 섰다. 복잡하게 생긴 건물들에 둘러싸인 지나치게 좁고 우중충한 골목이었다. 차인형은 고개를 쳐들어 하늘을 바라보았다. 검은 건물들의 실루엣 새로, 평소 때라면 결코 구분해 내지 못했을 검정색에 가까운 짙은 푸른색의 얇은 하늘-길이 혹은 하늘-강이 흘러가고 있었다. 부분부분 뱀처럼 구불구불하고, 가끔은 격렬하게 꺾이는 직선들로 이루어진, 검정과 바로 맞닿아 있는 하늘-길, 혹은 하늘-강. 그는 매혹되지 않기 위해 시선을 바닥으로 돌렸고, 거기서 그는 계단을 보았다. 막, 푸른 점퍼 늙은이가 그곳으로 사라지고 있었다. 역시 매우 좁고 엉성하고 눈에 잘 띄지 않은 계단이었다.

계단을 다 내려가자 세로로 길쭉한, 좁고 오래된 마당이 나왔다. 검은 안개로 위장된 반지하의 마당. 푸른 점퍼 늙은이는 말라 죽은 덩굴이 빽빽하게 가리고 있는 작은 벽 앞에 섰다.

"손으로 눈을 가려."

"네?"

"나뭇가지에 찔려 소경이 되고 싶지 않으면 손으로 눈을 가리라구."

말라 죽은 것처럼 보였던 덩굴이 억세게 그를 할퀴었다. 한 2미터 동안, 덩굴의 손톱이 기어코 움직이려 하는 두 물체를 긁어대는 소리가 그들을 에워쌌다. 그 소리가 멈추고 다음엔 작은 쇠붙이들의 달그락대는 소리, 그리고 마지막으로 끼익 하며 문이 열리는 소리. 차인형은 그 열린 문틈 너머 웅크리고 있던 완벽한 어둠을 보았다.

"내가 뒷단속을 해야 하니 먼저 들어가. 계단이 나오니까 발 조심하고. 정확히 스무 번째 계단에서 왼쪽 벽을 더듬어 보면 좁은 틈이 만져질 거야. 힘들겠지만, 그 틈에 몸을 억지로 밀어 넣어봐. 처음엔 도저히 안 될 것 같겠지만, 다 돼, 결국엔."

문이 닫히자 차인형은 덫에 걸린 기분이었다. 들어가는 방향으로는 쉽게 열리지만 나가는 방향으로는 절대 열리지 않는 덫. 그 색깔을 통째로 도둑맞은 공간에서, 차인형은 시키는 대로 숫자를 셌다. 숫자를 세며, 다음 단에서 천길 낭떠러지가 기다리고 있는 건 아닌가 두려워하며, 의심으로 조립된 발걸음을 내딛었다.

'……스물.' 그를 저 깊은 나락으로 빨아당길 허당은 없었다. 하지만 늙은이가 말했던 틈이 거기 있었다. 설마 이 틈을 말했던 것 아니었겠지 하는 생각이 들 만큼 그 틈은 좁았다. 푸른, 아니 이젠 전혀 푸르지 않은 점퍼의 늙은이가 '바로 그거야'라고 말해 주길 차인형은 기다렸지만 아무 일도 일어나지 않았다. 그건 마치 그만을 위해 준비된 시험 같았다, '다 돼, 결국엔.'이란 늙은이의 말을 중얼거리며 차인형은 틈 속으로 몸을 찔러넣었다. 열쇠가 되어 살 맞지 않는 열쇳구멍 속에 쑤셔 넣어진 것 같은 기분이었다. 토벽에 긁힌 볼에서 피가 나는 것 같았지만 어쩔 수가 없었다. 이제 '들어가는 방향'으로 계속 가는 수밖엔 별 도리가 없었다.

틈을 지나, 몇 개의 휘장이 쳐진 복도를 지나, 마술처럼 작은 방이 나타났다. 창도 없고 조명도 없었지만 최소한의 일용할 빛은 남아 있는 작은 방이었다. 다시 파르스름해진 점퍼의 늙은이가 앞장을 섰다. 허리를 숙여야 통과할 수 있는 작은 나무문, 그러자 채 가로 1.5미터 세로 2미터도 안 될 것 같은 좁은 사각형 방──분홍색 이불이 방바닥 전체를 차지한, 그리고 작은 숫자판이 달려 있는 다른 문, 그러더니 다시 창문 없는 복도, 단 폭이 좁은 계단들, 그리고 이번엔 37이라는 녹슨 금속 숫자판이 달려 있는 또 하나의 문, 다시 아까와 전혀 다를 것이 없는 방, 다시 문, 이번엔 욕실──색을 알 수 없는 보통 크기의 욕조가 면적의 2/3 이상을 차지한, 다시 그 똑같은 나무 바닥의 복도, 다시 또 그 지겹도록 똑같은 방, 아주 약간만 달라 보이는 하지만 어떻게 달라 보이는지 결코 설명할 수 없던 낮은 문, 의미를 알 수 없는 매끄러운 복도들이 다시 나오고, 다시 잊을 수 없는 문, 그리고 기대를 저버리지 않고 다시 나타난 그 좁은 방──이전의 방을 완벽하게 모사한 듯한 이번의 방, 그리고 그 다음…… 다시…… 그러더니…… 어김없이…… 그러자…… 먼지 쌓인 욕조…… 계단…… 여전히…… 그리고 언제나 어둡던…… 다시…… 거울이 없는…… 18…… 잊혀지지 않는…….

차인형에게 그곳은 아무런 규칙도 발견할 수 없는 단순한 요소들이 ──문, 복도, 욕조, 계단, 방──마구 뒤섞인 미로였다. 하지만, 저 늙은이에겐 미로가 아니라 길이다, 라고 차인형은 생각했다.

"여기가 어딘지 알아?"

"네? 모르겠는데요."

"모르긴 왜 몰라. 한번도 안 와봤어? 미아리 아니야, 미아리."

일년 내내 생리를 할 틈이 없는 어린 여자애들은 다 어디로 간 거냐고 묻기엔 배가 너무 고팠다.

"조금만 참아. 다 왔어."

354

다시 마술처럼 옷장 속 숨겨진 미닫이문을 열자 빛으로 가득한 좀 더 넓은 방이 나타났다. 간신히 빛에 오므라든 이미지들이 기지개를 켤 때, 제일 먼저 그를 반긴 것은 벽 한구석에 쌓여 있던 라면봉지들이었다. 차인형은 무릎으로 기다시피 재빨리 구석으로 달려가 라면봉지를 뜯고 그 속에 들어 있던 딱딱한 물체들을 깨물었다. 다섯 개의 봉지를 비우고 나서 그는 잠이 들었다. 잠들기 전, 불을 꺼달라고 누구에게든 얘기해야겠다고 그는 생각했다. 딱 거기까지, 딱 생각까지만이었다.

그곳엔 빛이 있었다. 결정적인 빛. 그 빛 덕분에 그 방이 푸른 점퍼 늙은이의 거처, 머무를 곳이 되었던 것이었다. 빛 이외에도 거기엔 많은 것들이 더 있었다. 난로, 전자레인지, 전기밥솥, 휴대용 가스레인지, 커피메이커까지. 푸른 점퍼 늙은이는 자랑스러운 티를 애써 감추지 않았다.

"전기란 놈, 잘 모르는 풋내기한테는 천둥도깨비 같겠지만, 알고 보면 암것도 아니여."

한 처음 신이 있었던 것처럼, 미로처럼 배배 꼬인 아침 텅 빈 창녀촌 속 푸른 점퍼 늙은이의 은신처, 거기엔 빛과 전기가 있었다.

거기서 보낸 첫날 밤의 끄트머리, 가엾은 허기를 안고 일어난 차인형을 기다리던 건 김이 모락모락 나는 따뜻한 밥이었다. 참으로 오랜만이었다. 허기가 사라지자 질문들이 벌떡 자리에서 일어났다. 가령, 그 많던 생리하는 법을 잊어버린 여자애들은 다 어디로 갔을까, 같은.

"정말 암것도 몰라?"

차인형은 지난 며칠 동안 비대해진 허기 외에는 아는 것이 없었다. 여자애들이 어디로 갔는지, 늙은이는 누구인지, 그 많던 밤의 빛들은 또 죄 어디로 간 건지, 아무것도 아는 게 없었다.

"말이 없어진 거여. 갑자기 한꺼번에 확 말이여. 사람들이 말도 못하고, 남 말도 못 알아듣고, 글자를 읽지도 쓰지도 못하게 된 거여. 어제 오전에 사냥 나갔다 보니 한 구 할 넘게 말을 못하게 된 것 같애. 이유는 몰러. 아니, 이유를 알 새도 없이, 그런 엄청난 일이 염병같이 들이닥친 거야. 그래서 지금 바깥은 온통 난리라니까. 거기 처박혀 있느라 아무것도 못 봤으면 자넨 도무지 내 말을 못 믿겠구먼. 미친 늙은이가 헛소리를 하는 것 같지? "

'아하, 그래 그런 이야기를 들었었지, 아주 오래된 친구로부터, 아주 오래전에, 까마득한 오래전에…… 그게 정말 오래전이었나? 아니요, 아저씨 전 믿을 수 있어요. 제 믿음은 하도 단단해서 집어던져 형광등을 박살낼 수도 있어요.

푸른 점퍼 늙은이의 얘기는 매우 간단했다. 아주 예전부터 존재했던 말씀이 사라졌다.[주1] 그러자 전기와 빛이 사라졌다. 그리고 처음 이 늙은이의 은신처로 오다가 만났던 길 위에서 자는 척하고 있던 세 명의 시체처럼 어쩌면 많은 사람들도 시체로 변했거나 부끄러워 완전히 사라졌으리라.

하지만 그 푸른 점퍼 늙은이의 은신처는 더없이 안전했다. 빛이 있고 말씀이 있고 커피메이커가 있고 라면이 있고 헌책 더미가 있고 2리터짜리 생수병들이 있고, 담배가 있었다. 늙은이는 자주 밖으로 나갔다. 마치 십자군 원정이라도 떠나는 기사처럼, 소지품들을 꼼꼼히 챙긴 후 사라졌다간 한참이 지나 다시 몇 가지 노획물들을 들고 다시 나타났다. 차인형은 밖으로 나가지 않았다. 밖으로 나가긴커녕 그 정액과 콘돔 윤활유 냄새로 뒤덮인 미로들을 돌아다니는 것도 허락되지 않았다.

"장담하는데, 맘대로 돌아다니면 5분도 안 돼 길을 잃을 거여. 여기가 얼마나 복잡한 덴지 알기나 해. 예전에 짭새들이 윗대가리들한테 한소리 듣고 눈에 불을 켜고 헤집고 돌아다닐 때도 이 근처는 냄새도 못 맡았단 말이지."

그것으로 좋았다. 차인형은 그곳, 은신처에 머무르는 것으로 좋았다. 어디로도 가고 싶지 않았다. 온갖 노획물들로 점점 좁아져 가는 그곳, 푸른 점퍼 늙은이의 은신처로 족했다. 망가진 꿈 때문에 벙어리가 된 인간들이 시체처럼 널브러져 있는 길거리로 돌아가고 싶지 않았다. 그리고 과거로도…… 그는 과거로 돌아가고 싶지 않았다. 겨울잠 자는 뱀처럼 곤히 잠든 기억들을 애써 깨우고 싶지 않았다. 과거의 사람들, 과거의 기억들, 과거의 꿈들, 과거로부터 불어오는 바람들, 차인형은 그것들로부터 되도록 멀리 달아나고 싶었다.

대신, 거기, 여왕개미의 산란지처럼 꼬불꼬불한 미로 끝 어딘가에 처박혀 있는 빛의 은신처엔 헌책들이 있었다. 언젠가 물에 젖었던 적이 있었던 듯, 식빵처럼 부풀어오른, 그리고 군데군데 얼룩 자국이 남아 있는, 퀴퀴한 냄새가 나는 오래된 책들이었다. 대부분이 추리소설이었다. 한번도 실패한 적 없는 탐정들이 등장하고, 한번도 죽어본 적 없지만 이제 곧 죽을 희생자들이 등장하고, 한번도 남을 죽여본 적 없지만 곧잘 남들에게 의심을 받는 용의자들이 등장하고, 한번도 후회해 본 적 없는 범인들이 등장하고, 자신이 그런 용도로 사용되리라곤 꿈에도 생각해 본 적 없는 다양한 흉기들이 등장하는 추리소설들. 차인형은 자신의 뇌 속에 자리 잡은 과거에 대한 기억들을 연쇄 살인과 밀실 살인과 무작위 살인과 동요 살인과 치정 살인과 자살로 위장된 살인과 예고 살인들로 대치하고 싶었다. 수많은 살인들이 그의 무의식과 전의식과 이드와 초자아와 전두엽과 대뇌피질과 시상하부와 측색돌기 속에서 봄이 오길 기다리는 동면의 기억들을 깨끗이 먼지 빠뜨려버렸으면 했다. 그걸로 좋았다. 과거야, 어찌 돼도 좋을 것 같았다. 끈 떨어진 연처럼 과거로부터 뚝 떨어져 나갔으면 했다.

기억을 재우는 데 있어, 추리소설은 그야말로 더할 나위 없이 완벽한 보모였다. 꿈에서도, 여전히 그를 놓아주지 않는 황무지에서도 추리 소설은 그를 이 안온한 현재에 묶여 있게 해주는 든든한 오디세우스의 돛대였다. 그는 거기서 과거라는 들판을 뛰어 다니던 실재의 인간들 대신, 원한과 복수로 얼룩진 피의 가계도를 떠올리며 황무지에 안전하게 머무를 수 있었다.

"같이 나가지, 오늘은."

차인형은 앞장을 뒤적이며 죽은 남자와 여자의 숫자를 확인하고 있던 중이었다.

"네?"

"암만 해도, 자넬 이렇게 방 안에 냅두기만 하면 안 될 것 같애. 혹여 이 늙은이가 사냥 나갔다 사고라도 나서 못 돌아오면 그땐 어쩔 거여? 미로도 익히고, 난리가 난 세상도 함 둘러보고, 그래야 자네도 이 난리통에 온전히 사람 구실을 할 게 아녀? 자 뭐해, 얼릉 안 일나?"

차인형은 말없이 푸른 점퍼 늙은이를 따라 나섰다. 푸른 점퍼는 늙은이가 사냥을——그는 필요한 물건들을 구하기 위해 밖으로 나가는 일을 그렇게 불렀다——하러 갈 때 꼭 걸치는 일종의 작업복이었다. 시간이란 관념 혹은 물질이나 기계가 차인형에게서 유체이탈을 한 지는 이미 오래전이었지만, 어렴풋이나마 차인형은 그가 안식처에 머무른 지 이 주일도 넘었을 거라 생각했다. '이 주일 만의 사냥이군 그래.'

계단과 방과 욕실과 복도로 장식된 미로와 그의 볼을 긁고 지나갔던 가느다란 틈과 다시 스무 계단과 말라빠진 덩굴과 철문을 지나, 차인형과 푸른 점퍼 노인은 밖으로 나왔다. 잊혀지지 않는 태양이, 거기 있었다. 유능한 세금 징수원처럼, 잊혀지지 않는 태양은 좁다란 골목 사이 한사코 숨으려는 허름한 건물 외벽 조그만 생채기들을 세심히 어루만지고

있었다. '아무것도 변한 게 없잖아?'

"암것도 변한 게 없는 것 같지?"

"네? 네, 그런데요."

"걱정하지 마. 놀라 자빠질 만한 광경을 곧 보게 될 테니까. 이 늙은 이 말이 절대 쓸데없는 거짓부렁이 아니란 걸 보게 될 거야."

차인형은 추워졌다. 문득, 과거에서부터 불어온 바람이 옷깃 사이로 파고드는 것만 같았다. 차인형은 놀라고 싶지 않았다. 놀라 자빠질 일들이라면 그가 이 주일 남짓 머리를 처박고 있었던 수십 권의 추리소설들로도 충분했다.

'별 거 아니잖아.' 차인형은 속으로 그렇게 중얼거렸다. 과연 별 거 아니었다.

불이 나 검게 그을린 채 앙상한 철근 뼈대를 드러내놓고 있는 고층 건물, 죽은 벌레를 발견한 개미들처럼 한데 엉겨 있는 자동차들, 갈라진 도로 위로 옹달샘마냥 솟구쳐 나오는 힘찬 물줄기들, 유리창이 죄 부서진 상가 건물들, 어디서 날아온 건지 짐작할 수 없는 길가에 나동그라진 맨홀 뚜껑, 버려진 소방차, 도로 위를 점거한 검은 물, 그 위를 떠다니는 물에 젖은 활자-종이들, 불에 탄 신호등, 큰 대자로 땅바닥에 납작하게 누워 있는 치마 입은 여자, 어마어마한 양의 부서진 유리조각들로 이루어진 고층 건물 앞 햇빛에 반짝이는 유리의 댐, 황급히 차도에 버려진 빈 생수병들, 덩치에 걸맞지 않게 길가에 모로 수줍게 누워 있는 텅 빈 버스, 회색 연기를 내뿜고 있는 도로 한가운데에 생긴 원형의 구멍, 영원히 울 것 같지 않은 버려진 핸드폰들, 상가 건물 뒷벽 넓은 여백에 붉은색 스프레이로 쓰인 '미친 벙어리들이 여길 점령했다'라는 비장한 낙서 혹은 선언, 찢어져 녹슨 살을 드러낸 푸른 우산, 불에 탄 간판이 대각선으로 입구를 가로막고 있는 편의점, 버려진 냉장고처럼 길바닥에 누워 있는 현금자동지급기, 그래도 아무 일 없다는 듯 여전히 푸른 잎사귀들을 몸에 잔뜩 붙인 채 서 있는 뻔뻔스러운 가로수들, 어디에도 보이지 않는 한때 이 넓은 도로와 인도와 길턱과 건물 안을 점령하고 있던 지금은 어디에도 보이지 않는 살아 있는 말을 하는 인간들, 그리고 멀리 보이는 하늘로 똑바로 올라가는 검은 연기 기둥.

"저거? 지난주부터 죽 그래, 그래도 이젠 불길은 잡혔네. 카레공장이라는 얘기도 있고 가죽공장이라는 얘기도 있지만, 뭐 당최 가까이 가볼 수가 없으니, 뭐."

커다란 축구장만한 폭의 검은 연기가 하늘로 똑바로 올라가고 있었다. 차인형은 마치 말하는 법을 잊어버린 것처럼 아무 말도 만들어낼 수가 없었다. 머릿속에 가득 찬 생각들은 여느 때처럼 쉽게 언어로 변환되지 않았다.

"무엇보다 발밑을 신경 쓰라구. 먼데만 쳐다보고 걷다간 유리조각에 찔려 발에 구멍이 날지도 모르니까."

푸른 점퍼 늙은이의 말이 귓전을 때리자, 머릿속의 언어-기계가 다시 정상적으로 작동하기 시작했다. '이게 뭐야. 이게 다 뭐냔 말이야.' 차인형은 검은 물 위를 걸었다. 바닥을 떠다니던 그의 그림자가 자꾸 부서졌다. 부서진 액체 그림자의 조각들이 발밑에서 튀어올라 그의 바짓단을 적셨다.

비로소 차인형은 알 것 같았다. 아니, 처음부터 어렴풋이는 알고 있었지만, 구태여 외면하려, 죽 모른 척하려 하고 있었지만, 이 압도적인 폐허의 광경은 그를 잊고 지내도록 내버려두지 않았다. 그는 알 수밖에 없었다. 과거들, 그가 수많은 살인 사건들 속에 빠져 고의로 망각의 감옥 속에 가두어 두었던 과거들, 바로 그 과거들이 이 놀라운 장관의 조물주인 셈이었다. 모든 것이 터무니없이 간단하고 명확했다. 터무니없이 간단하고 명확하고, 또 결코 지울 수 없을 과거. '그건 바로 나의 과거잖아. 이 노인의 과거도 아니고, 저기 쓰러져 누운 찢어진 양복 차림 신사의 과거도 아니고, 이 차도를 점령한 검은 물의 과거도 아니고, 바로 내 과거잖아.' 그는 이 모든 폐허가 그의 과거와 관련되어 있다는 사실을 받아들일 수가 없었다. 그가 못들이 함부로 박힌 각목을 집어들기만 했었어도, 그걸로 약간의 힘을 주어 사자의 머리를 때리기만 했었어도, 이런 엄청난 일이 일어나지 않았을지도 모른다는 가정을 그는 감당할 수가 없었다. 마치, 실수로 동네공원에서 개구리 한 마리를 밟아 죽였는데, 거기서 나온 새로운 바이러스가 인간들에게 전염되어 하루아침에 동네 사람들이 모두 다 죽어버렸다, 와 같은 어이없는 이야기였다. 이 전부가, 이 모두가.

"제 잘못이 아니에요. 그렇죠?"

푸른 점퍼 노인이 갑자기 그의 팔목을 잡아채더니 건물 벽에 비스듬히 기대어 있는 부서진 자판기 뒤편으로 끌고 갔다. 물 그림자 부서지는 소리가 요란하게 그들을 추적했다.

"조용히 해. 떠들다 걸리면 죽어."

"치형이가, 치형이가 한 짓이에요. 이게 다."

"미친놈, 조용히 안 해."

푸른 점퍼 늙은이가 차인형의 입을 막았다. 노인은 잔뜩 겁에 질린 표정이었다. 차인형과 노인은 자판기와 건물의 외벽과 바닥이 만든 길쭉한 직각삼각형 속에 숨어 있었다. '뭐로부터 숨는 거지? 이제 와서, 뭐가 너 무서운 거지? 이제 다 일어나 버리고 말았잖아? 다 끝장났잖아? 이제 뭘 더 무서워할 수가 있지? 무서워해야 한다면, 그건 나잖아? 모두 다 나의 과거에서부터 흘러나온 일이잖아? 이 노인이 왜? 이 노인이 뭘?'

오토바이들이 보였다. 주위로 얇고 커다랗고 부서지기 쉬운 검은 물의 벽을 만들며 물 위를 날아다니는 오토바이들. 그다지 빠르지 않게, 요란한 소리를 내지도 않으며 스무 대 남짓 오토바이들이 호수로 변해 버린 검은 도로 위를 날아가 버렸다. 먼발치였지만, 오토바이를 타고 있던 사람들은 모두 짙은 색 두건으로 눈만을 남긴 채 얼굴을 꽁꽁 감싸고 있는 것 같았다.

"약탈자야."

"네?"

"말을 할 줄 아는 놈들이야. 이유는 모르겠지만, 저렇게 은행 강도들처럼 이상한 걸 뒤집어쓰고 다닌다니까. 조심해. 저놈들한테 걸리면 바로 죽어. 자신의 얼굴을 본 놈들은 다 죽인다나? 미친놈들이 부쩍 많아졌지만, 젤 위험한 치들이여."

치형이는 그에게 아주 간단한 일이었다고 말했다. 말하기 창피할 정도로 간단한 일이었다고, 남의 꿈에 들어가 샌드위치를 먹고 있는 여자에게 말을 걸었을 뿐이었다고 했다. 이 얼마나 간단한 일이란 말인가. 이 웅장한 폐허와 수많은 미친놈과 길 잃은 시체들과 셀 수 없을 만큼 많은 유리조각들과 복면 오토바이 살인자들을 만든 것이 고작 모르는 여자에게 말을 건 그놈의 행동에서 비롯되었다니.

"저 가야겠어요."

"뭐?"

차인형은 불쑥 그 자판기가 만든, 수천 년째 피타고라스의 이상한 수식을 따르고 있는 그 직각삼각형으로부터 벗어났다.

"갑자기 어딜 가겠다는 거여?"

다시 그 검은 물은 아무 일도 없었다는 듯, 회색 하늘을 그 만질만질한 표면 위에 비추어내고 있었다.

"이형이를 찾아야 해요."

"……결혼했었어?"

"예…… 아니요."

"애인을 찾아가겠다고, 이 난리통에? 절대 안 돼. 자네 혼자선, 내 장담하는데 두 시간도 못 버틸 거여. 죽는단 말이여. 정신을 단단히 차리라구. 지금은 자네가 알던 그 세상이 아니여. 다 바뀌었다고."

차인형은 자신도 모르게 검은 연기 기둥이 있는 쪽으로 고개를 돌렸다.

"아니요, 전 바뀐 이 세상을 아주 똑똑히 알고 있어요. 너무나 잘 알고 있어요. 누가 왜 어떻게 저 검은 연기 기둥을 만들었는지, 아저씨보다 훨씬 더 잘 알고 있어요. 괜찮아요. 전 무섭지 않아요. 다 끝장났잖아요. 다 부서졌잖아요. 이건 다 내 책임이라구요. 죽어도 괜찮아요. 아니, 죽는 게 나아요. 다른 사람도 많이 죽었잖아요. 아저씬 몰라요. 내버려둬요, 이건 내 문제라구요. 내가 만든 문제라구요."

차인형은 손바닥으로 볼을 뒤덮은 눈물을 훔쳐 바닥에 떨어냈다. '그래도 저 검은 물이 맑아지진 않겠지. 이제 다 끝났어.'

"뭔 일이 있었는진 모르겠지만…… 이형인지 뭔지, 애인을 찾을라 해도, 그런 정신머리론 안 돼. 죽는다니? 죽어도 좋다니? 죽으면 어떻게 애인을 찾나?"

"……."

"그리고, 늙은이가 재수없는 얘기부터 끄낸다고 생각할지 모르겠지만, 그 애인도 이센 날을 못할지 몰라. 만나기도 쉽지 않겠지만, 죽을 고생을 해서 간신히 만난다 해도 자넬 못 알아볼지도 모른단 말여."

"우린 달라요, 우린 파괴되지 않아요. 갠 쥐새끼마냥 숨어 다니는 틈입자고, 전 아무것도 파괴하지 못했던, 그리고 **그 파괴를 막아내지도 못**

363

했던 파괴자라구요."

　푸른 점퍼 늙은이는 뒷주머니에서 꺼낸 담배에 불을 붙이더니 길게, 저러다가 숨이 넘어가는 게 아닐까 하는 생각이 들 만큼 길게 한 모금을 빨아들였다.

　"자넨, 첨부터 좀 이상했어. 기껏 구해 줬더니 방구석에 처박혀서 삼류소설 나부랭이나 읽으면서 처박혀 있고. 난 자네 말을 하나도 못 알아듣겠어. 아니, 설명해 봐야 내가 못 알아들을 거여. 그만 둬. 가겠다면, 이 늙은이가 어떻게 잡겠나? 자식새끼 하나도 제대로 건사하기 힘든 세상인데…… 가겠다면, 말리진 않겠는데…… 이건 지도하구 나침반이여. 서울 지돈데, 건물들이고 길이고 죄 엉망이 돼서 얼마나 쓸모가 있을랑가 모르겠지만 없는 것보다 나으니까, 넣어둬. 그리고, 멀쩡해 보여도 절대 지하도로는 들어가지 마. 가스가 꽉 차서 난리가 아니여. 발에 채이는 게 죽은 사람들하고 쥐새끼들이여. 그리구……."

　푸른 점퍼 늙은이는 점퍼 안쪽에서 무언가를 주섬주섬 꺼냈다.

　"이건 랜턴이여. 잘 쓰고. 될 수 있으면, 밤에는 움직이지 말고 건물 1층에서 보내라구, 그게 안전하니까. 그리고 이건 권총이여. 군대 갔다 왔지? 안전장치를 제거하고 그냥 댕기면 돼. 총알은 다섯 발밖에 없지만, 말을 하고 정신이 온전히 백혀 있는 놈이면 보기만 해도 혼비백산할 테니까 될 수 있으면 겁만 주라구. 그리구, 이건…… 여자친구 찾으면 돌아와. 둘이 엄한 데서 돌아다니다 길거리에서 객사하기 딱 좋지 뭐. 신방 하나 차려줄 테니까. 이건, 약도여. 이게 없으면, 김정호가 살아나도 입구에서 내 방까지 절대 못 찾아올 거여."

　"……."

　"내가 보기엔, 전에도 자넨 남한테 고맙다는 말 잘 못했을 거여. 그건 관둬. 그런데 어디로 갈 거여? 어디 있는 줄은 알어?"

갑자기 거센 바람이 검은 물의 도로 위를 훑고 지나갔다. 물 위엔 잔 주름들이 잡혔고 어디에서 온 건지 알 수 없는 흰 종잇조각들과 흙먼지들이 차인형과 늙은이를 덮쳤다. 차인형은 황급히 고개를 돌렸다. 입 속으로 날아든 흙먼지를 씹으며 차인형은 별 생각 없이 그저 반사적으로 대답했다.

"롯데월드요."

그렇게 말하고 나니, 그럴싸했다. 더할 나위 없는, 선택할 수 있는 단 하나의 종착역 같았다.

"롯데월드? 롯데월드라…… 그래 좋아, 어디서든 만날 수만 있다면…… 뭐, 공짜 청룡열차를 타려는 건 아닐 테니…… 하나만 약속해 줘, 애인을 찾으면 꼭 돌아올 거지?"

"네. 꼭이요…… 고마워요, 아저씨. 뭐라고…….'

"됐어, 가봐. 몸조심하고."

돌아선 푸른 점퍼 늙은이가 검은 물 위를 미끄러져 가며 점점 작아져 가고 있었다.

4(?)

예전에 예이형이라는 이름을 가진 여자애가 있었다. 그 여자애는 틈입자였다. 그녀는 틈입자였으므로 틈입자답게 남의 꿈에 무단으로 침입하곤 했다. 그러곤 틈입자답게 아침엔 깡그리 잊어버렸다. 그게 바로 틈입자였다. 그러다 그녀는 어느 날 차인형이란 이름의 남자를⋯⋯.

예전에 차인형이라는 이름을 가진 남자가 있었다. 그 남자는 한때 학생이었고, 작가였고, 남편이었고, 아빠였으나, 언젠가부터 그중 어느 것도 아닌 존재가 되어버렸다. 학생도 작가도 남편도 아빠도 아니게 된 그는 이형이란 이름의 여자애에게 그녀가 틈입자라는 사실을 알려주었다.

예전에 예이형이라는 이름을 가진 여자애가 있었다. 그녀는 엄마의 꿈속에서 처음 만난 남자를 좋아하게 되었다. 그 남자의 이름은 차인형이었고, 그녀는 차인형의 친구였던 남자에게 납치를 당했다. 하지만 그녀가 창문이 없는 조그만 방에 갇혀 있었던 건 고작 이틀도 채 되지 않는 시간이었고 그녀가 상상했던 그런 무서운 일들은 벌어지지 않았다. X자로 붙여놓은 청테이프 때문에 그녀는 소리를 지를 수가 없었고, 오렌지색 빨랫줄에 팔목이 뒤로 묶여 있었던 터라 그녀는 바퀴벌레를 손으로 때려잡을 수가 없었다. 그뿐이었다. 구멍 뚫린 검은색 비닐봉지를 뒤집어쓴 남자가 하나 들어와 청테이프를 떼고, 차인형과 통화를 하게 해주었다. 전화기 저편으로부터 울부짖는 소리와 급브레이크를 밟을 때 나는 날카로운 소음이 건너왔다. 차인형은 납치당한 그녀에게 고작 그 남자가 뚱뚱하냐고 물었을 뿐이었다. 그리고 그녀는 풀려났다. 그뿐이었다. 그녀는 그것이 자신이 겪었던 최악의 불행이었다고 생각했다. 하지만 그녀의 그런 생각은…….

예전에 박긴샘이라는 이름을 가진 여자가 있었다. 그녀는 자신의 몸 속에 자신의 뇌세포가 내리는 명령을 듣지 않는 새로운 이물질-생명체가 생겼다는 사실을 알기 며칠 전 병원 응급실로부터 전화를 한 통 받았다. 차인형이라는 남자가 뇌진탕으로 실려 왔는데 잠시 의식이 있는 동안, 보호자로 자신을 지명했다는 얘기였다. 그녀는 차인형이 쓴 글들을 좋아했으며, 차인형이 얼마 전까지만 해도 남편이었으며 아빠였었지만 이제 그를 남편으로 또 아빠로 만들어준 존재들이 한꺼번에 없어졌다는 사실을 알고 있었으므로, 늦은 시간이었지만 응급실로 달려갔다(그때 그녀의 남편은 개가 뭔데 이 늦은 시간에 자기가 거기까지 가야 하느냐며 신경질을 냈다). 심각한 상태가 아니란 걸 확인한 후 그녀는 수첩에 적혀 있는 첫 번째 친구에게 연락을 했다. 바로 그 친구가 안치형이었다.

예전에 예이형이라는 이름을 가진 여자애가 있었다. 영문도 모른 채 납치되었다 영문도 모른 채 풀려나 집으로 돌아온 그녀는 그 사건이 자신이 겪었던 그리고 아직 채 겪지 않았지만 일어나고야 말 많은 일들 중 최악의 사건일 거라고 생각했다. 하지만 안타깝게도 그녀의 그런 생각은 틀렸다. 진정 최악이라고 불릴 만한 것들은 거기서부터 시작이었다. 여하간 그녀는 아무 일 없었다는 듯 다시 학원을 나갔다. 그녀의 룸메이트였던 승경이는 그녀가 잘 모르는 남자에게 이틀간 납치되었었다는 그녀의 말을 믿지 않았다. '납치가 아니라 사랑의 도피였겠지.' 하지만 늘 그렇듯이 그녀는 승경이의 오해를 바로잡아야겠다는 간절한 마음이 없었다. 그걸 바로잡는 데 들어갈 에너지의 양을 생각하면 더더욱 포기하는 쪽이 낫다는 걸, 그녀는 알고 있었다. 학원에 다시 나가기 시작한 지 얼마 안 된 어느 날 아침 친구 두 명이 수업에 들어오지 않았다. 순식간에 이상한 소문들이 퍼졌지만 그녀는 믿지…….

예전에 우승경이라는 이름을 가진 여자애가 있었다. 승경이는 어릴 적 자신의 얼굴만 한 크기의 하얀 꽃들로 가득 찬 마당이 있는 큰 집에 살았다. 어렸을 적엔 그야말로 부족한 것이 없었다. 엄마와 하얀 꽃과 엄마가 자주 해주던 흰색 노란색 계란 지단이 곱게 올려져 있는 비빔밥이 그녀를 둘러싼 모든 것이었다. 하지만 학교에 들어가자 그녀는 자신에게 무엇이 부족한지 알게 되었다. 아빠. 그녀에겐 아빠가 없었다. 다른 애들에겐 다 있고 자신에게 없는 그 무엇. 어느 날 그녀가 여느 때처럼 한참 마당에서 하얀 꽃 속에 파묻혀 놀고 있는데, 어떤 할머니와 중년의 여자가 찾아왔다. 그 할머니는 엄마에게 재수없게 내 아들이 좋아하는 꽃이 왜 여기에 지천으로 피어 있느냐고 했다. 마음에 안 든다고, 다시 내 눈에 띄면 불살라 버리겠다고도 했다. 엄마는 고개를 숙인 채 아무 말도 없었다. 다음날 엄마는 가위로 하얀 꽃들을 싹둑싹둑 잘라냈다. 그녀는 처음 보는 엄마의 무서운 얼굴에 놀라 왜 그러느냐고 물어보지도 못했다.

예전에 예이형이라는 이름을 가진 여자애가 있었다. 친구 두 명이 이유도 없이 자리에서 일어나지 않자 학원에는 금세 흉흉한 소문이 돌았다. 그녀의 룸메이트인 승경이란 이름의 여자애는 학원에서 아이들의 밥에 집중력 향상에 효과가 있다는 금지된 약물을 탄 게 틀림없으며 (그녀는 덧붙이기를 그 약은 성욕 감퇴에도 효과가 있다고 했다) 그 부작용 때문에 아이들이 미쳐버려 남의 얘기도 못 알아듣고 하루 종일 실실 웃기만

한다고 했다. 그녀는 늘 그렇듯이 승경이의 말을 심각하게 받아들이지 않았다. 하지만 오후에 앰뷸런스가 오자 그녀도 막연히 무언가 이상한 일이 일어났다는 것을 깨달았다. 그리고 저녁 자율학습 시간에 몰래 잠을 자던 아이들 몇이 다시 의식불명이라고밖에 말할 수 없는 그런 상태에 빠져버리자 아이들의 공포는 극에 달했다. 몇 명은 집으로 보내달라고 숙직실로 몰려갔지만, 선생은 허락하지 않았다. 그녀는 승경이의 끔찍한 이야기들을 들으며 잠이 들었다. 다음날 아침 그녀와 승경이는 거의 사분의 일 이상의 친구들이 '실성'했다는 것을 깨달았다. 학원은 남아 있는 정신이 멀쩡한 아이들을 집으로 돌려보냈다. 그녀는 이런 이상한 일들이 생기는 게 차인형이라는 남자가 얘기했던 파괴자 때문일지도 모른다는 생각을 하기 시작했다. 하지만 누구에게도 그런 얘기를 할 수는 없었다. 그녀는 용기를 내어 차인형에게 전화를 걸었지만 전화기가 꺼져 있었다. 그녀는 머리가 자꾸 지끈지끈 아파 왔고, 그것을 혹시 그녀도 다른 아이들처럼 정신을 잃게 되는 신호가 아닌지…….

　예전에 신무경이라는 이름을 가진 여자가 있었다. 그녀의 「이상(李箱)의 시에 나타난 무시간성(無時間性)에 대한 정신분석학적인 고찰」이라는 자신도 이해하기 힘든 제목의 글이 《문학의 시간》이라는 잡지에 실리게 되었다는 통보를 받고 그녀는 매우 기뻤으며(전화를 끊고 아무도 없는 원룸에서 그녀는 10초간 소리를 질렀다), 그 글을 쓰는 데 도움을 준 인시현을 당장 불러내 술을 마셨다. 그날 밤 둘은 그의 자취방에서 자연스럽게 섹스를 했지만, 그녀는 생애 세 번째인 그 섹스가 인시현이 자신에게 특별한 관심을 가지고 있어서 이루어진 게 아니라 그저 그가 생리적 욕구를 배출하고 싶을 때 그녀가 공교롭게도 그 자리에 있었다는 순수한 우연에 기초한 사건이라는 걸 잘 알고 있었다. 집으로 돌아가는 새벽버스에서 그녀는 눈물을 흘리지 않기 위해 재미있게 읽었던 만화들을 떠올리려 했다. 그리고 몇 달 뒤 인시현이 실어증에 걸렸다. 그녀는 그 것이, 그가 섹스 이후에도 그녀를 마치 함께 신나는 놀이기구를 한번 타 본 사이처럼 스스럼없이 대한 것에 대한 (그 이후 한번도 그는 그녀에게 다 시 섹스를 요구하지 않았다) 벌이라고 여기기로 했다.

예전에 예이형이라는 이름을 가진 여자애가 있었다. 그러나 그녀는 수많은 사람들이 말을 잃어버린 후에도 말을 할 수 있었다. 그녀의 엄마 아빠 그리고 승경이를 포함한 많은 친구들이 말을 잃고 정신을 놓아버 렸지만, 그녀는 여전히 말을 할 수 있었다. 대신 그녀는 머리가 자꾸 지 끈지끈 아팠다. 그리고 잠을 자지 못했다. 간신히 잠에 들어도 두통 때문 에 몇 번이고 깨어나기 일쑤였다. 하지만 머리가 아픈 것보다 더 큰 문 제는 세상이 변해 버렸다는, 그녀가 한번도 상상하지 못했던 방식으로 변해 버렸다는 사실이었다. 인터넷이 되지 않았고, 핸드폰이 터지지 않 았고, 홈쇼핑으로 주문한 분홍색 니트가 배송되지 않았고, 신문이 끊어 졌고, 수돗물이 나오지 않았고, 우유가 배달되지 않았고, 가스가 끊어졌 고, 말을 하지 못하는 엄마와 아빠가 갑자기 집에서 사라졌고(그녀는 피 리 부는 사나이가 다시 나타나 이번엔 부모들을 데리고 어디론가로 사라져 버린 건 아닐까 하고 생각했다), TV가 먹통이 됐고, 하루에도 몇 번씩 무엇인가 폭발하는 소리가 들리곤 했고, 동네 가게의 진열대는 텅 비어 있었고, 엘 리베이터가 작동되지 않았고, 길에서 자동차가 사라졌고, 거리에선 드문 드문 사람들을 만날 수 있었지만 대부분 이미 말을 하지 못하는 상태였 고, 마지막으로 전기가 끊어졌다. 그리고 그녀는 천천히 모든 것이 기억 나기 시작했다. 그녀가 꾸지 않았던 남들의 꿈들. 숨죽여 몰래 돌아다녀 야 했던 남들의 꿈들. 마치 고장 났던 기억의 회로가 다시 연결된 것처 럼, 그녀가 틈입했던 꿈들의 기억이 차례로 그녀에게 걸어왔다. 의자가 없던 극장 2층의 푸른 잔디밭, 승경이의 도서관에서 본 아무것도 쓰여 있지 않던 백지의 책들, 정장 차림의 농구선수들, 모래사장에 파묻혀 있던 푸른 신발 한 짝, 지하소방서에서 언뜻 보았던 파괴자의 얼굴, 그리고 차인형과 함께 했던 플라스틱 태양계까지. 그렇게 마구 기억나면서 또 자꾸 머리가 아파왔다. 그러면서 또 그녀는 문득 차인형이 보고…….

예전에 식어빠진 고로케의 질긴 껍질과 손톱처럼 얇은 달과 카프카를 좋아했던 안치형이란 이름을 가진 남자가 있었다. 그는 타인의 꿈에서 샌드위치를 먹고 있는 금발 여자 노예에게 말을 건 후부터 갑작스레 모든 것이 무서워지기 시작했다. 그는 하루에도 몇 번씩 이유 없이 깜짝깜짝 놀랐고, 잠드는 것이 무서워졌고, 밖으로 나가 그가 망가뜨린 세상을 보는 것이 두려워졌다. 그는 '이건 다 장난이었어, 이제 취소해 줘. 벌을 받아야 한다면 뭐라도 달게 받겠어, 제발 취소만 해줘.'라고 말하고 싶었지만, 그 말을 해독할 수 있는 사람들의 수는 대개 멸종되는 종의 수효가 그렇듯 기하급수적으로 줄어버렸다. 그가 창조한 세상에서 그가 할 수 있는 말이라곤 독백이 전부였다. 그리고 그의 가장 친한 친구였던 차인형은 자신을 멈추게 해달라는 그의 부탁을 들어주지 않았다(물론 그도 못 박힌 각목이 무섭긴 했지만, 그가 망가뜨린 인간들이 벌레들처럼 꼬물대는 광경보단 그 편이 나을 성싶었다). 그러자 단 하나 남은 희망은 그가 파괴했던 다른 사람들처럼 자신도 파괴될 수 있지 않을까 하는, 자신도 말을 잃어버리고 이상적인 벌레로 변할 수 있지 않을까 하는 가느다란 기대였다. 이제 와서 그는 기꺼이 파괴되고 싶어서…….

예전에 예이형이라는 이름을 가진 여자애가 있었다. 그러나 그녀는 차인형에게 '연락'을 할 도리가 없었다. 모든 '연락'은 이메일 불통과 핸드폰 두절과 체신 시스템 마비와 더불어 실종되고 말았다. 그녀는 여전히 말을 할 수 있었지만, 그 말들을 실어 나를 도구들이 말을 듣지 않기 시작했다. 차인형 역시 말을 잃어버렸을지 모를 일이었다. 그녀는 점점 더 참을 수 없이 머리가 아파 왔고, 그러면서도 하루에 몇 번씩 그리운 신호대기음 '뚜—'가 다시 돌아오길 기도하며 수화기를 들었다 내팽개치기를 반복했다. 점점 더 머리가 아파올수록, 점점 더 많은 것들이 기억날수록, 그녀는 모든 연락으로부터 차단된 그녀의 집에 머무르고 싶은 마음이 없어졌다. 어느 날 그녀는 그곳을 떠났다. 하긴 그곳은 이미 '그녀의 집'이라 불릴 만한 곳이 아니었다. 다시는 돌아오지 않을 작정을 몇 가지 짐들과 함께 배낭에 꾸려 넣고 피크닉이라도 떠나는 사람처럼 그녀는 떠났다. 차인형을 찾아서. 어디로 가야 할지 그녀는 망설이지 않았다. 롯데월드. 파괴자를 찾기 위해 차인형과 함께 갔던 곳. 처음으로 그 남자의 이름을 물었던 곳. 처음으로 그가 그녀에게 미안하다고 말했던 곳. 하지만 그곳까지 어떻게 가야 할지 막막했다. 그녀는 베란다에서 오랫동안 타지 않았던 자전거를 꺼냈다. 짬짬이 쉬는 중에 물과 참치통조림을 먹으며, 지도로 위치를 확인하며, 되도록 낯선 광경에 정신을 빼앗기지 않도록 노력하며, 그녀는 지치지 않고 페달을 밟았다. '이건 마치 화성에서의 자전거 여행 같잖아.' 애써 만든 스스로를 위한 우스갯소리도 그녀의 두통을 가시게 하지 못했고, 낯선 환경이 만든 두려움을 잊게 해주지 못했다. 꽃들이 가득한 텅 빈 화원에서 하룻밤을 보낸 후 그녀는 비로소 롯데월드에 도착했다. 유리로 만든 반구 위편 보이지 않는 어딘가에서 끊임없이 초록색 연기가 새나오고 있었다. 그녀는 그곳에 도착했다. 약속 시간도 약속 장소도 사전 연락도 다시 돌아갈 곳도 없이, 그녀는 그곳에 도착했다. 비가 내리기 시작했다. 그녀는 기다렸다, 아무런 기약도 없이. 자전거를 타고 지구를 도는 달처럼 롯데월드 주위를 규칙적으로 맴돌며 그녀는 기다렸다. 톡 쏘는 냄새가 나는 비가 내리기 시작했지만 그녀는 돌아갈…….

예전에 차인형이라는 이름을 가진 남자가 있었다. 그는 푸른 점퍼 늙은이가 건네준 지도와 랜턴과 권총을 가지고 롯데월드로 떠났다. 꼭 예이형을 만날 수 있을 거라는 확신도 없었고, 돌아갈 곳도 없었다. 이제 더 이상 그 안전한 추리소설 속으로는 돌아갈 수 없을 것 같았다. 그는 무너진 건물들과 무너진 사람들 사이를 걸어 지나갔다, 아직 채 무너지지 않은 사람들로부터의 습격을 두려워하며. 그가 롯데월드 앞에서 예이형을 발견했을 때 그녀는 푸른색 방수포를 뒤집어쓰고 쭈그리고 앉아 자전거의 바큇살을 만지작대고 있었다. 고장 난 자전거를 고치고 있는 것처럼 보였다. 그녀는 한가해 보였다. 예이형과 눈이 마주치자 그는 서둘러 미안해, 라고 말했다. 그녀는 엉뚱하게도 머리가 아파요, 너무 아파요, 라고 말하며…….

예전에 송비억이라는 이름을 가진 남자가 있었다. 그는 아주 오래 전부터 창녀촌의 미로 한구석, 빛이 있는 방에 살았다. 세상이 엉망이 된 후에도 그 방은 빛이 꺼지지 않았다. 어느 날 그는 경찰서 유치장에서 잠을 자고 있던 차인형을 만났다. 그는 차인형에게 빛과 말씀과 머무를 곳과 일용할 양식과 그리고 담배를 제공했다. 그는 전엔 하루 두 갑의 에쎄를 피웠는데, 사람들이 죄 벙어리로 변한 이후엔 한 갑으로 줄였다. 갈수록 담배를 구하는 일은 어려워졌다. 하지만 얼마 지나지 않아 차인형은 떠나겠다고 했고 그는 붙잡지 못했다. 그리고 이틀 뒤 밤중에 집으로 돌아오다 도로에 새로 생긴 커다란 균열 속으로 빠져버렸다. 그리고 그는 끝끝내 그곳에서 빠져나오지 못했다. 한 사흘 정도 바둥대다 그는, 예전에 송비억이라는 이름을 가진, 바깥으로 나갈 때는 꼭 푸른 점퍼를 입던 남자가 잠시 있었다가 길가에 난 얇은 틈 속으로 없어져 버렸다.

예전에 차인형이라는 이름을 가진 남자가 있었다. 그는 예이형에게 생각만큼은 아프지 않을 거라고 했다. "팔이나 볼이 좀 긁힐 뿐이야. 할 수 있어, 충분히 통과할 수 있어." 이형에겐 돌아갈 곳이 없었다. 반면,

그에겐 자신의 집은 아니지만 돌아갈 곳이 있었다. 계단과 마른 덩굴과 철문과 계단과 좁은 틈을 지나 그들은 다시 미로와 맞닥뜨렸다. 틈을 빠져나온 이형은 볼이나 팔이 아니라 머리가 아프다고 했다. "긁힌 거야?" "그게 아니라, 머리가 아프다구요. 아까아까부터 주욱." 그는 의사도 약사도 한의사도 아니었으므로 그녀에게 달리 해줄 수 있는 게 없었다. 그들은 노인이 적어준 약도를 거슬러 마침내 빛이 있는 작은 방으로 돌아왔다. 아무도 없었다. 이형이 울기 시작했다. "왜?" "아파요, 머리가 너무. 부서질 것 같아요." 하지만 그는 의사도 약사도 한의사도 아니었으므로 그녀에게 달리 해줄 수 있는 게 없었다. 그는 이형을 안아주었을 뿐이었다. 이형은, 머리가 아팠던 이형은 이곳이 어디냐고 묻지 않았다. 아니, 그 밖에 다른 것도, 거의 아무것도 그녀는 그에게 묻지 않았다.

예전에 예이형이라는 이름을 가진 여자애가 있었다. 그건 그녀가 상상했던 것만큼 아프지 않았다. 차인형이 그녀의 몸속에 들어와 움직이는 동안에도, 또 그가 자신에게서 빠져나간 후에도 그녀는 그다지 아프다고 느끼지 않았다. 오히려 아래쪽보단 머리가 더 아팠다. 잠든 그를 깨워 입술을 부비고 몸을 갖다 댔던 건 이형이었다. '혹시 그걸 하고 나면 머리가 덜 아파질지도 몰라.' 그건 확실히 좋은 핑계였다. '승경이 말이 틀린 거 같애. 학원에서 이상한 약을 밥에다 탔다니 그게 말이나 되는 소리야.' 어쨌건 그녀는 계속 머리가 아팠고, 계속 그가 그녀 속으로, 새롭게 생긴 구멍 속으로 들어와 주었으면 하고 바랐다.

5(?)

예전엔 무채색이었던, 하지만 지금은 공업용 황색 색소를 넣은 솜사탕처럼 노란 하늘. 여기엔 창문이 하나도 없어요. 질문인지 혼잣말인지 분간할 수 없던 이형의, 창백한, 살색에 가깝던, 차인형이 핥아도 핥아도 없어지지 않던 하얀 거스러미가 뒤덮고 있던 입술을 통해 빠져나온 말들, 그가 어떻게 대답해야 할지 갈피를 잡지 못했던. 정말로 돌아보면 미로 어디에도 없던 창문들. 창문들은 다 어디로 간 걸까? 그녀가 자꾸 뜯어내던 입술 위 거미줄을 닮은 허연 거스러미. 쥐어뜯길 때만 숨어 있는 선홍색 핏기를 드러내던 그녀의 입술. 그리고 그 노란 하늘의 찢어진 틈을 비집고 바닥으로 떨어지던 회색 비. 실크햇과 프록코트 차림의 신사 대신 하늘에서 직립낙하하던 회색 비. 회색 물방울. 회색 진창. 회색 웅덩이. 회색 파편. 손을 뻗으면 금세 연한 회색으로 젖어버리던 그의 손등. 상분이 없기 때문에 창문이 없으므로 하루에도 몇 번씩 밖으로 나가 지켜보아야 했던 비. 회색의, 지칠 줄 모르고 바닥을 때리던, 끈질기게 파괴되던, 셀 수 없이 많은 곧은 빗가락들. 아직도 와요? 응. 그리고 점점 더 심해지던 그녀의 두통. 한밤중 말들의 진공관 속에 조심스럽게 마취

되어 있던 그의 육체를 깨우던 그녀의 외마디 비명들. 그 순수한 비분절 음들. 존재하지 않았으므로 열어놓을 수 없었던 창문들, 소리가 빠져나 갈 수 없는, 비가 들이닥칠 수 없는. 손 써볼 수 없음보다 더 빨리 공중을 배회하던, 고약한 냄새를 뿌리던 그의 유행 지난 절망. 그럴 때마다 어김 없이 느껴지던 그녀의 까칠까칠한 입술 거스러미. 허벅지를 쓸고 지나 가는 그녀의 음모. 아파요. 머리? 일어선 그의 성기 위에서 끄덕거리던 그녀의 엉덩이처럼, 그렇게 끄덕거리던 두통에 점령된 그녀의 머리. 빛 과 이형과 두통과 심야의 비명과 심야의 섹스와 섹스가 없는 동안의 무 기력함이 대기처럼 내부를 가득 채운 방. 그 방에서 벗어나고 싶어 연어 처럼 언제나 밤중이었던 미로를 거슬러 밖으로 나와서 봐야 했던 비. 비 들이 만드는 회색 요란한 소리, 꺼지지 않는. 왜 이렇게 된 거지? 하릴없 는 질문은 거들떠보지도 않고 좁은 계단을 시위대처럼 가득 메운 채 아 래로 아래로 진군하던 빗물들. 어디에도 보이지 않던 창문과 그리고 또 어디에서도 들리지 않던 시계의 초침 소리. 모든 소리들을——이를테면 시계의 초침 소리나 바람이 마른 나뭇잎을 긁는 소리나 자동차 타이어 가 시멘트 바닥과 마찰하면서 열에너지와 함께 방출하던 소리나 사람들 의 딸꾹질 소리나 멀리서 들을 때는 딸꾹질 소리와 별 다를 바 없던 그 들의 말소리나 꿀벌들의 부채질 소리나 소리들에게 추적당하지 않기 위 해 소리보다 빨리 달리던 비행기들의 소리나 나무 속에 숨어서 지저귀 던 붉은 새들의 소리들을——다 집어삼켜 먹어 소화시켜 버린 비들이 만든 요란한 회색 빛깔 소리. 알겠어, 니가 머리가 아픈 건 이제 니가 들 어갈 꿈이 없어져서 그런 거야. 사인을 가늠할 수 없는, 비들에 젖어 아 무렇게나 바닥에 버려진 비둘기들, 이젠 기억도 꿈도 가지고 있지 않은, 아니 그전에도 한번도 말을 하지 않았기 때문에 기억이나 꿈을 가지고 있었는지 그렇지 않은지 확인할 길 없던 비둘기들. 하지만 전 이제 모든 게 기억나요. 뭐가? 제 꿈들이요, 아니 제 것이 아니었던 꿈들이요. 리코더의 제일 작은 구멍 하나만을 열어놓은 채 있는 힘껏 주둥아리에 바람을 불어넣을 때 나던 소리와 비슷한 그녀의 비명 소리, 창문 없는 방의 검은 벽에 제 머리를 마구 찧어대던. 우리, 천장에 태양계가 매달린 이상한 술집에서 첫키스를 했잖아요. 그리고 잊을 수 없던 주크박스. 그리고 또 자동판매기 거스름돈 반환구에서 발견한 국적불명의 동전들도. 그 노래를 기억해? 대답이 궁할 때마다 그의 성기를 비비던 그녀의 딱딱한 손. 좁은 건물 틈 사이로 지칠 줄 모르고 퍼붓던 굵은 빗가락들. 이제 우리에게 필요한 건 허파가 아니라 아가미인지도 몰라. 공기들, 한없이 길게 꼬리를 늘어뜨린 빗방울의 궤적 사이에서 점차 희박해져 가던 공기들. 비의 냄새인지 공기의 냄새인지 분간할 수 없던, 썩은 계란 같은 혹은 사이다 같은, 정의 내리기 힘든 냄새들. 비가 씻어가는 건지 비가 자신의 헐거운 분자들 사이에 품고 온 것인지 알 수 없는 냄새들. 이제 남의 꿈으로 들어갈 수 없나 봐요. 들어가면, 온통 하얗기만 하고 사람들이 잘 안 보여요. 즐거워하는 웃음소리들만 들려요. 그럴 때마다 머리가 찢어질 듯이 아파오면서 다시 황무지로 돌아오게 돼요. 물에 젖은 비스킷처럼 모서리가 부스러져 내려가던 건물들. 성급하고 또 무분별하게 진행된 풍화작용. 하지만 여전히 부스러지지 않던 그와 그녀의 말들. 고장 난 핸드폰과 컴퓨터와 함께 대부분은 이미 비에 씻겨내려 갔을 것이 틀림없던 다른 곳에서는 실종되었지만 여전히 거기엔 있던 말들. 살아 있지만 시든 시금치처럼 푸석푸석해진 말들. 알겠어, 니가 머리가 아픈 건 이제 니가 들어갈 꿈이 없어져서 그런 거야. 들어갈 수 없는 꿈들. 유효기간이 지난 입장권. 틈입할 꿈이 없어진 틈입자. 이젠 당신은——아직까지 말을 할 수 있는, 시대에 뒤떨어진 당신은——여기에 들어올 수 없습니다, 라는 새로운 법령이 유행처럼 번지는 그녀의 것이 아닌 타인의 꿈들. 이제 그 사람들의 꿈은 예전처럼 혼자만의 공간이 아니니까. 입을 다물고 몰래 숨어 다니는 것이 더 이상은 허락되지 않는 말을 잃어버린 자들의 꿈들. 이젠 방에서도 들리는 빗소리. 미칠 것 같아요, 이렇게 아플 바에는 차라리 죽어버리는 게 낫겠어요. 높아지기만 하는 수위. 발뒤꿈치를 차례로 복사뼈를 발목을 종아리를 무릎을 간질이던 빗물이 모여 만든 작은 회색 저수지. 물고기 대신 죽은 비둘기와 날개 찢긴 잠자리가 살던 작은 회색 연못. 빗방울에 파이고 부서지고 쪼개지고 찢어지고 다시 바로 아래층에 거주하던 물에 밀려 튕겨 올라가길 반복하던, 무르디 무른 수면. 그럼, 아저씨도 남의 꿈에 들어갈 수 없는 거잖아요? 왜 아저씨는 머리가 아프지 않은 거예요? 두려움. 비들이 그와 그녀를 먹어 삼킬지 모른다는 그의 두려움. 점점 더 키가 커지던 회색 호수. 창도 시계도 없는 건물을 발뿌리에서부터 천천히 위로 위로 적셔가던 그 아우성치는 수면. 갓난아기를 잡아먹기 위해 한밤중에만 나타난다는 나환자의 곰보 얼굴처럼 얽은 회색 수면. 혹은 두통이 그녀를 삼킬지도 모른다는 그의 두려움. 두려움들. 뭐가 두려운 걸까? 그리고 점점 더 짙어지던, 뒤돌아보면 검은 미로를 끈질기게 따라오던 그 시큼한 냄새, 두려움처럼 점점 더 단단해지던. 난, 너와 다르잖아. 난 내가 들어가고 싶은 꿈을 고를 수 있거든. 난 황무지에 머무를 수도 있어. 들어갈 꿈이 없어진, 껍데기만 남은 여자. 꿈이 없어지는 바람에 미칠 것 같은,[주2] 꿈이 없어지는 바람에 죽어버리고 싶어하는 여자. 그 여자를 비들이 혹은 두통이 삼켜버릴지도 모른다는 두려움. 두려움을 뒤따라 손등에 돋아난 종기들. 하지만 종기를 짜내도 없어지지 않던 두려움. 왜 우리는 파괴되지 않는 거죠? 엄마 아빠처럼 왜 우리는 그렇게 행복해지지 않는 거죠? 웃음소리. 그녀가 묘사했던 더 이상 그녀가 침입할 수 없는 꿈속에서 희미하게 들리던 지상의 것이 아닌 것처럼 행복하게 들리던 웃음소리. 그에게 새로

378

생긴 버릇: 아침에 일어날 때마다 맨 처음, 나는 아직 말을 할 수 있는가, 라고 스스로에게 물어보기. 듣기 싫은, 그의 풍화되지 않은 목소리. 국제 규격 수영장처럼 점점 넓어지는 회색 웅덩이. 그 회색 웅덩이 위를 비를 맞으며 한가로이 떠다니는 뒤집힌 밤색 고무 대야. 그는 갑자기 이대로는 안 되겠다는 생각이 듦. 그런 갑작스러운 생각에도 불구하고 재차 회색 폭우처럼 쏟아지는 무력감. 어디로든 떠나야 할 것 같애, 비가 너무 많이 와. 잠길지도 모르겠어. 에스페란토어를 전혀 모르는 그와 그녀를 짓누르던 공포. 아직은 걸어갈 수 있지만, 조금 더 비가 오면 헤엄을 쳐야 할지도 몰라. 빨리 여길 뜨는 게 낫겠어. 내용물이 거의 남지 않은 쭈쭈바 껍질처럼 말라붙어 버린 그와 그녀의 추억들. 전 이제 헤엄칠 수 없어요. 죽을 수도 없어요. 닳아빠질 대로 닳아빠진 추억과 여전히 눈부시게 푸른 그의 두려움. 애기가 있나 봐요, 이 속에. 비들. 빗방울들. 물방울들. 한줌 움켜쥐면 스르르 손가락 사이로 달아나는 없어진 물덩어리들. 얼굴을 처박고 눈 뜨면 뿌옇게 침묵하는 물더미들. 어디로도 피해 달아날 수 없는, 법원의 관료주의적 명령. 나만을 위한 법 앞의 문. 잘 됐어, 잘 된 거야. 그녀의 눈꼬리에 조롱조롱 매달리던 물알갱이들. 그 많은 두려움에도 불구하고 그녀의 뱃속에서 자라나던 새로운 유기체, 인공적으로 합성할 수 없는.

6(?)

온전히 무(無)로 돌아간 여러분도 잘 알다시피 나는 지금 글을 쓰고 있다. 첨엔 몰랐는데 곰곰이 생각해 보니 나의 소망은 작은 책 한 권을 만드는 것이었다. 앞뒷면으로 글자들이 빼곡히 쓰인 여러 장의 종이들을 보듬고 있는 책 한 권. 없어진 당신들을 위한 것이 아닌, 나를 그리고 나의 도서관을 위한 책 한 권.

나는 너무 늙었지만 아직도 많은 것들을 기억하고 있다. 가령 이런 얘기도 있었다. 옛날에 농부 한 명이 있었다. 교육을 제대로 받지 못했지만 언젠가부터 글 쓰는 재미에 흠뻑 빠진 이 농부는 한번도 남들에게 발설한 적 없는 비밀스러운 소망을 가지고 있었다. 그건 자신이 쓴 책 한 권을 교구 수도원 지하 도서관에 보관하는 일이었다. 지금의 나처럼 말이다. 물론 그는 명망 높은 학자가 아니었으므로 그의 책이 공식적인 경로를 통해 지하 도서관에 소장될 리는 만무했다. 그렇다면 그의 비밀스러운 소망을 이루기 위해선 아무도 몰래 자신의 책을 그곳에 두는 수밖에 없었는데, 한번 도서관에 처박히면 며칠간 식음을 전폐하고 책들과 씨름한다는 신부들 눈에 자신이 쓴 엉터리 책은 너무 쉽게 발각될 것 같았다. 그래서 그는 자신이 쓴 글의 낱장을 한 장씩 몰래 도서관에 있는 수많은 책들 속에 끼워두었다. 헤아릴 수 없는 날들이 지난 후, 그가 다시 그 도서관에 몰래 들어가 보니 그가 기존의 책들에 끼워넣었던 낱장들은 더 이상 낱장이 아니었다. 그의 수줍은 필체가 그대로 남아 있는 그 낱장들은 마치 다시 제본이라도 한 것처럼 기존의 책 속에 단단히 박혀 있었다.

자신만의 책 한 권을 자신의 침대 아래나 창고 속이 아닌 교구 수도원 지하 도서관에 보관하고 싶어했던 그 농부의 꿈은 이루어진 걸까? 불행히도, 그가 어떻게 반응했는지는 잘 기억이 나지 않는다. 자신만의 책 한 권이 아닌, 자신이 만든 낱장을 품고 있는 수백 권의 책을 도서관에 보관하게 된 농부가 기뻐했는지 슬퍼했는지 분노에 미쳐 모든 책을 다 불살라 버렸는지는 아쉽게도 불분명하기만 하다.

그런데 도서관에 자신의 책을 보관하고 싶다는 나의, 그리고 그 농부의 욕망은 어디서 온 걸까?

지금 막 도서관의 부채꼴 낙인을——1층 천장이며 동시에 2층 바닥인 곳에 뚫려 있는 커다란 부채꼴 구멍——통해 비스듬히 초겨울의 바랜 햇빛이 1층 바닥까지 스며들어 왔다. 내 마음 어디에 부채꼴 낙인이 있길래, 그런 욕망이 스며들어 내 차가운 마음의 바닥을 데운 걸까? 한 번도 마주친 적 없는 내 마음속에 숨어 있는 부채꼴 낙인.

가이사의 것은 가이사에게. 책의 것은 책에게.

책이 도서관으로 들어가면 더 이상 내 것이 아니게 되는 걸까? 내가 바라는 것이 바로 그런 걸까? 내 소유였던 책이 내 소유에서 벗어나——'나의'라는 수식어구를 떼어내고——새로운 단계로 들어가는 것?

나는 잘 모른다. 나는 내 마음속을 잘 볼 수 없다. 한 번도 마주친 적 없는 내 마음속에 숨어 있는 부채꼴 낙인. 아마도, 아마도 그건 내게 아직 언어의 그림자가 드리워져 있기 때문인지도 모른다. 일단 언어를 알게 되면, 모든 것을 언어로 보아야 하고, 언어로 냄새 맡아야 하고, 언어로 맛봐야 하고, 언어로 두려워해야 하고, 언어로 부끄러워해야 하고, 언어로 만들고 또 부숴야 한다. 내게 언어가 없었다면, 이 이야기를 써내지는 못했겠지만, 분명 내 마음속에 가라앉아 있는 지도를 훨씬 더 선명하게 볼 수 있었을 거다. 언어가 없어지면.

언어가 없어지면. 그들의 머릿속을 벼락처럼 휑 하니 지나갔던 바람. 여전히 말로 된 바람. 말로 되자마자 두려워졌던 바람. 파괴되지 않은 언어들을 머릿속에 담고 다니던 두 사람의 머릿속에서 회색 비를 맞고 자라난 바람. 나의 어머니의 어머니의 어머니와 아버지. 그들은 두려웠다. 그들은 여전히 언어가 자신의 머릿속에서 떠돌고 있다는 사실이 두려웠다. 언어 때문에 생긴, 언어로 지어진 두려움.

내게 남은 두려움이 있다면, 그건 이 기다란 이야기를 끝낼 때까지 내가 살아남지 못할지도 모른다는 두려움이다. 누가 언제 물어봐도 제가 봤던 책 중에서 가장 아름다운 결말은 이겁니다, 라며 줄줄 읊을 수 있는 그런 훌륭한 끝으로 이 이야기를 장식하고 싶다는 게 아니다.[3] 그건 내 능력 바깥의 영지에서나 일어날 법한 일이다. 나는 다만 이 글을 끝내고 싶고, 나만의 책 한 권을 가지고 싶고, 그리고 그 책 한 권을 이곳, 나만의 도서관에 두고 싶다. 영원히.

영원히?

영원히.

'영원히.'

말로 지어진 이 단어가, 내게 얼마나 아름다운 느낌을 주는지. 내게 얼마나 아름다운 울림을 보여주는지.

만약 이 책을 다 끝내고도 내게 더 시간이 주어진다면, 그런 은혜가 내게 베풀어진다면, 어쩌면 나 역시 언어들이 내게서 떠나길 원할지도 모른다. '영원히' 같은 단어들이 영원히 사라지게 되길 바랄지도 모른다. 처음 언어를 배울 때처럼 언어를 잊어버리기 위해 특수한 훈련을 해야 할지도 모른다. 나의 책이 나의 도서관 어느 구석에 놓이기만 하면…… 일단 그렇게만 되면…… 괜찮을 것이다, 언어가 날아가 버려도.

나는 내 책이 들어갈 자리를 정했다. 카프카의 『행복한 불행한 이에게』와 A. 피터슨의 『실전 마케팅──A에서 Z까지』 사이. 뭐 특별한 이유는 없다. 아니, 진정한 이유란 건 언어로는 표현할 수 없을 게다. 언어가 떠나야 비로소 진정한 이유라는 게 생길 거다. 난 내 책의 이웃이 될 그 두 권의 책을 아직 읽지 못했다. 아쉽게도 내겐 더 이상 다른 무엇인가를 읽을 시간이 없다.

다만 끝낼 수만 있다면, 이 이야기가 끝날 때까지 내가 내 팔을 놀릴 수만 있다면. 그리하여, 나의 책이 카프카의 『행복한 불행한 이에게』와 A. 피터슨의 『실전 마케팅──A에서 Z까지』 사이에 살을 비비며 자리를 잡을 수만 있다면.

7(?)

떠나기로 결정한 날 아침 일찍 밖으로 나가 보니 공교롭게도 비가 그쳐 있었다. 기억도 나지 않을 만큼 오랜만에 찾아온 비 없는 날이었다. 머리 위론 아직도 황토색 구름이 흐르고 있었고 공기는 웅덩이에 빠진 운동화처럼 꿉꿉했고 무릎까지 차오르는 회색 수면은 여전했지만, 비는 없었다. 바지를 무릎 위까지 걷어붙이고 차인형은 커다란 웅덩이로 변한 골목을 성큼성큼 걸어갔다.

며칠 전 그는 좀 더 북쪽으로 사냥을 나갔다. 부서진 고가다리 근처에서 그는 갓난아기를 업고 대여섯 살 정도 되어보이는 남자 아이의 손을 끌며 지친 걸음을 옮기던 여자 한 명을 만났다. 처음에 여자는 멀찌감치서 그와 눈이 마주치자 달아나려는 기색을 보였지만 그가 괜찮아요, 해치려고 하는 게 아니에요, 라고 소리 지르며 달려가자 금세 겁먹은 듯 자리에 멈춰 섰다. 여자는 사팔뜨기였다. 여자는 그를 보면서도 동시에 모든 것을 보는 것 같았다. 그만도 아니고 그의 주위만도 아닌 모든 것. 말을 알아들을 수 있느냐고 묻자 여자는 시선을 비키며 고개를 끄덕였다. 마치 그와 여자 외에 또 다른 사람이 바로 곁에 있는 것처럼, 바로 그 또 다른 사람의 말을 수긍하는 것처럼.

그는 기뻤다. 푸른 점퍼 늙은이가 처음 자신을 유치장에서 발견했을 때의 기분이 어땠는지 알 것 같았다. 그는 기뻤지만 그래서 기쁜 기색을 숨길 수 없었지만 그 모든 것을 동시에 바라보는 여자의 눈엔 아무런 표정도 없었다. 여자는 빠르고 높은 목소리로 남쪽으로 가는 중이라고 했다. 아버지를 찾기 위해 남쪽에서 올라온 말을 할 줄 아는 사람에게서 남쪽 지방엔 비가 오지 않는다고 들었다 했다. 엄마의 검지와 중지를 모아 쥐고 있던 남자아이는 엄마가 말을 마치자 까르륵 웃으며 때 묻은 포대기 끈을 잡아당겼다. 아이는 다운증후군에 걸린 것 같았다. 눈은 작고 동그랗고 인중이 길고 볼이 늘어져 호리병을 반으로 쪼개 놓은 것처럼 보이는 얼굴이었다. 다운증후군, 타인의 얼굴을 닮아가는 병. 등에 업힌 곱슬머리 아기는 흰자위를 반쯤 드러내놓은 채 고개를 모로 꺾고 잠들어 있었다.

물은 차갑다고 느껴질 정도는 아니었다. '하지만, 하지만 겨울이 오면 우리는 거대한 얼음 속에 갇힐지도 몰라.' 차인형은 이형에게 그곳을 떠나는 게 좋겠다고 했다. 이형은, 수면 부족으로 인해 혹은 두통으로 인해, 아니면 둘 다 때문에 얼굴이 부쩍 검어진 이형은 좋다고 했다. 포대기를 메고 있던 엄마와는 달리 그로부터 달아나지 않던 그녀의 시선. '남쪽?' '응, 남쪽.' '좋아요, 그렇게 해요.'

"비가 그쳤어."

이형은 짐을 싸던 손놀림을 멈췄다. 그는 정면으로 자신을 바라보는 이형의 눈빛이 어느샌가부터 부섭게 느껴지기 시작했다. 그 눈 깊숙이 어딘가에 아직 마른 공기를 들이켜 본 적 없는 생명체가 낯선 외계를 향해 고개를 드미는 풍경이 보이는 듯했다.

"그럼, 남쪽으로 가기로 한 건?"

"어떻게 될지 알 수 없으니…… 일단 움직이고 보자."

그는 이를 악물었다. 모든 게 내 잘못이야. 하지만 이형은 더 묻지 않았다. 어디로 가야 하냐고 어떻게 갈 거냐고 왜 가야 하는 거냐고 그리고 아이의 이름은 뭘로 정할 거냐고.

그들은 모처럼 쌀밥을 지어먹었다. 그곳, 빛이 남아 있던 안식처에서의 마지막 날이었다. 차인형은 종이에다 푸른색 펜으로 '아저씨 저예요. 저희는 무사히 돌아왔는데 아저씨가 안 계시네요. 비가 너무 많이 와서 남쪽으로 갑니다.'라고 썼다. 건강하세요, 나 고마웠습니다, 같은 말을 덧붙이려고 했는데 펜이 죽어버렸다.

"내려가는 길에 상도동에 들러보자. 내가 살았던 옛날 집이 그대로 있는지도 보고 싶구."

"좋아요."

차인형은 스스로에게 왜 거길 가야 하는 건지 되물었다. 그녀가 묻지 않았던 질문. 차인형은 돌아보았다. 배낭을 짊어진 이형이 그가 구해 온 초록색 커다란 장화를 신고 그를 따라오고 있었다. 두통이 잠시 사라진 이형의 얼굴은 이젠 추억이 되어버린 태양 없이도 환하게 빛나고 있었다. 그녀가 묻지 않았고, 그가 답할 수 없던 질문. 왜 거기에 가야 하는데요?

"힘들지 않아?"

"아니요. 두통만 없으면 괜찮아요."

그 미로의 끝에 매달려 있던 안식처에서 머무르는 동안, 함께한 추억을 다 지불해 버린 차인형은 자신의 옛날이야기를 그녀에게 들려주었다. 그는 자신에겐 결코 아무것도 아닐 수 없는 자신의 이야기가 타인에겐 아무런 울림도 줄 수 없을지 모른다는 걸 잘 알고 있었다. 그런 상대의 반응에 상처를 받을 수 있다는 걸 알고 있었지만, 하지만, 거기에선 뭐라도 이야기하지 않고는 견딜 수가 없었다. '아저씨는 매우 비겁한 사람이었네요. 그거 아세요?' 그럼 난 너무 잘 알고 있어. 십자가 앞에서 맹세를 할 수도 있어. 말을 알아들을 줄 아는 사람들이 돌아온다면 그들을 광장에 모아놓고 '나는 비겁한 사람이다'라고 당당히 선포할 수도 있어.

"만약 아저씨 옛날 집이 거기 그대로 남아 있다면…… 거기서 뭘 가져갈 거예요?"

차인형은 이형의 손을 잡아당겨 무너진 건물의 잔해 꼭대기로 올라올 수 있게끔 했다. 내려가는 길 역시 만만찮아 보였지만 일단 내려가면 한동안 마른 땅을 밟고 오랫동안 걸어갈 수 있을 것 같았다.

"……책?"

"시시해."

추억은 가져갈 수 없고, 추억이 찍혀 있는 것들을 이미 태워버린 지 오래야. 입 없는 말들이 그보다 더 빨리 언덕을 굴러 내려가고 있었다.

차인형과 이형은 건물들의 잔해로 만들어진 평원을 걷고 있었다. 엉뚱하게도 그는 안치형이 햄버거를 먹던 서양 여자에게 건넸다는 그 말이 무엇인지 궁금해졌다. 틀림없이 그다지 유창하지 않았을 그의 영어. 틀림없이 그다지 길지 않았을 그의 영어. 어설픈 영어 몇 마디가 이런 엄청난 폐허를 지구에게 선물한 것이었다. 그곳에 있는 건물들은 폭격이라도 맞은 것처럼 유난히 지독하게 파괴되어 있었다. 마치 사막 한가운데에 서 있는 것처럼, 편평한 지평선이 그를 에두르고 있었다. 사막과 다른 점이 있다면 사막엔 발을 부드럽게 감싸며 잡아당기는 모래가 있지만, 거기엔 연약한 구두창을 사정없이 찔러대는 무너진 건물의 잔해가 바닥을 덮고 있다는 것 정도였다. 바닥에 쌓인 건물의 잔해들은 그 깊이를 가늠할 수가 없었다. 치형이 만든 새로운 지층. 건물들의 잔해로 만들어진 백색 재활용 사막. 선인장 대신, 믹서에 넣고 간 얼음처럼 부서진 콘크리트 사이로 불쑥불쑥 솟아 있는 녹슨 철근들의 사막. 다행히 사람들의 시체는 눈에 띄지 않았다. 죽은 사람들 대신 잘게 갈린 콘크리트 사이 점점이 부서진 가재도구들이 흩뿌려져 있었다. 브라운관이 부서져 텅 빈 속을 드러낸 TV 한 대가 한가로이 일광욕을 즐기는 피서객처럼 태양 없는 하늘 아래 나뒹굴고 있었다. 부서진 이미지의 뒤편, 비어 있는 암흑.

사막을 걷는 일은 쉽지 않았지만, 그들은 날이 어두워지기 전에 새로 조성된 백색 사막을 횡단하기 위해 쉬지 않고 발걸음을 재촉했다. 온전한 건물들이 꽤 남아 있는 지역에 도착한 후 그는 손목시계를 확인했다. 시곗바늘은 말없이 달리고 있었다. 5시가 좀 넘은 시간이었지만 이형이 많이 지쳐 있었으므로 그들은 거기서 하룻밤을 보내기로 했다. 그녀는 전에 그렇게 얘기한 적이 있었다. '웃겨요.' '뭐가?' '아직도 시계를 차고 있는 게요.' 그들의 언어처럼, 그는 몇 번이나 시계를 벗어 던져버리고 싶었지만 그렇게 하지 못했다.

아침나절, 그들은 운 좋게도 아직 말짱한 편의점 한 곳을 발견했다. 통조림 몇 개와 담배와 생수 등을 가방에 쑤셔 넣고 그들은 다시 떠났다.

"어젯밤에 지진 난 거 아세요?"

"아니, 몰랐는데."

"깊이 잠들었나 봐요. 굉장했는데. 무서워요."

비에, 지진에. 그 다음이 무엇일지 그는 궁금했다.

오후가 넘어 그는 그가 한때 살았던 서원빌라 앞에 도착했다. 기적적으로 그의 집은 사막의 잔해가 아니라 한 채의 건물로 생존해 있었다. 그들은 마치 허락 없이 타인의 집에 들어가는 불청객처럼 쭈뼛대며 잠겨 있지 않은 현관문을 열고 내부로 들어갔다. 그곳은 방부제에 전 과자처럼 잘 보존되어 있었다.

"진짜 집이다."

이형은 마루에 짐을 벗어두고 벌러덩 드러눕더니 다시 두통이 오는지 머리를 잡고는 배부른 고치처럼 둥그렇게 웅크렸다. 회색 먼지들이 풀썩 얕은 도약을 했다 느긋하게 바닥으로 가라앉고 있었다, 마치 물속에서 흔들리는 물풀처럼 느릿하게.

"많이 아파?"

대답이 없었다. 그는 어찌 손댈 수 없는 이형을 내버려두고 방 안으로 들어갔다. 예전에 그가 글을 쓰던 책상 위에 종이쪽지 한 장이 덩그러니 남겨져 있었다.

인형아.

이제 더 이상 조잡한 암호 따위로 너에게 소통을 시도하지 않아도 되니 참 좋구나. 옛날 서로 손으로 쓴 편지를 주고받던 때가 생각난다. 이 편지를 볼 수 있을지 모르겠지만, 본다면, 아직도 내가 죽이고 싶도록 밉다면, 나를 찾아와 줬으면 좋겠어. 널 보고 싶구나. 아직 말을 할 수 있겠지? 이 글을 읽을 수 있겠지? 난 수원대학교에 머무르고 있어. 내가 망가뜨렸다고 생각했던 인간들이 꽤 많이 모여 살고 있는 곳이야. 첨엔 내가 잘못한 건지도 모른다는 생각이 들었는데, 지금은 아니야. 이 사람들? 그들에겐 아무런 문제도 없어. 언제나 문제가 있는 건 나였지. 니가 나를 또 그들을 한번 봐주면 좋겠어. 체육관이나 도서관으로 와서 날 찾아봐. 부탁이야. 치형.

세 번 정도 반복해 읽고 나자 그는 갑자기 그가 들고 있는 그 종잇 조각이, 황급히 찢어낸 가로줄 그어진 노트 낱장이 무서워졌다.

"우리, 여기 오래 오래 있으면 안 돼요?"

어느새 잔뜩 찡그린 얼굴의 이형이 문 앞에 서 있었다. 두통이 구겨 버린 얼굴. 차인형은 저도 모르게 들고 있던 종이를 내밀었다. 그녀의 눈 동자가 아주 천천히 왼쪽에서 오른쪽으로 다시 왼쪽에서 오른쪽으로 움 직이길 반복했다.

"만나고 싶으세요?"

이형은 종이쪽지를 돌려주며 한숨을 쉬었다.

"뭐, 보고 싶은 건 아니지만…… 봐야 할 것 같애. 한번만 만나보고 얼른 돌아오자, 니가 꼭 여기에 머무르고 싶다면."

"오늘이나 내일 당장 떠나야 하는 건 아니죠?"

"그래, 그러지 뭐."

"그럼 좋아요. 그렇게 해요."

그는 가자고 할 수가 없었다. 두통이 점령해 있는 동안엔 애벌레처 럼 웅크린 이형에게, 잠시 고통이 지쳐 쉬는 동안엔 그의 옛집을 자신의 집처럼 편안해하는 이형에게, 그는 가자고 할 수가 없었다. 한편으로 그 역시 치형을 만나는 일이 두려웠다. 그를 만나게 되면 푸른 점퍼 늙은이 에게서 받은 총으로 그를 쏴버리게 되지나 않을지 두려웠다. 그가 치형 의 머리에 총을 쏘는 환상이, 총에 맞은 치형의 머리가 수박처럼 사방으 로 터져 나가는 환상이 백일몽이 되어 그를 자꾸 괴롭혔다. 옛집에서 떠 나지 못하고 애꿎은 천장 벽지 무늬만 쳐다보고 누워 지내던 어느 날 아 침, 차인형은 어쩌면 치형이 이형과 자신에게서 언어를 떼어내어 줄 수

390

있을지도 모른다는 생각이 들었다. 그러면, 이형의 고통도 덩달아 없어질지도 모른다는 생각이 들었다. 사마귀를 떼어내듯 그렇게 쉽게 떼어낼 수만 있다면.

"우리 지금 거기 갔다 와요."

마치 그의 생각을 미리 읽기라도 한 듯, 이형이 그에게 말했다. 그는 막 그녀에게 자신의 생각을──치형이 그들에게서 언어를 쫓아내 줄지도 모른다는──말하려는 참이었다.

"아저씨 친구, 다시 저를 납치하려 하진 않겠죠?"

이형은 웃었다. 그에게 혹시 남아 있을지도 모르는 미안함을 덜어주려는 웃음이라고 그는 생각했다. 차인형은 미안했지만, 어쩔 수 없었다. 함께 갈 수밖에 없었다. 이형을 혼자 남겨두고 먼 길을 떠날 수는 없었다. 그곳은 핸드폰도 메신저도 없는 위험한 세상이었다.

"그런데, 아저씨. 저 아저씨한테 사과해야 할 일이 있어요."

"뭔데?"

그런 건 존재하지 않아, 네가 날 낳은 것도 아니잖아, 하고 그의 입 없는 맘이 중얼거렸다.

"아저씨 일기 봤어요, 말도 안 하구."

"……괜찮아."

"거기서요…… 치킨샐러드 레시피 말인데요."

"…… 아, 그거."

"거기에 '개'라고 쓴 게 전가요?"

"응."

이형이 다시 환하게 웃었다. 질투가 날 정도로 환한 웃음이었다. 언제였지, 나 역시 저런 웃음을 지을 수 있었던 건.

"제가 해드릴 수 있다면 좋을 텐데. 진작 얘기해 주셨으면 좋았잖아요. 지금은 신선한 닭 가슴살은커녕 유통기한 지나지 않은 참치 통조림조차 구하기 쉽지 않으니."

그렇게 얘기해 놓고 어깨를 으쓱 하며 이형은 또다시 웃었다. 언제였을까? 그게 언제였을까?

"아저씨는 무섭지 않아요?"

분명 시계는 정오를 가리키고 있었는데, 그리고 구름이 비를 뿌리는 것도 아니었는데, 마치 밤처럼 하늘이 어두워지고 있었다.

"뭐가? 하늘이?"

"아니요. 말을 잃어버리는 게요. 글을 읽지도 쓰지도 못하는 게요."

"아니."

사실일까? 사실인 것 같았다.

두통만 없다면. 그 내게 내린 것이 아닌 지독한 고통만 없다면. 차인형은 그녀와 함께 한 지금까지의 여정이 더없이 즐거웠다. 둘이 처음으로 발견한 혹성을 탐사라도 하는 그런 기분이었다. 무너진 아파트도, 강물에 잠긴 다리도, 허리 부러진 육교도, 연기가 피어오르는 도로 위 크레바스도, 난데없이 길바닥에 쌓인 비둘기들의 시체도, 한낮의 검은 하늘도, 텅 비어 있는 도서관도 그들에겐 그저 낯설고 유쾌한 풍경일 뿐이었다. 두통만 없다면, 그 한밤중의 소스라침만 없다면. 결정적으로 그들은 그 둘만의 혹성에서 그녀의 두통 때문에 행복해질 수 없었다. '말을 잊어버릴 수 있다면 그렇게 하는 게 어떨까?' '그러면 이 지긋지긋한 두통이 없어질까요?' '그렇지 않을까? 정확힌 모르겠지만…… 왠지 그럴 것 같애.' '그렇담 좋아요.'

도서관엔 아무도 없었다. 불 꺼진 검은 하늘 밑에서 그들은 체육관을 찾아 나섰다. 오랫동안 황톳빛 베일 뒤에 숨어 있던 태양에게 무슨 특별한 일이 일어난 건지도 몰랐다. 하지만 차인형에겐 별 상관 없는 일이었다. 두통만 없어진다면. '애기도 나처럼 아플까요?' 어젯밤 이형은 눈물을 흘리며 그에게 물었었다. '괜찮아, 아기야, 괜찮아, 아기야. 엄마가 니 몫까지 다 아파 줄게.' 그의 손을 꼭 쥐던, 바들바들 떨리던, 너무 꼭 쥐는 바람에 하얗게 보이던, 그 어둠 속에서 반딧불처럼 하얗게 빛나던 그녀의 손. 그는 안치형을 찾아야 했다. 쓸데없는 안부인사 같은 건 개들에게나 던져주고 우리도 당장 파괴해 달라고 그에게 명령해야 했다. 부탁해야 했다. 필요하다면 애걸복걸이라도 해야 했다.

검은 호수처럼 변해 버린 운동장 너머 3층 높이의 건물이 보였다.

"저건가 봐요."

틀림없어 보였다. 건물의 1층 창문에서 서둘러 은폐한 맹수의 안광 같은 파르스름한 빛의 흔적이 보이는 것 같았다. 불이 켜진 건물을 본 건 푸른 점퍼 늙은이의 안식처를 떠난 이후로 처음이었다. 그는 자신도 모르게 검은 호수로 풍덩 뛰어들어 달리기 시작했다.

"안치형 당장 나와."

체육관 문을 발로 힘껏 차며 그는 고래고래 소리를 질렀다. 문이 열리며 열린 틈 사이로 강렬한 빛이 새나왔다. 건국신화에 단골로 등장하는 특별한 인간이 들어 있는 특별한 알이 부서질 때 새나오는 그런 빛. 그 인공의 빛은 그의 고함을 그의 다급함을 그의 분노를 한 순간에 눈멀게 만들었다. 잠시 후 그와 그녀는 조용히 빛 속으로 녹아 들어갔다. 진즉 신화가 돼버린 유사 태양빛과의 조우였다.

그리고 그 값비싼 인공 조명 아래 인간들이 뒹굴고 있었다. 넓은 마룻바닥 위에 족히 백 명은 넘어 보이는 사람들이 앉아 있거나 누워 있었다. 그들은 광합성이라도 하는 것처럼 따가운 백색 빛 아래 조용히, 말없이, 움직이지 않거나 아주 천천히 조금씩 움직이며 거기에 있었다. 안치형이 망가뜨렸던, 그리고 그와 그녀가 되고 싶어했던 사람들. 그는 소리를 지르는 대신 달렸다.

"넌 여기 있어."

차인형은 사람들 사이를 달리며 그들의 얼굴을 확인했다. 수많은 파괴된 인간들이 마룻바닥에 앉거나 누운 채 그의 느닷없는 검열을 받아야 했다. 재빨리 지나치는 수많은 얼굴들 속에서 그는 유일하게 말을 할 줄 아는 인간, 안치형을 찾아내야 했다. 등을 돌리고 있는 사람은 어깨를 두드리거나 그래도 반응이 없으면 강제로 팔을 낚아채 얼굴을 확인하며 앞으로 또 앞으로 달렸다. 그래도 아무 말 하지 않던, 돌리기 전엔 모두 비슷하게만 보이던 뒤통수들.

그 뒤통수들 사이에서 마침내 그는 안치형을 발견했다. 그는 태연히 냄새 나는 더러운 옷가지들을 깔고 베고 껴안고 덮고 누워 있었다.

"자, 니 말대로 여기에 왔어. 이제 우릴 어떻게 좀 해줘."

차인형은 양손으로 그의 어깨를 붙잡고 그를 일으켜 세웠다. 달게 자고 있었던 듯, 눈꺼풀을 들어 올리는 데까지는 시간이 좀 걸렸다. 하지만, 그 눈 속엔 그가, 차인형이 없었다. 또다시 인형[Doll]이 되어버린 치형. 잡으려 할 때마다 자꾸 인형[Doll]이 되어버리던, 그런 식으로 붙잡을 수 없도록 멀리 도망하던 치형. 더 이상 더 무표정하게 만들 수 없는 두 눈. 살갗 위에 검은 매직펜으로 그려놓은 것 같은 두 눈.

"새끼, 장난치지 마. 날 모르겠어?"

그가 안치형이라고 생각했던 자는 두 눈의 초점을 그에게 맞추고 있었지만, 그를 알아보는 기색이라곤 손톱만큼도 없었다. 언젠가 아주 오래전에 한번 그랬듯이, 그는 더 이상 그가 알고 있던 치형이 아니었다. 이미 거기서도 말들이 달아난 거야, 그렇게 생각하자, 그렇게 생각하며 오는 길에서 본 부서진 TV 같은 그의 눈과 마주치자, 그의 목덜미로 소름이 좍 돋아 왔다.

"아니야, 이건 아니야. 이번에도 또 장난이지, 이번엔 안 속아 넘어가."

그는 안치형을 마구 흔들었다. 그러자 언어가 빠져나간 그의 몸이 무게중심을 제거한 오뚝이처럼 저항 없이 앞뒤로 흔들렸다. 그가 흔드는 것이 아니라 흔들리는 그의 몸을 잡아주는 꼴이었다. 무서워하는 표정이 그의 얼굴에 떠올랐다. 하지만 그건…… 그건 예전의 그가 무서워하던 방식과는 완전히 다른, 차인형에겐 완전히 낯선, 치형의 것이 아닌, 타인의 무서워하는 표정이었다.

"어떻게 한 거야? 도대체 어떻게 한 거야. 왜 우릴 기다리지 않고 너 혼자 부서진 거야. 우리도 너처럼 해달란 말이야."

그는 온몸 가득 증오를 담아 그의 얼굴에 주먹을 날렸다. 그가 쓰러지자 그가 새로이 속하게 된 부족의 구성원들이 다가와 그를 빙 둘러쌌다. 차인형의 머릿속으로 못 박힌 각목과 권총의 이미지가 지나갔다. 끝내야 했는데, 진작 끝냈어야 했는데.

"아저씨, 그만해요."

이형은 울고 있었다. 치형이 창조한 새로운 종족들이 양팔을 잡고 그의 몸을 바닥에 질질 끌고 가고 있었다. 치형은 영문을 모르겠다는 표정이었다. 즐거워 보이는 것 같기도 했다.

말을 잃어버리길 단념하고, 희박한 희망의 숨통을 끊어놓고 그의 옛 집으로 돌아가는 길이었다.

"다행인지도 몰라요."

"뭐가?"

"말을 잃어버리기 전에 애기를 낳을 수 있는 게요. 말을 잃어버리면 애기한테 엄마는 니가 없었으면 두통 때문에 죽어버렸을지도 모른단다, 라고 애기해 줄 수 없을 거 아니에요. 니가 나한테 얼마나 소중한 존재인지 너는 모를 거야, 라고 애기해 줄 수 없을 거 아니에요."

"엄……마?"

"네. 뭐예요, 처음 듣는 사람처럼. 이제 곧 엄마가 되는 거잖아요, 전."

"……축하해."

"고마워요…… 그리구 아저씨도 이제…… 그런데, 저기, 이젠 애기한테 이름이 필요 없겠죠? 이름이 있다 해도……."

"아니, 엄마가 지어주고 싶다면 지어줘야지. 뭐 생각해 놓은 거 있어?"

"아니요. 아저씨는요?"

"나? ……없는데."

"그런 게 어디 있어요? 예전에 아저씨 책도 썼다면서요?"

"응…… 그랬었지. 아주, 아주 오래전에."

"아저씨는 어린애, 안 좋아하시죠?"

"모르겠는데…… 생각해 본 적이 없어서."

"이제 생각해 보셔야 돼요. 그러실 거죠?"

"……응."

"두 번째로 아빠가 되는 기분이 어떠세요? 엄마는 나 낳기 전에 너무 긴장해서 밥도 못 먹고 아빠나 주위 사람들한테 말도 못하게 신경질을 부렸대요. 그런데, 전 하나도 안 무서워요. 두통만 없으면 너무너무 행복해서 애기하고 함께 헬륨가스를 넣은 풍선처럼 하늘로 날아가 버릴지도 몰라요…… 그런데 아저씨도 무서우세요?"

"……잠깐만 ……오늘 저기서 자는 게 어떨까? 잠깐만 기다려, 잘

396

만한 곳인지 내가 한번 슥 보고 올게."

　그가 건물 속으로 황급히 없어졌다. 어색함이란 기다란 꼬리를 남기고. 그녀는 그 꼬리를 밟을 수 없었다. 제 꼬리를 끊고 달아나는 도마뱀처럼 그가 네 개의 튼튼한 푸른 다리로 그녀와 애기에게서 멀어질 것 같았다. 아니야, 애기야. 니 아빠도 틀림없이 기쁜 거야. 니가 생겨서 너무 좋은 거야. 니 아빤 그저 수줍은 거야. 인적 없는 5층짜리 건물 부서진 유리창을 통해 그의 조급한 발자국 소리가 들려왔다. 그러니까, 감정을 표현하는 방법이 좀 서툰 거야. 그래, 남자들은 대개 그런가 봐. 어머, 그런데 애기야, 너 남자니, 여자니. 이 엄마가 그것도 아직 물어보지 않았구나. 난 니가 여자였으면 좋겠어. 우리 둘이서 저 남자를, 저 멋대가리 없는 남자를 실컷 놀려먹는 거야, 어때. 건물 앞 이차선 도로 저 끝에서 붉은색 흙먼지가 부풀어오른 딸기맛 소프트아이스크림만큼 커졌다. 그래도 애기야, 니 아빠를 오해해선 안 돼. 아빠에겐 나쁜 일이 아주 많았거든. 붉은 흙먼지를 가르고 오토바이를 탄 남자들이 그녀가 서 있는 쪽으로 몰려오고 있었다. 또 나쁜 일이 생길까 봐, 아빠는 지금 무서운 거야. 알겠니. "여자를 잡아." 짧은 고함소리가 들렸고 곧 그녀의 몸이 그녀의 의지와 상관 없이 날아올랐다. 아주 먼 곳에서 날아온 바람이 그녀의 뒷머리를 쓰다듬고 지나갔다. 그녀는 상쾌했다. 너도 상쾌하니. 아니, 그래, 단지 그런 거라니까. 무서워서 그런 거라니까. 아빠한테 물어볼래. 내가 대신 물어봐 줄까. "아저씨, 저기요." 갑자기 거세진 바람에 입을 틀어막혀 그녀는 너 이상 말을 할 수가 없었다. 오토바이를 타고 있던 남자들은 두건을 쓰고 있었다. 그가 없어졌던 5층 건물이 순식간에 작아졌다. 아빠가 대답할 거야, 조금만 기다려, 애기야. 그런데 애, 우리 너무 빠르지 않니.

8(?)

시간은 더 이상 흐르지 않았다. 대신, 눈이, 작고 딱딱한 얼음조각들이 공기 위에 사선을 그어대고 있었다. 영원히 계속될 것 같은 차가운 점선들이 얼어붙은 바닥에 내리꽂히고 있었다.

어느 날 허옇게 얼어붙은 산 속에서 손목시계의 너덜거리던 가죽띠가 뚝 끊어져 버리더니 눈 속에 파묻혀 버렸다. 차인형은 쌓인 눈을 언 손으로 헤집다 퍼뜩 정신이 들었다. 이제 와서 시간이 다 내게 무슨 소용이람. 그는 시계를 깨끗이 단념했고, 시간은 그를 매정하게 떠났다. 지금이 언제인가, 라는 질문은 그렇게 끈 달아난 시계와 함께 하얀 산 속에서 완전히 실종되고 말았다. 이형을 찾아 남쪽으로 가는 길이었다. 남쪽. 이형을 데려간 그들이 사라지던 방향. 너무나 막연한, 그의 시선에서 벗어나자마자 다시 동으로 혹은 서로 또는 남으로 급히 진로를 수정했을지도 모를, 그리하여 막연한데다가 신빙성마저 크게 떨어지는, 하지만 가만히 앉아 있을 수만은 없는 그에게 주어진 마지막 단서였던, 남쪽. 희미한 끈. 붉은 흙먼지와 함께 그곳으로 빨려 들어가던 약탈자들과 이형. 말을 할 줄 아는 놈들이야. 이유는 모르겠지만, 저렇게 은행강도들처럼 이상한 걸 뒤집어쓰고 다닌다니까. 미로에서 살아남는 법을 가르쳐주었던 푸른 점퍼 늙은이는 그렇게 말했었지. 약탈자들. 얼굴에 복면을 쓰고 오토바이를 타고 게다가 이형을 데려가 버린 그들. 저놈들한테 걸리면 바로 죽어. 자신의 얼굴을 본 놈들은 다 죽인다나? 그 푸른 점퍼 늙은이는 차인형에게 더없이 친절했었다. 그렇게, 그의 주위에는 늘, 친절한 사람들이 있었다. 사람들은 도대체 도와줄 도리가 없는 그런 자에게만 친절을 베푼다. 그것이 인간의 본성이다. 그건 누구의 말이었지? 하지만 그는 알 수 있었다. 그들은 친절하지 않을 것이다, 이형에게도 그에게도, 그리고 이형의 뱃속에 숨어 있었던 애기에게도.

시간은 더 이상 흐르지 않았다, 이형이 차인형을 떠나버린 후로부터. 물론 그녀가 그러고 싶어서 그랬던 건 아니었다. 그건 차인형도 알고 있었다. 처음부터 알고 있었다. 창문, 유리창이 부서진 창문 너머 그가 서둘러 사라지는 오토바이 떼를 보았을 때부터. 남쪽. 빨간 바늘이 가리키는 곳의 반대편. 빨간 피. 시간은 흐르지 않았지만 피는, 빨간 피는, 그 빨간 피는. 부서진 유리창에 찢긴 그의 손등 위에 재빨리도 번지던 빨갛고 얇은 피의 막. 그러면서, 거기서부터 시간이 멈추어 버렸다. 멈추어진 시간이 길어지면 길어질수록 그는 초조했다. 닥치는 대로 남쪽으로, 남쪽으로. 그는 걸어야만 했다. 약탈자를 찾아야 했다. 남쪽으로, 남쪽으로. 미친놈들이 부쩍 많아졌지만, 젤 위험한 치들이여. 약탈자가 이미 이형을 죽였을지도 몰랐다. 불길한 생각은, 그의 주위에서 머물다 이젠 죄 사라져 버린 사람들처럼 쉽게 폐기되지 않았다. 그럼에도 불구하고 그는 약탈자를 찾아야 했다. 이형을 다시 데려오거나 그들에게 죽음을 당하기 위해.

년도 달도 요일도 없는 날들이 켜켜이 쌓이는 동안, 하늘에선 그치지 않고 얼음조각들이 내렸다. 차갑고 따끔따끔하고 푸른 얼음조각들.

갑자기 하늘이 검게 변하더니 머리카락 속을 파고들던 얼음조각들이 딱 그쳤다. 터널 안이었다.

차인형은 푸른 점퍼 늙은이가 건네준 랜턴을 켰다. 수줍은 불빛이 바닥에 드러누운 하얀색 실선의 꽁무니를 추적했다. 하지만 저 먼 곳에 있어야 할, 반대쪽 출구는 보이지 않았다. 이형은 보이지 않았다. 그때, 그저 시끄러운 오토바이 소리가 들렸고, 왠지 불길한 마음에 황급히 계단을 뛰어올라 부서진 창문으로 몸을 죽 내밀었을 때, 저 먼 곳, 흙먼지가 날리던 그곳에 이형은 보이지 않았다. 이형아, 이형아, 가면 안 돼, 그들이 널 죽일 거야. 물론 그녀가 그러고 싶어서 그랬던 건 아니었다. 다만 붉은 피, 손등을 휘감던, 짭짤한 맛이 나던, 억센 시간의 숨통을 사정없이 졸라버렸던. 차인형은 입 벌린 암흑을 향해 걸어갔다. 자동차는 한대도 없었다. 사람도 없었다. 자꾸 그는 엉뚱한 것들과 마주쳤다. 지지대가 부서진 천체망원경, 하반신만 남은 은빛 플라스틱 마네킹, 가장자리쪽 천장에 달라붙은 거대한 크기의 고드름, 엄마와 아이가 손을 잡고 길을 건너는 삼각형 도로 표지판. 이번이라면, 이번에는 정말 잘 될 거야, 이형과 함께 하는 동안 차인형은 몇 번이나 그렇게 다짐 아닌 다짐을 했었다. 남편이 그리고 아빠가 되는 일. 누구나 다 하는 일이잖아? 그 모든 쓸모 없어진 이상한 물건들과 질문들이 랜턴 궤적에 따라 깜박거렸다. 꺼지고 나면, 지나치고 나면 모든 것이 다 거짓 같았다. 하지만 그 와중에도 한번도 켜지지 않던 사람. 남쪽으로 걷다가 그는 가끔 사람을, 더러는 사람들을 만났다. 약탈자를 본 적 있나요? 그들이 어디로 갔는지 알아요? 대답이 돌아오지 않던 그의 질문들. 아무도 대답하지 않았고, 대답할 수 없다는 그 사실 때문에, 그들은 일종의 자부심을 가지고 있는 것처럼 보였다. 오토바이를 타고 다녀요, 머리에는 두건을 뒤집어쓰고요. 그들의 웃음 앞에서 그들의 무지 앞에서 그들의 자부심 앞에서 그들의 행복 앞에서 허망하기만 했던 질문들. 우리도 파괴되는 편이 나을 거야. 차인형과 이형은 그들이 함께 했던, 그리고 너무나 자주 반복해서 재생하는 바람에 닳아빠져 버린 그들의 추억을 지불하고서라도 기꺼이 파괴되고 싶어했다. 바닥을 겨냥한 빛의 영역 위를 조그만 동물 몇 마리가 후다닥 지나갔다. 그는 무서워졌다. 쥐겠지 뭐. 쥐일 거야 그렇지? 잠시 후 기계음가 흡사한 그의 목소리가 터널 안에서 웅웅거렸다. 살아 있는 것들, 살아 있는 것들이 무서워졌다. 살아 있으면서도 말을 하지 않는 것들, 살아 있으면서도 말을 할 줄 알면서도 말을 하지 않는 것들, 복면을 쓰고 다니는 것들, 몸속에 붉은 피를 담고 다니는 것들이 그는 문득 두려워졌다. 그리고 그 살아 있는 것들을 애써 가리는 어둠이 무서웠다. 하지만 하얀 선을 따라만 간다면 결국엔 식빵 모양의 하얀 출구를 만나게 될 터였다. 남쪽으로, 남쪽으로. 이형을 다시 데려오거나 그들에게 죽음을 당하기 위해. 막혀 있다면, 끝이 막혀 있다면, 그는 돌아올 것이었다, 바닥에 늘어진 하얀 선을 다시 밟고. 다시 북쪽 출구로 나와 다시 필사적으로 다시 다른 방법으로 끝끝내 남쪽으로 남쪽으로.

거짓말처럼, 거짓말 같은 끝이 나타났다. 하얀 선 끝에서 만난 하얀 손톱 모양의 끝. 하얀 실선은 다시 하얀 점선이 되었고, 하늘에선 청회색 점선이 내리고 있었다. 문득 치형은 알 것 같았다. 왜 그들이 굳이 복면 아래 냄새 나는 어둠 속에 숨어 있으려고 하는지. 그들은 이제 진정한 꿈을 꾸기 시작하거든. 그들은 자신의 꿈에서 남의 꿈으로 바로 들어가려 하거나, 남들을 자신의 꿈으로 직접 호출하지. 치형은 그렇게 말했었지. 그들, 치형이 장소한 송속, 진정한 꿈을 꾼다는 그들, 차인형이 수원대 체육관에서 만났던 그들. 약탈자들은 그들이 두려웠다. 약탈자들은 자신의 얼굴을 누군가가 보고 기억하게 되는 일이 두려웠다. 하지만 그들일지라도, 진정한 꿈을 꾸는 그들일지라도 얼굴도 모르는 자를 자신의 꿈속으로 호출할 수는 없을 터였다. 파괴자나 틈입자에겐 일종의 완충지대 같은 가짜 사막이 있지. 우리는 꿈에서 꿈으로 직접 이동하거나 호출될 수는 없어. 차인형과 이형이 꿈으로 들어가는 길목엔 마치 꿈의 입구를 지키는 문지기처럼 가짜 사막 혹은 가짜 황무지가 그들을 기다리고 있었다. 바로 그 가짜 사막 혹은 가짜 황무지 때문에 그들은 파괴되지 않은 것이었다. 하지만 그 비무장지대가 없다면. 그런 안전지대가 없다면. 약탈자들이 파괴되지 않으려면, 언어를 지켜내려면, 필사적으로 자신의 얼굴을 아는 사람들을 제거할 수밖에. 혹은 자신의 얼굴 그 자체를 제거할 수밖에. 그런데 하지만 도대체 왜? 차인형은 왜 약탈자들이 그런 불편한 천쪼가리를 얼굴에 붙이고 다니며까지 자신의 언어를 지키려는 건지 이해할 수 없었다. 왜 없어지려는 것들을 구태여 없어지도록 내버려두지 않는 걸까?

눈 덮인 경사면 아래쪽으로 건물 한 채가 보였다. 외딴 곳에 우두커니 서 있는 5,6층짜리 건물. 커다란 접시형 안테나가 위태롭게 옥상에 몸을 걸치고 내리는 눈을 맞고 있었다. 그것은 대가 부서진 채 뒤집어진 우산 같아 보이기도 했고, 내용물을 옮기기 위해 막 기울어지고 있는 냉면 사발처럼 보이기도 했다. 이제는 할 일이 없어져 버린 안테나를 모자처럼 쓰고 있는 건물. 그건 방송국처럼 보였다. 거인의 냉면 사발처럼 생긴 안테나는 더 이상 언어로 번역될 수 있는 보이지 않는 파동을 24시간 내내 공기 중에 쏘아대지 않아도 될 것이었다. 그리하여 비들은, 눈들은, 공기 중을 유영하는 수증기들은, 희박한 대기 속에서 떠돌고 있다고 믿겨졌던 타락 천사들은 더 이상 그 성가신 파동들에 간섭받지 않을 것이었다. 영원히. 건물에 가까워지자 그 냉면 그릇은 점점 커지는 것 같았다. 그런데 가짜 황무지를 갖고 있었던 치형은 어떻게 망가지게 된 걸까? 차인형은 네 칸으로 나누어진 회전문 속으로 들어갔다. 그것은 풀리지 않는 수수께끼였다. 하긴, 지금으로선 수수께끼의 해답을 알아낸다 해도, 그걸로 끝이었다. 이형을 찾아내기 전에 그 혼자 파괴될 순 없었다. 이형을 찾아내어 함께 파괴되거나, 아니면, 약탈자에게 죽음을 당하거나. 그 전엔, 아무것도 멈출 수 없었다. 하지만 그의 뒤에서 멈춰버린 회전문. 로비 한가운데 세워진 반투명 색유리로 만들어진 조각품은 부서지지 않았고, 그는 멈출 수가 없었다. 차가운 유리 난간을 잡고 그는 2층으로 올라갔다.

두꺼운 검은 커튼이 쳐진 문을 열고 들어가면 소극장 무대처럼 꾸며진 방들이 있었다. 여기서 만들어진 얘기들이 옥상 안테나에서 발사돼 하늘 높이 날아간 거야. 그랬던 거야, 믿기지 않지만. 복도 끝 커다란 유리창을 통해 하얀 눈빛이 조용히 건물 내부로 확산되고 있었다. 텅 비어 있었다. 차가운 얼음조각에 천천히 갉아 먹히고 있었다. 조작할 언어를, 발사할 언어를 잃어버린 무용지물의 건축물. 차인형은 배낭에 쌓인 눈을 털고 담배와 불을 꺼낸 후 가벼워진 몸으로 그 무용지물 방송국을 천천히 돌아다녀 보기로 했다. 누군가를, 부서지지 않은 누군가를 만날지 모른다는 기대감이 앞장서서 계단을 뛰어 올라갔다. 꼭대기에 다다르기 전, 하지만 점점 더 어두워진 계단참에서 녹아 사라져 버렸던 헛된 기대. 아무도 없었다. 어디서나 만날 수 있는, 너무나 흔해빠진 부재. 옥상으로 향한 문을 열자 얼음바람이 그의 얼굴을 때렸다. 그 접시를, 이제는 아무 일도 하지 않는 무위의 안테나를 그는 보고 싶어졌다. 그는 얼음 바람을 향해 힘껏 담배꽁초를 내던졌다.

기울어진 안테나의 뒷면, 안테나가 만든 거대한 그늘 속에 늙은이 한 명이 앉아 있었다. 안테나를 어지간히 신뢰하지 않고는 저기에 저런 식으로 앉아 있을 순 없을 텐데. 늙은이는 두 눈을 한일자로 굳게 다물고 있었다. 마치 그것이 신성한 의식이라도 되는 것처럼, 엄숙해 보였다.

"저, 어르신…… 약탈자를 본 적 있으세요? 그들이 어디로 갔는지 아세요?"

아무런 반응도 없었다. 아무 일도 일어나지 않았다. 눈꺼풀은 열리지 않았고, 안테나는 무너지지 않았고, 얼음조각은 녹아 비로 변하지 않았다.

"오토바이를 타고 다녀요, 머리에는 두건을 뒤집어쓰고요."

고장 난 부메랑처럼 돌아오지 않는 답변. 그는 추웠다. 이 사람도 파괴된 거야, 다른 사람들처럼. 하지만, 차인형은 그곳을 뜨고 싶은 마음이 들지 않았다. 치형을 시조(始祖)로 하는 새로운 부족원 옆에 우두커니 서서, 좀처럼 넘어지지 않는 안테나 아래서, 그는 시작도 끝도 없는 그 점선을 멍하니 바라보고 있었다, 아무런 감흥도 기대도 없이.

"걔네들은 왜 찾는데?"

더 이상 측량할 수 없는 시간이 얼마나 지났을까, 차인형이 안테나가 만든 그림자를 벗어나려는 순간, 등 뒤에서 날카로운 목소리가 들렸다. 여전히 신성하게 닫혀진 두 눈이 그를 응시하고 있었다.

"약탈자를 아세요?"

"내가 무엇을 아는지 모르는지는 너한테 달린 거야. 무슨 말인지 잘 모르겠나? 예를 들자면, 난 니가 누구인지 알 수도 있고, 모를 수도 있어."

말을 할 줄 아는 사람을 만난 건 확실히 행운이었지만, 행운은 딱 거기까지인 듯했다. 머리가 돌아버린 걸까?

"제가 누군데요?"

"호기심이 충분히 강하다면 화약을 짊어지고 불길에라도 뛰어들 놈이지."

정상이 아닌 사람들이 대답이 궁할 때 주로 사용하는 상투적인 헛소리잖아, 이건. 그는 역겨웠다. 또 조급했다.

"저는 그렇다고 치고, 정말 약탈자들을 아세요? 어디 있는지 아시는 거예요?"

"왜, 걔네들을 찾아내선 얼굴을 확인하고 꿈속에서 꼭두각시들에게 또 한 번 설교라도 하실려구?"

뭐야, 이건.

"그건…… 그걸 어떻게 아시죠?…… 아니요, 그건 제가 했던 일이 아니에요. 그건 제 친구가 다른 사람들 꿈에서……."

"그 고약한 젊은이가 니 친구야?"

친구. 고약한 친구. 말을 잃어버렸다가 실은 그게 아니었다가 다시 완전히 말을 잃어버린, 번복을 좋아하던 친구. 카프카와 손톱처럼 얇아진 달을 좋아했던 친구. 먼저 남들에게서 말을 빼앗고는 이제 와서 자신의 말도 사라지게 하는 마술을 부렸던 친구. 어르신이 바로 그 장님 노인이군요. 그 친구가 어르신에 대해 이야기했었어요. 어르신이 그 친구에게 꿈의 비밀에 대해 이야기했다면서요?

"네."

"넌?"

"네?"

"넌 뭐야? 너도 사람들을 언어로부터 해방시켜야 한다고 떠들고 다니는 그런 치가 아니야? 넌 그렇게 할 수 있잖아."

그렇게 할 수도 있었고, 그 친구 머리에 못 박힌 각목을 선물할 수도 있었어요. 하지만 아무것도 안 했죠. 차인형은 버릇처럼 잃어버린 기회들의 목록을 정리하려다 황급히 그만두었다.

"전 아니에요. 전 그저…… 제…… 아내를 찾으려구요. 틈입자인데, 틈입자를 아시죠? 예, 제…… 아내가 틈입자예요. 그런데, 그 오토바이를 타고 다니는 놈들에게 납치가 됐어요. 그래서 찾으려구요."

아내? 그런 건가?

"내가 니 말을 믿어야만 할 근거라도 있나?"

날이 저물고 있었다. 하늘과 땅이 맞닿는 곳이 벌겋게 변하는 일도 없이 하늘 전체가 동시에 천천히 어두워지고 있었다. 태양이 죽어버린 걸까? 이형이처럼?

"친구가 어르신 얘기를 했어요."

"뭐라고?"

"죽어버린 것 같다고 했어요. 어느 날부턴가 사막에서 아무리 어르신 생각을 해도 어르신의 꿈으로 갈 수 없었다고 했어요."

사막과 타인의 꿈. 무방비 상태인 사적 영역으로의 침입. 즐거웠던 틈입. 하지만 이형이 그렇듯 자신 역시 이제 잠을 자는 동안에 갈 곳이 없다는 것을 다시 한 번 차인형은 깨달았다. 부서진 사람들로 만들어진 부서진 세상. 이제 온전한 세상은 어쩌면 저 너머에만 있는 거겠지, 어디에도 내 자리가 없는 그 너머의 세상, 부서진 사람들의 세상.

"내가 어떻게 니 친구에게 호출되지 않고 계속해서 쓸모없는 말들을 지껄이며 여기에 앉아 있는 건지 알겠나?"

제가 어떻게 알겠습니까?

"아니요."

"간단해. 잠을 자지 않으면 돼. 잠을 안 자면 남의 꿈에 들어갈 필요도 없고, 니 잘난 친구나 놈이 부서뜨린 사람들이 나를 호출할 수도 없어. 알겠나?"

차인형은 말을 잃어버리지 않은 채 살아남은 사람들을 떠올려보았다. 자신의 얼굴을 아는 사람들은 모두 죽여버린다는 약탈자들, 하루 종일 머리가 아팠던 이형, 그리고 담배를 끊듯 잠을 끊어버렸다는 이 남자.

406

이상한 사람들. 아니, 처음부터 그랬던 건 아닐 거야. 살아남기 위해 이상해져 버린 거야. 나 역시⋯⋯.

"약탈자들이 이형이를⋯⋯ 제 아내를 죽였을까요?"

늙은이 옆에 풀썩 주저앉으며 차인형은 물어보고 싶지 않은 질문을 희끄무레 빛나는 입김과 함께 공중에 뿌렸다.

"아니, 아닐 수도 있어. 왜냐면 니 친구나 니 친구가 죄 백치들로 만들어 놓은 다른 사람들과는 달리, 니 부인은⋯⋯ 이형이라고 했나? 좋은 이름이군. 한자를 아나?"

"아니요."

"얼빠진 친구로군. 모르겠나? 니가 이름을 어떻게 쓰는지도 모르는 니 부인은 걔네들에게 아무런 해를 끼칠 수 없단 말씀이야. 약탈자가 뭘 할 수 있겠어?"

그럼 어르신은 뭘 할 수 있는데요? 그리고 저는요? 살아남는 것 말고 이상하게 변하는 것 말고 도대체 뭘 할 수 있는데요?

"내 생각엔 틀림없이 살아 있을 것 같애."

"고맙습니다."

"나한테 고마워해야 할 일은 아니지. 그런데 그 친구는 어떻게 됐지?"

하늘은, 이제 순수한 검정에 점점 더 가까워지고 있었다. 차가운 점 선들도 어느새 그 검정 속으로 녹아버렸다.

"다른 사람들처럼 말을 잃어버렸어요. 어떻게 한 건지 모르겠지만. 사막이 있는데도, 어떻게 그렇게 할 수 있는 거죠?"

"자네도 그렇게 되고 싶나?"

잠을 없애고 살아남는 것보다야 그 편이 낫겠죠. 암요, 천번 백번 낫고말고요.

407

"아마도…… 하지만 지금은 아니에요. 일단 이형이를 찾구요. 어르신 말씀대로 정말 살아 있다면…… 찾아야죠, 꼭이요."

완전한 암흑이 그를 둘러쌌다. 노인도 그도 하늘도 차갑고 딱딱한 점선도 안테나도 모두 먹어치워 버렸다. 아직도 내 곁의 남자는 눈을 감고 있을까? 그는 졸렸다. 암흑처럼 조용한 잠에 몸을 누이고 싶었다. 안테나가 무너져 그를 완전한 무로 돌려보낼 위험을 무릅쓰고서라도 잠을 청하고 싶었다. 잠을 자지 않는다니 이 얼마나 어리석은 일인가?

"저, 어르신…… 약탈자를 본 적 있으세요? 그들이 어디로 갔는지 아세요?"

9(?)

도저히 한 글자도 더는 못 그릴 만큼 팔이 아프거나 마음이 아파지면 나는 글쓰기를 멈추고 읽을거리를 찾는다. 물론 내 마음은 급하다. 허락된 시간 안에 이 책 쓰기를 마칠 수 있을 것인가, 라는 질문이 나무늘보처럼, 긴 꼬리를 가진 악마처럼 천장에 매달려 있다. 잠시라도 게으름을 피우면 당장 내 머리 위로 뛰어내릴 모양이다. 하지만, 그럼에도 불구하고 멈춰야만 할 때가 있다.

어쩔 수 없다, 나는 문자를 찍어내는 기계가 아니므로.

그렇게 꼭 멈추어야만 할 때, 멈추었다는 그 사실을 잊으려면——멈추었다는 사실을 상기하는 순간부터 내 마음 더는 쉴 수 없으니——타인이 쓴 글 속에 코를 처박는 것이 내가 알고 있는 가장 훌륭한 처방전이다.

그런데 과연, 어떤 책 속으로 도망칠 것인가?

글을 쓰는 동안과 글을 쓰는 동안 사이, 그 유휴지에서 나는 극도로 까다로워지곤 한다. 시간이 얼마 남지 않았다는 사실이 부쩍 실감나는 요즈음은 더더욱 그렇다. 그렇지만 그 까다로움을 헤집고 보면 뜻밖에 거기엔 아무런 논리도 기준도 없다. 논리와 기준이 사라진 그 시간 동안 내가 주로 손을 뻗치는 책은 지도책이거나 나의 어머니의 어머니의 아버지인 차인형의 일기장이다.

자신의 일기를 쓰는 일 저 반대편에, 정확히 반대되는 곳에 타인의 일기를 읽는 일이 위치한다. 죽은 문자를 불러내는 일. 문자들을 종이 위에서 억지로 뜯어내는 일. 그리하여, 타인의 삶이, 하루가, 구획 지어진 타인의 시간 그 자체가, 타인이 보았던 또 다른 타인의 몸짓이 새롭게 조립된다. 그건 타인이 걸었던 길을 되짚어 올라가는 여정과 비슷하다. 타인의 동선을 되짚어가며 타인을 만나는 여정. 하지만 타인은 이제 거기에 없다.

치킨샐러드의 레시피[주4]

재료: 닭 가슴살, 빵가루, 밀가루, 녹말가루, 고춧가루, 달걀, 마요네즈, 케첩, 마스타드, 참기름, 깨소금, 후추, 설탕, 양파 다진 것 1/2개, 피클, 양상추, 양파, 적채, 방울 토마토.

요리 순서

1. 닭 가슴살을 새끼손가락 크기로 썰어 소금과 후추로 양념을 한다.

2. 달걀 1개를 준비된 닭 가슴살에 섞은 후 빵가루, 밀가루, 녹말가루 각각 1/4 컵씩 넣어 버무린다. 만약 매운맛을 넣고 싶다면 고춧가루를 약간 넣어도 된다. 그런 다음 튀긴다.

3. 마요네즈, 케첩, 마스터드를 1 : 1.2 : 0.5 비율로 섞은 후(한두 컵 정도의 분량으로), 참기름, 깨소금, 후추, 설탕을 약간 첨가하여 맛을 낸 후, 마지막으로 양파 1/2개, 피클 1개를 잘 다진 후 섞어서 드레싱을 준비한다.

4. 잘 씻은 양상추, 양파, 적채, 방울 토마토 등을 잘 섞어서 접시에 담고 튀긴 닭고기를 얹은 후, 마지막으로 드레싱을 뿌린다.

이주의 노트에 적혀 있던 치킨샐러드 조리법을 일기장으로 옮겨 적다. 이주가 가장 자신 있어 했던 요리다. 해먹을 수 없으므로, 혼자서 사먹고 싶은 마음도 없으므로, 대신 조리법을 일기장에 옮겨 적어보다. 걔는 요리를 할 수 있을까? 잘할까? 걔도 걔만의 조리법을 가지고 있을까?

문득 이주의 노트를 불태워야겠다는 생각이 들었다. 그러면 치킨샐러드의 레시피를 제외하곤 그녀의 모든 것이 사라지는 것이다.

다시 내 자신의 글로 돌아올 때, 타인의 망령에서 벗어날 때, 나는 적잖이 안도감을 느낀다. 여기엔 끝이 있으므로. 내가 먼저 끝날지 내 글이 먼저 끝날지는 모르지만, 여기엔 끝이 있으므로. 하지만 거기엔, 나의 어머니의 어머니의 아버지인 차인형의 일기장 속엔 끝이 없었다. 끝이 없으므로 생기는 공포.

10(?)

모래 섞인 바람이 거셌다. 가는 모래가 긁고 지나간 화폭 뒤 멀리, 커다란 접시안테나 아래서 잠을 끊어버린 노인이 알려주었던 '그 건물' 이 보였다. 차인형과 '그 건물' 사이, 복개된 왕복 10차선 도로가 난데없이 뚝 끊겨 있었다. 끊어진 길 아래로는 이름 모를 풀들이 무성하게 자란 넓은 공터가 펼쳐져 있었다. 변명이라도 하는 것처럼 회색 금속 띠처럼 보이는 조그만 실개천이 짙은 초록색 수풀 사이를 헤집고 복개된 도로 아래 어두컴컴한 공간 속으로 구불구불 이어지고 있었다.

'약탈자라는 애들이 어떻게 살아남을 수 있었을 것 같나?'

차인형은 '그 건물'과 복개되지 않은 공터로부터 고개를 돌렸다. 복개되다 만 도로 이쪽 편엔 도로와 없어진 도로의 윤곽선을 따라 가로등이 촘촘히 심어져 있었다. 그 새벽, 커다란 안테나 아래서 잠들었던 그 새벽, 도무지 눈을 뜨지 않던 노인은 차인형에게 그렇게 물었고, 그는 대답하지 못했다. '생각해 봐. 니 친구가 세상을 이 지경으로 만든 후에야 두건을 쓰고 다니면서 지들 얼굴이 알려지는 걸, 그래서 다른 사람들에게 꿈속에서 호출당하는 것을 막을 수 있다 쳐도, 그 전에 알고 지냈던 사람들은 다 어떻게 처리했겠나?' 백색 가로등은 제각기 다른 방향을 쳐다보고 있는 목이 긴 강아지처럼, 혹은 강아지 로봇처럼 보였다. 무언가를 골똘히 고민하고 있는 것처럼 보이기도 했다. 모두 죽여버린 걸까? 지나치게 촘촘히 세워진 개를 닮은 가로등처럼 그도 골똘히 생각해 보았지만 만족스러운 답은 떠오르지 않았다. 아는 사람들을 한 명도 빼놓지 않고 다 죽인다는 건 불가능하지 않을까? 살아오면서 이리저리 알게 된 사람이 한두 명도 아닐 텐데.

'학대받던 애들이야. 부모라고 불리기도 민망한 그런 것들에 의해 평생 지하실에 갇혀 다른 이들과 만날 기회를 완전히 박탈당했던 그런 애들이야.' 그 짓다 만 건물은 재질을 알 수 없는 앙상한 흰색 뼈대가 3층 천장, 그러니까 4층 바닥까지 올라간 상태였다. 멀리서 보았을 때는 흰색 교자상 수십 개를 가로로 또 세로로 포개놓은 것 같았다. 공사장치고는 지나치게 깔끔해서, 짓다 만 건물 좌측 편에 쌓여 있는 몇 가지 다른 색깔의 모래더미와 건물 뒤로 불쑥 솟아 있는 두 대의 고공 타워크레인을 제외하면 그곳이 공사장이라는 사실을 믿기 힘들 정도였다. 올리다 만 미완성 건물이 아니라 이미 완공이 끝난 전위 예술가의 대형 설치 미술품으로 보일 지경이었다.

차인형은 붉은 색깔의 모래더미 근처에서 속이 빈 금속 파이프를 하나 주웠다. 모래 빛깔을 닮은 그 붉은색 파이프는 그가 한 손에 쥐기에 딱 알맞은 크기였다. 이게 적당하겠어. 그는 파이프를 크게 휘둘러 골똘히 생각에 잠긴 강아지를 닮은 백색 가로등 밑 부분을 후려쳤다. '컹' 하는 짐승의 외마디 울음 같은 소리가 궁궁에 울렸다. 학대와 감금, 그 두 가지 단어는 차인형이 호흡했던 세상 저편에 존재하는, 그로선 그저 단어로만 슬쩍 들여다보았던 미지의 영역이었다. 아무도 얼굴을 모르는 아이들이라니, 그런 존재라니. 그는 붉은색 파이프를 질질 끌며 복개되지 않은 공터를 향해 느릿느릿 걸어갔다. 로봇 강아지들의 감시하는 듯한 시선과 엇갈리지 않기 위해 그는 저도 모르게 고개를 숙였다. '자네는 개네들을 결코 이해할 수 없어. 개네들도 마찬가지겠지만.' 언어가 파괴되기 전까지 평생 지하실에 갇혀 햇빛도, 밥그릇을 넣어주던 부모라고 불렸던 악마 외에는 어떤 사람도 보지 못했던 애들, 바로 그들이 이형을 납치해 간 약탈자의 정체라는 설명이었다. '지하실 구석 흑백 TV 한 대가 개네들에겐 유일한 창이었던 셈이지.'

차인형은 내려갈 만한 곳을 이리저리 살펴보았다. 축대는 바닥에서부터 타고 올라온 이름 모를 수풀들에 의해 완벽하게 가려져 있었다. 깊이를 가늠하기 힘든 공터 바닥을 살피다 그는 고개를 들어 '그 건물'을 다시 보았다. 이형을 데리고 간 약탈자들이, 학대받은 애들이, 아무도 얼굴을 알지 못하는 애들이 머무르고 있다는 '그 건물'의 1,2층은 거울로 덮여 주위 경관을 고스란히 반사해 내고 있었다. 가로로 기다란 파괴된 건물의 중앙에는 반원형으로 볼록 튀어나온 부분이 있어, 단조로운 외관에 대담한 변화를 주고 있었다. '무기가 될 만한 것은 있어?' 그는 권총을 떠올렸다. 푸른 점퍼 늙은이에게서 건네받은 권총. 그는 붉은색 파이프로 건물의 껍질 노릇을 하고 있는 거울들을 때려 부수는 자신의 모습을 상상해 보았다. 목이 기다란 쇠붙이 개들이 목에 걸린 가래침을 억지로 뱉어내듯 컹컹 짖어대고 있었다. 그는 비교적 축대의 높이가 낮아 보이는 공터 바닥을 향해 쇠파이프를 던졌다. 아무 소리도 나지 않았다. '자네가 하려는 일이 얼마나 위험한 일인지 아나?' 그는 알고 있었다. 하지만 다른 도리가 없었다. 이형을 다시 데려오거나 그들에게 죽음을 당하거나. 그는 풀섶에 덮인 축대를 양손으로 잡고 발을 공터 쪽으로 늘어뜨렸다. 할 수 있어.

'사람을 죽여본 적은 있고?'

그는 뛰어내렸다. 수풀 속으로 그는 넘어졌다. 시큼한 풀 냄새가 진동했다. 그는 할 수 없을 것 같았다. 어지럽게 얽힌 풀잎들 사이로 조각난 누런 하늘이 보였다. 그는 그의 주위에 있던 사람들이 죽는 것을 보긴 했지만, 그리고 그 죽음의 원인으로부터 그가 완전히 자유로울 수 없다는 것을 잘 알고 있었지만, 누군가를 직접 죽여본 적은 없었다. 그런 건 염두에 넣지 않았었잖아. 기껏해야, 이형을 다시 데려오거나 그들에게 죽음을 당하거나, 그 정도였다. 그는 일어나서 다시 쇠파이프를 집어들고 사각형 암흑 속을 향해, 복개된 도로 밑을 향해 걷기 시작했다. 그의 키만큼이나 웃자란 풀들이 연신 그의 얼굴을 찔렀다. 햇빛이 한동안 미치지 않았을 저 안쪽에도 풀들이 자랄까?

얼굴도 모르는 사람을 죽이는 것. 그는 한번도 그런 상황을 상상해보지 않았다. 이형을 다시 데리고 나오기 위해선 정말 누군가를 죽여야 할지도 몰라. 물의 흐름이 전혀 느껴지지 않는 어른 허리 폭만 한 실개천 주위로는 풀들이 듬성듬성 나 있어 걷기가 한결 수월했다. 복개된 도로 밑 어둠의 입구를 향해 다가갈수록, 그 부피 없는 사각형의 면적은 점점 더 넓어져 갔다. 평생 살아 있는 사람들 대신 TV 속 납작한 가짜 인간들만 보아왔던 애들, 그들을 만나기 위해선 저 위장(僞裝)의 장막 속으로 들어가야만 했다. 할 수 있을까? 이형이 살아 있다는 것만 확인할 수 있다면 할 수 있을 것도 같았다. 내가 누군가를 죽일 거라고? 학대받았고 세상이 엉망이 된 이후로는 거꾸로 사람들을 눈 깜짝하지 않고 죽일 수 있는 애들을, 필요하다면 그는 죽여야 했다. '죽이고 싶지 않다면, 죽일 수 없다면, 니가 죽는 거야.' 이형과, 이형의 뱃속에 들어 있을 애를 데려오기 위해서라면, 누군가를 죽여도, 정말 그래도 되는 걸까?

그는 권총을 무릎 바로 아래까지 올라오는 양말춤에 꽂아두고 쇠파이프를 한 손에 든 채 드디어 경계가 뚜렷한 어둠 속으로 한 발을 들여놓았다. 어둠 속에선 여러 가지 소리들이 더 잘 들렸다. 물 흐르는 소리, 풀들이 그의 고무창 달린 장화에 밟혀 꺾여 바닥에 짓이겨지는 소리, 벽을 스치고 달아나는 바람 소리, 그리고 풀벌레의 날개 소리까지, 그렇게 모호한 소리들이 순식간에 어둠 속으로 침입한 그를 에워쌌다. '지상에선 그 거울로 지은 건물 속으로 들어갈 수 없어. 부서진 건물의 잔해가 입구를 틀어막고 있을 거야.' 한 이십여 미터 정도 걸었을까, 빛의 밀도가 희박해져 자신의 손도 분간하기 힘든 지경이 되었다. 그는 갑자기 불쑥 튀어나올 지하에 난 '그 건물'로의 입구를 마음속으로 그리며 벽을 손으로 더듬더듬 짚으며 앞으로 걸었다.

갑자기 위에서 눌린 듯한 찌그러진 타원형 구멍이, 하나의 분기점이 나타났다. 차인형은 멈춰 서서 주머니에서 꺼낸 목장갑을 양손에 끼고 파이프가 으스러져라 아귀에 힘을 잔뜩 주었다. 죽이러 가는 거야, 죽으러 가는 게 아니고. 그는 그의 혈액 어딘가에 숨어 있을지 모를 증오를, 분노를 짜내려 했다. 그의 것이어야 할 심장박동이 움켜쥔 파이프에서 느껴졌다. 타원형 분기점의 저 깊숙한 안쪽으로 희미한 노란 불빛이 보였다. 그는 망설임 없이 타원형의 분기점으로 성큼성큼 걸어 들어갔다. 얼마 걷지 못해 그만, 그는 물이 흐르고 있는 편평하지 못한 바닥 위에서 미끄러져 넘어지고 말았다. 파이프는 놓치지 않았지만, 넘어지며 왼손으로 바닥을 짚는 바람에 손목이 삐끗했다. 끈적끈적한 물이 얼굴로 튀어올랐고, 입에선 통제되지 못한 비명이 빠져나왔다.

"뭐야."

이형의 것이 아닌, 낯선 사람의 목소리였다. 그는 정신이 버쩍 들었다. '죽일 수 없다면 니가 죽는 거야.' 아무것도 아닌 척하기엔 너무 늦어버린 것 같았다. 그는 희미한 불빛을 향해, 분기점의 어슴푸레한 끝을 향해 온 힘을 다해 달렸다. 물방울이 요란하게 튀며 소리들을 사방팔방으로 배달하고 있었다. 최신형 인공심장 이식수술이라도 받은 듯 붉은색 파이프는 그 대신 주기적인 수축-팽창을 반복했다.

"뭐야, 누구야."

그는 소리가 나는 쪽을 향해 힘껏 파이프를 휘둘렀다. 파이프 끝으로부터 쇳덩이보다는 무른, 하지만 나름대로의 단단한 외형을 가지고 있는 듯한 무언가에 부딪히는 충격이 전해져 오자 그는 두 손으로 파이프를 움켜쥐고 다시 두어 번 그 완전히 굳지도 완전히 무르지도 않은 그 물체를 두들겼다. 벽에 걸린 기름등불에 훤히 밝혀진 회색 물 위로 붉은 띠 하나가 점점 더 그 폭을 넓혀 가며 그의 발밑에서부터 분기점 쪽으로 흘러가고 있었다. 어쩔 수 없었어. 어쩔 수 없었다구. 그렇지 않았으면 내가 당했을 거야. 내가 당했다면, 그랬다면 이형이는 찾을 수 없어, 영영. 그는 그 물체를 향해 시선을 돌릴 엄두가 나지 않았다. 대신 파이프를 들어 올렸다. 조청같이 끈끈한 붉은색 액체가 파이프 끄트머리에 철봉이라도 하는 것처럼 매달려 있다 바닥으로 떨어지고 말았다. 죽지 않았을지도 몰라. 그냥 조금 다친 걸 거야. 놀라서 잠시 정신을 잃은 것뿐이겠지.

차인형은 피 묻은 파이프를 물속에 집어넣고 거세게 흔들었다. 물 위에 떠 있던 누런 기름등불의 물그림자가 부서져 산산이 흩어졌다가 천천히 제자리로 돌아오고 있었다. 피란 본시 지워지기 마련이야. 하지만 그는 확신이 서질 않았다. 피는 지워질지 몰라도 피에 대한 기억은, 그가 언젠가 욕실에서 보았던 이주에게서 빠져나와 따뜻한 물과 섞여 연분홍으로 흐르던 피에 대한 기억은 쉽게 지워지지 않았다. 그는 돌아보지 않기 위해 노력하며, 피에 대한 기억과 파이프를 타고 흘러오던 무언가 부서지는 감촉을 잊으려고 노력하며 다시 어두운 물 위를 걷기 시작했다. 그가 걷는 방향으로 물 위에 누워 있는 검은 그림자가 점점 길어져 갔다. 그리고 돌아보고 싶은 유혹과 돌아보면 모든 것이, 피가, 시체가, 그가 밟고 지나왔던 모든 것이 지워질지 모른다는 환상 역시 그의 등 뒤에서 점점 길어져 갔다. 아니야, 아무것도 없어질 수 없어. 그냥, 그냥 걸어가야 해.

가느다란 쇠 사다리 하나가 눈에 띄었다. 발을 디딜 만한 곳과 손으로 쥘 만한 곳은 반들반들했지만, 그 외의 부분들은 붉은 녹으로 뒤덮여 있었다. 최근까지도 사람들이 사용했다는 증거인 것 같았다. 사다리 위 천장에는 동그란 구멍이 뚫려 있었지만, 편평한 돌 같은 것으로 막혀 있었다. 그가 그 무거운 돌 뚜껑을 옆으로 밀어내자 바닥에 긁히며 커다란 소리가 났다. 하지만 머리 위로 검고 둥근 구멍이 온전히 드러날 때까지 차인형은 멈출 수가 없었다. 검은 구멍의 위쪽 공간은 거의 완전한 암흑이어서 그는 방향을 잡을 수가 없었다. 그는 위험을 무릅쓰고서라도 랜턴을 켜야 할지 아니면 그대로 어둠에 눈이 익을 때까지 좀 더 기다려야 할지 마음을 정할 수가 없었다.

"누가 불을 켜지?"

"내가."

갑자기 그가 서 있던 곳이 환해졌다. 물에 젖은 그의 신발이, 피 묻은 쇠파이프가, 그리고 사람들이, 그를 빙 둘러싸고 있는 사람들이, 그들의 머리에 씌워져 있던 짙은 회색 두건이, 차례로 보였다. 그거 참 이상한 화법이군. 그리고 그를 향하고 있는 검은 권총도. 니들이 걔들이구나, TV에 나오는 가짜 친구들 외엔 달리 놀아줄 사람들이 없던 애들.

"그 막대기를 버려."

들릴락 말락 소곤거리는 목소리였다.

"나는……."

"아무도 너에게 말하라고 하지 않았어. 그 막대기부터 버려."

418

차인형을 반원형으로 빙 둘러싸고 있는 약탈자들은 대략 열 명 남 짓이었다. 쇠 막대기가 바닥에 부딪치며 맑은 소리가 났다. 두건 때문에 누가 말을 하고 있는 건지 알아챌 수 없었다. 속삭이는 듯한, 개성이라곤 전혀 찾아볼 수 없는 조그만 목소리였지만, 확실히 한 사람의 목소리는 아니었다. 서로 아주 조금씩 다르지만, 어떻게 다른지는 설명할 수 없는 그럼 목소리들이었다. TV의 음량 조절 버튼이 죄 고장이라도 났던 걸까?

"어떻게 우리가 있는 곳을 알아냈지?"

또 조금은 다르지만, 변함없이 속삭이는 목소리였다.

"나는……"

차인형은 목이 메었다. 침묵이 흘렀다.

"나는 니네들이 데려간 이형이를 찾으러 왔다."

질긴 침묵이 끊어지지 않았다. 문득 차인형은 그곳을 밝히고 있는 조명이 보이지 않는다는 사실을 깨달았다.

"그리고 애기도."

"누가 대답해 봐. 어떻게 얘는 말을 하는 거지?"

"얘도 걔처럼…… 틈입자겠지."

미친놈들, 정상적으로 대화를 하란 말이야, 정상적으로.

"나는 말야…… 나는 너희들을 해칠 생각이 전혀 없어. 누군지도 전혀 관심이 없구. 이형이하고 내 애기만 내놔. 그러면 조용히 돌아가서 다신 절대로 니들 눈에 띄지 않겠어."

"누가 얘를 잠재우지?"

"내가."

아주 단단한 물체가 뒤통수에 부딪쳤다. 빌어먹을.

"일어나. 야, 일어나."

차인형이 처음 본 것은 자신의 이마 위로 불쑥 솟아난 검은 뿔이었다. 다행히 그게 뿔이 아니라 총신이라는 것을 깨닫는 데까지 오래 걸리지는 않았다. 두건을 쓴 놈은 모두 두 놈이었다.

"나가 봐."

한 놈이 나가고 한 놈은 남았다. 총을 들지 않은 쪽이 나가고 뿔을 든 쪽이 남았다. 빌어먹을. 두드려 맞았던 뒤통수가 갑자기 아파 와 차인형은 얼굴을 찡그렸다. 꼬챙이에 꿰인 듯한 아픔과 함께 기억들이 하나씩, 마치 도미노 넘어뜨리는 장면을 거꾸로 재생하는 것처럼 그렇게 일어났다.

"우리들은 손님을 대접하는 법에 익숙지 않거든. 하긴, 그 자리서 죽지 않은 것만으로도 넌 우리에게 고마워해야 돼. 우린 우리가 아닌 것들에겐 대체로 무자비한 편이거든. 왜 니가 죽지 않은 줄 알아?"

놈은 한 손으로 총을 들고 까불대며 앉은뱅이 의자에 앉은 채로 차인형을 마주보고 있었다. 그곳은 흡사 감옥같이 생긴 작은 방이었다. 아무것도 없고, 창문도 없고, 당장이라도 내려앉을 것 같은 침대 하나와 나무 앉은뱅이 의자 하나만 있을 뿐이었다.

"니네들, 이형이라나 뭐라나 하는 그 여자애하고 넌 그 병에 감염이 되지도 남들을 감염시키지도 않는 것들이라며?"

"이형이가 살아 있어? 애는?"

"둘 다 살아 있어. 우리가 죽이지 않았으니, 아직 살아 있는 거지. 진정해. 날뛰어 봤자 소용없어. 어제 옮겼거든. 애새끼하고 니가 이형이라고 부르는 그 여자애하고 아주 멀리 안전한 곳으로 옮겨버렸어."

"둘 다 잘 있는 거야?"

"걔네들? 잘 있지 그럼. 미치지 않고 죽지도 않고 살아 있는 것만 해도, 잘 있는 거 아니야? 여자애는 첨에 손도 까닥 안 했는데 머리가 아파

죽겠다고 지랄이더니 애를 낳고 나서는 괜찮나 봐. 한데 그 애새끼 때문에 우리가 아주 다 죽어나겠어. 골칫거리도 그런 골칫거리가 없다니까. 말도 못 알아들어, 똥오줌도 못 가려, 밤에는 또 꽥꽥 울어대질 않나. 여자애는 한 달도 안 된 애는 다 그렇다는데. 이거 대체 새끼가 말을 할 수 있는 놈인지 없는 놈인지 지금은 대체 확인할 길이 없으니. 말을 못하는 새끼라면 당장이라도 콱 죽여버리는 게 나은데."

차인형이 자리에서 벌떡 일어나려 하자, 놈은 권총으로 그의 미간을 겨냥하는 시늉을 해보였다.

"앉아, 앉으라구 새끼야. 일어난다구 너한테 뭐 별 뾰족한 수나 있을 것 같애? 그래, 그렇게. 말을 잘 들어야지. 우리들은 특별한 존재들이거든. 우리 말을 듣지 않으면 너만 손해 거야. 뭐야, 그 재수없는 표정은? 우리들이 이상해 보여? 이것 때문에?"

동그랗게 도려내진 두건의 눈구멍으로 눈의 일부가 보였다. 하지만 그것만으로는 얼굴이 되지 못했다. 그걸로 한 인간의 얼굴을 재구성하기엔 너무 부족했다.

"우리는 달라. 니네들, 이름을 가지고 있었던 애들하곤 완전히 다르다구. 우리 얼굴은 아무도 모르거든. 아무도 말이야. 아는 것들은, 옛날 옛적엔 엄마 아빠라고 불리는 것들이 있었는데, 지금은 다 죽었어. 그래서 우리들은 너무 재미있어, 마냥 좋은 거야. TV는 없지만, 두건만 쓰면 어디든 맘대로 돌아다녀도 되고, 죽이고 싶은 놈들은 그냥 죽이면 되거든. TV에서처럼 경찰한테 끌려갈 일도 없고, 모르는 사람한테 복수를 당할 일도 없거든. 얼마나 재미있는데. 너 같은 건 상상도 못 할 거야. 세상이 바뀌는 바람에 우린 너무 좋아졌어. 우린 이름도 없다. 이름이 왜 필요하겠어, 두건만 쓰면 다 똑같은데. 바깥에 있는 저 머저리 같은 새끼들한테 얼굴만 보여주지 않으면 우린 만사 오케이라구. 바깥에 있는 저

백치 새끼들은 지네들이 왜 그렇게 되었는지도 모른다니까. 하지만, 우리는 알거든. 그게 차이점이지. 그게 다른 점이라구. 근데, 우린 그런데, 난, 니가 궁금해. 나 말이야, 내가 궁금하다구."

차인형은 어떻게 하면 이형과 애기가 있는 곳을 알아낼 수 있을지 생각해 보려 했지만, 잘 잡히지 않는 FM 라디오 DJ의 지직거리는 소음 섞인 목소리처럼 작으면서도 신경에 거슬리는 놈의 목소리 때문에 도저히 정신을 집중할 수가 없었다.

"난 궁금해. 도대체 니네는 어째서 감염이 안 되는 거야? 니네는 저 벙어리 백치들이 니네를 봐도 미치지 않는다며? 그럼, 이런 두건 같은 건 안 쓰고 다녀도 되는 거잖아. 도대체 어떻게 된 거야? 뭐, 먹으면 안 미치는 약이라도 있는 거야?"

"알고 싶나?"

"응."

"니가 내 눈앞에서 이형이하고 애를 풀어주면, 그걸 확인한 다음에 그 다음에 가르쳐주지. 그 다음엔 날 어떻게 해도 좋아. 죽이든 살리든 맘대로 해."

"호오, 우리하고 장사를 하시겠다?"

놈이 자신의 손바닥으로 두건으로 덮인 이마를 두드렸다. 눈구멍 속의 얇은 틈이 한층 더 얇아졌다. 우습다는 혹은 웃고 있다는 표시인 듯했다. 하지만 그것만으로는 웃음이 되지 못했다. 그 따위 것들로 한 인간의 웃음을 재구성하기엔 너무 부족했다.

"그렇겐 안 되지. 두건을 벗고 다닐 수 있다면, 뭐, 그야 좋겠지만, 하지만 그 여자애는 그 이상의 가치가 있거든, 우리한테. 걘 여자라구. 그리고 말도 알아들어. 게다가 그 미치광이로 만드는 병을 옮기지도 않아. 생각이란 걸 할 수 있다면 좀 해보라구. 이보다 더 완벽한 노예가 어디 있겠니? 만약 그 애새끼가 나중에 말을 할 수 있다는 게 밝혀진다면, 우리는 이형이한테 애를 낳게 할 거야. 걔는 우리한테 수십, 수백 명의 노예를 만들어줄 거라구. 그런데, 걜 보내고 널 가지라고? 어때 알겠어? 니가 알고 있다는 두건을 벗는 법과는 비교가 안 될 만큼의 가치를 그 여자애는 갖고 있다고. 알겠어?"

"미친 새끼들. 니넨 다 미쳤어."

"아니, 아니야. 내 말을 잘 들어봐, 우린 절대 안 미쳤어. 우리들은 지금까지 백치로 변해 버린 것들을 죽일 수는 있었지만, 그 새끼들이 우릴 위해 무언갈 하도록 만들 수는 없었어. 죽이고 살리고는 우리 맘대로 인데, 그 새끼들한테 물 한 컵 떠나르게 시킬 수도 없었던 거야. 정말 황당한 노릇인 거지. 우린 살인자도 되고 싶지만, 한편으로 왕도 되고 싶거든. 그런데 백성이 없는 거야, 노예가 없는 거야. 있는 것들이라곤 개 돼지만도 못한 짐승 같은 새끼들뿐이지. 하지만 이제 그 여자애가 우리한테 노예를 만들어줄 수 있게 될지도 몰라, 물론 나중에 애새끼가 정상인지 아닌지 체크는 해봐야겠지만. 자, 봐봐. 이 상황에서 우리가 왜 너하고 그 여자애를 바꿔야 돼? 우리는 거짓말은 안 해. 둘러 말할지도 모르지. 넌 죽을 거야. 널 살려둘 이유가 없잖아. 니가 우리한테 두건을 쓰지 않고도 미치지 않는 이유를 알려주건 말건, 우리는 널 죽일 거야. 넌 어차피 곧 죽을 몸이야. 어떻게 알고 여기까지 찾아왔는지는 모르겠지만, 널 죽이고 오늘 아지트를 옮기면 끝이거든. 우리들이 혹시 더 물어볼 게 있을지 모르니까 잠시 널 더 살려두는 것뿐이라고."

이형을 다시 데려오거나 그들에게 죽음을 당하거나. 그건, 차인형이 이곳까지 오는 여정 동안 쉴 새 없이 되풀이했던 일종의 기도문이었다. 하지만 놈이 지껄이는 대로라면, 이형은 데려오지 못하고, 죽음은 당하고, 그리고 생각하기도 싫지만, 이형은 노예 만드는 기계가 될지도 몰랐다. 차인형은 어질어질함을 느끼며 자리에서 벌떡 일어났다.

"여기에서 나가겠어. 막든 말든 니 맘대로 해."

"뭐야, 머리가 돈 거야? 방탄조끼라도 입었나? 움직이면 쏠 거야."

"그게 진짜 총인지 아닌지 어떻게 알지?"

"우리 말을 못 믿겠다는 거야?"

하늘이 무너지는 듯 커다란 소리가 나면서, 차인형의 몸이 반으로 접혔다. 오른편 옆구리 쪽이었다. 그는 엉겁결에 왼손으로 옆구리를 압박하면서 쥐며느리처럼 몸을 말고 바닥에 쓰러졌다. 그의 집에서 몸을 웅크리고 누워 있던, 많이 아팠던 이형이가 생각났다. 그때 이형이 대신 그가 아팠으면 했었는데, 그땐 그런 바람들과는 달리 그는 아프지 않았었는데, 이제 아팠다. 많이 아팠다.

"우린 성격이 급하거든."

왼손바닥 아래가 따뜻했다. 이형을 다시 데려오거나 죽음을 당하거나. 그의 기도문에서처럼 그는 죽음을 당하고 있었다. 놈의 웃음소리가 재채기 소리처럼 들렸다. 우린 성격이 급하거든. 우리? 많은 얼굴들. 많은 얼굴들이 그의 머릿속을 재빨리 흘러갔다. 이형, 엄마, 이주, 죽어버렸던 애기, 그리고 아직은 죽지 않은 얼굴도 모르는 애기, 이형, 푸른 점 퍼 늙은이, 그리고 접시 안테나 아래의 노인. 그 노인이 뭐라고 했더라? '무기가 될 만한 것은 있어?'

"또라이가 따로 없군 그래. 말을 할 줄 알고, 뭐가 어떻게 돌아가는 줄 아는 놈이면 최소한 우리한텐 좀 굽실굽실해야 하는 것 아니야?"

차인형은 본능적으로 자유로운 오른손을 뻗쳐 양말춤을 만져보았다. 거기에 총이 그대로 있었다. 멍청한 새끼들. 하나의 가능성, 하나의 가능성이 떠올랐다. 아픈 몸속으로, 죽을 것같이 아픈 몸속으로, 죽어가는 몸속으로 하나의 가능성이 침입했다.

"하나만 물어볼게."

마른 걸레에서 물을 짜내는 것처럼, 온 힘을 다해 짜내는 죽음을 앞둔 남자의 목소리였다, 그렇게 낯선 자신의 목소리가 차인형의 고막을 진동시켰다.

"뭐든."

"니네들, 니네들끼린 얼굴을 다 알고 있는 거지? 다른 사람은 몰라도. 그렇지? 니네들은 '우리들'이니까."

"빙고. 맞았어. 죽어가는 새끼가 한다는 질문이 고작 그거야?"

"고마워."

차인형은 오른손으로 양말춤의 권총을 꺼내 자신도 놀랄 만큼 빠른 동작으로 그의 하반신을 쐈다. 울음소리가 들렸다. 하나의 가능성이 있었다. 이형을 다시 데려오거나 죽음을 당하거나가 아닌 다른 하나의 가능성. 그는 잘 일어나려 들지 않는 하반신을 억지로 추슬러 붉은 허벅지를 움켜쥐고 있는, 신음을 내고 있는 남자에게 다가갔다. 단호하게 두건을 움켜쥐고는 잡아당겨 버렸다. 자신의 피거나 놈의 피일 붉은 얼룩이 묻어 있는 두건이 날아가 버렸다. 뭐야, 이건, 어린애잖아. 차인형은 놀랐다. 거뭇거뭇한 솜털이 입 위에 자라기 시작한, 이제 막 사춘기에 접어든 소년의 얼굴이 두건 밑에 숨어 있었다. 잘 봐줘야 16살이나 17살? 그는 고통스럽게 일그러진 하얀 얼굴을 외면하고 싶었지만 그럴 수 없었다. 그는 기억해야 했다. 통째로 머릿속에 집어넣어야 했다.

"죽으면 안 돼. 절대로. 허벅지에 총을 맞았다고 사람이 죽진 않아. 좋은 꿈이나 꾸라구."

하지만 나는 죽을 거야. 차인형은 알 것 같았다. 단 하나의 가능성. 복부에 총을 맞았다. 복부에 총을 맞으면 죽는다. 단 하나의 가능성. 이형을 다시 데려오거나 죽음을 당하거나가 아니라 이형을 다시 데려오고

425

죽음을 당하고. AND로 연결된 두 가지 일이 모두 일어날 단 하나의 가능성. 이형을 다시 데려오고 죽음을 당하고. 새로운 기도문. 그것으로 족했다. 그것으로 더할 나위 없이 완벽해 보였다. 그 가능성을 살리기 위해 그는 조금 더 살아 있어야 했다. 그리고 고작해야 중학생이나 고등학생 나이였을 총에 맞은 소년도. 두건 속의 얼굴들을 모두 다 알고 있을 소년도 꼭 살아 있어야 했다.

바람이 거세고 또 차가웠다. 타워크레인 꼭대기였다. 헨젤과 그레텔처럼 드문드문 피를 떨어뜨리며 걸어야 했기 때문에, 빨리 뛸 수 없었기 때문에, 그리고 멀리 달아날 시간도 없었기 때문에, 그는 그곳 타워크레인으로 올라왔다. 1미터 곱하기 1미터 곱하기 2미터 정도 되는 닭장 같이 생긴 승강기에 올라타고 그는 승강기가 멈출 때까지, 까마득히 높은 곳까지 올라왔다. 올라오자마자 그는 푸른색 전원 상자에 전기 대신 총탄을 한방 먹여주었다. 그는 죽고 있었다. 그는 그걸 알았다. 그가 바랐던 것은 그의 마지막 잠을 그리고 마지막 꿈을 누구에게도 방해받지 않는 것이었다. 이형을 다시 데려오고 죽음을 당하고. 멀리 복개된 넓은 차도 너머 폐허가 된 도시의 전경이 눈에 들어왔다. 죽으면 안 돼. 그는 서둘러 눈을 감았다. 차가운 바람이 그의 눈꺼풀을 간질였다.

안녕, 나의 매혹적인 폐허,
안녕, 너무 급히 희박해져 버린 말들,
안녕, 행복해 보이던 인형,
안녕, 이형, 안녕, 애기.

11(?)

다시 황무지였다. 다시 폴리우레탄 가짜 사막이었다. 언젠가부터 머릿속에 주인의 허락도 없이 둥지를 튼 이 사막과도 이젠 작별 인사를 나눌 시간이었다. 차인형은 자신의 오른쪽 옆구리를 살폈다. 아무런 상처도 없었다. 심지어는 손가락으로 꾹꾹 눌러보아도 전혀 아프지 않았다. 하지만, 이것으로 마지막이었다. 머릿속에 심어진 사막과의 마지막 조우.

안녕, 가짜 지평선,

안녕, 폴리우레탄 바닥 위의 잔 금들,

안녕, 모래알들,

안녕, 너무 편평하기만 했던 구름들.

안녕, 여기서도 또 저쪽에서도 한 번도 제대로 된 길을 찾지 못했던 나.

차인형은 눈을 감고 그 소년을, 두건을 빼앗기자마자 순식간에 소년으로 변해 버렸던 그 소년을 생각했다. 그러자 곧 익숙한 진동이, 이제 마지막이 될 그 이동이, 어질어질함이, 지워지면서…… 다시 나타날…….

12(?)

뻥튀기처럼 생긴 조명 여럿이 천장에 매달려 있었다. 방송국 세트장이었다. 차인형은 네 줄로 된 방청석의 마지막 줄 구석에 앉아 있었다. 빨리 찾아야 했다. 거기선 보이지 않는 옆구리에 난 구멍을 통해 피가, 내장이, 생명이 다 빠져나가기 전에 그 두건을 쓰고 있던 소년을 찾아야 했다. 방청석 맞은편엔 가운데에 화려한 의자가 있는, 정면에서 보면 버스처럼 보이는 커다란 철제 상자 다섯 개가 연달아 붙어 있었다. 노랑, 분홍, 파랑, 연두, 보라. 서로 다른 색깔의 움직이지 않는 가짜 버스 다섯 대. 틀림없이 엔진도 캬뷰레타도 기어박스도 아무것도 없을 가짜 버스. 아직 거기엔 아무도 없었다. 상자 위엔, 버스 천장 위엔 커다란 LED 숫자판이 세워져 있었다. 다섯 개의 LED 숫자판엔 '000'이라는 숫자가 켜져 있었다. 빨리 두건을 쓰고 있던 소년을 찾아 이곳이 그의 꿈이라는 것을 확인해야 했다. 피들이 죄 달아나기 전에. 그곳은 퀴즈 프로그램 녹화 현장 같아 보였다. 그에겐, 마지막 꿈이었다. 갑자기 정전이라도 된 것처럼 불이 꺼졌다 켜지자 다섯 개의 철제 상자 안에 어느새 사람들이, 혹은, 최소한, 생물들이 앉아 있었다.

안경을 쓴 뚱뚱한 아줌마, 회색 정장을 입은 당나귀, 머리를 올백으로 넘긴 운동복 차림의 소년——두건 소년은 아니었다, 틀림없이——, 무지개 빛깔의 비키니에 노랑 수영모를 쓴 흑인 여자, 그리고, 그리고, 그리고…….

그리고 애기를 안은 이형이 있었다.

그리고 애기를 안은 이형이 있었다.

차인형은 저도 모르게 자리에서 벌떡 일어났다가 군복 차림의 두건 소년이 방청석과 버스들 사이로 걸어 들어오는 것을 보고 황급히 자리에 앉았다. 제대로 됐어. 소년은 두건을 쓰지 않은 채였다. 소년은 웃고 있었다. 소년은 마이크를 들고 있었다. 모든 것이 제대로 됐어. 차인형은 두건을 쓰고 있었던, 그의 옆구리에 구멍을 뚫어놓았던, '우린 성격이 급하거든'이라고 웃으며 말했던 소년의 꿈으로 성공적으로 틈입했고, 이제 그의 눈에 띄지 않고 그가 만들어놓은 노예 하나를 골라 말을 걸기만 하면 될 터였다. 멍청하게 입을 벌린 채 방청석에 앉아 있는 노예들 중 하나에게 '이게 제 마지막 꿈이에요.'라고 고백하기만 하면 될 터였다. 아무도 관심을 갖지 않을 고백, 분명 그럴 테지만, 그러면, 그러기만 한다면, 두건을 쓴 소년들은 모두…….

그런데 애기를 안은 이형이 있었다.

그런데 애기를 안은 이형이 있었다.

이형을 다시 데려오고 죽음을 당하고. 뿔에 찔린 그의 오른쪽 옆구리에서 모든 게 다 빠져나가기 전에 그는 노예에게 말을 걸어야 했다. 그러면 두건을 쓴 소년들도 차례차례 언어를 잃게 될 터였다. 그러면 더 이상, 그들은 이형과 애기를 가두어두고 괴롭히고 학대하지…… 그런데 그 보라색 버스 안엔 애기를 안은 이형이 앉아 있었다. 군복을 입은 두건 소년이 이형에게 다가가더니 스스럼없이 말을 붙였다. 소년은 행복해 보였다. 소년의 허벅지엔 상처가 없었고, 소년의 얼굴엔 총상으로 이지러진 고통의 흔적이 없었다. 그 보라색 버스 앞에서 소년은 더없이 즐거워 보였다. 이형이 역시 소년이 빚어놓은 노예에 불과한 존재이지만, 어쨌건 꿈의 주인인 소년에게 뒤지지 않겠다는 듯 즐거워 보였다. 웃고 있었다. 가끔 소년은 들고 있던 마이크를 이형에게 내밀었다. 이형은 수줍은 듯 뭔갈 조심조심 말했고, 차인형에겐 마이크의 지직대는 소음으로밖엔 들리지 않았지만 방청객들은 일제히 성난 파도와 같은 기세로 약 3초간 웃었다. 차인형은 따라 웃을 수가 없었다. 이형이 안고 있던 애기의 얼굴은 너무 멀어서 잘 보이지 않았다.

차인형은 그 두건을 벗어버린 소년이 고마웠다. 생의 마지막 꿈에서 그는 그 소년 덕택에 이형을 볼 수 있었고, 노예이긴 하지만 웃는 이형을 볼 수 있었고, 아주 자세히는 아니지만 애기도 볼 수 있었다. 차인형은 두 시간이고 세 시간이고 거기 허수아비 노예들을 앉혀놓은 방청석에 숨어서 웃고 있는 이형과 애기를 훔쳐볼 수도 있을 것 같았다. 하지만 노예와의 대화를 한없이 지연할 수는 없었다. 이건 내 마지막 꿈이니까. 그리고 그 진짜 마지막이 얼마나 빨리 내게 닥칠지 아무도 모르니까.

그때 돌연 두건 소년이 무대 뒤로 사라져버렸다. 그러자 방청석에 앉아 있던 노예들도 한꺼번에 자리에서 일어났다. 차인형은 서둘렀다. 노예들을 밀치며 보라색 버스 앞으로 뛰어갔다. 이형은 애기를 안은 채 그림처럼 꼼짝도 않고 버스 안 화려하게 꾸며진 의자 위에 앉아 있었다. 여전히 웃고 있었지만 도무지 이형에게는 어울리지 않는 어색한 웃음이었다. 틈입자[주5]가 아닌 노예의 웃음. 이런 웃음이 아니었잖아. 놈은 한번도 이형이 웃는 걸 보지 못한 거야.

"이형아, 나야, 날 알아보겠어?"

이형은 웃고 있었다. 그녀의 웃음에 달려 있어야 할 브레이크가 고장 난 것 같았다. 애기는, 이형의 가슴 쪽으로 얼굴을 묻고 있던 애기는 울고 있지 않았다.

"아니요, 누구시죠? 절 아시나요?"

그렇게, 그렇게 답하고 또 물으면서도 여전히 이형은 어색한 웃음을 얼굴에서 걷어내지 못했다. 초승달처럼 생긴 얇은 두 눈.

"됐어, 다 잘 됐어. 이제 다 잘 될 거야."

"네?"

천천히, 천천히 모든 것이 희미해지고 있었다. 소년이, 벌써 아주 멀리 가버린 듯했다. 고개를 돌리자 방청석이 있던 자리에 어느새 성큼 안개의 장벽이 버티고 있었다. 보라색 버스도 이제 아주 평범한 회색 버스로 보였다.

"잘 살 수 있을 거야, 나 없이도. 이젠 아무 걱정 없어."

이형의 얼굴 윤곽이 점점 더 희미해지다, 갑자기, 갑자기 갑작스러운 안개가, 코를 자극하는 쇠비린내와 함께 갑작스러운 안개가 이형을, 이형이 안고 있던 애기를, 버스를, 이형의 오뚝한 콧날을, 모든 것을, 여전히 웃고 있던 두 개의 초승달을, 그렇게 모든 것을……

13(?)

푸른 하늘이, 아주 잠시 푸른 하늘이 보인 듯했다. 꿈이 아니야. 이건 꿈이 아니야. 하지만, 푸른 하늘 같은 것이 있을 리 없었다. 푸른 하늘이라면…… 아주 예전에, 말이, 말이 살아 있을 때, 내가 살아 있을 때…… 다시 어두워졌다. 안개가 먹어 삼키기 전 이형의 얼굴을 되떠올리려 했지만 잘 되지 않았다…… 언덕의 뒷면. 어느덧 언덕의 뒷면에 다다른 건가…… 벌레들 소리…… 나비의 날개 소리…….

에필로그

그건 아주 먼 옛날이야기였다.

한 번도 살아보지 못한 시간 위에서 한 번도 보지 못했던 사람들이 뛰놀았던, 그건 아주 먼 옛날 얘기였다.

어제 도서관 남쪽 작은 강둑길을 걷다 돌부리에 걸려 넘어지고 말았다. 나는 제일 먼저 팔에 이상이 없는지 확인했다. 그땐 괜찮아 보였다. 나는 그게 일종의 액땜이라 여기기로 했다. 죽음보다 빨리 다가올 마지막 마침표에 대한 확신을 더 굳게 만들어줄 일종의 촉매제라 여기기로 했다. 지금도 오른쪽 팔목을 구부릴 때마다 시큰대긴 하지만 이제 정말 아주 조금밖에 남지 않았다는 걸 생각하면 그쯤은 아무 일도 아니다.

정말이지 아주 조금밖엔 남지 않았다. 이 소망, 나만의 책 한 권을 만들어 도서관에 두고 싶다는 이 소망이 이루어지기까지 정말 아주 짧은 시간만이 남았다. 팔목이든, 손가락 관절이든, 우심실이든, 망막이든 그때까지만, 이 책 한 권 쓰기를 마치고, 카프카의 『행복한 불행한 이에게』와 A. 피터슨의 『실전 마케팅──A에서 Z까지』 사이에 끼워 넣고,

433

조금 떨어져서는 도서관 1층 서가의 두 책 사이에 낀 내 책을 잠시 바라보다, 그 응시가 슬슬 지겨워지기 시작할, 바로 그때까지만 버텨준다면.

돌이켜 보면, 그 이유를 알 수 없는 소망은 내 삶의 거지반 2/3를 끌고 왔다. 그 소망을 갖기 시작한 이후로, 이 이야기를 쓰기 시작한 이후로, 몇 번의 봄이 지나갔는지 나는 정확히 기억하지 못한다. 시간을 숫자로 계량하여 기억하는 것, 거듭 말하지만, 그건 내가 살고 있는 시대의 유행이 아니다. 어쨌건, 처음 구한 물에 젖지 않은 흰 종이 위에 종이를 찢어먹기 일쑤였던 낡은 펜을 올려놓기 시작한 첫째 날, 그날 내 팔을 덮고 있던 피부는 철갑처럼 단단했고 팔에 난 검은 털들엔 윤기가 흘렀고, 피부 밑에 누워 있던 핏줄들은 방금 전장에서 돌아와 휴식을 취하는 장수처럼 피곤해 보였지만 동시에 그 누구보다 더 억세 보였다. 그때, 처음으로 이 이야기를 빚기 시작한 그때, 나는 젊었다. 하지만, 마침내 이 이야기의 마지막을 눈앞에 둔 지금의 난, 백발이 성성하고 걸핏하면 관절이 아파 멀리 걷길 단념해야만 하고 작은 글자들엔 초점을 잘 맞추지도 못하는 늙은이인 것이다. 죽음을 눈앞에 두고 있는 노인(남 일처럼 태연하게 이렇게 써봐도 별달리 위로가 되지 못한다는 걸 방금 깨달았다)이다, 난. 다행히, 죽음보다 더 빨리 이 글을 끝낼 수 있을 거라는 한 가닥의 희망만은 쥐고 있는 노인.

그렇게 그 소망은, 이 이야기는, 예외적으로 내게 주어졌던 글을 쓰고 말을 할 줄 아는 능력은, 내게서 젊음을 빼앗더니 어느새 나를 아주 멀리, 이 죽음의 문턱까지 나를 내쫓았다.

빼앗긴 시간.

글자를 써넣을, 아직 글자에게 침범 당하지 않은 종이들을 찾기 위해 버려진 시간들, 쌓아놓은 종이들이 지붕을 째고 들어온 큰 비에 젖는 바람에 썼다가 지워진 글을 다시 기억에 의존해 처음부터 쓰느라 버려진 시간들, 할머니에게서 들은 이야기와 몇 권의 일기장들과 도서관에 버려진 이야기들을 주워 모아 허울뿐인 나만의 이야기로 바꾼답시고 궁싯거리다 버려진 시간들, 거짓말, 어차피 거짓말일 뿐인 하나의 이야기를 위해 버려진 그 수없이 큰 시간들. 그리고 그 보상으로 주어질 두 권의 책 사이, 협소한 공간. 도서관 속에 준비된 나를 위한 약간의 보상. 시간과 공간의 교환. 시간은 이미 내 무른 어깨 너머로 빼앗겼고, 내게는 아주 좁은, 채 4센티미터도 되지 않는 폭의 공간이 주어질 것이다. 그 좁은 공간 사이로 사라져 버린 시간들. 그 빼앗긴 시간들 때문에, 그 빼앗긴 시간의 압축 때문에, 도서관은 백색 왜성주1처럼 터무니없이 무거워진 건지도 모른다.

나는 이제 곧 평화로워질 것이다. 죽음을 얘기하자는 것이 아니다. 나는 지금까지 아주 튼튼하고 확실해 보이는 하나의 소망만을 주먹에 거머쥔 채 여기까지 왔다. 그 소망 때문에 나는 무수한 시간들을 빼앗겼고, 말을 할 줄 모르는 내 이웃들에게서 이상한 사람 취급을 받아야 했고, 고립되어야 했고, 영원한 타인이 되어야 했고, 결코 평화로워질 수 없었다. 내가 아주 젊었을 때 읽었던 어떤 책에선 모든 것을 갈망하거나 무(無)를 갈망할 때만 평화를 얻을 수 있다고 했다. 하지만, 난 내가 책에서 얻은 지혜와는 반대로 모든 것이나 무가 아니라 단 하나의 소망만을 가지고 살아왔고, 그래서 단 한 번도 난 평화로워질 수 없었던 것이다. 이제 마지막 마침표를 찍고 나면, 난 그 하나의 소망에서 자유로워질 것이다.

그건 아주 먼 옛날이야기였다.

한 번도 살아보지 못한 시간 위에서 한 번도 보지 못했던 사람들이 뛰놀았던, 그건 아주 먼 옛날이야기였다.

그렇게 이 아주 오래된 거짓말에서 벗어나게 되면 난 날 기다리고 있는 하나의 질문에만 대답하면 되리라. 모든 것을 갈망할 것인지 아니면 무(無)를 갈망할 것인지. 그것만으로 충분하리라.

모든 것을 갈망할 것인지 아니면 무(無)를 갈망할 것인지.

주석

프롤로그

1 최근에 난 내가 가지고 있는 자료를 뒷받침할 요량으로 내가 머무는 곳에서 걸어서 1시간 정도 거리에 있는 폐허가 된 박물관을 찾아간 적이 있다. 그곳에서 난 옛날 사람들이 호랑이라고 부르던 두 마리의 커다란 짐승을 보았다. 난 호랑이들이 제발 종이로 된 자료들을 먹어치우지 않기를 바라면서 조용히 돌아올 수밖에 없었다. 20세기의 유명한 기록자 보르헤스는 호랑이가 도서관을 좋아한다고 주장했지만, 그 동물이 종이를 먹는다는 기록은 본 적이 없다.

2 안타깝게도 혹은 다행스럽게도, 나는 지금이라는 단어를 옛날 사람들이 했던 것처럼 네 자리 숫자로 표현할 수가 없다. 2000년 중반부터 자기가 위치한 시간의 위상을 좌표로 나타내려는 습관들은 차츰 사라지게 되었다.

3 예전 사람들의 기록에 대한 집착을 단적으로 보여주는 아주 좋은 예로 유서를 들 수 있다. 스스로 목숨을 끊으려는 사람들은, 거의 의무적으로, 죽기 전에 자신이 죽은 후에 다른 사람들이 볼 수 있도록 작은 종이 위에 50에서 200자 내외의 기록을 남겼다고 한다. 믿기 힘든 일이지만, 그것은 모든 스스로 목숨을 끊으려는 사람들이 지켜야 할 불문율이

었다고 한다.

4 미리 밝혀두는데, 차인형은 내 어머니의 어머니의 아버지다. 이쯤에서 옛날 사람들처럼 여러 개의 작대기와 이름들로 이루어진 가계도를 그려보고도 싶지만 그것은 불가능하다. 내 어머니의 어머니, 즉 외할머니까지는 이름이 있었지만, 그 후론 아무도 이름을 사용하지 않게 되었다. 당연히 나 역시 이름이 없다.

5 꿈이 개개인에게 할당된 완전히 고립된 사유물(私有物)이던 시절, 꿈에 대한 분석은 변덕스러운 유행 이상의 현상이었다. 꿈에 대한 분석은 1900년 초에 순수 학문으로 시작되었다가 1900년 말경에는 하나의 사업 유형으로 자리를 굳혔다고 한다. 1995년 인구 800만의 뉴욕시에 존재하는 정신과병원이 5000개를 넘었다는 보고를 보면, 이 사업이 꽤나 번창했다는 것을 알 수 있다.

노예

1 내가 어렸을 때 읽은, 책표지가 찢어져 나가 기록자의 이름과 책의 제목을 알 수 없는 책에 이러한 문장이 있었다. "인간이란 참으로 어리석다. 그들은 이미 가지고 있는 자유를 이용하려 하지 않고 가지고 있지 않은 자유를 원한다." 나는 옛날 사람들이 이 말을 정말로 진지하게 받아들였는지 아니면 그냥 흔한 농담으로 생각했는지 궁금하다.

2 일찍이 20세기 중반의 영리한 기록자 중 하나인 카뮈는 『시지프스의 신화』라는 책에서 공중전화의 문제점을 날카롭게 지적하면서, 그 대안이 필요하다는 사실을 다음과 같이 주장했다. 〈…… 어떤 사람이 유리로 된 칸막이 저쪽에서 전화를 건다. 그 말하는 소리는 들리지 않지만 뜻 모를 그의 무언의 몸짓은 보인다. 무엇 때문에 그가 살고 있는가를 생각해 본다. 인간 자신의 비인간성 앞에서 느끼는 이 불안, 우리 자신의 모습 앞에서 느끼는 헤아릴 수 없는 전락(轉落), 현대의 어느 작가가 이름 붙인 것과 같은 이 '구토(嘔吐)', 이것 또한 부조리인 것이다……〉 그의 예언대로 20세기 말, 인간은 이 유리 칸막이가 있는 공중전화가 야기한 부조리를 극복하기 위해 핸드폰이라는 새로운 발명품을 창조

했다. 유리 칸막이가 없는, 선으로 연결되어 있지 않아 들고 다닐 수 있게 된 이 전화기는 순식간에 지구상의 공중전화들을 멸종 상태로 내모는 데 성공했지만, 안타깝게도 공중전화의 부조리를 최초로 설파했던 위대한 예언자 카뮈는 그가 없었다면 결코 세상에 태어나지 않았을 이 과학의 선물을 보지 못한 채 성급하게도 차에 부딪쳐 죽어버렸다고 한다.

3 인류학자들이 인류의 위대한 유산으로 받들며 프랑스에 있는 커다란 박물관에 모셔 놓은, 예수가 태어나기 약 1700년 전에 만들어졌다는 한 법전의 205조에는 노예에 관련된 이러한 조항이 명시되어 있다. '만일 주인의 노예가 주인의 자식의 뺨을 때렸다면, 그의 귀를 잘라버린다.'

4 꿈에 대한 최초이자 어쩌면 유일한 전문가였던, 오스트리아의 의사였던 프로이트는 (1856~1939) 꿈을 억압 받는 무의식의 팬터마임이라고 주장했다. 그는 꿈속에 내재하는 억압의 체계를 간파하는 공을 세우긴 했지만, 억압 받는 존재를 꿈의 주인인 무의식으로 한정지어 버림으로써 '노예'라는 존재를 간과하는 결정적인 오류를 범하고 말았다.

5 의좋은 친구의 표본으로 20세기의 여러 문헌에 자주 거론되곤 하는 막스 브로트와 프란츠 카프카는 19세기 말부터 20세기 초까지 체코의 프라하에 거주했다고 알려진다. 이 두 친구는 문자를 이용한 인간의 소통——편지라는 것이 얼마나 불완전한 도구인지를 잘 보여주는 다음과 같은 유명한 일화를 남긴 바 있다. 카프카는 죽으면서 자신이 남겼던 기록들을 막스 브로트에게 모두 태워버리라는 내용의 편지를 보냈는데 브로트는 그 편지의 뜻을 정확히 이해하지 못해 태워버리기는커녕 잘 정리하여 출판사에 넘기기까지 했다. 그 후 카프카의 기록들은 카프카의 의도와는 달리 세상에 널리 알려져 커다란 반향을 불러일으키게 되었는데, 후에 카프카의 참뜻이 자신의 행동과는 정반대였다는 것을 알게 된 막스 브로트는 안타깝게도 권총 자살로 생을 마감했다고 한다.

6 황도(黃道)라는 것은 말 그대로, 태양의 길, 즉 1년 동안 태양이 지나가는 타원형의 궤도를 가리키는 단어이다. 하지만, 이 용어 자체의 정의와는 모순되게, 실제로 태양은 타원형의 운동을 하지 않고 한 자리에 붙박여 있으며, 태양을 중심으로 회전하는 것은 바로 지구라는 것을 인간은 아주 오래전 이미 자신의 손으로 밝혀낸 바 있다. 즉, 황도라는 것은 실제로는 태양의 궤적이라고 할 수 없으며, 태양을 중심으로 회전하는 지구 위의 관찰

자의 눈에 투영된 가상의 태양 궤적인 것이다. 하지만 이런 깨달음 이후에도 인간은 여전히 황도라는 단어를 고집했으며, 그래서 황도라는 용어는 그 파괴 이전의 인간들이 얼마나 자신의 오류를 고치는 데 인색했는지를 단적으로 보여주는 예라고 할 수 있다.

7 이 자료는 집 근처 도서관에 있던 오래된 신문에서 그대로 옮긴 것이나, 1987이라는 숫자는 1988의 오기인 듯하다. 1987년에 몇 십만 명이나 모여 관람할 만한 대규모 경기가 대한민국에서 벌어졌다는 기록은 어디에도 없다. 단 1988년에는 올림픽이라는 경기가 한국의 수도 서울에서 열렸다는 기록이 있는 것으로 보아, 6·10 항쟁이라는 것은 그때 있었던 경기의 한 종류인 것으로 추측된다.

8 나는 바벨탑과 관련된, 내가 직접 고안해 낸 꿈속에서 친구와 할 수 있는 놀이 하나를 소개하고자 한다. 어느 날 나는 내 꿈속에다 바벨탑을 짓기로 했다. 다행히, 내겐 바벨탑에 관련된 정보가 거의 없었다. 내가 참고할 것이라곤 차인형의 일기장에 붙어 있던 그림 한 장이 다였다. 그만큼, 난 자유로웠다. 나는 나의 창작을 방해할 어떠한 참고문헌도 없이, 내가 꿈속에 축조할 바벨탑의 총 층수를 37층으로 결정했고, 브뤼겔의 그림처럼 바닥을 원형으로 (일층의 바닥을 78m의 지름을 갖는 완벽한 원으로) 그리고 층수가 높아지면서 점점 더 그 바닥의 면적이 좁아지는 (바닥의 지름을 층마다 2m씩 줄여나감으로써 각 층마다 건물의 외벽을 빙 두르는 1m 폭의 좁은 순환로를 두도록) 원뿔형의 건물로 만들기로 결정했다. 층과 층 사이가 완벽하게 단절되어 있다는 카프카의 가설은 무시하기로 했다. 대신, 통로를 층과 층 사이에 하나씩은 두되, 놀이의 특성상, 일정한 곳에 통로를 설치하지 않고 층마다 다른 곳에 다른 형태로 통로를 두어 (계단, 사닥다리, 미끄럼틀, 동굴, 수직봉 등등) 통로로의 접근이 그리 쉽지만은 않도록 만들었다. 첫째 날 나는 바벨탑의 외관을 대략 완성하고 나서 이리저리 둘러보다, 각 층의 내부가 텅 비어 있는 바람에 한 층의 실내 전체가 너무 쉽게 한눈에 들어온다는, 내가 계획하고 있던 놀이에는 어울리지 않는 치명적인 약점을 발견했다. 둘째 날, 나는 각각의 층마다 서로 다른 미로나, 은폐-엄폐물들을 고안하였고 너무 밝지 않은 조명을 역시 일정하지 않은 방식으로 설치하였다. 셋째 날, 나는 내가 꿈속에 만든 그 바벨탑이 썩 만족스럽다는 걸 깨달았고, 몇 덩어리의 진하고 작은 구름들을 적절한 위치에 배치하였다. 그렇게 해놓고 나니 보기에 좋았다. 그런 다음 난 한 친구를 불러 놀이를 시작했다. 막상 바벨탑을 완성하고 나니 그 밖의 놀이를 위한 준비는 간단했다. 우리는 자신이 입고 있는 옷의 등 뒤에 상대방은 모르는 상태에서 각자

가 그리고 싶은 그림을 그려 넣었다(나는 내 등 위에 푸른색 사과를 그려 넣었다). 그리고 친구는 37층 꼭대기에서 나는 1층에서 해가 정확히 남중하고 비둘기가 우는 순간 출발했다. 놀이의 규칙은 간단했다. 상대방의 등 위에 그려진 그림을 먼저 보는 사람이 이기는 것이었다. 안타깝게도 놀이는 내가 의도했던 것과는 달리 별로 성공적이지 못했다. 첫째 날, 8시간 동안 우리는 내가 만든 바벨탑 안에서 서로의 얼굴을 단 한 차례밖에 보지 못했다. 우리는 자신의 등을 상대방에 내보이지 않기 위해 지나치게 조심했고, 18층 근처에서 (그나마 최소한 20m는 떨어진 거리에서) 얼굴을 한번 마주치자 나는 아래로 그는 위로 황급히 달아났다. 그래서 결국 그는 내 등 뒤에 그려진 푸른 사과를 보지 못했고, 나 역시 그의 등 위에 그려진 그림을 끝내 보지 못했다. 그 다음날 그는 오지 않았고 그래서 그와의 놀이는 그것으로 끝이었다. 물론 나는 바벨탑의 면적과 층수를 줄인다면 놀이의 시간을 단축시킬 수 있다는, 그럼으로써 더더욱 흥미를 배가시킬 수 있다는 사실을 깨달았지만, 놀이를 위해 바벨탑을 희생하고픈 마음은 들지 않았다. 그래서 난 놀이를 그만두기로 했다.

9 일기장 본문과는 별도로 가장자리 여백에 다음과 같은 말이 적혀 있다는 것도 밝혀두어야겠다. 아래 인용 부분은 아마도 일기를 적던 그 시점이 아니라 좀 더 나중에 일기장을 다시 읽다가 느낀 것을 옮겨 적은 것이 아닌가 추측해 본다. "도대체 꿈에서 그전엔 어디에서도 (꿈에서건 실재에서건) 본 적이 없는 사람을 만나고, 나중에 실재에서 다시 꿈속에서 처음으로 보았던 그 사람을 만난다는 것이 이치에 맞는 일인가? 내 꿈이든 나든, 둘 중의 하나가 미친 것이 틀림없다.

틈입자

1 한편으로 그 파괴 이전의 인간들이 금융이나 경제 등의 범주하에서 재화의 차용이나 교환을 적극 장려했던 데 반해, 타인이 만드는 문장이나 잠언, 시구, 혹은 단락 등의 차용이나 인용, 변용 등에 대해선 매우 엄격한 규정을 적용했던 것으로 보인다. 일례로 초기 유내교 문헌인 『선조들의 어록』에선 '말한 자의 이름으로 말하는 행위'(인용 시 원본의 출처나 저작자를 밝히는 행위)를 기본 미덕 중의 하나로 꼽으면서 "말한 자의 이름으로 말하는 자는 세상에 구원을 가져온다⋯⋯. 남의 것을 자기 것이라고 착각하는 사람이야말로 사

악한 사탄의 유혹에 쉽게 넘어가는 성향의 뻔뻔스러운 자이다."라고 가르치고 있다. 즉, 차용이나 인용 등에서의 금기위반을 일반적인 법규의 차원에서가 아니라 종교적인 차원에서 계도하고 있었던 것 같다.

2 20세기 최고의 극작가, 연출가이자 배우이기도 했던 니체는 『비극의 탄생』이란 기록에서 "사전만큼 인간의 무모함과 디테일에 대한 광적인 집착을 잘 보여주는 사례는 없다."며 사전에 대해 노골적인 반감을 드러낸 바 있다.

3 내가 가지고 있는 그 파괴 이전의 책들 중, 가장 이해하기 힘든, 엉뚱해 보이는 책이 바로 『Organic Chemistry』라는 책이다. 이 책에서 카페인을 찾아보면 아래와 같은 그림-문자가 나온다. 만약에 내기를 하라고 한다면, 현미경으로 관찰된 카페인이라는 물질의 실재 모양이, 선들과 알파벳 대문자들과 숫자들의 기괴한 조합일 뿐인 위의 그림-문자와는 아무런 유사점이 없다 하는 쪽에 나는 조금의 주저도 없이 내 판돈을 걸 것이다. 만약에 나와 반대되는 주장을 하는 사람이 있다면, '카페인'이라는 물질을 무한히 확대하여 현미경을 통해 그 가장 미세한 단위구조를 살펴보면 '카-페-인'이라는 세 글자가 렌즈를 통해 보일 것이라는 신념을 갖는 사람들과 별반 다르지 않을 것이다.

4 학교에서의 선생과 학생들 간의 소통은, 그 파괴 이전에도 언제나 어긋나고 마는 소통의 대표적인 예로 여러 곳에서 언급이 되었던 것 같다. 언젠가 도서관에서 찾아낸 이오네스코라는 사람이 실제 진행되는 수업을 받아 적은 「수업」이라는 기록에는——기록의 양을 보건대 틀림없이 녹음기로 대화를 녹음했다가 나중에 다시 옮겨 적은 것으로 보이는——다음과 같은 대목이 있다.
학생: 단어의 어근은 제곱근인가요?
교수: 제곱 또는 세제곱. 경우에 따라 달라요.
학생: 이가 아파요.

5 내게 남겨진 책들 중엔 표지가 너무 낡거나 일부가 파손되어 그 제목을 확인할 수 없는 책들이 꽤 있다. 그중 하나인 일본 소설에는——작가의 이름 중 온전히 읽을 수 있는 글자는 내 어머니의 어머니의 이름에 들어 있는 글자, '春', 봄이라는 뜻의 아슬아슬 균형

을 잡고 있는 단 한 자이다──다음과 같은 구절이 있다. "더 이상 내게 아무 말도 하지 않을 작정이라면 나가서 치즈케이크라도 사 오는 게 어때? 그 길로 바로 명왕성으로 돌아간다 해도 좋고." 아마도 '치즈케이크를 산다'는 구절은 '멀리 간다' 혹은 '사라진다' 등의 뜻을 가지는 독특한 일본식 표현법인 듯싶다.

6 우리는 더 이상 이러한 형태의 육체적이지 않은 고통에 익숙하지 않다. 우리에게 있어 고통은 99% 물질적인 것이다. 그래서 나는 아마도 이런 정신적인 고통이 주로 언어나 지식의 양과 비례하는 것이 아닌가 하는 추측을 해본다. 유대교라는 독특한 종교 집단이 만들어낸 「창세기」라는 기록 중에는 다음과 같은 구절이 있다. 〈사람이 그의 지혜가 많아지면 / 그는 자신에게 분노를 더하게 되고 / 그가 그의 지식이 많아지면 / 그의 고통도 더해진다.〉

7 그린란드라는 춥고 거대하고 광활한 섬에[주 a] 사는 사람들의 습성을 그린 인류학 서적 『스밀라의 눈에 대한 감각』이라는 기록 속엔 이 외로움이라는 것이 말로써는 결코 메워질 수 없는 거대한 운석공 같은 존재라는 사실을 조명한 다음과 구절이 있다. "나는 덧붙일 말이 없었다. 외로움을 달래줄 수 있는 말은 거의 없었다. 말은 어떤 일이 되었건 해줄 수 있는 일이 거의 없다. 그렇지만 그 외에 우리에게 있는 것이 무엇이란 말인가?"

주 a) 내가 가장 아끼는 책은 단연 지도책이다. 지도책의 한 장을 아무렇게나 편 다음, 역시 특별한 이유 없이 한 부분을 골라 그곳을 응시하며 어디에도 쓸데없는 상상을 펼치는 재미와 견줄 수 있는 건…… 당장은 잘 생각나지 않는다. 그렇게 만난, 내가 죽기 전까지 결코 가볼 수 없을──꿈 바깥에서 걷거나 달리거나 해서는──아주 먼 지역들 중, 유독 내 눈길을 끌었던 곳이 바로 이 그린란드라는 곳이었다. 근처에 있는 섬들이 비해 터무니없이 크고, 왠지 희멀건 색으로 온통 칠해져 있었고, 해안선은 작은 톱니들처럼 구불구불했고, 크기에 비해 그 안엔 매우 적은 수의 지명만이 쓰여 있는 곳. 그린란드, 혹은 Green Land. 초록색 땅. 며칠 동안 그린란드에 대해 나는 생각했다. 아무 재료도 없이, 위도가 끔찍이 높은 것으로 봐서 충분히 추울 것이라는 짐작만 가지고 나는 생각하고 또 생각했다. 어느 날 온전히 내 맘대로의 생각들을 가지고 그린란드를 꿈속에 만들었고, 오랜 시간 동안 거기에서 머물렀다. 가끔 친구들이나 모르는 이들이 찾아와선 그 낯선 아름다움을 함께 즐기곤 했다. 주 7)에 언급된 그린란

드를 배경으로 한 기록, 『스밀라의 눈에 대한 감각』을 읽고 난 후, 난 내가 만든 그린란드가 치명적이고 순진하다고까지 할 수 있는 오해에 뿌리를 두고 있었음을 깨달았다. 다행히, 내 꿈속의 그린란드를 방문했던 사람들 중 누구도 내게 실제 그린란드의 빙하는 초록색이 아니라 희거나 투명하거나 옅은 회색이라며 항의해 오지 않았다. 나는 만들었고, 만들었지만 그것에 대해 설명하지 않았고, 설명을 듣지 않았으므로 그들은 항의하지 않았고, 그래서 나는 행복했다. 과거의 내 무지는 날 쑥스럽게 만들지 않았다.

8   20세기의 위대한 맹인 기록자 보르헤스의 짧막한 글 「1983년 8월 25일」은 꿈속에서 미래의 자신과 만나게 되는 한 남자의 이야기를 다루고 있다. 그 꿈속에서 두 명의 나는 (젊은 나와 미래의 늙은 나) 서로 이 꿈이 자신의 꿈이라고 다툰다. 즉, 둘 다 자신이 그 꿈의 주인이라고 다투는 것이다. 거기엔 두 가지 가능한 해석이 있는데, 첫 번째 해석은 둘 중의 하나는 정말로 주인이고 다른 하나는 그저 꿈의 노예라는 것. 이것은 고전적인 해석이라고 할 수 있다. 두 번째는 이 둘 다 틈입자로서, 사실 그 두 명 다 그 꿈의 주인이 아니며, 우연히 틈입자인 두 명이 타인의 꿈에서 조우했다는 가정이다. 나에겐 얼토당토않아 보이는 이 두 번째 가정이 훨씬 더 마음에 든다. 만약 이 두 번째 가정이 맞다면, 보르헤스라는 남자는 이미 틈입자의 존재를 알고 있었다는 말인데, 그도 그의 꿈도 이미 죽어버린 후라 이러한 나의 대담한 가정을 뒷받침할 근거는 어디에도 없다, 다행스럽게도. 아니라면 얼마나 열적을 것인가? 맞다 해도, 맞다면, 또 얼마나 싱거워질 것인가?

9   나는 사람들이 모두 폴라로이드 사진기를 한 대씩 가지고 있어, 언어 대신 사진을 통해 소통을 할 수만 있었다면, 그 파괴 같은 일은 일어나지 않았을 거라는 상상을 해보곤 한다. 언어와 달리 사진은 지시하고자 하는 사물과 지시하고자 하는 사물을 표시하는 단위가 보다 직접적이고 구체적인 관계를 가지고 있었다. 만약에 인간이 자신이 가지고 있었던 기술만큼 현명했다면, 유전자를 조작해 모든 인간의 발성기관을 제거하고 대신 사진기를 장착하려고 하지 않았을까?

10   나중에 다시 자세하게 다루겠지만, 그 파괴 이후 인간들이 높이 쌓았던, 혹은 땅 밑으로 깊숙이 파고 들어갔던 대부분의 구조물들은 파괴되고 말았다. 지난여름, 난 길을 걷다 우연히 무너지지 않고 잘 보존된 잠실역의 입구를 본 적이 있다. 하지만 안타깝게도

지하로 내려가는 계단은 부서진 콘크리트와 쓰레기 더미들의 잔해로 중간쯤에서 막혀 있었다. 돌들을 조금 덜어낸 후 난 내 몸뚱아리 하나가 간신히 지나갈 만한 구멍을 만들었지만, 그 뚫린 구멍 너머의 암흑이 너무 짙어 도저히 안으로 기어들어갈 엄두가 나지 않았다. 그런 모험을 하기엔 난 너무 늙었고, 지옥이나 연옥으로 떨어지기 전에 우선 이 기다란 기록을 마쳐야만 했다. 그러다 지난겨울 거리를 걷다, 버려진 노트 속에서 난 지하철 노선도 한 장을 발견했다. 그래서 난 잠실역으로 들어가기 위해 꼭 잠실역의 입구만을 통해야 하는 게 아니라, 다른 역으로 들어가 기차들이 지나갈 수 있도록 만들어진 지하통로를 통해서도 갈 수 있겠다는 생각을 했다. 난 지하철 노선도를 들고 잠실역 입구 근처를 맴돌며 다른 지하철역의 입구를 찾았다. 그러던 어느 날 잠실역의 입구가 발견된 곳에서 그다지 멀리 떨어져 있지 않은 곳에서 바닥에 뻥 뚫린 커다란 구멍 하나를 찾았다. 그 구멍 속으로 계단이 틀림없는 구조물이 보였다. 계단을 다 내려가니 희미하게 지하의 공간이 보였다. 하지만 성냥불이 밝혀준 지하의 공간은 무너진 건물의 잔해로 사방이 막혀 있는 그리 넓지 않은 공간이었다. 바닥에 떨어진 기다란 구조물에 희미하게 남아 있는 페인트 흔적으로 난 그곳이 예전에 '신천'이라는 이름을 가졌던 지하역이라는 것을 알았지만, 그게 다였다. 만일 내가 좀 더 어렸다면, 근력도 충분하고 오랫동안 물이나 음식을 먹지 않고도 견딜 수만 있었다면, 지하에 연결되어 있다는 폐허가 된 역들을 탐사해 보았을지도 모른다. 하지만 이젠 '하지만'이란 말을 할 수밖에 없는 처지인 것이다. 어쩌면, 이 기다란 기록이 모두 끝나는 날, 몇 권의 책을 들고 난 내 최후의 모험지로——지하의 폐허로 떠날지도 모르겠다.

11 결국 극단적인 형태의 변혁, 기록에 남지 않은 (영원히 남지 않을) 혁명인 그 파괴를 통해 이와 같은 언급의 유효성이 부정되긴 했지만, 이런 식의 극단적인 사고 방식은 그 파괴 이전 여러 곳에서 찾아볼 수 있다. 전문 모델 혹은 자신의 상반신 사진을 표지에 사용한『롤랑 바르뜨가 말하는 롤랑 바르뜨』라는 기록에는 다음과 같은 구절이 있다. "주체는 언어활동에 의하여 파생된 하나의 효과에 불과하다." 하나의 가능성은, 이와 비슷한 언급을 한 일군의 기록자들이 모여 그 파괴 이후 언어가 완전히 없어져 버린 세상을 일주일간 탐사한 후——물론 이런 일은 결코 일어날 수도, 또 일어나서도 안 되는 상황이겠지만——다시 한 자리에 모여 아래와 같은 선언문을 채택함으로, 그들의 이전 언급을 끝끝내 철회하지 않으려고 할 수도 있다는 점이다. "우리가 관찰한 바에 의하면, 이들은 더 이상 인간이 아니다." 그리 어려운 일은 아닐 것이다. 그 파괴 이후의 인간들은, 아니 인

간임을 부정당한 또 다른 직립보행 포유류들은, 그 수다쟁이들이 무엇이라고 그들을 정의하든——혹은 부정하든——잠자코 있을 테니. 그들, 언어를 가지고 있던 그들은 언어를 가지고 무엇이든 할 수 있었다. 단지, 언어들로 지어진 첨탑에 갇혀 언어가 없는 세상을 상상하지 못했을 뿐이다.

12　시간이 지남에 따라 언어의 전체적인 양이 점점 더 증가한다는 누구도 부인할 수 없는 경향과는 모순되게도, 한편으로 하나의 이야기들을 점점 더 축약하려는 노력이 꾸준히 진행되었다. 나는 언젠가 꼭, 마침표와 마침표 사이에 들어 있는 글자들의 평균 수치가 점점 줄어들었다는 연구 논문을 어느 버려진 도서관의 쓰러진 책더미 속에서 찾아내게 될 것 같다. 발터 벤야민이라는 20세기 초반의 가장 정열적인 책 수집가는 「스토리 텔러」라는 기록에서 "현대인은 단축될 수 없는 일은 더 이상 하지 않는다."라는 말을 남겼다. 나는 그가, 그가 보유하고 있는 책들을 모두 조사하여 한 문장을 이루는 평균 글자 수의 변화를 연구한 논문을 분명히 썼을 거라는 환상에 시달리고 있다. 물론 아직 그런 기록을 찾아내진 못했지만.

파괴자

1　예수의 전기 작가로 유명한 요한은 「요한의 복음서」라는 그의 대표작에서 '한 처음, 천지가 창조되기 전부터 말씀이 있었다.'라는 주장을 폈다. 당연한 얘기지만, 그의 주장은 말씀-언어로 종이 위에 남겨졌고 많은 사람들에게 전파되었다. 그 글은 아쉽게도 모두에 던진 대담한 주장을 뒷받침하기 위한 다양한 논지들을 펼쳐놓는 대신, 예수와 다른 이들의 대화만을 장황하게 묘사하고 있어서 과연 그가 말했던 천지라는 것이 무엇을 상징하는지 또 창조가 무엇을 뜻하는지 (누구에 의한? 무엇에 대한? 무엇에 관한?) 정확히 알 수는 없다. 하지만, 추측하건대, 그는 말씀-언어를 사용할 수 있는 존재였고, 그러므로 틀림없이 자신의 꿈속에서 노예를 사육했을 터이고, 그렇다면 다른 이들처럼 언어가 없는 세상을 상상하기 힘들었을 것이다. 아마도 이런 태생적인 한계와 유독 약간 이상한——주류사회에선 공인되기 힘든——학설에 잘 사로잡히는 그의 성격이 언어가 인간이나 세계(천지?)보다 선행했다는 터무니없는 주장을 낳았으리라. 안타깝게도 이런 헛소리는——

446

언어나 없으면 인간이 없다든가, 언어가 인간보다 선행했다든가, 인간은 언어 메커니즘의 그림자에 불과하다든가——많은 후대 사람들에 의해 여러 차례 그 외양을 바꿔가며 되풀이되었다.

2 1층 천장-2층 바닥에 부채꼴 모양의 구멍이 뚫린 나의 도서관에——난 이 도서관을 나의 도서관이라고 부르기로 작정했다——예전엔 틀림없이 있었던 것 같은데 지금은 찾을 수 없는, 이전에도 한번 언급했던 오스트리아 의사 프로이트의 기록『꿈의 해독』이라는 책에는 이런 구절이 있었던 것 같다.〈인간에게서 꿈을 빼앗아가 버리면 그는 그 자리서 당장 미쳐버릴 것이다.〉내 기억이 맞다면, 내가 실없는 꿈을 꾼 게 아니라면 그 책은 초록색 단단한 표지를 가지고 있었다.

3 내게 잊혀지지 않는 결말을 하나 얘기해 보라면 로즈 맥도날드의『악마의 유혹』에 나오는 마지막 문장을 들고 싶다. 아버지가 누구인지 잘 몰랐던 한 소녀가 겪는 고통에 대해 이야기하고 있는 이 책에서, 작가는 연적과 아버지의 숙명과도 같은 결투가 끝나자마자 누가 이겼는지도 똑부러지게 이야기해 주지 않고 서둘러 다음과 같은 문장으로 이야기를 마무리 짓는다.〈끝까지 애독해 주신 독자 여러분께 감사드립니다.〉간결하면서도 적확하고, 명쾌하면서도 다성적인 울림이 있고, 단호하면서도 사려 깊은 이 문장을 내가 빌려와 쓸 수 없다는 것이——나에겐 끝까지 애독해 주신 독자는커녕, 첫 문장을 읽자마자 내뺄 독자도 없으니——슬플 따름이다.

4 바벨탑이 그려진 그림이 붙어 있는 그의 세 번째 일기장에는 이처럼 더러 날짜가 적혀 있지 않은 글들이 나온다. 나는 이걸 일기로 봐야 할지 날짜가 없으므로 일기가 아닌 다른 무엇으로 봐야 할지 판단 내릴 수 없다. 그에게 물어보지 않는다면 영원히 답을 얻을 수 없을 질문들 중 하나.

5 최근에 우연히, 아주 우연한 기회에 읽게 된, 아니 읽게 되었다기보다는 그저 페이지를 후드득 넘겨보았던 파스칼 키냐르란 사람의『떠도는 그림자들』이란 기록에는 그가 이미 오래전부터 틈입자라는 존재를 익히 잘 알고 있었음을 보여주는 문장이 나온다.〈틈입자(Intrusus)는 강제로 들어가는 사람, 들어갈 권리가 없는데도 강제로 들어가서 내쫓기는 사람이다. 초대받지 않은 사람이다.〉틈입자들이 대체로 틈입자라는 존재를 모르는 존재

라는 것을 상기해 볼 때, 그가 또 다른 파괴자 중 한 명이었을지도 모른다는 가정을 세울 수 있게 된다.

에필로그

1　그림과 사진이 많이 들어 있는 『코스모스』라는 책에 의하면, 백색 왜성이란 별에서는 차 숟가락 하나분의 흙이 1톤 정도는 나간다고 한다. 1톤이라고 하면, 나 같은 어른 20명 정도는 모여야 만들 수 있는 무게라고 한다. 백색 왜성에서의 책 한 권이 차지하는 공간 과 도서관에서의 책 한 권이 차지하는 공간, 이 둘 중에 어느 것이 더 무거울까? 그 어느 쪽에 더 많은 사람이 혹은 더 많은 시간이 들어갈 수 있을까? 예전이라면, 그 파괴 이전이 라면 좋은 물리학 논문의 주제가 되었을지도 모르겠다.

후기

작가는 완벽한 어부가 될 수도 있고, 완벽한 술주정뱅이가 될 수도 있고, 완벽한 회사원이 될 수도 있고, 완벽한 Rh- 혈액기증자가 될 수도 있고, 완벽한 클레이사격선수가 될 수도 있고, 완벽한 기차검표원이 될 수도 있고, 완벽한 은둔형 외톨이가 될 수도 있다. 그리고, 아주 드물긴 하지만, 완벽한 작가가 될 수도 있다. 독자로서 나는 그런 완벽한 작가 몇 명을 알고 있다. 하지만 일단 작가가 되고 나면 완벽한 독자는 될 수 없다.

대부분의 작가는 작가이기 이전에 독자였고, 작가가 된 후에도 독자이다. 독자일 때 작가는, 그가 작가라는 신분을 잠시나마 완전하게 망각할 수만 있다면, 이론상으로는 완벽한 독자가 될 수 있을 것처럼 보인다. 그렇지만, 그가 자신이 만들어 냈던 작품들로 돌아올 때, 그것(들)과 마주할 때, 완벽한 독자가 되고자 하는 꿈이 얼마나 허망한 것인지 단박에 알 수 있다. 안타깝게도 작가는 자신이 쓴 글을 읽을 수가 없다. 모든 걸 모르기 때문이 아니라, 모든 걸 알기 때문에.

그것이 작가의 딜레마다.

나는 이 글을 읽을 수 없다. 그러므로, 이 소통과 관련된 글을 다시 소통의 공식적인 통로로 밀어 넣는 것이 '올바른 행동 방식'인지 확신하지 못한다. 하지만 이 어리석은 머뭇거림을 무모한 시도로 전환하는 데 많은 이들이 도움이 있었다.

간신히, 아니 흔쾌히 '어리석음' 대신 '무모함'의 손을 들어줄 수 있도록 조언해 준 알렙의 조영남 형에게 특별한 감사를 전하고 싶다.

2014년 3월
이치은

노예 틈입자 파괴자

1판 1쇄 발행 2014년 4월 1일

지은이 | 이치은
펴낸이 | 조영남
펴낸곳 | 알렙

출판등록 | 2009년 11월 19일 제313-2010-132호
주소 | 서울시 마포구 합정동 373-4 성지빌딩 615호
전자우편 | alephbook@naver.com
전화 | 02-325-2015
팩스 | 02-325-2016

ISBN 978-89-97779-36-9 03810

이 도서의 국립중앙도서관 출판시도서목록(CIP)은 서지정보유통지원시스템 홈페이지(http://seoji.nl.go.kr)와 국가자료공동목록시스템(http://www.nl.go.kr/kolisnet)에서 이용하실 수 있습니다.(CIP제어번호: CIP2014009209)